O REBELDE

O REBELDE

JACK WHYTE

CORAÇÕES VALENTES — LIVRO 1

Tradução
Alexandre Martins

Fantasy
Casa da Palavra

Este livro foi revisado segundo o Novo Acordo Ortográfico da Língua Portuguesa.

Direção editorial
Martha Ribas
Ana Cecilia Impellizieri Martins

Coordenador do selo Fantasy
Raphael Draccon

Editora
Fernanda Cardoso Zimmerhansl

Editora assistente
Marina Boscato Bigarella

Copidesque
Suelen Lopes

Revisão
Beatriz Sarlo

Projeto gráfico
Rico Bacellar

Capa
Laboratório Secreto

Ilustração de capa
Rafael Sarmento

Diagramação
Abreus System

CIP-BRASIL. CATALOGAÇÃO-NA-FONTE
SINDICATO NACIONAL DOS EDITORES DE LIVROS, RJ

W618r

Whyte, Jack
O rebelde / Jack Whyte ; [tradução de Alexandre Martins]. - Rio de Janeiro : Casa da Palavra, 2012.
(Corações valentes ; 1)

Tradução de: The forest laird
ISBN 978-85-7734-281-5

1. Wallace, William, Sir, d. 1305 - Ficção. 2. Ficção histórica. 3. Ficção escocesa. I. Martins, Alexandre. II. Título. III. Série

12-4731. CDD: 828.99113
CDU: 821.111(411)-3

CASA DA PALAVRA PRODUÇÃO EDITORIAL
Av. Calógeras, 6, 1001, Centro
Rio de Janeiro RJ 20030-070
21.2222-3167 21.2224-7461
divulga@casadapalavra.com.br
www.casadapalavra.com.br

Este livro é dedicado, como todos os outros, à minha esposa, Beverley, porque não poderia ter encontrado companhia melhor ou mais apropriada nesta jornada...

Nota do autor

A perspectiva de escrever sobre Sir William Wallace depois do filme *Coração valente* foi desconcertante desde o início. O roteiro refletiu, muito solidamente, o que eu havia aprendido, sobre o grande homem, durante minha infância. Pode-se argumentar que houve imprecisões e omissões no tratamento dado ao tema pelo roteirista Randall Wallace, mas em geral ele foi impressionantemente fiel à essência de sua origem, o poema épico "The Wallace", escrito por Blind Hary mais de cem anos depois dos acontecimentos que aborda. Essa lacuna de cento e tantos anos implica em problemas sérios para qualquer um que pretenda fazer afirmações sobre a vida do herói, quanto mais prová-las. Acrescente-se a isso o fato de que não temos sequer a certeza de seu nome ser Hary, e a "incerteza" de fazer qualquer declaração sobre Wallace aumenta ainda mais. Tudo o que podemos afirmar é que Sir William Wallace existiu, foi um dos homens mais importantes e influentes de sua época e sua influência ainda é uma força poderosa na Escócia.

Nasci na Escócia, em uma cidade chamada Johnstone, em Renfrewshire, perto de Paisley e a poucos minutos de caminhada do monumento a Wallace na aldeia vizinha de Elderslie – as comunidades eram separadas por uma linha imaginária na rua principal. O monumento foi uma presença comum, mas significativa, em minha infância, assim como a idealização do próprio Wallace. Agora, depois de mais de quatro décadas vivendo na América do Norte, com a realidade social mudando rapidamente em forma e textura a cada mês, parece estranho olhar para trás e lembrar como o reverenciávamos quando garotos. Numa época em que nossos pais e tios ainda estavam voltando para casa da Segunda Guerra Mundial e em que o único meio de comunicação eletrônico amplamente utilizado era o rádio de válvulas, Wallace foi uma presença real e quase viva em nossa existência.

Então, iniciar a tarefa de escrever um romance sobre William Wallace, especialmente depois de *Coração valente*, era uma perspectiva assustadora, no mínimo por correr o risco de ser acusado de plagiar o filme. Ao começar este livro e pensar no que eu precisaria e como poderia conseguir isso, fui forçado a aceitar, com grande relutância, que após quarenta e tantos anos vivendo no Canadá, eu tinha esquecido muito (ou pelo menos tinha dificuldade em lembrar) da autenticidade da terra na qual havia crescido. Contudo, assim que reconheci isso, não tive nenhuma dificuldade em aceitar o fato de que estava muito atrasado para uma missão de investigação na Escócia de Wallace. Então, a pergunta que eu tinha de responder era: "Onde está a Escócia de Wallace, e como encontrá-la?" Na época eu não tinha a resposta, mas achava que sabia, então planejei meu itinerário cuidadosamente, avaliei que seriam necessárias cinco semanas para visitar os lugares selecionados. E foi nessa última avaliação que toda a estrutura do meu plano começou a desmoronar.

A verdade é que a Escócia que Wallace conheceu não existe mais, exceto nos pontos mais solitários e inacessíveis, lugares nos quais o próprio guardião raramente se aventurou. Setecentos anos de população crescente, com assentamentos e agricultura se espalhando, desmatamento, construção de estradas e civilização democrática tornaram o país irreconhecível. Há metrópoles, cidades, vilas e aldeias por toda parte, ligadas por uma sofisticada rede intrincada de estradas. Onde resiste algum vestígio de campos abertos, a paisagem é salpicada de fazendas e cabanas, e dividida por muros de pedra e cercas. Não existe silêncio. Não interessa para onde você vá, mesmo nos locais mais remotos, como Glencoe ou Moor of Rannoch, ouvirá a presença humana no rugido de um jato cruzando o céu, no apito de um trem distante ou no som do tráfego em uma estrada próxima.

Wallace não reconheceria seu próprio país. Não resta vestígio da ponte de madeira em Stirling, local de sua grande vitória sobre os ingleses. A área conhecida como Carse of Stirling, juntamente com os pântanos que a cercam dos dois lados e tornaram a travessia do rio Forth tão traiçoeira para exércitos invasores, foi domesticada ao longo de centenas de anos, entregue ao arado e transformada em ricas terras agrícolas, riscadas por boas estradas e pontes sólidas. A enorme floresta que um dia cobriu quase todos os quadrantes sudeste e sul da Escócia, conhecida como floresta de Ettrick e floresta de Selkirk, desapareceu quase totalmente, restando apenas pequenos vestígios, plantados, organizados e protegidos com cuidado pelo Departamento Florestal Escocês. Mesmo os poucos grandes monumentos históricos que Wallace teria conhecido são hoje esqueletos – a catedral de St. Andrews e a abadia de Sweetheart são bonitas e imponentes, muitas vezes de tirar o fôlego, mas são ruínas antigas sem vitalidade, e é quase impossível hoje imaginá-las cheias de vida.

Lugares como os castelos de Stirling e Edimburgo parecem atemporais e imutáveis, mas a verdade é que os castelos fortificados e com paliçadas de madeira, mostrados em *Coração valente*, dão uma ideia muito mais precisa de como teriam sido há sete séculos, pois os grandes prédios imponentes de pedra que vemos hoje ainda não haviam sido construídos quando Wallace estava vivo. A abadia de Paisley estava lá no começo do século XIV, mas ela mudou até se tornar irreconhecível. Eduardo da Inglaterra a queimou em 1306 ou 1307, dois anos após a morte de Wallace, deixando de pé apenas dois arcos, e quando a abadia foi reconstruída esses arcos foram incorporados a um novo prédio muito diferente. Eles ainda são facilmente identificáveis se você souber onde procurar, mas o prédio propriamente dito é uma construção relativamente novo.

Este livro, portanto, é minha tentativa de conciliar e interpretar algumas das novas ideias que surgiram recentemente sobre William Wallace, e incorpora várias ideias e sugestões intrigantes propostas por pessoas muito mais qualificadas que eu para julgá-las. Em um sentido muito limitado e específico, e sem qualquer desrespeito em mente, a vida dele pode ser comparada à de Jesus, na medida em que ambos saíram da obscuridade já com alguma idade - entre 27 e 30 anos - e ambos tiveram uma carreira pública brilhante e meteórica que terminou em execução. Ninguém realmente sabe o que os dois homens fizeram nos anos antes de se expor publicamente, e esta história especula o que poderia ter sido no caso do maior guardião da Escócia.

Jack Whyte

Prólogo

Para mim é doloroso ouvir as pessoas dizerem que William Wallace morreu um rebelde, um patriota heroico com um grito de liberdade nos lábios, porque isso é mentira. William Wallace morreu de forma lenta e brutal, em silêncio. Eu sei bem, pois estava lá, na praça Smithfield de Londres, naquela manhã de 24 de agosto de 1305, e tudo o que eu ouvi foi o grito final enlouquecido de um homem derrotado e torturado, levado além do suportável muito antes de morrer.

Eu fui o último de nossa raça a vê-lo vivo e a falar com ele, o único escocês na multidão que assistiu ao seu fim e o único que estava lá para registrar e lamentar seu falecimento. Mas não o vi morrer, porque meus olhos estavam apertados para conter as lágrimas que me cegavam. Quando consegui respirar novamente e enxuguei o rosto, já estavam esquartejando seu cadáver, o carrasco-chefe proclamando sua morte e erguendo a cabeça cortada do Ogro Escocês que aterrorizara toda a Inglaterra.

Sir William Wallace, guardião da Escócia, meu amigo, meu primo de sangue e minha nêmesis de toda a vida, nunca mais atormentaria outra alma.

Mas, em nome de Deus, ele aterrorizou o bastante em vida para que seu nome sobrevivesse, pelo menos na Escócia, muito após sua morte, como uma cruel lembrança da punição pela traição e desobediência.

Enquanto eu via os carrascos desmembrando seus restos, aceitei a realidade de sua morte da mesma forma que aceitara sua inevitabilidade duas semanas antes, quando recebi a notícia de que ele havia sido apanhado por Sir John Menteith e entregue à justiça do rei inglês. Eu sabia que isso estava por acontecer – não que Menteith iria prendê-lo, mas que alguém iria, e logo, pois o tempo de William Wallace chegara ao fim. Ele caíra em desgraça aos olhos das pessoas que liderara e inspirara apenas alguns anos antes e se tornara um obstáculo; uma fonte de desconforto para todas elas; uma lembrança espinhosa, crítica e inflexível de tudo pelo que haviam lutado e depois abandonado. Pois elas haviam entrado em acordo – nobres, clérigos e plebeus – com Eduardo Plantageneta da Inglaterra, e o rei inglês estava sendo tolerante, anistiando todos os rebeldes escoceses que aceitassem sua paz, com exceção do traidor fora da lei: Wallace. O preço dessa anistia era a entrega do bandido William à justiça de Eduardo. Todo nobre, representante da Coroa e oficial da justiça no território da Escócia recebera a missão de deter o antigo guardião assim que identificado e enviá-lo a Londres como um criminoso comum.

Eu estava na Inglaterra quando ouvi a notícia, levando documentos de meu superior, Walter, abade de Paisley, ao bispo de York e ao bispo de Londres. Parei para descansar no priorado de Reading, e lá descobri que o único tema das conversas entre os irmãos era a recente captura de Wallace. Todos sabiam que ele seria julgado e executado imediatamente, a forma de execução era tema de debate e conjectura entre os monges, que raramente tinham motivo para especular sobre coisas terrenas. Eu escutei as conversas e pensei em como o homem que conheci era diferente do monstro que todos difamavam.

Então decidi, naquele momento, visitá-lo enquanto estava em Londres. Eu tinha amigos poderosos entre o clero, e prometi a mim mesmo que os usaria para descobrir onde ele estava preso e, se possível, iria vê-lo para oferecer o pouco consolo de que fosse capaz em suas últimas horas em meio a um povo estrangeiro que o odiava e temia.

Acabei não tendo dificuldade em descobrir onde ele estava preso, já que toda a cidade de Londres estava excitada com a notícia, e com a ajuda de um amigo de confiança, padre Antony Latreque, abade de Westminster, fui conduzido à cela do prisioneiro, em sua última noite, para ouvir sua confissão final.

As lágrimas que eu mais tarde iria derramar na praça Smithfield, me cegando para seus momentos finais, não teriam nada a ver com a barbaridade que estava testemunhando naquela manhã de final de agosto. Em vez disso, elas brotariam de uma repentina lembrança das lágrimas do próprio Wallace, mais cedo, muito antes do alvorecer, e antes que fossem buscá-lo para morrer. Ver aquelas lágrimas me abalou, pois nunca vi Will Wallace chorar desde o dia em que nossa infância terminara, e a angústia nos olhos dele havia sido tão penetrante e insuportável quanto a dor que ele e eu suportamos juntos naquele dia muito distante.

Ele não me reconheceu ao entrar, pois quatro anos inteiros haviam se passado desde que nos vimos pela última vez. Ele viu apenas um padre encapuzado acompanhando um abade. O carcereiro viu a mesma coisa, me ignorando enquanto se lamuriava sobre as ordens de não permitir visitas ao prisioneiro.

– Não somos visitantes – replicou o abade Antony com desdém. – Somos da Santa Madre Igreja, e nossa presença marca uma última tentativa de fazer esse criminoso se arrepender de seu comportamento e confessar-se diante de Deus. Agora nos dê alguma luz e abra esta porta.

O sujeito se arrastou de modo a trazer para cada um de nós uma tocha, depois destrancou a porta, apoiou o ombro nela e a empurrou para abrir. Minha primeira espiada revelou um amplo piso de pedra, mal iluminado por uma tocha tremeluzente em um apoio de ferro na parede esquerda. Não vi nenhum sinal do prisioneiro, mas ele falou antes que tivéssemos cruzado o umbral, suas palavras acompanhadas por um único chacoalhar breve de correntes.

– Não preciso de sua pretensão inglesa, padre. Vá e leve seu sacerdote consigo.

Ele falou em latim, e o abade se virou para mim, com as sobrancelhas erguidas de surpresa. Eu me limitei a um gesto com as mãos em concha, pedindo a ele que prosseguisse como havíamos ensaiado. O latim não era surpresa para mim, embora eu não tivesse pensado em falar nessa língua ao meu companheiro. Wallace e eu havíamos aprendido a língua juntos quando estudantes na mesma abadia de Paisley, que naquele momento era minha casa.

O abade Antony falou ao prisioneiro como havíamos combinado, mas agora em latim.

– Ouvi falar de seu ódio a todas as coisas inglesas, William Wallace, mas embora lamente isso e sua teimosa intransigência, me vejo impelido, por simples caridade cristã, a lhe oferecer o benefício dos sacramentos de Deus, na esperança de que, no final, Sua clemência o absolva de seus muitos pecados.

– Então busque seu próprio povo, padre, a começar pelo seu rei, e o absolva, pois seus pecados são maiores que os meus foram – disse, a voz cortante de desprezo. – Dê o perdão aos carniceiros que massacraram minha família e meus amigos. Reze com os animais bêbados que me estupraram e violentaram meu povo. Murmure uma missa com seus avarentos condes e barões que tomaram minha casa e tentaram fazê-la em pedaços para saciar sua própria cobiça de terra e poder. Mas me deixe com meu Deus. Ele conhece meus pecados e o que me levou a cometê-los. Não preciso de um tradutor inglês que envenene minhas palavras antes que elas cheguem aos ouvidos de Deus.

Não eram exatamente as palavras que eu esperava, mas estimei o tom e o conteúdo. O abade Antony estava mortificado, e deixava isso visível no rosto. Ouvir tal veneno em uma só voz, dirigido não apenas a ele, mas a toda a sua Igreja e a seu povo, deixou o homem mudo, mas não confuso. Eu o alertara de que poderia ouvir coisas chocantes quando confrontasse aquele prisioneiro, de modo que ele se recompôs rapidamente e retornou ao roteiro que havíamos preparado, contornando o risco de que outros pudessem nos escutar.

– Eu ouvi que você era obstinado em seu ódio contra aqueles do meu tipo, mas é minha obrigação cristã, como homem de Deus, fazer tudo o que estiver ao meu alcance para ajudá-lo a conseguir a salvação. Então... – disse, hesitando e depois prosseguindo. – Então, me esforcei muito para trazer um intermediário entre você e Deus a quem possa falar em sua própria língua. O padre James é da sua gente. Eu o deixarei comungando com você e ouvindo sua confissão.

Então o prisioneiro virou os olhos em minha direção pela primeira vez, e embora fosse apenas uma forma se movendo nas trevas, percebi seus olhos semicerrados para me ver melhor.

– O que um padre escocês está fazendo aqui?

– Seu dever de confortar os aflitos – respondeu Antony. Você falará com ele? Caso positivo, deixarei os dois sozinhos.

Wallace deu de ombros, o movimento visto com facilidade à medida que meus olhos se acostumavam à escuridão.

– Falarei com ele, no mínimo para ouvir minha própria língua. Quem é você, padre? De onde é?

– Obrigado, abade – eu disse em voz baixa, e Antony se virou na direção da porta ainda aberta. Eu o ouvi falar com o carcereiro do lado de fora, e depois o homem arrastou a enorme porta até ela se fechar, me deixando sozinho com o prisioneiro. – De onde sou? Sou de Paisley, da abadia. Não me conhece, Will?

A figura indistinta se empertigou como se houvesse sido golpeada.

– Jamie? Jamie Wallace? O que em nome de Deus você está fazendo aqui? Basta seu nome para arrastá-lo ao palanque juntamente comigo.

Eu tirei o capuz da cabeça e deixei que ele visse meu sorriso.

– O simples padre James? Duvido, Will. A parte Wallace de mim é desconhecida aqui na Inglaterra.

– Então reze a Deus para que permaneça assim. Isso é loucura, Jamie. Mas é bom ver seu rosto.

– E ver o seu, primo, embora Deus saiba que nunca esperei vê-lo em tais apuros – disse, dando um passo à frente para abraçá-lo, mas parando assim que a luz de minha tocha pousou sobre ele. – Que tipo de barbaridade é essa?

Ele sorriu para mim e se empertigou com toda sua altura imponente.

– Não percebe que sou um sujeito perigoso? – disse ele em nosso idioma. – Eles me chamam de Ogro Escocês e acreditam que devoro criancinhas sempre que tenho uma oportunidade.

Seus cabelos e barba estavam emaranhados e compridos, e ele vestia apenas uma camisa esfarrapada, com uma das mangas arrancadas do ombro, revelando a grande massa de músculos ali, mas prestei pouca atenção a essas coisas. Estava olhando para os arreios que o prendiam.

– Consegue se sentar?

Seu sorriso se abriu, mas não havia humor em seus olhos.

– Sentar? Sentar no quê? Eu demoro um tempo enorme para me levantar sem tombar para o lado. Tenho de ficar de pé com as pernas arreganhadas e apoiar as costas na parede senão caio, e essas correntes nem me deixariam fazer isso.

As correntes que o continham pelos pulsos e tornozelos eram grossas e pesadas, firmemente presas a um grosso cinto de couro que circundava sua cintura. O cinturão era afixado, à direita e à esquerda, as correntes curtas presas a um pesado anel de ferro cravado na parede atrás dele. Ele não podia cair, nem podia virar. Tudo o que podia fazer era ficar de pé ou permitir que seu peso afundasse no arreio ao redor da cintura, mas também não seria confortável, pois as correntes do cinturão tinham comprimentos diferentes, garantindo que ele ficasse caído para um dos lados.

– Há quanto tempo está preso assim?

– Três dias – respondeu, ainda em escocês. – Espero que me perdoe o fedor, pois eles não me soltaram desde que me trancaram aqui.

Ele estava inacreditavelmente imundo, e quando mencionou, o assustador fedor me atingiu como um soco. Eu baixei a tocha, olhando para suas pernas sujas sob a camisa esfarrapada que usava. Tinham uma crosta de fezes, e o piso aos seus pés era uma poça fedorenta.

– Meu Jesus – eu disse, os sentidos confusos. – Quem é o responsável por isso? Isso é... – e parei, sem conseguir encontrar palavras.

– Essa é a vingança de Eduardo, ou o começo dela, por toda dor que causei a ele nesses anos. Amanhã; não, hoje, ele dará um fim a isso. Mas antes que ele termine, irei ansiar pelo conforto de ficar de pé aqui, pendurado em minhas correntes. Entende que ele sequer veio olhar para mim, Jamie? Seria de pensar que ele iria querer pelo menos olhar, não é? Para se vangloriar um pouco. Mas não. Ele deixou tudo por conta dos seus juízes...

Eu abri a boca para falar, mas nada saiu.

– Será um belo dia, me dizem os carcereiros. Um grande dia de verão para morrer. Mas Londres é um lugar sujo e fedorento, Jamie, um lugar triste para se morrer. Daria qualquer coisa para ouvir os pássaros cantando, para dar as boas-vindas ao amanhecer em Tor Wood uma última vez – disse, e bufou. – Mas agora eu não tenho nada para dar, e estamos muito longe da floresta de Ettrick.

Naquele momento aconteceu um milagre.

Em algum ponto além da alta janela com grades acima de nossas cabeças, um pássaro começou a cantar, e a clareza e o volume do som nos calou. A canção era brilhante em sua beleza crescente, as notas subindo e descendo com límpida perfeição, de modo que parecia que a criatura que as produzia estava ali na cela conosco em vez de do lado de fora, no negror da noite. Eu vi os olhos de Wallace se arregalando e enchendo com uma espécie de medo supersticioso.

– Mãe de Deus – sussurrou ele. – Que tipo de feitiçaria é essa? Ainda faltam três horas inteiras para o alvorecer. Que tipo de criatura faz um som assim na escuridão da noite?

– É só um pássaro, Will, nada mais. Eles o chamam de rouxinol, e canta à noite. Acho que ele não existe na Escócia, embora possa estar enganado. Eu certamente nunca ouvi nenhum lá, e não é o tipo de coisa que você esqueceria facilmente. Não é maravilhoso?

Ele escutou, e pude ver a tensão desaparecendo. Finalmente permitiu que seu peso repousasse um pouco nos grilhões.

– Sim – murmurou. – É isso, uma coisa com a qual se maravilhar.

Não tenho ideia de quanto tempo ficamos ali de pé escutando-o antes do silêncio da noite voltar.

– Ele partiu. Acha que irá voltar?

– Seu palpite é tão bom quanto o meu. Mas ele atendeu seu desejo. Isso foi como um milagre.

– Sim – disse, olhando para o nada. – Lembra daquele dia na floresta de Dalfinnon, Jamie, antes que eles nos pegassem? Lembra que nos escondemos entre as amoras? Estava muito quieto e ficamos prestando muita atenção nos sons vindo deles, e então a única coisa que podíamos ouvir era um pequeno canto na árvore acima de nossas cabeças? Deus, aquele passarinho lá sabia cantar. Como um pintarroxo, dizem. Mas a não ser que você conheça o som de um pintarroxo, nunca vai poder dizer se era verdade ou não. Foi a pequena Jenny que me disse naquele dia que o passarinho era um pintarroxo, pois eu não conhecia. Como poderia saber? Pobre Jenny... – disse, apertando os olhos e virando a cabeça. Ela tinha 7 anos e aquele grande inglês filho de uma puta a matou. Nem mesmo olhou para o que tinha feito. Nem mesmo virou a cabeça para ver. Apenas cortou seu pescoço fino da mesma forma que teria feito com uma galinha. Jesus, Jamie, sonhei com isso durante anos, a cabeça dela rolando e pulando como uma bola que as crianças chutam para os arbustos, a boca aberta e os olhos arregalados, como se estivesse pensando no que havia acontecido. O que eles fizeram a você e a mim depois era motivo suficiente para odiar todos eles e querer vê-los mortos, mas a pobre pequena Jenny...

Ele se empertigou novamente, voltando a apoiar os ombros na parede, e retornou ao latim:

– O nome dele era Percy, sabia disso? O homem que matou Jenny? William Percy. Um parente pervertido do conde inglês. Eu o encontrei novamente, anos depois, após a batalha de Stirling Bridge, reconheci entre os prisioneiros. Ele não lembrou de mim, mas eu levei seu rosto em minha mente. Eu o pendurei pelos calcanhares enquanto recordava o que havia feito a nós e à minha irmãzinha. Ele negou tudo, mas não podia negar a cicatriz que marcou seu rosto naquele dia, e ainda marcava. Eu cortei suas entranhas com meu punhal e as deixei cair sobre o rosto dele, e quando ele parou de gritar, cortei sua cabeça. Mas não tão secamente quanto ele cortara a de Jenny, precisei de três golpes, por causa do modo como estava pendurado.

Eu fechei os olhos, tentando eliminar a imagem que ele evocara.

– A Inglaterra teve muitos motivos para lamentar aquele dia de trabalho na floresta de Dalfinnon. E este novo dia colocará um fim nisso quando eles me enforcarem e arrancarem minhas entranhas assim como eu cortei as dele. Algumas pessoas, o arcebispo Lamberton foi uma delas, me perguntaram por que odeio tanto os ingleses, mas eu tinha tantas razões que nunca fui capaz de responder a nenhuma delas. Cristo sabe que nós, escoceses, nunca tivemos de procurar muito por motivos para desprezar a crueldade e a arrogância desse povo, mas aquele dia na floresta de Dalfinnon teve muito a ver com isso. Já havia sido muito ruim eles terem matado minha mãe e meu pai naquela manhã. Mas o que fizeram a nós naquela floresta garantiu meu verdadeiro ódio; tão forte hoje quanto foi na época. Mas você os perdoou, Jamie, ao passo que eu nunca consegui, e nunca quis – disse, balançando a cabeça, perplexo. – Como você pôde, depois do que fizeram a você naquele dia? Você os perdoou, e eu nunca duvidei de sua sinceridade. Mas também nunca entendi. Nós ficamos mais íntimos depois daquilo, mas depois nossos caminhos se separaram. Você abraçou a cruz, e eu abracei o arco. Mas continuamos amigos, mesmo com você desaprovando a mim e a tudo o que eu fazia.

Ergui a mão para interrompê-lo.

– Eu raramente desaprovei o que você defendia, Will, ou o que você queria. Era o modo, não o motivo, que me causava dor. Eu louvava seus objetivos, mas deplorava a selvageria em sua conquista.

– Selvageria... sim. Mas apenas um tolo daria a outra face a inimigos que o matariam por fazer isso. Ou você acha que os ingleses não são selvagens?

– O que vimos na floresta de Dalfinnon foi depravação, Will, cometida por um bando de homens bêbados. Poderiam muito bem ser escoceses, não fosse pela graça de Deus.

– Eles eram ingleses, Jamie.

– Sim, e eram bêbados. Nenhum homem melhora com a bebida. Mas atribuir seus crimes, por piores que tenham sido, a toda Inglaterra e a todos os ingleses não faz sentido para mim.

– Bem, agora é tarde demais para debater isso.

– Fale-me sobre Cressingham.

– Cressingham?

Minha pergunta claramente o surpreendeu, pois ele inclinou a cabeça para o lado e pensou por um momento.

– Cressingham era um idiota; um idiota pomposo e pretensioso. O inglês mais odiado da Escócia.

– Sim, mas também seu prisioneiro depois da Batalha de Stirling Bridge. Você realmente o esfolou vivo para fazer para si uma bainha de espada?

Ele se contorceu.

– Não, Deus é minha testemunha! É falatório de inimigos ressentidos. Eu não estava perto do lugar onde ele foi morto.

– Mas ele foi morto. E esfolado vivo antes disso.

– Sim, ele foi. É uma das razões pelas quais eles vão me enforcar como criminoso. Punição, dizem. Mas eu não estava lá, e não soube de nada até ele já estar morto. Tinha coisas demais na cabeça naquele dia, depois da batalha e com Andrew Murray gravemente ferido, para prestar atenção no que meus homens estavam fazendo. Mas a responsabilidade era minha como líder. Isso é indiscutível, e eu a aceito.

Eu me virei, pensando em fazer um sermão sobre aparências e culpa, mas quando me voltei para fitá-lo vi seus olhos rasos d'água, e a visão transformou minhas palavras moralistas em cinzas em minha boca. William Wallace nunca foi visto chorando por nada. Era parte da lenda entre os homens selvagens e incontroláveis que ele liderara por tanto tempo. Mas estava chorando naquele momento, despudoradamente; as lágrimas correndo por suas bochechas até sua barba emaranhada.

– O que há, Will? O que há de errado?

Perguntas tolas, inúteis, eu sabia.

Ele ergueu a cabeça e olhou diretamente para mim.

– Eu estava errado, Jamie? Eu fui um tolo esses anos todos?

Eu só consegui olhar para ele, boquiaberto.

– Eu fiz o que minha consciência mandou, e fiz isso por nossa terra triste e por nosso povo empobrecido. Eu sabia que não tinha habilidade para isso nem o direito de fazer, e recolhi a bandeira de guardião depois de Falkirk, quando isso ficou claro para todos. Mas o povo chorava de necessidade, e nunca iria conseguir apoio entre os nobres da Escócia. Então eu me apresentei e concordei em ser guardião, por insistência de Wishart; Wishart e outros, os lordes da Igreja da Escócia. Eles pelo menos permaneceram leais ao rei e ao reino quando os grandes senhores estavam unicamente se preocupando com eles mesmos. Então eu liderei o povo escocês contra todos aqueles que o iriam esmagar; magnatas escoceses e parasitas ingleses; o liderei até a vitória em Stirling com Andrew Murray e depois até o massacre em Falkirk. E depois disso me afastei e deixei outros conduzirem os rumos da terra.

– Não havia outros para conduzir, Will. Você era o escolhido por Deus para o cargo, e a derrota em Falkirk não foi obra sua. Você deveria ter ficado.

– Merda! Foi obra minha, Jamie. Andrew Murray nunca teria deixado que se passasse o que aconteceu ali. Ele teria encontrado um modo de fazer funcionar. Sua morte após a Batalha de Stirling Bridge foi a maior perda da Escócia, e minha. E o que eu teria feito caso tivesse ficado? Liderado outros mil homens para a morte em outro massacre? Não, Jamie, não...

Ele pigarreou e apertou os ombros contra a parede em busca de conforto.

– Eu não podia fazer isso, não depois do que descobrira vendo aqueles cavaleiros filhos da mãe correndo, fugindo do campo e nos deixando para trás como animais a serem massacrados. O orgulho da Escócia! Bah! Aquela farsa em Falkirk me ensinou que a Escócia nunca será livre até que seus próprios lordes e magnatas se transformem, até que vejam que sua própria liberdade, sua honra pessoal, e poucos deles têm isso aos olhos do povo, devem ser arrancadas da Inglaterra. Enquanto eles continuarem sentados discutindo, dedicando mais tempo e reflexão ao bem-estar de suas terras na Inglaterra que aos problemas em casa, a Escócia será uma terra arrasada, seu povo massacrado pela nobreza dos dois lados enquanto seus magnatas fazem acordos para o próprio enriquecimento.

– Vamos lá, Will, não é tão desolador. Há alguns na nobreza que demonstram grande lealdade à terra.

– Sim, mas muito poucos, e não é o bastante. Os outros são leais apenas a eles mesmos. Vi isso claramente naquele dia em Falkirk, e foi quando soube que não podia mais suportar. Eu lavei as mãos para aquilo tudo, como Pôncio Pilatos, e então me odiaram por isso. E agora vou morrer ao nascer do sol, e me pergunto... não, isso não é verdade, Jamie. Pergunto a você: eu estava errado no caminho que escolhi?

Ele se empertigou e sacudiu as correntes em seus braços, olhando para elas antes de erguer os olhos atormentados para mim.

– Eu desonrei a Escócia? Deus sabe que cometi muitos pecados aos olhos de homens como você, e nenhum deles me incomodou, já que eu via meu dever claramente. Mas seria doloroso agora achar que estive errado por todos esses anos, ou que fugi ao meu dever no final.

Ele passou do latim religioso para o escocês.

– Você nunca mentiu para mim, Jamie. Você me enfrentou, gritou comigo e me desafiou, mas nunca mentiu para mim. Então agora me diga. Eu estava errado?

– Não posso responder a isso, Will. Só Deus pode. Diga-me, você tem medo do que farão a você?

Ele ergueu as sobrancelhas.

– Os carrascos? Você delira? Claro que sim. Eles vão me matar, Jamie, me estripar e cortar em pedaços, e eu não vou gostar de nenhuma parte disso. Mas Deus sabe que não tenho medo da morte. Houve momentos, logo depois de Falkirk, em que eu teria dado as boas-vindas à morte, de qualquer lado; e antes daquilo eu pensei em morrer em uma luta ou outra. Não é morrer que me incomoda, é o modo, pois eu não gostaria de morrer mal, chorando como uma criança que levou umas palmadas no traseiro. Você estará lá?

– Está falando entre a multidão? Não, que Deus não permita. Já basta estar aqui agora.

– Você viria se eu pedisse, Jamie? Estar lá como minha testemunha? Não haverá mais ninguém.

– Para ver você morrer? É algo que não tenho nenhum desejo de ver, Will.

– Sim, mas não apenas para ver; para poder dar seu testemunho depois. Ademais, você estar lá me impediria de me lamuriar e me fazer de bobo.

Descobri que foi fácil sorrir com isso.

– Acho que há pouca chance disso, Will. Nenhum guardião da Escócia foi o bobo de ninguém.

– Sim, mas eu fracassei como guardião – disse, olhando para mim sério. – Você virá, por mim?

Eu fechei os olhos e então assenti.

– Virei, Sir William. Serei sua testemunha, honrarei sua confiança e serei honrado por ela. Irá se confessar agora? Está preparado para isso?

Seu lento consentimento tirou um peso de minha alma.

– Sim, padre James, irei. Estou pronto... tanto para falar com Deus quanto para encontrá-lo.

E assim eu fiquei de pé na praça Smithfield e testemunhei em silêncio a morte do homem que acredito ter sido o maior e mais leal filho da Escócia. Ele tinha 35 anos, dois anos mais velho que eu. Lembro, porque aquele era o dia do meu 33º aniversário, e quase tanto se passou desde então.

O jovem Robert Bruce, conde de Carrick, tomou o trono no ano seguinte, em 1306, e ao longo das duas décadas seguintes finalmente expulsou os ingleses de solo escocês e construiu um país unificado a partir do caos feudal. Foi ele quem levou à nossa terra a unidade, a paz e a prosperidade com as quais meu primo William ousou sonhar.

Mas foi apenas recentemente, quando começaram a circular esses novos boatos da morte heroica e desafiadora de "O Wallace", que lembrei da insistência de Will em que eu fosse testemunha e falasse em seu favor. Não passara pela cabeça dele que pudesse ser transformado em celebridade; ele estava preocupado em ser difamado e degradado na morte. E agora está acontecendo o oposto, e isso me choca como sendo mais funesto que seus medos ao morrer. Ele está sendo recriado falsamente por pessoas que querem usar sua grandeza para benefício próprio.

Assim, chegou o momento de escrever sobre o William Wallace que eu conheci, pois o homem que esses boatos vazios colocam em seu lugar é pintado em cores falsas e espalhafatosas, retratando um herói da antiguidade, sem pecado, sem falha, sem remorso e, pior de tudo, sem a mistura enganosa e irritante de força adorável e falhas lamentáveis que fizeram de meu primo Will o homem que foi.

Capítulo 1

Mesmo agora, quando mais de cinquenta anos se passaram, acho difícil imaginar um paladino menos adequado. Ele foi paladino para nós, pois salvou nossas vidas, nossa noção de sentido e nossa paz mental, restaurando nossa dignidade estraçalhada quando estávamos no ponto mais baixo. Possivelmente o homem de aparência menos atraente que já vi, rapidamente se tornou uma das mais sólidas fundações de minha jovem vida. Mas naquela primeira noite, quando ele nos despertou de um sono exausto, vimos apenas o rosto monstruoso, esverdeado e sem pelos de um demônio ardiloso se erguendo acima de nós.

Estávamos gaguejando de terror, e nosso medo era real, pois havia dois dias que corríamos aterrorizados, subindo e descendo colinas, tropeçando e caindo, e cegos de lágrimas e dor, soluçando e incoerentes a maior parte do tempo, inteiramente convencidos de que seríamos apanhados e mortos a qualquer momento pelos homens que nos perseguiam. Não tínhamos noção dos quilômetros que ficavam para trás ou da distância que havíamos percorrido. Sabíamos apenas que tínhamos de continuar correndo. Em certos momentos, impotentes pela exaustão, parávamos para descansar, nos apertando em qualquer lugar que oferecesse um mínimo esconderijo, mas nunca ousávamos parar muito tempo, porque os homens que nos caçavam tinham pernas muito mais compridas que as nossas e eles sabiam que podíamos condená-los pelos crimes que havíamos visto cometer. E então, assim que conseguíamos encontrar forças para correr por nossas vidas novamente, corríamos. Bebíamos sempre que encontrávamos um córrego, mas não ousávamos parar para caçar ou pescar. Não podíamos sequer roubar comida, porque fugíamos por campo aberto, evitando pessoas e lugares que pudessem abrigar nossos perseguidores.

Chegamos ao alto de uma comprida encosta e nos agachamos ali atrás de uma alta touceira de samambaias, olhando para baixo para o lugar de onde viéramos e chocados de descobrir que podíamos ver quilômetros a fio e que ninguém nos perseguia. Apertamos os olhos em busca de sinais de movimento na colina, mas só vimos lebres e o que poderia ser um porco selvagem, mais de um quilômetro e meio abaixo de nós. Finalmente aceitamos que não havia assassinos vorazes nos caçando.

À nossa frente, a encosta descia suavemente por oitocentos metros na direção de uma planície coberta de relva, limitada à direita pelo canal profundo e arborizado de um riacho da montanha.

Will apontou para as árvores.

– Vamos para lá. Ninguém nos verá e poderemos dormir.

Quando partimos, eu me senti cambaleando embriagadamente, incapaz de pensar em qualquer coisa que não no fato de que logo poderíamos dormir. Era final de tarde, e o sol lançava nossas sombras bem à frente de nós. A relva sob nossos pés era curta e densa, e o avanço era fácil. Logo chegamos à beirada do desfiladeiro e pulamos na primeira depressão que encontramos, um buraco de laterais altas cheio de relva, protegido pelo topo das árvores que se erguiam abaixo de nós na fenda profunda e escondida. Em poucos minutos estávamos dormindo.

Não sei quanto tempo se passou. Mas algo bateu no meu pé, e abri os olhos para ver o rosto mais hediondo que já havia visto olhando para mim. Eu gritei, acordando Will com um susto e fazendo com que nos lançássemos ladeira acima, mas o monstro nos pegou facilmente, me agarrando e enfiando debaixo de um braço e prendendo Will no chão com uma enorme bota. Ele nos silenciou com um rugido poderoso que considerei sede de sangue, então me lançou agachado a seus pés, depois recuou um passo e nos observou. Estiquei a mão na direção de Will, e ele a apertou com força, nos preparamos para a mutilação e a morte que a aparição certamente nos causaria. Mas então a gárgula nos deu as costas, e a ouvimos falar.

– Primeiro achei que eram ladrões querendo me roubar. Estava longe, e achei que eram homens.

Era uma voz estranha, inesperadamente suave, e as palavras eram cuidadosamente articuladas. Falava em escocês, mas com um ritmo estrangeiro. Não sabíamos o que pensar e, ainda tomados pelo terror, nos encaramos com olhos arregalados. Mas, com as costas do gigante voltadas para nós, eu podia ver que não havia nada de sobrenatural nele. Por trás ele era um homem como qualquer outro, embora com um volume enorme. Apenas quando ele encarava diretamente é que você o achava hediondo. Estava vestido em tons de verde, a cabeça escondida por um capuz que fazia parte da túnica, e enquanto eu olhava, meu coração começando a desacelerar, ele ergueu a mão e deu um puxão na testa.

Quando se virou para nós, o rosto estava coberto por uma máscara de tecido verde que ele devia ter baixado do capuz. Estava firmemente presa sob o queixo, e tinha apenas três aberturas de beiradas irregulares, uma para respirar e uma para cada olho. O olho direito brilhava na minha direção desde a abertura.

– Pronto – disse ele. – Melhor assim, não?

– Melhor? – repeti, minha voz pouco mais que um guincho.

– Meu rosto. Assusta crianças. Então eu o mantenho escondido... a maior parte do tempo – disse, inclinando a cabeça para olhar para Will. – E agora que sei que não estão aqui para me roubar, tenho algumas perguntas a fazer.

Ele se curvou de repente, agarrando meu tornozelo, e eu fiquei rígido de medo, mas ele apenas o torceu gentilmente e levantou para dar uma olhada na parte de trás de minha perna.

– Suas pernas estão cobertas de sangue seco. E também as suas – acrescentou, apontando com a cabeça para Will. – Por que apenas as pernas e por que só a parte de trás?

– Você sabe muito bem – disse Will, com a voz um pouco mais alta que a minha, mas eu podia perceber o desafio nela. – Você fez isso; você e seus amigos. Nos usou como mulheres... Como ovelhas.

– Eu fiz o quê? – disse o gigante, se levantando por um momento, abrindo e fechando um enorme punho grosso, depois se curvando rapidamente e agarrando o tornozelo de Will da mesma forma que pegara o meu. – Fique quieto. Não vou machucar você – rosnou ele quando Will começou a chutar.

Eu também fiquei tenso com o movimento súbito dele, pronto para me lançar em defesa de Will, mas depois fiquei imóvel, sentindo que não havia maldade naquele homem. Então assisti enquanto ele virava Will de barriga para baixo e o mantinha preso com a mão entre os ombros enquanto levantava a bainha da única roupa de meu primo, expondo a base das costas, as nádegas e os danos do que havia sido feito a ele. Eu não tinha visto até aquele momento, pois nenhum de nós falou sobre o que acontecera, mas eu sabia que o que estava vendo era o reflexo de minhas próprias costas. Vomitei, ouvindo o gigante repetir:

– Fique quieto, jovem, deitado quieto.

Quando terminei de limpar a boca, os dois olhavam para mim. Will sentado, rosto pálido, e o gigante reclinado, os ombros apoiados na encosta que se erguia atrás dele.

– Jesus Cristo – disse nosso captor naquela sua curiosa voz macia e algumas vezes sibilante. – Agora me escutem os dois. Sei que me ver assustou vocês. Isso acontece bastante, e eu me acostumei. Mas também saibam disso. Não tive nenhuma participação no que foi feito a vocês, e nenhum amigo meu faria isso, jamais. Não sei quem vocês são, nem de onde vêm, e nunca os vi antes de atravessarem aquelas montanhas.

Ele apontou um dedo para Will.

– Quando isso aconteceu?

– Ontem – disse Will em um sussurro.

– Quando? De dia ou de noite?

– De dia. De manhã.

– Onde?

– Em casa, perto de Ellerslie.

– Perto de Ellerslie? Isso é em Kyle, não?

Will assentiu.

– Sim, perto de Ayr.

– Terra de Carrick. Área de Bruce. Mas isso fica a mais de cinquenta quilômetros daqui. Como chegaram?

– Corremos.

– Correram? Cinquenta quilômetros em dois dias? Crianças?

– Sim – retrucou Will. – Eles estavam nos perseguindo. Algumas vezes nos escondemos, mas principalmente corremos.

– Quem estava perseguindo vocês?

– Os que... os que assassinaram meu pai, Alan Wallace de Ellerslie. E minha mãe. E minha irmãzinha, Jenny, também.

As lágrimas corriam pelas bochechas de Will, abrindo canais limpos na terra ressecada.

– Cristo!

A máscara verde se virou para me encarar.

– E quem é você? Irmão dele?

Eu balancei a cabeça, sentindo as lágrimas tremendo em meus próprios olhos.

– Não, sou o primo dele, Jamie, de Auchincruive. Fui morar com Will quando toda a minha família morreu de febre há dois anos.

– Ah – disse ele, olhando novamente para Will. – Seu nome é Will Wallace?

– William.

– Ah. William Wallace, então. Meu nome é Ewan Scrymgeour. Arqueiro Ewan, como os homens me chamam. Podem me chamar de Ewan. Então me contem exatamente o que aconteceu ontem e como começou tudo isto.

Foi bom ele ter perguntado aquilo a Will e não a mim, porque eu não tinha ideia do que havia acontecido. Foi tudo muito repentino e violento, e tudo caíra sobre mim como uma pedra de um céu azul claro. Mas Will era dois anos mais velho, acostumado a pensar por conta própria, já que havia sido ensinado durante anos, pelos pais, que conhecimento e capacidade de ler e escrever são as maiores forças que um homem livre pode ter. Will vinha de um clã de homens e mulheres de luta, assim como eu, mas o ramo de nossa família ao qual o pai dele pertencia tinha uma habilidade natural para questões clericais, e dois de seus tios, bem como vários primos, eram monges.

– Eram ingleses – disse Will, a voz ainda baixa, o cenho franzido enquanto se esforçava para lembrar dos acontecimentos.

– Ingleses? Não pode ser. Não há soldados ingleses na Escócia.

– Eu os vi! E os ouvi conversando. Mas podia dizer pelas armaduras antes mesmo de ouvi-los rosnando uns com os outros.

– Jesus, isso não faz nenhum sentido. Não estamos em guerra com a Inglaterra e eles não têm soldados aqui. A não ser que sejam desertores que vieram para o norte em busca de saques. Mas se for esse o caso, teriam ficado mais seguros na Inglaterra. Os homens do rei Alec os caçarão como lobos. Quantos eram?

– Dez a pé e um cavaleiro no comando. Ele tinha uma coisa branca na túnica. Uma espécie de torre ou castelo.

– E o que aconteceu?

– Não sei – disse Will, limpando os olhos com a parte de cima do pulso. – Estávamos caçando esquilos, Jamie e eu. Ouvimos o barulho, corremos para ver o que estava acontecendo e encontramos minha irmã Jenny fugindo. Ela estava perturbada, fora de si, tomada pelo terror. Não conseguia falar, nem mesmo tentou. Só ficou uivando, aos prantos. Eu sabia que alguma coisa terrível havia acontecido. Então a deixei lá com Jamie e corri para ver.

Ele ficou em silêncio, olhando para o nada, e seu rosto ganhou uma expressão soturna.

– Eles estavam todos mortos, espalhados no acesso ao pátio – ele disse em uma voz embotada que nunca havia escutado antes. – Jessie, a cozinheira, Angus, o tratador de cavalos; Timothy, Charlie, Roddy e Daft Sammy. Todos mortos... estripados e cobertos de sangue e...

Ele então soluçou, um único som doloroso.

– Meu pai estava sendo encostado na parede junto à porta com a cabeça para um lado e os olhos arregalados, e achei que estava olhando para eles, mas então também vi sangue nele, por todo o corpo... e a cabeça estava quase cortada, pendurada para um lado. Minha mãe estava perto dele, caída de barriga para baixo, com uma grande lança se projetando entre os ombros. Eu podia ver as pernas nuas dela até em cima. Nunca tinha visto antes – disse, soluçando e estremecendo. – Os que estavam vivos eram todos estrangeiros, o que os ingleses chamam de homens de armas, todos com capacetes, coletes e cotas de malha, além de um cavaleiro montado. Os homens estavam conversando e rindo, mas o cavaleiro estava apenas sentado no cavalo, limpando a espada em algo amarelo. Então um deles me viu, gritou e eu corri o mais rápido que pude até onde havia deixado Jamie e Jenny.

Quando ele parou dessa vez, achei que não iria dizer mais nada.

– O que aconteceu então? – estimulou o arqueiro Ewan.

– O quê?

– O que aconteceu depois que você correu de volta para Jamie e sua irmã?

– Ah... nós corremos pelo caminho pelo qual tínhamos vindo, mas eu tinha de carregar Jenny, e eles nos apanharam perto da velha torre de vigia. Cinco deles. Um matou Jenny. Cortou a cabeça dela e nem mesmo olhou para o que havia feito. Estava olhando para Jamie com uma expressão terrível no rosto. E então eles... eles fizeram o que fizeram conosco, depois nos amarraram e deixaram ali, nos arbustos junto à muralha da torre. Disseram que iam voltar.

– Como vocês escaparam? Vocês escaparam, não é?

Will assentiu.

– Sim. Eu guardava uma faquinha para esfolar esquilos debaixo de uma pedra junto à porta da torre, perto de onde eles nos deixaram. Jamie estava mais perto dela que eu, então falei para ele pegar para mim. Ele rolou para lá, pegou, depois se arrastou de volta, segurando-a às costas, eu a peguei e consegui soltar os pulsos dele. Demorou muito. Depois ele cortou as cordas das pernas e me soltou. E então corremos.

– Tem certeza de que eles perseguiram vocês?

Will ergueu os olhos para o gigante, surpreso.

– Ah, sim, eles nos perseguiram, e teriam nos apanhado, só que houve uma tempestade e ficou difícil ver por causa da chuva e da escuridão. Mas sabíamos para onde estávamos indo, e eles não. Então escapamos deles e continuamos entrando na floresta, cada vez mais fundo, até não saber mais onde estávamos. Corremos o dia todo. Quando escureceu dormimos um pouquinho, depois levantamos e corremos de novo. Mas eles encontraram nosso rastro, e podíamos ouvi-los vindo atrás de nós, gritando para que desistíssemos.

– Ahnn.

O homem grande ficou pensando naquilo por um tempo, nos estudando atentamente com o olho bom, e eu comecei a ficar com medo de que ele duvidasse de tudo o que Will tinha dito, embora certamente pudesse ver que nosso terror e nossa exaustão eram reais.

– Bem – disse ele finalmente. – O que interessa é que vocês escaparam, estão aqui e bem longe deles. Vocês sabem para quem estavam trabalhando?

Will franziu o cenho.

– Para quem eles estavam trabalhando? Eles não estavam trabalhando para ninguém. Eles eram ingleses! Não há ingleses em Carrick. Os homens lá são todos homens de Bruce. Meu pai serviu a condessa de Carrick a vida inteira. Ele tinha muito orgulho disso.

– Sim, sem dúvida. Então, se você está certo e eles eram ingleses, deviam ser desertores, como deduzi. Ou isso ou seu pai deve ter incomodado alguém importante. E poderoso. Ele era rico?

– Meu pai? – perguntou Will, piscando. – Não, ele não era rico. Mas também não era pobre. Temos um bom rebanho de gado.

– Eles podiam estar atrás disso. Mas seja isso ou não, aquele gado não está mais lá – disse ele, suspirando alto e juntando as mãos. – Certo, então, eis o que vamos fazer. Eu tenho um acampamento aqui perto, no fundo da ravina, junto ao córrego. Iremos para lá, onde há uma bela fogueira, vou preparar alguma coisa para comer e vocês dois poderão se lavar no riacho, e eu ensino a vocês como fazer uma cama de samambaias. De manhã decidimos o que devem fazer a seguir. Vamos agora.

A água estava gelada, mas o frio sobre meu corpo aquecido foi suficientemente intenso para amortecer o pior da dor lancinante em minhas costas. Eu trinquei meus dentes de 8 anos e me dediquei furiosamente a eliminar as evidências de minha vergonha e do pecado que suportara. Podia ouvir Will se lavando perto de mim e ouvir seus palavrões murmurados, pois ele sempre teve um jeito bastante explícito e duro com as palavras. Quando senti que minhas pernas e nádegas estavam limpas novamente, ajoelhei no córrego, me inclinando para frente de modo a jogar água no rosto e na cabeça, esfreguei ambos até sentir que também estavam limpos.

– Eu terminei – informou Will, enquanto eu sacudia a água dos cabelos, e voltamos juntos para a margem.

A fogueira de Ewan era bem escondida em um buraco revestido de pedras, mas podíamos ver seu brilho refletido nos galhos, e logo estávamos sentados ao lado dela, cada um enrolado em um dos dois cobertores velhos que ele nos jogara juntamente com uma única toalha de pano grosso quando retornamos.

– Comam – disse ele, dando a cada um uma pequena tigela de lata com comida.

Além dos ovos batidos, havia uma carne deliciosa, em pedaços pequenos, e algum tipo de raiz picante que devia ser nabo. Ele também estava cozinhando alguma outra coisa em uma panela rasa, mas não tinha nada a ver com o que comemos naquela noite. Ele havia erguido a máscara e a enfiado de volta no capuz, talvez para conseguir ver melhor, e tomava o cuidado de dar as costas a nós enquanto trabalhava. A coisa na panela era uma mistura preta e molhada de plantas e ervas, com algum tipo de pó que ele tirava em grande quantidade de um bolso em sua túnica. Ele manteve a mistura fervendo sobre as brasas com um pouquinho de água, misturando com uma vareta e verificando a temperatura com o dedo de tempos em tempos – embora eu tenha percebido que ele nunca provava –, até que a tirou do calor e colocou de lado para esfriar. Ainda dando as costas para nós, enquanto

Will e eu nos deliciávamos com o refogado, ele começou a rasgar o que me parecia ser uma bela camisa, produzindo dois pedaços grandes e várias faixas compridas e finas. Will e eu acompanhávamos todos os seus movimentos, mastigando com avidez e pensando no que ele iria fazer.

Will pigarreou.

– Posso fazer uma pergunta?

O homem grande ergueu os olhos, o lado destruído de seu rosto escondido nas sombras.

– Sim, pergunte.

– Que tipo de ovos são estes? São bons.

– Uma mistura, mas quatro deles eram de pato. O resto era de aves terrestres selvagens; tetraz e frango d'água.

– Você não vai comer?

– Eu já comi, enquanto vocês tomavam banho.

Will assentiu, depois disse:

– Você não precisa mais esconder o rosto. Não estamos mais com medo.

O rosto de Ewan se contorceu no que eu achei ser um sorriso.

– Têm certeza disso?

– Sim, temos certeza. Não temos, Jamie?

– Sim, temos certeza, claro – respondi e depois, encorajado por minha juventude e pela súbita percepção de que realmente não tinha medo daquele homem estranho, eu perguntei: – O que houve com ele? Seu rosto?

O gigante respirou fundo.

– Quantos anos você tem, William Wallace?

– Dez.

– Bem, então, quando eu era um garoto apenas dois anos mais velho do que você é agora, fui atingido no rosto por uma clava. Sabe o que é uma clava?

– Sim, um porrete.

– Isso. Um porrete com cabeça de metal. E ela quebrou meu rosto inteiro, arrancou meu olho e todos os dentes de um dos lados.

– Quem fez isso?

– Não sei. Foi no começo de uma batalha, em um lugar chamado Lewes, em Sussex, no sul da Inglaterra.

Ele continuou nos contando como, quando aprendiz de um arqueiro galês, se juntara ao exército do rei Henrique, o terceiro desse nome, em sua guerra contra os barões rebeldes liderados por Simon de Montfort. O atual rei da Inglaterra, Eduardo I, disse Ewan, era então príncipe e comandava a cavalaria e os arqueiros do lado direito da linha de batalha do rei Henrique, no terreno elevado acima da cidade de Lewes. Mas o inimigo, comandado pelo próprio Simon de Montfort, o surpreendeu vindo pela retaguarda após uma ousada marcha noturna e assumira o controle da elevação após uma batalha breve e encarniçada. Naquela breve luta no começo da manhã, antes da batalha propriamente dita, a companhia de arqueiros do jovem Ewan, correndo para assumir novas posições, havia sido apanhada em campo aberto e esmagada por um esquadrão de cavaleiros de Montfort, um dos quais atingiu Ewan de passagem.

– Mas se você perdeu a batalha, por que eles o chamam de arqueiro Ewan? – perguntei.

– Porque é isso que sou. Um arqueiro, com uma vida de experiência no arco longo. Eles me deixaram no campo como se estivesse morto, mas eu não morri. E quando me recuperei eu retomei o aprendizado. Havia perdido mais de um ano de aprendizado, mas meu mestre também era meu tio. Ele me aceitou de volta aos seus cuidados, e eu aprendi bem, apesar de ter perdido o olho. Isso muda sua visão, sabe, ter só um olho – disse, fazendo um som rosnado que deveria ter sido um riso autodepreciativo. – Mas eu me adaptei rapidamente, pois não tinha muito mais que me distraísse do trabalho. Enquanto outros sujeitos corriam atrás de garotas, eu encontrava consolo no arco e em aprender a arte de usá-lo melhor que qualquer homem que já conheci.

Ele pegou a panela que colocara ao lado do fogo antes, conferindo a temperatura novamente com o dedo.

– Isso, está pronto.

Eu olhei atentamente enquanto ele dobrava cada um dos dois grandes pedaços da camisa rasgada em quatro e depois derramava cuidadosamente metade da mistura na panela em cada uma das compressas que havia feito. Eu franzi o nariz com o cheiro daquilo.

– O que é isso?

– Uma panaceia.

– O que é uma panaceia?

– Um remédio, feito de coisas naturais. Este é um emplastro feito de folhas de bardana, ervas e uma mistura especial de coisas secas que recebi de minha mãe, que é uma curandeira famosa. Normalmente emplastros precisam ser quentes, mas este não. É para vocês.

Ele ergueu os olhos para ver como eu reagia a isso, mas me limitei a olhar para a panaceia.

– Há um para cada um. Vamos colocar isso nos traseiros, onde a dor é pior, e manter preso no lugar com essas faixas compridas. Vocês vão dormir com isso no lugar, e de manhã deverão estar se sentindo melhor. Talvez a dor não tenha passado totalmente, mas o pior sim. Agora, vamos colocar. Já estão frias, então não vão queimar vocês.

Will e eu nos entreolhamos com temor, muito conscientes do que havia acontecido da última vez que um homem chegara perto dos nossos traseiros, mas o grande arqueiro era paciente e claramente preocupado conosco, então sofremos a indignidade de permitir que ele colocasse as coisas no lugar e as amarrasse com firmeza. Era revoltante, mas em muito pouco tempo eu imaginei que a dor no meu traseiro arrasado estava diminuindo, e me sentei imóvel, desfrutando do calor da fogueira reabastecida e me apoiando em Will, que olhava ao redor do acampamento do arqueiro.

Então também olhei, e percebi que o que achara ser um lugar apenas temporário tinha sinais de permanência. O buraco da fogueira era bem feito, as pedras enegrecidas pelo tempo e pela fuligem, e havia várias caixas de madeira ou arcas solidamente construídas que pareciam pesadas demais para ser apanhadas e levadas por um homem em uma viagem só. Olhei mais atentamente na escuridão e vi que eram encaixadas em recessos na encosta escavada que cercava a fogueira e servia de assento para nós, e que suas laterais tinham dobradiças e podiam ser fechadas com um trinco.

– Você vive aqui o tempo todo? – falou Will, fazendo a pergunta que estava em minha mente.

– Não – disse Ewan. – Mas passo muito tempo aqui. Minha mãe vive aqui perto.

– Por que não fica com ela?

– Porque ela vive em uma caverna – respondeu e, vendo o espanto em nossos rostos, acrescentou: – Fico afastado pois não quero deixar pistas de que estou aqui. Só vou vê-la quando acho que ela precisa de mais comida. Ir com muita frequência seria perigoso.

– Por quê?

O grande arqueiro bufou de indignação.

– Porque alguém poderia me ver indo ou vindo, e então poderia procurar e encontrar minha mãe. E se eles a encontrarem, a matam.

A enormidade daquilo nos deixou sem palavras, e Will, tendo visto a própria mãe morta poucos dias antes, enxugou os olhos, de repente rasos d'água. Sobrou para mim fazer a pergunta óbvia.

– Por que alguém iria querer matá-la?

– Porque ela é minha mãe e eu sou um fora da lei. Então ela também é.

– Uma fora da lei? – reagi, tomado de espanto. – Como a mãe de alguém pode ser fora da lei?

Ele esticou a mão para acariciar meus cabelos.

– Sim – disse em voz baixa. – É absurdo, não? Mas ela é, porque eu salvei a vida dela, e me tornei um fora da lei por fazer isso.

Ele olhou para a fogueira, e eu puxei o cobertor mais para cima de mim, sentindo que haveria uma história. E ele certamente começou a falar, lenta e claramente naquela maravilhosa voz suave.

– Lembra de eu ter dito que ela era uma curandeira famosa? Bem, ela era. Vivia em um lugarzinho a leste daqui, uns 18 quilômetros de onde estamos agora. Sequer tinha nome; era só um punhadinho de casas perto de um rio. Mas ela era conhecida em toda a região, e sempre que alguém ficava doente iam procurar por ela. A terra pertencia a um antigo senhor chamado Sir Walter Orminston, um dos Orminston de Dumfries, mas quando ele morreu passou-a para o filho mais velho, que era um monte de estrume inútil chamado William. Mas ele gostava de ser chamado de William, Senhor de Orminston. O velho havia sido apenas Orminston, mas o filho exigia ser chamado de Senhor de Orminston. De qualquer forma, esse Senhor de Orminston tinha uma esposa tão tola quanto ele, e um filhinho chamado Alasdair. A criança ficou doente, e o Senhor mandou levar minha mãe à casa grande para vê-lo. Apesar de ser uma grande curandeira, minha mãe não podia competir com a vontade de Deus, e a criança morreu. O pai enlouqueceu, e sua esposa chamou minha mãe de bruxa, disse que havia colocado uma maldição no filho. Eles a trancaram em um porão na casa grande. Eu soube de tudo na manhã seguinte e saí imediatamente à procura dela, cheguei no exato instante em que iam enforcá-la em uma árvore. Eu estava longe demais para impedir, longe demais até para gritar para eles e ser escutado. Não podia acreditar no que estava vendo. Eles colocaram uma corda ao redor do pescoço e lançaram a outra ponta por sobre um galho alto, e então três homens se juntaram na outra ponta da corda, pretendendo correr com ela, erguendo-a no ar.

Ele parou de falar, e tive de morder minha língua para ficar quieto e esperar, mas Will falou.

– O que você fez?

– O que eu podia fazer? Usei meu arco e disparei neles quando começaram a correr, antes que pudessem erguê-la do chão. A corda queimou o pescoço, mas a soltaram antes que ela estivesse no ar. Eu já estava correndo na direção deles. Quando vi o Senhor William, disparei, mas ele estava correndo para se esconder atrás de uma árvore e eu o acertei no ombro. Eu o lancei longe, mas não o matei. No momento em que cheguei até minha mãe éramos apenas eu, ela e os três homens que havia matado. Todos os outros haviam se espalhado.

Ele respirou fundo e soltou o ar com força.

– Isso foi há dois anos, o fim da minha vida como eu a conhecia. Levei minha mãe no meu cavalo e escapamos, mas não podíamos mais voltar para casa, pois ofereceram um prêmio pela minha cabeça por ter assassinado os três homens e pela tentativa de assassinato do Senhor William. Sabia que fariam isso, mas quando correu a notícia de que estávamos longe, minha mãe e eu, a levei para a floresta e passamos alguns meses lá. Quando o tumulto passou, eu a trouxe novamente para cá, perto o bastante de sua própria terra, mas suficientemente longe para não correr riscos. Nós nos escondemos aqui por mais um ou dois meses, enquanto eu procurava um lugar seguro e confortável para ela, até que um dia encontrei a caverna onde mora hoje. Ela está bastante contente, mas o solo abaixo da encosta perto da entrada é lamacento, e é fácil demais deixar rastros que possam ser seguidos. Por isso, fico longe a maior parte do tempo.

– Exceto quando acha que ela precisa de mais comida – eu disse.

– Sim, é isso. Ela tem algumas cabras que ficam soltas, mas atendem ao seu chamado, e dão a ela leite e queijo. E tem seus próprios cultivos, plantações nas clareiras entre as árvores. Eu levo aveia e carne fresca de tempos em tempos, carne que defumo aqui para que se conserve.

– Que tipo de carne?

– Carne de cervo. Dos cervos do Senhor William. Sou caçador ilegal e ladrão dos cervos dele. É graças a ele que sou um fora da lei, então demonstro minha gratidão matando e comendo seus cervos.

– Como é ser um fora da lei? – perguntei.

O grande homem sorriu para mim e eu vi seu rosto claramente, mas não vi nada de feio nele.

– É como estar com sono. Você aprende a aceitar isso, e espera que não dure muito – disse, apontando com a cabeça para Will. – Seu primo já está dormindo. Agora os dois para cama. Podemos conversar mais amanhã.

Acordamos na manhã seguinte com a visão de Ewan de pé ao lado do buraco da fogueira, olhando para nós com o que parecia um sorriso.

– Então vocês dois vão dormir o dia inteiro? Já tive todo um dia de trabalho enquanto vocês ficavam aqui roncando. Levantem, vão ao córrego e limpem a bagunça dos seus traseiros, rápido. Preciso que me ajudem a cortar isso, e depois vamos visitar minha mãe, então levantem e se apressem.

Se nossos olhos ainda estavam embaçados isso desapareceu imediatamente, pois a carcaça estripada de um pequeno cervo estava envolta em um pano grosso esticado sobre os ombros dele, os cascos pontudos mantidos juntos sobre o peito por um punho enorme. Pulamos de nossas camas de samambaia enquanto ele pousava o animal morto no chão e corremos a pequena distância até o riacho com sua voz intimidadora em nossos ouvidos o tempo todo.

O riacho era mais estreito e rápido do que eu achara na noite anterior, e passava por nós fazendo um arco, cujo limite externo acompanhava uma margem arborizada íngreme, mais alta e vertical que aquela às nossas costas. A única forma de ver o céu era olhando diretamente para cima através de uma estreita faixa aberta entre os galhos no alto, e imediatamente percebi que o acampamento de Ewan era o mais seguro possível, pois alguém só o encontraria por acaso. Nem mesmo o cheiro de madeira queimando o denunciaria, pois no momento em que a fumaça chegasse a alguém teria sido dissipada pela folhagem densa nas encostas.

A água também não parecia tão fria quanto na noite anterior, e rapidamente lavamos de nossos corpos os restos do emplastro de Ewan, comentando um com o outro que já não sentíamos a dor latejante que parecera interminável no dia anterior.

Ewan quase terminara de esfolar o pequeno cervo quando voltamos à fogueira protegida, onde ainda havia calor sob uma camada de terra esturricada. Nós o vimos cortar a cabeça e as canelas – eu estava fascinado com a cor e o fio da lâmina curva que ele usava. Depois colocou todo o fardo no centro do tecido que antes cobrira seus ombros.

– Tomem – disse, amarrando as pontas juntas. – Um de vocês pegue aquela pá e o outro a picareta, depois enterrem isto junto à margem do riacho. Mas tragam o pano de volta. E se preocupem em levar para o mais longe que conseguirem carregar. Não pensem em enterrar perto. Enterrem fundo, soquem o terreno e empilhem pedras sobre ele. Não queremos atrair carniceiros, animais ou não. Depois voltem para cá o mais rápido que puderem.

Levamos algum tempo para seguir suas instruções, e mal trocamos uma palavra um com o outro, tão concentrados estávamos em fazer exatamente o que ele mandara. No caminho de volta, fomos envolvidos pelo delicioso aroma de comida. Ewan atiçara o fogo adormecido, e uma frigideira plana de ferro cheia de carne fresca e um tipo de cebola chiava sobre as brasas.

Comemos vorazmente, como se não nos alimentássemos havia semanas. Aqueles dois dias correndo haviam levado nosso apetite ao ponto da insaciabilidade. O fígado de cervo estava perfeito, coberto de farinha e sal e grelhado levemente com as suculentas cebolas selvagens, e quando a última migalha foi devorada, recostamos alegremente.

– Como estão as bundas de vocês?

A pergunta, dirigida a ambos, foi feita relaxadamente enquanto Ewan limpava cuidadosamente sua faca, removendo qualquer sinal de comida de sua lâmina reluzente. Ambos garantimos a ele que estávamos muito melhor.

– Bom – disse, apontando com um polegar por sobre o ombro para onde a carcaça do cervo estava pousada, coberta de samambaias novas. – Vou cortar um pouco disso em pedaços que possamos carregar, e deixar o resto aqui para defumar depois. Vocês podem me ajudar a carregar a parte da minha mãe até ela.

– Ela vive longe daqui? – perguntou Will.

O grande fora da lei balançou a cabeça.

– Não longe, uma caminhada de duas horas. Longe o bastante para ser seguro quando alguém vem aqui me caçar. O Senhor William suspeita que ainda estou por perto, então de vez em quando patrulhas vêm me procurar. Mas ainda não me encontraram.

– Não tem medo que encontrem sua mãe? – perguntou Will.

– Ela está ao norte daqui, do outro lado das montanhas, no limite mais distante das terras de William. Eu deixo sinais no sul e no sudeste de tempos em tempos, para que continuem caçando por lá. Ademais, ela sabe cuidar de si mesma.

Ewan pegou a faca novamente e começou a amolá-la em um instrumento muito usado que estivera pousado ao lado do seu pé. Eu olhei cuidadosamente, nunca tendo visto um como aquele antes, uma tira de couro, com talvez trinta centímetros de comprimento e um polegar de largura, que ele amarrara a uma vara de madeira pesada. O couro tinha uma pátina pela longa utilização, sua cor escurecida pela fricção de uma lâmina levemente untada. Eu o vi testar o fio da lâmina com a ponta do polegar.

Ele não tinha barba. Isso era parte do motivo pelo qual me assustara tanto quando olhei para ele pela primeira vez. Em um mundo onde todos os homens eram barbados, uma barba teria feito muito para esconder sua aparência assustadora, mas ele não fazia qualquer tentativa de cobrir a deformação do rosto deixando-a crescer. Se usava uma máscara, por que não uma barba?

Já vi homens sem barba antes, mas muito poucos, e meu pai havia sido o único que eu conhecera pessoalmente. Quando criança eu observava, fascinado, enquanto ele fazia grande esforço para livrar bochechas, queixo e lábio superior de pelos usando uma faca fina, de lâmina curta e impressionantemente afiada que reservava apenas para aquilo. Era trabalhoso raspar a barba, eu sabia, uma tarefa meticulosa, demorada e aparentemente sem sentido, exceto pelo fato de que o compromisso de meu pai com isso tinha um objetivo que eu descobrira por acaso certo dia, escutando minha mãe falar com uma amiga. Ela dissera que meu pai tinha um problema de pele que só conseguia controlar se barbeando diariamente. Ele talvez pudesse falhar um dia, mas três dias seguidos sem a lâmina cobriam seu rosto de furúnculos e manchas escamadas. Eu nunca descobri a causa dessa doença, mas a partir daquele momento aceitei a rotina diária de meu pai como sendo necessária. Vendo Ewan amolar sua estranha faca azulada, eu percebi que a lâmina era muito mais afiada que a de meu pai, e que ele poderia usá-la facilmente para se barbear. Mas havia em sua pele uma suavidade que não dava sinal de ter sido raspada.

– Ewan, por que você não usa barba?

Ele olhou para mim surpreso, depois riu.

– A mesma razão pela qual não tenho sobrancelhas. Ela não cresce.

Eu olhei para ele boquiaberto, pela primeira vez notando que era como ele dizia. Ele tinha cenhos, mas eles não apresentavam pelos.

Ele riu novamente.

– Eu nasci careca, jovem Jamie. Nunca tive um único pelo em qualquer lugar do meu corpo. Veja.

Ele estendeu uma mão na minha direção, expondo a pele do antebraço. Era absolutamente lisa, bronzeada e muito musculosa, mas livre de qualquer traço de pelos.

– Nenhum cabelo? – perguntei.

– Nem um só cacho. É outra razão para a máscara e o capuz. Minha cabeça nua torna fácil demais me notar. As pessoas se lembrarão de um fora da lei mascarado e encapuzado, mas não conseguirão descrevê-lo. Mas um homem careca e sem barba é completamente diferente.

Minha mente correu para absorver o que ele havia dito.

– Então você não usava capuz antes de ser fora da lei?

– Não, por que faria isso? Eu não precisava de um. Não tinha motivo para ter medo que as pessoas soubessem quem eu era. Não tinha nada a esconder nem nada a proteger. Mas agora é diferente. E quanto a vocês dois? Para onde irão depois?

– Não sei – disse Will em voz baixa. Ele estivera escutando atentamente nossa conversa. – Acho que deveríamos procurar a condessa.

– A condessa? Em Kyle? Isso é de onde vocês vieram, a quase cinquenta quilômetros. Como chegarão lá? E o que farão quando estiverem lá? Vocês têm outros parentes perto?

– Não. Éramos apenas nós, e o pessoal de Jamie em Auchincruive, mas eles também estão todos mortos. Eu tenho dois irmãos, mas Malcolm está treinando para ser cavaleiro, e John foi feito cavaleiro há dois anos, e ambos estão com as forças de Bruce, em algum lugar de Annandale. Não sei como encontrá-los, contar o que aconteceu. Eles precisam ser avisados. Isso deixa apenas Jamie e eu.

– E não tem nenhum outro parente em parte alguma?

Will deu de ombros.

– Ah, sim. Há o irmão de meu pai, Malcolm. Aquele em homenagem a quem meu irmão foi batizado. Ele vive em Elderslie, perto de Paisley.

O grande arqueiro piscou.

– Ellerslie e Elderslie? Há dois lugares com o mesmo nome?

– Não são exatamente o mesmo – respondeu Will. – Apenas soam igual. Acho que não há nenhuma relação.

– Exceto que ambos têm cavaleiros chamados Wallace como ocupantes.

– Meu pai não era cavaleiro, mas meu tio Malcolm é. Ele tem terras lá, e uma casa.

– E como ele e seu pai se davam? Eram amigos?

– Eu... acho que sim. Eles são irmãos, e sei que gostam um do outro. Ou gostavam um do outro... – disse, a voz falhando um pouco. – E tenho mais dois tios, ou um tio e um primo, perto dali. Pelo menos acho que é perto. Peter e Duncan Wallace. Minha mãe fala deles... falava deles o tempo todo. Estão os dois na abadia de Paisley, um deles padre, o outro monge.

Ewan se empertigou.

– Então você tem um clã lá, nessa tal Elderslie, mesmo que todos sejam homens. Não há mulheres lá?

Will deu de ombros.

– Acho que sim. Meu tio Malcolm tem uma esposa chamada Margaret.

– Então é para onde vocês devem ir, para seus parentes. Não restou nada de onde vocês vieram. A condessa não deixaria vocês cuidarem sozinhos da fazenda, dois garotos, apenas crianças. Ademais, se os homens que mataram sua família descobrirem que estão de volta, irão terminar o que começaram. Acho que deveriam ir para Paisley, para seus parentes na abadia. Eles os levarão até Elderslie.

– Mas Paisley fica a quilômetros – disse, escutando o desânimo em minha própria voz, e Ewan virou sua grande cabeça para olhar para mim.

– Quilômetros? Deus o abençoe, jovem, é muito mais perto que o lugar de onde vieram. São quase cinquenta quilômetros para voltar, mas Paisley fica a trinta daqui.

Eu olhei para Will, mas ele apenas balançou a cabeça, tão ignorante quanto eu, e o grande Ewan considerou isso um sinal de que estava certo.

– Então eis o que faremos – disse, a voz muito segura. – Minha mãe encontrará algo que vocês possam vestir, para cobrir seus traseiros nus, e arrumará alguma comida para vocês. Depois dirá qual é o melhor caminho, e eu os colocarei na estrada. Vocês verão que será fácil, e em pouco tempo estarão em Elderslie, batendo na porta do seu tio.

A partir daquele dia, sempre que ouvi aquele tipo de certeza na voz de alguém eu me preparei para o pior que podia acontecer, pois os dias que se seguiram decididamente não foram fáceis para nenhum de nós.

Começou naquela tarde, quando chegávamos à base da baixa cordilheira coberta de árvores que abrigava a caverna da mãe de Ewan. A terra ali era densamente arborizada, mas também havia grandes trechos de campos abertos, salpicados de bosques densos nas terras baixas no sopé das montanhas, e eles eram lar de rebanhos de cervos. Estávamos caminhando havia quase três horas em uma rota sinuosa, evitando os espaços abertos e nos mantendo nos limites das florestas, porque Ewan nos alertara de que não era seguro arriscar cruzar os campos abertos, onde podíamos ser vistos por qualquer um de qualquer direção. Os cervos, que eram muitos e pastavam em pequenos grupos de oito ou dez, em grande medida nos ignoraram, conscientes de nossa presença quando passávamos, mas parecendo não identificar perigo em nós.

Mas aquilo mudou em um instante quando todo o movimento entre eles se imobilizou, e todas as cabeças se ergueram ao mesmo tempo. Ewan também ficou paralisado, e ergueu a mão para nos alertar. Um momento depois o campo à nossa esquerda se transformou, com todos os cervos começando a correr ao mesmo tempo, saltando no ar enquanto fugiam em busca da proteção mais próxima, e quando todos haviam desaparecido Ewan continuou imóvel, tensão em todos os seus traços.

Eu comecei a perguntar o que havia de errado, mas ele me silenciou com um gesto brusco de mão.

– Escutem – sussurrou ele.

Eu apurei os ouvidos, consciente de que Will estava fazendo o mesmo, e então escutei o que devia ter assustado os cervos, um estranho som ululante à distância, embora não soubesse dizer em qual direção.

– O que é isso?

Ewan soltou o embrulho de carne e deslizou o grande arco esticado por cima da cabeça.

– Cachorros – rosnou ele, já começando a correr. – Cães de caça. Vocês dois ficam aqui!

Suas últimas palavras foram gritadas por cima do ombro enquanto ele corria, mas Will e eu não tínhamos intenção de permanecer onde estávamos. Olhamos um para o outro sem necessidade de falar e então soltamos nossos próprios pacotes embrulhados em tecido e partimos atrás dele. Corremos o mais rápido que podíamos, mas Ewan se movia como um homem possuído, em grandes saltos para frente, sem dar atenção a seus próprios alertas sobre ser visto. Logo vimos que não conseguiríamos alcançá-lo, mas continuamos a correr, indo até o limite, subindo e descendo, e olhando desamparados enquanto ele nos superava a cada passo frenético e finalmente desaparecia em meio à vegetação densa em outra colina bem à frente.

Momentos antes de chegar ao topo daquela colina ouvimos um único uivo arrepiante em algum ponto à frente. Era humano, e tomado de angústia. Avançamos pelo resto da vegetação e paramos de repente. Estávamos no alto de uma encosta íngreme coberta de relva com vista para uma clareira estreita delimitada por árvores que se estendia por oitocentos metros dos dois lados. Vi movimento por toda parte lá, mas estava tão sem fôlego pelo esforço de correr que inicialmente não entendi o que estava vendo, e lancei um braço sobre os ombros de Will e fiquei ali ofegante, tentando entender a cena.

Minha primeira impressão, ainda viva em minha mente hoje, foi a de dois pontos imóveis em meio a um redemoinho de homens distantes que giravam, espalhados, em grande velocidade, alguns deles montados, outros a pé. Um desses pontos era Ewan Scrymgeour, parado no sopé da encosta abaixo de nós e olhando através do vale estreito para o outro, pendurado em uma grande árvore isolada na encosta oposta, um fardo amarronzado sem forma. E depois, num piscar de olhos, o horror tomou conta de mim. O arqueiro gigante gritou novamente e partiu em disparada, na direção do fardo pendurado.

Os homens que giravam haviam se reunido nas duas extremidades do vale estreito, e então se viraram na direção dele, ganhando velocidade à medida que avançavam, e gritando ordens e instruções uns para os outros. Eu me dei conta dos dedos crispados de Will se cravando fundo em meu braço.

– Temos de ajudá-lo. Eles vão pegá-lo.

No instante em que ouvi as palavras ouvi também a inutilidade nelas. Não tínhamos uma arma conosco, e não havia nada que pudéssemos fazer. Ambos sabíamos disso. Também sabíamos que, expostos como estávamos na colina, seríamos mortos. Se fôssemos apanhados ali, obviamente tendo ido com o grande Ewan, não seríamos enforcados como foras da lei. Seríamos feitos em pedaços pelo primeiro homem a nos alcançar, isso se antes não fôssemos novamente usados como mulheres.

Os atacantes estavam se deslocando, seis homens a cavalo descendo em disparada pela nossa direita, e dois outros subindo a colina pela esquerda, estes seguidos por seis homens correndo que haviam soltado quatro grandes cachorros de suas guias, cães de caça que passaram pelos dois cavaleiros que lideravam o grupo e corriam na direção do nosso amigo.

Durante os momentos em que eu estivera olhando para os atacantes, Ewan Scrymgeour chegara à árvore, e vi o lampejo de sua lâmina enquanto ele cortava a corda e depois pulava para apanhar a mãe antes que caísse no chão. Ele conseguiu por pouco, e a baixou suavemente, se curvando acima dela, de modo que não podia ver o que estava fazendo. Mas depois ele ajoelhou, a cabeça baixa, e vi claramente quando se persignou antes de se levantar e pegar o arco. Sua aljava cheia, com quase vinte flechas – eu as admirara naquela manhã –, estava pendurada nos ombros por uma faixa que passava pelas costas, e ele estendeu a mão e pegou uma, encaixando-a no arco e olhando de um lado para o outro na direção dos homens que se aproximavam.

Eu nunca havia visto nada como o que se seguiu, nem testemunhei algo igual desde então. Ewan Scrymgeour distribuiu a morte em uma clareira na floresta naquele dia como se fosse o próprio deus da morte. De pé, sozinho sob a árvore na qual sua mãe havia sido morta, ele matou todo homem e cachorro que foi contra ele, derrubando-os indiscriminadamente quando chamavam sua atenção, alguns a poucos metros, como o primeiro cachorro que morrera no ar enquanto pulava em sua garganta, e outros em distâncias maiores. Nenhum dos homens que o atacavam tinha arco, e essa era sua única vantagem. Para lidar com ele, tinham de chegar à distância de arremessar uma lança, ou à distância da espada, e ele matou um após o outro antes que conseguissem.

Seus atacantes logo reconheceram que ele nunca errava, e perderam todo desejo de lutar. Mas aqueles homens haviam assassinado sua mãe, e Ewan os abateu sem misericórdia enquanto cavalgavam e corriam para longe, até restarem apenas dois vivos – um homem a pé, que ficara além do alcance do arco do arqueiro, e o líder do grupo a cavalo. Esse homem, que vestia a cota de malha e a meia armadura de um cavaleiro, se mantivera bem distante da luta, contendo seu cavalo abaixo de mim e de Will na base de nossa encosta e acompanhando a ação se desenvolver.

Ewan baixou o arco, ainda com uma flecha encaixada, os olhos fixos no homem abaixo de nós. Mas então o homem a pé começou a fugir. Acredito que Ewan não tinha consciência do sujeito até ele começar a correr, mas o arqueiro se virou na direção dele e ergueu o arco novamente. Ficou em posição, puxou a corda até a orelha, manteve-a ali por um instante, depois soltou. O homem em fuga estivera a trezentos passos quando começara a correr, e estava quase tão rápido quanto Ewan quando a flecha se cravou entre os ombros e, com o impacto, mesmo de tanta distância, lançou-o para frente, braços abertos, em um fardo esparramado e imóvel.

Mesmo tendo 8 anos, sem nunca ver um arco longo ser usado, eu sabia que o feito que acabara de testemunhar era extraordinário. Mas o cavaleiro montado o perdera, pois dera a volta em seu cavalo assim que vira o outro homem desviar a atenção de Ewan, e estava subindo a colina rapidamente na nossa direção, sua espada desembainhada erguida. Eu não podia ver seu rosto, pois ele usava um elmo com viseira, mas sabia que pretendia nos matar.

Will me empurrou para baixo e gritou para rolar, e enquanto eu me jogava no chão vi que ele corria na direção do homem em disparada e então mergulhava, rodando encosta abaixo, cabeça enfiada entre os joelhos. Ouvi um barulho alto de cascos acima e ao meu lado, depois um sibilo violento quando a ponta de uma espada brandida com força passava pelo meu rosto e, morrendo de medo, rolei novamente, enquanto o cavaleiro puxava as rédeas da montaria e se virava, se preparando para me atacar novamente, dessa vez mais seguro de seu alvo. Eu vi seu braço se erguer e me ouvi gemer, e depois veio um som como uma martelada forte abafada. Meu quase assassino foi jogado para trás do lombo de seu cavalo e caiu no chão.

Eu não vira a flecha acertá-lo, mas quando me coloquei de joelhos para olhar, ela estava lá, atravessando-o, cravada quase até a extremidade no centro de seu peito, trespassando as camadas de armadura que deviam protegê-lo. Podia ver os pés e pernas de Will ao meu lado, e quando olhei para ele seus olhos estavam mais arregalados do que já vira. Ainda tonto, e sem acreditar que não havia sido morto, eu me levantei para procurar o grande Ewan, e lá estava ele com o arco ao lado do corpo, imóvel onde o vira pela última vez, sob a árvore, ao lado do corpo da mãe. Muitos anos se passariam antes que eu compreendesse como é difícil para um arqueiro disparar com precisão em um alvo muito acima ou abaixo dele.

Will continuava olhando para a flecha cravada no peito do cavaleiro morto. Ele se virou para mim e piscou, depois olhou para baixo da colina.

– Vamos ajudar Ewan a enterrar a mãe – disse.

Enquanto permanecíamos de pé junto à cova que Will ajudara Ewan a cavar, com a pá que a mãe usara para cultivar suas plantações, – fui considerado pequeno demais para trabalho tão pesado – eu me vi pensando na carnificina que se abatera sobre nossas vidas nos poucos dias anteriores. Anestesiado pela dor no rosto de Ewan, baixei os olhos para o monte de terra fresca sobre a mulher que nunca conhecera e vi os rostos de meus próprios mortos recentes: meu tio Alan e minha tia Martha, os pais de Will; Timothy e Charlie, os mais antigos e fiéis empregados de Sir Alan, ligados a ele e sua família por uma vida de serviço e dedicação à linhagem do pequeno rebanho saudável de gado que eles haviam criado; Jessie, a roliça cozinheira que havia sido minha mãe desde minha chegada a Ellerslie; Roddy e Daft Sammy, os trabalhadores retardados que cuidavam dos currais e algumas vezes serviam nos estábulos com Angus, o soturno velho tratador das Highlands; e a reluzente pequena Jenny, a criança alegre cuja cabeça degolada caíra e rolara pelo chão na floresta de Dalfinnon diante dos meus olhos. Aquilo havia sido apenas três dias antes? Dez mortos, incluindo a mulher desconhecida que havíamos enterrado ali, e atrás de nós, no pequeno vale, mais 18, dos quais 14 eram homens, os outros cães. Muita morte. Muito sangue.

Não me lembro de ter saído do lado do túmulo, nenhuma lembrança de entrar na caverna que havia sido a casa da mãe de Ewan. Recobrei a consciência apenas depois do cair da noite, quando abri os olhos e me vi sentado apoiado em uma parede perto de uma grande fogueira. Ewan e Will estavam sentados do outro lado das chamas que enchiam o espaço vazio com sombras tremeluzentes. As pernas de Ewan estavam abertas, esticadas na direção do fogo, e ele parecia adormecido, o único olho fechado e as costas caídas sustentadas pela estrutura resistente de uma cadeira de pernas curtas do tipo que minha mãe usara para amamentar meus irmãos menores. Atrás dele, a boca da caverna estava delineada pela luz, seu centro tomado pelo negror.

Will estava sentado fascinado, olhando para o enorme arco de Ewan enquanto passava as mãos, primeiro uma, depois a outra, para cima e para baixo pela superfície aplainada e polida. Era mais alta do que ele, e perfeitamente circular, grossa demais no centro para que sua mão de dez anos agarrasse, mas afinando suavemente na direção das duas extremidades, onde tinha menos que a largura de um dedo de diâmetro, e cuidadosamente escavada para sustentar a ponta enrolada de uma corda de tendões trançados que a transformava de uma vara simples, mas bonita, na arma mortal que podia arremessar uma flecha por centenas de metros para perfurar placas de aço e uma pesada cota de malha.

Ele de alguma forma sentiu que eu estava olhando e sustentou a arma paralela ao chão para que pudesse ver as chamas se refletindo em sua extensão reluzente.

– Já viu algo assim, Jamie? – perguntou, a voz cheia de espanto. – Já viu alguma coisa parecida? Quero aprender a usar um destes, como Ewan.

Nosso anfitrião não estava dormindo, pois falou sem mover a cabeça ou abrir o olho.

– Então você tem um longo caminho pela frente, Will Wallace, pois levará anos para ficar grande o bastante para empunhá-lo corretamente, e ainda mais para desenvolver os músculos para puxá-lo. Este é de Gales, da terra do povo de minha mãe. Não é para homens comuns, e homens comuns não têm nem a força nem a habilidade para puxá-lo, quanto mais usá-lo.

– Vou aprender mesmo que tome toda a minha vida, a partir deste dia – respondeu Will. – Meu nome vem do galês; Uallash. É a palavra gaélica para galês. Você me ensinará?

Ewan abriu seu único olho.

– Ensinar você! Como posso fazer isso? Sou um fora da lei, e agora um assassino procurado. Matei 14 homens hoje.

– Você matou 14 homens que assassinaram sua mãe – disse Will, olhando diretamente para ele, seu rosto estranhamente solene, suas palavras sem emoção, e enquanto ele falava me ocorreu que meu primo mudou muito nos dias anteriores. – Além de quatro cachorros que tentaram matá-lo – acrescentou no mesmo tom. – Você não assassinou ninguém.

Ewan resmungou alguma coisa que poderia ter sido um riso sarcástico.

– Duvido que as pessoas que encontrarem o Senhor William e seus homens vejam a coisa dessa forma.

–Aquele era o Senhor William? O cavaleiro?

Eu novamente notei a frieza na voz de meu primo.

– Aquele não é cavaleiro algum – retrucou Ewan. – Nascido nobre, mas inferior em tudo mais. Sim, aquele era William, Senhor de Ormiston, o covarde que ficou longe e depois tentou matar vocês dois quando achou que estava protegido de mim. Quem mais você achou que poderia ser?

Will ainda mantinha aquela expressão que era nova para mim, uma imobilidade marcada por olhos frios e de aparência raivosa.

– Isso não importa. Ele está morto, como devia estar. Para onde você irá agora?

– De volta para a floresta, para Ettrick. Não há mais nada que me prenda aqui. E se eles me procuraram antes, agora irão me caçar.

Will olhou para a fogueira, e o que disse depois foi uma surpresa tanto para mim quanto para Ewan.

– Então venha conosco para Elderslie. Para nossos parentes. Ninguém lá o verá como um fora da lei. Não saberão nada de você. Vamos dizer que você trabalhava para meu pai e não estava lá quando a fazenda foi atacada. Depois nos encontrou e levou a Elderslie. Eles ficarão gratos por isso, e meu tio Malcolm encontrará um lugar para você. Ele é um bom homem, pois ouvi meu pai dizer que dava muito valor a ele. E você é forte; vale seu salário para qualquer homem que o contrate. Ficará melhor lá, trabalhando para nós, que se escondendo na floresta o tempo todo.

O grande homem deu o que eu já sabia ser um sorriso.

– Trabalhar para você, é? Quantos anos você disse que tinha?

– Tenho 10. Mas logo terei 11. E não quis dizer trabalhar para mim. Estava falando do meu tio Malcolm.

– E quanto ao meu rosto?

– É um bom rosto... Depois que você deixa de se assustar com ele. Você pode começar usando sua máscara, se quiser, até as pessoas o conhecerem.

– Humm – disse Ewan, franzindo a grande testa, a única superfície sem marcas de seu rosto. – Como posso saber se gostaria de lá?

– Da mesma forma que nós. Também nunca estivemos lá, então vamos descobrir juntos. Mas você vai gostar. Ademais, preciso de você lá para me ensinar a ser um arqueiro.

Ewan Scrymgeour colocou a palma da mão sobre os olhos e balançou a cabeça, depois respirou fundo.

– Bem, William Wallace, essa pode ser uma boa ideia, e pode não ser. Vou ter de pensar. Agora, vão para a cama, os dois. Vou sair para conversar com minha mãe sobre isso.

Capítulo 2

– Agora sentem-se, todos vocês, e me contem novamente. E dessa vez sem pressa. Conte tudo sem deixar nada de fora, Will. Sente-se.

A voz de Sir Malcolm Wallace era grave e profunda, a boca escondida atrás de uma barba emaranhada e grisalha. Ele não era de modo algum tão grande quanto o arqueiro Ewan, mas de alguma forma transmitia a impressão de ser muito maior do que era. Eu suspeito que isso tinha relação com a bela qualidade de suas roupas, que mesmo eu podia ver que haviam sido cortadas para enfatizar a largura do peito e dos ombros. Ele sentou no que obviamente era sua própria cadeira junto à lareira apagada. Will, Ewan e eu estávamos de pé no que, para mim, parecia um ponto escuro no meio da grande sala revestida de madeira.

Movemo-nos obedientemente para sentar diante dele em três cadeiras de madeira, e enquanto Will pigarreava nervoso, eu olhava ao redor, notando a riqueza que me cercava. A casa de Sir William era tão grande e sólida quanto o dono, feita de arenito e muito mais grandiosa do que a casa de Ellerslie onde eu vivera os dois anos anteriores com a família do irmão dele. A sala onde estávamos tinha duas janelas e uma mesa pesada com oito cadeiras de madeira simples. O restante da mobília eram um enorme aparador junto à parede dos fundos e uma poltrona ligeiramente menor, com almofadas em cores brilhantes, que ficava do outro lado da lareira, em frente à de Sir Malcolm. Sua esposa, lady Margaret, fora à cozinha preparar comida para nós.

Will pigarreou uma segunda vez, e então iniciou sua história – nossa história – desde o começo, naquele dia aparentemente distante em Ellerslie uma semana antes. Sir Malcolm já a ouvira uma vez, uma versão confusa e apressada, mas naquele momento estava sentado imóvel, os dedos na barba, escutando atentamente. Will atrapalhou-se na descrição do que os homens haviam feito a nós dois, sem saber o quanto dizer e como apresentar, mas Sir Malcolm não fez perguntas e permaneceu inexpressivo durante a história. Apenas uma vez seus olhos se desviaram de Will, e foi para olhar inquisitivamente para Ewan Scrymgeour quando Will contou como havíamos nos conhecido, e seus olhos acabaram se voltando para o sobrinho, que já chegava ao estágio final de nossa viagem, levando à nossa chegada ali meia hora antes. O cavaleiro esperou até estar certo de que Will não tinha mais nada a dizer, então se virou para Ewan.

– Você tem minha gratidão, senhor Scrymgeour, mas espero que me perdoe se fizer algumas perguntas.

A anuência de Ewan foi quase imperceptível enquanto Sir Malcolm continuava.

– Além da trágica questão dos assassinatos cometidos aqui, que precisam ser tratados, mas não podem ser mudados, está claro que você salvou os garotos de outros males e os trouxe aqui em segurança. Mas eu me pergunto por quê. Por que um homem crescido deixaria sua vida e se afastaria de tudo que conhece para ajudar dois jovens perdidos e infelizes. Poucos homens que conheço fariam isso.

Will não falou absolutamente nada sobre o passado de Ewan, e deixara de fora o episódio do massacre de Ormiston, porque havíamos decidido, ele e eu, que devíamos demais ao arqueiro para um dia chamá-lo de fora da lei. O plano inicial de Ewan, que nós, garotos, decidimos subverter para continuarmos com ele, era nos deixar perto da casa de Sir Malcolm e seguir seu caminho para a floresta de Selkirk, onde esperava se juntar a um grupo de outros como ele, vivendo na mata. Mas acabou que fomos descobertos por um grande grupo de trabalhadores de Sir Malcolm, que haviam nos levado à casa da fazenda para encarar seu senhor.

– Sim, é uma pergunta justa, e eu a responderei justamente.

Não havia qualquer traço de subserviência na voz de Ewan. Ele falou como um homem livre se dirigindo a um semelhante. O grande arqueiro flexionou os dedos e se sentou empertigado em sua cadeira.

– Enterrei minha mãe no dia anterior ao que partimos nesta direção, e não havia mais nada que me prendesse lá. Nenhum amigo, nenhuma lealdade, nenhum laço. Os garotos estavam sozinhos e desamparados, indo na direção de Elderslie ou Paisley. Tenho amigos em Selkirk. Então, fazia sentido garantir que chegassem aqui em segurança.

O silêncio tomou a sala, quebrado apenas pelo canto de um melro do lado de fora da janela. Sir Malcolm finalmente assentiu.

– Amigos em Selkirk, sim... seria na floresta de lá, imagino?

Ewan moveu a cabeça novamente.

– Sim, Sir Malcolm. Na floresta.

Sir Malcolm se endireitou na cadeira e foi até a janela, olhando para fora, as mãos apertadas às costas.

– Acaba de me ocorrer que não conheço ninguém em toda esta região que tenha amigos na floresta de Selkirk – disse suavemente. – Na cidade, sim. Eu tenho dois amigos na cidade. É um lugar pequeno. Mas na floresta? Não. Aqueles homens lá são... diferentes. O que fez para merecer a amizade daqueles homens?

– Nada. Nunca vi nenhum deles. Minha floresta é Ettrick.

– A floresta de Ettrick cobre todo o sul da Escócia, com a floresta de Selkirk sendo apenas uma parte dela. Você é um arqueiro.

– Sim, senhor, eu sou. Treinado na Inglaterra e em Gales. Lutei com o príncipe Eduardo.

Sir Malcolm se virou lentamente.

– É mesmo? Ouvi dizer que ele é um combatente corajoso. E o que aconteceu para fazê-lo mudar?

Ewan pareceu surpreso pela primeira vez.

– Ele decidiu invadir Gales, conquistar meu povo e fazer de nós parte da Inglaterra. Sou apenas meio-galês, mas não queria ser parte daquilo, e meu pai acabara de morrer, então vim para a Escócia cuidar de minha mãe, que era galesa.

– Scrymgeour. Seu pai era escocês?

– Sim, de Kyle. Terra de Bruce.

– Arqueiros raramente são fazendeiros.

– Verdade. Nem eu sou um.

– Seu pai não tinha uma fazenda?

– Teve um dia. Mas era um solo duro, árido. Ele adoeceu e não podia trabalhar. Depois morreu.

– Então o que o habilita a viver na floresta de Ettrick?

Eu estava tendo dificuldade em compreender o que estava sendo dito ali, porque os dois homens falavam de forma indireta, com seus tons evidentemente transmitindo mais que as simples palavras, embora eu não entendesse como. Eu olhei para Will e vi pelo cenho franzido que ele estava tão perplexo quanto eu.

– Habilita? – disse Ewan, sua voz de repente mais dura, e ele moveu o maxilar de um modo que enfatizava a distorção de seu nariz esmagado. – Poderia discutir com o senhor, Sir Malcolm, sobre sua escolha de palavras. Mas minha habilitação, se assim fosse, é fruto da natureza ruim de um idiota agressivo e pretensioso que se achava todo-poderoso.

A cabeça de Sir Malcolm se inclinou ligeiramente.

– Minha mãe, que sua alma descanse em paz, era uma curandeira – continuou Ewan. – Havia sido a vida toda, e era famosa por isso. Uma boa mulher com uma boa vocação. Um senhor local teve um filho pequeno que ficou doente, então mandou seu pessoal ir buscá-la, para curar o menino. Mas a criança não podia ser ajudada. Ele morreu do que quer que tivesse, e sua mãe chamou a minha de bruxa, e eles tentaram enforcá-la. Eu salvei sua vida, mas ao fazê-lo, sangue foi derramado, e fui considerado fora da lei.

– Que senhor era esse?

Ewan olhou nos olhos do homem mais velho.

– Ormiston.

– De Dumfries? Sir Thomas?

– Não, senhor. De Clewes, Sir Walter.

– Irmão de Thomas. Eu o conheço bem. Você o chama de idiota, mas ele não é.

– Sir Walter está morto, senhor, há três anos. Seu filho William agora é o Senhor de Ormiston.

– Ah. E ele não parece ser o homem que o pai era. Era o que estava me dizendo?

– Não digo nada, Sir Malcolm. Estava apenas respondendo à sua pergunta.

– Sim, certo – disse Sir Malcolm, hesitando. – Você disse que salvou a vida de sua mãe, mas a enterrou recentemente. Os dois acontecimentos estão relacionados?

– Sim, senhor. Eles a encontraram, em um lugar que eu considerava seguro.

– E?

– Eles a enforcaram.

– Entendo. E dessa vez você não estava perto o bastante para salvá-la.

– Não. Mas eles ainda estavam perto quando eu cheguei. Também tentaram me enforcar.

– E?

– Eles não irão mais enforcar velhos. Nem jovens.

– Então você seguiu para Selkirk... Quantos matou?

Ewan bufou.

– Todos. Sou um arqueiro. Eles tinham porretes e lâminas.

Sir Malcolm estava franzindo o cenho.

– Quantos?

– Quatorze homens, todos, com exceção de um, capangas pagos e levados para manter o povo local aterrorizado. E quatro cachorros.

– Jesus Cristo! E William de Ormiston?

– Foi o 14º homem.

O cenho de Sir Malcolm se transformou em uma careta, e de repente Will falou, a voz tomada de urgência.

– Ele estava tentando nos matar, tio. O homem Ormiston. Ewan o deixara vivo. Estávamos vendo da encosta acima e ele foi até nós, tentando nos derrubar. Seu cavalo quase atropelou Jamie, mas ele rolou e o cavaleiro se virou novamente para matá-lo com a espada. Ewan disparou na direção dele, duzentos metros abaixo de nós.

As sobrancelhas tencionadas suavizaram levemente, e os olhos abaixo delas se voltaram para Ewan.

– Isso é verdade?

O homem grande deu de ombros.

– Foi um disparo delicado. Poderia facilmente ter errado, e só me restava uma flecha.

– De tão longe?

– Era uma boa distância. Eu arrisquei.

– E meu sobrinho e seu primo estão aqui. Então temos muito pelo que agradecer a você, aparentemente. Mais do que pensei.

– Não muito. Eu estava lá, e tive a sorte de não errar. Depois disso a caminhada era simples, já que íamos rumo ao leste.

– Você poderia ter viajado para sudeste e deixado os garotos sozinhos.

– Sim, mas desfrutei da companhia na estrada, e não estava com muita pressa.

– Ahnn. E agora?

Ewan sorriu.

– E agora, caso me dê sua bênção, irei para o sul, para Selkirk.

Eu senti Will olhando para mim, mas resisti à tentação de olhar de volta, sabendo que seus olhos estariam tomados de apreensão, pois se Ewan partisse, da mesma forma acabaria o sonho de Will de dominar o arco longo.

Sir Malcolm olhou de Will para mim, seu olhar se detendo em cada um de nós, antes de se voltar novamente para Ewan.

– Você diz que enterrou sua mãe. Ela será encontrada?

– Não facilmente. Eles a encontraram viva, mas não encontrarão seu túmulo.

– E os outros? Serão encontrados?

– Sim, mais cedo ou mais tarde. Eu os deixei onde estavam, não fiz qualquer tentativa de escondê-los. Eram muitos. Mas arranquei minhas flechas dos corpos antes de partir.

– Porque alguém poderia ter reconhecido?

– Não. Porque elas eram tudo o que eu tinha, valiosas demais para serem deixadas para trás.

– E acha que alguém acreditará que um único homem matou todos eles? Quatorze, como você disse, e quatro cachorros?

A pergunta surpreendeu Ewan, pois ele arregalou os olhos.

– Sim, esse é o número, mas esse pensamento não me ocorreu.

– Nem ocorreria à maioria dos homens. Quem os achar acreditará que foram surpreendidos por um bando armado. Ninguém imaginará que um único homem poderia ser culpado. Mas pensarão em identificá-lo como o líder?

– Não – disse Ewan balançando a cabeça com firmeza. – Eu não era visto naquela área há mais de dois anos e ninguém esperava me ver.

– Então você não será acusado. Está certo de que não deixou ninguém vivo?

– Estou.

Sir Malcolm assentiu de repente.

– Então, que seja. As bênçãos aparecem em muitos disfarces. Você pode ficar conosco caso queira. Ninguém o conhece aqui além dos garotos, e Deus sabe que posso encontrar trabalho para um homem com seu tamanho e sua força.

– Caso seja sincero e não esteja brincando comigo, ficarei com prazer.

Sir Malcolm bateu as palmas das mãos nas coxas e se levantou, sem perceber a empolgação de Will.

– Então está feito – rosnou ele. – Bem-vindo a Elderslie e a minha casa. Agora tenho muito a fazer. Preciso transmitir a história dos garotos a Ayr, à condessa de Carrick. O sangue de minha família assassinada clama por justiça, e ela saberá o que fazer. Duvido que o marido já esteja lá. Robert Bruce tem problemas em suas próprias terras em Annandale, e os dois irmãos do jovem Will estão com ele. A condessa transmitirá a notícia até onde for necessário. Depois preciso convocar meu irmão Peter e meu primo Duncan aqui, para conhecer esses rapazes e me ajudar a decidir o que deve ser feito deles. Enquanto isso, vocês três estão com fome e cansados da viagem, então iremos alimentá-los e encontrar um lugar onde possam descansar algumas horas, e depois se sentirão muito melhor. Agora vamos cuidar dos nossos negócios.

Eu inicialmente achei que não iria gostar do meu primo Duncan, o monge, pois pareceu frio e pouco amistoso na primeira vez em que o vi, mas iria aprender que ele era um daqueles homens cujo exterior hostil esconde uma realidade muito diferente. De todos os homens que conheci, com exceção de Ewan Scrymgeour, nenhum amei mais que meu primo perpetuamente emburrado, pois a alma do irmão Duncan Wallace era uma luz brilhante trancada dentro de uma garrafa de couro, sua pureza luminosa vislumbrada apenas ocasionalmente através de uma costura ressecada. Ele era um transcritor na abadia de Paisley, responsável por tradução, cópia, criação de iluminuras, manutenção e bem-estar dos inestimáveis manuscritos da biblioteca. Embora em nosso primeiro encontro eu não conhecesse nenhuma dessas palavras, e muito menos o que elas significavam, rapidamente passei a conhecê-las, pois se tornaram minha vida à medida que Duncan passou para mim seu grande amor por elas.

Seu primo, o padre Peter, era sacerdote da abadia, tão aberto e amistoso quanto o irmão Duncan, parecia superior e distante, e Will e eu gostamos dele imediatamente. Ele nos deu as boas-vindas de braços abertos e depois, como se fosse a coisa mais natural do mundo, nos convidou a caminhar com ele pelas terras do irmão, e lá nos falou sobre os pais de Will e dos momentos felizes que passara com eles. No momento em que voltamos para casa sentíamos que conhecíamos o padre Peter a vida inteira.

A reunião de família que se seguiu foi exatamente isso: uma reunião da família de Sir Malcolm, com nós dois como novos acréscimos. Lady Margaret estava lá – presidindo foi a palavra que me ocorreu imediatamente ao ver sua presença matronal –, assim como seus dois filhos mais moços, Henry e Malcolm, de 14 e 12 anos. Ficamos sabendo que o filho mais velho, Steven, era escudeiro de um cavaleiro em Lanercost, e não ia para casa havia um ano. Também estavam lá as duas filhas, Isabelle, a mais jovem, de 7, mantida firmemente em seu lugar pela irmã mais velha Anne, que aos 11 anos dava sinais de estar se transformando em uma bela jovem. Além destes, estavam agrupados ao redor da mesa Sir Malcolm, seu irmão Peter, seu primo Duncan, eu e Will. Ewan compareceu como convidado de Sir Malcolm e ficou de pé nos fundos da sala, junto às portas, apoiado de costas na parede com as mãos apertadas frouxamente diante do corpo enquanto acompanhava.

Aquela foi apenas a segunda vez em que vi Ewan sem arco e aljava – mesmo quando não estavam pendurados no corpo, normalmente estavam ao alcance da mão. Mas também foi a primeira vez em que o vi perto de crianças que não eu e Will. Era óbvio que as crianças, especialmente as meninas, haviam sido severamente prevenidas quanto a seu comportamento, mas crianças são crianças, e eu vira os olhares temerosos que lançaram na direção de Ewan. Ele também vira, claro, e evitara cuidadosamente fazer contato visual com as meninas pequenas e manteve o rosto inexpressivo – pelo menos na medida do possível – o tempo todo.

As crianças de olhos arregalados com frequência se viravam para olhar para Will e eu, já que Sir Malcolm contara a elas, em uma versão muito simplificada, a história do que acontecera a nós em Ellerslie e depois na estrada. Não havia dúvida de que iríamos nos juntar à família como filhos adotivos, mas havia mais a ser decidido quanto ao nosso futuro. Will e eu teríamos ficado felizes em nos fundir à vida da família, trabalhando na fazenda para ganhar nosso sustento, mas padre Peter e irmão Duncan foram firmes em sua opinião de que deveríamos ser educados como filhos de um proprietário de terras e filhos adotivos de um cavaleiro. Padre Peter sugeriu que fôssemos enviados como estudantes à abadia de Paisley, onde ele e o irmão Duncan poderiam supervisionar nossos estudos. Sir Malcolm olhou para lady Margaret, que assentiu e depois bateu com o punho na mesa, declarando que assim fosse.

Eu fiquei excitado com a perspectiva de ir para a escola da abadia. Mesmo no oeste distante, em Kyle, havíamos ouvido falar do grande priorado cluniacense de Paisley, que foi famoso por cem anos, antes de ser elevado ao nobre status de abadia. Era uma das maravilhas da terra, grandioso como os famosos santuários de St. Andrews, Glasgow, York e Londres.

Mas Will decididamente não estava feliz com o que acontecia. Eu podia ver infelicidade e pânico em seus olhos enquanto ele tentava descobrir uma boa razão para se opor à proposta dos mais velhos. Paisley ficava a 11 quilômetros de Elderslie, uma caminhada de apenas duas horas em ritmo acelerado. Mas esse tempo dobrava se você tivesse de voltar no mesmo dia, e já sabíamos que a vida acadêmica de Will, como estudante em Paisley, seria movimentada demais para permitir tal esforço. Ele não teria mais de quatro horas livres por dia – e esse fato eliminava qualquer possibilidade de trabalhar com Ewan em seu manejo do arco. Ambos sabíamos que Ewan não assumira qualquer compromisso com Will, mas o menino ignorou isso. Ele estava determinado a se tornar arqueiro de arco longo, e determinado a que Ewan Scrymgeour fosse seu tutor e treinador.

Mas todo o dilema foi resolvido em momentos, quando Sir Malcolm levantou a questão de nosso alojamento. Ele disse que poderíamos viver na abadia como parte do pessoal, mas tendo suportado o mesmo regime quando garoto, e odiado, acreditava que uma imersão total na vida da abadia podia ser insalubre para nós a longo prazo se não tivéssemos vocação natural para o sacerdócio. Melhor então, sugeriu – ignorando o silêncio chocado dos dois religiosos à mesa –, que estudássemos na escola da abadia em benefício de nossas mentes, mas permanecêssemos instalados fora do recinto em benefício de nosso crescimento e independência.

Padre Peter expressou seu desalento com isso, destacando o que considerava óbvio, "a simples ideia de que vivêssemos fora da abadia sem supervisão e disciplina era insustentável", disse. Éramos jovens demais para conhecer nossas próprias mentes, e para ele isso colocava em grande risco nossas almas imortais.

Sir Malcolm recostou na cadeira e olhou para o irmão com sagacidade.

– Não é com as almas deles que estou preocupado, Peter, mas com suas mentes – rosnou. – Você e seus irmãos devem ser capazes de cuidar de suas almas. Meu interesse é garantir que suas mentes estejam livres para se desenvolver sem serem influenciadas por um excesso de... santidade.

Ele ergueu a mão para conter o outro, cujos olhos se arregalaram com ultraje devoto.

– Eu sei, eu sei o que está pensando e já ouvi isso antes. Não existe tal coisa como excesso de santidade. Mas estou aqui para dizer que pode. Eu também estudei na abadia. Os anos que passei lá me ensinaram muitas coisas, entre elas a verdade básica de que enquanto alguns homens e jovens podem florescer cercados o tempo todo por nuvens de incenso e constantes coros de orações e hinos, outros não. Eu era um dos que não podiam, e agradeço a Deus por ter tido a disposição e a força mental de sobreviver a isso ileso. Mas poderia citar a você outros que não se saíram tão bem, homens que, quando adolescentes, careciam do temperamento que você chama de vocação, mas também da força necessária para superar a culpa de serem vistos por si mesmos e pelos outros como inadequados para ouvir o chamado. Até hoje muitos daqueles que sobreviveram são abalados por seu fracasso, condenados a viver como seres formados pela metade, nem homens, nem padres. Incapazes de desfrutar da companhia de mulheres, mas impotentes para renunciar a elas, eles vivem entre os dois mundos da humanidade normal e da santidade. Não correrei o risco de que isso aconteça a meus protegidos, e se você tentar discutir comigo deixará minha casa, portanto preste atenção. Não estou sugerindo nada inadequado, apenas que os garotos vivam fora da abadia enquanto estudam dentro dela. Quanto à sua capacidade de fazê-lo sem supervisão, entendi o que quis dizer, e não sou um tolo completo – disse, se virando em sua cadeira para olhar na direção dos fundos da sala. – Mestre Scrymgeour, poderia se aproximar?

Houve um rápido franzir de cenho no rosto de Ewan, mas ele foi na direção da mesa obedientemente e ficou atrás do irmão Duncan na extremidade oposta a Sir Malcolm.

– Estamos todos em dívida para consigo, senhor Scrymgeour, e lhe disse no dia em que chegou que poderia facilmente achar trabalho em minha casa se desejasse permanecer. Agora me ocorre que tenho para o senhor uma tarefa mais importante do que imaginara originalmente.

Ewan ainda franzia o cenho levemente.

– Um tio nosso morreu há três anos em Paisley, outro Malcolm Wallace. Ele era meu padrinho, e fui batizado em homenagem a ele. Ele era velho e viveu mais que sua família, de modo que sua fazenda e suas terras passaram para mim.

Eu vi a expressão de padre Peter se suavizar à medida que ele se dava conta da direção que a conversa tomava, e ele se recostou novamente na cadeira.

– É uma fazenda pequena – continuou Sir Malcolm –, embora maior que algumas à volta, e tem belas terras anexas; um grande pomar de maçãs, um belo estábulo e belos campos aráveis de bom tamanho, além da casa propriamente dita, de estábulos e pocilgas próximos. Não fiz nada com ela nesses três anos, a despeito de minhas melhores intenções, e temo que esteja muito danificada. Sei que disse que não era fazendeiro, mas seu pai era, e esse lugar do qual falo é muito mais rico e fértil do que o lugar do seu pai, pelo que me descreveu. Caso tenha qualquer simpatia pela terra, acho que poderia gostar. Mas não o colocaria no arado a não ser que escolha ser um camponês. Seria meu supervisor, encarregado de garantir que a fazenda seja bem cuidada e bem operada, sem roubos ou negligência por parte dos homens que lhe enviarei. A casa é grande o bastante para precisar de cozinheira e faxineira, e espaçosa o bastante para acomodar você e meus dois novos protegidos. Durante o dia será meu feitor. De noite cuidará dos meninos e os protegerá, fazendo com que se dediquem aos livros e fiquem longe de problemas. O que me diz?

Os olhos de Ewan se arregalaram enquanto ele escutava, e naquele momento o grande arqueiro hesitou, olhando de Will para mim e Sir Malcolm.

– Confiaria isso a mim?

– Sim, pois acredito que merece confiança. Decidi isso quando falamos pela primeira vez nesta mesma sala, você e eu. Da mesma forma, esses garotos viram muita maldade na semana que passou, mas parecem não ver maldade alguma em você. Do contrário, não teria mencionado isso.

Ewan hesitou novamente, depois assentiu decididamente.

– Então o farei. Alegremente.

Eu amei a biblioteca da abadia no instante em que a vi, a despeito da raivosa expressão de descontentamento de seu guardião, o irmão Duncan, sempre que achava que eu chegava perto demais de tocar em qualquer dos tesouros expostos ali. A ocasião foi nosso primeiro dia como estudantes, e fomos levados em uma excursão pela abadia e suas instalações por um monge claramente muito sofrido chamado irmão James, que deixou evidente nosso status inferior como recém-chegados e *ignoramus*.

Havíamos começado visitando a igreja da abadia, basicamente porque naquele momento do dia estava livre de padres e devotos, depois das preces da manhã e antes da nona, a reunião vespertina de oração que encheria a igreja novamente. E vendo-a deserta experimentamos sua vastidão humilhante, esticando os pescoços enquanto erguíamos os olhos para o enorme teto abobadado tão acima de nós que era difícil de acreditar. Ficamos lado ao lado diante do grande altar, sem fala com assombro pela opulência do santuário e a própria dimensão do espaço sagrado que nos cercava.

Mas o irmão James nos deu pouco tempo para absorver essa beleza. Ele nos colocou para fora, impacientemente identificando as várias áreas da construção, da nave ao cruzeiro, santuário e coro, passando por pia batismal, capelas e confessionários, nos dizendo onde poderíamos ir e onde éramos proibidos de entrar, quanto mais cruzar, e demonstrando desprezo a todo momento, como se não pudesse acreditar que alguém podia ser tão ignorante como éramos.

Quando havíamos terminado de ver a igreja, ele nos apressou para fora pela calçada do claustro até o canto de um enorme quadrado que ficava além da abadia propriamente dita, dando passos tão largos que quase tínhamos de correr para acompanhá-lo. Enquanto isso ele cuspia os nomes e as funções de todos os prédios que cercavam o quadrado, todos necessários para a manutenção de uma comunidade tão complexa: estábulos e leiteria, currais, pocilgas, cercados de cabras e ovelhas, galinheiros e celeiros de pedra com rações para todas essas criaturas, fábricas de lã com rocas de fiar, depósitos de carvão e de madeira, uma oficina de sapateiro, uma oficina de ferreiro cheia de fumaça, centelhas e barulho, uma oficina de fabricação e conserto de rodas, uma oficina para selas e arreios, cerâmicas com tornos de modelar e fornos para assar potes e tigelas, padarias e uma cervejaria, curtumes e uma tanoaria com barris novos estocados até o teto, tinas de tingimento, poços de feltragem fedendo a urina de ovelha e galerias de tecelagens com teares de diferentes tamanhos e o que parecia ser quilômetros de prateleiras tomadas por rolos de tecido. Também havia carpintarias e canteiros de pedreiros, fundições de metal e vidro, pátios de debulha com tetos, cercados por fardos de palha e montanhas de feno, um moinho movido à água para moer grãos, galpões para madeira de construção, madeiras finas, grãos, aveia, cevada, farinha, peles, cerveja e cem outras coisas, e um amplo prédio baixo em um canto distante do complexo onde a única ocupação dos irmãos que lá trabalhavam era fabricar e preparar as finas folhas de pergaminho usadas no *scriptorium*, a sala de redação anexa à biblioteca. E, claro, havia homens por toda parte, se movimentando como formigas para onde quer que eu olhasse, então perguntei ao irmão James quantos monges havia na comunidade.

Ele parou de falar, claramente chocado por ter ousado interrompê-lo, e uma vermelhidão de raiva tomou seu rosto estreito.

– Isso não é da sua conta – disse maldosamente. – Basta que saiba que há número suficiente para viver e trabalhar juntos para manter tipos como você mais confortáveis do que merecem.

Ele então partiu a passos largos, sem esperar que o seguíssemos. Olhei para Will, vi o grande sorriso em seu rosto e tive certeza de duas coisas: eu fizera um inimigo em meu primeiro dia ali, e o irmão James nunca tivera nenhuma ideia do tamanho da comunidade à qual pertencia, nem parecia ter interesse em saber.

Correndo para me colocar atrás dele novamente, fiquei pensando em como podia ser assim, e de repente, mesmo com tão pouca idade, compreendi que para muitos homens tal ignorância é fruto de uma existência monástica sem desafios. O lugar do irmão James nas fileiras da abadia era limitado, suas obrigações claramente definidas. Ele não precisava ter curiosidade, não tinha motivo para explorar as vizinhanças. Ao fazer a ele uma pergunta que não podia responder, eu, na cabeça dele, tentei diminuí-lo. Decidi não dizer mais nenhuma palavra naquele dia.

Minha resolução desapareceu assim que entramos na biblioteca. Ainda me lembro do assombro, chegando quase à santidade, que tomou conta de mim assim que cruzei o umbral. Embora, depois, eu tenha pensado que santidade era uma descrição estranha após ter passado tão pouco tempo no interior majestoso da igreja da abadia, nunca quis mudar isso. A reverência que senti naqueles primeiros momentos nunca desapareceu, e permanece comigo até hoje. Aquele, eu soube instintivamente, era um lugar de maravilhas e valor incalculável, de poder e misticismo, de grande aprendizado e conhecimento, e de imensa importância, inestimável beleza e duradoura paz e tranquilidade – palavras grandiosas, eu sabia, para um garotinho que não conhecia nenhuma delas na época e não sabia absolutamente nada sobre bibliotecas.

Sei que fiquei boquiaberto, porque o irmão James sibilou com raiva e me empurrou com força para dentro do espaço enorme cheio de luz, brilhando com raios de sol bem definidos e partículas de poeira dançando. Eu sabia que o piso sob meus pés era de pedra como todos os outros, mas de alguma forma parecia mais macio, impedindo minhas solas de fazer qualquer barulho que perturbasse a paz. Havia mesas espalhadas pelo espaço central, algumas grandes, outras pequenas, algumas horizontais, outras inclinadas como águas de um telhado, e todas cobertas de livros e pergaminhos.

De início vi três homens ali, depois quatro e então cinco, todos trabalhando duro. Dois deles deslizavam silenciosamente ao longo das paredes sob altas janelas em ponta tomadas por milhares de pequenos pedaços de vidro em forma de diamante tingidos de verde, cada um parando para olhar para profundas prateleiras em forma de caixa cheias de pergaminhos enrolados e grandes livros encadernados em couro. Os outros três estavam sentados curvados, com penas nas mãos, concentrados nas folhas de pergaminho diante deles. O irmão James pigarreou alto, e os cinco olharam para nós. Um dos três escritores se levantou do assento e foi rapidamente na nossa direção.

Eu ouvi Will engasgar baixo e então reconheci o rosto sombrio e inamistoso do irmão Duncan.

– Irmão Armarius – cumprimentou nosso guia. – Esses dois são garotos novos. O padre abade me instruiu a mostrar a abadia a eles e trazê-los aqui ao final.

Ele não tentou nos identificar, e eu sabia que não conseguiria fazê-lo. Para ele éramos aborrecimentos anônimos infligidos como penitência por algum pecado esquecido.

O irmão Duncan, ou irmão Armarius, nos ignorou, olhando inexpressivamente para nosso guia.

– Então concluiu sua obrigação?

– Depois disto sim, irmão.

Eu me virei para sussurrar algo para Will, mas antes que pudesse abrir a boca um golpe forte nas minhas costelas me fez perder o fôlego.

– Silêncio! – sibilou o irmão James. – Mantenha a boca fechada na presença do irmão Armarius.

Will se colocou diante de mim, erguendo punhos cerrados e olhando para o irmão James.

– Mantenha suas mãos afastadas – rosnou.

O irmão James virou a mão com força na direção do rosto de Will, mas antes que o golpe o acertasse, foi apanhado com firmeza pelo irmão Duncan.

– Já basta, irmão James – disse Duncan em voz baixa, soltando o pulso do outro lentamente. – Pode voltar às suas obrigações. Cuidarei destes dois.

O irmão James olhou com ódio, o rosto muito fino novamente vermelho, mas depois baixou os olhos e assentiu.

– Como queira, irmão Armarius. Eu os deixarei a seus cuidados.

Ele lançou outro olhar maldoso em nossa direção e saiu pisando firme, suas sandálias raspando o piso de pedra até o baque sólido da porta se fechando às suas costas nos deixar novamente em silêncio.

Nosso primo baixou os olhos para nós, com expressão desaprovadora.

– Esta é a biblioteca. Sou seu curador. Acredito ser o lugar mais sagrado de toda a abadia, com exceção do próprio santuário. Eu reconhecidamente não sou desprovido de preconceitos, mas não há nada dentro destas paredes, dentro desta biblioteca, que qualquer pessoa poderia conseguir comprar, mesmo que fosse possível. Nada aqui está à venda, e nada tem um valor atribuído. Tudo o que você vê, e muito que nunca verá, está além do preço, já que não há duplicatas, além daquelas que nós mesmos fazemos aqui nesta sala. Portanto, vocês podem ver, mas nunca podem tocar em nada. Está claro?

Quando ambos assentimos, ele foi até a mesa mais próxima, onde passou a mão acima da única folha de pergaminho que estava ali, suas cores dourado, carmim, azul e verde brilhante cintilando na luz do sol que batia sobre ela.

– Esta peça foi feita há mais de setecentos anos – disse, fazendo uma pausa para nos dar tempo de reagir adequadamente a esse período de tempo inimaginável, depois pegou o documento com reverência e o colocou cuidadosamente fora da luz direta. – A luz do sol pode prejudicá-la, desbotar as cores. Esta veio da Irlanda, de um mosteiro em um lugar chamado Kells, e o nome do homem que a fez se perdeu para sempre. Pensem nisso. Um monge sem rosto e sem nome, trabalhando sozinho, quase na escuridão por inúmeros anos, criou-a para a glória de Deus. Ela é única. Nossos melhores artistas não conseguem duplicá-la. Copiar sim, mas pobremente, inadequadamente, pois perdemos o segredo dos pigmentos e não podemos replicar as cores. Começam a entender porque não permito que ninguém, além de mim mesmo e alguns poucos outros, a toque?

Concordamos, e ele baixou a cabeça em resposta.

– Bom. Venham, então, e conheçam esses outros.

Com isso fomos apresentados aos outros monges na sala, os irmãos Anselm, Joseph, Bernard e Bede. O irmão Joseph era o mais velho e frágil, seu crânio calvo manchado cercado por cabelos crespos totalmente brancos. O irmão Anselm e o irmão Bernard eram os seguintes em idade, e o irmão Bede era o mais moço, com barba densa e uma cabeça com cabelos pretos encaracolados cercando o espaço raspado de sua tonsura. O irmão Duncan nos apresentou pelo nome, embora não tenha feito qualquer menção à nossa relação com ele, e todos nos receberam calorosamente, os primeiros membros da comunidade em geral a fazer isso. Bede e Bernard eram bibliotecários, encarregados de cuidar do conteúdo da biblioteca, enquanto os outros três eram transcritores, que passavam todo o tempo copiando os textos mais valiosos da coleção.

O irmão Duncan nos conduziu então em uma excursão pela biblioteca, explicando o que continha e como funcionava. Era fácil dizer que ele amava sua biblioteca, e ainda assim seu rosto grave nunca relaxava de sua vigilância inamistosa, o que me levou a pensar que ele na verdade não nos queria ali. Quando havíamos dado a volta inteira na sala, ele quis saber se tínhamos perguntas.

– Se me permite, irmão, eu ouvi...

Minha voz saíra como um guincho, e eu tossi e tentei novamente, aliviado ao ouvir que estava normal dessa vez.

– O irmão James o chamou de irmão Armarius, mas achei que seu nome era irmão Duncan. Qual é o certo?

Seu rosto passou por uma mudança repentina e seus olhos brilharam, de modo que pensei, por um instante mínimo, que ele estava prestes a sorrir. Mas então o rosto retomou a expressão normal.

– Ambos estão certos. Sou o irmão Duncan e o irmão Armarius, mas o primeiro é apenas um homem, o outro é um título. A palavra *armarius* significa fornecedor, e descreve meus deveres. Sou o diretor do *scriptorium*, a sala na qual meus colegas e eu trabalhamos. Uma de minhas responsabilidades é fornecer o material de que precisamos; tintas, penas, pergaminho e bons pincéis. Outra é supervisionar o trabalho que é feito. Assim, o *armarius* é uma espécie de supervisor. Conhecem essa palavra? Excelente. Então, sou o supervisor aqui. Tenho outras obrigações na abadia como *armarius*, mas vocês aprenderão isso mais tarde. Por ora supervisor é suficiente, e meus irmãos se dirigem a mim como irmão Armarius. Entendem agora?

– Sim, irmão – respondi.

Ele então olhou de um para o outro.

– E o que acham de nossa biblioteca? Sejam francos.

Will deu de ombros vagamente, mas eu não tinha qualquer dúvida sobre o que passava por minha cabeça. Disse ao irmão Duncan que sua biblioteca era o lugar mais maravilhoso que já vira, e fui sincero em cada palavra que disse.

Ele me estudou por alguns instantes, os lábios apertados.

– Então talvez possa vê-la novamente algum dia – disse. – Mas agora precisamos devolvê-los à abadia. O padre Peter espera por vocês e lhes dirá todas as suas tarefas, suas obrigações diárias, seus tutores e suas turmas. Fora, então. O irmão Bede os levará em segurança até onde devem ir.

Nosso primeiro ano como pupilos na escola da abadia definiu as diferenças que iriam determinar nossas vidas a partir daquele ponto, embora nem Will nem eu tivéssemos consciência de nada incomum acontecendo na época. Nossa brilhante vida nova era nova demais, diferente demais e excitante demais para que qualquer um de nós se preocupasse com sutilezas e autoexames. Éramos garotos saudáveis, cheios de entusiasmo e absortos nos desafios apresentados a nós diariamente, e estávamos dedicados a conquistar os aspectos sempre mutantes de nossas trilhas divergentes até mesmo para ter consciência da divergência.

Dividíamos um quarto à noite em camas de recolher que apoiávamos na parede toda manhã, e estávamos acordados e fora da cama todo dia antes do alvorecer, gratos pelas poucas horas extras de sono que teríamos perdido para as orações caso estivéssemos instalados na abadia. Ewan com frequência estava de pé e pronto antes que acordássemos. Aggie, a cozinheira, servia nosso café todo dia – invariavelmente mingau de aveia e pão de aveia e centeio, com leite de cabra para ajudar a engolir, e, muito raramente, uma fatia de porco ou cervo salgados que era deliciosa de comer, mas sempre nos deixava com sede muito antes do intervalo das aulas ao meio-dia.

Eu era o acadêmico e Will o estudante dedicado e esforçado. Latim, grego, francês e matemática eram tão fáceis para mim que mal pensava neles como tarefas; eram prazeres simples que eu absorvia como a luz do sol. Mas para Will eram tribulações crônicas que ele enfrentava com dificuldade todo dia, dentes trincados, olhos apertados em enorme concentração. Ele acabou dominando latim e francês com grande ajuda minha, mas grego continuou a ser grego para ele – incompreensível. Ele entendeu facilmente aritmética simples, mas os elementos mais misteriosos da matemática, os cálculos algébricos recentemente descobertos na Arábia, não despertavam seu interesse. O mesmo com os elementos mais clássicos do que os monges tentavam ensinar a ele: as teorias de lógica e polêmica passavam longe de Will, embora ele debatesse alguma questão de filosofia durante horas, principalmente porque alguma afirmação de Agostinho de Hipo, Platão ou Aristóteles havia despertado algo nele, questionando ou confirmando algo em que ele intuitivamente acreditava.

Pensando sobre isso agora, pode ter sido naquela época, no final de nosso primeiro ano escolástico, que comecei a suspeitar pela primeira vez de que meu primo carecia de imaginação. Eu era muito jovem na época, claro, mas já estava absorvendo conhecimento como uma esponja havia quase 12 meses e me lembro de ter ficado intrigado com o que, algumas vezes, via como uma incapacidade chocantemente óbvia de Will de relacionar pontos destacados de um debate; de saltar intuitivamente de uma noção abstrata para outra. Deus sabe que William Wallace não tinha dificuldade com pensamento lógico ou ação decisiva, mas ocasionalmente algo me perturbava no modo como ele parecia prejudicar sua própria evolução de uma forma que me soava obtusa. Lembro vagamente de um de nossos professores dizer algo sobre Will ser incapaz de assimilar gradações de cinza ao tentar atingir uma meta. Sei que Will via a vida, particularmente em anos posteriores, em preto e branco: bom e ruim, escuridão e luz, deslealdade e honra.

Ou talvez nunca tenha pensado nele como carente de imaginação, para ser sincero. A distância entre 10 anos de idade e 70 é enorme, e a memória pode nos fazer de tolos, portanto minha opinião sobre essas coisas pode ser equivocada, formada retrospectivamente enquanto remoía tudo o que William Wallace fez e poderia ter feito.

Seja como for, uma regra diferente se aplicava à noite. Liberados de nossos estudos toda tarde pouco antes das vésperas, corríamos para casa para comer, e então nossos estudos diários com Ewan começavam, e neles nossos papéis eram totalmente opostos. Aquela era a arena na qual Will Wallace se destacava enquanto eu ficava para trás; ali ele era o discípulo dotado e intuitivo oferecendo conselhos e ajuda a mim, enquanto eu me esforçava em sua esteira, fracassando e errando enquanto tentava absorver as lições e as disciplinas que para ele eram os elementos básicos da vida.

Inicialmente não tínhamos arcos. Em vez disso, todo dia depois da escola, na primeira semana após nossa mudança para Paisley, Ewan nos levava bem para dentro da floresta, onde passávamos as horas até escurecer, todo final de tarde por seis dias, encontrando e depois selecionando oito pesadas varas retas de freixo e olmo novos, a mais fina não menor que o comprimento total de um polegar e a mais grossa uma vez e meia isso. Nossa busca era por árvores novas inteiras que tivessem um comprimento reto superior em uma mão ao comprimento de nossos corpos, e isso sem afinar, significando que tínhamos de avaliar cuidadosamente cada seleção antes de cortarmos, e então afilar de modo a que quando a segurássemos ela se erguesse inteiramente reta do chão aos nossos pés até onde podíamos segurar a extremidade superior com a base de nossas mãos apoiadas no alto de nossas testas. Não era uma tarefa simples, e o tempo necessário para concluí-la refletia isso: seis noites inteiras para encontrar e cortar oito varas. Mas então, não eram simples varas: cada uma era um eixo em torno do qual nosso treinamento, nossa vida inteira como alunos de Ewan, iria girar nos dois anos seguintes, até termos crescido mais que elas e precisarmos fazer novas.

O estágio seguinte de nossa formação começou imediatamente depois da missa no dia seguinte, que era um domingo, único dia de descanso da escola. Assim que chegamos em casa da abadia depois da missa matinal, Ewan nos colocou para trabalhar. Cada um de nós começou com uma vara de olmo verde, sólida e pesada. Nós arrancamos sua casca e depois a esfregamos com um composto de alume fornecido por Ewan que absorvia o líquido da camada externa naturalmente escorregadia da madeira, deixando-a suave e seca ao toque. Deixamos esses dois de lado para o que Ewan chamou de uso diário, embora na época não tivéssemos ideia do que isso significava, e voltamos nossas atenções para as outras seis, descascando-as como havíamos feito com o primeiro par, enquanto Ewan cortava compridas tiras de couro de um dedo de largura de uma pele curtida. Ele tinha um grande pote de ferro com água fervente junto ao fogo, e mergulhou as tiras no pote fervente até elas estarem novamente macias. Então as tirou uma após a outra com pegadores e as colocou para esfriar no piso de pedra. Fizemos uma pausa para refeição ao meio-dia, e assim que terminamos Ewan testou cada uma das varas descascadas, estudando-as, segurando cada uma junto ao olho para observar seu comprimento. Depois as dividiu em grupos de três, um olmo e dois freixos em cada, e fez com que Will e eu segurássemos firme cada grupo enquanto ele os amarrava solidamente com as faixas de couro molhadas.

Aquele era um trabalho lento, e apertar as varas juntas durante tanto tempo foi um grande esforço para nossas mãos e nossos braços. Ewan trabalhava paciente e metodicamente, amarrando as faixas ponta a ponta até ter várias delas separadas de cinco ou seis passos de comprimento. Depois amarrou seis grandes em uma extremidade e as enrolou com força nas varas em espirais superpostas de cima a baixo. Quando os fardos estavam totalmente amarrados ele reuniu as extremidades superpostas no final de cada um, apertou-as com uma garra de ferro e torceu com força até que Will e eu não conseguíamos mais segurar o fardo para resistir à torção. Então mandou que Will segurasse o fardo com firmeza enquanto eu segurava a garra, e enquanto lutávamos um com o outro, nos esforçando para manter a tensão produzida, ele amarrou as extremidades retorcidas com outra ferramenta, uma comprida agulha de ferro curvada na qual enfiou a ponta de outra faixa molhada e a costurou firmemente na transversal das extremidades retorcidas. Quando terminou, se empertigou, jogando o primeiro fardo no ar e o apanhando de novo.

– Isso – disse ele. – Deve resolver o problema. Agora elas só precisam secar devidamente, o que as impedirá de empenar.

A cabeça de Will se ergueu.

– O que é empenar?

– Torcer para fora da posição. Quando empenarem estarão secas, e quando estiverem secas podemos eliminar o empeno. É tedioso, mas pode ser feito.

– Como você faz isso?

Ewan esfregou a cabeça sem pelos.

– Você pega a vara empenada, a encharca com vapor úmido e curva até estar reta novamente. Só precisa de tempo e algum cuidado.

– Você acha que elas irão empenar?

– Não se vigiarmos e cuidarmos bem. As tiras de couro vão secar e ficar duras como ferro. Nós as colocaremos nas vigas aqui acima do fogo e viraremos todos os dias, para que nunca peguem calor demais de um lado durante muito tempo. Assim devem secar por igual.

Will estudou os fardos.

– Você não nos disse para que são.

Ewan ergueu as sobrancelhas sem pelos.

– Para o que você acha que são?

– Fazer arcos.

– Não, não são, então você está errado. Deve ser uma sensação nova para você, hein? – disse, seu sorriso desdentado retirando qualquer agressividade das palavras. – Quando estiverem prontas serão o que os ingleses chamam de bastões. E antes que você pergunte, o bastão de combate é usado por homens que não podem usar uma espada. Existem há centenas de anos. Os antigos romanos os usavam. Pesam o dobro de uma espada, e vocês aprenderão a lutar com elas como espadas. Depois, se um dia tiverem de usar uma lâmina de verdade, ela parecerá leve como uma pena em suas mãos.

– Eu não quero usar uma espada – disse Will. – Quero aprender a usar um arco.

– Sei disso, garoto, mas olhe para si mesmo. E olhe para o Jamie aqui. E agora olhe para mim.

Ele puxou a túnica sobre a cabeça, desnudando seu tronco, e enquanto olhávamos boquiabertos ele cruzou os braços sobre o peito e agarrou os enormes músculos dos ombros, contraiu e ergueu os cotovelos para frente rigidamente para exibir a força de seus antebraços, a grossura taurina de seu tronco enorme e seu pescoço em forma de coluna. Sob o arco tenso das costelas, sua barriga inchava com colunas gêmeas de placas de músculos.

– Eis o que falta a vocês, camaradas – disse ele, fazendo os músculos da barriga se mexerem e sacudirem de um lado para o outro como uma cobra grossa. – Massa. Músculos de arqueiro.

Ele soltou os braços e procurou sua túnica.

– Vocês nunca conseguirão esticar um arco até ter isso, e o bastão é a única coisa que dará isso a vocês. Irão usá-lo todos os dias, hora após hora até não conseguirem erguer os braços e o bastão cair de seus dedos, e depois descansarão até o sangue voltar e começarão tudo de novo.

Ele encarou Will.

– Você quer ser um arqueiro, William Wallace? Bem, eu o ensinarei a ser um e você irá me odiar enquanto estiver fazendo isso. Mas prometo a você que neste ano você verá os benefícios do bastão. Verá músculos crescendo em lugares que ainda não os tem. E assim que vir o primeiro deles, nunca mais vai querer parar.

Acredite – disse, apontando para as duas varas de olmo descascado que havíamos deixado de lado no começo. – Aqueles são os primeiros, e estão verdes de seiva, molhados e desajeitados. Eles apresentarão a vocês as dores de se tornar um guerreiro. Amanhã, depois da escola, ensinarei como segurá-los.

Ele falou a verdade, e passamos a noite seguinte aprendendo a segurar o bastão. Inicialmente pensamos que qualquer um que tenha mãos consegue segurar um bastão, então qual seria a dificuldade? A resposta, claro, estava no que ainda não havíamos considerado: o bastão não é um mero pedaço de madeira, mas uma arma poderosa, e há muitas formas de segurar um, mas muito poucas de segurar com eficiência. E assim começaram três meses de tormento enquanto tentávamos, em vão, satisfazer nosso tutor, cuja natureza amigável desapareceu quando seguramos pela primeira vez aquelas varas de olmo. Ele nos fez trabalhar tão duro, tão interminavelmente, que de dia eu me via adormecendo nas aulas e com frequência incapaz de fechar os dedos machucados sobre a pena, uma situação que com grande frequência era desaprovada por meus tutores.

Mas chegou um dia em que sobrevivi a todo o meu cronograma de aulas sem falha ou acidente, e comecei a me dar conta de que as agonias que haviam me atormentado por tanto tempo já não eram perceptíveis. Fui imediatamente dar a notícia a Will, e ele me disse que também as dele haviam desaparecido, e ficamos maravilhados com a diferença, pensando no que poderia ter causado isso. O regime imposto a nós tão duramente toda noite por Ewan não era menos brutal ou exigente; ele ainda nos atormentava sem descanso durante horas todo dia, exigindo mais força e velocidade a cada vez, mas as dores haviam diminuído e o esforço que fazíamos em nossos exercícios já não nos deixava exaustos.

Três meses haviam se passado. Um mês depois Ewan havia sido convocado a Elderlie por Sir Malcolm, nos deixando com uma lacuna incomum em nosso treinamento depois da escola. Era final do verão, então Will e eu tínhamos ido nadar no rio que corria perto da casa.

– Espere – gritou Will quando eu me preparava para pular novamente no lago de onde acabara de sair. Ele estava de pé com água até o pescoço, agitando os braços para se manter no lugar contra a corrente lenta. – Espere. Fique aí.

– O quê? – disse apressado, baixando os olhos para a virilha. – Há alguma sanguessuga em mim?

Ele se lançou para frente e nadou até estar bem abaixo de mim, então se levantou novamente e olhou para mim, sacudindo os cabelos molhados de cima dos olhos. Eu continuava sem ver nenhuma sanguessuga, mas a ideia me deixava nervoso. Eu odiava aquelas coisas.

– Onde está a sanguessuga?

– Não há sanguessuga nenhuma – disse ele. – Estou vendo músculos. Sua barriga está dura e seus ombros cresceram. E olhe seus braços.

Eu olhei, mas não conseguia ver diferença ali desde a última vez que tinha olhado. Então me dei conta do que ele estava falando, antes mesmo de ele continuar.

– Ewan estava certo. Você está desenvolvendo músculos onde não havia nenhum. E quanto a mim, estou?

Ele subiu para a margem, e enquanto olhava para ele dessa vez eu vi a mudança que havia sido tão gradual que não percebera antes. Nu, Will era muito maior do que quando chegamos a Paisley. Seus ombros eram mais largos, seu peito mais amplo e grosso, e seus braços e pernas eram esculpidos com músculos que nunca havia visto antes. Estávamos tão impressionados, tão entusiasmados com o que tínhamos descoberto que corremos para casa para fazer nossos exercícios sem a supervisão de Ewan pela primeira vez.

Nenhum de nós havia erguido o bastão contra o outro até então. Todos os nossos exercícios eram contra um inimigo imóvel, inconquistável: um grosso poste de olmo que nenhum de nós conseguia abraçar. Nós o havíamos encontrado perto da pilha de madeira para o fogo no fundo do jardim e ajudado Ewan a cavar uma cova para fincar a coisa. Ela se erguia acima de nós, imune aos piores ataques que podíamos infligir. Durante meses tudo o que havíamos feito havia sido atingi-lo com nossos bastões. Mas quatro meses haviam produzido grande mudança em como a atingíamos. Nos primeiros dias nossos golpes haviam sido desajeitados – pesados, soturnos, repetitivos, dirigidos a áreas que Ewan marcara claramente –, e nos cansávamos rapidamente sem sermos autorizados a descansar. Agora conseguíamos martelar as diferentes marcas, usando as duas extremidades de nossos bastões para atacar várias simultaneamente. O som de nossos golpes era rápido e claro como o repicar de um pica-pau.

Os bastões se tornaram naturais para nós, extensões de nossos braços e mãos, e nossas mentes e nossos olhos dirigiam os ataques sem raciocínio consciente. Não espantava que nossos corpos estivessem respondendo visivelmente ao que havíamos exigido deles. À medida que nos acostumamos à monotonia dos exercícios, concebemos outra utilidade para eles; o ritmo de nossos golpes se revelou o acompanhamento perfeito para o exercício diário de aprender nosso vocabulário de latim e francês, de modo que toda noite fazíamos declinações e conjugações enquanto espancávamos o poste inabalável.

Quando o verão se transformou em outono naquele ano Ewan nos presenteou com arcos que havia feito, e aquela ocasião foi a primeira vez em que parara para pensar em o que ele fazia todo dia enquanto estávamos na escola. Os arcos eram bonitos, feitos de olmo e planos, com um dedo de largura, menos de metade do tamanho da gigantesca arma do próprio Ewan. Cada um veio com 12 flechas com penas de cores diferentes, azul para mim e vermelho para Will, e pontas de ferro que cobriam as extremidades e não tinham farpas. Ewan disse que não eram flechas de caça. Eram instrumentos de treinamento com os quais aprenderíamos precisão e ritmo, os dois elementos vitais do tiro com arco.

No ano seguinte, ele fez mais dois para nós, dessa vez maiores para acompanhar nosso crescimento, feitos de freixo e arredondados, o que dava a eles mais tensão e exigia muito mais força para puxar. Eu dei duro com os arcos durante aqueles dois anos, praticando até me tornar adequadamente capaz, mas Will desde o início foi um prodígio. Quando eu tinha 13 anos, e ele 15, à distância de sessenta passos eu podia cravar cinco de seis flechas no anel central dos alvos de palha que Ewan construíra para nós. Will conseguia fazer o mesmo com todas as seis flechas de uma distância de cem passos, e as colocava tão próximas que com frequência elas se tocavam no centro do anel. Até Ewan tirou o capuz para Will na primeira vez em que ele conseguiu o feito, mas tendo conseguido uma vez, Will passou a fazer isso quase todas as vezes, aumentando paulatinamente a distância dos arremessos, até conseguir acertar o anel de 163 passos, o alcance máximo de seu arco de freixo. Não importava o quanto tentasse, ele não conseguia arremessar um projétil mais longe que essa distância. Mas ele tinha então 15 anos, e não havia um único homem que conhecêssemos, além de Ewan, que conseguia se equiparar a ele com o mesmo arco. Ele já estava fornecendo caça fresca e carne de cervo para as cozinhas da abadia.

Vendo com pesar como Will mais uma vez me superava em questões físicas, eu encarava uma decisão difícil, que, sabia, iria nos separar. O irmão Duncan me convidou para trabalhar na biblioteca, onde assumiria as funções do irmão Bernard, que por sua vez substituiria o envelhecido e cada vez mais cego irmão Joseph. Eu sabia que ser convidado a substituir o irmão Bernard era uma honra sem precedentes para um garoto da minha idade. E também um sonho que se tornava realidade.

O irmão Duncan dissera acreditar que eu tinha um talento natural para o tipo de trabalho ao qual ele dedicara a vida – estudar e cuidar de livros – e prestava atenção em mim desde minha primeira visita à sua biblioteca. Durante vários anos ele notara não apenas a frequência de minhas visitas, mas o cuidado e a atenção com que tratava os textos e documentos aos quais tinha acesso permitido. Também enumerou os motivos pelos quais eu podia ser perdoado por recusar o posto, explicando que o próprio trabalho podia ser prejudicial à saúde.

– Poucas pessoas reconhecem quão árduo é o caminho do escritor – disse. – Ele escurece os olhos, faz as costas doer e costura juntos peito e barriga. É, em síntese, uma terrível provação para o corpo inteiro.

Seu alerta não teve qualquer efeito. Eu queria o cargo de bibliotecário mais do que já quisera alguma coisa, e uma mera ameaça de problemas físicos não me impediria de assumi-lo. O único obstáculo era minha vida com Will.

Nunca havíamos nos separado por muito tempo desde que viemos para a abadia, e tudo que havíamos experimentado havia sido partilhado. Naquele momento eu estava diante da escolha de abandonar o tiro com arco e o puro prazer de todo o tempo passado diariamente com Will nos alvos, e aquele rompimento me assustava. Embora ele soubesse que alguma coisa me perturbava, evitei contar a Will até não ter outra opção nem mais tempo.

Após cinco anos inteiros de ensino, falávamos um com o outro o tempo todo em um latim fluente, o idioma básico de nossos estudos, e ele escutou cuidadosamente o que eu tinha a dizer, a cabeça inclinada da forma que ainda mais associo a ele. Quando, gaguejando, eu conseguira chegar ao fim da minha história e perguntei o que fazer, ele me olhou com os olhos apertados. E então, em vez de dizer algo, tirou o arco de freixo dos ombros e o segurou na minha frente.

– Sabe o que é isto?

Eu pisquei.

– Claro que sei. É seu arco.

– Não, Jamie, é muito mais. É minha vida. Sei que não faz sentido para você, mas eu vivo apenas para dominar esta arma, e não posso dizer por que ou como; só sei que tenho de aprender tudo que há para saber sobre isto e sua feitura. Tenho de aprender a arrancar cada grama de poder dele, lançar minhas flechas mais longe e com mais precisão que qualquer outro homem que vá conhecer. Não tenho escolha e não entendo por que deve ser assim. É como estar enfeitiçado. É simplesmente algo que me consome, o tempo todo, e nunca terei o bastante.

Ele tirou uma flecha da aljava, encaixou-a e atirou diretamente para o centro do alvo que estava a mais de cem passos de distância.

– Sou um arqueiro. É o que faço, o que sou, e é tudo o que quero ser.

Ele colocou o arco novamente sobre o peito e puxou a corda com força contra as costas.

– Você se sente da mesma forma com os livros, Jamie. Eu sei disso. Sua necessidade de aprender sobre a biblioteca é quase tão forte quanto minha necessidade de aprender o arco. Então, por que perder tempo pensando em se deveria? Vá e faça o que quer fazer, e faça plenamente. Você já sabe tudo o que precisa saber sobre tiro com arco, mas ainda não sabe quase nada sobre o que verdadeiramente ama: sua biblioteca. Sentirei sua falta à noite, mas não é como se nunca mais fôssemos nos ver, é? Você ainda vai morar comigo e Ewan, e poderá me entediar com seu papo sobre tintas e pergaminhos, assim como eu o entediarei com o meu sobre a arte do arco. Mas você ainda não foi embora, então é melhor treinarmos, ou Ewan cortará nossas cabeças. Venha.

Ele enganchou um braço ao redor do meu pescoço, e eu quase chorei de gratidão.

Capítulo 3

Certa manhã de sexta-feira de fevereiro de 1286 fomos dispensados das aulas na metade da manhã e informados de que não haveria mais aulas naquele dia. Era um acontecimento raro a ser comemorado pelo pequeno corpo discente da abadia, e seguiu-se um êxodo frenético de quase quarenta garotos buscando escapar do recinto antes que algum monge infeliz pudesse aparecer e mandar todos fazer outras tarefas.

Will e eu havíamos sido alertados previamente pelo irmão Duncan, que fora informado por padre Peter do que estava acontecendo naquele dia, então sabíamos que não havia necessidade de correr e esconder. Naquelas raras oportunidades em que a abadia era visitada por convidados distintos, toda a irmandade comparecia para homenageá-los e participar das cerimônias com a presença das visitas. Os visitantes daquele dia tinham ido à abadia como representantes do rei dos escoceses, Alexandre III. Basicamente só sabíamos que o bispo de Glasgow chefiava o segmento religioso da delegação.

Era um dia claro para aquela época do ano, o terceiro seguido, e sinal, esperavam todos, de uma primavera precoce e bem-vinda. Seguimos contentes para um de nossos lugares preferidos, suficientemente longe dos prédios da abadia para prevenir interrupção, mas perto o bastante para que pudéssemos voltar rapidamente no caso improvável de um alarme ser tocado no triângulo de ferro pendurado junto à entrada principal. Nosso destino era um canto no pequeno rio que corria pela área de floresta densa ao norte da abadia, um lugar de sombras salpicadas em um dia ensolarado, mas que podia ser frio, pantanoso e traiçoeiro sob clima rigoroso. A curva do rio ali era ampla e plácida, a terra seca coberta de relva luxuriante. Sob uma projeção rochosa havia um comprido poço de natação com água até o peito para nossa diversão pessoal. Havia peixes ali, trutas pintadas que pairavam, quase invisíveis, no limite da corrente abaixo da queda d'água, e a terra macia nas margens mostrava as marcas de cascos fendidos dos cervos que iam beber ali todos os dias.

O principal atrativo do lugar para nós era uma modificação recente, resultado de ventania violenta que derrubara um freixo enorme sobre o córrego. Inicialmente havíamos ficado desalentados, achando que nosso lugar preferido tinha sido arruinado. Demoramos vários dias para entender que a queda do gigante resultara em uma ponte dupla sobre a parte mais funda de nosso poço de natação, com o tronco principal se abrindo de forma a pousar dois grandes galhos no lugar, um pouco menos de um metro de distância um do outro. Nós arrancamos todos os galhos emaranhados, deixando apenas os dois troncos nus, o mais fino deles pouco menos de trinta centímetros abaixo do outro. Era perfeito para nossos propósitos, e o usamos bastante durante os meses de verão e outono que se seguiram.

Aquele dia de fevereiro era a primeira vez que voltávamos ao lugar naquele ano, e não perdemos tempo. Will foi habilidosamente para a metade inferior do galho e se apoiou em seu bastão, fincando-o no galho superior e olhando para a água enquanto eu subia pela abertura estreita para o galho de cima.

– Com ou sem sol, essa água está fria o bastante para matar o primeiro homem que entrar – disse ele. – E quer saber? Não serei eu.

– Então iremos os dois secos para casa, pois também não serei eu – disse, sorrindo para ele.

Lembro de que me sentia forte e confiante naquele dia, muito consciente de meu físico e de meu condicionamento. Verdade que eu era um bibliotecário e passava muito tempo confinado e longe do sol, mas estava muito mais em forma que meus contemporâneos e a maioria dos membros mais jovens da irmandade. Mais de cinco anos de treinamentos e exercícios constantes com os pesados bastões haviam me transformado em homem, pelo menos no físico. Eu era largo e forte, ágil e firme, cheio de energia e disposição. Olhando para trás agora, compreendo que me orgulhava bastante de mim mesmo, mas tinha bons motivos. Eu também era constantemente lembrado de que nunca devia me vangloriar demais, pois Will me fazia sombra. Ele se erguia uma cabeça inteira acima de mim, e seus ombros pareciam duas vezes mais largos que os meus. Tinha pernas como troncos de árvores e braços na mesma proporção, e seu peito era quase tão largo e forte quanto o de Ewan, embora ele ainda não tivesse 17 anos.

Era a nossa diferença de tamanho que faziam as pontes gêmeas perfeitas para nossas necessidades, pois a altura extra que eu ganhava ficando de pé no tronco superior compensava bem a vantagem de Will, e os centímetros a mais no diâmetro no tronco sob meus pés me davam mais estabilidade e espaço, então quando nos encarávamos acima da abertura estreita era o máximo que conseguíamos de igualdade.

Começamos lentamente – não cautelosamente, pois sabíamos o que estávamos fazendo, mas havia meses que não subíamos nos troncos, e eles haviam sido cobertos por uma fina camada de musgo, então nossos movimentos iniciais foram inseguros, ambos avaliando o próprio equilíbrio e facilidade de movimento mais que prestando atenção ao outro. Finalmente Will esticou as costas.

– Está pronto?

Em resposta eu ergui meu bastão com as duas mãos e estiquei o braço à frente, batendo uma ponta contra o centro da arma dele, mas ao mesmo tempo em que fazia contato ele a estava virando para o lado, erguendo alto e a baixando em um golpe rigidamente controlado com as duas mãos que teria rachado meu crânio se estivesse lá para recebê-lo. Mas eu já me inclinara para trás nos calcanhares e erguera meu próprio bastão em um bloqueio horizontal que deteve seu ataque, mas deixou minhas duas mãos formigando. Ele sorriu para mim e apoiou uma extremidade de seu bastão no tronco aos seus pés.

– Quase peguei você, primo – disse, naquela voz baixa que havia muito eu aprendera a reconhecer como indicando um ataque iminente, e dei dois passos rápidos para a esquerda, me colocando à direita de seu movimento natural, inteiramente preparado para me vingar caso ele se lançasse contra mim e errasse. Ele sorriu novamente e segurou o bastão com as duas mãos, e por algum tempo manobramos um em frente ao outro em um silêncio atento, esperando que o outro cometesse um erro e pedisse a destruição. Mas quando nenhum dos dois fez isso e ficou muito claro que não faria, Will se empertigou novamente.

– Ao básico então – murmurou ele, e passamos para o básico de nosso treinamento diário, nossos primeiros movimentos rígidos e formais, exatamente como havíamos aprendido no começo, cada movimento e contramovimento preciso e executado limpamente. À medida que avançamos pelos exercícios familiares nossa facilidade e velocidade aumentavam, até nossos bastões soarem altos e ritmados um contra o outro, os intervalos entre os golpes se tornando cada vez mais curtos até o barulho ser um retinir incessante e o suor começar a escorrer por nossos corpos.

Então eu vi algo com o canto do olho, e no instante em que me desconcentrei Will arrancou o bastão de minhas mãos, mandando-o para o banco de areia relvado.

– Espere! – gritei, e ele hesitou, seu bastão já recolhido para me empurrar do meu tronco.

– O quê?

– Ali – disse, apontando para uma figura de capa e capuz que nos olhava desde as árvores na margem do rio.

Espiou por sobre o ombro e se virou imediatamente para encarar a presença silenciosa, movimentando o pesado bastão com uma das mãos, fazendo com que girasse nos dedos.

– Pegue seu bastão – me disse ele por sobre o ombro, e corri para obedecer, sem olhar novamente para a figura na outra margem até ter me rearmado e retornado para o lado de Will. O observador não se moveu, e as sombras das árvores nas quais ele estava o obscureciam o suficiente para que não o identificássemos.

– Saia e se mostre.

A voz de Will era baixa, mas claramente dosada para que as palavras chegassem ao sujeito, que se empertigou, descolando da árvore onde estivera apoiado e indo para a luz. Era um estranho, e enquanto se expunha ergueu a mão e retirou o capuz da cabeça, expondo uma cabeça cheia de cabelos grossos dourados à altura do ombro que refletiam a luz do sol. O rosto era jovem e sem barba, pouco mais velho que o de Will, e sério enquanto olhava para nós. Mas era o tamanho do sujeito, a imensa largura de seus ombros sob o manto, que me fazia prender a respiração. Achei que era quase da altura de Will, embora não pudesse ter certeza em função da distância entre nós, mas era de alguma forma mais esguio. As pernas sob sua túnica pregueada eram compridas e bem formadas, nuas acima dos joelhos e enfiadas em perneiras forradas de pele abaixo deles, presas por faixas de couro cruzadas e amarradas nas botas de solas pesadas até os tornozelos. Sua túnica era rica, um tecido verde grosso que o marcava como bem nascido; Will e eu nunca havíamos sequer visto, nada tão fino. Um pesado cinto de couro flexível que sustentava um punhal embainhado apertava sua cintura estreita.

– Então não tem modos? – disse Will em escocês. – Ou é um ladrão espreitando as pessoas para roubar o que quiser?

Eu fiquei rígido com o insulto calculado da observação, mas o estranho de cabelos amarelos simplesmente sorriu, exibindo dentes brancos brilhantes, e se colocou na beirada do banco de areia ao lado da ponte. Ele se movia como um gato, ágil e leve, os braços caídos frouxamente ao lado do corpo.

– Você não tem nada que mereça ser roubado – respondeu ele com facilidade, o ritmo de sua voz anunciando que era do norte. – Percebi isso imediatamente.

Ele continuava a sorrir.

– Apenas queria atravessar esta ponte, e decidi esperar até que você jogasse o pobre sujeito para fora antes de incomodá-lo pedindo passagem.

Eu me empertiguei, ferido, mas antes que pudesse dizer uma palavra Will gesticulou para que fizesse silêncio.

– O pobre sujeito, como você viu, não é abalado tão facilmente – retrucou, a voz me soando perigosamente baixa.

– Sim, sei disso agora. Ele é mais forte do que parece ao seu lado, e luta bem. Bem o bastante para suportar os golpes de um desajeitado com o dobro de seu tamanho.

Os olhos dele se voltaram para mim e vi que eram azuis de um brilho chocante.

– Muito bem, jovem – disse, se voltando a seguir para Will. – Agora, se eu pedir civilizadamente, você se moveria e permitiria que cruzasse?

Eu vi o sorriso selvagem iluminar o rosto de Will, e meu estômago se contraiu. Senti que nada de bom poderia sair daquilo.

– Deixe que ele atravesse, Will.

Will mostrou os dentes naquilo que eu considerava seu sorriso insano.

– Deixá-lo atravessar? Eu farei isso, Jamie. Vou deixá-lo atravessar. Mas ele terá de passar por cima de mim primeiro – disse, se voltando novamente para o estranho. – Bem, saxão, acha que consegue fazer isso?

O estranho apontou para o bastão na mão de Will.

– Como? – perguntou Will, todo inocente, erguendo o bastão. – Isso o incomoda? Nem pense nisso. Eu vou jogá-lo na margem ali e vamos resolver isso de mãos nuas, apenas você e eu.

– Não, você me entendeu mal – disse o estranho em voz baixa. – E me avaliou mal. Meu sangue é norueguês, não saxão. Meu povo era viking em certo momento. E você pode ficar com seu bastão, desde que eu possa pegar emprestado o do seu amigo.

– Pegar emprestado? – disse Will, o sorriso parecendo ainda maior. – Sim, acho que pode pegá-lo emprestado. Jamie, dê seu bastão ao homem e mostre a ele como segurá-lo.

– Desnecessário – disse o viking, como eu já o batizara. – Lance para mim. Eu dou um jeito.

– Will...

– Apenas jogue, Jamie. Você ouviu o homem.

Eu mordi o lábio, sabendo que aquilo era errado, e lancei meu bastão à distância. O estranho o pegou facilmente com uma das mãos, e enquanto eu descia da ponte ele subiu sem esforço para o tronco superior, encarando Will, que de repente estava franzindo o cenho, o sorriso insano desaparecido. Eu me dei conta com alívio de que estava consciente da vantagem demasiada que teria sobre seu adversário relaxado.

– Você sabe usar essas coisas?

A voz de Will estava tomada de preocupação e comecei a me sentir melhor, mas o viking se limitou a tirar os cabelos da testa com um movimento de cabeça e pegou meu bastão com as duas mãos, segurando-o como se fosse um machado em queda.

– Eu dou um jeito – disse ele novamente, flexionando os joelhos. – Não se preocupe comigo. Cuide de si mesmo.

Com isso ele lançou um ataque rápido que me deixou boquiaberto de choque, um impulso de lança tão rápido e bem executado que Will teve de pular para trás para escapar, lançando seu bastão em um bloqueio defensivo que o estranho imediatamente usou contra ele, se jogando de joelho e dando um violento golpe cruzado sob a guarda horizontal de Will, apontando para seus joelhos e quase acertando enquanto Will pulava para trás novamente, cedendo terreno uma segunda vez.

A partir desse ponto a batalha deles foi dura e pesada, cada um dando ao outro o respeito devido a um oponente à sua altura e nenhum dos dois correndo riscos tolos, sempre conscientes de seu trabalho de pés na superfície curva, coberta de musgo do tronco abaixo deles.

O ritmo aumentou de repente quando o pé de Will pisou em um pequeno relevo no tronco, o desequilibrando apenas tempo suficiente para que seu oponente aproveitasse a vantagem. Enquanto Will oscilava, o viking deu um golpe curto lateral que o acertou no alto do ombro direito. Achei que tudo chegara ao fim quando ouvi o baque sólido do golpe, pois sabia que o braço de Will estaria dormente, mas ele me surpreendeu se jogando sobre um joelho, ainda agarrando a extremidade de seu bastão com dedos anestesiados, e arremessou a outra extremidade para dentro em um golpe esmagador tão forte quanto um machado brandido, acertando os joelhos do viking e girando peito e ombros para dar mais impulso.

Foi um esforço prodigioso, mas a reação do viking a isso me pareceu milagrosa. Como um gato ameaçado, ele saltou no ar com os dois pés, erguendo os joelhos até os ombros enquanto o bastão de Will assoviava pelo ar onde as pernas dele estavam um instante antes, e o golpe que teria esmagado o joelho quase passou totalmente em branco. Mas a ponta do bastão em movimento circular acertou a ponta da sola da bota esquerda do viking e a virou de lado, torcendo violentamente enquanto ainda estava no ponto mais alto de seu salto. Ele caiu de cabeça em um pulo lateral, e seu crânio bateu com força no tronco antes que ele deslizasse para a água funda de nosso poço de natação. Ele afundou imediatamente, os olhos fechados e o sangue escorrendo dos cabelos amarelos.

– Will! – gritei, me lançando para frente em um salto rápido, mas antes mesmo que meus pés tivessem deixado o solo vi o arco do corpo de meu primo enquanto ele saltava à minha frente, e pousamos juntos, um de cada lado do corpo.

– Eu o peguei! – gritou Will, emergindo com as mãos abaixo dos ombros flutuantes. – Pegue as pernas.

Nós erguemos o corpo inerte para a margem e ajoelhamos ao lado dele, olhando horrorizados para o sangue que brotava entre os cabelos amarelos encharcados. Mas então o viking bufou, tossiu e se contorceu para longe, cuspindo água, e pensei que nunca tinha visto ou ouvido nada tão bonito. Ele se ergueu trêmulo sobre braços esticados, cuspindo o gosto azedo do vômito da boca, depois se sentou curvado, segurando a cabeça, os cotovelos apoiados nos joelhos erguidos.

Depois de um tempo ele gemeu e inclinou a cabeça para apertar os olhos dolorosamente na direção de Will.

– Você me acertou?

– Sim, mas não na cabeça. Cristo, achei que tinha matado você. Eu acertei a sola da sua bota e o virei de lado, e sua cabeça bateu no tronco. Você está bem?

– Jesus Cristo, não, como poderia estar? Minha cabeça está quebrada. Espere um momento.

Fizemos como pediu, e ele ficou sentado em silêncio por algum tempo, gemendo baixo de tempos em tempos e embalando a cabeça com as mãos, balançando-a cuidadosamente de um lado para o outro. Mas depois afastou as mãos, ainda fazendo uma careta, e olhou para o sangue nos dedos de uma delas enquanto testava o couro cabeludo cuidadosamente com a outra.

– Você está com um galo que parece um ovo de ganso – disse Will –, mas não parece ser um corte profundo. Apenas uma pancada.

– Sim, o osso impediu que fosse mais fundo – disse, se examinando. – Eu estava na água?

– Sim, um pouco. Nós o tiramos.

– Estou congelando!

– Sim, bem, nós também. É fevereiro.

Estávamos tremendo, e Will se levantou.

– Vou acender uma fogueira se minha pederneira estiver seca.

– Ai Jesus!

Outro gemido de dor e um toque gentil no inchaço da cabeça.

– A minha estará caso a sua não esteja. Está em minha bolsa, lacrada com cera. Vamos fazer isso rápido, porque estou ficando azul.

Meia hora depois estávamos sentados nus junto a uma grande fogueira, e o calor fraco do sol parecia frio naquelas partes de nós que as chamas não alcançavam. Will e eu havíamos cortado varas de salgueiro e as cravado na terra macia para sustentar nossas roupas molhadas, e os trajes estavam fumegando constantemente, mais perto do fogo do que podíamos nos sentar.

Will esticou a mão e pegou o queixo do viking, virando-o para ver o grande inchaço sob a cabeleira amarela ainda molhada.

– Consegue ver direito?

O viking afastou a cabeça e olhou para Will.

– Claro que posso ver. Meus olhos estão abertos, não?

Will ergueu dois dedos.

– Quantos dedos aqui?

– Dois. Acha que sou um idiota? – disse o viking fechando os olhos e girando a cabeça cuidadosamente. – Minha cabeça dói terrivelmente, mas fora isso, estou bem. Então... Quem são vocês e o que estão fazendo aqui?

– Vivemos aqui. Ou aqui perto. Somos estudantes da abadia – disse Will, nos apresentando e identificando como sobrinhos de Sir Malcolm Wallace de Elderslie. – E você?

– Andrew Murray. É o nome da nossa família agora, mas antes foi de Moray, e antes disso, de Moravia.

O nome me era familiar.

– Há um Sir Andrew Murray que é oficial de justiça do rei no norte, não?

– Sim, Sir Andrew Murray de Petty, em Moray Firth. Meu pai.

– Vocês têm um estuário com seu nome? – perguntou Will impressionado, mas o outro balançou a cabeça, sorrindo.

– Não, fomos nós que pegamos nosso nome do estuário, nos dias do rei Davi, quando viemos da Normandia.

Will assoviou.

– E como veio parar aqui?

– Vim com meu mestre, lorde John Balliol. Ele está conferenciando com seu abade, por determinação do rei.

– Seu mestre? – perguntou Will, conseguindo soar divertido. – Então você é um servo?

Murray deu de ombros.

– Uma espécie de servo, sim. Sou escudeiro de lorde John. Escudeiro sênior. Vou ser feito cavaleiro em meu aniversário de 18 anos, em três meses.

– Você será cavaleiro?

O outro pareceu surpreso.

– Sim. Vocês não?

Will então riu, mas não continuou com o assunto. Em vez disso esticou a mão para o lado para pegar um dos bastões que havíamos resgatado do rio.

– Onde aprendeu a usar isto?

– Lorde John. Ele passou muito tempo na Inglaterra quando garoto e aprendeu a arte lá. Usa uma desde então, e ao vê-lo treinando com Siward quando me coloquei a serviço dele, pedi para aprender também.

– Quem é Siward?

– Mestre de armas de lorde John. Um inglês. Também é meu instrutor.

– Ele ensinou bem. Você quase me derrubou da ponte.

Murray fungou.

– Odeio "quase". Nunca vence. Fui eu quem caiu – disse, olhando para mim e sorrindo. – Então vocês são irmãos?

A partir daquele momento o dia passou rapidamente, com Andrew se sentindo cada vez melhor e a dor na cabeça logo passando. Discutimos um número surpreendente de coisas, sentados ali esperando que nossas roupas secassem o suficiente para serem vestidas.

Ficou óbvio para mim que Will e Andrew seriam bons amigos, e retrospectivamente me dói que minha primeira reação tenha sido de grande ciúme. A parte lógica de minha mente me disse que essa nova amizade devia ser algo transitório, já que Andrew Murray partiria em dias, voltando com seu mestre à sua casa no norte distante. Mas a dor do reconhecimento de que eu já não seria o único amigo de infância de Will foi forte e trouxe com ela um amargo ressentimento em relação ao recém-chegado.

Mas então, graças a Deus, minha amargura desapareceu tão rapidamente quanto surgiu, pois vi que a atração de um pelo outro era natural como a luz do sol. Os dois eram quase do mesmo tamanho, apenas um ano os separava em idade, e ambos pensavam de forma semelhante sobre muitas coisas, inclusive força física, e o bastão fora apenas o primeiro símbolo. "Claro que aqueles dois seriam amigos", pensei, "pois eram iguais, pelo menos em capacidade atlética, e Will não podia resistir à graça e ao encanto naturais de Murray mais do que eu podia".

Mas fui poupado de pensar demais nisso naquele dia, quando a conversa passou para tiro com arco.

Naquele momento todos estávamos vestidos novamente, nossas roupas secas, mas fedendo a fumaça, e Will se levantara, afirmando alguma coisa. Eu estivera sentado com as pernas cruzadas, e me levantei assim que ele o fez, usando apenas as pernas. Andrew tentou o mesmo, mas enquanto se retesava para fazer o esforço, seus olhos se arregalaram e ele ficou pálido. Gemeu e levou as duas mãos às têmporas, apertando a testa entre elas. Will e eu ficamos paralisados, olhando para ele alarmados, mas seu rosto desanuviou rapidamente e ele afastou as mãos da testa com cuidado.

– Minha cabeça começou a girar – disse, um pouco envergonhado. – Não esperava isso.

– Por que não? – reagiu Will. – Você quase quebrou a cabeça há pouco, e é a primeira vez que tenta se levantar rápido desde então. Pegue.

Ele estendeu a mão e Andrew a agarrou, se levantando facilmente dessa vez. Percebi que Will não soltou a mão dele, em vez disso ficou segurando-a de outra forma, uma expressão estranha no rosto, depois estendeu a outra mão para mim, me chamando com os dedos.

– Jamie, sua mão.

Eu estava confuso enquanto ele guiava minha mão para substituir a dele, os dedos se fechando sob os de Andrew.

– Sinta isso e me diga se estou errado.

Assim que senti os dedos de Andrew Murray contra os meus, minha confusão desapareceu. Virei a palma da mão de nosso novo amigo para cima para ver as elevações de pele calosa cobrindo seus dois primeiros dedos. Senti minhas sobrancelhas se erguendo.

– Você é arqueiro?

– Como? – reagiu ele puxando a mão, cerrando o punho e sorrindo novamente, incerto, pensei. – Sim, de certa forma sou. Não é um passatempo de cavaleiros, mas eu gosto de vez em quando.

– Não é passatempo algum – disse Will com uma voz firme. – E você não consegue polpas dos dedos assim praticando de vez em quando. Isso só acontece com anos de trabalho com uma corda de arco firme, do modo como estes surgiram.

Ele estendeu a mão direita, os dois dedos esticados em V.

Os lábios de Andrew se fecharam em um assovio sem som enquanto ele olhava para a grande diferença entre os dedos de Will e os dele.

– Pelos ferimentos do martírio de santo Estevão, outro atirador.

– Não, não exatamente – negou Will, sem nenhum vestígio de humor. – Você é um atirador. Assim como Jamie. Eu sou arqueiro.

O lábio do outro se contorceu.

– Atirador, arqueiro... Há alguma diferença?

– Sim; cerca de duzentos passos.

Andrew piscou.

– O quê? Você consegue atingir uma marca a duzentos passos?

– Jesus Cristo, sim. Nove vezes em dez. Assim como o Jamie aqui, seis dessas vezes. Mas quis dizer que posso acertar uma marca duzentos passos além do que qualquer um de vocês alcança.

– Acho que não – disse Andrew, seu tom de voz refletindo desapontamento por seu novo amigo mentir com tanta desfaçatez.

– Ache o que quiser, amigo, mas provarei isso assim que você me disser que tipo de arco usa.

– De olmo. Um metro e meio de comprimento.

– Então vá e o pegue. Vou pegar o meu e encontrá-lo aqui novamente em meia hora.

O rosto de Murray ficou tenso.

– Jesus Cristo! Que horas são?

Eu olhei para o sol e para as sombras.

– Cerca de 12h15.

– Perdi a noção do tempo! Tenho de voltar. Lorde John pode estar procurando por mim – disse, se curvando para pegar sua capa e a seguir olhando novamente para Will enquanto se esticava. – Você tem um arco de freixo, não? Um arco longo.

– Tenho.

– Arredondado.

– Sim.

– Sim, agora entendo... Aqueles calos. Que seja, então, acredito em sua afirmação. Mas onde, em nome de Deus, você o encontrou? É uma arma inglesa, e arqueiros ingleses não se separam de seus arcos. Não há muitos freixos grandes na Escócia.

Will sorriu.

– Não precisei de muitos; apenas de um. Mas na verdade meu professor o encontrou perto de nossa casa em Elderslie. Ele cortou a vara, curou e secou e me ensinou a fazer o arco a partir desse ponto.

– Seu próprio arco longo. Você pode vir aqui amanhã? Gostaria de testá-lo.

Will sorriu. Ele já estava usando seu enorme arco de freixo havia mais de dois meses e conhecia sua potência, e eu sabia que a ansiedade de demonstrá-lo para seu novo amigo devia ser mais do que ele podia suportar.

– Sim, se você ainda estiver aqui e seu mestre mantiver o abade e seus irmãos em conferência.

– Estaremos aqui. À mesma hora?

– Estarei esperando – respondeu Will.

Na manhã seguinte eu fui diretamente ao irmão Duncan e pedi para ser dispensado de minhas obrigações naquele dia. Ele me olhou feio, mas eu havia muito aprendera que sua expressão de desaprovação não passava de fingimento. Contudo, eu nunca antes pedira dispensa, e ele me perguntou o que pretendia. Contei de nosso encontro no dia anterior com o visitante Andrew Murray, e ele simplesmente concordou e me deu a folga. Eu corri para encontrar Will, e tivemos tempo de pegar nossos alvos e instalá-los na clareira junto à ponte do rio bem antes da chegada de Andrew.

Ao chegar ele nos disse que não poderia ficar muito tempo, pois lorde John precisaria dele naquela tarde, mas havia bastante tempo para Will demonstrar o poder de seu novo arco e para Andrew testá-lo ele mesmo. Mas, por mais que testasse, o jovem vindo de Moray foi incapaz de esticar totalmente a arma poderosa, e finalmente a entregou a Will e viu com tristeza meu primo cravar seis flechas no centro do alvo mais distante, a duzentos passos.

– Que distância ele alcança totalmente esticado? – perguntou Andrew enquanto íamos pegar as flechas.

– Trezentos, talvez mais – respondeu Will. – Mas totalmente esticado você pode perder flechas demais, então mantenho minha distância por volta de duzentos. Tenha em mente que estas são flechas de treinamento. Pontas de combate com farpas e pontas de caça fazem muita diferença no voo. O peso das pontas altera tudo.

– Você tem pontas de combate? – perguntou Andrew, soando impressionado.

Will balançou a cabeça.

– Não, mas mesmo farpas de caça fazem uma grande diferença. Assassinas de homens seriam ainda mais pesadas, mas eu não tenho necessidade delas.

– Sim... bem, Will Wallace, nunca vi nada assim. Não gostaria de ter você apontando para mim. Nem mesmo Siward é tão bom. Mas Siward é acima de tudo um homem de espada. Ele tem um arco, mas raramente o usa como você faz – disse, dando uma risada. – Eu ontem fiquei pensando nos seus ombros, no seu corpo. Agora sei que é de puxar aquela coisa. Mas e quanto a uma espada? Você usa uma?

– Não! – respondeu Will, que recuperava suas flechas, examinando cada uma em busca de danos antes de colocá-las na aljava. – Espadas são para cavaleiros, e nunca vou precisar de uma. Tenho meu bastão e uma boa faca. Se um dia estiver em uma situação em que seja ameaçado, a faca deve ser suficiente para acabar com qualquer um que passe por minhas flechas e meu bastão – disse, sorrindo e acrescentando. – Eu não sou violento, você sabe.

Eu sabia que o que ele dissera era verdade. Apesar de seu tamanho e força assustadora, nunca vira Will perder a paciência ou provocar briga com alguém. Eu o vira lutar ferozmente, mas raramente, e nunca com uma arma, e apenas em reação ao tipo de provocação que a maioria das pessoas, ao ver seu tamanho, relutava em fazer. Mas me vejo refletindo sobre aquelas palavras anos depois, pensando se deveria ter tido algum pressentimento do que os anos seguintes reservavam para ele. Mas claro que não tive. Naquela época éramos inocentes, incapazes de prever a dor e o caos que estavam à frente.

O resto daquela manhã se passou agradavelmente, e quando chegou o momento de Andrew retornar à abadia para cuidar de seu mestre, fomos com ele, os três conscientes de que sua partida no dia seguinte deixaria uma lacuna em nossas vidas. Andamos lentamente, nossos arcos colocados sobre os ombros, e ele respondeu a nossas perguntas sobre sua vida como escudeiro de cavaleiro, e qualquer ideia que Will e eu pudéssemos ter de sua rotina ser de indolência e luxo foi rapidamente eliminada. Seu treinamento cotidiano para se tornar cavaleiro era muito mais exigente que qualquer coisa que se esperava de nós na escola da abadia.

Havíamos chegado à entrada principal da abadia, e estava claro que lorde John e sua comitiva ainda estavam em conferência, pois quase não havia sinal de vida além das atividades de rotina dos irmãos residentes, então ficamos conversando em voz baixa no pátio da frente, a cerca de cinquenta passos da entrada principal. Eu não lembro do que estávamos discutindo, pois eram Will e Andrew que falavam, enquanto eu apenas olhava ao redor, mas vi uma figura sair de uma porta lateral e ir em nossa direção, parar de repente e nos observar cuidadosamente. O homem parecia ser alto e idoso, curvado pela idade, mas caminhando com grande jovialidade e vestindo um comprido hábito de lã marrom decorado com uma barra verde. Eu não teria prestado mais atenção se ele não tivesse parado de forma tão óbvia, e o modo como ficou ali de pé nos olhando me pareceu peculiar.

– Quem é aquele? – perguntei, e os dois olharam para descobrir de quem estava falando. Eu ouvi Murray respirar fundo.

– Merda! – disse ele com o canto da boca. – É Wishart. O bispo.

Ele se curvou para a figura distante, e Will e eu seguimos seu exemplo, desajeitados. O bispo assentiu em reconhecimento e foi deslizando na nossa direção.

– Jovem de Moray – disse ao se aproximar, enfatizando a pronúncia francesa e continuando no mesmo idioma. – Fico contente em ver que conseguiu encontrar amigos com os quais se divertir enquanto está aqui.

As palavras eram dirigidas a Andrew, mas os olhos do bispo examinavam Will e eu, registrando tudo sobre nós, incluindo nossos bastões e os arcos presos em nossos ombros. Andrew se empertigou e respondeu no mesmo idioma, gesticulando elegantemente com uma das mãos.

– Consegui, meu senhor. Eu os conheci ontem, por acaso. São locais, como pode ver, mas desfrutei da companhia deles durante o que, do contrário, teria sido um período tedioso.

Seu francês era fluente e refinado, e estava claro que nem ele nem o bispo esperavam que Will ou eu compreendêssemos.

Eu estava prestes a falar, mas de repente decidi ficar em silêncio e não dar qualquer indício de que os compreendia. Eu sabia que Will mal teria registrado uma palavra do que diziam, pois carecia de minha facilidade com idiomas. Olhei para ele e o vi me fitando, o rosto inexpressivo. Nesse meio-tempo Wishart se virara para olhar mais explicitamente para Will, avaliando-o e medindo o grosso bastão em sua mão e o arco pesado que balançava em seu ombro. Aproveitei a oportunidade para olhar mais atentamente para o próprio bispo.

Eu sequer podia imaginar sua idade, pois era um daqueles homens raros cuja aparência muda pouco com o passar dos anos. Estava claro que não era jovem, mas não podia dizer com segurança se tinha 40 ou 70 anos. Seu rosto era magro e anguloso, envelhecido, escuro e muito enrugado abaixo da cobertura rala de uma barba fina de corte reto, e tinha uma testa ampla e alta destacada por cabelos castanhos escuros com ponta em V que ele usava curtos e cortados abruptamente atrás, bem acima dos ombros. Olhos escuros e inteligentes brilhavam penetrantes sob sobrancelhas grossas, e um grande nariz aquilino ossudo deixava toda a sua aparência feroz. Seus lábios pareciam estar sorrindo, mas eu não via humor em seus olhos.

– A não ser que esteja errado – disse ele em latim –, e a julgar apenas pelo seu tamanho e o do arco que carrega, você deve ser o sobrinho de Sir Malcolm Wallace, William. Estou certo?

O sorriso do bispo se tornou mais largo e dessa vez seu calor chegou aos olhos.

– Não leio mentes – continuou ele, a voz grave e firme. – Nem temo, a fama já o marcou como merecendo grande atenção. Estou vindo diretamente de uma reunião com seu tio, padre Peter, e ele me falou sobre você, descrevendo você e a seu arco, e me contando como mantém a irmandade abastecida com a melhor carne. Minha única surpresa foi descobri-lo na companhia do jovem Murray.

Seus olhos se voltaram para mim.

– E você deve ser James Wallace, o primo que é um grande patrimônio do irmão Duncan na biblioteca.

Foi um momento de orgulho, mas também desajeitado, pois nem Will nem eu sabíamos como responder adequadamente a uma abordagem tão informal do homem que era o maior prelado da Escócia e confessor pessoal do próprio rei Alexandre, mas de alguma forma nos vimos estranhamente à vontade conversando com um dos homens mais poderosos do reino. Ainda assim, percebi que Andrew Murray estava de olhos arregalados, olhando de um de nós para o outro, enquanto o bispo Wishart nos questionava intimamente sobre nossa vida na abadia, nossos sentimentos pelos parentes de Elderslie, minha própria família morta e o massacre da família de Will. Ele nos perguntou até mesmo sobre nosso tutor, Ewan, e nossos estudos com o arco. Ele me incluiu simpaticamente em tudo o que disse, mas ficou claro para mim que seu grande interesse era em Will e que não estava demonstrando tal interesse por mera cortesia.

Então, de repente, ele deu um rosnado fundo e disse adeus aos três, informando a Andrew que lorde John ainda estava em demoradas discussões com o abade e dificilmente precisaria de seus serviços por pelo menos uma hora, talvez mais. Com isso ele partiu, já mergulhado em outros pensamentos, ficamos olhando para ele.

– O que afinal foi tudo isso? – perguntou Murray, soando perturbado, e Will inclinou a cabeça.

– Do que está falando?

– Aquela simpatia. Eu nunca vi o velho se comportar de modo tão... tão amistoso. O reverenciado bispo Wishart não é um homem amigável. Não assim, com completos estranhos.

– Então devo tomar cuidado? – perguntou Will, correndo as costas dos dedos abaixo do maxilar, sorrindo. – Ele gosta de garotos?

– Como? Ah, não, não quis dizer nada assim. Jesus Cristo, não! Mas ele é... – começou Murray, buscando as palavras. – Esta é a quinta vez que viajo na companhia do bispo Wishart, como parte da comitiva de lorde John, também a mais breve. Cavalguei com ele três meses ano passado, e o conheço como um homem decididamente silencioso, solitário e reservado. Tem poucos amigos. Não é um fantoche, e me disseram que já foi um guerreiro temível. Mas é soturno e basicamente sem humor, mantém a boca fechada e é conhecido por ser econômico com as palavras.

– Talvez ele goste de mim, me veja como realmente sou. Já pensou nisso? Só porque você demorou uma hora para começar a me amar, não significa que pessoas mais dotadas não vejam a riqueza em mim mais cedo.

Murray assentiu com prudência. Depois gentilmente tirou o bastão de Will e removeu o comprido arco de freixo de onde estava pendurado no ombro. Ele me passou ambos, juntamente com suas próprias armas. Então enganchou o braço no pescoço de Will e o prendeu com uma perna, jogando-o no chão e saltando sobre ele para esfregar um punhado de terra nos cabeços de Will. Este, com um rugido de fúria fingida, se lançou valentemente contra o peso que o prendia e conseguiu virar de lado, ao mesmo tempo mantendo os braços de Murray longe de sua garganta e da asfixia que o outro pretendia. Não sei quanto tempo a luta teria durado caso o irmão Brian, um dos mais fortes da abadia, não saísse pela porta principal da igreja e apanhasse os três. Ele separou os dois lutadores e lhes deu um sermão sobre os males da briga, depois rosnou, mandando que sumíssemos de vista.

Conseguimos de alguma forma passar pela reprimenda com expressões sérias, mas naquele momento os dois adversários haviam perdido a disposição para a luta, então pegamos os arcos e bastões e durante a hora seguinte apenas caminhamos e conversamos sobre o que nos passava pela cabeça. Andrew mencionou seu amor, uma bela jovem de sua terra chamada Siobhan. Ele pronunciou *Shivonn*, e desde o instante em que ouvi me apaixonei pela bela sonoridade do nome. Seu nome completo era Siobhan MacDiormid – eu escutei Shivonn Macdermid –, e ela era sobrinha de Alexander Comyn, conde de Buchan, de quem o pai de Andrew recebera o senhorio de Petty. Estava claro que nosso novo amigo a considerava a razão de sua existência, e naquele mesmo instante Will e eu fomos cativados pelo que escutamos.

Não havia nada lascivo ou mesmo levemente provocante no que Andrew tinha a dizer sobre a jovem; ao contrário, ele falou dela em termos que a mostravam quase sobre-humana em suas virtudes e etérea em sua beleza, sua voz soando com aquele ardor e convicção que são características destacadas de jovens na plenitude do primeiro amor. E Will e eu escutamos fascinados, porque nunca tínhamos ouvido nada igual. Para nós, garotas eram criaturas estranhas, raramente ou nunca vistas no recinto da abadia. Temia-se que a simples visão de uma mulher pudesse induzir pensamentos pecaminosos nos irmãos, portanto as mulheres eram proibidas de entrar na comunidade, salvo para participar de serviços religiosos na igreja da abadia, quando eram pesadamente protegidas, rostos, cabeças e corpos cobertos, e acompanhadas por seus homens tementes a Deus. Feminilidade era maldita no recinto da abadia, mesmo quando as mulheres em questão eram velhas ou de meia-idade, sem formas e nada atraentes. Garotas e jovens habitavam o mundo exterior, e eram tema de intermináveis conjecturas entre os estudantes.

Eu não tinha dúvida de que, com quase 16 anos, William Wallace nunca conhecera nem trocara mais de algumas palavras com qualquer jovem que não fosse sua parente de sangue. Nem eu. Mas nenhum de nós sofria por causa disso. Em todos os aspectos nossas vidas eram governadas pelas regras da comunidade da abadia e pelas atividades que preenchiam nosso cotidiano, na escola durante o dia e longe dela à noite, e nunca ocorrera a nenhum de nós que poderíamos ter a companhia de mulheres jovens e atraentes. A palavra-chave, claro, era atraentes. As duas mulheres idosas que cuidavam de nossa casa na fazenda simplesmente estavam lá, criaturas sem forma e sem sexo cujo único propósito era cuidar de nosso conforto, e que mal percebíamos. Da mesma forma, as jovens que algumas vezes iam visitá-las, suas filhas, sobrinhas e vizinhas, eram totalmente invisíveis a nós. Banais, em grande medida carentes de banho e com cheiro ruim, mal vestidas e desarrumadas, de linguajar vulgar e repulsivas, elas não tinham nenhum dos atributos que poderiam atrair nossos olhares ou nossos pensamentos.

Portanto, aquela garota que nosso novo amigo retratava com tal eloquência era para nós uma revelação. Ficamos fascinados, inocentemente atentos a cada palavra de Andrew enquanto tentávamos imaginar a beleza radiante que ele descrevia. Não espanta, portanto, que nossa reação tenha sido pouco cortês quando uma voz atrás de nós interrompeu nossas fantasias, dizendo o nome de Andrew.

Will e eu nos viramos irritados, prontos para escorraçar o intrometido, mas a primeira visão que tivemos do recém-chegado nos deixou mudos.

Dizer que ele era esplêndido é simplesmente inadequado. O homem era magnífico, inteiramente vestido de banco e vermelho, das botas até o joelho combinando com as calças de couro até uma lustrosa túnica branca ofuscante coberta por outra túnica aberta na frente com um escudo vermelho simples gravado com um perfil menor de outro em branco sobre o peito esquerdo.

– Lorde John!

Eu não precisava ouvir a reação chocada de Andrew para saber para quem olhava, boquiaberto. Sir John Balliol, enviado pessoal do rei Alexandre e ele mesmo herdeiro do trono, era inconfundivelmente um homem poderoso, com riqueza e privilégio estampados em todos os seus traços. Ele parou de repente, olhando para nós com uma fina sobrancelha escura erguida, provocada, sem dúvida, pela ferocidade com que Will e eu nos viramos para encará-lo.

– Perdoem-me, meus senhores – disse, em uma voz que combinava com seu sorriso. – Não pretendia me impor, apenas falar por um momento com o jovem Murray. Mas como ele claramente está ocupado, voltarei mais tarde.

E com isso ele deu meia-volta como se para ir embora.

Will e eu ficamos sem voz, chocados com nossos maus modos, mas felizmente não foi o caso de Andrew.

– Meu senhor – disse ele rapidamente, a voz marcada pelo desespero. – Meu senhor, me perdoe. Apenas estávamos entretidos na conversa, e não o vimos chegar.

Lorde John se virou novamente na nossa direção, ainda sorrindo.

– Isso era óbvio – disse. – Mas estava pensando no que vocês teriam achado tão envolvente. Quando tinha sua idade o único assunto capaz de inspirar tal dedicação e reverência era considerar as belezas de jovens mulheres.

Nenhum de nós foi capaz de responder a isso, mas pude ver com os cantos dos olhos a onda de rubor que tomou conta do rosto de Andrew enquanto sua boca se abria e fechava. Mas Balliol foi misericordioso e permitiu que seu escudeiro escapasse.

– Acabei de sair de uma reunião com o abade e sua equipe, o que significa que passei o dia inteiro falando sobre questões de Estado e machucando as costas em uma almofada fina demais, então pensei em tomar um pouco de ar fresco – disse, levando a mão às costas e massageando as nádegas. – Estava pensando em você, jovem Andrew, com alguma culpa, suponho, esperando e incomodado, sem dúvida me amaldiçoando, de modo que quando o vi aqui pensei em desejar um bom dia e transmitir meu lamento por tê-lo convocado apenas para deixá-lo esperando, já que mesmo um escudeiro tem direito a um pouco de liberdade.

Ele olhou de lado para Will, que finalmente conseguiu fechar a boca aberta.

– Vejo que fez amigos.

– Sim, meu senhor, fiz.

Quase gaguejando, Andrew nos apresentou ao seu mestre, que por sua vez estendeu a mão a cada um de nós, sorrindo e nos deixando à vontade, um feito que eu não teria achado possível instantes antes. Ele não era nem tão alto nem tão forte quanto Will, mas era tal a impressão de confiança que irradiava do homem que ele parecia ocupar o mesmo espaço, e percebi que estava espiando o bastão de Will.

– Isso parece um bastão de combate – disse ele. – Ou é apenas um grande cajado?

Will sorriu.

– Meu tutor me diz que é um bastão, meu senhor.

– E quem é seu tutor?

– Um homem chamado Ewan Scrymgeour.

– Scrymgeour... Um nome escocês.

– Sim, senhor, mas a família de sua mãe é galesa. Ele foi arqueiro do rei Eduardo, até as guerras galesas.

– Humm – disse lorde John olhando para Murray, depois rapidamente por sobre o ombro, os olhos vasculhando o pátio vazio atrás dele. – Bom. Então caminhem comigo, por favor, até onde o ar é mais fresco.

Fomos atrás enquanto ele caminhava diretamente para a borda de olmos e carvalhos maduros que começava a cerca de cem passos de onde estávamos. Ele parecia flutuar à frente de nós, se movendo graciosamente com longos passos confiantes, os escudos vermelho e branco da grande casa de Balliol gravados sobre seus ombros largos e o vento de sua passagem fazendo as franjas compridas de sua capa adejarem junto aos calcanhares. Nenhum de nós falou, embora os três garotos trocássemos olhares curiosos enquanto o seguíamos. Ele nos levou para as árvores, até estarmos escondidos de olhos que pudessem nos espiar da abadia atrás, então parou em um espaço aberto entre os troncos de dois enormes olmos. Ali ele tirou sua bela capa branca, permitindo que escorregasse de seus ombros. Ele a apanhou com uma das mãos e a jogou de lado, o tempo todo sorrindo para Will.

– Isso servirá, não? – disse ele. – Um belo local para testar suas habilidades e me permitir algum exercício.

Ele estendeu a mão.

– Andrew, seu bastão, por favor.

Murray olhou atônito, mas estendeu seu bastão, e seu mestre o pegou, girando facilmente com uma das mãos, e depois se colocando graciosamente na postura de início de combate.

– Quer lutar comigo? – perguntou Will de olhos arregalados.

– Não lutar; testar você. Então venha.

Uma balançada de cabeça seca indicou a perturbação de Will.

– Não posso lutar consigo. O senhor é...

– Sou um estudioso dessa arma, que uso por esporte, treinado nela, mas enferrujado por muita falta de prática.

O sorriso fácil estava novamente no rosto de Balliol, e ele girou o bastão até segurá-lo com mãos cruzadas.

– Você começa.

– O senhor é o enviado do rei, meu senhor. Seria a morte atingi-lo.

– Bah! O que o faz pensar que seria capaz de me atingir, um adolescente como você? Eu treino com isso desde que tinha metade da sua idade, e agora tenho o dobro de você. Mas se você conseguir me atingir, então me atinja com força, pois eu pretendo arrasar com você.

Ele se empertigou novamente e recuou um passo, seu sorriso aberto.

– Ademais, você me negaria o prazer e minha necessidade? Ao enviado do rei? Eu preciso do exercício, e você é o único aqui que pode fornecer isso. Eu não posso lutar com meu próprio escudeiro, posso? Imagine, ele me derrotar! Você, por outro lado, pode me derrotar fragorosamente, sem qualquer efeito pernicioso, se Deus estiver dormindo. Então venha, vamos resolver isso, sim?

Will claramente não tinha opção. Ele ergueu o bastão com relutância e avançou.

Lorde John Balliol entrou em ação, atacando imediatamente e obrigando Will a se defender. Will respondeu sem muito entusiasmo de início, até os primeiros golpes sérios que superaram suas defesas dizerem a ele que estava enfrentando um especialista ousado, perigoso e determinado a derrotá-lo fragorosamente. Eu vi o rosto de Will endurecer de repente, e a partir de então a luta foi travada entre dois rivais equivalentes. Eles lutaram avançando e recuando com dureza, sem buscar ou ceder descanso, algumas vezes a curta distância, forçando as defesas do outro sem nenhum deles marcar, outras vezes se deslocando muito pela pequena clareira entre as árvores, examinando um ao outro em busca de sinais de fraqueza ou um espaço desprotegido, e preparados para saltar e golpear.

Lembro de duas pancadas fortes, a primeira na coxa esquerda de Will e a segunda no ombro direito de lorde John quando seu pé escorregou e ele se desequilibrou por um momento. Àquela altura suor escorria de ambos, encharcando suas roupas, e a relva da clareira estava pisoteada, raspada fundo com as marcas de seus pés travados. Então houve uma sequência de golpes duros, rápidos demais para acompanhar com os olhos, e Balliol perdeu o equilíbrio, batendo de costas em uma das duas árvores. Will girou seu bastão para terminar, então hesitou.

Lorde John soltou seu bastão e ergueu as mãos, acenando e tentando respirar.

– Chega! – gritou ele. – Estou acabado. Você me pegou, pela barba sagrada de Deus.

Will abriu as mãos e deixou seu bastão cair, então se curvou, mãos nos joelhos, se esforçando tanto para respirar quanto seu oponente. Andrew Murray e eu ficamos simplesmente nos entreolhando, olhos arregalados de admiração, plenamente conscientes de que havíamos acabado de testemunhar nosso amigo derrotar um dos homens mais nobres da Escócia.

– Jesus Cristo, essa sim foi uma luta – disse Balliol em escocês, se empertigando e enxugando com as costas do pulso a testa que escorria suor. – Não luto assim há anos, e nunca contra um camarada sem barba. Andrew, meu casaco, por favor.

Andrew apanhara o traje descartado havia muito e então avançou, segurando-o aberto para que seu mestre o vestisse. Lorde John flexionou os ombros para ajustar o casaco até ele estar bem vestido, depois se virou para Will, que também se empertigara, embora ainda respirasse com dificuldade.

– Você recuou no fim – disse ele –, parou por causa de quem eu era, esquecendo o que eu era: seu inimigo. Esse tipo de hesitação pode matá-lo em um combate real. Você precisa aprender uma verdade, William Wallace, então aprenda agora. Em luta corpo a corpo não pode haver posição ou títulos envolvidos. Se você um dia terçar lâminas com qualquer homem seriamente, não importa quem, só pode haver um resultado. Ou você o mata, ou ele o matará. Nunca se esqueça disso.

Ele ergueu a palma da mão para calar Will antes que pudesse responder.

– Nunca se esqueça disso. Se houvesse sido eu a desequilibrá-lo ali, o teria derrubado como uma árvore, assim como qualquer outro adversário que se preze. Você me escutou?

Will Wallace assentiu.

– Sim, meu senhor. Escutei.

– Então rezo para que você me escute no futuro. A misericórdia pode ser fatal em uma luta, então, quando tiver a oportunidade de encerrar as coisas, encerre. Nunca hesite. Claro?

– Claro, meu senhor.

– Então está certo – disse Balliol, juntando as pontas abertas de sua capa e olhando ao redor da clareira. – Agora preciso ir. Foi uma boa luta, e agradeço a você, a todos vocês.

Ele então disse algo estranho.

– O rei Alexandre, que Deus o abençoe, é saudável e forte, recém-casado e ansioso para ter filhos que substituam os herdeiros que Deus achou adequado tirar dele nesses últimos anos. Ele precisará de homens como você quando chegar à maturidade. Preocupem-se em estar prontos a servi-lo quando ele os convocar. Este reino, qualquer reino, depende da lealdade e da força de homens bons e fiéis, de qualquer posição, para defender seu rei.

Vestígios de um sorriso passaram por seus lábios, e ele assentiu, dessa vez encerrando.

– Então seja. Fiquem bem, William e James Wallace. Andrew, siga-me e me procure em meia hora nos aposentos do abade.

Eu sabia que o que lorde John dissera não se aplicaria a mim, já que eu seria um padre quando chegasse à maturidade, um guerreiro de Deus, talvez, mas não um homem de luta no mundo de Will e Andrew. Mas se Deus me poupasse para servir a ele e a meu rei, sabia que poderia fazê-lo com tanta lealdade e força e talvez ainda melhor no sacerdócio do que conseguiria no exército.

O rei Alexandre, que na época governava a Escócia havia 36 anos, se casara pela segunda vez, poucos meses antes, aos 44 anos de idade. Sua primeira esposa, Margaret, era filha de Eduardo da Inglaterra, e dera a Alexandre dois filhos e uma filha. A rainha morrera dez anos antes, e a ela se seguiram rápida e tragicamente todos os três filhos, deixando Alexandre com uma única herdeira distante, uma menina nascida de sua filha então morta, que se casara com o rei da Noruega. Determinado a ter outros filhos, Alexandre desposara uma bela e jovem francesa bem-nascida chamada Yolande de Dreux. O rei era jovem e tinha boa saúde; o país estava em paz e era próspero; e Deus parecia contente de sorrir sobre o reino da Escócia.

Capítulo 4

O impensável aconteceu menos de um mês depois de nosso encontro com Andrew Murray. Alexandre III, rei dos escoceses, faleceu na plenitude, morto por um raio quando viajava para se encontrar com sua nova esposa em Fife. Ele deixou seu país e seu povo sem líder, a autoridade do rei nula sem um herdeiro.

Seu corpo foi encontrado no dia seguinte, caído sobre as rochas que cobriam a costa abaixo de um alto penhasco, e ninguém sabia dizer o que acontecera a ele. Determinado a se reunir a sua nova rainha naquela noite, desafiando o clima tempestuoso e os boatos correntes de que o dia em questão, 18 de março, seria um Dia do Juízo, ele cruzara o Firth de Forth açoitado pela tempestade desde o castelo de Edimburgo em um pequeno barco. De lá, recusando abrigo oferecido a ele, cavalgara rumo nordeste com dois guias, contra os conselhos deles e de outros que o consideravam louco por enfrentar a tempestade. Algum tempo depois, na escuridão confusa, os três homens, rei e guias, se separaram.

De início a notícia correu lentamente, pois aquela região do reino era selvagem e isolada, mas assim que chegaram a Edimburgo as notícias voaram como se nas asas dos pássaros, de tal modo que em pouco tempo toda a Escócia sabia de sua perda repentina. Poucas das pessoas comuns que ouviram a notícia eram capazes de pensar além do momento, e menos ainda podiam começar a imaginar uma consequência para o que haviam escutado. Mas havia outros, homens poderosos acostumados a pensar por conta própria e neles mesmos, que compreenderam tudo o que estava envolvido na morte de Alexandre, e esses homens se movimentaram rapidamente. Eles compreenderam que em uma única noite a Escócia havia sido lançada de cabeça em uma confusão que poderia ser vantajosa para eles.

Eu estava na biblioteca da abadia transcrevendo um documento quando a notícia chegou até nós, tendo levado oito dias para ir de Edimburgo a Glasgow, e de lá até nós em Paisley. Lembro do irmão Duncan se erguendo de sua mesa e atravessando a sala para atender a uma convocação sussurrada de alguém que entrara às minhas costas. Lembro de que ele pareceu com raiva por ter sido interrompido, mas Duncan sempre parecia hostil, portanto, tendo meu próprio trabalho com o qual me ocupar, não prestei mais atenção enquanto ele passava por mim. Após alguns sussurros entre ele e quem havia ido à sua procura, eu ouvi a porta se fechar e ele retornou à sala, mas se movendo lentamente. Sentindo algo errado, baixei minha pena, olhando para ele preguiçosamente, para ver o que estava acontecendo. Mas assim que vi a expressão de dor em seu rosto, senti um arrepio na nuca, e enquanto minha mente formava a ideia de que havia algo muito errado, o grande sino da torre da abadia começou a dobrar. Em todo meu tempo como estudante ali eu o ouvira dobrar apenas uma vez, anunciando a morte de um dos irmãos mais velhos.

A morte do abade foi o primeiro pensamento que me ocorreu, e eu pediria a Deus que assim tivesse sido, pois agora sei do caos que iria durar vinte anos antes que o próximo rei forte retomasse o controle do reino.

O irmão Duncan não prestou atenção no som solene. Ficou de pé, retorcendo as mãos como um penitente, e me dei conta de que todos olhavam para ele com a mesma atenção e temor que eu. Ele finalmente piscou e olhou ao redor para nós, seus assistentes, depois nos convocou com um gesto das duas mãos. Esperou até que o tivéssemos rodeado e então deu sinal de que ia falar, erguendo as mãos antes de deixá-las cair ao lado do corpo.

– Em nome de Deus, Duncan, o que houve? – disse a voz do irmão Anselm. – Alguém morreu, isso é evidente, mas quem?

– O rei.

A voz de Duncan foi tão fraca que pensei não ter entendido. Claramente os outros também, pois todos se lançaram em um frenesi de perguntas. Mas quando ele respondeu apenas repetindo as mesmas palavras com a mesma voz abalada, o horror daquilo nos silenciou a todos.

Todos sabíamos que o rei não podia estar morto. Ele era ungido pelo próprio Deus, coroado rei dos escoceses em Scone e amado por todos; um campeão no auge da vida, saudável, vigoroso, recém-casado com uma jovem adorável. Seus representantes haviam estado ali em nossa própria abadia poucas semanas antes, conduzindo seus negócios reais e apresentando seus desejos para a Igreja e o reino. Era impossível que ele tivesse partido tão repentinamente, após governar o reino tão bem e sabiamente por tantos anos. O som de meu próprio coração batendo encheu meus ouvidos com um latejar embotado e pesado, e o ar do lado de fora das janelas verdes pareceu escurecer.

A rotina da abadia ficou desordenada. Todos os irmãos que não foram convocados para uma conferência de um tipo ou outro foram colocados a rezar pela alma do rei falecido, e logo o som de cantos coletivos emanou da igreja da abadia enquanto a irmandade mergulhava em rezas rituais pelo morto. Os estudantes residentes, inesperadamente em liberdade, se viram livres para fazer o que quisessem, e rapidamente desapareceram como os garotos fazem, ansiosos para cuidar dos próprios prazeres. Meu único desejo era levar a notícia para Will e Ewan em casa antes que eles soubessem por mais alguém, pois queria ver a expressão em seus rostos quando ouvissem pela primeira vez.

A fazenda de que cuidávamos para Sir Malcolm ficava pouco mais de um quilômetro e meio além do recinto da abadia, na extremidade mais distante da cidade de Paisley, e corri a distância toda, tomado pela importância de minha mensagem. Will ficara em casa naquele dia, fascinado demais com o novo projeto que Ewan dera a ele para pensar em ir à escola, e fui diretamente à cabana de pedra que ele e Ewan haviam transformado em oficina de arqueiro.

Eles estavam bem próximos, quase cabeça a cabeça à luz fraca da sala, a atenção totalmente voltada para o objeto pousado na mesa diante deles, e sua concentração era tal que mal ergueram os olhos quando passei correndo pela porta.

– O rei morreu – soltei. – O rei Alexandre está morto, caiu de um penhasco.

Ewan estava no ato de pegar o objeto na mesa diante dele quando entrei apressado na sala e mal me lançara um olhar, então eu sabia que havia me visto pela janela aberta, correndo pelo pátio. Ele levou a comprida peça de madeira regular até o olho bom e a apontou para o facho de luz pálida que vinha da janela, apertando o olho para conferir os ângulos perfeitos em toda a extensão, virando para comparar os quatro lados. Will se virou um pouco para olhar para mim, mas não disse nada, a seguir se voltando novamente para Ewan e o pedaço de madeira. Eu sabia que era o item mais precioso – pelo menos aos olhos de Ewan e Will – de toda a casa, mas naquele momento não significava nada para mim, e achei inacreditável Ewan e Will terem ignorado meu anúncio.

– Vocês não me ouviram? O rei Alexandre está morto.

– Por isso voltou para casa tão cedo? – perguntou Ewan, baixando os braços e se virando na minha direção, segurando com facilidade a pesada vara de madeira.

– Sim. A notícia chegou do bispo em Glasgow há menos de uma hora.

– Ah, então deve ser verdade – disse, pousando o fardo cuidadosamente na mesa, passando um dedo pelas pequenas marcas de guia que haviam sido gravadas na peça em diferentes distâncias, e então olhando para Will. – E o que espera que façamos agora que sabemos, Jamie?

– Como? – reagi, me sentindo totalmente desanimado, tendo corrido tanto e tão rápido para chocá-los e os descobrindo indiferentes. – O que você disse?

Ewan deu de ombros.

– Perguntei o que espera que façamos em relação ao rei.

Eu abri e fechei a boca. Não havia nada que pudéssemos fazer, mas senti um nó na garganta e me esforcei para falar por cima dele.

– Poderíamos rezar por sua alma e desejar a ele uma boa jornada.

– Poderíamos, e faremos isso mais tarde, assim que terminarmos isto.

Seus dedos acariciaram a vara de madeira na mesa, e ele falou na direção dela, espalhando a mão para tocar várias das marcas gravadas em sua superfície.

– Vamos rezar por ele juntos, todos nós, esta noite, pois tenho a impressão de que todos os monges da abadia estão rezando por ele neste momento. Se isso for verdade, Deus não sentirá nossa falta se demorarmos uma hora ou duas. Mas enquanto isso, Will e eu passamos a manhã toda trabalhando nestas medidas, e precisamos terminar antes que esqueçamos o que elas são e tenhamos de começar tudo desde o princípio – disse, me lançando um grande sorriso e estendendo a mão para acariciar meus cabelos. – Então vá e nos deixe terminar. Aggie está com um bom refogado na cozinha, feito agora, e Will e eu nos enchemos dele. Pão fresco também, com um cheiro bom o bastante para absorver a umidade de sua própria alma. Terminaremos aqui em uma hora, permitindo Deus, e iremos encontrá-lo.

Desanimado, fui até a cozinha da casa da fazenda, onde dei a notícia à cozinheira Aggie e à faxineira Maggie, só para descobrir que estavam menos interessadas que Will e Ewan.

– Ah, sim? Pobre homem – disse Aggie, olhando para Maggie, que riu e respondeu:

– Então vamos ter um novo rei.

– Sim, sem dúvida vamos ter. E logo.

Maggie acrescentou:

– Sim, será que ele vai querer que vamos a Scone ver a coroação?

Eu fechei a mente à insensibilidade delas e me consolei com a comida maravilhosa que Aggie colocou na minha frente. Enquanto comia, em vez de ruminar coisas que não podia influenciar nem mudar, pensei no novo projeto que mantivera Will longe da escola naquele dia. Era um arco, claro, ou acabaria sendo, mas por ora, e por mais algum tempo, continuaria a ser o que era naquele momento, um pedaço de madeira reto simples e de aparência comum.

Mas eu sabia que a vara de teixo que tanto fascinava meus amigos não era simples nem comum. Era um de quatro pedaços idênticos que Ewan trouxera vários anos antes de uma visita ao seu tio Daffyd ap Gryffyth, na cidade inglesa de York. Daffyd era um mestre na fabricação de arcos, transformado por suas habilidades, no espaço de duas décadas, de um arqueiro galês extraordinário em um dos mais poderosos e respeitados fabricantes de arcos de toda a Inglaterra. Ewan havia sido seu aprendiz na batalha de Lewes, onde o garoto quase havia sido morto pelo golpe da clava que o desfigurara completamente, e seu tio desenvolvera um grande orgulho pela determinação obstinada com que seu sobrinho gravemente ferido havia perseguido o objetivo de se tornar um arqueiro depois daquilo. Depois, os dois perderam contato por vários anos, depois de Ewan ter deixado o exército de Eduardo de Caernavon e retornado à Escócia.

Ewan fora à procura do tio, de cujos sucessos ele tomava conhecimento de tempos em tempos, com a intenção de comprar algumas varas de arco decentes, mas Daffyd se recusara a vender. Em vez disso o velho o levara ao enorme depósito onde guardava seus melhores e mais preciosos materiais, suprimentos de teixo importado da Toscana e das florestas a sudeste de Salerno, e o conduzira diretamente a quatro das melhores varas entre as milhares estocadas ali, as quatro deitadas lado a lado em seu próprio espaço ventilado. Insistiu que aquelas eram inestimáveis e seriam seu presente pessoal a Ewan, a única herança que podia deixar, já que seus filhos, sócios plenos do negócio, tinham preferência. As quatro varas haviam sido tiradas da mesma árvore, explicou ele, acariciando a bela madeira enquanto falava delas; um alto e reto teixo ibérico. O teixo ibérico não era mais encontrado em sua forma nativa, já que a maior parte da Ibéria caíra nas mãos dos mouros no século VIII, mas comerciantes prudentes haviam salvado algumas milhares de sementes e mudas das áreas em grande medida desocupadas, mas ainda assim disputadas, de Galícia e Astúrias durante o século X, e haviam sido criadas plantações na Itália, preciosas e bem protegidas.

Daffyd disse que o tronco dessa árvore específica havia tido sua excelência reconhecida desde cedo, e ele havia sido cuidado toda a vida por silvicultores que sabiam do seu valor. Ele crescera totalmente reto e virtualmente livre de imperfeições até ter quase cinquenta centímetros de circunferência, e dele os madeireiros da Toscana haviam obtido quatro varas magníficas, absolutamente retas e sem nós, algo quase inédito. Cada uma delas tinha perfil quadrado de dez centímetros de lado, com dois metros e dez centímetros de comprimento, e pareciam feitas de faixas gêmeas laminadas de cores marrom-avermelhadas. Mas as estrias eram naturais. A faixa mais escura, que seria a face interna do arco, era o cerne duro como ferro do teixo, capaz de suportar grande compressão; o lado externo mais claro era o alburno, mais flexível que o cerne mais denso; formaria as "costas" externas do arco, e sua tensão, combinada com a compressão da barriga de cerne, faria do arco de guerra criado a partir dela a arma individual mais poderosa de seu tipo em todo o mundo.

Ewan levara as quatro varas para a Escócia com muito cuidado, pois eram verdadeiramente inestimáveis e insubstituíveis, mas também trouxera com ele outras, talvez de menor qualidade, porém mais limpas, boas e com menos nós que qualquer teixo nativo existente na Inglaterra.

Will estava praticando a arte da fabricação de arcos havia anos, trabalhando até tarde da noite sob a orientação de Ewan, o tamanho de cada arco de freixo ou olmo que ele fazia aumentando na proporção do crescimento de seu corpo e força. Ele se formara, com uma cerimônia grande, mas particular, fazendo seu arco de então a partir de uma dessas varas inferiores de teixo, lenta e pacientemente aperfeiçoando a arte de usar as muito afiadas plainas de duas mãos do fabricante de arcos para raspar a madeira e desbastar o arco sob o olhar orgulhoso, mas atento, de Ewan Scrymgeour.

Mas naquele momento Will estava perto de superar em tamanho seu próprio arco, e chegara o momento de fazer outro, um arco mais comprido, grosso e forte que ele teria mais dificuldade em puxar. Eu sabia disso, mas também sabia que seus enormes músculos ficariam ainda maiores para dar conta do desafio. E sabia que o orgulho que meus dois amigos teriam – já estavam começando a ter – em fazer o novo arco de Will de uma das melhores varas de Daffyd ap Gryffyth seria plenamente justificado. Mas fiquei pensando em como isso podia justificar sua falta de preocupação com a morte de seu rei.

Ewan e Will entraram na cozinha enquanto eu continuava sentado, ruminando. O aroma de pão recém-assado e do refogado temperado na panela ainda era forte no aposento, e eles se serviram de mais comida, esfomeados, enquanto Aggie servia a cada um uma caneca de cerveja da grande jarra de madeira coberta que guardava sob a pia de pedra no canto mais distante do fogo. Ainda era claro do lado de fora, mas o fraco sol invernal de março estava encoberto por nuvens pesadas e se pondo rapidamente, e Aggie partiu para os aposentos que dividia com Maggie.

Os dois falavam sem parar sobre a escala e as medidas que tinham aplicado à vara, e fiquei sentado escutando até que Ewan enfiou na boca o último pedaço de pão encharcado de molho, mastigou e engoliu, depois recostou na cadeira com um suspiro satisfeito e um grande gole de cerveja. Eu esperei pelo inevitável arroto que sempre se seguia, e quando o fez, perguntei a ele:

– Você realmente irá rezar pelo rei esta noite?

Pensativo, ele passou os dedos calosos de corda de arco pela depressão de sua bochecha, traçando a curva côncava de seu vazio sem dentes.

– Irei – disse em sua voz macia e sibilante. – Eu disse que iria. Mas Jamie, o que você imagina que isso significa, a morte do rei? O que você acha que acontecerá agora?

Não tive de pensar em minha resposta.

– Sei o que irá acontecer. Há uma herdeira, a neta do rei, Margaret, filha de sua filha, a rainha da Noruega. O irmão Duncan diz que ela é menor e precisará de orientação, mas eles a trarão para casa e a coroarão rainha.

– Orientação? – disse Ewan, o rosto se contorcendo no que eu sabia ser um sorriso triste. – E quem dará essa orientação da qual você fala? Qual a idade dessa princesa?

– Três anos, disse o irmão Duncan.

– Três... uma criança de 3 anos, além de tudo mulher, para não falar em estrangeira. Eles não vão gostar disso.

– Quem não irá? – perguntou Will, falando pela primeira vez.

– Os magnatas, jovem. Os homens que se acham no direito de governar esta terra.

Os magnatas escoceses eram os homens poderosos do reino. Tinham títulos variados, de condes a barões e chefes, e diferentes sangues, alguns deles gaélicos, uns poucos dinamarqueses e noruegueses, e outros normandos franceses. Eles se chamavam coletivamente de magnatas, e individualmente cuidavam de seus próprios interesses.

– Os magnatas – disse Will bufando. – Corvos, você quer dizer. Eles são comedores de carniça, todos eles. Apenas o rei reconhecido tem o direito de governar esta terra.

– Sim, e cada um dos seus magnatas vai querer reivindicar esse direito. Espere e veja – disse Ewan, a voz mais baixa. – Eles não irão aceitar uma menina nascida na Noruega. Apenas 23 anos se passaram desde a luta em Largs, quando o próprio Alexandre expulsou o último norueguês das Ilhas. Há homens ainda vivos que lutaram lá e lembram bem disso. Eles não correrão o risco de passar por isso novamente.

– E quem se destaca mais entre esses magnatas? – perguntou Will. – Certamente eles não podem todos esperar ser o próximo rei, certo? Alguns deles devem ter mais direito que outros.

– Alguns têm – disse Ewan suavemente. – Você mesmo conversou com um deles, há menos de um mês: lorde John Balliol. Ele alegará descender diretamente de Davi I, rei dos escoceses, cujo neto, avô do próprio Balliol, foi Davi, conde de Huntingdon. Ele sem dúvida tem linhagem. Ademais, sua mãe, Devorguilla, governa todo Galloway por seu próprio antigo direito gaélico.

Will olhou para mim de olhos arregalados, e eu devolvi o olhar, chocado por termos conhecido, e Will superado, esse homem que agora era identificado como potencial rei dos escoceses.

– E há Bruce de Annandale – continuou Ewan. – Ele é um homem velho, mas sua reivindicação é quase tão forte quanto a de Balliol. E há os Comyn de Buchan e Badenoch, embora estes estejam ligados aos Balliol. Sim, acho que não haverá carência de candidatos. Guardem minhas palavras, jovens, a Escócia será sacudida por grandes tempestades antes que essa questão seja resolvida.

Ele tomou outro grande gole de sua cerveja.

– Mas duvido que algo disso seja uma grande preocupação para nós. Vamos cuidar de nossas vidas e deixar as questões do Estado para quem lida com elas.

Por vários meses pareceu que Ewan estava certo em sua avaliação de quão pouco seríamos afetados pelas questões de reis e magnatas. A vida continuou como sempre, e após algumas poucas semanas as pessoas começaram a se esquecer da morte do rei Alexandre. Will e eu não esquecemos, mas isso apenas por causa de nossos parentes padre Peter e irmão Duncan, que nos usavam como canais para repassar notícias e informações da abadia para Sir Malcolm em Elderslie. Assim, como mensageiros, sabíamos que havia uma grave e profunda agitação sob a trama da vida cotidiana do país.

Isso começou de forma mais clara com um aumento repentino do número de colóquios religiosos e assembleias apressadas por toda a terra, muitas delas realizadas em Paisley e todos envolvendo altos religiosos. Várias aconteceram em nossa própria abadia, e recordo de uma em particular que nos lançou no caos por ter sido convocado apressadamente e incluído os abades de Holyrood, Dunfermline, Melrose e Kelso, bem como o bispo Wishart de Glasgow e William Fraser, o poderoso bispo de St. Andrews. Homens assim não viajavam sozinhos. Eles se deslocavam como os nobres que eram, nobres da Madre Igreja, e cada um tinha sua comitiva de acompanhantes, incluindo secretários, escribas, acólitos, empregados, guarda-costas e acompanhantes civis, de modo que tivemos dificuldade para acomodar todos dentro do recinto.

Como mensageiros informais, logo aprendemos que os homens da Igreja tinham preocupações válidas, nem sempre quanto ao bem-estar da Igreja. Um mês após a morte do rei correu a notícia de que a rainha Yolande estava grávida antes da morte dele. Como costuma acontecer com boatos assim, ele se espalhou rapidamente e despertou a atenção de toda a terra. Mas se isso fosse verdade e a rainha desse à Escócia um novo herdeiro, menino ou menina, poderia haver repercussões, pois naqueles primeiros dias a notícia aceita, também sem confirmação, era a de que os magnatas haviam fechado acordo com surpreendente rapidez no funeral do rei, a despeito do pessimismo de Ewan naquela primeira noite, e aceitado a jovem princesa norueguesa Margaret. Algumas pessoas diziam até mesmo que eles a haviam reconhecido como herdeira oficial, embora isso também não passasse de falatório. Segundo nossas fontes, nada havia sido declarado formalmente até então. Mas se esse último boato se revelasse verdadeiro, os magnatas não teriam escolha a não ser se declarar a favor da nova criança.

Boatos levam a contraboatos, e muitos sussurravam que a rainha, uma francesa intimamente relacionada ao jovem e ambicioso rei da França Felipe Capeto, não estava grávida e pretendia apenas apresentar algum arrivista de origem inferior como sendo seu, de modo a manter sua posição como rainha dos escoceses e colocar seu reino sob a influência da coroa da França.

Na última semana de abril, apenas quarenta dias após a morte de Alexandre, nosso abade partiu para uma grande reunião na abadia de Scone, durante a qual os homens mais poderosos e importantes do reino – os condes, barões, bispos, abades e priores – pretendiam lidar com a questão do interregno. Quando ele retornou, menos de duas semanas depois, Will e eu fomos enviados pelo padre Peter para informar a Sir Malcolm que a questão havia sido resolvida. Durante o parlamento de Scone, como os homens o estavam chamando, havia sido revelado que não havia nenhum herdeiro a caminho, e os magnatas haviam formalmente transferido sua lealdade para a jovem princesa norueguesa como herdeira oficial, fazendo um juramento solene, sob pena de excomunhão, de proteger o reino para ela e manter a paz de sua terra.

Em apoio a esse juramento, e demonstrando a sinceridade de sua boa-vontade, o parlamento também enviara três emissários em busca do rei da Inglaterra, que estava em campanha contra os franceses na Gasconha, para pedir seu conselho e a proteção aos direitos da jovem herdeira. Isso feito, para o governo interino da terra o parlamento nomeara um conselho de seis regentes, chamados guardiões, escolhidos entre o que chamaram de comunidade do reino. Dois desses seis, Alexander Comyn de Buchan e Duncan MacDuff de Fife, eram condes; dois eram barões, John Comyn, o Vermelho, lorde de Badenoch, e James, o Comissário ou comissário hereditário; e os dois últimos eram bispos, William Fraser de St. Andrews e Robert Wishart, de Glasgow.

Sir Wallace escutou atentamente enquanto eu e Will relatávamos tudo isso, depois assentiu com satisfação.

– Três do norte de Forth e três do sul – concluiu. – Dois dos antigos condados, os bispos superiores do norte e do sul. E dois Comyn representando os barões, um no norte e outro no sul. Sim, feito com inteligência.

Até aquele momento eu não pensara um só momento na composição do conselho de guardiões, mas então vi o que meu tio percebera imediatamente: o novo conselho era uma inspirada manobra de malabarismo político, concebida não se sabia por quem, mas com o objetivo de unificar e proteger a integridade do reino dos escoceses enfatizando suas diferenças ao norte e ao sul do rio Forth e garantindo que as duas metades fossem iguais em voz e influência. O Forth tinha grande significado aos olhos de todos os escoceses. Era o rio que dividia a terra em suas duas metades, a parcela norte celta conhecida como Caledônia e a metade sul de fala mais inglesa e normanda. Ao longo de sua pequena extensão, do mar do Norte a Edimburgo e Stirling, ele oferecia as únicas rotas de acesso para tráfego pesado viajando entre norte e sul.

– O que há de errado, jovem?

A pergunta me assustou, mas não era dirigida a mim. Os olhos de tio Malcolm estavam sobre Will, que olhava para o fogo com cenho franzido. Estávamos na sala principal da casa, apenas os três, e lady Margaret, que cuidava de seu bordado e aparentemente não prestava atenção no que dizíamos. Will se empertigou de repente e corou.

– Nada, senhor. Não há nada errado. Eu só estava... – disse, a voz morrendo.

– Estava o quê, jovem? Fale. Alguma coisa o perturba?

– Não, senhor. Nada me perturba. Não exatamente – disse, ainda ruborizado. – Mas me parece sem sentido.

Sir Malcolm ergueu uma sobrancelha.

– Sem sentido? Sua palavra poderia provocar uma discussão. O que parece sem sentido?

Will projetou o maxilar e prosseguiu.

– Isso insulta os Bruce – disse. – Não reconhece sua posição ou status. O senhor de Annandale receberá isso mal, pelo que ouvi falar dele.

Sir Malcolm coçou sua barba preguiçosamente.

– Sim, é possível – disse ele. – Você destacou um bom ponto, jovem Will. Que merece ser considerado.

Ele se inclinou para frente e tocou um pequeno sino de bronze na mesa ao lado da cadeira, e quando um empregado atendeu, mandou pegar uma jarra de cerveja.

– O que pensa, Jamie? – perguntou então. – Os Bruce ficarão irritados?

Eu só consegui balançar a cabeça, pois a possibilidade não me ocorrera. Lady Margaret me resgatou.

– Como o garoto poderia saber isso? – perguntou ela amigavelmente ao marido, erguendo os olhos de seu trabalho. – Ele passa a maior parte da vida trancado naquela grande biblioteca. Como poderia saber o que Robert Bruce provavelmente fará?

– Ele tem tanta chance de saber quanto eu, minha querida – respondeu o marido com gentileza. – Ele tem uma boa cabeça, e nem toda a sua vida é passada entre livros – disse, voltando os olhos novamente para mim. – Então, jovem, o que acha?

Balancei a cabeça novamente.

– Nunca conheci ou vi Sir Robert Bruce, tio. Mas o pai de Will, tio Alan, era homem dele, e embora só tivesse ouvido falar de seu mestre uma vez, disse que tinha pena de qualquer tolo que ousasse ofender Annandale. Dito isso, concordo com Will.

O empregado veio trazendo uma pesada jarra da cerveja fraca feita em casa. Ele foi até uma mesa de canto que tinha uma pilha de canecas de cerâmica, e vimos em silêncio enquanto ele colocava quatro medidas, depois servia cada um de nós, começando por lady Margaret e Sir Malcolm.

– Bom – disse o cavaleiro assim que a porta se fechou novamente às costas do homem. – Seu apoio à opinião de seu primo me agrada, embora tenha de confessar que esperava que vocês destacassem que lorde John Balliol também foi negligenciado. Então vamos estudar essa falta de sentido, como Will a chama, pelo que realmente é – falou, olhando para nós em sequência. – Prontos?

Ambos assentimos.

– Vamos supor, mas que Deus não permita, que tudo dê errado deste dia em diante. A rainha não consiga produzir um herdeiro e, ainda pior, alguma tragédia caia sobre a jovem princesa Margaret. O que aconteceria então? – indagou, prosseguindo sem esperar resposta. – Haveria uma terrível disputa pelo trono entre os magnatas. E entre esses, quem mais claramente teria direito a reivindicá-lo?

– Balliol e Bruce – disse Will imediatamente, pois ele e eu havíamos discutido exatamente essa questão na semana anterior.

– Exatamente, Balliol e Bruce. E qual teria precedência?

Quando nenhum de nós respondeu, ele assentiu.

– Jovens sábios. Pois ninguém conhece a resposta a essa pergunta. Os dois homens têm reivindicações válidas, e ambos descendem de Davi II, embora um pelo lado feminino e o outro por intermédio de uma descendência masculina, porém possivelmente menos direta. A solução dessa disputa exigiria a arbitragem de mentes mais capazes e sutis que as nossas. E desse ponto de vista, claramente seria loucura nomear qualquer deles para servir como guardião. Mas vamos dar mais um passo e avaliar esse Conselho de Guardiões supostamente sem sentido. Dos seis, três são intimamente ligados a Balliol por laços familiares e lealdade: Fraser de St. Andrews, o Comyn conde de Buchan, e lorde John Comyn de Badenoch, que é casado com a irmã de Balliol. Os outros três formam com Bruce: Wishart de Glasgow, MacDuff, o conde de Fife; e James, o Stewart. Um equilíbrio de poder, jovens. Três guardiões em apoio a cada concorrente, e igual representação de norte e sul. Agora se perguntem, isso realmente parece tão sem sentido?

Em uma tarde perto do final do outono do ano seguinte, nosso sexto ano como estudantes, William Wallace se voltou contra o monge grosseiro chamado irmão James, o ergueu e jogou de cabeça no chão. Eu estava lá, e havia sido em minha defesa que Will agira, mas ao fazê-lo violara uma das mais importantes regras não escritas da abadia: qualquer um que colocasse as mãos com raiva em um membro da irmandade era culpado, *ipso facto*, de um crime contra a irmandade que a abadia representava. Certamente nenhum aluno da abadia havia feito tal coisa até aquele momento.

Chocado com o que havia acontecido, eu sabia que ambos sofreríamos por causa disso, independentemente da provocação que deflagrara. Por mais chocado que estivesse com a visão do monge esparramado a meus pés, eu estava impressionado por meu primo ter se contido tanto. Instantes antes seu rosto estivera selvagem, o punho enorme erguido, pronto para transformar o rosto do homem mais velho em pasta. Naquele momento o homem derrubado se contorcia de terror, as barras de sua túnica encharcadas pelo esvaziamento involuntário da bexiga, enquanto acima dele Will lutava consigo mesmo, o rosto afogueado e as mãos abrindo e fechando enquanto balançava para frente e para trás com a força de suas emoções.

Will procurou ao redor o objeto que precipitara aquele desastre. Estava quase sob seus pés – o sólido cajado que o irmão James esmagara em meus ombros sem alerta, me jogando de joelhos. Will se curvou lentamente e o pegou, erguendo com uma das mãos. Era uma pesada vara de aveleira com cerca de um metro e meio de comprimento e desgastada pelo longo uso. O monge se apoiara sobre um cotovelo e permanecia imóvel, olhando para cima, horrorizado, pela fúria que provocara. Sem olhar para ele, Will pegou a vara de aveleira com as duas mãos e a partiu ao meio sobre o joelho, depois juntou as duas metades e fez o mesmo novamente, um prodigioso feito de força. Depois esticou o braço, permitindo que os pedaços caíssem um a um sobre o homem no chão.

– Seu monte de bosta covarde e sem Deus – rosnou ele em sua voz adulta recém-desenvolvida. – Se algum dia ousar levar sua presença ofensiva para perto de meu primo novamente, eu o aleijarei de tal forma que nunca mais deixará sua cela. Você me entende?

Sua voz era grave, modulada e sonora, mas também calma, embora a entonação deixasse claro que esperava uma resposta.

– Sim, sim, eu entendo. Entendo.

O monge estava balançando a cabeça rapidamente, sem qualquer traço de arrogância ou desgosto identificável no momento.

– Então leve seu traseiro magro e mijado para longe de minhas vistas. Agora!

O rugido de fúria animou o infeliz monge e ele se colocou de quatro e saiu rapidamente, se arrastando na direção da abadia.

Eu me virei para Will.

– Você sabe que ele está correndo diretamente para o abade, não sabe?

– Sim, e não ligo. Este dia se anuncia há anos, e agora acabou – disse, de repente passando para o escocês. – E quer saber? Estou me lixando para o que eles fizerem comigo. Você valeu isso. Viu com que rapidez ele se mijou, o líquido escorrendo pela túnica? Eu podia ouvir o barulho. Ele não achou que ousaríamos enfrentá-lo.

– Eles irão expulsá-lo, Will. A mim também.

– Não, Jamie, você não – disse, retornando ao latim naturalmente. – Ele o atacou com uma arma, sem ser provocado. E isso me lembra algo – disse, se inclinando e catando os quatro pedaços partidos. – Podemos precisar disto como prova. Erga sua camisa.

Eu me esforcei para fazer o que ele disse, de repente consciente da faixa dolorida em meus ombros, e quando minhas costas estavam nuas ele apertou o polegar sobre o inchaço que já era visível.

– Sim – murmurou ele. – Isso vai dar um belo hematoma, claro demais para ser negado. Não o perca.

Eu o olhei incrédulo, espantado por vê-lo sorrindo.

– Como pode rir, Will? Estamos com um sério problema.

Ele balançou a cabeça.

– Não, Jamie, não. Eu posso estar, mas você não está.

– Eles vão colocar você para fora. O que fará então? Cairá em desgraça.

– Sim – reagiu ele com uma risada, que me chocou. – E eles passarão fome de carne fresca para sempre depois.

Ele esticou a mão para enfiar os dedos em meu ombro.

– De qualquer forma, eu já encerrei aqui, Jamie. Não há mais nada que eu queira aprender neste lugar. Só permaneci este último meio ano para aproveitar sua companhia, mas atualmente você está tão perdido em seus livros que eu passo a maior parte do tempo sozinho. Então se eles me expulsarem, e espero que o façam, voltarei para Elderslie e serei um silvicultor. É tudo o que quero fazer.

– Silvicultor! – reagi, certo de que estava brincando. – Você não pode ser silvicultor, você fala latim e francês! Silvicultores só conhecem árvores e animais, caçadores ilegais e legais.

– E arcos, Jamie. Alguns de nós conhecem arcos. Mas posso ser o primeiro silvicultor educado por monges. Pense nisso. E não tema, o tio Malcolm irá me dar as boas-vindas, porque sempre pode usar bons silvicultores, e aceitará minha saída daqui assim que souber o que a provocou. Você, por outro lado, ficará aqui e seguirá seu chamado, e nos veremos com frequência.

Eu sabia que ele dizia a verdade sobre ser bem-vindo de volta a Elderslie, pois estava certo sobre a necessidade de um bom silvicultor nas terras de Wallace, e também sabia que o velho cavaleiro o perdoaria, pois Will e Sir Malcolm haviam se tornado próximos, e o homem mais velho tinha pouco respeito por clérigos. Caso pressionado ele concederia que alguns eram decentes, honestos em seus esforços e em seu apelo, como seus dois parentes, mas ele conhecera muitos outros bem menos adequados ao seu paladar. Ele chamava de parasitas aqueles que usavam os privilégios e o recolhimento da vida clerical para se manter bem alimentados, em relativo conforto e livres das responsabilidades que eram um fardo para outros homens.

Eu havia muito sabia que o irmão James era um espécime assim. Ele nunca superara o desgosto que sentira por nós quando fora encarregado de nos mostrar o recinto no nosso primeiro dia lá. Naquele dia ele não sabia quem éramos, e quando descobriu mais tarde que éramos Wallace, parentes próximos de padre Peter e irmão Duncan, seu ressentimento e desgosto aumentaram e se tornaram profundos, embora ele normalmente se esforçasse para esconder. Mas mesmo esse disfarce produzira mais ressentimento.

Will e eu tentamos várias vezes aplacá-lo nos meses que se seguiram àquele primeiro encontro, mas era uma tarefa ingrata, e logo nos resignamos à antipatia dele e o evitamos o máximo possível. Mas, como era inevitável em uma comunidade tão pequena, havia momentos em que nossos caminhos se cruzavam, e essas ocasiões geralmente eram desagradáveis. Isso se tornou cada vez mais verdadeiro à medida que os anos passavam e continuávamos a desapontar o irmão James não caindo em desgraça como ele esperava, em vez disso atingindo posições de relativo destaque na comunidade, eu como o mais jovem bibliotecário de todos os tempos e Will como fornecedor da despensa.

Mais tarde descobri que nosso último encontro naquele dia de setembro havia sido causado por inveja, e para mim era inconcebível que qualquer homem adulto sentisse inveja de mim. Mas soube que James havia trabalhado na biblioteca e sido expulso por negligência depois de vários manuscritos valiosos terem sido danificados por causa de descuidos seus. Ele também tentara estudar para o sacerdócio, mas havia sido considerado deficiente em várias áreas e rejeitado. A notícia de minha aceitação como seminarista me havia sido dada pelo padre Peter na manhã do dia em que James me atacou, e claramente o homem infeliz tomara conhecimento, já que me atacou pouco depois.

Assim, nossos dias compartilhados como estudantes terminaram. Will admitiu ter atacado o irmão James, mas foi impiedoso ao dar os detalhes de como e por que o fizera, oferecendo a arma quebrada como prova e pedindo aos monges para desnudar minhas costas e revelar a marca que James deixara em mim. Ele também foi além, descrevendo a antipatia que James sentira por nós desde nossa chegada à abadia, e ofereceu relatos detalhados de vários encontros que tivéramos com o homem, que todas as vezes nos custaram.

Sendo estudante e, por associação, um dos transgressores, eu fui proibido de testemunhar a convocação de Will, tendo ficado confinado sob a guarda de dois irmãos mais velhos do lado de fora da câmara do tribunal até ser admitido rapidamente para mostrar meus ferimentos. Mas o irmão Duncan estava lá na posição de bibliotecário, e foi ele quem mais tarde me descreveu os procedimentos. A mesa de julgamento, presidida pelo próprio abade, acreditou unanimemente na história de Will, e o irmão James foi confinado a sua cela a pão e água por três meses, uma punição inédita. Contudo, na questão da infração de Will, não havia recurso. Ele derrubara um membro da comunidade em uma evidente violação da lei, mesmo que não fosse escrita, e criara um precedente. Ademais, admitira claramente na audiência que, provocado da mesma forma, faria o mesmo novamente, embora de forma mais completa e eficaz da vez seguinte.

Mas então, em reconhecimento aos rostos perturbados dos homens que precisavam condená-lo sem desejar isso, William Wallace fez algo que me confundiu quando tomei conhecimento, algo tão nobre e honrado em alguém tão jovem que isso me fortaleceu anos depois, quando comecei a escutar, e a não acreditar nas histórias das supostas atrocidades lançadas contra seu nome e sua fama: ele se apiedou dos seus juízes e os absolveu de qualquer culpa que pudessem sentir garantindo a eles que havia muito decidira que seu tempo de utilidade para a comunidade da abadia chegara ao fim. Seu maior desejo no momento era se tornar um silvicultor nas propriedades de seu tio Malcolm, disse a eles, pois realmente achava que era o que Deus pretendia para ele, e estava impaciente para começar. Agradeceu pelas oportunidades que haviam lhe dado de aprender a ler, escrever e conversar em latim e francês, bem como pela formação que haviam oferecido, talvez sem saber, nos caminhos que iria seguir dali em diante, dando a ele a liberdade das terras da abadia nas quais caçar e adquirir o conhecimento de seu futuro trabalho. Depois pediu permissão para abandonar imediatamente seus estudos formais e retornar a Elderslie.

O tribunal o ouviu em silêncio – com gratidão, gosto de pensar –, então permitiu que ele se afastasse de seus estudos e voltasse para casa sem ter seu nome caído em desgraça.

Escutando o irmão Duncan relatar os acontecimentos, fui levado às lágrimas pelo modo como ele resumiu a questão:

– Seu primo Will é um belo jovem – disse, sem qualquer traço de dureza em seu rosto normalmente pouco amistoso. – E acredito que Deus o moldou para ser o que é com algum grande objetivo em Sua mente. Talvez nunca saibamos esse objetivo, mas não tenho qualquer temor de que William Wallace vá permitir que algo o impeça de conseguir.

Ewan acompanhou Will de volta a Elderslie, com suas próprias tarefas em Paisley concluídas. Ele deixou a fazenda, que florescera sob seus anos de cuidados, funcionando suavemente sob a direção de um arrendatário chamado Murdoch, que durante aquele tempo fora quem cuidara dos cultivos e supervisionara os trabalhadores, rapidamente conquistando a total confiança de Ewan e Sir Malcolm. Mas a partida repentina de meus dois amigos significou que tudo conhecido em minha vida mudara; eles haviam levado todo o conteúdo da oficina, deixando apenas uma casca de pedra vazia. Deixaram meu arco e um suprimento de flechas, e até mesmo dois alvos, mas eu sabia, no momento em que os reunira para levar comigo à abadia, que provavelmente nunca voltaria a usá-los. O claustro da abadia seria meu lar permanente a partir de então, e embora tivesse gostado muito do tiro com arco, sabia que sem Will e Ewan para me manter interessado e ativo, logo abandonaria isso. Bibliotecários e padres não precisam de armas, nem mesmo para recreação.

De certa forma, para minha surpresa, eu me adaptei sem esforço à vida como membro em tempo integral da comunidade fechada da abadia. Meu trabalho na biblioteca continuou a me absorver, como havia sido desde o início, e o tempo que passei a ter para mim no começo da noite logo foi tomado por meus estudos para o sacerdócio. Também foi agradável descobrir que o irmão Duncan e padre Peter pretendiam continuar a me usar como intermediário junto a Sir Malcolm, pois isso significava que a cada 14 dias eu era enviado a Elderslie para levar informações a meu tio e levar de volta a eles seus relatos. Assim, era capaz de me manter informado sobre as atividades de Will, mesmo que não o visse em todas as visitas.

Como era seu desejo, ele se tornara um dos silvicultores de meu tio, e o fiel Ewan Scrymgeour escolhera se juntar a ele. Os dois estavam despreocupados, muito envolvidos em um breve, mas intenso aprendizado com Erik Stromgarm, principal silvicultor de meu tio. No final do ano eles seriam responsáveis pelo cuidado e manutenção das florestas circundantes. Iriam remover árvores mortas e moribundas, manter a floresta livre de vegetação rasteira inflamável, e de tempos em tempos inspecionar as atividades dos carvoeiros, cujos vastos poços fumegantes cobertos de terra produziam o combustível de queima lenta essencial para os ferreiros da propriedade. Também seriam encarregados do bem-estar da vida selvagem nas terras de Sir Malcolm – os cervos, porcos selvagens e outros animais de caça, incluindo aves, que viviam na floresta e nos campos abertos e pastos entre as árvores –, e da segurança do gado e dos porcos domesticados nos vários pastos e cercados perto da fazenda principal, protegendo todos contra roubo e vandalismo.

Ewan estivera vestindo os trajes verdes de um morador da floresta quando o conheci anos antes, e naquele momento os vestia novamente. Mas descobri que Will também. Na primeira vez em que o vi assim, vestido da cabeça aos pés com uma túnica verde justa com capuz e calças xadrez, fiquei boquiaberto, pois estava maior que nunca. Seus braços e ombros eram enormes, maiores, achei, que os de qualquer outro homem que já havia visto, e suas coxas e pernas eram tão sólidas e robustas quanto carvalhos saudáveis. Aos 17 anos de idade, ele era homem em todos os sentidos, salvo um do qual eu nada sabia, nunca o vira mais feliz.

Ele crescera rapidamente para dar conta das exigências de seu novo arco, em si uma coisa bela que cintilava ricamente com amor e cuidado, camadas de cera e gordura espalhadas com esforço, destacando as diferentes cores da madeira. Era perfeitamente adequado à sua altura e arrematado nas duas extremidades da espessura de um polegar com pontas de chifre de ovelha, o chifre fervido até derreter e então moldado e sulcado para travar as voltas da corda do arco. Uma olhada para a grossura de sua enorme empunhadura foi o bastante para que eu soubesse que jamais conseguiria começar a puxá-lo. Ele o levava sem tensão a maior parte do tempo, em um estojo de proteção de couro de boi, com uma grossa camada de cera e à prova d'água, pendurado no ombro oposto a bolsa de flechas de quase um metro, mas conseguia tirá-lo, curvá-lo e passar uma corda de cânhamo, encaixar uma flecha e ficar pronto para disparar em poucos instantes quando necessário. Eu podia ver que era o grande orgulho de sua vida. Ele me disse que o mantinha solto e guardado à moda inglesa para evitar o risco de a vara do arco se moldar permanentemente à pressão da corda, assim perdendo parte de sua potência. No conjunto meu primo se tornara um homem imponente, e os pelos escuros que tomavam suas bochechas e seu queixo completariam a transformação em breve.

Mas eu não estava totalmente certo nesse sentido. A passagem de Will para a idade adulta foi produzida por um elemento totalmente diferente, um que tinha pouco ou nada a ver com a densidade de sua barba. Mas meu erro era compreensível: eu era um garoto enclausurado, com apenas 16 anos, e estudando para o sacerdócio. Não tinha ideia das forças naturais que podem transformar o simples menino em um homem.

Seu nome era Mirren Braidfoot, e em um dia de verão de 1288 ela foi a Elderslie em uma carruagem leve puxada a cavalo, acompanhada de outras jovens e um grupo de rapazes ansiosos, todos eles a pé. Estava lá para visitar uma prima, uma garota roliça e simples chamada Jessie Brunton, que Will e eu conhecíamos de vista. Testemunhei o primeiro encontro entre ele e Mirren, mas afora me divertir com a mudez desajeitada dele, deixei passar o determinante significado daquilo, grato demais por ter sido Will, e não eu, que tivesse de lidar com uma estranha tão encantadora. Eu sabia que Will estava desconcertado, e isso era incomum, pois ele aprendera muito sobre jovens desde que deixara a abadia, mas eu mesmo ficaria mudo com a confiança sorridente dela se tivesse que falar com ela.

De pé ao lado de Will, mal chegando à metade de seu braço inchado e olhando para todo o mundo como uma criança fraca e pequena – embora não fosse nada disso –, a garota Mirren erguia os olhos para ele, vendo seu rosto com um olhar profundamente reflexivo. À medida que eu me aproximei a jovem se afastou dele para abrir espaço para mim. Estava consciente de seus olhos azuis brilhantes me examinando da cabeça aos pés, os lábios sorrindo gentilmente. Mas, sendo quem sou, ignorei o olhar dela e me virei para Will, alegremente inconsciente de que no curto tempo em que estivera olhando para outro lugar, a vida de William Wallace, e todo o destino da Escócia, haviam mudado para sempre.

Capítulo 5

"Onde pela primeira vez encontramos amor, também encontramos a dor."

Não consigo lembrar quem disse isso, mas me vem à mente espontaneamente sempre que penso em Mirren Braidfoot e em meu primo Will, e nunca deixa de me produzir um aperto no coração como um punho se fechando. Sou um padre, e embora isso não seja em si garantia de castidade ou falta de interesse sexual, nunca conheci o amor de uma mulher, físico ou emocional. Certamente conheci a tentação, pois esse é o fardo comum da humanidade, mas de alguma forma sempre consegui, não por minha própria força, mas com maior frequência pelo poder da prece fervorosa e sustentada, evitar me render a ela.

Contudo, isso dito, fui a vida toda fascinado pela força esmagadora do amor que algumas vezes existe entre certos homens e mulheres, e sempre considerei esse poder, para o bem e para o mal, quase assustador. Se o rei Alexandre não tivesse ansiado pelo calor de boas-vindas de sua jovem esposa, por exemplo, não teria morrido como morreu a caminho de se juntar a ela. E se William Wallace nunca tivesse conhecido Mirren Braidfoot, não teria morrido como morreu na praça Smithfield de Londres.

Não quero que isso seja visto como a condenação de Mirren. Em todos os anos que se passaram depois daquele primeiro encontro em Elderslie, nem Will nem ela fizeram nada para intencionalmente ferir um ao outro. Como um casal se cortejando, dois jovens se descobrindo, eram a própria essência do desejo de Deus para Seus filhos amados; como casados, conheceram o êxtase juntos, e como defensores dos sonhos um do outro, mesmo quando separados, foram inabaláveis. Não havia fraqueza em seu amor, nenhuma falha inata. Apenas amor e fidelidade perfeitos. Mas se esses atributos fortaleceram seu amor, também os deixaram vulneráveis aos inimigos.

Isso já havia começado naquele dia de seu primeiro encontro, embora nenhum de nós fosse saber disso antes que meses se passassem.

Will me falou várias vezes sobre ser tomado pelo amor naquele dia, sobre o que viu e como se sentiu quando foi conquistado pela mulher que rapidamente significaria tudo no mundo para ele, e enquanto eu o escutava nos primeiros meses dessas efusões – pois então Mirren havia retornado a sua casa em Lanark –, tive o choque da semelhança entre o modo como ele falava dela e o ardor com o qual Andrew Murray descrevera seu próprio amor, a jovem com o nome liquidamente belo de Siobhan. Os dois jovens queimando com a mesma paixão ardente, e a partir da radiante pureza do entusiasmo de Will entendi, por intermédio de seus olhos, o que os meus haviam perdido naquela tarde.

Eu chegara a Elderslie na metade da manhã, poucas horas antes de eles se encontrarem, e assim que entregara a Sir Malcolm a carta que me levara ali, parti para onde ele me dissera que encontraria Will, a uma boa meia hora de caminhada da casa principal. Eu o encontrei no limite mais ocidental das terras de Sir Malcolm, perto da própria aldeia de Elderslie e não distante da estrada de carroças que levava de lá até Paisley. Estava agachado sobre uma trilha estreita na relva alta que delimitava a estrada, examinando a relva com dedos esticados, a cabeça se movendo de um lado para o outro enquanto avançava lentamente. Ele me ouviu chegar, olhou para cima e depois voltou a atenção para o solo à sua frente.

– Bom dia, silvicultor preguiçoso – cumprimentei. – Perdeu alguma coisa?

Ele passou as mãos abertas pela relva alta, depois olhou para as palmas e deu de ombros.

– Nem perdi nem achei – disse. – Estou procurando sangue. Mas parece não haver nenhum.

Duas semanas haviam se passado desde que nos encontráramos, mas ele falou como se tivéssemos nos separado menos de uma hora antes; sem cumprimento, reconhecimento ou surpresa.

– E deveria haver?

Ele então se curvou para pegar o arco tensionado na relva alta e o desarmou, travando a vara com o pé enquanto o puxava para baixo para soltar o laço na extremidade.

– Sim, deveria. Eu acertei uma fêmea de cervo aqui... jogue meu estojo, ali.

Ele apanhou o estojo facilmente, abriu a tampa e depois se virou inteiramente, os olhos examinando a relva circundante enquanto deslizava a longa vara para dentro de seu tubo. Recolocou a tampa e lançou o estojo sobre os ombros, balançando a cabeça.

– Ela deveria estar caída aqui morta, mas meus olhos me dizem que eu errei a sessenta passos.

Eu não respondi a isso, sem saber o que dizer, pois nunca soubera de ele errar qualquer alvo dessa distância. Ele ainda estava olhando ao redor, seus olhos conferindo a linha de voo desde a base de um freixo a sessenta passos de distância, passando por sua direita, diretamente para a estrada e até uma densa moita de amoreiras.

– De qualquer forma, ela correu, e achei que a acertara na barriga e teria de caçá-la, mas não há sangue. Nem sinal de minha flecha. Sabe, eu a senti oscilar assim que soltei a corda. Devo ter arrancado as penas sem perceber, e ela saiu de direção. Mas Deus é minha testemunha, odeio perder flechas.

– O que havia de errado com a fêmea?

Will bufou e tirou várias flechas de caça de cabeça larga da bolsa ao seu lado, examinando atentamente as penas de cada uma.

– Velha e com uma perna manca. Não sobreviverá ao inverno, e talvez sequer chegue até ele. Achei que seria mais gentil matá-la agora e encerrar suas dores... mas a esta altura ela está bem longe daqui – disse, devolvendo as flechas à bolsa. – Mas o que traz você aqui nesta bela manhã? Provavelmente irá ressecar e explodir na claridade aqui fora se não tiver cuidado, após ter ficado confinado em sua velha e escura biblioteca.

– Vim ver você e entregar uma carta a Sir Malcolm.

– Nessa ordem, certo? – disse, sua barba crescente quase escondendo a curva de seu sorriso. – Bem, você está me vendo, e parece estar em bom estado. Embora pareça mais com um maldito padre cada vez que o vejo.

Era verdade. Desde que passara a residir na abadia, eu usava o hábito cinza dos monges residentes.

– Eu sou um maldito padre; ou logo serei.

Ele grunhiu, depois segurou meu pulso direito para examinar os dedos.

– Tinta... ainda está praticando com seu arco? Não vejo calos.

Eu soltei minha mão e mexi os dedos, olhando para eles quase que com pena.

– Não, parece que hoje nunca encontro tempo. Ademais, não é divertido se você não está lá; perdi quase todos os meus calos ano passado – respondi, olhando para as moitas de amora do outro lado da estrada. – Você não vai procurar aquela flecha?

– Não, não vamos encontrar nunca. Estava se deslocando paralela ao chão. Poderia ter passado diretamente por toda aquela moita sem acertar nada. Trouxe alguma coisa para comer?

Eu balancei a cabeça e ele fez uma careta.

– Maldição. Nem eu. Saí correndo e esqueci completamente de comer esta manhã, querendo começar cedo. Procurei pela fêmea horas antes de encontrar, e então errei totalmente de uma distância pequena o bastante para tocar nela. Não foi uma boa manhã de trabalho... droga. Vamos para aldeia e encontrar algo para comer. Não é longe, e estou faminto.

Conversamos sobre trivialidades enquanto caminhávamos os oitocentos metros até a aldeia e seguíamos diretamente para a placa do Boar's Head ao lado da praça, onde alguns dos desocupados sentados junto à entrada acenaram para nós quando entramos. O interior mal iluminado fedia a cerveja azeda, comida ruim e lamparinas enfumaçadas e tremeluzentes mesmo ao meio-dia. Supostamente uma hospedaria, como anunciava a placa grosseiramente pintada de uma cabeça de javali pendurada acima da porta da frente, o lugar na verdade era o que o povo dali chamava de *howff*, uma espelunca para beber que sequer podia alegar a respeitabilidade de uma taverna. Era um esconderijo aonde os homens iam à noite em busca de prostitutas e jogo, para beber e blasfemar, mas também o único lugar da aldeia que vendia comida para consumo imediato durante o dia, e como tal atraía uma gama de clientes mais ampla à luz do dia do que à noite.

Havia poucos fregueses, e nos sentamos em um canto escuro no final da mesa de tábuas que servia de balcão e tomamos canecas de cerveja rala e amarga enquanto esperávamos que a esposa desleixada de Big Rab, o dono, jogasse na nossa frente dois pratos da torta de carne do dia. Nenhum de nós fez qualquer observação sobre a comida ou o modo como foi servida; havíamos ido ali muitas vezes antes, e estávamos acostumados com o modo como as coisas eram feitas. Mas para minha surpresa a torta naquele dia era a melhor que havia provado ali, quente e saborosa, bem recheada com pedaços de cebola, nabo e carne e coberta com uma casca bem feita. Comemos sem comentários, nenhum de nós ousando pensar em voz alta qual tipo de carne estava na torta, ou de onde viera, embora eu achasse poder identificar cervo e lebre selvagem na mistura bem temperada. Ambos sabíamos que se fosse cervo, teria sido apanhado ilegalmente, então fiquei em silêncio e me limitei a desfrutar, enquanto Will, o silvicultor e guardião, comia sem expressar curiosidade ou prazer.

Eu podia ver que ele decididamente não estava feliz com a situação, e ao mesmo tempo eu tinha consciência de Big Rab ansioso no fundo, olhando preocupado para nós de vez em quando e claramente esperando que Will dissesse algo. Enquanto virávamos nossas canecas e levantávamos para partir, a esposa de Rab foi até nós agitada, a expressão em seu rosto demonstrando culpa suficiente para condenar a ela e a seu homem. Will resmungou uma palavra de agradecimento e jogou uma moeda na mesa, percebendo a expressão de alívio no rosto de Big Rab enquanto seguia para os fundos do estabelecimento.

Assim que saímos percebi que os desocupados haviam desaparecido todos.

– Torta boa – eu disse. – Fico pensando em quem a fez.

– Não quero saber – rosnou ele. – Não mais do que quero saber de onde veio o cervo.

Enquanto ele falava alguém chamou seu nome à distância, e nos viramos para ver um dos arrendatários de Sir Malcolm, um homem chamado James Laithey, acenando para nós dos fundos da praça. Ali, como em qualquer cidade ou aldeia, qualquer um que tivesse gado tinha o direito de colocá-lo a pastar nessa área comum, mas em Elderslie, nos meses de verão uma faixa de terreno ao longo da lateral mais comprida era reservada para tiro com arco. Mal tinha largura suficiente para que três homens ficassem lado a lado e disparassem na direção da extremidade oposta, a cerca de cem passos de distância, mas o suficiente para as necessidades dos arqueiros que a usavam, nenhum dos quais tinha um arco longo. O arco normal dos caçadores e arqueiros escoceses tinha corte largo e plano, algumas vezes revestido com camadas de chifre ou tendão, e feito de freixo ou olmo locais, ou mesmo faia, e o comprimento médio era de um metro e trinta. Algumas vezes era possível ver um arco de um metro e meio sendo usado, mas normalmente estava nas mãos de arqueiros visitantes, viajantes que percorriam o interior colocando suas habilidades em confronto com os bons arqueiros locais e normalmente prosperando. O arco de Will era uma arma inteiramente diferente de todas aquelas, e ele em geral relutava em demonstrar seu poder em competição, uma delicadeza que era aceita alegremente pelos outros, já que tinham visto seu poder e a precisão de Will com os próprios olhos.

Eu percebi estranhos entre a reunião habitual de aldeões, incluindo um grupo barulhento de cerca de dez jovens de ambos os sexos e um arqueiro desconhecido que se destacava da multidão e parecia ser o centro das atenções. Era óbvio pela altura e a largura dele e de seu comprido arco largo que era um arqueiro andante, buscando arrancar dinheiro dos bons atiradores locais.

– Merda – murmurou Will. – Acho que é melhor ver o que James quer. Mas poderia ir embora sem saber, pois acho que já sei e não gosto.

Ele esperou que o outro homem nos alcançasse.

– O que é, James? Tenho de voltar ao trabalho.

Laithey não perdeu tempo em nos contar. A reputação do estranho o precedera, pois estava percorrendo as aldeias próximas, e era muito melhor em sua arte do que dizia ser. Ele competia, parecia fracassar, perdia várias rodadas e então, pouco antes de pagar o perdido, pedia mais uma tentativa dobrando a aposta, momento em que se recuperava, terminando com precisão mortal, ganhando tudo.

Will deu de ombros.

– O que quer de mim, James? Sabe que não disparo por dinheiro. Esse homem dará uma espiada em meu arco e irá embora.

Laithey assentiu.

– Talvez. Mas ele está assustadoramente seguro e satisfeito consigo mesmo. Provavelmente acha que pode vencer você.

– Como ele me conhece? Nunca o vi antes.

– Alguns dos camaradas viram vocês indo para o *howff*. Estavam falando sobre você, e o sujeito escutava. Ademais, se ele for embora agora levará todas as moedas da aldeia com ele, pois já estão no seu bolso.

Will suspirou e me olhou de lado, revirando os olhos.

– Quem são aquelas outras pessoas, as jovens?

– Apenas visitantes, de Paisley – contou Laithey. – Estão aqui visitando a jovem Jessie Brunton; suas irmãs e os amigos delas.

Will suspirou, e finalmente disse:

– Bem, vou oferecer uma partida a ele, mas duvido que aceite. Se já ganhou tudo, fico surpreso que esteja aqui.

– Não fique. Ele estava interessado no que os sujeitos tinham a dizer sobre você. Por isso está esperando.

– Então ele está perdendo tempo. Não tenho dinheiro além de uma ou duas moedas de prata.

Laithey, que era conhecido por sobriedade e parcimônia, sorriu, pois admirava a habilidade de Will havia anos.

– Eu coloco a moeda – disse ele. – Só desta vez, para ver você derrotar esse ladrão. E quando você vencer eu devolverei o ganho aos idiotas que perderam.

– Fará isso? Vou cobrar. Mas e se eu perder?

O homem deu de ombros, ainda sorrindo.

– Não perderá. Mas caso perca, aceitarei isso como o julgamento de Deus por eu ter apostado.

Will baixou a cabeça.

– Então que seja. Vamos provocá-lo. Mas duvido que ele aceite a aposta.

O estranho, que se apresentou apenas como Robertson, concordou com o desafio de Will com aparente relutância, espiando o comprido estojo de couro pendurado no ombro dele. Mas sendo o desafiado, tinha o direito de definir os termos, e ficou imediatamente óbvio que ele sabia o que estava fazendo. A maior eficácia do arco longo de teixo era entre duzentos e duzentos e vinte passos, disparando contra um centro de alvo de 15 centímetros ou um poste de espessura similar; além dessa distância o arqueiro de teixo tendia a perder precisão, e em distâncias menores o voo da flecha era limitado pela enorme força do arco, e a falta de precisão se tornava ainda maior.

– Alvos – disse Robertson. – Postes divididos, sete centímetros e meio de espessura, sessenta centímetros de altura.

Ele espiou com olhos apertados enquanto Will avaliava isso antes de assentir lentamente, mas não conseguiu conter um sorriso lupino enquanto acrescentava:

– A cem.

Era uma proposta ultrajante, a curta distância e os alvos com metade da espessura colocando Will em enorme desvantagem com seu grande arco de teixo.

Will apertou os lábios, parecendo pensar muito e dolorosamente, e estar prestes a recusar, mas então bufou e concordou.

– Aceito. Chances iguais?

– O quê? Acha que sou idiota? Contra essa coisa? – reagiu Robertson, apontando com a cabeça para o estojo do arco, como se não convencido de que já arrasara com as chances de vitória de Will. – Dois para um. Para você.

Will olhou por um longo tempo para o arco de Robertson, uma arma chata em camadas de madeira e tendão que se abria até a largura de uma mão acima e abaixo da empunhadura antes de diminuir de tamanho nas extremidades. Um metro e meio de comprimento, estimei. Will concordou, expressão petrificada.

– Aceito – disse. – Preparem.

Laithey gritou os termos para a multidão que aguardava, e um punhado de homens começou a preparar os alvos a partir de uma pilha de postes de 15 centímetros no limite da raia, alguns deles dividindo a madeira e outros martelando as estacas firmemente no chão até estarem com altura uniforme, as faces recém-divididas voltadas para os arqueiros. A multidão na beirada da raia ficou mais densa, com outros sendo atraídos para a agitação. A meus olhos os alvos de estacas, mal se projetando acima do pasto alto da faixa estreita, quase não eram vistos de cem passos, e pela primeira vez que pude lembrar, me vi duvidando da capacidade de Will de acertá-los, recordando de como errara o tiro no cervo doente mais cedo.

Naquele momento Will estava colocando a corda no arco e tirando flechas de alvo do meio das pontas largas em sua bolsa. As cabeças para alvos eram compridas e pesadas, sólidas e redondas, revestidas como as *bodkins* para atravessar armaduras, mais curtas mas não menos afiadas; ocas, elas se encaixavam justas nas hastes das flechas, e eram dotadas de penas de ganso cinzas. Quando ficou satisfeito com suas seis escolhas, ele avançou para a linha de tiro e enfiou as flechas na terra com as pontas para baixo em uma fila do lado direito.

Robertson definira a distância e os alvos; Will tinha a escolha de disparar primeiro ou por último, e de determinar o número de arremessos.

– Uma rodada – disse ele ao adversário. – Apenas seis disparos. Você primeiro, depois eu.

Robertson assentiu, claramente tendo esperado isso.

– Seis cada, então. Todas de uma só vez ou um após o outro?

– Todas de uma só vez. Contagem simples. Suas seis primeiro, depois as minhas. Vence o homem que deixar mais flechas nas marcas. Sem repetição. Tenho de voltar ao trabalho.

– Certo. Vamos resolver.

A multidão havia se separado esperando a disputa, alguns deles ladeando a linha de tiro para ver os arqueiros, mas a maioria se reunindo perto dos alvos no final da estreita raia de tiro. Eu podia ver que eles não temiam ser mortos por um tiro perdido. Estavam acostumados a essas disputas e conheciam a habilidade dos concorrentes.

Robertson avançou para seu lado da linha de pontaria, enfiando a primeira flecha na corda, e Laithey ergueu os braços e gritou pedindo silêncio, calando a multidão. Os olhos de Will estavam apertados, avaliando a postura do adversário e não perdendo nenhum elemento da preparação do homem.

Os alvos eram pequenos e a distância até eles curta, mas ninguém ali, homem ou mulher, pensara em criticar. Todos sabiam como a disputa era difícil, exatamente por causa dessas limitações.

Robertson ficou de pé imóvel, os olhos quase fechados enquanto olhava para a primeira marca, sua metade inferior semiobscurecida por ramos oscilantes de sementes de relva. Ele segurava o arco frouxamente, apoiando-o horizontalmente sobre a coxa esquerda, os dedos da mão direita agarrando a corda acima e abaixo da extremidade sulcada da flecha. Então, ainda com os olhos apertados, estendeu os pés, dando um meio passo atrás com o direito, e ergueu o arco suavemente, se apoiando nele e esticando a corda retesada até a bochecha como se não tivesse peso. Soltou rapidamente. O som do voo da flecha se perdeu no estalo da corda do arco contra a guarda de chifre de touro moldada que protegia seu antebraço, e a multidão sibilou enquanto a haste se cravava solidamente a um palmo do alto da marca distante. O poste estava enterrado fundo, quase dois terços dele firmemente cravados na terra, mas a força do impacto da flecha o moveu claramente, e rachou; a flecha estava agarrada ali, apontando para o lado e para baixo.

Sem fazer uma pausa, Robertson puxou e soltou novamente, encaixando uma flecha nova com segundos de intervalo entre um tiro e outro até ter disparado todas as seis em um só minuto. Quando a sexta acertou, alguns dos espectadores distantes aplaudiram e assoviaram. Apenas o terceiro disparo errou o alvo. Outro, o quarto, acertou a ponta da estaca, onde a madeira havia sido achatada e esgarçada pelo martelo que a cravara no chão; a ponta se alojou na madeira danificada, mas a flecha ficou pendurada precariamente. Os outros quatro mísseis estavam firmemente cravados nas estacas. Ele se virou para Will com um pequeno sorriso afetado.

– Cinco, concorda?

– Sim, cinco acertos. Boa tentativa. Não foi mal. Já vi piores.

– Não foi mal? – reagiu, o sorriso aumentando. – Então vamos ver se você faz melhor.

As seis flechas de Will ainda estavam onde as havia fincado no chão, cerca de um passo atrás da linha de tiro, e ele se moveu para ficar ao lado delas, arrancando a primeira e a pousando sobre a vara horizontal do arco, mantendo-a no lugar com o indicador esquerdo enquanto encaixava a ranhura traseira firmemente na corda retesada do arco. Suas flechas eram mais compridas que as de

Robertson por um dedo inteiro, mais grossas e, portanto, pesadas que a do outro homem. Ele flexionou os dedos na empunhadura do arco, depois ficou paralisado, se concentrando.

Ficou vários segundos ali, olhando para o primeiro alvo esguio. Robertson pigarreou e murmurou algo. Era claramente uma distração, mas Will ignorou. Respirou fundo e começou o trabalho.

Deu um passo à frente, inclinando o corpo enquanto o pé esquerdo avançava para a linha, o braço esquerdo reto empurrando a vara curva do arco, com os enormes músculos de peito, costas e ombro puxando a corda grossa de cânhamo densamente trançado com suavidade para trás até a orelha. A liberação foi imensamente poderosa, e a linha de voo baixa, a flecha mergulhando tão rapidamente que por um instante achei que não alcançara. Mas então a estaca do alvo sacudiu violentamente e a flecha em sua fissura se soltando e caindo no chão, a queda acompanhada de um grande grito da multidão.

A essa altura Will já havia encaixado outra flecha, e antes que o grito morresse já se posicionara para o segundo disparo. Seus movimentos eram um prazer de assistir, uma dança sagrada com um ritmo que apenas ele conhecia, e ele soltou todas as suas seis flechas em menos tempo que Robertson levara com as dele. Mas Will acertou cinco marcas pouco acima do chão, a um palmo de suas bases, e duas delas desalojaram flechas que Robertson já havia cravado. A sexta flecha atingira a base da marca que o outro homem errara, mas um exame mais atento revelou que havia perfurado a estaca sob a superfície. Mas mesmo sem isso a marcação de Will era de cinco contra as três remanescentes de Robertson.

O outro arqueiro merece o crédito por não dizer nada. Caminhou os cem passos medidos até a linha de postes alvo, onde ficou olhando para o bom trabalho de Will. Balançou a cabeça, incrédulo, pois o conjunto de Will era realmente impressionante. Das cinco hastes que se elevavam acima do chão, a mais alta estava menos de três centímetros acima da mais baixa. Robertson enfiou a mão na bolsa em sua cintura e tirou uma pequena sacola de couro; ele a pesou na mão e o jogou com um golpe de mão para Will.

– Nunca vi nada assim – disse. – E nunca fui tão derrotado. Ficarei fora do seu caminho caso nos encontremos novamente, Will Wallace.

Os dois assentiram um para o outro, com respeito mútuo, depois se curvaram para recolher as flechas usadas enquanto a multidão avançava, e houve um pandemônio com todos os homens ali querendo apertar as mãos dos concorrentes. Will deu as costas a um dos que davam os parabéns e me olhou. Jogou a bolsa para mim.

– Leve isso para James enquanto termino aqui.

Levei o dinheiro para Laithey, e quando me virei vi o grupo de jovens que havia ido visitar Jessie Brunton reunido em torno de Will. Eu sabia que Jessie se casara recentemente com um jovem chamado Tam Brunton, um moendeiro que trabalhava na propriedade de Sir Malcolm. Era a filha mais velha de Ian Waddie, um próspero comerciante de lã de Paisley. Naquele momento eu descobria que Waddie era casado com Margaret Braidfoot de Lamington, perto de Lanark, cujo irmão Hugh, um criador de ovelhas de sucesso, e portanto sócio valorizado de Ian Waddie, tinha uma filha chamada Mirren, cuja presença era o motivo primordial para a visita de todos aqueles jovens. Mirren, de 17 anos, fora a Paisley no que se tornara uma visita anual para passar o verão com sua amada tia Meg e suas filhas.

A própria Jessie estava perto, um sorriso levemente confuso no rosto, como se com dificuldade para explicar sua repentina popularidade mesmo para si mesma, e eu fui falar com ela por alguns momentos, perguntando sobre os visitantes. Quando me afastei novamente, vi o jovem mais alto do grupo tentando puxar o arco de Will, e fiquei espantado por Will permitir tal coisa. Apenas depois – muito depois – Will me fez seu próprio relato levemente chocado do que acontecera enquanto eu estava de costas.

– Quem era o sujeito tentando puxar seu arco? O sujeito grande que todas as garotas admiravam?

– Quem? Não sei. É um dos amigos de Mirren.

– Ele estava vestido como silvicultor. Você já o viu antes?

– Não, mas ele é um homem de Bruce. Acontece que ele é um guarda florestal, não um silvicultor.

– Há alguma diferença?

Isso me valeu um olhar sob sobrancelhas levemente erguidas.

– Sim, há uma grande diferença, e é bom que você saiba. Um guarda florestal patrulha as florestas, em busca de caçadores ilegais, mas é só o que faz. Ele tem um silvicultor para dizer a ele o que fazer, para onde ir e quando. Ele veste verde e trabalha na floresta, mas não sabe nada sobre silvicultura além de conseguir se mover silenciosamente entre as árvores.

– Para qual Bruce ele trabalha, Annandale ou Carrick?

– O velho, Annandale. É dono da terra ao lado da nossa ao sul e a oeste.

Estávamos sentados junto à lareira na sala principal de Sir Malcolm, no final daquela mesma noite. Sir Malcolm e lady Margaret haviam se deitado muito antes, e também estaríamos exceto pelo fato de que eu estava gostando demais de meu tempo longe da abadia para querer dormir, e Will estava excitado demais com os acontecimentos da tarde. Ele mencionara Mirren Braidfoot milhões de vezes desde que havíamos ido para casa naquele dia; o nome dela raramente estava ausente de sua conversa, que não era muita. Eu estava perplexo, pois mal podia me lembrar de ele algum dia ter mencionado alguma garota pelo nome duas vezes no mesmo dia. Mas lá estava ele, sentado à minha frente mas quase não estando ali, seu olhar concentrado no que quer que estivesse vendo nas chamas tremeluzentes na lareira.

– Então você não sabe o nome desse sujeito, aquele que estava com seu arco?

– Não.

– Por que deixou que ele o pegasse?

– Como? Ah, porque ele queria.

– Ele queria. E você simplesmente deixou? Will, você sequer me deixa carregar aquele arco. Por que o daria a alguém que não conhece e o deixaria brincar com ele?

– Mirren queria.

– Mirren queria... acho melhor você me contar... Will? Está prestando atenção? Diga o que aconteceu quando você conheceu essa Mirren. Como você a conheceu?

Ele franziu o cenho, piscando.

– Não sei – disse, balançando a cabeça. – Não lembro. Ela simplesmente estava ali de repente, amarelo e azul...

Aquilo foi o suficiente para que eu a visse claramente. Ela estava vestindo uma saia amarela sobre uma túnica azul, e os olhos de Will se arregalaram novamente com a lembrança. Ele continuou:

– Eu os tinha visto lá, o pessoal de Paisley, mas não a percebera antes que todos se juntassem ao meu redor, e então lá estava ela. Jesus Cristo, Jamie, mas ela é linda. Estava olhando diretamente para mim, seus olhos nos meus, e juro que quase me joguei neles, eles eram muito grandes. E muito azuis, como sua túnica. Todos estavam falando comigo, gritando comigo, mas eu mal conseguia escutá-los, e ela não disse uma palavra. Ela só olhava para mim, e então sorriu. Achei que ela iria rir de mim, e meu coração quase parou de bater de vergonha, mas ela não riu. Apenas olhou e sorriu. E que Deus me ajude, não consegui sorrir de volta para ela. Eu tentei, eu queria, mas meu rosto parecia feito de madeira. Não conseguia fazer com que ele funcionasse. E fomos deixados sozinhos, nós dois.

Ele olhou para mim, e seus olhos estavam arregalados de encanto.

– O que ela lhe disse?

– Que seu nome era Mirren. Ela já sabia o meu. Alguém devia ter dito a ela. Perguntou-me onde eu morava, e quando contei, disse que devia procurar por ela durante a semana, na casa de seu tio em Paisley, de noite, quando tivesse encerrado meu trabalho... foi a coisa mais estranha, Jamie. Ela me disse como encontrá-la e quando ir, mas em nenhum momento olhou para mim. Manteve os olhos no jovem idiota com o arco o tempo todo, como se olhando para ele e me ignorando, como um tronco no chão. E então disse que eu devia pegar meu arco de volta, então o fiz. O pobre idiota sequer havia conseguido puxar até a metade. Eu tirei a corda, recoloquei a vara no estojo, e quando me virei ele a estava ajudando a subir na carroça, e então partiram. Ela não olhou para mim novamente. Apenas me deixou de pé ali, como um bezerro idiota.

– Mas ela lhe disse quando e onde encontrá-la, Will. E fez isso em particular, sem ninguém perceber. Ela claramente não queria que nenhum deles soubesse. As mulheres fazem isso às vezes.

Ele me olhou como se eu tivesse cacarejado.

– Fazem o quê?

Eu dei de ombros, consciente de minha própria ignorância.

– Se comportam de forma estranha.

– Como você saberia disso? Quem contou isso a você?

– Ninguém me contou... Eu devo ter ouvido em algum lugar.

– Humm. Então você por acaso ouviu o que eu devo fazer agora?

– Não, mas eu sei... você deve fazer o que ela pediu. Procurá-la na casa do tio em Paisley na próxima noite que tiver livre.

O nome do guarda florestal era Graham, e ele vinha de uma aldeia chamada Kilbarchan, a cerca de 18 quilômetros de Elderslie, embora estivesse morando em uma cabana nas terras de Bruce ao sul de nós. Will descobriu seu nome rapidamente, pois Graham de Kilbarchan sempre estava no caminho – como bosta em uma bota nova na definição de Will – quando ele ia a Paisley ver Mirren, e logo começou a odiar a visão do homem. Uma semana se passou antes que ele reunisse a coragem para ir procurá-la na casa do tio Waddie, o comerciante de lã. Ele a encontrou sem dificuldade, pois ela estivera esperando por ele, mas foi então que suas dificuldades começaram.

O tio de Mirren levava suas responsabilidades a sério, e a segurança e o bem-estar moral da filha única de sua irmã enquanto sob seus cuidados era uma de suas principais preocupações naquele verão. A garota era bonita, e rica pelos padrões de Paisley, de modo que atraía admiradores e pretendentes como um canteiro de flores se abrindo atrai abelhas, e Ian Waddie tinha de lidar com todos eles.

Infelizmente para Will, ele lidava igualmente com todos exceto um, tratando a todos uniformemente com hostil desaprovação. A única exceção era o jovem guarda florestal de Kilbarchan, filho único de Alexander Graham de Kilbarchan, outro dos principais fornecedores de lã de qualidade para mestre Waddie. Esse Graham acumulara riqueza e propriedades suficientes em uma vida de trabalho duro e negócios bem feitos para fazer o filho parecer um pretendente extraordinariamente qualificado, a despeito da falta de qualidades do jovem, e essa impressão era muito fortalecida pela idade avançada e a saúde em rápida deterioração do pai. O jovem Sandy herdaria tudo, e segundo Mirren, só por essa razão Ian Waddie já teria encorajado a corte, mesmo que o jovem fosse um bêbado e leproso.

Eu e Will conversamos sobre isso quando nos vimos novamente, cerca de três semanas após seu primeiro encontro com Mirren, e perguntei a ele, ingenuamente, suponho, por que suportava o sujeito em vez de se livrar dele. Ele me olhou de lado, e imediatamente vi como seu envolvimento com Mirren já o havia modificado. O Will que eu conhecera a vida toda teria eliminado o jovem guarda florestal de sua vida assim que ele começasse a ser um incômodo. Mas o Will que me olhava naquele momento era outra pessoa; ele corou rapidamente, e admitiu constrangido que era ideia de Mirren manter o jovem Graham por perto. O guarda florestal tinha a boa vontade do tio e total aprovação para passar tempo com ela, e Mirren era esperta o bastante para saber que podia se beneficiar disso simplesmente incluindo Will em suas excursões sempre que ele conseguisse visitar Paisley. E sempre que Will não podia estar lá, para manter a aparência de consistência e propriedade, ela invariavelmente convidava outro de sua legião de admiradores para se juntar a ela e Graham em suas caminhadas noturnas. Funcionava, claro.

Sendo simpática e agradável com Graham, mas mantendo apoio e orientação moral sempre à mão na forma de uma terceira presença afetivamente interessada, Mirren conseguia evitar desconforto ou envolvimento com qualquer dos jovens, e, no momento em que sua estadia em Paisley chegara à metade, ela superara todas as suspeitas do tio e conquistara dele o reconhecimento a contragosto de que era totalmente capaz de se proteger contra a sedução dos admiradores locais. Waddie passou a aceitar que não havia nada que pudesse fazer para superar a recusa da sobrinha em encorajar as atenções de Sandy Graham, já que era óbvio que ela também não fazia nada para desencorajá-las. Por mais que o atraísse a ideia de colocar a riqueza de Graham em sua própria família, e, por associação, a seu alcance, ele era suficientemente realista para aceitar que não era o pai da garota e que a melhor forma de favorecer seus planos era conquistar o apoio do pai para uma união entre a filha e o jovem guarda florestal.

Eu descobri isso por puro acaso, pois mestre Waddie foi à abadia certo dia em busca de ajuda para organizar e escrever uma carta importante, e recebi a tarefa do irmão Duncan, já que no passado realizara serviços clericais semelhantes para vários dos comerciantes da cidade. No momento em que a carta de mestre Waddie começou a ganhar forma e comecei a perceber o que estava envolvido, não podia deter o trabalho em andamento. Ademais, considerei o conteúdo inofensivo, afora a única consideração de que seu efeito poderia ter consequências para os interesses de meu maior amigo. E assim, no espírito da confissão, eu me resignei a manter reservado seu conteúdo. Will nunca saberia de sua existência, e eu usaria meu conhecimento dela apenas se tal conhecimento pudesse ser benéfico.

A carta, claro, era para o cunhado de mestre Waddie, Hugh Braidfoot, e louvava as grandes virtudes de um potencial marido que encontrara para a jovem Mirren, especificamente mestre Alexander Graham. A carta foi devidamente assinada, selada e enviada para a casa de Mirren em Lamington, alguns quilômetros fora da cidade de Lanark. E não pensei mais na tolerância de Will para com o guarda florestal Graham.

Nesse ínterim, para a chocada descrença de Will, as semanas de verão passaram e Mirren voltou para a família em casa, deixando-o perto do desespero com a ideia do ano vazio que se estendia à sua frente antes que ela retornasse a Paisley. Ele era capaz de falar horas a fio, e com frequência o fazia, sobre as maravilhas e as explosivas complexidades do seu amor nascente. Muitas vezes escutei suas efusões quase incrédulo, perturbado com a intensidade e a paixão do que me contava e com as mudanças misteriosas que a experiência provocara nele. Ele a beijara uma vez, me confessou em êxtase afogueado; apenas uma vez, e rapidamente, aproveitando um momento em que estavam a sós, e jurou que o gosto e as texturas permaneceram em seus lábios e em seus próprios órgãos vitais por semanas. Fazendo um grande esforço para entender o que aquilo podia significar, eu me vi lamentando, quase dolorosamente, nunca ter experimentado sensações tão estranhas e tempestuosas.

Mas então, com o passar do tempo, algum grau de sanidade retornou ao mundo de meu primo, e ele novamente se envolveu com o trabalho que amava. Eu então me tornei sua ligação *ex officio* com Mirren, servindo como carteiro para as longas cartas que ele escrevia a ela quase diariamente e garantindo que fossem levadas a Lanark aos cuidados da regular procissão de irmãos que viajavam para cuidar dos negócios da Igreja. Mirren, por sua vez, acertara para que suas respostas fossem enviadas a mim pelo mesmo roteiro, embora ela fosse muito menos regular em sua correspondência.

Além de nosso pequeno mundo de igreja e floresta, muito estava acontecendo, e nada disso – inicialmente parecia – tinha a ver com Will e Mirren. Na abadia, soubemos que os magnatas do reino haviam tido sucesso em sua aproximação com o rei da Inglaterra e obtido sua ajuda para garantir a ascensão ao trono dos escoceses pela herdeira Margaret, que o povo já estava chamando de Donzela da Noruega. Um tratado nesse sentido havia sido assinado em Salisbury em janeiro do novo ano, 1289, e uma parte conclusiva do mesmo acordo seria acrescentada no ano seguinte. Segundo os termos desses tratados gêmeos, que ficariam conhecidos coletivamente como Tratado de Birgham, a sucessão de Margaret era garantida por seu compromisso para com Edward de Caernavon, o príncipe de Gales inglês.

Fantástica notícia para todos os envolvidos, mas Will Wallace estava muito mais preocupado com seu próprio compromisso, um pacto secreto do qual eu tomara conhecimento apenas muito recentemente, quando sua frustração com o lento passar do tempo fermentou.

Compromissos reais, claro, eram questões de Estado, e as pessoas comuns sabiam pouco ou nada sobre eles. Nós, da fraternidade da abadia, sabíamos um pouco mais à medida que os acontecimentos se desdobravam, já que os tratados eram esboçados por nossos irmãos religiosos e clericais em vários locais, e a notícia, por mais restrita e limitada que fosse, se espalhava rapidamente por nossas comunidades. Naqueles primeiros dias todos estavam felizes com o que acontecia, pois isso atendia a vários propósitos, sendo um deles uma solução para a rivalidade cada vez mais rancorosa entre as duas casas nobres de Bruce e Balliol – incluindo por extensão a casa de Comyn, ligada a Balliol por sangue e matrimônio – quanto a suas candidaturas rivais à sucessão. Com o estímulo desse sentimento de boa vontade, e por mais inacreditável que pareça hoje, mais de cinquenta anos depois, ninguém na Escócia se opunha fortemente à reivindicação de Eduardo Plantageneta de ser reconhecido como suserano feudal da Escócia em troca de seus serviços como árbitro. Aquilo era considerado mais uma questão de conotação que de interpretação literal, já que as leis feudais da época atestavam o espírito dessa convenção de suserania – a maioria dos magnatas escoceses tinha terras na Inglaterra havia gerações por concessões feudais dos monarcas ingleses –, e o Tratado de Birgham afirmava claramente que o reino da Escócia permaneceria "separado e dividido da Inglaterra segundo suas fronteiras por direito, livre e sem submissão". Nenhum homem na Escócia poderia ter imaginado que Eduardo da Inglaterra poderia em pouco tempo insistir na letra daquele acordo não escrito e reivindicar o trono da Escócia para si.

Aos olhos da população escocesa a única coisa perceptível produzida por aqueles acordos iniciais foi uma presença crescente de soldados e homens de armas ingleses no reino. Começou discretamente e com toda a aparência de legitimidade; o rei da Inglaterra declarara sua boa vontade na questão da sucessão escocesa, e estava envolvido com os magnatas das casas nobres em garantir seu compromisso com o acordo de Birgham. Com esse objetivo, e no seu interesse real, destacamentos de soldados ingleses logo começaram a se deslocar livremente pela terra, cuidando dos negócios do rei Eduardo e protegendo seus interesses, e de início ninguém, incluindo nosso pequeno círculo de parentes e amigos, prestou muita atenção em suas idas e vindas.

Mas com seis meses do acordo de Birgham começaram a circular histórias perturbadoras de mau comportamento inglês, e embora muitas delas fossem descartadas de pronto, os relatos se tornaram mais frequentes. Todos descreviam agressões inglesas e transgressões da lei usual e dos costumes escoceses, rapidamente criando um padrão que não podia ser negado.

Will não demonstrou interesse nesses relatos. Mais de uma vez tentei arrancar suas opiniões sobre a questão, mas apenas uma vez ele respondeu, certa noite depois do jantar, quando Peter e Duncan haviam estado em Elderslie comigo. Ele se recusara a participar do debate à mesa. Depois, porém, quando apenas ele e eu restávamos diante da lareira, ele falou com eloquência, e a fúria silenciosa sublinhando suas palavras me abalou profundamente.

– O que quer que lhe diga, Jamie? – perguntou ele, falando em escocês em vez de latim, o que em si me dizia algo sobre a profundidade de suas emoções. – Que essas histórias não são verdade? Que as pessoas estão apenas inventando para criar problemas? Que os ingleses não fariam tal coisa? Pelo amor de Cristo, essas são as pessoas que cortaram a cabeça da pequena Jenny e usaram dois garotinhos como mulheres. E agora estão fazendo coisas de que as pessoas não gostam... o que esperavam, pode me dizer isso? A única coisa que me surpreende é que tenha levado tanto tempo para que vocês vissem. Os ingleses tratam as pessoas comuns como escravas, que estão aqui para seu prazer, e fazem isso desde o início. Eles não nos consideram humanos. O que foi que Peter disse? Eles nos dominam porque acreditam que somos... que inferno, como era? Um povo subserviente. Sim, foi o que ele disse. Eles nos veem como uma raça secundária, inferior a tudo que é inglês. Merda. Não me deixe irritado com isso, Jamie.

– Pensei que já estivesse irritado.

Ele flexionou os ombros.

– Bem, o que você esperava? Está surpreso? Está me perguntando há semanas o que penso de tudo isso, e estive tentando não me envolver porque sei que não há nada que possa fazer em relação a isso – disse, tendo retornado ao latim.

– Então por que está falando disso agora?

– Porque não consigo acreditar em como as pessoas são cegas.

– Explique.

– Não sei se consigo, mas não deveria precisar. Como esse absurdo sobre os ingleses só fazerem o que fazem porque seus comandantes locais são suaves demais. Todos estão se atropelando para fornecer desculpas para os pobres soldados, colocando toda a culpa na postura dos oficiais. Em nome de Deus, Jamie, eles são todos loucos? Soam como se fossem, sempre que os escuto. Não há um só cavaleiro, um único comandantezinho em todas as forças inglesas na Escócia que ousasse tentar esse lixo a não ser tendo absoluta certeza de que seus mestres, os barões e condes da Inglaterra, até, e incluindo seu rei, aprovariam. E eis a essência disso. Tudo o que está acontecendo aqui, do desrespeito generalizado pela lei e a arrogância com que percorrem nossa terra, tem o apoio dos lordes e barões ingleses. Ninguém parece acreditar nisso ainda, mas guarde minhas palavras, Jamie, acreditarão, e nesse momento será tarde demais para mudar.

– Entao por que você não fala?

– Eu, falar? Quem me escutaria? Eu sou um silvicultor, Jamie, um protetor de florestas, não tenho voz que alguém ouça, muito menos preste atenção.

– Tio Malcolm escutaria.

– Sim, talvez escutasse, porque sou da família e ele gosta de mim, mas ele mudaria de ideia? Isso significaria pensar em fazer algo para mudar as coisas... e esse é um pensamento assustador.

– Mais pessoas do que você pensa estão começando a ficar com raiva, Will. Há um grande descontentamento se espalhando pela Escócia atualmente, me dizem.

– Quem diz? – perguntou, seus olhos de repente se arregalando de interesse.

Eu dei de ombros.

– Viajantes, padres em visita.

– Sim, bem, você sabe o que penso da maioria dos padres. Eles falam muito bem, mas não costumam fazer mais do que isso. Eu deposito mais fé em minha opinião dos soldados em visita, e para mim está claro qual é essa opinião. Os ingleses estão aqui deliberadamente, e não partirão até que tenham conseguido o que está em suas mentes, e isso significa a mente de seu rei, esse Eduardo Plantageneta.

– Ele é um monarca nobre e cristão, Will. Um cruzado.

Ele olhou para mim por um bom tempo, depois tossiu e cuspiu no fogo que morria.

– Ele é um inglês, Jamie, então desconfio dele. Se ele está tão comprometido com o bem-estar do nosso reino, por que mandou tantos dos seus para cá? Qual a sua intenção? E o que ele quer de nós? Hoje ele reivindica o título de suserano da Escócia. O que ele irá reivindicar amanhã, quando suas tropas estiverem por toda parte, de Berwick a Elgin?

O amor de Will por Mirren, e o dela por ele, pareceu invencível no momento em que ela deixara Paisley naquele primeiro verão, e nenhum deles duvidou de que logo seriam marido e mulher. Contudo, desde então pareceu a ambos que o próprio destino conspirava para mantê-los separados.

Will passou o inverno fazendo flechas, não apenas hastes de noventa centímetros para sua própria arma, mas centenas de projéteis mais curtos para os arcos planos menores normalmente usados pelos escoceses, e planejara vendê-los em Glasgow ou Edimburgo assim que estivessem devidamente secos e com penas, acrescentando o faturamento ao seu fundo de casamento. Ele recebeu a notícia estoicamente quando chegou uma carta de Mirren dizendo que não iria a Paisley naquele verão por causa da saúde ruim da mãe, mas pude ver que ele ficou arrasado, diante de outro longo ano antes de poder vê-la novamente. Mas então, sendo William Wallace, que crescia na adversidade, decidiu ir ele mesmo. Pediu uma dispensa de um mês a Sir Wallace, que a concedeu sem hesitar, já que suas terras nunca tinham estado em melhores condições, e partiu para Lanark.

Ele parou para me visitar ao passar por Paisley, montando um dos melhores cavalos de Sir Malcolm, e percebi que estava apreensivo com o que poderia encontrar ao chegar a Lanark, pois não tivera tempo de escrever e contar a Mirren que estava seguindo. Mas estava impaciente demais para ficar sentado quieto enquanto me falava de seu amor por ela e sua determinação de cavalgar toda a distância sem pausa, debochando dos poucos quilômetros de florestas que os separavam.

Eu ri com ele e lhe desejei sucesso, depois o acompanhei até os portões da abadia para vê-lo seguir caminho com minhas preces o acompanhando. Mas quando ele se virou para montar no cavalo, ouvimos seu nome ser chamado e nos viramos para ver o bispo Wishart de Glasgow com sua batina verde trotando pelo pátio frontal na nossa direção, gesticulando os braços para chamar nossa atenção. Will respondeu ao aceno, ainda segurando as rédeas, depois se virou para mim.

– Você sabia que ele estava aqui?

– De modo algum. Não era esperado. Deve ter chegado esta manhã, enquanto eu estava na biblioteca.

O envelhecido bispo estava ligeiramente sem fôlego quando chegou até nós.

– William – arfou, vendo as rédeas na mão de Will. – Fico feliz de tê-lo apanhado. Está partindo?

– Sim, meu senhor, estou a caminho de Lanark. Parei para me despedir de Jamie.

Sua senhoria me cumprimentou com um sorriso e um gesto de cabeça, mas se voltou diretamente para Will de novo.

– Estive pensando em você enquanto caminhava e desfrutava o dia, então voltei sobre meus próprios passos e aí está você. Foi uma grande sorte.

Will inclinou a cabeça.

– Estava pensando em mim, meu senhor? Perdoe-me, mas o senhor e eu não nos vemos há dois anos. Por que pensaria em mim hoje?

– Não deveria. Tinha outras coisas sobre as quais refletir, de grande importância para este reino, mas algo que chamou minha atenção fez com que lembrasse da vez em que encontrei você e o jovem Andrew Murray perto daqui, então me vi sonhando acordado – disse, olhando para o cavalo de Will. – Tem de partir neste instante ou pode me conceder algum tempo?

– Eu deveria estar a caminho, meu senhor, pois é uma longa viagem até Lanark e eu sou... esperado. Porém, mais alguns minutos farão pouca diferença se considera que é importante.

– Considero, e agradeço. Eu vi Murray há apenas dez dias, e quando ele descobriu que estava retornando aqui a Paisley pediu que lhe mandasse lembranças.

Seus olhos se moveram para me incluir.

– A ambos. Ele tem lembranças agradáveis de sua visita, ainda que breve. Está bem, embora ainda não seja cavaleiro pleno, por uma série de razões, e a serviço de seu pai como xerife de seus territórios – disse, a boca se contorcendo em um pequeno sorriso. – Deixou uma forte impressão nele, jovem Wallace. Ele me pediu, na verdade instruiu, que o informasse que caso um dia se veja necessitado de emprego, em qualquer função, abrirá um espaço a seu pedido. Devo admitir que isso, por sua vez, me impressionou. Posso assegurar, jovem Wallace, que há poucos homens nesta terra a quem Andrew Murray faria tal oferta.

Will assentiu, um tanto rígido, pensei.

– Fico honrado que tenha me dito, meu senhor, e que Andrew tenha mesmo pensado nisso, mas tenho meu próprio lugar agora, e estou satisfeito com ele.

– E assim deve ser – disse Wishart, hesitando, lançando um olhar em minha direção e mudando de tom. – Quando tempo permanecerá em Lanark?

– Tenho um mês de licença. Duvido que retorne antes disso. Por que pergunta, meu senhor?

– Porque há questões que gostaria de discutir com você, em um mês ou o mais breve que possa ser. Acha que seria possível ir a Glasgow no caminho para casa? Isso o faria sair de seu caminho por um dia ou dois para pegar a estrada do norte, mas irá se beneficiar disso caso faça o esforço, eu prometo. Estarei lá no final do próximo mês, e o receberei.

Will balançou a cabeça.

– Não posso prometer isso, meu senhor bispo, pois já prometi a Sir Malcolm voltar diretamente de Lanark no final do mês. Mas estarei em Glasgow em setembro. Tenho uma carroça de flechas de qualidade para vender, e ouvi dizer que Glasgow é melhor para esse tipo de coisa que Edimburgo; mais mercados e mais arqueiros. Poderia visitá-lo então. Seriam algumas semanas depois do que pediu, mas não mais de duas.

Wishart concordou.

– Feito. Venha assim que puder. E se puder me ver primeiro, antes de ir ao mercado com sua produção, garantirei que suas flechas sejam vendidas rapidamente por preços melhores que justos. É aceitável? Caso seja, eu os deixarei para suas despedidas interrompidas.

– O que foi tudo isso, pode me dizer? – perguntou Will assim que o bispo se retirou.

– Não tenho ideia. Mas ele parece ter alguma espécie de simpatia por você. Difícil entender por que alguém sentiria isso, muito menos um santo bispo, mas aí está. Deus opera de formas misteriosas.

Eu me abaixei quando ele lançou a mão contra a minha cabeça, mas era verdade. Wishart sempre demonstrara grande interesse por Will, desde seu primeiro encontro naquele dia com Andrew Murray. Durante todo o restante de seu tempo como estudante na abadia, Will foi convocado para longas e intensas sessões de instrução com o bispo sempre que Wishart visitava a abadia, escutando fascinado após sua relutância inicial e absorvendo o máximo que podia das ideias do homem mais velho sobre questões misteriosas como patriotismo, lealdade, dever, integridade e honra. Will e eu sempre conversávamos sobre esses encontros depois, claro. Durante algum tempo ele as chamou de penitências, porque pareciam muito com punições imerecidas, afastando-o do amado arco horas seguidas, mas não demorou para que apreciássemos seu verdadeiro valor, embora continuássemos confusos quando às razões por trás delas. Seu conteúdo, logo vimos, não era de modo algum tão abstrato quanto parecera inicialmente. O bispo relacionava tudo o que dizia à realidade da época, falando longamente sobre as virtudes masculinas e patrióticas que tanto admirava e as relacionando às condições do reino e aos deveres de um homem para com seu rei e reino. Ele enfatizava especialmente as lealdades políticas e de parentesco dos vários magnatas e as ligações de suas várias propriedades dentro do reino.

Para mim, hoje está claro, em minha idade avançada, que mesmo então, quando Will era apenas um garoto, o bom bispo, que era talvez o maior e mais desprendido patriota em todo o reino da Escócia naquela época, identificara nele aquela qualidade especial que o levaria à grandeza. Estou convencido de que apenas isso poderia ter induzido Wishart a tanto esforço para adequar a mente de William Wallace a seu próprio modo de pensar. Ele moldou o futuro guardião da Escócia, embora nenhum de nós soubesse disso então, e Will era maleável.

Não falamos mais sobre o assunto depois de o bispo nos deixar, e após desejarmos boa sorte um ao outro, fiquei observando enquanto Will cavalgava rumo leste em busca de sua amada Mirren.

Quando voltou para casa um mês depois meu primo era uma pessoa muito diferente. De alguma forma atingira a plena masculinidade nesse ínterim, e voltou com evidências de uma nova maturidade estampadas em todos os seus aspectos. Não me contou que ele e Mirren haviam se tornado amantes ou que a tomara como esposa. Não era necessário. Mesmo imaturo e distante do mundo como era, eu podia ver a nova força nele, refletida no modo como falava e agia. A exuberância despreocupada de jovem apaixonado que o marcara antes da partida havia sido substituída por uma deliberação contida, e sua preocupação anterior com a Mirren distante e inalcançável fora trocada por uma silenciosa determinação em levá-la para Elderslie como sua esposa.

Essas mudanças ficaram claras como o dia tanto para mim quanto para sua família, pois sua tia e seu tio eram bastante astutos. Mas também havia então outras mudanças ainda mais profundas. Toda a vida de Will começara a mudar de formas que nem ele nem eu poderíamos ter imaginado, e embora eu agora tenha sido um padre cristão por meia centena de anos, ainda penso nessas mudanças em termos de intervenção das parcas pagãs das quais os antigos falavam com medo e reverência. Embora essas mudanças inicialmente não parecessem radicais, retrospectivamente produziram o fim de meu simples e trabalhador amigo e primo Will e a simultânea emergência de seu *alter ego*, o implacável e terrível William Wallace.

Começou durante aquela visita a Lamington, onde ele encontrou Mirren sitiada pelo apaixonado guarda florestal Graham de Kilbarchan. Mirren não esperava a chegada de Will, e seu encanto sincero em vê-lo foi testemunhado pelo infeliz Graham, que viu nele a morte de sua própria esperança de conquistá-la. Graham de Kilbarchan desapareceu na mesma noite e nunca mais foi visto.

Foi aquele desaparecimento repentino que finalmente levou Mirren e Will a pensar nele novamente. Dias haviam se passado sem que nenhum dos dois o visse, e isso começou a deixar Mirren alarmada, porque não se passara um só dia nas cinco semanas anteriores em que não o visse onde quer que fosse. Will, tipicamente, não pensara no sujeito em momento algum, aliviado por se ver livre da presença incômoda do homem. Mas Mirren sabia que Graham de Kilbarchan não iria simplesmente desaparecer; esperava que buscasse se vingar da humilhação que acreditaria ter imposto a ele.

Ela esperou ansiosamente ser convocada à presença de seu pai para explicar o que Hugh Braidfoot apresentaria como sendo sua conduta vergonhosa para com um pretendente bem qualificado. Mas os dias se passaram e não houve convocação. O tratamento do pai em relação a ela continuou o mesmo, benevolente e exagerado; sua postura não mudou, ao mesmo tempo amoroso e levemente confuso com sua beleza florescente. E não tiveram qualquer sinal de Graham.

Dias depois, cheia de culpa, ela falou com Will sobre como lamentava muito o tratamento que dispensara ao guarda florestal, embora não lhe desejasse mal. Will a beijou e afastou seus temores, garantindo que não havia nada que pudesse ter feito para modificar o que havia acontecido, e ela finalmente acreditou e se permitiu crer que o triste caso estava encerrado.

Mas estava longe de ter encerrado.

Will foi me procurar na biblioteca no dia em que retornou por Paisley, e o irmão Duncan mandou que fosse me encontrar no claustro, onde estava estudando meu breviário, andando de um lado para o outro no espaço conhecido com os olhos fechados a maior parte do tempo, decorando os textos preparados para mim naquele dia. Estava tão envolvido que não o vi chegar, e não tenho ideia de quanto tempo ele ficou ali sentado olhando para mim até o momento em que finalmente o percebi em um banco de pedra, um pé sobre o banco, as costas apoiadas em uma passagem em arco e o joelho direito erguido até o queixo, envolvido pelos braços. A visão me assustou, e ele sorriu com seus dentes brancos e regulares brilhando entre os cachos escuros de sua barba de repente densa.

– Padre – disse ele, os olhos cintilando de malícia. – Quando começará a raspar a cabeça?

– Quando for ordenado – respondi a ele, sentindo o alegre surto de bem--estar que sempre me atingia quando o via. – Quando você voltou?

– Hoje, neste minuto, e vim vê-lo primeiro. Mas estão me esperando em casa.

– Estavam esperando você semana passada. E Lamington?

– Está lá, onde me disseram que ficava. Um lugarzinho, como Elderlie. Mas gostei.

– Mas... poderia ter sido melhor?

– Poderia. Tive de deixar Mirren lá.

– Ah. E quando ela virá para cá?

– Assim que conseguir acertar isso.

Eu identifiquei um traço de incerteza em sua resposta.

– Você pode acertar isso?

– Acho que posso. Preciso acertar. Do contrário a vida não será aceitável.

– Você conheceu o pai dela, falou com ele?

Ele desviou os olhos dos meus.

– Não. Mirren achou melhor não.

– Porque ele iria desaprovar.

– Sim. A mãe está muito doente, na verdade às portas da morte, e com isso em mente ele já se decidira em favor de Alexander Graham.

– O silvicultor? Ele estava em Lamington?

– Guarda florestal, Jamie. Mas sim, ele estava lá quando cheguei. Mas então partiu, no mesmo dia.

Ele me contou tudo o que havia acontecido durante sua visita, mas quando terminou e perguntei o que achava que o tal Graham poderia fazer, se limitou a dar de ombros. Ele decidira que Graham era um irresponsável indolente que não merecia maior atenção.

– Então, o que fará agora?

Ele se levantou, me encarando e sorrindo novamente enquanto pegava seu estojo de arco e a aljava que estavam apoiados na parede.

– Vou para Glasgow assim que tiver certeza de que tudo está bem em casa e a floresta continua do modo como a deixei. Tenho uma carroça de flechas para vender e agora preciso do dinheiro mais do que achei que iria precisar.

– Por que isso?

– Porque agora tenho uma esposa para cuidar, Jamie. Um homem precisa de dinheiro até para cogitar isso. Não trarei uma nova esposa para uma cabana vazia de piso nu.

Eu levei alguns instantes para absorver o que havia escutado.

– Você se casou com ela? Mirren?

– Casei – disse ele, olhando para mim com uma expressão de absoluta seriedade. – Pareceu a coisa certa a fazer, enquanto estava lá...

– Mas como? Achei que o pai dela não gostava de você.

– Não gostava quando achava que eu era apenas outro predador espreitando sua filha. Mas mudou de ideia quando descobriu que eu era um predador com amigos influentes e que podia sustentar uma esposa. O bispo Wishart conhece o homem e falou em meu benefício. – Ele fez uma pausa, depois perguntou: – Está tudo bem?

– Claro que está – disse, depois percebi como aquilo soava idiota e ergui as mãos. – Perdoe-me, Will. Isso me pegou de surpresa, e não deveria. Espero que sejam muito felizes juntos. Você a levará consigo a Glasgow?

– Sim. "Para onde fores...". Sei que não preciso dizer a você de onde isso vem.

– Não, não precisa. Mas foi Rute quem disse isso à sua sogra, não a seu esposo. Mas sei o que quer dizer... verá o bispo quando estiver lá?

– Sim, assim que chegar, como prometi. E ele disse que faria com que minhas flechas fossem vendidas pelo melhor preço. Ademais, Murray certa vez disse que ele tem uma bela mesa, e gosto de boa comida enquanto escuto algo profundo... por falar nisso, estou faminto. Estou na estrada desde antes de amanhecer, e já é quase meio-dia. Você comeu esta manhã? Podemos passar na cozinha enquanto conversamos?

O tempo passou rapidamente, como sempre na companhia dele, e quando o sino tocou a nona, me convocando para a oração do meio-dia, nós nos separamos, eu indo para minhas obrigações e ele para Elderslie e Sir Malcolm. Eu não tinha a menor dúvida de que o veria novamente muito em breve, mas naqueles dias ainda não aprendera como era tolice esperar que algo na vida se passasse como planejamos.

Capítulo 6

Eles foram buscá-lo em Elderslie no sábado seguinte, à primeira luz. O próprio Sir Malcolm ouviu os murros em suas portas e se levantou da cama para ir até a janela, de onde podia olhar para baixo desde seu quarto no andar de cima à luz de um alvorecer cinzento. O pátio estava tomado por soldados vestindo o sautor vermelho sobre dourado de Bruce Annandale. Ordenando a sua esposa chocada que permanecesse onde estava, o cavaleiro arremeteu para fora do quarto e desceu as escadas, se enfiando apressado em uma túnica grossa para cobrir sua nudez. Ele passou pelo empregado, que mantinha a porta aberta ao mesmo tempo em que tentava impedir a entrada dos homens do lado de fora, e se viu face a face com um grande homem de expressão soturna inteiramente vestido de preto.

– Quem em Hades é você e que loucura o traz dessa forma à porta de Wallace? Veio buscar criminosos em minha casa ou está apenas tentando provocar minha ira?

O estranho ergueu uma mão enluvada, segurando um pergaminho enrolado, selado e lacrado com um grande círculo de cera vermelha pesada. Sir Malcolm franziu o cenho de repente, reconhecendo o selo elaborado.

– O que é isto?

– Um mandado de prisão contra certo William Wallace. É ele?

A fúria de Sir Malcolm desaparecera, e ele se recompôs e respondeu suavemente, a voz grave.

– Não, não sou. E acho que sabe disso. Sou Malcolm Wallace, cavaleiro do reino e senhor desta propriedade. Quem é você?

– Walter Armstrong, oficial legal de Robert Bruce, lorde de...

– Sei quem é Robert Bruce, homem. Ele teve meu juramento e minha lealdade toda minha vida, assim como a de meu pai antes de mim. Eu já perguntei a você que absurdo o faz esmurrar minha porta de forma tão detestável esta hora, pois não consigo acreditar que o próprio Bruce o mandasse para isso.

– Eu tenho um mandado de prisão contra certo William...

– Bruce o mandou aqui? – rugiu Sir Malcolm, calando as palavras na boca do oficial e atraindo as testas dos soldados às costas do sujeito.

Um rubor soturno subiu lentamente pelas bochechas do homem, e ele parecia querer cuspir no olho do cavaleiro, mas ambos sabiam que fazer isso significaria sua morte.

– Não – disse ele. – Mas estou aqui por sua autoridade.

– Não o quê? Você é insolente com todo cavaleiro que encontra?

Os olhos do oficial ficaram ainda mais raivosos, mas quando falou novamente suas palavras foram contidas.

– Não, Sir Malcolm. Lorde Robert está em Glasgow, cuidando dos negócios do reino. Mas fui enviado...

– Desgraçado seja, idiota. Você foi enviado aqui por alguém que espera vê-lo morto, conhecendo sua língua arrogante – disse Sir Wallace, baixando os olhos em silêncio para o mandado até se recompor, e então falou novamente em uma voz mais calma. – William Wallace é meu sobrinho. A que se refere esse mandado?

– Caça ilegal. O abate e roubo de cervo pertencente a lorde Bruce, de terras adjacentes às suas.

Sir Walter se empertigou novamente.

– Esse mandado é absurdo. Meu sobrinho é protetor de florestas, meu principal silvicultor e oficial jurídico de minha propriedade. Tal crime está além de sua natureza. Quando essa atrocidade se deu?

O oficial deu um sorriso afetado.

– Há quatro dias, Sir Malcolm. E quanto a estar além da natureza de seu sobrinho, essa pode ser sua opinião, mas não precisa ser o caso, não se o homem exibe um comprido arco de teixo e dispara flechas com penas e faixas brancas. Seu sobrinho faz ambos, me foi dito.

Sir Malcolm sentiu uma náusea ácida nas entranhas. Ele vira seu sobrinho pintar a larga faixa branca ao redor do ponto central de cada uma de suas flechas. Isso, mais a distintiva pena de ganso branca como neve, faziam com que fossem mais fáceis de achar em trechos de vegetação rasteira indistintos, explicara Will. Ele assentiu lentamente.

– Como você diz, ele o faz. E portanto deve responder a você, quaisquer sejam as bases nas quais é acusado. Eu o trarei a você, mas ele não está aqui agora. Não em minhas terras nem em qualquer lugar ao alcance neste dia. Você tem minha palavra quanto a isso, nos dois casos. Fale-me sobre esse suposto crime.

Quando o oficial falou novamente, sua voz carecia de boa parte da truculência que a marcara antes.

– Não há suposição envolvida, senhor. Nós temos o testemunho jurado de uma pessoa que viu o acusado William Wallace matar um pequeno rebanho de cervos e deixá-los onde caíram, algo totalmente gratuito. Ele depois removeu todas as flechas, salvo uma que não conseguiu desalojar, e cortou a extremidade dessa para esconder as penas, mas se equivocou e deixou para trás um pedaço partido de pena.

– E você tem esse fragmento de pena.

– Temos, senhor. Além da haste cortada. Ela tem tinta branca. Não muito, mas o suficiente para marcá-la claramente.

– Entendo. Então meu sobrinho é não apenas um criminoso, mas além de tudo um idiota descuidado. Devo dizer que isso me surpreende. Eu não o imaginara tolo. Por que ele faria tal coisa? Isso me parece sem sentido. Gratuito, como você disse.

O oficial concordou, parecendo mais simpático depois que a raiva do cavaleiro passara.

Sir Malcolm olhou além do oficial, para o pátio. Havia uns vinte soldados ali, todos eles armados e olhando para o grupo junto à porta aberta, e o olhar do cavaleiro estudou os dois sargentos de armas de meia armadura que montavam guarda às costas do oficial, sem perder nada. Ele suspirou.

– Essas são más notícias, oficial. Um mau começo para qualquer dia. Mas você tem minha atenção e minha confiança, e temo ter sido deselegante, mantendo-o aqui no umbral – disse, recuando da porta. – Entre e traga seus sargentos consigo, e decidiremos o que é o melhor a fazer. Venha.

O oficial hesitou, olhando por sobre o ombro.

– Recomendável desconfiança, suponho – disse Sir Malcolm. – Você teme que tenha mentido e meu sobrinho possa escapar enquanto eu o retenho. Bem, irei ignorar minha honra manchada por causa das circunstâncias, e você pode mandar seus homens vasculharem o terreno e os prédios enquanto conversamos. Mas garanta que eles não causem danos. Já foram causados muitos danos a mim e aos meus nesta manhã. Faça seus arranjos e meu homem aqui o trará a mim quando tiver terminado. Voltarei assim que tiver acalmado minha boa esposa e vestido algumas roupas.

Nenhum dos homens precisou de muito tempo para fazer o que precisava, e Sir Malcolm ouviu os sons de pés em cotas de malha se arrastando sobre as pedras do corredor quando chegou ao alto das escadas, tendo deixado lady Margaret esperando ansiosamente em seus aposentos.

– Sentem-se, cavalheiros – disse, entrando na grande sala de família onde era esperado. Ele tomou sua própria grande cadeira enquanto eles se sentavam, os dois sargentos em armas retirando seus elmos de aço. Fergus, o mordomo, já estava servindo canecas da cerveja da casa, e os homens beberam em silêncio, até o cavaleiro pousar sua taça na pequena mesa ao lado da cadeira.

– Então – começou ele. – Uma história triste, e uma que eu não precisava ouvir, neste dia ou em qualquer outro. Um rebanho, você disse? Quantos?

– Sete, senhor. Um macho e seis fêmeas.

– E deixados lá? Para apodrecer?

– Sim, Sir Malcolm, exatamente.

– E isso foi feito por pura maldade? Está certo disso?

– Tão certo quanto qualquer homem que não estava lá pode estar. Assegurado em juramento, como testemunhado.

– Sua testemunha é confiável?

– Ele é, senhor. Um dos nossos. Ele mesmo um protetor de floresta. Ele viu tudo.

– E não fez nada para impedir?

Pela primeira vez um lampejo de incerteza perturbou a expressão do oficial.

– Ele estava só, Sir Malcolm, e temeu por sua vida.

Sir Malcolm ergueu as sobrancelhas, incrédulo.

– Sua vida? Está me contando agora que meu sobrinho é um quase assassino, além de caçador ilegal de cervos?

– Nossa testemunha achou assim, senhor, estando lá sozinho. E não posso dizer que o culpo. Quem pode dizer o que um homem fará quando flagrado em um crime? Não há nenhum homem entre nós que não tenha o poder de cometer assassinato, sendo provocado o bastante.

Sir Malcolm grunhiu alto.

– Sim. Provocação faz a diferença. Quem é esse seu protetor de florestas tímido?

– Seu nome é Francis Tidwell, senhor.

– Isso soa inglês.

– Sim, ele é inglês de nascimento e criação. Veio trabalhar para lorde Robert como protetor de floresta há dez anos.

– E quando isso aconteceu? O crime foi descoberto há quatro dias, você diz?

– Sim, senhor, na quarta-feira. Seis dias depois do homem acusado, William Wallace, ser observado retornando para cá de... – disse, depois se interrompendo.

Sir Malcolm apertou os olhos.

– Ele foi observado? Como e por quem? – disse, sem esperar resposta. – Isso não soa estranho, senhor oficial, que meu sobrinho tenha sido observado dias antes de supostamente cometer um crime? E ainda mais estranho que o observador soubesse que ele estava retornando de algum lugar?

– Sim... bem... não posso responder isso. Sei apenas que Tidwell mencionou isso, mas não posso dizer como ele sabia.

– Estou certo de que não pode, mas há uma coisa que você não pode negar, já que saiu de sua própria boca. Alguém estava observando meu sobrinho muito antes de ele ser acusado de algo – disse Sir Malcolm, recostando em sua cadeira. – Então, quem o mandou aqui para prender nosso William, senhor oficial? Você disse que lorde Robert está em Glasgow.

O outro homem se remexeu e suas botas rasparam o chão enquanto ele mudava de posição.

– Fui enviado por mestre Bellow, administrador de lorde Robert.

– Ah, mestre Bellow. Eu deveria ter sabido. Mestre Bellow nutre pouco afeto por mim e os meus desde que ele e eu brigamos, há quase 12 anos. Ele é um homem ranzinza. Um belo administrador, sem dúvida, mas um homem de quem não é possível gostar... saberia onde lorde Robert estaria em Glasgow? Exatamente? Você disse que ele estava cuidando de negócios do reino, não foi?

O oficial piscou.

– Sim, disse, mas como saberia onde Sua Excelência estaria? Sou seu oficial, não seu amigo. Ele sequer conheceria meu rosto caso o visse.

– Então talvez possa ajudá-lo. Muito provavelmente ele está hospedado no palácio do bispo. É onde a maioria dos negócios de nosso reino é conduzida atualmente, pelo menos nestas regiões do sul. E isso, se meu palpite estiver certo, torna todo o caso muito interessante.

– O que quer dizer? – perguntou o homem, franzindo o cenho.

– Quero dizer, senhor oficial, que se lorde Robert Bruce está em Glasgow, e no palácio do bispo, ele provavelmente estaria consciente de que meu sobrinho, esse mesmo William Wallace assassino, está lá, esta semana passada e mais, conferenciando com o bispo Wishart. Ele veio para casa há dez dias de uma viagem, isso é verdade. Mas partiu novamente no dia seguinte na direção de Glasgow, para se encontrar com o bispo Wishart a convite de Sua Excelência. Ele partiu ao alvorecer, para estar em Glasgow ao cair da noite, de modo que tenho pouca dúvida de que sua partida não foi observada, e sua história prova que assim foi. Então, a não ser que meu sobrinho tenha seduzido o próprio bispo de Glasgow para retornar com ele a esta região para espreitar e assassinar os cervos de lorde Robert, eu sugeriria que você interrogasse sua testemunha mais firmemente com relação à verdade que cerca os acontecimentos sobre os quais ele esteve tão ansioso para jurar solenemente. O homem é um mentiroso, e se eu tiver de trazer o bispo Wishart e o próprio Robert Bruce aqui juntos para confrontar o desonesto e julgá-lo pela tentativa de assassinato de meu sobrinho por intermédio de falso testemunho, então, pela barba de Deus eu o farei. Você me ouviu, senhor oficial?

Assim que o oficial havia levado seus homens embora para prender sua falsa testemunha, Sir Malcolm despachou dois homens para convocar uma reunião de família. Isso feito, ele chamou sua esposa, em cuja avaliação ele confiava mais que na de qualquer homem, e os dois começaram a planejar o que tinha de ser feito.

Os adultos da família se reuniram em sessão no final daquela tarde, antes que o sol começasse a se pôr, e Sir Malcolm não perdeu tempo em nos contar que já havia discutido a questão com lady Margaret e Ewan, e que todos concordavam em que muito tinha de ser feito em um curto espaço de tempo. Não tive tempo de pensar em por que Ewan devia ser envolvido, pois Sir Malcolm iniciou um relato palavra a palavra do que havia acontecido naquela manhã. Ele era um contador de histórias tão bom que nos deixou todos fascinados enquanto dava vida aos acontecimentos.

– Onde Will está agora? – perguntou padre Peter quando ele terminou. – Nós sabemos?

Sir Malcolm deu de ombros.

– Seu palpite é tão bom quanto o meu. Em algum lugar entre aqui e Glasgow, a não ser que ainda esteja lá.

– Quem esteja onde?

Nenhum de nós havia escutado ou visto sua chegada, mas de repente lá estava ele, os braços cheios de fardos de tecidos de cores brilhantes que levou diretamente para sua tia Margaret, abrindo caminho entre mesas e cadeiras. Ele pousou os fardos em seu colo e então a beijou ruidosamente enquanto ela se erguia da cadeira para abraçar seu pescoço e acariciar seus cabelos dando as boas-vindas. Ele piscou para mim em um cumprimento e depois olhou para os outros ao redor, e rosto e voz ficaram sérios.

– Os Wallace em conclave. Eu perdi algo importante?

– Sim, perdeu – respondeu seu tio. – Homens armados, homens de Bruce, vieram levá-lo para a forca.

Will olhou de esguelha para o tio, um riso se formando em seus lábios.

– Para a forca? O quê, eles agora enforcam um homem por jurar fidelidade?

– Não, por matar os cervos de seu senhor.

Não havia dúvida da seriedade do tio, e Will se empertigou de repente, todos os vestígios de humor desaparecendo de seu rosto.

– O que está dizendo, tio?

– Eu disse claramente e é verdade. Mas já foi resolvido. O que você quis dizer com "jurar fidelidade"? Você encontrou o velho Bruce?

– Sim, em Glasgow. O bispo Wishart me apresentou a ele.

Sir Malcolm franziu o cenho.

– Com que finalidade? Por que ele o apresentaria a Robert Bruce, você, um mero protetor da floresta?

Will ergueu as sobrancelhas.

– Por cortesia, tio. Lorde Robert chegou quando o bispo e eu conversávamos, e perguntou quem eu era. O bispo Wishart nos apresentou e depois nos deixou juntos por um tempo enquanto resolvia alguma outra coisa. Nós conversamos, o velho e eu, e terminei oferecendo a ele minha fidelidade. Ele se lembrou vagamente de meu pai, por intermédio da condessa de Carrick, e conhece o senhor, claro, como seu próprio homem, mas sabia até mesmo que meu irmão, Malcolm, é outro de seus cavaleiros, cavalgando com seu filho, o conde de Carrick. Gostei dele. É um velho impressionante, embora um tanto rígido; distante e antiquado.

– Sim – disse Sir Malcolm. – Ele viveu o bastante para ser antiquado com legitimidade. E tem o direito de ser superior. Ele é o seguinte na sucessão do trono, caso algo aconteça à Donzela. Onde ele está agora, você sabe?

Will balançou a cabeça.

– Ainda em Glasgow, suponho. Era uma reunião bastante nobre lá. Os maiores homens do reino. Ele estava em conferência com eles, magnatas e clérigos, quando parti – respondeu, a seguir se contendo. – Mas como... como esses homens vieram me pegar por caça ilegal quando eu estava com o próprio lorde Robert no momento?

– Por isso tudo foi resolvido, Will – respondeu padre Peter. – Você foi falsamente acusado de caça ilegal e destruição. Malcolm o defendeu com firmeza e provou sua inocência, então esse perigo ficou para trás. Mas é o motivo pelo qual estamos todos aqui. Malcolm e Margaret nos convocaram para discutir o que é o melhor a fazer por você agora.

Will franziu o cenho.

– O que é o melhor a fazer por mim? Não tenho ideia de sobre o que estão falando.

– Esse sujeito Graham, de Kilbarchan – disse Sir Malcolm, decisivo. – Ewan me falou dele, que estava lá quando você foi visitar aquela jovem. Você não esperava isso, esperava?

Will olhou para Ewan antes de responder.

– Não, não esperava. Mas teve pouca importância.

O irmão Duncan falou pela primeira vez.

– O que você fez a ele, Will?

– Fazer a ele? – reagiu Will, os olhos arregalados de incompreensão. – Não fiz nada a ele além de ignorá-lo. O homem é um idiota. Um falastrão. Jamie? O que está acontecendo aqui?

Sir Malcolm interferiu antes que eu pudesse dizer algo.

– Então você o subestimou, sobrinho. Ele pode ser falastrão, mas é um falastrão perigoso e traiçoeiro. Diga-nos o que aconteceu entre vocês da última vez que se encontraram.

– Certo, então. – disse, e tive um vislumbre da raiva que com demasiada frequência se escondia sob seu exterior calmo, mas depois ele se conteve, falando em voz baixa. – Da última vez que nos vimos Graham estava em Lamington, aonde eu fora visitar Mirren.

– Você quer dizer a garota Braidfoot.

– Sim. Eu o cumprimentei pelo nome; com frieza, suponho, pois ele não me respondeu. Não fui amistoso, mas não esperara vê-lo ali, tão longe de casa e caçando minha presa. Acredito que ele não ficou mais contente em me ver. Mas Mirren ficou contente em me ver chegar, então nós nos encaramos feio por um breve tempo, e depois ele foi embora. Não o vi desde então.

– Então ele estava com raiva quando partiu.

– Furioso, eu diria, se tivesse parado para pensar. Mas por que o chamou de traiçoeiro?

– Pense. Você perdeu alguma flecha enquanto estava lá?

O balançar de cabeça de Will foi imediato.

– Não, senhor, não perdi.

– Tem certeza?

Will apertou os olhos.

– Sempre tenho certeza sobre minhas flechas, tio. Eu levo poucas, e quando viajo não posso substituí-las facilmente, então tenho consciência de cada uma. Levei doze cabeças largas comigo e oito hastes de alvo penetrantes. Trouxe todas de volta e as tenho comigo agora.

– Uma flecha pertencente a você, com penas brancas e com uma faixa central pintada de branco, foi encontrada em um cervo morto, um do rebanho massacrado, nas terras Annandale. Foi a única haste deixada para trás, e estava cortada, mas sem dúvida era uma das duas. Consegue pensar de que forma um inimigo poderia ter roubado uma sem que você soubesse?

Will deu de ombros.

– Sim, facilmente, se ele invadiu minha cabana na floresta. Eu mantenho um estoque lá. Qualquer um poderia roubar. Mas a não ser que tenha um arco longo, isso não faria sentido. Essas flechas são grandes e pesadas demais para arcos planos.

– Fez sentido. Não se engane. Alguém usou uma delas para pegá-lo em uma armadilha.

Sir Malcolm então recontou a história dos acontecimentos da manhã, e Will se jogou em uma cadeira e ficou lá boquiaberto.

– Esse protetor da floresta, Tidwell – disse quando o tio terminou. – Eu nunca o encontrei. Por que ele faria tal coisa?

– Claramente foi subornado.

– Por quem, em nome de Deus?

Ewan falou pela primeira vez.

– Limpe sua cabeça, Will, e pense. O homem trabalhava nas terras junto às nossas. Quem mais você conhece que trabalha nessa floresta?

A compreensão brilhou no rosto de Will.

– Graham.

– Mas Tidwell foi preso, então irá confessar e revelar o nome do homem que o subornou – eu disse.

Sir Malcolm fez um gesto de mão impaciente na minha direção.

– Não sabemos isso, Jamie. O oficial foi à procura dele, mas pode não tê-lo encontrado.

– Por que não, tio? Se o sujeito achou que esse plano iria funcionar, não teria razão para se esconder, e eles o teriam achado facilmente.

Sir Malcolm estava balançando a cabeça.

– Não necessariamente, Jamie, de modo algum. Essa é sua mente de padre falando. Esse homem Tidwell é corrupto. Ele foi pago para mentir sob juramento e, portanto, é muito mais perigoso para o homem que o contratou do que poderia ser para nós. Duvido que seja visto novamente.

– Quer dizer que ele irá fugir?

– Não, Jamie. Quero dizer que ele provavelmente morrerá e desaparecerá. Assim que for silenciado ninguém poderá interrogá-lo – disse Sir Malcolm, olhando ao redor da mesa para todos nós. – Esse homem Graham é inteligente. Que ninguém duvide disso. A única falha em seu plano sujo foi que ele não sabia nada de seu projeto de visitar Glasgow, William. Se você tivesse permanecido em casa, estaria agora na cadeia com sentença de morte e seguramente enforcado e tirado do caminho enquanto ele parte para seduzir sua jovem mulher. Esse homem odeia muito e acalenta grande maldade. Tendo conhecido esse tipo antes, acho provável que ele tenha seguido o oficial e seus homens até aqui para vê-lo ser levado. E quando os viu sair sem você, deve ter sido levado a se proteger cobrindo seu rastro.

– Quer dizer matando Tidwell? – perguntou Will. – Mas o que ele ganharia com isso? Sabemos o que ele fez. Sabemos onde ele mora. Ele estaria arriscando tudo.

– Ele não estaria arriscando nada. Sem Tidwell não temos prova de seu envolvimento em nada disto. Ele ficaria livre e provavelmente voltaria para Kilbarchan, para imaginar outras formas de matar você.

– Me matar? – disse Will com uma risada que foi um latido rouco. – Aquele falastrão? Ele nunca teria coragem de me encarar.

– Ele não precisaria encarar você – reagiu Sir Malcolm, com um grito que nos assustou a todos. – Nem precisa sujar as próprias mãos. Esse falastrão, como você o chama, é rico, William. Pode contratar outros para fazer o que ele não poderia. Você acha que Tidwell matou todos aqueles animais sozinho? Você é um silvicultor, então use a cabeça. Acha por um momento que sete cervos ficariam calmamente de pé esperando para ser mortos um de cada vez? Ademais, Ewan me garantiu que Tidwell usa um arco chato, um arco curto. Ele nunca teve um longo. Eu garanto que ele não estava nem perto do lugar quando aqueles cervos foram mortos. Ele foi lá depois, sabendo o que iria encontrar e o que tinha de dizer. O que significa que outros fizeram a matança, usando redes para capturar e manter os animais até terem terminado. Isso demandaria pelo menos três homens, possivelmente mais.

– Então quer dizer...

– Quero dizer que qualquer homem suficientemente remunerado para tomar parte em uma trama como essa aceitaria mais dinheiro sem pensar para matar uma ameaça real a seu contratador. E Tidwell, sem nenhuma culpa, se tornou uma ameaça assim.

– Certamente não mais que os outros? – perguntei, o que me valeu um olhar de pena de meu tio.

– Infinitamente mais, Jamie. Nós conhecemos Tidwell. Por isso ele é perigoso para Graham. Os outros são desconhecidos. Eles podem ser qualquer um, em qualquer lugar.

– Então, o que temos de fazer? – perguntou Will, se dirigindo a todos nós.

– Nós temos de encontrar um modo de lidar com esse desagradável sujeito Graham.

A contribuição de lady Margaret chamou a atenção de todos, e estou certo de que ninguém deixou de perceber a ênfase que ela deu à primeira palavra.

– Você, por outro lado, sobrinho, deve ir embora daqui até termos feito isso – disse, erguendo a mão para cortar o protesto de Will antes que ele se manifestasse. – Não discuta, William. Sua vida está em perigo, e não temos nenhuma pista da identidade dos possíveis assassinos, qualquer um dos quais poderia matá-lo desde um esconderijo a qualquer momento. Então você sairá daqui, pelo menos por ora, e nos deixará lidar com essa serpente Graham. Acabaremos com ele por intermédio de seu empregador, assim que seu senhor retornar. Os Bruce não irão tolerar tal traição entre os seus. Até então esse Graham sem dúvida irá se considerar em segurança, com Tidwell desaparecido, já que não ousará fazer perguntas que possam indicar seu envolvimento, e ele não sabe nada do que aconteceu enquanto você estava em Glasgow. E, se achando seguro, ele irá atrás de você novamente. Mas você estará bem longe daqui, no sul com Ewan, que sempre quis visitar a floresta de Selkirk. Foi ideia de Ewan, e seu tio acredita que é uma boa ideia. Não estou tão certa, mas estou preparada para aceitar a avaliação de meu marido.

Will, longe de se mostrar pouco disposto a ceder, foi instantaneamente seduzido pela perspectiva de se perder na floresta com Ewan, subsistindo lá por seus próprios méritos e sem obrigações para com qualquer um. Claro que não escapou à minha atenção – e talvez à de ninguém – que o caminho para Selkirk e a grande floresta do sul passava diretamente por Lanark, e a casa de Mirren em Lamington ficava a pouca distância dali.

O jantar naquela noite foi especialmente soturno, e embora eu estivesse ansioso para saber o que o bispo Wishart conversou com Will, hesitei em puxar o assunto quando ninguém o fez. Contudo, imediatamente após o jantar Sir Malcolm levou Will para conversar com ele a sós, e suspeito que também ele tinha a mesma curiosidade e não quisera discutir a questão abertamente à mesa. Fiquei um bom tempo acordado naquela noite, esperando que Will retornasse ao quarto que dividíamos, mas acabei adormecendo, e ele não me acordou quando foi para sua cama.

– Você vai me contar o que o bispo queria com você?

Era cedo na manhã seguinte, e eu estava no pátio do estábulo ajudando Will a escovar seu cavalo, esfregando o lado direito do forte animal, enquanto ele trabalhava no outro. Aquele não era o belo animal no qual fizera sua viagem anterior, pois dessa vez ele iria viajar pelo território sem lei da floresta de Selkirk, onde um belo cavalo seria uma tentação grande demais para ostentar. Então, daquela vez sua montaria, assim como a de Ewan, era um sólido pônei escocês, a raça robusta, peluda e de patas firmes nativa do norte.

O rosto de Will apareceu acima das costas do animal, olhando para mim com olhos perturbados.

– Ele está apaixonado por mim, Jamie – disse com uma voz grave e sombria. – Ele queria que eu fizesse coisas terríveis e antinaturais, e minha alma imortal corre risco. Eu vou contar a você o que ele disse, mas temo escandalizar seus ouvidos pastorais.

Senti o horror tomar conta de mim, mas então vi o sorriso malicioso.

– Desprezível – reagi, e lancei minha escova de cavalo na direção dele. – Você poderia queimar no inferno por dizer coisas assim.

– O Diabo ainda não está pronto para mim, Jamie – disse, se erguendo novamente, o sorriso mais largo. Mas então ficou sério, e falou no latim acadêmico que aprendera a amar quando estudante. – Ele queria conversar. Comigo. Não me pergunte por que, pois não sei dizer, não mais do que sabia antes. Nem mesmo tio Malcolm soube me dizer por quê. Mas era o que ele queria.

Conversar... bem, ele já quis isso antes, pelas mesmas razões, quaisquer que sejam. E sobre o que quis conversar dessa vez?

– Sobre essa coisa dos ingleses; o número crescente deles e seus motivos para estar aqui. Teme que haja mais no que estamos vendo, se você entende o que quero dizer.

– E? Disse a ele que concorda? Que pensa a mesma coisa?

Ele balançou a cabeça.

– Não disse nada. Eu escutei, e ele falou, como sempre faz – contou, mas então parou de franzir o cenho e o rosto todo se iluminou como se o sol batesse sobre ele. – Mas quer saber? Acho que agora sei por que fez isso, por que sempre fez isso. Acabou de me ocorrer.

Ele ficou olhando para o horizonte, sorrindo de modo estranho.

– Então vamos lá – eu disse. – Ou você vai me manter de pé aqui o dia todo?

– Ah... ele queria conversar porque ele precisava, Jamie. Ainda não sei por que ele me escolheu, mas provavelmente sou uma das poucas pessoas com as quais ele pode dizer o que pensa sem medo de ser criticado ou influenciado pelo modo como respondo. Acabei de ter uma lembrança dele falando, e o vi sentado em frente à sua lareira, falando comigo muito seriamente, o cenho franzido, e me ocorreu que ele estava falando para mim, não comigo.

– Primo, não sei do que você está falando.

Seu sorriso retornou.

– Não estou certo se eu mesmo sei, mas acho que o bispo aprendeu a confiar em mim ao longo dos anos. É um homem poderoso, com muita influência, e todos em seu mundo parecem querer algo dele. Por isso é tão calado e fechado o tempo todo. Mas de alguma forma viu que podia falar para mim, testar suas ideias e opiniões, e mesmo dar voz a seus pensamentos particulares e suas suspeitas de forma direta, sem medo de estar sendo usado ou traído. Isso faz sentido para você?

– Totalmente – respondi. – Então, o que ele falou dessa vez? Você mencionou a questão inglesa. Ele realmente acha que há motivo para preocupação?

– Sim, acha. Ele se preocupa com Eduardo da Inglaterra, com o que passa por sua cabeça, pois embora o homem propriamente dito não tenha feito nada de errado, e tudo o que faz pareça ser claro e com um objetivo nobre, aspectos de seu comportamento deixaram Wishart preocupado: acima de tudo sua postura. Por que Eduardo permite que seus homens se comportem dessa forma em solo estrangeiro, violando as leis de nossa terra em um desafio a todas as regras do protocolo e da hospitalidade? Ele os está encorajando com seu silêncio, não há dúvida disso. Mas ninguém ousa questioná-lo, pois sua boa vontade é considerada importante demais para o reino nessa questão da sucessão da jovem rainha.

– E o que Wishart quer de você?

– De mim? Nada. Mas falou muito de Andrew Murray, e manifestou a esperança de que caso algo dê errado, não permita Deus, eu ofereça meus serviços a Murray em benefício do reino.

– E o que respondeu a isso?

– O que acha? Disse que sim, se Murray me quiser – respondeu, dando um sorriso mais largo. – Mas isso não vai acontecer. A Donzela ainda é uma criança e os guardiões do reino estão em seus postos. Um dia desses teremos uma nova jovem rainha à qual curvar nossos joelhos, e Eduardo Plantageneta estará sonhando com um neto que herde o trono da Escócia. Espere e verá.

Terminamos nossos preparativos para a partida, depois entramos na casa, onde tomamos o desjejum com a família, fizemos as despedidas e estávamos na estrada no meio da manhã como planejado, chegando à abadia pouco depois do meio-dia. O irmão de plantão no portão esperava por nós e nos informou que o padre Peter, que deixara Elderslie com o irmão Duncan antes do amanhecer, esperava por nós na sala de estar. Surpresos, pois a comunidade estava nas orações do meio-dia, deixamos Ewan com os cavalos e fomos diretamente para onde nosso tio sacerdote esperava por nós, de pé com as mãos apoiadas em um de dois fardos até a altura do peito com lã de qualidade recém-tosquiada, que enchiam a sala de estar com seu marcante cheiro oleoso. Ele mal assentiu para nós antes de dar um tapa naquele sob sua mão.

– Achei que você deveria ver isto, Will, antes de ir para qualquer parte. O tio de Mirren o trouxe esta manhã.

– Dois fardos de lã? – disse Will olhando para mim, o rosto confuso. – Em troca de quê?

– Não simplesmente lã, Will. Ótima lã, de primeira qualidade. A melhor que tem. Uma oferenda, em troca de missas pela alma de Alexander Graham. O velho morreu noite passada.

Will demorou a reagir, mas finalmente perguntou:

– Por que achou importante que visse isso agora, tio Peter?

– Por que isso muda tudo sobre o que falamos ontem. Agora o jovem Graham pode legitimamente deixar seu trabalho com lorde Bruce. Ele retornará a Kilbarchan para reivindicar sua herança, livre de obrigações.

– E livre de qualquer punição pelo que fez a mim. É isso o que está dizendo?

Padre Peter balançou a cabeça.

– Não exatamente. Lorde Bruce ainda tem jurisdição em relação ao que foi feito enquanto Graham era seu homem. Sem dúvida. Mas isso ainda terá de esperar o retorno de Bruce, então nada mudou ali salvo que o abade me informou mais cedo que não espera ver Sua Excelência tão cedo. Aparentemente Bruce cavalgou rumo norte, além do Forth, e talvez fique longe um bom tempo. O que mudou com a morte do velho foi que agora Graham estará livre para fazer o que desejar, pelo menos até ser levado à justiça. Ele agora é um homem com propriedades e riqueza substancial. Caso escolha poderá agir contra você imediatamente, então não deve perder tempo se importando com isso. Antes disso – falou, apontando com a cabeça para os fardos de lã – você tinha pelo menos alguns dias de graça. Agora é possível que não tenha mais nenhum.

– Acha que ele poderia mandar seu pessoal farejar a propriedade de Sir Malcolm?

Padre Peter deu de ombros.

– Pode ser, mas isso não será bom para ele. Você não estará lá, e Malcom está pronto para ele. Caso invada, ele irá se arrepender. Meu irmão não é idiota, e está perfeitamente à altura de qualquer preguiçoso irresponsável, rico ou não. Mas nesse ínterim, você deve pegar seu caminho. Tem tudo de que precisa?

Will estava olhando para os fardos de lã.

– Sim, tio, tudo. Comida para uma semana, muita roupa e um bom suprimento de flechas e cordas de arco. Não precisamos de mais nada. Mas estou curioso. Quanto estes fardos valeriam?

Tio Peter apertou os olhos com a pergunta inesperada.

– Eles têm grande valor; suficiente para comprar missas diárias por um ano, eu diria. Por que pergunta?

– O comerciante Waddie não é conhecido por sua generosidade. Estou surpreso que ele pague tanto para rezar pela alma de um homem que não era seu parente.

O padre Peter sorriu.

– Estou certo de que ele espera que o filho rico do velho logo seja seu parente. Ademais, ele sem dúvida irá tirar mais dois em recompensa dos depósitos do velho.

Will esticou a mão para tocar um dos fardos.

– Sim, suponho que irá, agora que mencionou – disse, e se empertigou. – Devo partir, padre.

– Sim, deve. Desejo a você felicidade e espero ver seu rosto preocupado novamente em um mês ou dois. Agora se ajoelhe e eu o abençoarei.

Voltei com meu primo até onde Ewan esperava com os cavalos, e no caminho Will colocou um braço comprido sobre meus ombros, me puxando para perto dele.

– Trabalhe duro em seu padrismo – disse em voz baixa. – Você será bom nisso um dia.

Eu sorri e me afastei dele.

– Padrismo, não é? Uma palavra que nunca ouvi antes. Bem, pretendo ser bom nisso, e prometo a você, estou trabalhando duro. Quanto tempo acha que levará para chegar a Selkirk?

– Ah, não sei... está falando da floresta ou da cidade? – perguntou, continuando sem esperar resposta. – Vou precisar escrever a Mirren logo, Jamie, para alertá-la sobre Graham e avisar para onde estou indo. Mandarei a carta a você em alguns dias. Não perca tempo para repassá-la, certo?

– Você sabe que não. Vou cuidar disso. Agora vá embora daqui, e fique em segurança, e o verei logo.

Se alguém me perguntasse quando nos veríamos novamente, para mim seria inconcebível que dois anos se passariam antes que víssemos um ao outro.

Capítulo 7

Quando me despedi de Will e Ewan junto ao portão da abadia naquele dia de 1290, eu não tinha ideia de que Will já mudara de ideia sobre para onde iriam e o que fariam assim que sumissem de vista. Ele não me contou nada para me poupar da necessidade de mentir mais tarde, e pelos dois anos seguintes ignorei a verdade, mergulhado em meus estudos.

Algum tempo se passou antes que a questão da perfídia de Alexander Graham fosse resolvida. Por muitos meses os negócios de Robert Bruce o mantiveram longe no nordeste, e ele só retornou ao sul no começo de agosto. Parou em Glasgow para conferenciar com o bispo Wishart antes de prosseguir rumo sul até Lochmaben, seu castelo perto da fronteira inglesa. Foi durante aquele encontro que Wishart contou ao patriarca sobre o rebanho de cervos de Bruce massacrado e a tentativa de jogar a culpa sobre o sobrinho de Sir Malcolm Wallace, lembrando a Bruce que ele mesmo encontrara Will no palácio do bispo no momento em que as acusações de caça ilegal punidas com a morte eram feitas contra ele. Pouco depois Bruce chegou a Elderslie para conversar com Sir Malcolm e, em poucas horas, oficiais foram enviados para prender Alexander Graham de Kilbarchan e levá-lo à casa de Wallace para julgamento.

Graham jurou inocência, alegando que o caso contra ele era insustentável, mas a certeza que Robert Bruce tinha da inocência de Will era absoluta. As suspeitas que cercavam os acontecimentos, incluindo a rivalidade unilateral quanto a Mirren, afirmadas por ela mesma por escrito e testemunhadas por seu padre local, combinadas com o misterioso desaparecimento do perjuro Tidwell, única testemunha contra Will, mas também provável testemunha contra Graham, se mostraram esmagadoras. O julgamento de Bruce foi draconiano. Graham de Kilbarchan foi enforcado em 25 de agosto, todo seu patrimônio revertido a Robert Bruce, a serviço de quem ele estivera e cujo bom nome ele assim manchara quando os crimes foram cometidos. Bruce ofereceu a propriedade a Sir Malcolm, como reparação pelo dano causado à sua família, mas o cavaleiro recusou qualquer parcela dela.

Will Wallace estava livre para voltar para casa em Elderslie. Mas não fez isso.

Eu me acostumei à sua ausência, embora pensasse nele com frequência e imaginasse como ele e Ewan estariam se saindo em sua estadia na floresta do sul. Com o tempo descobrimos que estava bem, o que quer que estivesse fazendo, porque em duas oportunidades naquele outono chegaram presentes dele para lady Margaret, levados pelos mercadores itinerantes que cruzam o país consertando potes e panelas e vendendo versos e poções de ervas em qualquer lugar onde encontrem comprador. Os dois homens tinham a mesma história. Haviam sido parados em uma trilha da floresta por um estranho que pagara bem a eles para entregar os pacotes quando fossem ao distrito de Paisley.

E assim, quando cavalgava por uma trilha da floresta em uma tarde luminosa de verão do ano seguinte ouvi meu nome ser chamado de uma moita de amoras, e quase caí do cavalo, com medo. Eu me virei e vi Ewan me olhando em meio à folhagem densa ao lado da trilha. Não conseguia vê-lo claramente, apenas sua forma entre as sombras, mas o reconheci pelo verde das roupas e a máscara que escurecia seu rosto, e engasguei com seu nome enquanto passava a perna sobre as ancas de meu animal.

– Não! Fique!

Eu me imobilizei onde estava, metade do corpo na montaria, metade fora, um pé no estribo, o outro solto atrás de mim e olhando boquiaberto para onde ele estava com a mão erguida, me mantendo ali.

– Está sozinho? Há alguém atrás de você?

– Não – respondi, ainda assim me virando no estribo para examinar a trilha atrás de mim. – Estou só. O que está fazendo aqui? Está se escondendo?

Houve uma movimentação quando o grande homem afastou os galhos dos arbustos com o bastão comprido e avançou na minha direção, o som de espinhos raspando suas roupas sendo ouvido claramente. Observei enquanto ele soltava a comprida túnica dos últimos deles e então habilidosamente enfiava a máscara sob o capuz e avançava para olhar para mim, seu rosto arruinado e adorável vincado no velho sorriso torto.

– Sim, me escondendo; de você, até saber que não havia estranhos junto. Eu o observei a mais de um quilômetro e meio, mas havia outros com você.

– Sim, mas eles estavam indo visitar o velho frei Thomas. Saíram da trilha há algum tempo.

– Bom. Agora você pode me cumprimentar devidamente.

Eu desmontei e o abracei, alegremente inspirando o cheiro quente e conhecido dele antes que me empurrasse para me examinar com os olhos de cima a baixo, reparando em meu hábito cinza simples de monge.

– Ainda não é padre?

– Não, ainda não, mas em breve. Minha ordenação, a de todos, foi adiada depois que a Donzela morreu, quando chegamos perto da guerra.

A princesa Margaret da Noruega, a herdeira de 7 anos de idade do trono da Escócia, morrera em setembro de 1290 de causas naturais, mas sem explicação. Ainda vivia em Orkney, onde seu pai, o rei Eric II da Noruega, a instalara para sua segurança.

– Onde está Will? – perguntei, olhando ao redor.

– Não está aqui – respondeu. – Não pôde vir. Em vez disso me enviou para dizer que está bem. Satisfeito com a vida de casado e esperando que você nos visite no sul. Eu ia a caminho da abadia, mas de onde estava parecia que aquelas pessoas estavam com você ou seguindo você. O que o traz a Elderslie no meio da semana?

– Estou indo visitar tia Margaret. Isabelle irá se casar em alguns dias, então elas me convocaram para ajudar com os preparativos para o casamento. Tia Margaret não está bem desde que tio Malcolm morreu.

Ewan recuou como se eu o tivesse estapeado.

– Sir Malcolm está morto? Que Deus tenha piedade de sua alma – disse, fazendo o sinal da cruz. – Quando ele morreu?

– Há seis meses, de hidropisia, embora não estivesse bem havia um ano antes disso. Por esse motivo o casamento da jovem Isabelle demorou tanto para ser acertado. Talvez se lembre de que ela deveria ter se casado pouco depois de sua partida, com um jovem de boa família de Paisley, James Morton. Sei que o conhece.

Ewan assentiu.

– Sim, o pai tem grandes extensões de terras para lá.

– Ele tinha, mas também morreu, ano passado. O jovem James é o senhor agora.

Ewan deu um assovio suave.

– Senhor de suas próprias terras? Ele deve ter o quê? Dezenove, agora? E esperou dois anos pela garota?

– Esperou, e o admiro por isso, mas Isabelle se recusou a casar enquanto o pai estava doente, de modo que ele tinha poucas opções se realmente a queria. Agora que Sir Malcolm está morto há meio ano, tia Margaret insistiu para que fossem em frente e se casassem – eu disse, sorrindo. – Ela tem três netos de Anne, mas está ansiosa por mais.

O olhar de Ewan era distante.

– Will ficará chateado. Não tínhamos ideia.

– Sei. Mas ninguém sabia onde vocês estavam. Os mensageiros que enviamos reviraram a floresta de Selkirk procurando por vocês. Onde estavam?

– Mais ao sul, no último ano, perto de Jedburgh. Posso ir com você a Elderslie?

Eu concordei e comecei a caminhar com ele, conduzindo meu cavalo, enquanto seguíamos conversamos sobre o que ele e Will haviam feito nos dois anos anteriores, mas naqueles menos de dois quilômetros que havia entre nós e nosso destino ele evitou todas as minhas perguntas pacientemente. Alegou fadiga – passara o dia inteiro e a maior parte da noite anterior na estrada, disse – e pediu para contar sua história uma só vez, para minha tia e eu juntos. Vi que ele estava determinado que fosse assim, então não pressionei, embora duvidasse que lady Margaret fosse capaz de se juntar a nós em qualquer sessão mais demorada. Desde a morte de Sir Malcolm ela se retirava mais cedo, aparentemente, e se levantava mais cedo a cada manhã, horas antes do alvorecer, para se preparar para o novo dia. Com as núpcias de Isabelle a menos de uma semana, eu sabia que todas as suas energias seriam dirigidas a coisas de mulher.

Do modo como foi, eu estava certo e errado. Quando chegamos a casa estava cheia de mulheres jovens, todas ocupadas costurando ou trabalhando em compridas listas de detalhes que tinham de ser cuidados, e tia Margaret ficou encantada de ver Ewan novamente após uma ausência tão longa. Ela expulsou todas as jovens para outra parte da casa com os tecidos, as listas intermináveis e as conversas, e se acomodou conosco na sala da família, ávida por notícias de Will e seus afazeres, e sobre Mirren e a casa que montara com ele.

Após escutar as suas perguntas por algum tempo, comecei a perceber que as informações que ela buscava não tinham absolutamente nada a ver com o que eu queria saber. Tia Margaret só estava preocupada com seu amado sobrinho e sua nova esposa e com a vida que partilhavam, os detalhes da casa e sua mobília, a probabilidade de terem filhos, como Mirren passava o tempo enquanto Will estava fora. Tentei intervir várias vezes, buscando minhas próprias respostas, mas Ewan descartou minhas perguntas com facilidade e virtualmente me ignorou, dedicando toda sua atenção a minha tia enquanto eu ficava sentado em silêncio. Não foi dita uma só palavra sobre as razões da partida de Will dois anos antes.

Finalmente, embora ainda fosse dia claro do lado de fora, sua senhoria anunciou que logo iria se recolher a seus aposentos, mas não tinha dúvidas de que Ewan e eu gostaríamos muito de conversar sem as limitações da presença de uma mulher velha. Nós nos levantamos e nos curvamos a ela, que saiu rapidamente.

Fergus, o mordomo, nos alimentou com pão fresco e carne assada suculenta de uma vitela de meses que havia sido engordada para o banquete de casamento, mas quebrara uma perna dois dias antes. A carne, embora fresca e tenra, era insípida, mas Fergus preparara uma mistura de amoras e frutas em um molho que transformava sua falta de graça em algo adequado ao paladar de um Deus, e devoramos o que ele colocou diante de nós, engolindo tudo com a maravilhosa cerveja da casa. Durante a refeição conversamos sobre trivialidades, concordando mutuamente em não discutir nada importante até a mesa ter sido limpa, Fergus se recolhido e estarmos novamente a sós.

Ewan finalmente se levantou da mesa e jogou dois novos pedaços de madeira na grande ladeira, serviu mais cerveja e se acomodou na grande poltrona estofada de Sir Malcolm junto ao fogo. Eu me desloquei para me juntar a ele, ocupando a cadeira menor de minha tia. Ele estava à vontade, e ficara claro ter decidido que era hora de eu saber o que ele sabia. Ainda consigo ouvir sua voz em minha mente hoje, de forma tão clara quanto ouvi então.

– Certo, jovem. Você foi muito paciente, e agradeço por isso. O que tenho para contar é apenas para seus ouvidos. Então, por onde quer que eu comece?

– Por onde imagina? Pelo começo, da última vez que vi os dois, avançando para a viagem rumo sul, há dois anos.

– Não fomos para o sul. Não naquele dia.

Minha surpresa devia estar evidente em meu rosto.

– Isso mesmo. Você não sabia, não é? Will não contou a você, e eu não podia contar.

– O que quer dizer com você não podia?

– Não podia contar porque não sabia mais que você. Também achei que estávamos indo para sudeste, até chegarmos à estrada e Will virar para oeste. Foi quando ele me disse que mudara de ideia. Ele decidira cobrar o preço do sangue.

– O preço do sangue?

– Sim. É um antigo julgamento, uma punição imposta por sangue derramado ou que se tentou derramar.

– Eu sei o que é preço do sangue, Ewan. Quero saber sobre este preço do sangue.

– Ah, bem. Aquele que ele devia. Ou decidira que devia.

– Está se referindo a Graham.

– Sim.

– Como ele chegou a isso, em nome de Deus?

Ele contorceu a boca em uma expressão irônica que não era exatamente um sorriso.

– Ele não chegou. Isso chegou a ele, naquela manhã, enquanto olhava para os fardos de lã usados para comprar missas pelo falecimento do velho Graham.

Will olhou para aqueles dois fardos e viu um resgate pago a Deus para redimir a alma de um velho ladrão que estava além da redenção. Viu que haviam saído das riquezas do filho, embora pelo impulso de outra pessoa, e que sua falta nunca seria sentida em meio à riqueza que o jovem Graham herdara. E aquilo o fez pensar sobre justiça, punição e, claro, preço do sangue – disse, sua voz a seguir se tornando mais reflexiva. – Ficou claro para ele, enquanto estava lá com você e padre Peter, e eu não discordei de seu raciocínio, que a trama de Graham ameaçara sua vida. Não apenas seu modo de ganhar a vida, mas a própria vida. Se o golpe tivesse dado certo, Will seria enforcado e Graham teria devido um preço de sangue a Sir Malcolm. Mas ele fracassou, mesmo que por puro acaso, e embora Will tivesse escapado do carrasco, ele e eu estávamos indo para o exílio, enquanto Graham permanecia livre.

Ele hesitou.

– Onde está Graham agora? E eles encontraram aquele outro sujeito, o inglês?

– O protetor de floresta, Tidwell – completei, balançando a cabeça. – Não, nunca. Acreditamos que ele foi assassinado por Graham. Mas Graham também está morto.

– Está? Desde quando?

– Desde o outono daquele ano. Bruce mandou enforcá-lo por tramar assassinato e sedição. Tio Malcolm mandou a notícia, mas vocês não puderam ser encontrados.

– Sim, você mencionou. Maldição. Passamos dois anos escondidos sem saber disso – falou, balançando a cabeça. – Ah, bem, mesmo que soubéssemos isso teria feito pouca diferença. Will tinha suas obrigações a cumprir, em diversas frentes. Ainda assim, me sinto melhor só de saber que está morto. Era um desgraçado nojento, aquele, a despeito de todo seu ar suave e modos aparentemente gentis. Um animal assassino.

– Então vocês não souberam de nada?

– Como poderíamos? Não soubemos de nada depois que partimos.

– Vamos lá, Ewan, essa é uma desculpa ruim. Não sabíamos para onde vocês tinham ido, mas vocês sabiam onde nos encontrar. Em último caso, poderiam ter mandado alguém para casa em busca de notícias. Dois anos se passaram.

– Não podíamos entrar em contato com vocês. Will não ousava. Não sabíamos que a ameaça havia sido eliminada. Sabíamos apenas que a traição de Graham deixara a vida de Will em risco, sob a ameaça de assassinos. E juntamente com isso havia a ameaça de perigo para sua família por parte das mesmas pessoas. Era um risco que Will não queria correr.

– Certo. Então em vez de irem rumo leste para Selkirk vocês foram rumo sul, para Jedburgh. Estão na abadia?

– Não. Mas perto, nas terras de Wishart.

– O bispo?

Ele assentiu.

– E como foram parar lá?

Ele ergueu uma sobrancelha para mim.

– Porque foi assim que as coisas aconteceram. Chegaremos a isso. No momento deixe-me dizer no que Will estava pensando quando saímos daqui. Ele não tinha escolha a não ser deixar seu emprego, sua casa, sua família e me levar com ele, o que, do seu ponto de vista, também me privava do meu ganha-pão. Nada que eu dissesse faria com que mudasse de ideia. Ademais, do ponto de vista dele, perdera a esperança de conquistar Mirren. Achava que Hugh Braidfoot nunca permitiria que sua filha se casasse com um silvicultor sem dinheiro e suspeito de um crime que valia enforcamento; o mesmo homem, lembre-se, que para começar a privara de um marido rico.

– Mas isso é absurdo. Will não era culpado de crime algum.

– Suspeito, foi o que disse. E ele era. Veja do ponto de vista de Will. Ele não podia suportar a ideia de perder Mirren. Assim, decidiu que Graham devia... quais foram as palavras que ele usou? Algo que ele aprendeu na escola.... Graham deveria fazer reparações. Foi isso. E eu concordei com ele. Ainda concordo.

– Entendo. E quais foram essas reparações?

Ewan colocou uma perna comprida sobre um braço estofado e esticou o outro pé na direção do fogo.

– Punição. E antes que me pergunte, eu vou contar. Punição pela ameaça à sua vida, para começar, e a maldade que levou a ela. Punição também pela oportunidade perdida; de cortejar, casar e levar uma vida normal como um homem honesto. Punição pelo tempo perdido no qual cumprir obrigações para com empregador e tarefas. Punição por dinheiro perdido da recompensa por cumprir essas obrigações. E punição por perdas outras, que não essas, que não podem ser facilmente repostas; bom nome e reputação se destacando entre elas – disse, apoiando a cabeça na cadeira e me olhando com sinceridade. – Também vou contar como fizemos as contas.

Ele ergueu a mão, indicador esticado, se preparando para contar os pontos nos dedos, mas eu o interrompi.

– Você disse nós. Você estava envolvido nessa contabilidade?

– Claro que estava. Will vira os dois fardos de lã de primeira oferecidos por um ano de missas para encurtar os anos do velho no purgatório. Aquilo limpou sua mente de forma extraordinária e estabeleceu um valor para seus pensamentos com relação a como havia sido enganado e quanto perdera com isso em punição. Teria dado um comerciante esperto o nosso Will. E assim que vi sua disposição, eu o ajudei. Então...

Ele começou a contar nos dedos.

– Pelos dois grandes crimes contra ele, ameaça de morte e perda de possibilidade de casamento, dois fardos cada. Pela perda de trabalho, salário e bom nome, um fardo cada, totalizando sete fardos. Mas então, como qualquer bom comerciante faria, ele incluiu seus custos. Adicionou custos de transporte; duas carroças com juntas e condutores, imaginou, e cobriu isso com mais dois fardos, dando nove no total.

– Vocês roubaram nove fardos de lã?

– Nove fardos de lã de primeira, Jamie. Mas não roubamos realmente, e na verdade não foram nove no final. Apenas reivindicamos nove como sendo devidos a nós. Ou devidos a Will. A coisa toda foi... – começou, fazendo uma pausa por um instante e continuando – Honesta. Exceto por alguns arranjos anteriores.

Fiquei ali imóvel, minha mente consumida pelo pensamento de que meu primo se tornara um ladrão e se colocara fora da lei. Não espantava, então, que tivesse passado tanto tempo longe e que Ewan estivesse alerta à presença de outros.

– Conte exatamente o que aconteceu, porque tudo o que você fez até agora foi me confundir – eu disse. – Comece de novo, do princípio.

– Então você quer um evangelho – disse ele, suspirando e depois tomando um grande gole de cerveja. – Bem, se eu adormecer no meio da história, em nome de Deus não me acorde.

"Começou na estrada principal. Eu virei à direita, e Will em vez disso foi para a esquerda, como se na direção de Glasgow. Quando perguntei para onde estava indo, ele disse Kilbarchan, e apontou para oeste. Eu fiquei de boca fechada e o segui até chegarmos à aldeia.

"É um lugarzinho estranho, um punhado de cabanas, menos de dez, acho, e todas as pessoas são tecelãs. Todas as casas têm teares, algumas vezes mais de um, de modo que praticamente não há espaço livre para que as pessoas durmam. Paramos em uma casa e perguntamos como encontrar a casa de Graham, e o tecelão apontou o caminho para nós. Ficava a mais um quilômetro e meio. Ele disse que não teríamos como errar, e estava certo, lá estava.

"Eu disse que Kilbarchan era um lugarzinho estranho, mas a propriedade de Graham era um lugarzão estranho. Quatro construções de pedra em uma área cercada por muros. Próspero, como seria de esperar. Descobrimos que uma das quatro era a casa principal, e as outras três eram armazéns. Ficamos sentados na colina, olhando para eles, e contamos as pessoas que se movimentavam lá. Não eram muitas. Contei oito, e estavam todas ao redor da casa principal. Achei que iríamos embora, mas Will fez seu cavalo avançar, e descemos."

Ele tomou a cerveja novamente, pensativo.

– Um sujeito que se achava importante nos recebeu na frente da casa, perguntando o que queríamos. Era o mordomo, mas com o velho morto, se achou encarregado de tudo. Seu primo me impressionou se apresentando como um homem de negócios de boa origem, se dirigindo ao sujeito em latim até ficar claro que o homem não entendia uma só palavra. A partir de então falou em escocês simples, dizendo que havia sido enviado em uma investigação por seu mestre, lorde Ormiston de Dumfries, referente a um contrato que Sir Thomas tinha com Alexander Graham, o comerciante de lã, para a compra de lã crua. Disse ao sujeito que Sir Thomas havia pagado antecipadamente, mas ao chegar a Paisley no dia anterior com a intenção de pegar a encomenda, havia sido informado da morte inesperada do comerciante e, não querendo perturbar o luto da família, enviara nós dois para perguntar quando poderíamos voltar para concluir nosso negócio para satisfação de todos. Aquilo impressionou até mesmo a mim: para a satisfação de todos.

– E o que o sujeito disse?

– Não muito. Os modos de Will o intimidaram. Ele era o mordomo do velho, como disse, mas um mero empregado doméstico. Tinha pouco conhecimento da faceta comercial dos negócios do velho, e murmurou alguma coisa sobre a força de trabalho ter ido para casa à espera do que aconteceria depois. Em seguida nos disse que outro comerciante de lã, um mestre Waddie, chegaria de Paisley em dois dias para atuar no interesse do filho e herdeiro, fazendo um inventário detalhado do material estocado e dos contratos vigentes. Dissera que ainda não houvera tempo da notícia ser dada ao jovem mestre Graham, que servia a lorde Robert Bruce como guardião de floresta e muito provavelmente estaria em algum ponto das terras de Bruce em Annandale. O homem acreditava que ele demoraria pelo menos dois dias para chegar em casa, então ele e o sujeito Waddie poderiam chegar ao mesmo tempo.

"Will disse que falaria com lorde Ormiston, mas que sua excelência estava havia muito tempo longe de casa, cuidando de negócios em Edimburgo, e ansioso para voltar para a esposa, que estava enferma. Então perguntou se poderíamos prestar nossos últimos respeitos ao velho antes de partir, em nome de Sua Excelência, e o sujeito permitiu que entrássemos na casa, e depois nos deixou sozinhos. O velho Graham estava deitado em sua cama no quarto principal. Havia um padre lá e dois monges, e dois outros, homens e mulheres, a maioria deles olhando ao redor como se nunca tivessem estado lá antes."

– E então?

– Ajoelhamos e rezamos junto ao leito. Bem, ajoelhamos enquanto o padre rezava. Depois, tendo estabelecido nosso direito de estar lá, cuidando dos negócios de nosso suposto mestre, caminhamos pelos outros prédios, depósitos, celeiros e estábulos, e três grandes barracões fedorentos onde a lã era tratada e penteada antes de ser presa em fardos – disse, um sorriso surgindo nos cantos da boca. – A essa altura acho que você estaria certo sobre o roubo. Acredito que Will estava procurando uma forma fácil de assaltar o lugar.

"Um dos depósitos de pedra tinha uma sala particular com porta trancada a cadeado, e era óbvio que o velho cuidava de seus negócios ali. Mas o cadeado estava destrancado, a porta aberta, não havia ninguém por perto, então entramos. Havia papéis e pergaminhos por toda parte, espalhados pelo lugar, como se alguém tivesse vasculhado em busca de algo para roubar. Will abriu uma pequena arca de madeira colocada sobre a grande mesa de escrever e tirou um punhado de rolos; folhas soltas de pergaminho, todas com selos rompidos, mas enroladas e amarradas, com fitas e selos lisos. Ele abriu um, depois outro, e então começou a sorrir. Ele me passou aquele que o fizera sorrir. Olhei para ele atentamente, mas levei algum tempo para me dar conta de sua importância... – disse, a voz morrendo e ele sorrindo novamente com a recordação.

– Bem, o que era? – perguntei.

– Um contrato de venda. Com espaços em branco para os detalhes da transação. Mas estava assinado por Alexander Graham. Nenhum dos outros estava, por alguma razão o velho assinara seu nome e colocara seu selo naquele. Will o pegou e enfiou este e três outros em sua bolsa, depois saímos e continuamos nossa inspeção. Todos os três depósitos estavam abarrotados até o teto com fardos de lã, alguns de primeira, outros inferiores. Mas estavam abarrotados, Jamie. Centenas e centenas de fardos. Descobrimos depois que estavam se preparando para enviar comboios de carroças para Glasgow, Dumfries e Edimburgo na semana seguinte, para as feiras de São Miguel em setembro, em menos de um mês.

"No caminho de volta até os cavalos, encontramos novamente o mordomo, e ele foi o mais amistoso possível. Will perguntou se alguém poderia nos dizer algo sobre carroças, e nos encaminhou a um dos barracões de madeira do lado de fora dos muros do complexo, onde encontramos um velho se preparando para partir. Ele nos mostrou uma carroça enorme, a maior que eu já havia visto, e disse que podia levar dez fardos grandes facilmente. Depois nos mostrou as mantas de couro que usavam para proteger os fardos, e as tiras compridas usadas para prender a carga. Will perguntou quantos cavalos, e ele disse dois. Dois grandes infelizes, foi como os chamou."

Apesar de meu desconforto com o crime que era descrito, eu me vi fascinado.

– O que aconteceu então?

– Voltamos diretamente a Paisley, em busca de ajuda para o que Will tinha em mente. Precisávamos de homens nos quais pudéssemos confiar, então fomos ao *howff* de Jamie Crawford.

– Claro que sim.

Eu conhecia bem a espelunca de Crawford. Havia sido um de nossos lugares preferidos por muito tempo, uma taverna simples, mas bem administrada, frequentada por arqueiros e outros tipos interessantes, onde a comida era simples, mas saudável, a cerveja confiável e ninguém fazia muitas perguntas.

– Um dos filhos, Alan, estava lá, e ele e Will foram para um canto – disse Ewan. – Eu podia dizer, só de olhar, que Alan gostava do que estava ouvindo, sorrindo e concordando, e olhando ao redor do salão.

Alan Crawford e Will haviam sido amigos desde nosso primeiro ano na abadia. Ele era um sujeito grande e franco, da idade de Will e quase tão grande quanto. A única arma que Alan já havia carregado era um punhal comprido de gume único pendurado do lado – eu nunca o vira mostrar a lâmina – e um pesado bastão que Will o ensinara a usar. Era o único homem que eu vira capaz de superar Will Wallace em uma luta corpo a corpo. O respeito que isso lhe garantira era inestimável.

– Você sabia o que Will estava dizendo?

Ewan sorriu.

– Eu sabia que precisávamos de ajuda e pagaríamos bem por duas semanas de trabalho. Quatro homens, para nos ajudar a levar uma carroça pesada para o norte e trazê-la de volta. Bons homens, dispostos a trabalhar duro e lutar se necessário. Uma moeda de prata por dia para cada.

Eu contive a vontade de assoviar. Nossa menor moeda de prata valia quatro centavos, e a maior remuneração de um trabalhador especializado era de dois centavos por dia. Uma moeda de prata por dia por duas semanas de trabalho fácil era bastante dinheiro. Então disse:

– E então? Encontraram quatro homens?

– Cinco – respondeu Ewan, ainda sorrindo. – Alan foi o primeiro, mas havia um homem que não esperávamos encontrar. Lembra-se de Robertson, o arqueiro que Will derrotou no dia em que conheceu Mirren? Bem, estava lá, e Alan se responsabilizou. Ele lembrou de Will e ficou contente em vê-lo, sem ressentimentos, então foi o segundo. Depois foi Big Andrew Miller, que sempre está pronto para qualquer coisa que cheire a luta, e Long John das Facas foi o quarto.

Os rostos dos dois últimos homens surgiram em minha mente, embora eu não visse nenhum dos dois havia anos. O nome de Big Andrew era uma piada, pois era um dos menores homens de Paisley, mas magro e musculoso, e tão forte quanto uma corda de arco de tendões trançados, e levava uma besta para onde quer que fosse. Long John das Facas, por outro lado, era vários centímetros mais alto que Will, e nunca houve nenhuma dúvida de onde vinha seu nome. Ele usava um cinto pesado na cintura, com uma dúzia de facas embainhadas, de diferentes tamanhos. Long John conseguia cravar qualquer uma delas em qualquer superfície, com velocidade impressionante, de vinte passos de distância. Mas era um homem pacífico, e só arremessava em alvos, talvez por ninguém nunca ter dado a ele motivo para se ofender. Achei que Will havia escolhido bem.

– E quem foi o quinto?

– Um estrangeiro, um celta do noroeste, de uma ilha chamada Skye. Estava em Paisley havia mais ou menos um mês, e fizera amizade com Alan e Robertson.

Ninguém sabia muito sobre ele, mas os dois homens garantiram que era discreto, confiável e difícil de bater em combate. Eles o chamavam de Shoomy, mas seu verdadeiro nome é Seumas, James em gaélico. Will o estava olhando desde que chegara, e estava claro que havia sido cativado pelo homem, embora pudesse ter sido apenas a espada. Shoomy carrega uma espada que é muito parecida com o arco de Will: maior e mais comprida e de aparência mais perigosa que qualquer outra já vista. É um sujeito grande, alto e magro, mas bem musculoso e rápido, e aquela espada dá a ele o dobro do alcance de qualquer homem por perto.

Ele coçou suavemente o lado do nariz.

– Então, em uma hora estávamos lá, sete no total, e de acordo fechado. Will pegou tinta e penas com Jamie Crawford e saiu para fazer seus preparativos para o dia seguinte, enquanto eu alugava cavalos para os cinco sujeitos.

"Dormimos no estábulo da espelunca naquela noite e pegamos a estrada ao alvorecer. No meio da manhã estávamos de volta à casa de Graham. Não havia quase ninguém lá: alguns empregados passando tempo e um punhado de mulheres cardando lã foi tudo o que vimos. Will deu ao mordomo um contrato completo para a entrega de nove fardos de lã de primeira e o aluguel de uma carroça pesada com junta para transportá-los. Levava o nome de lorde Thomas Ormiston de Dumfries, que depois descobrimos que estava morto havia seis anos – acrescentou ele, dando um sorriso –, e a assinatura e o selo do próprio Alexander Graham, indicando o total que havia sido pago meses antes, com a encomenda aguardando o retorno de lorde Ormiston do norte. Recebemos em troca um registro de venda escrito, deixamos um dos fardos como garantia para a devolução da carroça, depois carregamos os oito restantes e seguimos, imaginaram todos, para Dumfries."

– Então isso foi roubo. E para onde foram?

– Para Glasgow, até o bispo Wishart. Ele ouviu a confissão de Will e o absolveu assim que escutou a história toda. Indenização recebida pelo mal causado, disse ele, tudo certo e devido. Então ele nos enviou rumo norte com a lã, para Sir Andrew Murray.

– Em Moray? Por que ele os enviou lá para cima?

Ewan mudou a posição de suas pernas compridas, cruzando uma sobre a outra.

– Porque ele é um bispo, e Deus opera de formas misteriosas. Você deveria saber disso, é quase padre.

– Estou falando sério, Ewan. Por quê?

Ewan então olhou diretamente para mim, sem nenhum sinal de humor nos olhos.

– Porque ele é o principal bispo da Escócia neste momento e acreditava, por razões que não achou adequado nos explicar, que enviar Will lá para cima seria para o bem do reino. Havia coisas sinistras acontecendo naquela época. Para começar, Eduardo da Inglaterra nomeara o bispo Bek de Durham seu representante na Escócia. Bek é um homem amargo e sem humor devotado mais a seu rei que a sua Igreja. Wishart não gostava de Bek na época e ainda menos agora.

"Ele determinou que Will entrasse em contato com o jovem Murray e renovasse a amizade enquanto levava certas... questões; vários documentos que ele classificou como sendo de "alguma sensibilidade"; diretamente à atenção de Sir Andrew. Ele deixou bem claro a importância do que queria de nós.

– Espere. Está dizendo que Wishart incluiu você em seus projetos?

– Sim, mas apenas porque já estava lá com Will, e Will se responsabilizou por mim. Mas em troca dos serviços de Will, e de forma muito importante naquele momento, Wishart ofereceu um grande pagamento. Disse que falaria pessoalmente com o pai de Mirren, que conhecia bem, a favor de Will. E a lã do preço de sangue teria utilidade para Murray, disse, pois tinha havido algum tipo de doença entre as ovelhas no norte, e ele seria bem remunerado por ela. O dinheiro recebido pela lã permitiria a Will oferecer ao mestre Braidfoot um dote adequado por sua filha única, e o bispo então daria a Will um cargo de protetor de floresta, com uma casa boa e sólida nas terras da família Wishart, perto de Jedburg.

Ele olhou para mim de sob a sobrancelha direita arqueada.

– Entendo que não era uma oferta que Will pudesse recusar.

Eu me senti ligeiramente desconcertado.

– Sim, entendo isso. Especialmente com o que ele estava pensando na época. E então viajaram rumo norte. Imagino que tudo tenha dado certo lá, pois você disse que Will está casado e morando e trabalhando no sul agora.

Ele assentiu.

– Sim. Levamos oito dias para chegar às terras de Murray, e foi uma viagem interessante. A Escócia é um lugar selvagem hoje, muito mudado desde que o rei Alexandre morreu, e houve momentos em que ficamos felizes por sermos sete, pois se o número fosse menor teríamos sido depenados como aves ao longo da estrada e deixados sem nada.

– O que quer dizer? Teriam sido roubados?

– Roubados e mortos, jovem. Nenhum de nós duvidou disso assim que vimos como era lá. Hoje não há lei além dos burgos. Uma vez fora das cidades, no interior, é cada homem por si, e que Deus ajude os despreparados. O mundo inteiro está desequilibrado. Sem um rei que os contenha, os nobres, ou pelo menos é como chamam a si mesmos, se tornaram selvagens, cada um daqueles pequenos bandidos cuidando apenas de si mesmo. Cada um deles trata suas propriedades como seus pequenos reinos, governados da forma que desejam, usando o exército particular que conseguem pagar. O que significa que não há ordem em parte alguma, nada de disciplina, de lealdade, honra, e o viajante que percorre a terra corre toda uma gama de riscos a cada curva, como perder tudo o que tem cada vez que encontra um estranho. São todos bandidos, Jamie, soldados e foras da lei, e as pessoas comuns decentes morrem de medo por suas vidas.

"Três vezes encontramos na estrada o que poderia ter sido problemas graves. Três vezes em oito dias. E em uma delas, ao norte de Stirling, não tivemos escolha a não ser lutar. Deixamos oito homens mortos para trás, oito dos vinte que nos atacaram, mas graças a Deus nenhum de nós. Derrubamos cinco desses no começo com nossos arcos, eu, Robertson e Will, e a besta de Big Andrew. Mas a essa altura os outros haviam chegado perto demais para que o arco fosse usado, mas Long John e Shoomy mataram mais três deles antes que pudessem piscar, e os outros fugiram."

Eu só consegui balançar a cabeça, incapaz de acreditar que a situação pudesse ser como Ewan dizia.

– De qualquer forma, encontramos Sir Andrew onde ele deveria estar, e o jovem Andrew estava com ele. Os dois nos ofereceram uma recepção de potentados. Eu não podia acreditar na felicidade de seu amigo Andrew ao ver Will, e pareceu mútuo; Will brilhava mais do que eu o vira desde que entrara em choque com o tal Graham.

Ele caiu em silêncio, olhando para o fogo, e vi suas pálpebras começando a fechar.

– Não cochile, Ewan – disse, com medo de perdê-lo e também a história. – Então ainda eram amigos.

Ele piscou como uma coruja.

– Ah, sim! Foi uma das coisas mais estranhas que já vi. Você conhece Will, ele raramente fica à vontade com estranhos, e lá estavam eles, após cinco ou seis anos, se abraçando e rindo como irmãos separados havia menos de uma hora. Como irmãos, embora Deus saiba que há pouca semelhança entre eles além da altura. Ainda assim, há algo de cada um que se reflete no outro. Não me pergunte o que é, pois não sei dizer. O mais perto que chego é que eles partilham uma... luz em comum – disse, fazendo uma careta. – Sei que isso soa idiota, mas eles têm esse brilho que parece aumentar sempre que estão excitados, e aqueles dois ficam agitados o tempo todo. É quase possível ver; sua excitação; todos ao redor sentem.

Ele ergueu as mãos, se rendendo.

– É isso, jovem. Eu mal sei o que estou dizendo, mas sei que tenho de dormir. Estou na estrada desde antes do alvorecer, e agora que sou velho preciso de descanso – disse, olhando para mim. – Uma hora ou duas também não lhe fariam mal.

– Mas quero perguntar a você sobre...

– Pergunte amanhã. Estarei em melhores condições para conversar depois que tiver dormido.

Não fazia sentido discutir, então fomos para cama. Enquanto não tive dúvida de que Ewan estava dormindo antes mesmo de se deitar, eu fiquei um bom tempo acordado, pensando em tudo o que ele havia me contado. E então, quando estava quase adormecendo, fiquei tenso, minha mente cristalina novamente.

Ewan estivera se escondendo enquanto esperava que chegasse a ele naquele dia. Ewan, mascarado e voltando inesperadamente após dois anos inteiros longe de Elderslie, não deveria ter motivo para se esconder em uma moita de amoras. Motivo para ser cauteloso sim, mas para se esconder do mundo inteiro?

As pessoas já haviam começado a chegar das casas e das vilas próximas no momento em que rolei para fora da cama pouco depois do nascer do sol, e outras continuaram chegando por toda a manhã, transformando toda a casa e o terreno em um frenesi de preparativos. A prima Anne chegou antes da metade da manhã com o marido e os três filhos, e tia Margaret me convocou para levar as crianças para um passeio pelo terreno para tirá-los do trabalho que acontecia em toda parte, de modo que sequer coloquei os olhos em Ewan até depois da refeição do meio-dia. Bandejas e travessas de carnes frias, raízes e cenouras em conserva e fatias de pão fresco com jarras de água de poço foram trazidas da cozinha e colocadas em mesas para que as pessoas se servissem como e quando quisessem.

Eu já havia comido no momento em que Ewan apareceu, e quando vi o comprido tubo do estojo do arco pendurado no ombro imaginei que estivera praticando nas florestas próximas. Ele piscou para mim ao se aproximar das mesas, depois soltou o estojo do arco e o pousou ao lado de seu bastão antes de começar a encher um prato de madeira. Fui pegar duas canecas de cerveja na cozinha e depois segui até onde ele encontrara um lugar em uma mesa desocupada sob uma árvore, junto à parede de um dos prédios anexos. Agradeceu com um gesto de cabeça enquanto pegava a cerveja, e me sentei bebericando a minha enquanto ele devorava a comida. Quando havia engolido o último bocado ele se reclinou e virou o que pareceu ser metade da cerveja. Depois, como de hábito, arrotou.

– Isso foi bom – disse. – Mas você não parece feliz. O que está passando por sua cabeça?

– Perguntas – murmurei. – Mais perguntas.

Ele olhou ao redor de nós despreocupadamente.

– Então pergunte. Estamos sós. O que quer saber?

– Quero saber por que estava se escondendo ontem quando nos encontramos, pois não acredito que tivesse algo a ver com cautela por causa de Graham de Kilbarchan.

Ele não se moveu, e sua expressão não traiu nada do que estava pensando.

– Do que quer que estivesse se escondendo, fosse o que fosse, é muito mais recente do que o problema que os mandou para longe daqui há dois anos. Não é?

Ele inclinou a cabeça ligeiramente para um lado e depois assentiu.

– Sim, é. Eu ia lhe contar – disse, olhando ao redor novamente. – Will quer vir para casa. Mandou descobrir se era seguro.

– Ele quer? O que o impede? Que venha! Volte e diga que estamos esperando por ele, depois o traga de volta, com esposa e tudo.

O grande arqueiro baixou a cabeça.

– Não é tão simples assim, Jamie. Por isso ele me enviou sozinho. Para verificar as possibilidades, ver o que tem de ser visto.

– Em que sentido? O que você está procurando?

– Ingleses.

– Em Elderslie? – reagi, sem tentar disfarçar meu desprezo.

– Por que não? Eles estão por toda parte.

– Não aqui, não estão. Não ainda.

– Estão em Paisley?

Eu dei de ombros.

– Na abadia sim, às vezes. Sempre há bispos indo e vindo, e os ingleses passaram a cavalgar com escolta desde que o papa Gregório deu a Eduardo o direito de nomear bispos escoceses ano passado.

Ewan resmungou.

– Sim, o bispo Wishart não ficou nada satisfeito com isso. Disse, e estava certo, que isso minava toda a autoridade da Igreja da Escócia. Um papa estrangeiro dando a um rei estrangeiro autoridade sobre o clero escocês. Se eu fosse um bispo inglês na Escócia hoje também viajaria com escolta para que meu santo traseiro não fosse chutado de volta para a Inglaterra.

– Então... Will teve problemas com os ingleses?

Ewan hesitou.

– Sim, pode-se dizer isso.

– O que ele fez?

Seus enormes ombros se contraíram sob as roupas.

– Nada que você não esperasse dele, sabendo quem Will é.

– Então me conte.

– Ele acertou um soldado inglês.

– Ele acertou um soldado inglês? Em uma briga, você quer dizer.

Ewan suspirou, depois dizendo em uma voz estranha, contida.

– Não. Não em uma briga. Mas há um histórico que você precisa conhecer de modo a entender. O ano passado foi ruim, Jamie, cheio de revoltas, estou certo de que sabe por viver na abadia, cheio de política, pose, prece e posições de pessoas de todo tipo, e tudo isso moldado de forma a se ajustar aos sonhos e esquemas dos homens que se dizem grandes. E nos foi dito que culminou em maio e junho últimos, com Eduardo Plantageneta sendo nomeado suserano da Escócia. Esse foi o preço por concordar em ser o juiz no caso do reinado, supervisionando Balliol e Bruce, e nenhum dos magnatas pareceu inclinado a discutir com ele na época – disse ele, dando de ombros. – Mas como poderiam? Como o bispo Wishart deixou claro na época, todos eles têm terras extensas e prósperas na Inglaterra, pela boa vontade de Eduardo e a seu prazer real. O próprio lorde John Balliol é dono de 15 propriedades na Inglaterra, muitas delas nas mais ricas regiões do sul, você sabia? E Bruce tem quase tantas, pelo menos dez de que Wishart tem conhecimento, e os dois homens prestam homenagem abertamente a Eduardo como seu senhor feudal e benfeitor na Inglaterra. Seu senhor feudal.

Ewan abriu o punho, flexionando os dedos lentamente, e continuou em voz mais baixa.

– E assim Eduardo foi nomeado suserano feudal da Escócia em maio do último ano, e em poucos dias havia um exército inglês em Norham e todos os castelos reais escoceses foram repassados aos ingleses – disse, virando a cabeça para olhar diretamente nos meus olhos. – Segundo os advogados dos dois lados eles foram repassados temporariamente, para devolução posterior, claro, assim que um novo rei dos escoceses houver sido coroado. Mas nesse ínterim Eduardo os mantém e nós carecemos deles, e sua força paira sobre nós, ocupados por guarnições inglesas.

"E então, em junho, menos de um mês depois disso, todos os guardiões renunciaram e foram reconduzidos por Eduardo no mesmo dia, e dois dias depois todos juraram fidelidade a Eduardo; mas não como suserano, como acordado em Norham. Ah, não. Dessa vez eles juraram submissão e fidelidade a Eduardo Plantageneta, senhor supremo da Escócia. Deus nos ajude!"

– Ewan – eu disse – eu sei de tudo isso, sabia enquanto estava acontecendo. Mas você nunca foi tão político antes.

– Não, eu não era – disse, se inclinando para frente. – Você está certo. Nem mesmo quando Eduardo estava fazendo com minha terra natal de Gales o que está agora se preparando para fazer à Escócia.

– Vamos lá, Ewan – falei, quase debochando. – Aquilo era guerra, e Gales era o inimigo. Eu dificilmente diria que é tão ruim assim aqui.

– Ah, não diria? – reagiu, erguendo o queixo até estar quase olhando para mim por sobre o nariz sem osso. – Então você terá de me perdoar, mestre James. Qual sua idade agora?

Eu hesitei, desalentado com a hostilidade em seu tom de voz.

– Vinte anos, como você sabe.

– Sim, vinte... – disse, conseguindo fazer soar como uma idade infantil.

– Você claramente tem algo a dizer, e não estou entendendo. Explique novamente, por favor.

– Nada que você pudesse saber, Jamie – disse em um tom mais gentil. – Você é padre, ou o mais perto disso possível, vivendo em uma abadia. Tudo que ouve é filtrado pelos ouvidos da Igreja. Somos nós que vivemos do lado de fora que sabemos o que realmente acontece. Atualmente, o sul está cheio de soldados ingleses. Eles estão por toda parte ao redor de nós, como uma cama de musgo escorregadia e malcheirosa, e não há como se livrar deles. Eles mandam em todos, e parece não haver ninguém a quem eles respondam. No nível mais baixo os homens de armas comuns são comandados por cavaleiros e sargentos. Estes, por sua vez, são comandados por meirinhos e oficiais inferiores, que são nomeados para várias funções por xerifes e oficiais de justiça, que mantêm seu poder por intermédio dos vários barões que Eduardo trouxe com ele para a Escócia. E os barões servem aos condes...

– Aos condes ingleses, você quer dizer.

– Sim, na maioria dos casos, mas quando os homens do conde de Carrick escocês, muitos dos quais são ingleses, se misturam com os do conde de Hereford inglês, quem pode dizer qual é qual no calor de uma discussão? Os condes são todos eles representantes de Eduardo, claro, escoceses e ingleses, desnecessário dizer, mas coletivamente aqueles que os seguem pensam que são eles mesmos a lei. Eles intimidam o povo escocês e o tratam como servos.

– Como servos? Como isso é possível?

– Como isso é possível? Jamie, isso é comum. Certamente onde estamos, no sul, mas ficaria surpreso se fosse diferente em qualquer outro lugar. Há ingleses demais aqui, e poucos de nós, e não há uma guerra entre nós; apenas arrogância da parte deles e aceitação muito sofrida da nossa parte. Mas eles nos tratam como um povo conquistado, e não fazem esforço para disfarçar o desprezo que sentem por nós.

– Pode me dar um exemplo?

– Sim, posso. É o motivo pelo qual Will precisa vir para casa. Ele é um homem procurado por causa disso, mas não fez nada de errado. Não cometeu nenhum crime, não violou nenhuma lei. Simplesmente desafiou os ingleses. Mas agora há uma recompensa pela cabeça dele, que está escondido e não ousa ir para casa.

– Uma recompensa por sua cabeça... quanto?

– Cinco marcos de prata.

– E pelo quê ele é procurado?

– Por agredir um soldado inglês que cumpria seu dever.

– E isso é verdade?

– Vou contar o que aconteceu, e você mesmo julgará.

Ele apoiou as costas na parede e começou imediatamente a contar sua história.

– Há cerca de três meses, talvez três e meio, Will e eu viajamos para Glasgow para nos encontrar com o bispo Wishart e fazer um relatório de nosso trabalho. No caminho de volta paramos em Lanark para pegar linhas, fios e coisas assim para

Mirren na feira de Lanark. A cidade estava cheia de soldados, a maioria deles ingleses, embora alguns fossem escoceses, mas estávamos acostumados a isso, pois havíamos percebido a caminho do norte que havia mais ingleses por toda parte. Mas mantínhamos distância, evitando contato com todos e não tivemos problemas, nos comportamos da mesma forma na viagem de volta; até chegarmos a Lanark.

"Algo estava diferente ali, havia algo errado, e inicialmente não sabíamos o que era. Então viramos uma esquina para chegar ao mercado e ele estava vazio, a não ser por meia dúzia de pessoas que imediatamente pararam o que faziam; estavam reunidos junto a algo que não conseguíamos ver; e se viraram para olhar para nós. Pareciam assustados e culpados, e foi quando Will reconheceu o que estava errado. Estavam com medo de nós, embora não pudéssemos dizer então o que os assustava. Mas não estavam falando, e certamente não estavam rindo. Era meio da manhã e as barracas estavam silenciosas e as únicas outras pessoas ali eram soldados.

"Essas pessoas acham que somos ingleses, me disse Will olhando para elas. Estão com medo de nós. São nossos arcos. Nos confundiram com arqueiros ingleses, e não é de espantar. Olhe lá, metade dos homens do outro lado da praça é de arqueiros, vestidos exatamente como nós. Ele estava certo, e eu não havia notado até então. Ele ergueu a mão e ficou olhando para o grupo de pessoas na nossa frente, e quando todos olhavam para ele, esperando que fizesse ou dissesse algo mais, ele ergueu a mão um pouco mais alto. Não somos ingleses, disse alto o bastante para que apenas eles escutassem. Não importa o que pensam da nossa aparência, somos escoceses como vocês. Carregamos arcos ingleses, mas isso não significa nada. Estamos apenas de passagem, a caminho de Jedburgh, no sul. O que está acontecendo aqui?

"Durante algum tempo pensei que ninguém iria responder, mas então um deles, que parecia o homem mais velho, olhou para nós. Avancem e vejam vocês mesmos o que está acontecendo, disse. Então fizemos isso. Havia um jovem entre eles, deitado no tabuleiro de uma barraca e coberto de sangue, e estavam tentando conter o sangue. Eu consegui ajudar, e assim que havíamos interrompido a hemorragia não demorou para que descobríssemos o que acontecera.

"O velho, que se chamava Nichol, nos contou que os ingleses haviam descoberto um novo jogo com bastões e estavam se divertindo muito. Começara mais cedo, em outra cidade, mas a notícia correra tão rapidamente que todos já sabiam o que estava envolvido. Gangues de soldados ingleses percorriam agressivamente uma cidade, empurrando os homens à frente deles do modo como batedores conduzem animais de caça, até considerarem ter reunido vítimas suficientes para seu esporte. Então cercam a presa e o jogo começa. As regras eram muito simples. Dois soldados ingleses competiam em uma luta com bastões, acompanhados por uma plateia de escoceses e ingleses. Quando a luta terminava, sendo o bastão uma arma inglesa, os escoceses eram convidados a experimentar. Qualquer escocês que ousasse era estimulado a derrubar um soldado inglês com proteção o acertando nos ombros. Se falhasse, a pena era apenas o reconhecimento do fato de que os escoceses não eram páreo para os ingleses no uso de uma arma inglesa. Por outro lado, caso tivesse sucesso, ele seria recompensado com uma moeda de prata por seu feito."

– Isso soa bastante justo – eu disse.

Ele ergueu a mão para me calar.

– Mas os escoceses não podiam vencer, pois as armas que usavam eram defeituosas.

Eu franzi o cenho.

– Como um bastão de combate pode ser defeituoso? É fundamentalmente um bastão.

– Verdade, mas até mesmo um bastão pode ser enfraquecido. Quando finalmente encontravam alguém disposto a tentar ganhar a moeda, e, acredite, eles se esforçavam muito para provocar as pessoas, questionando sua masculinidade, insultando e duvidando de sua coragem, os adversários podiam escolher qualquer um dos bastões carregados pelos soldados. As armas eram colocadas no chão, e os donos se afastavam delas. Os locais não desconfiavam. Haviam acabado de ver os soldados ingleses atacando um ao outro com aquelas mesmas armas.

"Mas ali havia dois grupos de ingleses misturados, um levando armas fortes e sólidas que usavam para lutar entre si, e outros carregando bastões enfraquecidos que serviam para enganar os locais. Então um jovem, como aquele que tínhamos encontrado sangrando no mercado, acabava pegando um bastão e batendo com ele nos ombros blindados do inglês que estava ali esperando pelo golpe. Mas todas as armas colocadas à disposição do jovem haviam sido cortadas na diagonal, e o dano cuidadosamente disfarçado. Então, quando o infeliz, estimulado por todos, virava a coisa com toda força contra as costas do homem blindado, o bastão se partia, com a extremidade partida irregular voltando violentamente na direção do escocês sem proteção, na maioria das vezes arrancando sangue e com frequência causando graves ferimentos, para a diversão dos ingleses da plateia..."

Uma sombra bateu na mesa entre nós, e eu ergui os olhos e vi uma bela jovem nos olhando, seu corpo inclinado contra o peso da grande jarra de madeira que equilibrava no quadril.

– Vocês estão mergulhados em alguma coisa – disse, nos dando um sorriso alegre. – Deve ser um trabalho que dá sede de tanto falar. Posso servir um pouco mais de cerveja?

Nós nos acomodamos alegremente, olhando enquanto ela enchia nossas canecas e depois saía em busca de outros bebedores, e enquanto ela partia, Ewan se virou para mim, balançando um dedo na direção do corpo dela.

– Sei que você ainda não é padre, mas aquilo...

– Nem de longe – respondi, sorrindo do tom de sua voz enquanto descartava a pergunta. – Agora me conte o que Will fez quando descobriu sobre o jogo que os ingleses estavam fazendo.

Ewan deu um sorriso selvagem, esquecendo a garota.

– Por que você acha que ele faria alguma coisa, um jovem calmo como o nosso Will?

– Porque ele é assim: calmo, tímido, recatado e avesso a dizer o que pensa. Diga, o que ele fez?

– Will tirou túnica e capa verdes e vestiu uma camisa simples feita em casa que pegou emprestada com um dos homens do mercado. Depois retirou o estojo do arco e eu deixei meu bastão de lado, pegando o dele. Deixamos nossas armas e o resto de nossas coisas com Nichol e seu pessoal, depois de termos dito a eles o que iríamos fazer, e fomos provocar os provocadores ingleses.

– E sem dúvida os encontraram.

– Ah, sim. Do outro lado da cidade, longe da estrada principal. A floresta cresce bem no limite da cidade: num minuto você está entre prédios e no seguinte está na floresta densa. De qualquer forma, era o lugar certo para o que os ingleses queriam. Havia muitos homens de armas ali, mas a maioria de arqueiros, o que inicialmente nos surpreendeu. Depois descobrimos que integravam uma força trazida das fronteiras galesas pelo barão inglês John de Vescy, um velho companheiro do bispo Bek. De qualquer forma, quando chegamos até eles, haviam conduzido um grupo de locais para uma clareira na floresta e estavam provocando, desafiando a pegar os bastões e tentar a sorte contra um inglês desarmado. Eu simplesmente levei Will até eles, segurando-o pelo braço como se o levasse à força, e o empurrei para o meio da clareira.

– Assim? E ninguém o impediu?

Ewan olhou com toda inocência.

– Por que alguém iria me impedir? Eles me consideraram um deles, vestido como eles e levando um bastão, um arco longo no estojo e uma aljava. O único que falou comigo fez isso em galês, e respondi em galês, dizendo que era um novato, chegado naquele dia. Quem iria duvidar de mim? Ademais, estava dando a eles uma vítima para sua diversão. Ele ficou ali mudo, olhando ao redor como um touro raivoso. Todos de início ficaram impressionados com seu tamanho, mas depois viram que estava desarmado, não muito limpo e mal vestido com uma túnica gasta, pernas nuas cobertas de terra e sandálias arruinadas. Então o descartaram e recomeçaram como se não estivesse ali.

"Mas enquanto falavam e provocavam os prisioneiros e explicavam qual era a proposta, ele pareceu se interessar, e o interesse aumentou até começar a andar de um lado para o outro, sem dizer uma palavra, fazendo gestos de mão para indicar que queria experimentar um dos bastões."

– E eles finalmente desistiram e o aceitaram – eu disse.

– Isso. Quando ficou claro que mais ninguém queria aceitar o desafio, ele se tornou a única chance de diversão. E assim o grupo com os bastões preparados se adiantou e os jogou no chão, para que ele pudesse escolher um. Ninguém percebeu que avancei com eles e joguei o meu ao mesmo tempo. Mas claro que não era o meu. Era o de Will, e ele o escolheu na pilha, olhando como se nunca tivesse visto uma coisa daquelas antes, e o balançando desajeitadamente como se aquilo também fosse novidade. Eu recuei em silêncio e fui para onde poderia estar em posição de proteger a fuga dele, pois sabia que logo estaria indo na minha direção, e se movendo rapidamente.

"Então vi o maior homem entre eles assumir posição e se preparar para o golpe de Will. Estava bastante blindado, com uma couraça de metal sobre uma jaqueta de couro trançado, e os braços eram bem protegidos contra ferimentos, e pelo modo como se movia com arrogância era óbvio que estava preparado para o que se seguiria.

"Bem, não estava nada preparado. Quem pode se preparar contra um golpe forte de bastão de Will Wallace? O golpe acertou como uma árvore em queda, levantou o idiota do chão e o mandou rolando até bater na árvore mais próxima e ficar desacordado. Depois, antes que qualquer um pudesse reagir, Will acertou os dois homens junto a ele com dois golpes duros de lado, o bastão mal se movendo trinta centímetros em cada direção, derrubando-os ali mesmo. O primeiro homem atingido teve sorte, embora o golpe provavelmente tenha lhe custado algumas costelas, mesmo com a armadura. Mas Will quebrou cabeças naquele dia, e três dos homens que derrubou ficaram caídos. No total ele incapacitou sete homens, e estou dizendo incapacitou, antes que alguém começasse a ir atrás dele. E quando alguém fez isso ele já estava correndo na minha direção, com os outros locais se espalhando em todas as direções.

"Já estava com uma flecha na corda antes que Will desse o primeiro golpe, e naquele momento a puxei. Havia três homens perto de apanhar Will. Derrubei o primeiro deles, estraçalhando seu ombro esquerdo e o jogando para trás com a força da minha flecha. Quando encaixei outra flecha o segundo homem havia me visto e sabia o que iria acontecer. Ainda em disparada, ele se lançou de lado nos arbustos junto à trilha e ficou deitado lá, sem qualquer tentativa de avançar. O terceiro homem havia desembainhado uma espada e a estava brandindo para acertar Will quando a minha flecha o pegou baixo, logo acima do joelho esquerdo, jogando-o ao chão. Eu encaixei uma terceira flecha, mas ninguém se mexeu no pequeno grupo de ingleses que permanecia na clareira.

"Eu contei cinco homens lá, cada um deles olhando atentamente para Will ou para mim, e soube que nossas descrições iriam circular e eles nos caçariam por aquilo, ou tentariam. Esperei que Will passasse correndo por mim, então me virei e o segui, nenhum de nós reduzindo o passo até chegar à praça do mercado e pegar nossas roupas e armas com Nichols e seus companheiros. Dissemos a eles para se espalhar e negar ter nos visto, depois seguimos para o lugar onde havíamos deixado os cavalos, e saímos rapidamente de Lanark."

Fiquei algum tempo sentado em silêncio, absorvendo tudo o que ele havia me dito.

– E isso foi há três meses? – perguntei finalmente.

Ele deu de ombros.

– Não tenho certeza. Em que mês estamos agora?

– Setembro. Hoje é dia 16.

– Então deve ter sido há quatro meses. Final de maio.

– E onde vocês ficaram desde então?

– Na floresta, perto da aldeia de Selkirk.

– Mirren foi com vocês?

– Sim, ela foi. Pessoas demais sabiam quem éramos. Não teria sido seguro para ela ficar. Ademais, ela não deixaria Will.

– Essa é uma vida dura para uma mulher, na floresta, a céu aberto.

– De modo algum. Eles moram em uma caverna, os dois, e é melhor que muitas casas que já vi. É seca, quente, espaçosa e bem iluminada. Confortavelmente mobiliada e bem escondida. Tem até quarto separado e um tanque limpo.

– Um tanque? Para banho?

– Sim, embora seja gelado, mesmo no alto verão. É alimentado por uma fonte. Água pura e cristalina.

– Eles vivem sozinhos lá?

– Sim, exceto por mim e meia centena de outros. Temos uma comunidade lá.

– Humm. E por que Will quer partir?

Ewan deu de ombros.

– Quem sabe? Ele não fala muito sobre isso, mas acho que já se cansou da vida de fora da lei, e acho que gostaria de trazer Mirren para casa, conhecer sua nova família em Elderslie e visitar sua tia e primos em Paisley.

– Então deve fazer isso, assim que puder – eu disse.

Capítulo 8

Eu não me dedico a escrever um comentário há muitos anos, talvez não desde o dia em que deixei minha amada biblioteca da abadia de Paisley; comentários de verdade demandam tempo e relaxamento para poder refletir sobre abstrações, e a vida cotidiana dá a homens comuns e padres pouco tempo para esses luxos. Mas o comentário é fruto natural da arte do tradutor, e eu aprendi a usá-lo pouco depois de me tornar membro pleno da fraternidade da biblioteca do irmão Duncan. Naqueles dias, entregue a meu trabalho solitário e estimulado a confiar em meus instintos, eu fazia uma anotação sempre que encontrava alguma anomalia em um texto antigo no qual havia sido colocado a trabalhar. Algumas vezes apenas registrava a estranheza de uma palavra ou um caractere, mas assim que fiquei mais confiante em minha própria análise, comecei a escrever minhas observações e, com menor frequência, as opiniões que tinha a partir dessas observações ou do que encontrara de anômalo no documento. Descobri que era prazeroso compilar esses comentários, e eles certamente seriam inestimáveis mais tarde, quando voltava a um documento que talvez não tivesse examinado em meses e encontrava minhas próprias anotações presas ao manuscrito, normalmente por um pequeno ponto de cera em um canto.

Esta passagem, portanto, é um comentário, uma observação paralela, mas necessária, para a compreensão desta crônica da vida de meu primo. Ainda assim me perturba que ache necessário adicionar isto. Meus estudos para o sacerdócio se intensificaram naqueles meses, produzidos por uma misteriosa demonstração de interesse em mim e em meu progresso por parte do reverenciado e poderoso bispo de Glasgow, e meus superiores decidiram que eu deveria estar pronto para ser ordenado no Natal daquele ano. O tempo voou, e quase sem que percebêssemos as árvores ficaram nuas e o princípio do inverno se tornou mais ameaçador a cada dia.

A morte da Donzela da Noruega, que tivera o impacto trivial de postergar minha ordenação, acabou tendo repercussões muito mais importantes. A notícia demorou 11 dias para chegar à terra, e primeiramente chamou a atenção do bispo Fraser de St. Andrews, no litoral leste. Uma semana depois Robert Bruce marchava para reivindicar o que considerava ser seu direito inquestionável à coroa da Escócia, seguindo para Perth através de Stirling e convocando todos os seus aliados a juntar-se a ele, mais uma vez tendo mais iniciativa que John Balliol. Os condes de Mar e Athol convocaram os homens de seus condados em apoio a Bruce, e por algum tempo pareceu novamente que todo o país seria lançado em uma guerra civil, pois todo o poderio da Casa de Comyn, a família mais poderosa da Escócia, sob os lordes de Badenoch e Buchan, apoiava a candidatura de Balliol e não ficaria parada enquanto Bruce usurpava o trono.

Mas o bispo Fraser havia antecipado o que aconteceria quando a notícia sinistra da morte da Donzela fosse de conhecimento público, e reagira ainda mais rapidamente que Robert Bruce. Em poucos dias enviara mensageiros rumo sul a toda velocidade com uma carta redigida por ele e seu primo Sir John Comyn, lorde de Badenoch, apelando diretamente a Eduardo Plantageneta, anunciando ao monarca a morte de sua sobrinha-neta e transmitindo o temor que os autores sentiam de agitação na esteira do acontecimento. De modo a evitar uma guerra civil e proteger o bem-estar do reino da Escócia, o bispo conclamou o rei inglês a usar seus bons ofícios para garantir que a coroa escocesa fosse legalmente colocada na cabeça do mais qualificado dos candidatos. E assim tiveram início os acontecimentos hoje conhecidos como a Grande Causa – a busca do verdadeiro rei para a Escócia.

Não consigo pensar em uma só alma entre meus conhecidos de minha idade – e poucos deles continuam vivos hoje – que não esteja familiarizada com os acontecimentos da Causa. Ela dominou nossas vidas durante duas décadas, e assim me parece inconcebível que agora tenha de apresentar os detalhes dela aqui quando minha principal intenção é fazer uma crônica da vida de meu primo Will. Mas sei que já vivo em uma terra cheia de pessoas que nunca conheceram o medo e a incerteza, os terrores diários e a desesperança que assombraram seus pais e avós naquela época agora distante. O povo escocês hoje não lembra de nada da Grande Causa, afora histórias tediosas e quase inacreditáveis contadas pelos anciões, que já se esqueciam enquanto contavam, isolados de suas próprias lembranças de horror pela paz e a ordem que finalmente os tocaram com os esforços do rei Roberto.

Dessa ignorância geral e, temo, irreversível, nasceu o disseminado desrespeito pela verdade que me levou a escrever: a invenção, por intermédio de insinuações sussurradas e mentiras evidentes, de um patriota impecável e absolutamente admirável; um herói, quase mítico poucos anos depois de sua criação espúria, chamado William Wallace - O Wallace.

Assim, sou forçado, para que algum leitor futuro possa entender minha história, e pelo menos em certa medida lidar com a história recente, no mínimo para identificar as pessoas e os acontecimentos que iriam moldar o destino de meu desafortunado primo.

Eduardo, claro, concordou imediatamente com o pedido do bispo Fraser e enviou um exército inglês para a fronteira da Escócia para supervisionar a paz enquanto seus representantes, Antony Bek e John de Vescy, procuravam Bruce e Balliol para informar a eles que, a pedido dos guardiões, o rei inglês iria julgar a questão da sucessão à coroa escocesa.

As hostilidades cessaram imediatamente. Nem Bruce nem Balliol podiam alegar legitimidade contestando esse desdobramento, pois os guardiões haviam agido com autoridade de acordo com seu dever, e Eduardo da Inglaterra, que já negociara com sucesso disputas similares na Sicília e na Gasconha, levava ao processo uma reputação de probidade e integridade. Supondo corretamente que nenhum dos nobres em disputa o desafiaria, Eduardo convocou uma grande corte em Norham, um de seus castelos fronteiriços, e pelos dois anos seguintes houve uma desajeitada dança diplomática.

Nesse período, em função da revelada monstruosidade da ambição de Eduardo, o bispo Fraser e John de Badenoch foram desprezados por terem buscado aquela aproximação inicial com Eduardo, mas sendo um homem de Deus e um homem apenas incidentalmente de Bruce durante os conflitos que se seguiram, eu acredito que eles foram injustamente atacados. Os dois homens eram aliados de Balliol e despudoradamente contra Bruce, mas isso teve pouca relação com o que aconteceu depois. Quando Fraser e Badenoch escreveram a Eduardo nos últimos dias de setembro de 1290, o fizeram por uma preocupação legítima com o bem do reino da Escócia. Naqueles dias ninguém tinha nenhuma suspeita da doença que já crescia no peito do rei inglês.

Aquilo logo mudaria. Eleonora de Castela, rainha da Inglaterra, caiu doente em meados de novembro, e estava morta antes do final do mês. Eduardo ficou devastado, lançado à deriva, sem âncora sólida que ela sempre representara. Tinha 52 anos de idade, e estava casado com Eleonora desde os 16, e em todos esses 36 anos como marido e mulher eles haviam sido virtualmente inseparáveis, ela como sua maior fortaleza e sua melhor conselheira.

Eduardo desapareceu da vida pública naquele inverno, deixando as questões do reino inertes nas mãos de representantes e responsáveis. Todos os assuntos importantes de Estado foram deixados de lado enquanto o rei permanecia solitário por meses. E quando saiu de seu exílio autoimposto Eduardo Plantageneta era um homem diferente, amargo, menos tolerante e mais exigente com todos ao redor. Ele sempre havia sido capaz e ambicioso, mas naquele momento, sem sua amada esposa para contê-lo, era intransigente e implacável, e demonstrava uma obstinação impiedosa que não admitia interferência em sua vontade real; ele se tornara o homem que logo abandonaria todas as realizações mais refinadas de sua vida anterior e de forma arrogante se proclamaria *Malleus Scottorum*, o Martelo dos Escoceses.

Começou na primavera de 1291, formalizando sua posição de suserano feudal da Escócia. A questão havia sido levantada antes, e sem grande oposição dos magnatas escoceses, a maioria dos quais era dona de terras e propriedades na Inglaterra por permissão de Eduardo, mas dessa vez Eduardo fizera disso *sine qua non* para seu envolvimento na questão do rei escocês. Os guardiões e os magnatas debateram a questão sem grande entusiasmo, mas logo recuaram face o argumento de Eduardo de que a Escócia precisava de um juiz, não de um árbitro. Eduardo tinha ampla experiência como ambos, e podia demonstrar com absoluta credibilidade que a arbitragem era inútil sem a força da autoridade em apoio a ela. Concedendo a Eduardo plenos direitos de suserano feudal, a nobreza escocesa daria a ele todo o poder de julgar a Causa e declarar um vencedor. A solução parecia ser ao mesmo tempo lógica e sensata, assim como o próprio Eduardo na época. Então, chegou-se ao compromisso, o ponto da virada.

Sem dúvida sentindo que décadas de luta e derramamento de sangue estavam por vir, Robert Bruce, o Competidor, que na época tinha mais de 80 anos, abriu mão de sua candidatura em prol do filho, Robert Bruce VI. A esposa do filho, lady Marjorie, condessa de Carrick, morrera poucas semanas antes, aos 36 anos de idade – jovem demais para morrer tão de repente. O condado que ela possuía, Carrick, era um dos mais antigos do reino, e ela o recebera por direito, como única herdeira do pai. Casara jovem e ficara viúva sem filhos durante a Cruzada de 1270, e pouco depois desposara Roberto Bruce VI, dando a ele impressionantes dez filhos vivos e saudáveis. Bruce recebera o título honorário de conde de Carrick simplesmente como consorte de Marjorie. Mas com sua morte, segundo o desejo de lady Marjorie, ele se tornou conde de Carrick de fato.

Apenas dois dias após o pai ter repassado a ele a candidatura ao trono, o jovem Bruce renunciou a seu condado recém-adquirido e transmitiu o título e todas as duas terras e propriedades ao próprio filho Robert Bruce VII, que tinha então 18 anos e morava na Inglaterra na casa do rei Eduardo. Esse desdobramento, com seu realinhamento de reivindicações e responsabilidades, agitou todo o sul da Escócia.

Mas antes que qualquer coisa pudesse acontecer, a corte de auditores declarou na semana seguinte que John Balliol, lorde de Galloway, tinha mais direito ao reino dos escoceses. E assim, Eduardo escolheu o mais fraco dos concorrentes ao trono dos escoceses como o homem que iria ser rei.

Ninguém questionou o veredito, pois os auditores – cem no total, nomeados a partir da nobreza de Escócia e Inglaterra – haviam debatido a questão durante dois anos. Havia murmúrios de que o Bruce mais velho havia renunciado em prol do filho exatamente porque sua idade avançada estava sendo apresentada como um impedimento ao seu sucesso; outros disseram que a instalação do Bruce mais jovem garantiria que se Balliol fosse escolhido e fracassasse – e já corria o boato de que assim seria – o jovem Bruce estaria pronto a assumir seu lugar rapidamente.

Mas em geral os escoceses ficaram contentes pela questão ter sido finalmente resolvida, e as questões do reino terem sido recolocadas nas mãos de um rei legítimo. Em minha própria mente acredito que a candidatura de Balliol era provavelmente mais forte que a de Bruce, baseada na lei da primogenitura e na herança do primeiro filho nascido, um sistema no qual acredito. Balliol, como eu sabia de minha própria experiência reconhecidamente breve com ele, era um homem direto e simpático. Tinha poucos inimigos declarados e era abençoado com uma personalidade agradável, combinada com grande encanto e grande capacidade de escutar os outros e ouvir o que estavam dizendo. Claro que tinha detratores mesmo então, principalmente velhos guerreiros ressentidos, todos partidários de Bruce, que murmuravam sobre ele ser incapaz de lidar de forma suficientemente decisiva com Eduardo da Inglaterra. Eles balançavam as cabeças para o que consideravam a falta de coragem de Balliol e sua disposição ansiosa demais de aplacar o rei inglês, e alertaram que nunca iria encontrar, ou demonstrar, o tipo de coragem necessária para manter o ambicioso Eduardo em seu lugar. Bruce, o orgulhoso e irredutivelmente arrogante velho Competidor, nunca teria dobrado o joelho para Eduardo ou qualquer outro inglês, sustentavam, dizendo que Balliol havia sido escolhido puramente porque Eduardo acreditava ser capaz de controlá-lo.

De fato, Eduardo o usou desde o princípio como nunca teria ousado usar o velho e autocrático Robert Bruce. Ele manipulou o novo rei despudoradamente e sem misericórdia para atingir seus próprios objetivos, que provaram ser a total subjugação e absorção do reino escocês pela Inglaterra. Balliol, um pobre veículo fraco, nunca conseguiu se afirmar como nada além de ferramenta de Eduardo.

Ele foi coroado e entronizado em Scone em 30 de novembro, e recebeu o título de rei da Escócia, assim reivindicando senhorio sobre a terra e não as pessoas, e se distanciando de todos os outros monarcas, que haviam governado o reino como reis dos escoceses. No dia seguinte prestou respeitos ao rei Eduardo da Inglaterra como seu superior feudal. Seus anos no purgatório haviam começado.

Balliol, como todos os homens devem saber, acabou sendo deposto e obrigado a abdicar por seus próprios nobres, seu nome para sempre desgraçado aos olhos de seus compatriotas. Mas um homem, um rebelde desafiador, continuou a chamá-lo de rei e defender sua causa, para grande dor de Eduardo, da Inglaterra e da maioria dos magnatas escoceses.

Esse homem foi William Wallace.

Capítulo 9

Will passou seus próprios anos no purgatório, um período que começou em uma quarta-feira, 19 de novembro. Nunca esqueci da data, em parte porque, como bibliotecário, me tornei obsessivo com esse tipo de coisa. Porém, mais que isso, a data se tornou memorável por causa de uma concatenação de acontecimentos imprevisíveis.

A notícia da decisão dos auditores chegou do Sul no meio da noite, durante uma tempestade torrencial que durou até o amanhecer e ameaçou inundar o interior. Mas toda a comunidade da abadia despertou na escuridão com as boas novas do novo rei e ignorou alegremente o tempo ruim enquanto se preparava para uma missa solene celebrando ocasião tão grandiosa. Missas eram celebradas todas as manhãs na abadia, claro, mas em certas oportunidades, como festas litúrgicas e festividades, dias santos de obrigação e dias de júbilo geral como aquele, eram feitos esforços especiais para tornar a experiência da missa mais memorável. O sacrifício era concelebrado pelos membros mais antigos do clero residente; os trajes vestidos pelos celebrantes eram os mais finos que a abadia possuía; e os instrumentos e objetos usados nas cerimônias, de turíbulos para queimar incenso a candelabros, cruzes, cibórios e cálices para o pão e o vinho da comunhão, eram os mais magníficos de nosso tesouro. Mesmo a congregação, os próprios irmãos da abadia vestiam seus melhores hábitos, e o som de suas vozes reunidas no ar tomado pelo incenso sempre parecia ganhar uma nova dignidade nessas ocasiões. Assim, a missa daquela manhã, tomada pela promessa de uma rápida coroação e o retorno à justiça e à ordem por toda a terra reunificada, foi algo magnífico.

Esses sentimentos de boa vontade e esperança renovada, infelizmente, mal sobreviveram ao fim da cerimônia.

Eu saíra da igreja da abadia imediatamente depois da missa e correra sob a chuva que caía até a biblioteca, onde estava ajudando o irmão Duncan em um estudo de vários documentos danificados pela água do mais antigo mosteiro da ilha de Iona. Eles haviam ficado encharcados durante uma tempestade catastrófica, quando uma das paredes do prédio antigo desabara, e muitos documentos inestimáveis e insubstituíveis foram molhados quase além da redenção. Sei que não havíamos retomado o trabalho muito tempo antes, mas já estávamos suficientemente absorvidos no que fazíamos para que o clamor de excitação do lado de fora demorasse a ser registrado. Mas quando isso aconteceu percebemos que algo incomum acontecia ali perto, então cuidadosamente colocamos nosso trabalho de lado e saímos para o claustro, onde nos vimos em uma cena saída do caos. Eu não conseguia entender o que estava acontecendo, pois embora houvesse pessoas se movendo em todo lugar para onde olhasse, nenhuma delas parecia estar indo a parte alguma, e todas pareciam chocadas ou horrorizadas, e guinchavam como esquilos assustados.

O irmão Duncan rugiu pedindo silêncio, e em instantes todos o fitavam com olhos arregalados. Ele olhou ao redor para os rostos expectantes e falou no silêncio imóvel.

– Obrigado por seu silêncio. Agora, alguém poderia me explicar o que está acontecendo aqui? O motivo para essa gritaria, tão pouco tempo depois da missa em uma manhã pacífica?

– Assassinato.

A única palavra, dita em voz embotada e sem vida, provocou um zumbido coletivo. Quem falara fora o irmão Callum, um dos principais assistentes da cozinha da abadia. Duncan se virou para encará-lo.

– Assassinato, Callum? Tem certeza disso? Quem foi assassinado?

Callum engoliu em seco.

– Mulheres, a caminho daqui para a missa desta manhã.

– Quem lhe contou isso?

– Ouvi alguém gritando isso quando saí da cozinha.

Duncan e eu trocamos olhares, e depois ele ergueu a voz novamente.

– Há alguém aqui que possa nos contar mais sobre isso? Qualquer um?

Os rostos que o fitavam permaneceram vazios e ligeiramente apavorados.

– Muito bem – disse o irmão Duncan. – Claramente está acontecendo alguma coisa, como ninguém aqui sabe o que é, pode ser seguro presumir que estamos atribuindo demasiado significado a algo que pode não ser tão sério quanto parece. Portanto, quero que todos voltem ao que estavam fazendo. Aqueles de vocês com tarefas, retornem a elas. Aqueles sem nenhuma, retirem-se para suas celas e rezem para que aquilo quc ouviram não passe de especulação e confusão. Deus permita que assim seja.

Enquanto os monges se dispersavam, Duncan fez um gesto para que eu me aproximasse.

– Você e eu vamos descobrir o que está acontecendo. Vamos esperar que não seja tão ruim quanto Callum contou.

Era tão ruim, e pior. Tivemos que procurar até encontrar alguém que nos contasse alguma coisa, e mesmo então o significado do que ouvimos demorou a ser compreendido. O monge de serviço no portão principal nos contou que pouco antes um mensageiro passara correndo, gaguejando, gritando a notícia ao vento em uma voz tomada de pânico e ultraje. Felizmente, o padre Dominic, nosso abade, estava presente, se penitenciando rezando sob a chuva, e levara o homem diretamente para o interior da abadia antes que ele pudesse perturbar os irmãos.

Duncan agarrou meu braço e me empurrou com firmeza na direção dos aposentos do abade, onde Dominic e o próprio abade nos contaram o pouco que sabiam.

Aparentemente, um grupo de mulheres da cidade realmente havia sido atacado a caminho da abadia no começo daquela manhã. Havia cinco mulheres no grupo, nos contou Dominic. Todas haviam sido violadas, duas delas mortas no processo; as três sobreviventes haviam sido violentamente espancadas e estavam inconscientes. Foram levadas para o convento fora do recinto da abadia, onde ficaram sob os cuidados de um cavaleiro hospitalário de Roma em visita, e ninguém tinha certeza se alguma delas sobreviveria ao dia. Caso alguma recobrasse a consciência, restaria descobrir se seria capaz de – ou estaria disposta a – identificar os agressores. Era um crime chocante, de um tipo desconhecido em Paisley, e ninguém estava preparado para lidar com ele.

Duncan, sempre pragmático, imediatamente fez a pergunta que se destacava em minha própria mente: quem eram essas mulheres? Aparentemente, àquela altura ninguém sabia, embora Dominic já tivesse enviado seu assistente para descobrir o que pudesse. O que se sabia era que pareciam ter sido atacadas em uma trilha pública, a pouca distância das casas mais próximas, e dominadas rapidamente antes de serem tiradas da estrada e levadas para um bosque. Haviam sido encontradas por um ferreiro local que saíra para caminhar na chuva antes do alvorecer para clarear a cabeça cheia de cerveja antes de ir trabalhar e se deparara com a cena. Ele não reconhecera nenhuma das mulheres, presumivelmente por estarem desfiguradas e ensanguentadas, e ele mesmo estava abalado demais para olhar atentamente.

O abade e o padre, sendo quem eram, queriam começar imediatamente as preces pelas vítimas, mas meu primo Duncan estava muito mais preocupado com o como e o porquê do acontecimento do que com qualquer outra coisa. Continuava a interromper o abade com perguntas. Quem poderia ter feito tal coisa? Aquela era a pergunta principal, e no momento em que ele a fazia, senti a implicação esmagadora, pois ficou imediatamente claro para mim que ninguém na cidade de Paisley ousaria pensar em tal pecado. Os piores inúteis da comunidade eram, na pior das hipóteses, ladrões por oportunidade e batedores de carteira, de modo que os agressores dificilmente poderiam ser locais. A surpresa, o sequestro e a violação de cinco mulheres sugeriam um grupo de homens grande e organizado.

Duncan sugou ar entre os dentes da frente enquanto se virava para mim.

– Soldados – disse ele, não fazendo qualquer tentativa de disfarçar seu desgosto. Havia soldados por toda parte naquele outono, escoceses e ingleses. – Mas de quem? E como e onde começamos a procurar por eles?

Eu sequer tive de pensar para responder.

– Onde o ataque aconteceu. Será um lamaçal, então deve haver trilhas.

– Sim, haverá – respondeu Duncan –, mas a esta altura metade da cidade de Paisley provavelmente andou por lá, de modo que será impossível distinguir uma trilha de outra.

– Não se a seguirmos para longe o bastante de onde isso aconteceu. Nenhum dos moradores da cidade correria atrás daqueles homens sozinho, especialmente em um clima assim, e especialmente não de assassinos. Acho que conseguiremos seguir as trilhas longe o bastante para isolá-las, mais cedo ou mais tarde, e descobrir se talvez haja algo nelas que possa ser identificado.

Ele me olhou com ceticismo.

– Você não acredita que eles teriam se espalhado depois? Seria o que eu teria dito a eles para fazer, se estivesse lá.

– Não – respondi. – Não penso assim. Não se forem estrangeiros, e não neste clima. Perigoso demais alguém se perder e ser apanhado. Eles teriam ficado juntos, saído como um grupo, evitando ser vistos. Isso me diz que encontraremos uma trilha, embora só Deus saiba aonde ela poderá nos levar.

Duncan estava mordendo o lábio inferior, mas então balançou a cabeça, concordando.

– Talvez esteja certo. Então é melhor pegar sua capa para chuva. Está horrível lá fora.

O dia estava cinzento e carregado, quase escuro, embora ainda não fosse meio-dia. A chuva ficara mais forte, e o barulho enchia o ar, afogando tudo mais. Puxei sobre o rosto o capuz de minha capa de lã para chuva e enrolei o resto do traje ao meu redor o mais apertado que pude, plenamente consciente de que o revestimento de cera cuidadosamente aplicado que cobria sua superfície de feltro grosso não suportaria muito tempo aquela tempestade violenta. A água formava poças sob nossos pés a cada passo, e nada dela parecia estar sendo drenado. De pé sobre o cascalho grosso do pátio dianteiro da abadia estávamos relativamente livres de desconforto, mas Duncan e eu sabíamos que no momento em que saíssemos do cascalho para a relva afundaríamos até os tornozelos. Não pela primeira vez em minha vida eu desejei um sólido par de botas pesadas, mas monges e padres comuns usavam sandálias simples em todos os climas e estações, então eu estava relativamente acostumado a pés dolorosamente gelados.

– Pronto? – perguntou Duncan, e quando assenti ele saiu à minha frente, seu passo decidido. Eu o segui de perto, tentando ignorar a umidade gelada da relva à altura dos tornozelos.

Levamos menos de dez minutos para chegar ao lugar onde ocorrera o ataque e, como esperávamos, era um formigueiro de gente, a maior parte dela não tendo motivo para estar ali além da simples curiosidade e da necessidade humana de ficar olhando. O terreno havia sido transformado em lama, como havíamos esperado, e não havia esperança de conseguir entender o que se passara ali depois dos acontecimentos do começo da manhã. Simplesmente olhamos ao redor rapidamente e avançamos, ignorando a multidão e nos concentrando em descobrir as trilhas das pessoas que haviam passado por ali mais cedo.

Não foi difícil encontrar o caminho que haviam tomado, mas foi surpreendentemente difícil escapar da depredação dos curiosos que desde então haviam acrescentado suas próprias trilhas àquelas deixadas pelos agressores. Muitos deles haviam partido corajosamente para seguir as trilhas originais, e feito isso por um tempo surpreendentemente longo, de modo que Duncan e eu, chegando depois, não tínhamos como saber se seguíamos as pegadas dos agressores ou dos caçadores amadores que nos haviam antecedido. De vez em quando pequenos grupos desordenados retornavam em nossa direção após desistir da caçada, e me esforcei para manter uma expressão de civilidade para com eles, mas o último nos revelou que só havia mais um grupo à frente, três homens, nenhum dos quais ele reconhecera.

Havíamos saído de detrás de uma tela de arbustos à altura da cabeça e nos descobrimos em uma pequena clareira cercada por arbustos até a cintura. Eu caminhava de cabeça baixa, estudando o chão aos meus pés, e senti, mais do que vi, um relance de movimento muito perto de mim. Ergui a cabeça a tempo de ver a lâmina comprida e larga de uma espada vir sibilando em minha direção e parar a um palmo de meu rosto. Eu fiquei imóvel. Duncan, meio passo à minha esquerda, também parou, erguendo as mãos involuntariamente para se proteger da ameaça, os olhos brilhando.

O homem brandindo a espada era alto e magro, o corpo sólido sob as roupas encharcadas. Mas minha atenção já havia sido capturada por um segundo homem, atrás dele.

– Pare, Shoomy – gritou ele, e o reconheci imediatamente. Enquanto o homem baixava a espada e recuava, o outro prosseguia: – O que estão fazendo aqui?

– Will? – disse, percebendo a gemida descrença em minha voz. – É você?

Surgiu em minha mente a imagem de um enorme rato encharcado, sugerida pelo brilho molhado de suas roupas escorrendo água e coladas em seu corpo enorme. Eu o estava vendo de barba feita pela primeira vez, e a água escorria por suas bochechas. Também via que ele estava furioso, mas minha capacidade de percepção estava prejudicada naquele momento, de modo que não entendi nada.

– Sim, Jamie, de fato sou eu. Você não respondeu. O que os dois estão fazendo aqui?

Enquanto ele falava um terceiro homem, baixo e delicado enquanto o primeiro era alto, saiu dos arbustos, baixando a besta. Eu o reconheci como Andrew Miller, embora não o visse fazia anos.

– Estamos procurando sinais de quem poderia ter feito... feito essa... essa... – disse, fazendo uma pausa e recomeçando. – Algumas mulheres foram atacadas esta manhã em Paisley, a caminho da missa. Decidimos procurar algum sinal de quem teria feito isso, mas chegamos até aqui em busca de trilhas claras.

– Sim, e boa sorte. Não há trilhas claras. Buracos cheios de lama, mas não trilhas que possam ser usadas, mesmo que esta maldita chuva parasse neste instante.

– Você sabe sobre as mulheres? Mas... de onde você veio, Will? O que está fazendo aqui?

O olhar que ele me lançou foi um que eu nunca vira antes, uma mistura de desprezo e intolerância. Mas ele me respondeu com civilidade.

– Eu estava a caminho de casa, levando minha esposa a Elderslie para fazer uma visita a vocês, mas quando chegamos a Paisley esta manhã encontramos o lugar tumultuado.

– Sim, aquelas mulheres.

Ele olhou furioso para mim.

– O que quer dizer com aquelas mulheres? Não sabe quem elas eram?

Ele não poderia ter me perguntado nada mais misterioso, e balancei a cabeça.

– Elas eram minhas mulheres, Jamie! Minhas!

A voz dele, o ultraje nela, me atingiu quase fisicamente no peito.

– A tia de Mirren e suas quatro primas. Isso é o que aquelas mulheres eram.

– Santa mãe de Deus!

Meus lábios continuaram a se mover, mas nada mais saiu deles, e Will de qualquer forma não prestou atenção. Ele falou quase para si mesmo.

– Elas foram apanhadas distraídas a caminho de venerar Deus, e foram violentadas por demônios. Até mesmo a velha, tia de Mirren. Duas delas foram mortas no local, as outras deixadas para morrer.

– Quais delas foram mortas?

Ele olhou para mim com um olhar quase distante.

– Meg Waddie, tia de Mirren. E sua filha mais velha, Christine. Acho que a velha deve ter morrido de medo. Mas a filha foi espancada até a morte. Quando encontrar o homem que fez isso, ele irá lamentar que a cadela de sua mãe o tenha parido. Eu o farei comer as próprias bolas, eu juro, acabadas de cortar do seu saco. E eu irei encontrá-lo, Jamie. Acredite em mim.

Eu acreditei. Acreditei nele implicitamente, chocado e fascinado com a expressão em seus olhos.

– Mas o trabalho aqui não é para padres, Jamie. Você me faria mais feliz se cuidasse das mulheres, garantisse seu conforto – disse ele, sacudindo a cabeça e tirando um cacho de cabelo encharcado da frente dos olhos. – Ouvi alguém dizer que elas foram levadas para as freiras. Mirren está com elas, onde quer que seja, e deixei Ewan com ela. Ele pode ajudar no que precisar ser feito, e seria bom para todos ter um padre à disposição. Eu vim aqui para descobrir quem fez isso, mas não há nada aqui.

– Ah, sim, há.

Agora que minha cabeça estava funcionando novamente, eu olhava ao redor e via o que realmente havia para ser visto.

– Está vendo essas marcas aqui?

Eu apontei para uma série de três pegadas que claramente haviam sido feitas por três pés distintos, levemente para minha esquerda e levando a um riacho que enchera com a chuva. Estava claro que os três homens haviam pulado por cima da água, plantado um pé na margem oposta e o usado para subir até o alto da colina suave.

Eu agachei ao lado das pegadas e toquei as filas de pequenos buracos fundos com as pontas dos dedos.

– Veja – disse. – Cravos. Quem usa botas com cravos?

– Homens de armas – disse Will com uma voz estranhamente baixa. – Soldados regulares. Fornecidos por um intendente.

– E o que isso nos diz?

– Os desgraçados são ingleses. Tenho quase certeza. Pelo que sei, nenhum dos magnatas escoceses tem o tipo de riqueza que paga cravos para seus homens... o que significa que quando descobrirmos qual barão inglês tem tropas na vizinhança, saberemos onde procurar os culpados pela loucura deste dia.

Duncan falou pela primeira vez.

– Pode não ser um barão. Não ouvi falar em forças de barões por aqui, não recentemente.

Will rosnou.

– Barão, conde ou simplesmente um maldito cavaleiro, não me importa. Se há uma força inglesa a uma caminhada de Paisley, eu quero falar com seu comandante, mesmo que seja o próprio Eduardo Plantageneta – disse, olhando para mim. – Como podemos descobrir?

Eu olhei para Duncan.

– Na abadia, o que acha?

Meia hora após termos retornado à abadia descobrimos que uma força armada, de cerca de duzentos homens, pertencente a Antony Bek, bispo de Durham, passara por Paisley dois dias antes e acampara menos de dez quilômetros depois, na direção de Glasgow, para esperar a chegada do próprio Bek de Norham, onde estivera a serviço do rei Eduardo. Bek servira como tenente do rei Eduardo na Escócia por dois anos, desde o começo dos acertos pré-nupciais entre a Donzela e Eduardo de Caernarvon. Famoso por sua feroz devoção, sua dedicação absoluta aos negócios de seu mestre e sua intolerância para com qualquer coisa que ameaçasse qualquer dessas duas, ele ainda assim tinha reputação de justiça, e até o momento ninguém o acusara de qualquer coisa desonrosa no tratamento dedicado aos escoceses.

Will estava sentado à mesa na minha frente, e o vi olhando para mim e mordendo o lado de dentro da bochecha de um modo que sabia ser indício de reflexão profunda. Também sabia que ele não estava me vendo, estava olhando através de mim, seus olhos e seus pensamentos concentrados em questões muito além da sala onde estávamos sentados.

– O que pensa, Will? – perguntei. – O que devemos fazer?

Eu vi seus olhos se reajustarem ao lugar onde ele estava, e enquanto eles mudavam e ganhavam intensidade, seu rosto ganhou a expressão de raiva que se tornara familiar demais na hora anterior, então eu pensei: "Este não é meu primo Will. Este é Wallace, o selvagem."

Ele coçou a barba por fazer em seu queixo enquanto respondia.

– O que devemos fazer e o que faremos são duas coisas diferentes, Jamie. Nós iremos falar com o bispo Bek, mas o que devemos fazer é seguir aquela trilha até onde ela nos levar, e então derramar o sangue de todo desgraçado dissimulado que encontrarmos no final da trilha.

Sua voz saiu forte e sem emoção, mas eu conhecera aquele homem a vida inteira, e sabia o esforço que ele estava fazendo para esconder sua enorme fúria.

– E se Bek não falar conosco?

Ele ergueu as sobrancelhas, surpreso.

– Por que não falaria? Irei até ele como mensageiro de meu tio. Ele escutará Sir Malcolm Wallace de Elderslie caso não escute um simples Will Wallace.

Eu não duvidei do que ele disse, mas não vi sentido em dizer a ele que Bek provavelmente sabia bem que Sir Malcolm estava morto.

– Quando você irá?

– Neste minuto.

– Não faz sentido, primo. Ele não está lá, lembra? Estava em Norham ontem, para a decisão dos auditores, então mesmo supondo que tivesse partido imediatamente depois disso, mal teria tido tempo para chegar aqui.

– Os mensageiros chegaram noite passada.

– Sim, mas eram mensageiros, Will. Cavalgaram sem parar, trocando cavalos. Bek é um bispo. Viajará com tranquilidade e dignidade, portanto não aparecerá antes de amanhã.

– Sabemos onde seu exército está acampado?

Duncan balançou a cabeça.

– Não com precisão, embora possamos descobrir facilmente.

– Então descubra, o mais rápido possível – rosnou Will. – Quero estar lá ao amanhecer.

Eu olhei para ele.

– Por que tão cedo? Bek não estará lá essa hora.

– Não, mas estarei esperando quando ele chegar – disse, se levantando. – Nesse ínterim, vou encontrar Mirren, no mínimo para passar meus braços ao redor dela e secar suas lágrimas. Eu os verei mais tarde.

– Espere – disse, me afastando da mesa. – Irei com você, pelo menos parte do caminho.

Nenhum de nós falou até estarmos além dos portões da abadia, a caminho da cidade. Eu sabia que ele pensava em Mirren, e não queria interromper. A tragédia do que acontecera à tia e às primas sem dúvida a teria chocado, mas pelo que eu escutara, ela era uma jovem forte e não ficaria com danos permanentes. Embora todos deplorassem, a violação de mulheres não era de modo algum inédita, e principalmente quando a terra era disputada por exércitos adversários. Nesses momentos o direito não assumido de saquear e violar mulheres inimigas era considerado privilégio de um soldado vitorioso, e todos, incluindo as mulheres, entendiam ser assim.

Mas aquele ato específico não havia sido cometido em tempo de guerra. Deus não podia permitir que ficasse sem punição, e eu sabia que meu primo estava determinado a que não ficasse.

– Então, primo, o que você queria me dizer?

Ele falou em latim, um claro sinal de que sabia que sua pergunta, e minha resposta, eram importantes.

Cem pensamentos passaram imediatamente pela minha cabeça, mas me obriguei a ignorar todos e responder em voz baixa, também em latim:

– Que você deveria agir com cautela neste caso.

– Eu deveria? E por que isso? – reagiu Will, de cabeça baixa, os olhos no caminho à sua frente. – Que necessidade tenho de cautela aqui, Jamie? Cinco boas mulheres foram atacadas e violadas sem provocação. Duas delas estão mortas, talvez com outras por vir, quem sabe?

Parou de chover em algum momento da hora anterior, e a escuridão precoce do inverno obscureceu tudo, salvo lampejos da luz da lua, refletidos aleatoriamente nas poças ao redor de nós, nos pontos em que fachos haviam conseguido atravessar a massa de nuvens acima. Will deu um passo para o lado na minha direção para evitar uma grande poça.

– Por que eu deveria ser cauteloso? A evidência que encontramos indica que os agressores das mulheres vestiam botas com cravos, significa que são soldados, claramente a serviço de algum lorde rico o bastante para equipar seus sicários com tais calçados, portanto, muito provavelmente, esses animais assassinos são ingleses. A única força de soldados ingleses no distrito é comandada por mestre Antony Bek, cujo orgulho que tem de seus homens e seus equipamentos é suficientemente conhecido para que ele seja chamado de bispo guerreiro. E eu preciso ter cautela? Sei que não preciso dizer a você, primo, que como tenente do próprio rei Eduardo na Escócia, e como um príncipe da Igreja de Cristo, o bispo Bek deveria condenar abertamente até mesmo a possibilidade de qualquer homem seu estar envolvido em tal crime, portanto eu pretendo ir e falar com ele, para chamar sua atenção para o caso pessoalmente. Claro que reconheço a necessidade de respeito ao abordá-lo, tomando o cuidado de reconhecer sua posição e não ofender sua dignidade. Essa necessidade eu vejo claramente, e a levarei em conta. Mas você está me alertando para uma necessidade de cautela, e não vejo tal necessidade.

Enquanto eu o escutava, notando a amargura em suas palavras, me ocorreu que aquele era o discurso mais longo que eu ouvia Will Wallace fazer em anos. Mas o que não me ocorreu – na verdade só pensei nisso muito depois – foi que ele falara com autoridade, com a segurança e a convicção que surge apenas após meses e anos de atuação. Eu ignorei completamente o fato evidente de que meu maior amigo e mais querido parente se tornara um líder por direito, acostumado a falar com convicção a homens que o escutavam atentamente.

E assim, em minha ignorância do que acontecera a ele nos dois anos anteriores, continuei falando como se ainda fosse o garoto que eu conhecera antes.

– Não estou falando de... – mas então me calei, de repente consciente de que ele já respondera àquilo sobre o que eu estava falando, antes mesmo de eu ter mencionado.

Ele inclinou a cabeça em um gesto conhecido, e sorriu para mim.

– Então vamos lá, diga. O que está passando pela sua cabeça?

Eu respirei fundo.

– Cautela... a necessidade dela, a despeito do que você diz. Quero ir com você amanhã. Quando se encontrar com o bispo.

– Não há necessidade disso. Ou você acha que preciso de proteção?

– Não. Mas acho que não faria mal ter um clérigo lá preparado para jurar por você. Mesmo um pobre clérigo pela metade como eu sou.

Ele grunhiu no que poderia ser um riso.

– Você é uma espécie de nem um nem outro, não é mesmo? Ewan me disse que sua ordenação foi adiada quando a Donzela morreu. Mas isso foi há muito tempo. Você um dia será ordenado?

– Sim, na verdade este mês, em tempo para o Natal. E nada impedirá desta vez.

Will parou de repente e me agarrou pelos braços, inclinando a cabeça para ver meu rosto à luz da lua.

– Então você será tornado padre? Verdade? Então, por Deus, estarei lá para testemunhar isso, a não ser que o próprio Deus queira me explodir antes desse dia. Eu estarei lá, Jamie, Deus é testemunha.

– Bom, então, e eu estarei lá com você de manhã, quando encontrar Bek, pois Deus também é minha testemunha.

Em algum momento antes do meio-dia, o bispo Antony Bek de Durham, ou um de seus auxiliares próximos, cometeu o que eu passei a considerar o erro isolado mais caro de todo o reinado de Eduardo Plantageneta como rei da Inglaterra, arruinando irrevogavelmente seus planos ambiciosos para a Escócia.

Até hoje não sei dizer com certeza a quem culpar pelo que aconteceu naquela manhã. Nem mesmo Will pode depois jurar com certeza quem disse o quê a quem, e ele estava muito mais perto dos acontecimentos do que eu. Aquele incidente isolado, uma visita a um bispo, feita de boa fé por um homem honrado buscando reparação para uma indefensável transgressão das leis de Deus e do homem, poderia ter tido consequências benéficas incalculáveis para os desígnios do rei Eduardo caso tivesse sido manejado de outra forma. Mas não foi, e a injustiça que se deu catalisou a fúria de William Wallace e depois concentrou toda a raiva da Escócia contra os supostos usurpadores. O inconcebível tratamento dispensado por Bek a William Wallace naquele dia lançou os ingleses em uma luta que iria durar 22 anos e terminar com eles sendo expulsos da Escócia.

O dia começou mal, e piorou aos poucos. Will e eu nos apresentamos no acampamento do bispo como planejado, desarmados e sós – Will ordenara que os outros permanecessem em Paisley –, pouco depois da primeira luz, após uma caminhada de duas horas por uma escuridão total fustigada pelo vento que se transformou gradualmente em um alvorecer cinzento e nublado. Falamos em voz baixa com o sargento da guarda naquela que devia ser a entrada principal, mas na verdade não passava de uma abertura na cerca viva delimitando o grande pasto que Bek escolhera para seu acampamento.

O sargento da guarda, um tipo ranzinza de aparência suja, estava mais preocupado em impressionar seu próprio destacamento de quatro homens do que em escutar o que Will tinha a dizer. Ele mal prestou atenção, o tempo todo se exibindo para seus homens, balançando nos calcanhares com as mãos enfiadas na fivela do pesado cinturão da espada preso na cintura e o rosto contorcido em uma expressão de desprezo. Assim que Will terminou, o idiota nos dispensou com um xingamento. Disse que o bispo ainda não estava no acampamento e não era esperado para logo, então desejou que pegássemos peste e nos mandou sair de sua passagem e de sua vista.

Will não reagiu aos maus modos do homem; simplesmente avançou um pouco mais quando o sargento se virou e pediu respeitosamente que pudéssemos esperar a chegada do bispo, fora do caminho das pessoas que entravam e saíam do acampamento. O guarda se virou, começando a erguer o punho, mas então parou, sem dúvida percebendo a largura dos ombros e do peito de meu primo. Ele abriu o punho e apontou com a mão para um tronco próximo que sem dúvida havia sido usado como assento por muitas pessoas durante muitos anos. Will agradeceu com um gesto suave de cabeça, e a seguir fomos juntos até o tronco e nos sentamos.

Enquanto passei pela abertura na sebe, dei uma espiada e fiquei surpreso com o lugar que parecia muito vazio. À primeira vista nada indicava que aquele era um acampamento militar, além da presença dos próprios guardas. O espaço que eu podia ver diretamente além da entrada, um trecho vazio de terra encharcada, com talvez de trinta a quarenta passos de profundidade, devia ter sido usado como área de desfile ou manobras. Mas além da grama, quase invisível à meia-luz, identifiquei os topos distantes de fileiras iguais de barracas se erguendo da névoa da manhã atrás de uma fila de árvores nuas, e à medida que a luz se tornou mais forte começamos a escutar ordens gritadas e o som de atividades militares organizadas ao fundo.

Em algum momento no meio da manhã ouvimos o som de cascos e homens marchando se aproximando por trás de nós, e nos viramos para ver o bispo e sua escolta montada chegando do sul. Havia cerca de trinta homens no grupo, todos eles bem montados e armados da cabeça aos pés, com exceção do grupo que cercava Bek, todo ele de clérigos montando os cavalos menores e mais dóceis conhecidos como palafréns.

Eu nunca vira o bispo guerreiro, mas o reconheci imediatamente, como o único clérigo armado de espada no grupo central. Ele estava bem empertigado em seu cavalo alto e mantinha a cabeça elevada, a expressão solene e superior, segurando as rédeas com firmeza e confiança. Eu o vi olhar de lado para nós ao passar. Ele me ignorou em meu hábito simples depois de uma olhada, mas usou todo o tempo que precisou para examinar Will dos pés à cabeça, e eu o imaginei pensando em quem seria aquele sujeito alto, imponente, bem vestido e de barba feita, e por que esperava à entrada de seu acampamento. Depois se virou para retomar sua conversa com o homem ao lado e passou pelos portões. Atrás dele, seus homens de armas cavalgavam em silêncio, um deles carregando um estandarte com o brasão do bispo, três anéis de ouro unidos sobre um campo azul celeste, e nenhum deles nos deu qualquer atenção.

Atrás deles, equipados com muito menos esplendor e viajando muito mais lentamente, se arrastava um pequeno destacamento de soldados de infantaria de aparência cansada, conduzindo um grupo de prisioneiros esfarrapados e totalmente intimidados. Todos os prisioneiros usavam um colar de ferro e se arrastavam desajeitados em fila única e muito próximos, os braços amarrados às costas e os colares presos por uma corda que era curta demais para seu propósito e portanto os deixava desequilibrados. Olhando mais atentamente para o esquadrão armado enquanto se aproximava, cheguei à conclusão de que eles na verdade não integravam a comitiva do bispo, tendo sido apenas ultrapassados pelos cavaleiros. Will desviou os olhos deles para mim com uma sobrancelha erguida, e tive certeza de que estava pensando a mesma coisa que eu. Os prisioneiros, 14 deles, todos homens, eram escoceses; tinham aquele ar soturno, enrustido. Fiquei pensando no que haviam feito para ser presos, reconhecendo ironicamente que isso não teria sido difícil.

Eles foram detidos por um palavrão gritado pelo sargento da guarda. Ele garantiu que não permitiria a entrada de lixo escocês no acampamento sob sua vigilância, não até que alguém com autoridade saísse e ordenasse a ele deixar aqueles animais entrar. Ficou gritando, encarando o cabo encarregado dos prisioneiros, que retrucava de modo igualmente desafiador. Tudo o que o cabo queria era se livrar dos feios duendes escoceses – estavam pendurados em seu pescoço havia dias, disse, fazendo peso. Queria se livrar deles como um casaco molhado e ir cuidar de sua própria vida, e não estava interessado no que o sargento do portão pensava. Eles acabaram chegando a um acordo e os prisioneiros foram colocados em círculo ao redor do tronco da única grande faia da região, a cerca de vinte passos de onde estávamos sentados, e a corda no pescoço foi amarrada novamente com segurança para mantê-los ali. E lá eles ficariam até que alguém dentro do acampamento decidisse o que deveria ser feito deles.

O sargento do portão havia observado Will e eu atentamente enquanto o bispo e sua comitiva se aproximavam, preparado para lançar seus guardas contra nós caso tentássemos impedir o avanço do bispo. Mas agora que estavam em segurança dentro do acampamento ele estava bastante contente de fingir que éramos invisíveis.

Esperamos em silêncio por mais meia hora antes que Will fosse até o sujeito e lembrasse a ele que estávamos esperando para falar com o bispo Bek, dessa vez citando seu tio, Sir Malcolm Wallace como fonte do pedido. Eu disse a mim mesmo que não era exatamente uma mentira, pois sabia que se o cavaleiro estivesse vivo, certamente teria usado seu nome e sua influência para resolver aquele crime hediondo.

O sargento ficou claramente infeliz com a inconveniência de ter de escutar, mas o nome e o título do cavaleiro foram suficientemente imponentes para que ele mandasse um de seus quatro guardas levar a mensagem de Will ao bispo. E mais uma vez nos acomodamos para esperar.

O mensageiro retornou rapidamente, acompanhado de um sargento. Não havia como se enganar sobre a quem aquele sargento era ligado; ele usava a insígnia retratada no estandarte de Bek, um colete azul brilhante com os três anéis de ouro trançados do brasão do bispo gravados no peito esquerdo, e era ladeado por dois homens de armas trajados de forma menos reluzente com quadrados azuis e amarelos em seus coletes de couro simples. Ele marchou diretamente até onde estávamos sentados e ficou olhando para nós e, assim como o sargento da guarda, não fazendo qualquer tentativa de disfarçar o desprezo em seu rosto.

– Certo – disse ele após examinar Will de alto a baixo e depois balançar a cabeça como se espantado com a estupidez do povo com o qual tinha de lidar. – Movam-se, então. Vamos. De pé. Não tenho tempo a perder correndo atrás de seus traseiros escoceses preguiçosos, não importa o que o bispo pense.

Will se levantou, sua postura submissa e humilde de alguma forma amenizando seu grande tamanho, e o sargento recuou para longe dele instantaneamente, indicando para os dois lanceiros que ficassem dos dois lados de Will como se ele fosse um prisioneiro. Eu também me levantei, supondo que iria com eles, mas assim que o fiz o sargento do portão avançou raivosamente na minha direção, acenando para que retornasse ao meu lugar no tronco. Ele me xingou de escocês idiota e deixou absolutamente claro que devia ficar onde estava e esperar, mas o outro sargento, para minha grande surpresa, ordenou que o sujeito calasse a boca.

– Eles vieram juntos, então entrarão juntos – rosnou. – O padre pode ser um intérprete, quem sabe.

A barraca de Bek, ao estilo pavilhão, tendo à frente um poste alto com seu estandarte pessoal, era de longe a maior de todas, mas havia muitos outros pavilhões menores identificados de forma similar entre as linhas compactas de barracas de campanha dispostas em formações justas. Havia homens por toda parte, a maioria deles organizados em grupos de treinamento ou em unidades de trabalho supervisionadas por sargentos com o mesmo fardamento branco usado por nosso guia. Vi poucos cavalos, mas o forte aroma de esterco me disse que havia um grande número não muito distante.

O sargento nos deteve quando estávamos a menos de dois passos da entrada da barraca do bispo.

– Esperem aqui – disse. – Serão chamados quando o bispo estiver pronto para vocês.

Ele então marchou para longe, nos deixando sem guardas, lado a lado sob o estandarte do príncipe bispo.

– O que você acha? – murmurou Will. – Devemos correr agora enquanto ainda podemos?

Era o primeiro sinal de humor que vira nele desde o dia anterior, e isso fez com que me sentisse melhor imediatamente, mas antes que pudesse responder a proteção da barraca principal se abriu e um padre de túnica litúrgica verde nos chamou com dedos curvados.

Antony Bek, bispo de Durham, estava rezando, e os amplos espaços obscuros dentro do pavilhão criavam a ilusão de que a própria barraca era uma igreja. Pantomima foi a palavra que me veio à mente, juntamente com uma imagem do ano anterior, quando vira uma trupe itinerante de pantomimeiros apresentar um drama em Glasgow sobre a Paixão e a Crucifixão de Jesus. A falsa santidade e a óbvia falta de sinceridade do espetáculo haviam me enchido de nojo na época, e descobri, naquele momento, que os mesmos sentimentos tomavam conta de mim.

Bek estava ajoelhado, sozinho, diante de um pequeno altar portátil que tinha um tabernáculo coberto e um cálice de prata. Suas costas eram retas, seu queixo estava ligeiramente erguido enquanto olhava para o tabernáculo, os dedos acariciando as contas de um grande rosário ornado. Parecia que se posicionara com grande cuidado, para nós, antes de dar a seu sacerdote o sinal para nos levar à sua presença. Ele ficou algum tempo ajoelhado após nossa chegada, imóvel, nos ignorando inteiramente, mas depois se benzeu com o sinal da cruz e se levantou, retirando a estola dos ombros, dobrando-a adequadamente e beijando-a antes de entregá-la ao padre que nos admitira. Só então nos olhou interrogativamente, a seguir indicando com um gesto que devíamos acompanhá-lo a outra área da barraca, onde assumiu posição ao lado de um braseiro reluzente e perto de uma poltrona estofada, larga o bastante para ser um sofá.

Ele mal olhou para mim enquanto perguntava:

– A qual comunidade está ligado?

Eu tive perfeita consciência da fria impessoalidade de seu tom e da falta de respeito dirigida a mim, e a consciência me gratificou. Aos olhos dele eu claramente era menos que nada, um padre sem rosto cuja existência banal devia ser registrada e não observada, mas eu não era um padre e a arrogância dele o deixara cego a isso. Ele olhara para meu hábito cinza e vira apenas o traje de um clérigo beneditino inferior, e sua própria insolência me elevara ao sacerdócio, nunca se dignando a imaginar que alguém menos significativo temeria sua presença. Mas eu antecipara a pergunta, e a mentira saiu de meus lábios soando como verdade.

– Jedburgh, meu senhor. A abadia de lá. Mas estou atualmente designado para a paróquia de Selkirk.

Eu raciocinara que se Bek me procurasse em Jedburgh no futuro ele poderia ou não iniciar uma busca quando não me encontrasse, mas se eu tivesse citado Glasgow, convidando-o a me ver lá depois poderia ter criado constrangimentos desnecessários para outros, entre eles o bispo Wishart.

Ele assentiu distraído e falou com Will.

– Você é sobrinho de um cavaleiro, me disseram, mandado aqui em nome dele para me questionar. Isso está correto? – disse, erguendo uma das mãos para impedir uma resposta. – Caso positivo, você certamente deve ter uma resposta para minha pergunta seguinte. Se esse assunto tem suficiente importância aos olhos de seu tio para que mereça perturbar minha privacidade de modo a levá-lo à minha atenção, por que então ele me fez a descortesia de não se apresentar pessoalmente?

Will baixou a cabeça em reconhecimento.

– Ele é incapaz, meu senhor. Ele ficou velho nos últimos anos e não consegue viajar.

Eu prendi a respiração. Se Bek soubesse quem Will era e soubesse da morte de Sir Malcolm, estaríamos prestes a ser presos.

O bispo assentiu.

– Então prossiga. Apresente sua queixa. A que diz respeito isso?

Will contou a ele, dizendo a única mentira da história logo no começo ao alegar ser o principal protetor da floresta das terras do tio que levara a esposa a Paisley para visitar sua família lá. A partir desse ponto ele relatou os acontecimentos exatamente como haviam se dado. Bek se sentou em sua grande cadeira pouco depois de Will começar a falar, e apoiou o queixo na mão em concha, o rosto não traindo seus pensamentos. Quando a história chegou ao fim ele suspirou e se empertigou, voltando o olhar para Will.

– Então... vamos ver se entendi o que você está dizendo. Algumas mulheres foram molestadas em sua cidade e você foi atrás dos malfeitores. Após chapinhar sob chuva torrencial por meio dia e a quilômetros de qualquer lugar, encontrou algumas pegadas enlameadas... quantas? Três? Que poderiam ter sido deixadas por botas com tachas. Estou certo? E com base nessa... nessa observação impressionante, você deduziu que as pegadas foram deixadas por soldados. Depois disso deve ter precisado de apenas alguns momentos para chegar à convicção de que esses soldados tinham de ser meus, já que eu pareço ser o único comandante inglês com soldados nesta região e que, por associação, a responsabilidade pela carnificina em Paisley também deve ser minha. Certo?

Ele não fingiu esperar por uma resposta.

– Brilhantemente pensado, embora a lógica envolvida seja inconfundivelmente escocesa. Então, como devemos prosseguir a partir deste ponto? Devo reunir toda a minha força no campo de desfiles e mandar açoitá-la? E quantos deles você gostaria que eu enforcasse depois? Você poderá esperar que construamos um patíbulo?

Ele parou, depois acrescentou:

– Quem descobriu essas três pegadas? A quem devo expressar minha gratidão por solução tão rápida desses crimes hediondos?

Will se virou para olhar para mim, as sobrancelhas erguidas de choque com o que estava escutando.

– Você? – perguntou Bek, interpretando equivocadamente o olhar e me fitando incrédulo. – Você é o responsável por esse ultraje? Um padre ordenado me acusando dessa atrocidade? Como ousa? – disse, mantendo a voz baixa, mas deixando patente a fúria que ela continha. Ele se virou para seu sacerdote, que estivera sentado ao fundo todo o tempo. – Chame de Vrecy e sua guarda. Agora! Traga-os aqui imediatamente.

O olhar furioso do bispo se voltou para mim novamente, e quando falou sua voz transbordava desgosto e repulsa.

– Você deixará este acampamento imediatamente. Você – disse ele, apontando um dedo trêmulo para Will – ficará aqui. Você e eu temos muito a conversar acerca de responsabilidades de liderança e comando de homens.

– Nem tanto, bispo. Você não tem poder de me manter aqui. O padre James veio comigo, e eu partirei com ele.

– Não, não irá. Se for será como rebelde e fora da lei, e caso precise mandarei meus homens quebrarem suas pernas. Eu sou representante do rei Eduardo neste maldito lugar, e você fará o que mando. Tenho algumas palavras para você, e mesmo sendo um escocês presunçoso e insubordinado, você as ouvirá, portanto fique aí.

Já tínhamos ouvido o ruído regular de pés em cotas de malha se aproximando, então alguém ergueu a proteção da abertura da grande barraca enquanto 12 homens entravam marchando, acompanhados por dois sargentos e um cavaleiro de armadura e capa. Bek apontou para mim e falou ao cavaleiro:

– Este, o padre. Pegue dois homens e o coloque para fora do campo; à força se ele não se mover rápido o bastante. Ele irá esperar pelo amigo do lado de fora dos portões. O resto de vocês, fique de olho no grande. Duvido que tenha muito a dizer, mas ficará conosco enquanto ele escuta – disse Bek, depois apontando para mim novamente. – Não pense que isso acabou, padre. Sei seu nome e lhe prometo, para onde quer que você vá, você e eu nos encontraremos novamente e você responderá por isso *in curia*, perante um tribunal de seus superiores.

Ele apontou um dedo para de Vrecy.

– Suma com ele de minha vista.

Não fazia sentido resistir, então saí em silêncio, com a mão pesada de um guarda em cada ombro enquanto eles me empurravam para frente. Minha escolta me fez passar rispidamente pelo portão externo e pelo posto do sargento da guarda até o lugar onde Will e eu havíamos esperado antes. Ali eles rosnaram uma ordem para que eu parasse e um deles me empurrou grosseiramente sobre o banco, me alertando para ficar ali a não ser que desejasse ser açoitado.

Eu fiquei sentado, com raiva, e esperei pelo que deve ter sido uma hora, e então finalmente os ouvi vindo por trás da cerca viva, gritando uns com os outros, rindo e animados como qualquer grupo de jovens com muito tempo livre. Mas quando eles apareceram no portão eu só consegui me erguer e olhar, chocado. Estavam carregando Will pelo portão de costas, cabeça para baixo, os pés erguidos atrás deles. Ele estava inconsciente e sangue pingava de sua cabeça caída para trás, e seis deles o levavam sobre braços cruzados, como carregadores de caixão, embora suas expressões deixassem claro que não o estavam pranteando nem gostando do esforço de carregar seu peso. Quatro outros homens caminhavam logo atrás deles, homens que eu soube imediatamente serem arqueiros, já que não tinham armadura e levavam os bastões, e eram eles que gritavam e riam, embora a diversão não parecesse ser dirigida a meu primo inconsciente.

Quando finalmente comecei a me recobrar, um dos seis carregadores grunhiu algo e os outros começaram a contar em voz alta, e no "três" levantaram os braços ao mesmo tempo e jogaram seu fardo no chão pesadamente em frente ao portão, onde ele se esparramou em uma poça deixada pela chuva do dia anterior. Depois se afastaram, prontos para partir e ouvi o que sabia ser minha própria voz gemendo em um protesto sem palavras enquanto corria até Will e me jogava de joelhos ao lado dele, mas no instante em que caí, um pé calçando bota me acertou do lado direito do corpo e me fez rolar. Um dos arqueiros estava de pé acima de mim, olhando para baixo e sorrindo enquanto recolhia a bota para me chutar novamente.

Mas então um braço se interpôs, empurrando-o para longe, e o maior dos quatro arqueiros esticou uma das mãos, quase despreocupadamente, e me acertou no joelho com a extremidade mais pesada de seu bastão. Naquele instante de dor lancinante eu me tornei mais uma vez um aluno com um bastão, encarando uma surra de Ewan Scrymgeour.

Eu tomei a ponta do bastão do sujeito e o puxei para mim, usando-o, juntamente com a resistência dele, para sustentar meu peso enquanto me levantava, e depois arranquei a arma de sua mão repentinamente frouxa, mudei a empunhadura e acertei a extremidade pesada acima da orelha antes mesmo que ele pudesse abrir a boca de incredulidade. Enquanto ele caía de lado eu me virei na direção dos outros, girando o bastão em minhas mãos até ele formar um escudo desfocado semissólido diante de mim. Honestamente não sei quem ficou mais surpreso com o acontecimento, eles ou eu. Eles certamente não esperavam encontrar um clérigo magricela que usasse um bastão com autoridade. Eu, por outro lado, não imaginara me ver de repente encarando nove inimigos armados e em breve vingativos.

Mas no mesmo instante em que eu avaliava a situação, ela começou a mudar. O homem mais perto da minha esquerda começou a se inclinar na minha direção, erguendo seu bastão, e outro se deslocou para me contornar e atacar por trás. Derrubei o primeiro homem com um golpe direto no topo da cabeça, depois me joguei de lado, dando uma volta completa e me agachando enquanto lançava todo o peso em aceleração de minha arma contra a parte de trás das pernas do outro, derrubando-o como uma árvore.

Mas àquela altura minha breve vantagem se esgotara, senti o peso de um golpe esmagador nos ombros que me derrubou de rosto no chão, e soube, enquanto caía, que não me colocaria de pé novamente a não ser que alguém me ajudasse, o que parecia improvável àquela altura. Caí sobre o corpo do último homem que acertara, e ele já estava se movendo novamente, sacudindo os braços e chutando em um esforço para se erguer. Senti mãos me agarrando, puxando e erguendo, e acabei de costas, os ombros colados no chão, olhando para o mal-humorado sargento do portão que estava montado em mim, gritando para que todos se afastassem enquanto ele brandia alto uma espada enferrujada de lâmina pesada com as duas mãos, pretendendo furar meu crânio. Vi os braços dele chegarem ao ponto mais alto e pararem ali, e enquanto ele baixava a lâmina na direção da minha cabeça lembro de ter pensado: "Deus nunca quis que eu fosse um padre", então comecei a fechar os olhos.

Mas antes que eu conseguisse, aconteceu algo extraordinário. O homem acima de mim foi embora. De forma muito rápida e repentina. Ali, em um momento totalmente concentrado em partir meu crânio, e de repente sumido no seguinte, seu desaparecimento marcado por um único instante de descrença de minha parte enquanto eu via o final de uma haste de aço quadrada brotar do seu ombro.

Era uma seta de besta. Disparada por Big Andrew de curta distância, ela acertara claramente e com enorme força o cotovelo esquerdo do homem, empurrando o osso do braço diretamente para trás com violência suficiente para estraçalhar o encaixe do ombro e lançar seu dono vários passos em uma massa rodopiante de membros e sangue jorrando. Eu pisquei e vi outro homem cair, jogado para trás por uma flecha que o atingiu no centro do peito, penetrando sua couraça de ferro e a camisa de cota de malha abaixo como se fossem feitas de pano. *Bodkin*, pensei, reconhecendo o único tipo de projétil capaz de penetrar armadura, e então me dei conta do sibilo e do estalo de flechas ao redor de mim, e o baque denso que faziam ao acertar alvos humanos.

Alguém se inclinou sobre mim, e ouvi a voz de Ewan Scrymgeour perto de meu ouvido.

– Fique deitado, e logo tiraremos você daqui. Shoomy, você o pegou? Certo, então, vamos embora. Alan, traga as pessoas conosco, corte a corda. Vamos lá, agora, rápido, antes que venham ver.

Eu não estava muito ferido, apenas tonto do golpe que recebera nas costas e ombros, e enquanto Ewan e outro sujeito me arrastavam apressadamente, os braços enfiados em minhas axilas, me dei conta de que haviam ignorado os desejos de Will e o seguido de qualquer maneira. E seus instintos estavam certos. Se eles não estivessem lá, Will Wallace e eu teríamos morrido ali diante dos portões do acampamento.

– Esperem – grunhi, me colocando de pé. – Eu posso andar. Deixem que me levante.

Os dois homens me carregando pararam e me olharam com ceticismo.

– Sério, Ewan, estou bem. Perdi o fôlego, mas estou bem agora.

Olhei de volta para o cenário que estávamos deixando, e não fiquei surpreso de ver corpos por todo lado: os seis homens de armas que haviam carregado Will, os quatro arqueiros falastrões, o sargento que estivera tão determinado em me matar, os quatro guardas de seu destacamento – nenhum deles se movia. Meu olhar se desviou então para o portão na cerca viva, e não pude acreditar que ninguém tivesse ido ver o que era todo aquele tumulto. Devia haver pelo menos duzentos homens naquele acampamento.

Ewan tirou o braço de sob minha axila e me ajudou a ficar de pé. Eu oscilei durante algum tempo, me recuperando, depois apontei com a cabeça para Will, que ainda estava sendo carregado pelo tal Shoomy e três outros.

– Como ele está? Não consegui descobrir.

– Nem eu, mas está respirando – rosnou Ewan. – Agora vamos, temos de nos afastar daqui.

Eu segui ao lado dele, me movendo rapidamente, consciente de que estávamos a menos de trinta passos do limite das árvores que nos esconderiam dos portões do acampamento, mas sabendo também que a perseguição que iria se seguir seria feroz e determinada. Havíamos matado soldados ingleses e, independente da provocação que levara a isso, seus companheiros iriam querer nossas cabeças fincadas em postes, para mostrar ao mundo que vidas inglesas não podiam ser tiradas impunemente. Não escaparíamos da punição pela aventura daquele dia, e esse pensamento me fez dar passos mais largos.

O grupo de prisioneiros libertados, ainda usando colares de ferro, se apressava para nos acompanhar.

– E quanto a eles? – perguntei a Ewan.

Ele olhou para ver do que estava falando, depois deu de ombros.

– Quanto a eles? Estão vivos e livres novamente. Foras da lei, de fato, mas livres.

– Mas o que acontecerá a eles?

Havíamos chegado ao limite das árvores, e Ewan se virou, acenando para que os retardatários se apressassem e saíssem de vista. Assim que o último homem passou por nós, ele firmou o pé e puxou a ponta da vara do arco, curvando-a até conseguir retirar a corda.

– Não posso usar um arco na floresta densa – murmurou. – O que acontecerá a eles? Eles continuarão como antes, vivendo em uma Escócia que logo poderá ser governada pela Inglaterra.

– Não, isso nunca acontecerá – eu disse. – Temos nosso próprio rei agora. Onde está seu estojo de arco?

– Lá, a uns cem passos – disse, apontando o caminho e eu o segui. – Assim que vimos para onde tínhamos de ir, recuamos e deixamos tudo lá.

Saímos para uma pequena clareira, onde os companheiros de Ewan estavam recolhendo seus estojos de arco e as outras armas que haviam deixado. Facas ou espadas foram dadas a alguns dos prisioneiros escoceses. Todos sabiam que não tínhamos tempo a perder se queríamos escapar em segurança, pois os ingleses logo estariam em nossos calcanhares, e os perseguidores estariam todos montados.

Nós nos separamos, com ordens de se reunir na floresta atrás da casa de Sir Malcolm assim que possível depois de escurecer. Eu corri com o grupo de Ewan, que tinha sete pessoas, e enquanto saíamos da clareira de carvalhos, ouvimos os primeiros gritos distantes de descoberta saindo do acampamento de Bek.

Capítulo 10

Começamos a ficar cada vez mais preocupados com Will. Estávamos na estrada, cerca de uma hora de distância do acampamento de Bek, e havíamos esperado que acordasse nos xingando por levá-lo com dureza, mas ele ainda não recobrara a consciência. Shoomy insistira para que o colocássemos no chão e procurássemos ferimentos fatais que pudéssemos não ter percebido em nossa pressa para tirá-lo de lá, mas não conseguimos ver nada que parecesse ameaçar a vida. Ele havia sido muito espancado, evidentemente com porretes ou bastões, e o corpo tinha outros hematomas onde havia sido chutado e pisoteado. Também continuava a sangrar lentamente de certos pontos, de um ferimento no couro cabeludo e um corte fundo que parecia facada em uma das coxas, mas não encontramos nada que explicasse porque permanecia inconsciente por tanto tempo.

Havíamos parado ao lado de um pátio de fazenda, e quando Shoomy declarou que não podíamos levar Will mais longe por medo de deixar seu estado mais grave do que já estava, o pátio foi o primeiro lugar em que procuramos outro meio de transportá-lo. Um cachorro começou a latir assim que nos aproximamos do portão, e instantes depois o próprio fazendeiro foi investigar. Ele nos viu à sua entrada e se virou para correr, mas um dos homens de Shoomy já estava pulando para pegá-lo, e antes que pudesse gritar para alertar mais alguém, o pobre homem já estava com as costas contra uma parede, uma mão sobre a boca e uma ponta de faca na garganta.

Shoomy se colocou ao lado do homem e baixou o braço do dono da faca.

– Você não corre perigo conosco, não importa o que pense – disse ele em voz baixa ao fazendeiro. – Somos escoceses e homens livres, mas tivemos um confronto com alguns soldados ingleses a alguns quilômetros. Eles irão nos seguir, mas não irão incomodá-lo, acho, então é melhor termos partido muito antes quando eles chegarem. Mas temos um homem ferido conosco e precisamos de algum modo de carregá-lo. Caso possa nos ajudar, pagaremos por seu tempo e aborrecimento, e estaremos a caminho rapidamente. O que me diz?

O fazendeiro não hesitou:

– Do que precisam?

– Algo com rodas, mas leve, caso tenha algo assim.

– Sim. Tenho uma carroça leve que uso para carregar mourões. Um carro de mão. Tem espaço para um homem deitado. Vocês podem se revezar puxando. Está lá – disse, apontando para um carro de mão de rodas altas apoiado na lateral de um barracão, e pouco tempo depois ele estava agarrando um xelim de prata, o triplo do valor de uma carroça nova enquanto partíamos, tendo enchido a carroça de palha para fazer uma cama para nosso passageiro.

Ewan e eu então nos separamos de Shoomy e seus companheiros, os deixando seguir diretamente para a casa de Wallace em Elderslie, enquanto pegávamos o caminho mais longo, passando pela cidade de Paisley para apanhar Mirren. Aquela pequena tarefa se tornou difícil por algum tempo, porque Mirren fora até nós de cenho franzido após ter sido chamada por uma freira, e enquanto ela lidava com o inesperado de nos ver ali e depois procurava por Will, todo um leque de expressões passou por seu rosto.

– Onde ele está? O que aconteceu?

Ewan pigarreou.

– Eles o pegaram... espancaram... os ingleses. Ele foi sozinho ao acampamento de Bek. Você sabe como ele é. Mas conseguimos tirá-lo e ele está bem, acho. Shoomy o levou para Elderslie. Viemos pegar você.

– Você acha? E devo me consolar com isso? Você acha que meu homem está bem? Não me interessa o que você acha, Ewan Scrymgeour. Em nome de Deus, me diga o que você sabe. Ele está ferido?

– Não, Mirren. Machucado sim, mas não ferido. Ele foi muito espancado; e só Deus sabe quantos homens estiveram envolvidos nisso, mas deve ter sido um bom número, e não tivemos conhecimento disso até eles o tirarem do acampamento e o jogarem na estrada.

Ela voltou os olhos arregalados para mim, e embora não tivesse feito nada errado, senti meu rosto corar de vergonha.

– E você? – cobrou ela. – Você estava com ele, não? Apenas ficou ali e assistiu?

Eu balancei a cabeça, mas antes que pudesse falar, ela continuou.

– Você deveria protegê-lo, Jamie Wallace, ficar ao lado dele com suas penas e tinta e ser testemunha dele, protegendo-os simplesmente por estar lá. Foi por isso que ele levou você em vez de qualquer um dos outros.

Eu ainda estava balançando a cabeça, embora mais lentamente.

– Não – eu me ouvi dizer. – Eles me obrigaram a sair. Eles me mantiveram do lado de fora dos portões do acampamento enquanto Will se reunia com o bispo.

Ela balançou a cabeça em um pequeno gesto de desgosto e olhou novamente para Ewan, que começara a contar a ela sobre como eu atacara os arqueiros, mas o cortou.

– Onde ele está agora? Elderslie, você disse?

– Sim, ele está lá a esta altura – disse Ewan. – Mandei todos irem para a velha cabana na floresta assim que estivesse escuro o bastante para chegar lá sem ser visto. Alan, Shoomy e John sabem onde fica. Eles mostrarão aos outros.

– Que outros? – perguntou, mas deu as costas sem esperar a resposta. – Então temos de nos apressar. Já está quase escuro. Tenho de ver Mairidh antes de partir. Ela ficará perturbada se não souber onde estou. Vocês esperam aqui. Não demoro.

Enquanto ela começava a se mover, Ewan falou novamente:

– Como... como estão suas primas?

Ele soou mais desconfortável do que já o tinha ouvido, mas pelo menos foi capaz de fazer a pergunta que estava presa em minha garganta.

Mirren olhou para trás para ele, e seus ombros caíram perceptivelmente.

– Minhas primas? Estão quase mortas, temo – disse, com uma voz baixa, o tom mais triste que enlutado. – Shelagh morreu esta tarde, e Morag não abriu os olhos desde que foi encontrada de manhã. Apenas Mairidh demonstra alguma consciência de quem é e onde está, e ela está muito... fraca.

Ela então esticou as costas.

– Ela ficará bem aqui com as irmãs até eu voltar. Mas preciso ir ver Will. Então esperem aqui. Não demoro.

Mirren ficou olhando para a forma imóvel de Will na maca improvisada, a boca apertada em uma linha sem lábios enquanto os olhos percorriam a pequena sala lotada.

– Exatamente como Morag – disse ela, quase para si mesma, e depois ergueu os olhos para onde Shoomy estava, aos pés do catre. – Quando foi a última vez que ele disse algo?

Shoomy balançou a cabeça sem palavras, e uma pequena ruga surgiu entre as sobrancelhas de Mirren.

– Moveu, então... quando ele se moveu pela última vez?

– Ele não se moveu, não desde que o tiraram daquele maldito acampamento.

Mirren respirou fundo e olhou para o braseiro sobre a placa de pedra do canto da cabana.

– Certo, eu quero aquele fogo aceso e uma panela de água aquecendo. E quero alguns trapos limpos para lavá-lo – comandou, depois olhou para a multidão que a apertava. – Quantos de vocês estão aqui, em nome de Deus?

Alan Crawford respondeu:

– Cerca de vinte, senhora.

– Vinte? E vocês não têm outro lugar para ir? Terei de aturar todos vocês aqui a noite toda?

– Não, Mirren, não terá – disse Ewan, e todos se viraram para ele. – Will e eu temos quatro grandes barracas de couro no depósito dos fundos. Elas acomodam seis homens cada, de modo que haverá espaço para que todos durmam no seco, e estaremos longe de você assim que descobrirmos como montá-las no escuro. Além disso há muita madeira para o fogo estocada lá fora e uma boa cova funda para fogueira que não pode ser vista à distância, então, Shoomy, e dois outros, podem começar a fazer uma fogueira para cozinhar.

Ele bateu as palmas com força.

– Então, está certo, todos vocês para fora, e deixem a senhora Wallace pensar. Andrew e John, vocês vêm comigo. Você também Alan, e vamos encontrar aquelas barracas.

Enquanto a multidão começou a sair da cabana, Ewan ergueu a mão para chamar minha atenção.

– Jamie, poderia ser uma boa ideia você ir até a casa grande. Diga à sua tia que estamos aqui e explique o que está acontecendo, apenas para o caso de ela saber por outros e ficar preocupada. Não acho que haja muita chance de o pessoal de Bek estar nos procurando tão longe, mas seria tolice correr riscos não sendo necessário, então é melhor colocarmos alguns guardas na estrada do sul. Diga à sua tia que partiremos à primeira luz da manhã para não a colocarmos em perigo.

– Tia Margaret não se preocuparia com o perigo – disse, e ele me olhou nos olhos.

– Talvez não. Mas ela nos agradeceria por perder a casa porque fomos descuidados? Bek queimaria a casa ao redor dela caso suspeitasse de que estivemos aqui.

Desconcertado, mas sabendo que ele estava certo, eu saí e chamei Big Andrew, dizendo a ele para escolher seis homens entre os antigos prisioneiros, incluindo os quatro que haviam se armado. Expliquei a Andrew o que era necessário, e o deixei selecionando os guardas enquanto procurava minha tia.

Quando voltei, cerca de uma hora depois, levei comigo várias pessoas da casa de tia Margaret, todas elas com comida e bebida. Ave e cordeiro frios, meio pernil de cervo, juntamente com ovos de pato cozidos, vegetais em conserva de vinagre, uma cesta de peras recém-colhidas, pedaços de queijo duro picante e pães assados naquele mesmo dia. Os homens tinham estado ocupados, e havia quatro grandes barracas erguidas na clareira ao redor da cabana, e um fogo agitado dançava na cova funda de fogueira. Todos estavam animados, e logo descobri o motivo: Will estava acordado e aparentemente bem depois do longo sono, e Mirren sorria novamente.

Mais grato por essas duas informações, fui diretamente à cabana e encontrei Will apoiado no sofá com as costas contra a parede, embalando Mirren nos braços. Parei, surpreso e, admito, confuso, nunca tendo visto os dois em nada que parecesse intimidade familiar, e fiquei ali no umbral a ponto de partir. Will riu do meu óbvio desalento e me chamou para que me juntasse a eles, e tudo em que pude pensar, após abraçá-lo, foi perguntar se estava com fome. Por sorte ele estava, e Mirren se levantou rapidamente, e a questão de alimentá-lo deu conta de meu constrangimento.

Quando sua fome estava saciada Will decidiu que queria se juntar ao grupo na fogueira, e se apoiou em mim enquanto mancava dolorosamente curvado para frente. Por milagre, pensei, suas costelas não pareciam quebradas, pois ele conseguia respirar fundo sem dor, mas seu lábio estava cortado em um canto, os dois olhos estavam roxos e a orelha esquerda inchara de forma grotesca, resultado, disse ele, de um chute que poderia ter arrancado sua cabeça caso acertasse em cheio. Ele baixou o corpo com cuidado para se sentar em um dos troncos que cercavam a cova.

Praticamente a primeira coisa que fez foi pedir para conhecer os ex-prisioneiros, e cumprimentou cada um pessoalmente, perguntando por que havia sido preso pelos ingleses. Inicialmente todos haviam ficado confusos quanto ao motivo de terem sido escolhidos para prisão, mas logo ficou evidente, com a sucessão de histórias, que havia uma semelhança deprimente em suas queixas. Todos entenderam que haviam ofendido alguém – não necessariamente um inglês, e algumas vezes a pessoa sequer era identificada – ou supostamente cometeram alguma transgressão, normalmente não identificada, e consequentemente haviam sido denunciados por algum pequeno crime, então presos e retirados de casa. Famílias haviam sido espoliadas e lares confiscados.

Quando o último deles terminou sua história Will se levantou com cuidado e falou a todos, destacando que a partir daquele momento eles seriam legalmente banidos. Eles eram duplamente culpados de ilegalidade, primeiramente por terem sido presos e tirados de seu lugar de moradia, e depois por associação com a fuga daquela manhã. Nenhum deles poderia retornar às suas casas, disse, embora tenha se apressado em destacar que de qualquer maneira não poderiam voltar para casa após terem sido levados sob custódia pelos ingleses. Aos olhos dos ingleses eles eram criminosos, não diferentes dele mesmo e de seus colegas, e o fato de que haviam fugido da custódia durante, ou como resultado de, o assassinato de pelo menos doze ingleses aumentava a gravidade de seus problemas.

Observando aqueles que ouviam, vi alguns rostos infelizes. Mas Will também estava observando, e perguntou se algum deles gostaria de falar. Um sujeito, que estivera franzindo o cenho furiosamente desde que Will começara a falar, lançou a mão para cima.

– Sim – disse ele, e não havia como ignorar a truculência em sua voz. – Eu quero dizer algo.

Ele olhou ao redor, e pensei que parecia levemente surpreso com sua própria temeridade, como se com medo de já ter dito demais.

– Então diga – convidou Will, sorrindo lentamente para ele antes de se acomodar novamente no tronco. – O que o perturba?

– Me perturba? Quer dizer, além de você me dizer que nunca mais verei minha esposa e meus filhos? – disse, fixando os olhos arregalados nos de Will. – Sim, bem, há algo me perturbando... é você, mestre Wallace. Você está me perturbando. Está me perturbando pra cacete.

Ele olhou rapidamente para os homens que o cercavam e engoliu em seco antes de voltar os olhos para Will novamente.

– Quem é você, senhor? O que o torna tão especial, e porque deveríamos prestar alguma atenção em você? Não somos foras da lei, pelo menos não éramos antes disto, mas acho que você é diferente de nós. Você parece assustadoramente bem instalado aqui na floresta... para um homem honesto, quero dizer.

Ele mais uma vez olhou nervosamente para a assembleia silenciosa. Eu podia ver o medo nos olhos dele, mas decidira falar, mesmo que acabasse morrendo por causa disso.

– Quero dizer, sei que você nos soltou esta manhã e nos deu a chance de correr, e sei que não nos pediu nada desde então, e nos alimentou e nos deu barracas para dormir, mas o que você quer de nós? O que temos que você precisa? O que é? – disse, parando de repente, lançando as mãos para cima e continuando em um murmúrio. –Já chega. É o que eu queria dizer. Você nos perguntou, e eu disse.

Will ficou sentado levemente curvado, o rosto impenetrável enquanto olhava para o orador. Até que finalmente disse:

– Você está certo. Em suas perguntas e em suas preocupações, então me deixe responder a cada uma delas, para todos vocês – disse, olhando ao redor do fogo para os rostos que o fitavam. – Acho que vocês podem ter tido os mesmos pensamentos que nosso amigo aqui... qual o seu nome mesmo? Rab, não é?

– Sim, Rab Coulter.

– Isso. Não esquecerei novamente. Bem, Rab Coulter, quanto a quem sou, sou simplesmente William Wallace, daqui mesmo de Elderslie. Sou um silvicultor, e costumava trabalhar nesta mesma floresta, que era propriedade de meu tio, Sir Malcolm Wallace. A cabana aqui, e esta clareira, eram onde eu trabalhava a maior parte do tempo como silvicultor chefe. Por isso estou tão acostumado com elas, tão bem instalado, como você disse. Ewan Scrymgeour, que está sentado ali, trabalhava comigo, mas nós nos mudamos há alguns anos. Eu me casei e levei minha esposa Mirren para viver perto de Jedburgh, e então meu tio morreu ano passado. Esta foi a primeira vez que trouxe minha esposa para casa, mas quando chegamos a Paisley na manhã de ontem descobrimos que sua tia e suas primas que viviam aqui, haviam sido atacadas e violentadas mais cedo, a caminho da missa, por um grupo de soldados de passagem. Nenhum homem local teria ousado algo assim, e descobrimos evidências, trilhas de botas com cravos, sustentando nossa alegação de que foram os ingleses, de modo que viajei para encontrar o bispo Bek de Durham, que comanda a força para a qual vocês foram levados esta manhã.

– Bek. Conheço esse nome. Ele não é o tenente do rei inglês na Escócia?

Will assentiu para o homem que falara.

– Sim, esse é o seu título. E ele conhece o meu. Bem, ele conhece meu nome. Eu não tenho título. Mas me encontrei com o bispo-tenente em seu acampamento esta manhã para explicar a ele o que acontecera em Paisley e pedir sua ajuda para lidar com os crimes ocorridos, e me identifiquei abertamente como sobrinho de Sir Malcolm Wallace de Elderslie – disse ele, fazendo uma careta. – Estou começando a achar que não foi a coisa mais inteligente que já fiz.

Ele esperou que os risos amargos morressem, e continuou.

– Agora ficou óbvio para mim que ele não gostou do que eu estava dizendo, pois minutos após tê-lo deixado fui atacado por seus meninos maus. Eles fizeram um bom trabalho, como podem ver. Não me lembro de muito, mas quando terminaram me jogaram na estrada em frente ao acampamento. Não tenho ideia do que planejavam depois disso, mas meu primo Jamie aqui jura que eles teriam matado a ele e a mim se o resto dos meus amigos não tivesse decidido ignorar o que eu havia dito a eles e me seguido de qualquer jeito. O resto vocês sabem, estavam lá e viram vocês mesmos. Mas não os soltei nem os trouxe aqui. Nem os alimentei. Eu estava inconsciente todo o tempo que isso acontecia. A decisão de soltá-los foi tomada por Ewan, mas vocês estão livres; livres para se juntar a nós, para ficar aqui ou para ir onde quiserem. Mas...

Ele respirou fundo enquanto olhava atentamente ao redor do grupo, nos olhos de cada homem. Eu vi, com um choque de reconhecimento, que ele estava conscientemente moldando aquelas pessoas à sua vontade para seus objetivos, e me dei conta pela primeira vez de que durante sua ausência da minha vida por dois anos meu primo se tornara um habilidoso líder de homens. Senti minha pele arrepiar e me vi olhando para aquele homem, que eu achava conhecer tão bem, de uma forma totalmente diferente.

– Mas... – repetiu ele. – Eu disse que vocês não serão capazes de voltar às suas casas, mas não disse que nunca verão suas famílias novamente. Não posso dizer isso. Como poderia? Depende de vocês, de quem são, cada homem. Vocês podem ir para casa amanhã, aqueles que querem correr o risco, encontrar esposa e filhos e levá-los consigo ao partir, caso queiram ir. Mas então terão a questão de para onde levá-los. Pois agora vocês todos são foras da lei, gostem disso ou não. É a verdade, e isso já mudou toda a vida de vocês, no instante em que eles os apanharam. Então, para onde irão? Agora que não podem mostrar o rosto onde as pessoas possam reconhecer? E como se manterão vivos caso descubram um lugar que seja suficientemente seguro para ficar?

Ele parou novamente, e eles refletiram sobre suas palavras, esperando que dissesse o que precisavam ouvir.

– Olhem para vocês mesmos – disse. – Olhem bem. Quatorze de vocês estavam indo para a cadeia esta manhã, talvez pior. Eles os teriam torturado para que confessassem o que não fizeram. Não tenho qualquer dúvida disso. Quatorze de vocês, e apenas dois se conheciam antes disso. Eram prisioneiros, usando colares de ferro e conduzidos como ovelhas para o que eles pretendessem fazer com vocês. Mas agora são homens livres novamente, e tiraremos esses colares de vocês antes que amanheça.

Houve um coro de murmúrios, e quando o barulho morreu ele apontou com a mão para seus próprios homens, reunidos de um dos lados da fogueira.

– O resto de nós soma nove: eu, minha querida esposa e meus grandes amigos. Quando o dia nascer amanhã iremos para casa na floresta de Selkirk – disse, olhando para Rab Coulter. – Sim, floresta de Selkirk.

Seus olhos se moveram novamente, e ele estava sorrindo, embora as contusões no rosto escondessem a maior parte de sua expressão.

– Meu Deus, vocês devem estar pensando, mas é um lugar grande a sua floresta, cobre metade do país, e é selvagem. Bem, ela é, eu reconheço isso. É vasta, e é selvagem. Mas há lugares lá que não são nada selvagens, lugares tão bonitos que fazem você chorar de encanto, e a própria enormidade do lugar faz as pessoas terem medo de entrar, por medo de se perder. E isso é bom para nós. A floresta de Selkirk é nosso lar, cheia de caça e aves e córregos e rios cheios de peixes. Ninguém precisa passar fome lá. O lugar é uma grande despensa.

Houve silêncio novamente até alguém perguntar:

– Está dizendo que poderíamos ir com você, para a floresta?

– Não vejo por que não. Há muito espaço.

– Mas e quanto às nossas famílias, esposas e filhos?

– O que há com eles? Vocês não me escutaram? Tragam eles com vocês.

– Mas será seguro?

Essa era uma voz diferente, de um dos homens no fundo, e tinha um toque de pânico.

– Será seguro? Isso eu não posso dizer. Mas posso afirmar que pelo menos será mais seguro do que onde vocês viviam antes de serem presos, e poderia ser muito menos perigoso. Pelo menos vocês não terão problemas com os ingleses lá, nas profundezas da floresta. Não é um terreno amistoso para exércitos.

Ele respirou fundo e recomeçou, dessa vez com uma voz mais alta, falando lenta e claramente.

– Vejam, não sei o que dizer a vocês além de que as coisas estão mudando aqui todo dia. Vocês já devem ter visto, e devem saber que se não fosse assim nenhuma das coisas pelas quais passaram nos últimos dias teria acontecido. Nenhum de vocês teria se tornado um fora da lei, e estariam vivendo sob os próprios tetos. As coisas estão muito diferentes aqui na Escócia desde que o rei Alexandre morreu. Quando ele era rei, vivíamos bem. Estávamos em paz e as pessoas sabiam quem eram e o que a lei exigia delas. Mas tudo é diferente agora. No espaço de alguns anos passamos de um reino sólido para um reino disputado. Os Bruce e os Balliol, os Comyn e os outros magnatas, os Buchan, os Stewart e todo o resto deles que gostaria de usar a coroa viraram nosso país de cabeça para baixo com suas briguinhas e discussões, e são as pessoas comuns como nós que suportam as consequências dessas tolices, com a diferença de que agora não é tolice. Agora eles trouxeram os ingleses, e estamos pagando o preço disso. Tivemos de suportar a nobreza escocesa, sua vaidade e estupidez, mas agora também temos de lutar contra os ingleses, mandando em todos nós, e esses ingleses se deslocam o tempo todo, marchando exércitos aqui e ali, tirando tudo das pessoas comuns para alimentar seu pessoal e seus cavalos.

"Bem, alguns de nós se fartaram disso. Disseram que agora temos um novo rei, o rei John. Talvez ele seja um bom rei, forte como Alexandre, que Deus cuide de sua alma, e seremos felizes se assim for. Mas não saberemos a verdade disso antes de alguns anos, e enquanto isso há pessoas que sabem, que dirão a vocês que Eduardo da Inglaterra tem seus próprios planos para a Escócia, e o único rei que ele aprovaria para este reino é ele mesmo."

Ele parou novamente, e ninguém tentou interromper. A seguir continuou.

– Nisso eu acredito. Nada nesta terra irá melhorar tão cedo, do ponto de vista de pessoas como nós. E por isso escolhemos viver na floresta. Já vivemos lá por quase dois anos, e havia pessoas lá quando chegamos. Somos uma comunidade na floresta; há centenas de nós. Temos nossas leis e regras, e elas são em grande medida como as leis e regras que tínhamos antes, quando éramos pessoas comuns, vivendo dentro da lei. Então, eu lhes digo: voltem para suas casas, encontrem suas famílias e se quiserem sigam para a floresta perto de Jedburgh. Quando estiverem lá, perguntem por William Wallace a qualquer um que encontrem e serão enviados até mim. Depois disso serão livres para se juntar a nós integralmente, caso desejem. Mas terão de viver segundo nossas leis e regras, e se as violarem serão banidos para o mundo exterior. Mas são regras simples, fáceis de seguir – disse, a boca formando um sorriso.

– Agora vou entrar e dormir, e espero não ficar rígido demais de noite. Precisaremos partir antes do amanhecer, então não fiquem até tarde ao redor das fogueiras só porque podem. Aqueles com colares devem falar com Shoomy ali. Ele é nosso ferreiro e irá tirá-las.

Shoomy estava pronto para trabalhar imediatamente, e sabíamos que o trabalho de tirar os colares não demoraria muito. Eram peças temporárias, presas com arame torcido, e enquanto Will e eu voltávamos para a cabana, este com um braço ao redor de Mirren para ter apoio, ouvi um estalido alto quando o primeiro homem foi solto.

Quando chegamos à frente da cabana desejei boa-noite a Will e a Mirren, mas quando me virei para partir Will me deteve, falando em latim.

– Ewan me disse que você ainda se lembra de como girar um bastão...

Eu não respondi, e ele continuou:

– A que horas você irá partir amanhã?

Eu olhei para ele surpreso.

– Quando você sair. Por que pergunta?

– Porque vamos partir praticamente no meio da noite. Não vejo necessidade de você perder tanto sono. Pode dormir até mais tarde.

– Como dormir até mais tarde? Eu vou com vocês.

Ele me olhou de modo estranho.

– O que deu a você essa ideia?

– Isso me ocorreu quando eu me lembrei de como girar um bastão. Eles estarão procurando por mim, juntamente com você.

– Ah! Entendo. E por quem eles estarão procurando? Você disse a eles quem é?

– Não, mas...

– Quem, então, eles podem achar que você é?

Eu bufei, de alguma forma ressentido com o que eu achei ser a implicação da pergunta.

– Eles me viram. Conhecem meu rosto. Sabem que eu estava com você quando chegou.

– Quem viu você? Os homens que viram você estão todos mortos, pelo que eu ouvi.

– Exceto o próprio bispo.

Ele inclinou a cabeça.

– E ele sabe seu nome de verdade? Ele pelo menos sabe onde começar a procurar por você? Você disse a ele que era de Jedburgh. Jamie, tudo o que o bispo viu quando passou por nós foi um clérigo de hábito cinza, um monge levando as ferramentas de um escriba comum. Ele não prestou mais atenção em você do que prestaria em qualquer outro mendigo em seu caminho.

– Ele olhou para você atentamente.

– Ah. Você viu isso, não é? Bom. E sim, ele olhou. Mas olhou para você da mesma forma?

– Não. Ele mal olhou para mim na hora, mas olhou com atenção suficiente quando estávamos cara a cara e ele pensou que eu o considerei responsável pelos homens que procurávamos. E isso foi antes de você me chamar de padre James.

– Sim. Mas você não é padre James, é? Você sequer é irmão James. Você é Jamie Wallace, um mero estudante. Então, no pior dos casos ele irá mandar seu pessoal procurar um padre menor de Jedburgh. Ele não os orientará a visitar a abadia de Paisley e interrogar os seminaristas. Ele quer a mim, Jamie, aquele que ele conhece. Eu sou o homem marcado. Ele estará na casa de tio Malcolm procurando por mim ao nascer do sol, portanto fique bem longe de lá e volte para Paisley sozinho. Entende o que estou dizendo, Jamie? Não há lugar mais seguro para você do que a abadia, e chegou a hora de você fazer aqueles votos e ser ordenado.

– Mas eu pequei, Will. Pequei gravemente. Eu quebrei a cabeça de um homem.

– Sim, ouvi falar. E ele teria quebrado a sua, caso não o acertasse primeiro. Você lamenta, posso ver. Está cheio de remorso, e isso é bom. Então pegue seu remorso e o confesse ao padre Peter quando retornar a Paisley. Conte a ele tudo o que aconteceu. Ele o absolverá e deixará puro como a neve que cai. Venha aqui.

Ele me puxou para um abraço – embora cauteloso, pensando em seus machucados – e depois esticou o braço para Mirren, a puxando para junto de nós.

– Mulher – disse ele em voz baixa, passando novamente para o escocês e com a testa tocando as nossas –, você ainda não conheceu a alegria da comunhão com meu primo Jamie aqui, mas já me ouviu falar dele muitas vezes. Este é um homem que eu amo tanto quanto a mim mesmo, e quase tanto quanto amo você. Embora, graças a Deus, por razões bem diferentes – disse, sufocando um riso. – Vocês dois são meus parentes mais próximos e queridos, então preciso que vocês sejam próximos um do outro, apoiando um ao outro quando eu não estiver aqui. Amo vocês dois.

Ele nos abraçou forte novamente, depois me soltou.

– Agora, primo, vá para cama, e tentaremos não acordá-lo quando partirmos. E faça os votos dessa vez. Eu posso precisar de um padre na floresta um dia desses.

Will estava certo sobre a reação do padre Peter à minha confissão. Fui até ele no dia em que voltei à abadia, e contei tudo de que lembrava sobre os acontecimentos que cercaram o encontro de Will com Bek e o espancamento que sofrera depois. Ele escutou em um silêncio soturno, concordando às vezes, quando eu dizia uma coisa ou outra que parecia se ajustar às suas próprias percepções, e quando terminei ele iniciou diretamente o rito de absolvição. A penitência que ele me impôs também foi bastante leve, considerando a gravidade que eu via em meu pecado, e quando manifestei minha surpresa ele fez um gesto de impaciência com a mão, agradecendo a Deus por eu não ter esquecido minhas aulas de bastão quando garoto. Depois, quando me perguntou se havia algo mais me preocupando, eu disse que esperava que os ingleses fossem à minha procura.

Ele riu disso, assim como Will na noite anterior.

– Eles nunca sonhariam em procurar por você no recinto da abadia – disse ele –, mas enquanto você aguarda a chegada deles, pois sei que você o fará, não importando o que eu diga, deveria se dedicar aos seus estudos e se esforçar muito para esquecer todo o incidente. Espere, trabalhe e observe. Porém, mais que tudo, trabalhe duro, porque o trabalho fará o tempo voar mais rapidamente.

Trabalhei duro, e a semana seguinte passou tranquilamente, embora com angustiante lentidão, sem que nenhum inglês aparecesse me caçando. A outra semana passou da mesma forma, e no final da terceira eu me vi esquecendo de prestar atenção à quem chegasse. Então o Natal chegou e passou sem perturbações. Por causa das atividades reais do rei John após a coroação e das reações pouco entusiasmadas do rei Eduardo da Inglaterra a elas, a cerimônia de ordenação que me elevaria ao sacerdócio foi adiada novamente, dessa vez até a Páscoa do novo ano.

No último dia do ano a paciência cada vez menor de Eduardo chegou ao fim. Ele renegou todas as promessas que havia feito à coroa e ao reino escoceses durante o interregno. Dois dias depois disso o rei John por sua vez proclamou nulo e vazio o Tratado de Birgham e declarou que todas as promessas feitas à Inglaterra durante o mesmo período, envolvendo o casamento da Donzela da Noruega com o filho de Eduardo, o príncipe Eduardo de Caernarvon, não tinham mais validade.

Para o povo escocês em geral nada disso significava algo que pudesse entender, mas ele compreendia muito claramente que os magnatas – a nobreza normando-escocesa e os antigos condados celtas – estavam novamente lutando entre si e que o resultado não seria nada bom para as pessoas comuns.

Então, no começo de fevereiro, na antiga cidade de Scone, o rei John instalou seu primeiro parlamento como monarca do reino, e foi suficientemente bom para que duas semanas depois ele exigisse que quatro de seus súditos mais poderosos, dois do norte e dois do sul do rio Forth, prestassem seus respeitos a ele em público ao fim da Páscoa, jurando fidelidade à coroa e à causa. Os dois do norte eram Donald MacAngus, um chefe celta das montanhas do oeste, e John, conde de Caithness, no extremo norte. Ambos eram homens poderosos em seus próprios territórios, mas seus nomes eram praticamente desconhecidos ao sul do Forth. Os nomes dos dois do sul, por outro lado, tinham grande significado local para nós. Eram o jovem Robert Bruce, conde de Carrick, que ainda não completara 19 anos de idade, e Sir William Douglas, um autocrata arrogante que governava seus territórios com mão de ferro e era conhecido por não aceitar interferências de ninguém. Douglas claramente só pensava em si, e todos que sabiam da convocação de Balliol estavam esperando para ver como ele reagiria às exigências do novo monarca.

Eu devia ser um dos poucos que não se importavam com a maneira como Douglas e Balliol viam um ao outro, pois tinha minhas preocupações naquele final de inverno. Estava totalmente dedicado a me preparar para minha elevação ao sacerdócio, pois seria ordenado na Páscoa. O bispo Wishart, que iria presidir as cerimônias, me assegurara pessoalmente que minha ordenação finalmente aconteceria, mesmo que a política novamente tivesse precedência e ele fosse obrigado a fazê-lo em particular em uma missa comum, sem pompa ou panóplia.

Minha tia Margaret também ficou doente no começo de fevereiro daquele ano, e desde o começo sabíamos que havia pouca chance de que se recuperasse. Estava claro para todos que ela recebia bem a ideia da morte; simplesmente perdera a vontade de viver, e ansiava por se reunir com seu amado marido. A morte de Sir Malcolm, quase dois anos antes, havia sido um duro golpe, e nem mesmo o casamento da filha mais nova ou a perspectiva de um novo neto a distraíam da necessidade de estar com ele novamente.

A outra questão que atraía pelo menos parte de minha atenção naquele final de ano entre 1292 e 1293 era, claro, o bem-estar de meu primo e sua esposa, vivendo na floresta de Selkirk. Eu raramente tinha notícias dele, embora pelo menos uma vez por mês recebesse uma mensagem de algum estranho de passagem por Paisley, e a partir delas deduzi que tudo estava bem com os Wallace na segurança da floresta; eles pareciam contentes com a vida que levavam, e entendi que careciam de pouco. De tempos em tempos surgiam em minha cabeça lembranças de Will – seu sorriso, um gesto, uma opinião falada – e eu me via sorrindo com a lembrança de um momento partilhado ou outro. Contudo, do que me recordava mais era de quando me dissera para concluir os estudos e me tornar padre, pois podia um dia precisar de um em seu esconderijo na floresta. Eu pensava nisso e também sorria, sem acreditar que poderia se realizar.

Chegou o dia em que eu me vi deitado, prostrado aos pés dos degraus do altar da igreja da abadia, todo vestido de branco e escutando o bispo Wishart perguntar à irmandade reunida se alguém sabia de alguma razão boa e devida pela qual eu não devesse ser elevado ao sacerdócio. Estando deitado de barriga para baixo na cama grossa de juncos frescos colocada em frente ao altar, não podia erguer os olhos, pois o ritual no qual estávamos mergulhados exigia de mim imobilidade, mas mesmo que fosse diferente não teria ousado erguer a cabeça, pois um dos homens que me olhava de cima era Antony Bek, bispo de Durham, que colocara os olhos sobre mim pela última vez em seu acampamento na manhã em que se encontrara com Will. Eu tinha certeza de que acabaria me reconhecendo, então mantive o rosto baixo, esperando seu grito de condenação.

O silêncio que me cercava se estendeu e pareceu vibrar, e finalmente ouvi o bispo Wishart começar a entoar a prece dos santos. As vozes em coro dos congregantes se lançaram sobre mim nas primeiras respostas e soube que Deus me protegera. Eu me permiti respirar novamente, e relaxei de alívio.

Eu ficara a maior parte do dia anterior isolado, me preparando para os ritos pelos quais passava naquele momento, e depois passei a noite inteira em oração, cercado pelos meus irmãos mais próximos que faziam vigília comigo. Bek chegara em algum momento da noite, fazendo uma inesperada visita diplomática à abadia a caminho de St. Andrews. Ele não esperava que Wishart de Glasgow estivesse ali, mas quando soube da presença do bispo veterano e do motivo dela, foi muito afável, eu soube depois, e insistiu em assistir às cerimônias de ordenação e ajudar Sua Graça de Glasgow no ritual. Os dois prelados nunca gostaram um do outro desde o primeiro encontro, quando Bek de Durham colocou os pés na Escócia; seu antagonismo mútuo era baseado solidamente em suas prioridades opostas, pois cada um se dedicava unicamente ao bem-estar e à segurança de seu próprio reino.

A litania terminou, e o bispo Wishart me colocou de pé com as próprias mãos, depois me abençoou e colocou as mãos em minha cabeça, invocando o Espírito Santo para que me desse a graça de cumprir meus deveres, a partir de então, com *dignitas* e integridade.

O bispo Bek se adiantou por sua vez para me abençoar colocando suas mãos em minha cabeça, e eu fiquei paralisado, olhos arregalados de terror, meu coração quase explodindo de medo. Mas ele mal me fitou, seus olhos erguidos para o altar principal enquanto colocava as mãos sobre meu couro cabeludo recém-raspado, e me dei conta, incrédulo, de que estava seguro e que ele nunca sonharia associar o noviço purificado de batina branca diante dele com o clérigo sujo vestido de cinza que expulsara de seu acampamento no dia em que espancara o escocês insolente que tanto o ofendera. Eu me senti levemente tonto e solitário depois disso diante do altar de Deus enquanto o bispo Wishart untava minha cabeça e minhas mãos com os santos óleos, depois colocava em mim as vestiduras do sacerdócio, a estola sagrada e a pesada casula semelhante a uma capa. Tomei o cálice dele pela primeira vez, sentindo o peso do vinho e da água que continha, enquanto olhava para a pátena quadrada de tecido engomado que o cobria e continha a hóstia. Então, com os sons dos sinos do ofertório morrendo, o bispo Wishart se sentou em sua cadeira diante do altar e eu avancei, segurando uma vela acesa, minha oferenda, como padre recém-ordenado, de luz e pureza para ele. Ele a tomou de minhas mãos e se levantou novamente, e juntos prosseguimos com a missa até que, em uníssono com ele, pronunciei as palavras sagradas de consagração pela primeira vez e transformei o pão e o vinho no corpo e no sangue de Cristo.

Depois, com o glorioso sabor do sangue sagrado ainda formigando sob minha língua, eu curvei a cabeça enquanto o bispo colocava as mãos sobre mim novamente e pronunciava as palavras que davam a mim o poder de perdoar os pecados dos homens e impor penitência a eles: "Receba o Espírito Santo. Aqueles cujos pecados você perdoar, estão perdoados; e aqueles cujos pecados você mantiver, estão mantidos."

Após esperar e estudar tanto tempo, naquele momento eu era, com aquelas palavras, um padre consagrado, e meu coração em meu peito se encheu de alegria e amor por meus irmãos enquanto o bispo Wishart finalmente me virava para ser saudado e receber as boas-vindas da congregação reunida. E ali, entre a multidão que aplaudia, eu vi dois rostos que claramente pertenciam a Will Wallace e Ewan Scrymgeour.

O choque me atingiu no peito como um golpe de martelo, e instintivamente me virei para olhar para Bek, temendo que também tivesse visto Will, mas ele estava dando aquele seu sorrisinho gelado condescendente, batendo com os dedos de uma das mãos na palma em concha da outra com os olhos distantes dos monges reunidos nos bancos.

E apenas então me dei conta de que havia ainda menos motivo para Bek reconhecer meu amigo naquele ambiente do que havia para me reconhecer. Ele vira Will apenas uma vez – o Will barbeado de rosto limpo que eu mesmo mal reconhecera na época. O Will Wallace daquele dia era um homem completamente diferente, de barba cerrada e bastante bronzeado – o rosto, suspeitei, artificialmente tingido com suco de castanha com o objetivo de modificar sua aparência –, e estava vestido como um monge residente da abadia, com hábito completo e confortavelmente de pé nas primeiras filas da irmandade, entre o irmão Duncan e seus bibliotecários. Ele me viu olhando e sorriu para mim, os dentes brancos brilhando na escuridão de seu rosto. Então, sabendo que ele estava seguro, e sentindo uma onda de admiração por sua ousadia, sorri de volta e movi os olhos para incluir Ewan em minhas boas-vindas. Enquanto ele e eu nos olhávamos, ergueu o polegar direito em um gesto de apoio que eu conhecia bem quando garoto, mas que não via desde então.

Mais de meia hora de bênçãos, bons votos e saudações se passou antes que finalmente pudesse abraçar meus dois amigos, e quando o fiz mal pude vê-los por trás das lágrimas repentinas que me cegaram.

– Você é maluco? – perguntei a Will, a emoção fazendo minha voz soar rouca. – Vocês correm risco de vida vindo aqui. Especialmente com Bek presente. E se ele tivesse reconhecido você?

Meu primo deu de ombros.

– Então teria sido uma manhã diferente. Ademais, ele não deveria estar aqui. Você não o convidou, convidou?

– Não, primo, não convidei. Mas o fato de que ainda assim ele veio aqui é um exemplo da facilidade com que nossos planos podem dar errado. Estou contente de ver os dois aqui hoje, mas vocês correram um risco medonho.

Aquilo me valeu outro abraço daqueles ombros enormes.

– Eu jurei que veria você se tornar padre. Não se lembra?

– Sim, lembro. Mas isso foi antes de você se tornar um fora da lei.

– Um juramento é um juramento, mesmo para um fora da lei.

– Verdade, mas acredito que Deus não o teria considerado culpado de nenhum pecado caso você tivesse sido prudente e se mantido longe em segurança.

Ewan falou.

– Lembre-se de com quem você está falando, Jamie. Desde quando este aqui é prudente ou faz as coisas sensatas?

Eu mantive o rosto impassível e concordei seriamente.

– Bastante verdadeiro. Mas sempre espero que ele mude de comportamento. Suponho que o máximo que posso esperar em um dia como este é que mantenha a cabeça baixa – disse, voltando os olhos para Will. – E como está a senhora sua esposa? Acredito que a tenha deixado com boa saúde?

– Sim, e manda a você seu amor de prima. Está bem e desfrutando a liberdade da floresta, e mandou que dissesse a você que será bem-vindo quando quiser nos visitar. Então quando será isso, agora que você finalmente foi ordenado?

– Não tenho ideia, mas espero que logo. Mas é mestre Wishart quem controla isso, agora que fui ordenado, ele deve garantir que eu fique ocupado aprendendo minhas novas tarefas. Passarei o resto da vida aprendendo a ser um padre. Sei que irei deixar a abadia, e isso irá me entristecer, mas Sua Graça tem planos para mim em Glasgow. Ele quer que eu seja seu escrevente, e suspeito que isso me manterá constantemente ocupado pelos próximos anos. Mas agora que você está aqui, quanto tempo ficará?

Will bateu na barriga lisa com a palma da mão.

– Mais uma hora, mais ou menos. Comeremos com você, e partiremos. Viemos ver você se tornar padre, primo, e agora você é. Nada mais nos prende aqui, e temos muito a fazer quando voltarmos a Selkirk. Então, venha e nos abrace novamente, e o deixaremos com seus amigos clérigos, pelos quais você é bem-visto.

Caminhei com eles até os portões após termos comido, e no caminho ficamos a dois passos de Antony Bek, que nos cumprimentou quando passamos, a seguir retomando sua discussão com os homens que o cercavam.

– Aprenda uma lição com Bek – me disse Will junto ao portão. – As pessoas veem o que esperam ver, não o que realmente está ali para ser visto. Seja bom, jovem Jamie, e quando se tornar um padre experiente, venha nos ver na floresta.

Eu prometi que iria, meus amigos mais velhos partiram, e voltei à abadia para começar minha nova vida de padre.

Capítulo 11

O restante daquele ano, 1293, pode ter sido monótono para a maioria do reino da Escócia, mas para mim foi um período frenético, que passei me adaptando à realidade prática do cotidiano de um padre. Meu novo chefe e superior, o bispo Wishart, era então o prelado sênior da Escócia, e desde o início de nossa relação se esforçou para garantir que eu me acostumasse e estivesse preparado para lidar com todos os desdobramentos políticos que estávamos vivenciando, não apenas aqueles dentro do reino, mas de forma ainda mais dramática, nos círculos intimamente ligados da Igreja na Inglaterra, bem como na Escócia. Era uma área de atuação exaustiva, particularmente nos primeiros dias, e me jogou nela imediatamente após minha ordenação, chegando a me dar um pequeno escritório bem iluminado para que pudesse estudar mais efetivamente e me dedicar às tarefas que ele me atribuía sem ser interrompido.

Imaturo, inexperiente e recém-ordenado como era, eu sabia ainda assim que estava recebendo um tratamento extraordinário para um principiante, e tomei coragem de puxar o assunto com o bispo, para descobrir porque se dava tanto trabalho antes mesmo que eu tivesse uma oportunidade de provar meu valor a ele.

Mas foi ele mesmo quem levantou a questão. Pouco depois que me mudei para Glasgow, trocando meu lar na abadia pela nova catedral de lá, ele me disse ter visto um talento em mim anos antes, uma capacidade que o impressionara o suficiente para garantir que ficasse de olho em mim a partir de então. Devo ter parecido verdadeiramente perplexo.

– Não o entendo, meu senhor – disse. – Perdoe-me, mas do que está falando?

– Seu dom de ler as pessoas – respondeu. – É bastante impressionante. Nunca vi algo assim em alguém tão jovem.

Eu ri em voz alta, por falta de palavras.

– Não ria, padre James – reagiu com irritação. – Se quisesse ser divertido poderia encontrar assuntos mais prazerosos com os quais diverti-lo. Você tem um dom, dado por Deus. Um talento, gravado fundo em você e se pronunciando a despeito de seu próprio desejo. Deus deu a você uma rara capacidade de olhar para os homens e ver através dos artifícios que eles apresentam para escondê-los do mundo. Você faz isso sem sequer ter consciência, e vê diretamente o coração daquele com quem está lidando a qualquer momento. Isso, padre, é uma capacidade tão rara que é preciosa para um homem como eu, que tem de lidar diariamente com pessoas cuja maior preocupação é esconder seus verdadeiros motivos.

Ele me viu começar a erguer a mão em protesto e descartou minha discordância antes mesmo que eu a manifestasse.

– Acredite, não sou um tolo dizendo coisas sem sentido. Vi isso em você anos atrás. E assim que percebi, vigiei cada vez mais, e nunca vi falhar. Mas mesmo então não confiei em minha própria percepção. Eu me vali da ajuda de outros, dizendo a eles o que suspeitava e então pedindo que o observassem como havia feito, e todos concordaram.

Dessa vez o interrompi:

– Perdoe-me, meu senhor, mas quem são "eles", essas pessoas que escolheu para me vigiar?

– Ninguém que pudesse fazer mal a você ou desejar nada de ruim, padre James. Seus primos, padre Peter e irmão Duncan, ficaram felizes em me ajudar, assim como o abade e o padre de Paisley, e todos concordaram que essa sua habilidade, qualquer que seja sua fonte, é real e forte – disse, dando de ombros. – Então, o que esperaria que fizesse com tal informação, trazendo com ela a certeza de que suas habilidades podem tornar minha tarefa como bispo e pastor muito menos árdua? Não tive escolha que não estimular seus talentos, pois acredito que assim que tiver aprendido a dirigi-los e controlá-los, eles serão de imenso valor, não apenas para mim, mas para o próprio reino.

Tentei argumentar, alegando que me julgara erroneamente e superestimara minhas supostas habilidades, mas ele foi inabalável. Para minha própria surpresa, logo passei a amar os desafios envolvidos enquanto ele pacientemente me instruía sobre como avaliar os registros e relatos, alguns escritos, mas a maioria orais, de feitos passados de homens; como examinar meticulosamente seus históricos e suas atividades anteriores em busca de indícios de suas crenças e motivações. E então, em encontros pessoais, olhar além das fachadas públicas externas para adivinhar suas verdadeiras motivações e intenções.

Eu me tornei um tipo de especialista em um tempo surpreendentemente curto depois que superei a dificuldade de acreditar que realmente tinha uma percepção natural para tais coisas. Logo me vi cada vez mais consciente, um dia após o outro, da pressão sutil aplicada de todos os lados na interação cotidiana normal pela comunidade eclesiástica na qual vivia e trabalhava, e pelos enxames de pessoas em busca de influência que acorriam à catedral como centro de poder espiritual e temporal. Mais que isso, porém, me tornei altamente sintonizado com as atividades malignas nos mercadores de influência que atendiam aos desejos dos outros. Eu relatava exclusivamente ao bispo tudo o que chamava minha atenção, e ele retribuía com uma franqueza que raramente demonstrava para com outros, discutindo particularmente comigo questões que raramente confiaria a outros de posição superior.

Assim, fui capaz de observar de perto, desde os primeiros dias de seu reinado, a inconsistência e a necessidade trágica de contentar e ser apreciado que condenaram o reinado de John Balliol e produziram os acontecimentos que se seguiram à sua derrubada do trono após menos de quatro anos.

A decadência se instalara já na primavera de 1293, quando William Douglas e o jovem Robert Bruce estavam jurando fidelidade a ele, pois foi o ano em que as pessoas comuns por toda parte no sul da Escócia realmente começaram a sofrer injustiça e indignidade disseminadas nas mãos dos soldados "visitantes", e quando a constante presença inglesa foi aceita em geral como um fato da vida. Ninguém tinha a menor dúvida de que a primeira era causada pela segunda, mas mesmo então ninguém teria pensado em aplicar a palavra *ocupante* às forças inglesas que estavam por toda parte da terra. Ninguém teria pensado, na verdade, em dizer isso em voz alta. Mas a verdade era que a arrogância e a intransigência dos soldados ingleses, estimuladas por seus comandantes e aliada à indiferença da nobreza escocesa, levaram ao surgimento de injustiças disseminadas contra o povo escocês, abusos que levaram a revoltas locais, por sua vez esmagadas por impiedosas retaliações militares.

Homens e mulheres – moradores de cabanas e casas – se viram arrastados de seus lares e enforcados, sem que ninguém nunca fosse responsabilizado. Com frequência cada vez maior, líderes comunitários e fazendeiros estabelecidos de sucesso tinham suas terras e seus bens confiscados após serem acusados de crimes hediondos por "testemunhas" obviamente inescrupulosas. Tais evidências eram com demasiada frequência absurdas, particularmente quando oferecidas – e aceitas – contradizendo testemunhos verificáveis em contrário oferecidos por testemunhas mais confiáveis. Desafiando todo bom-senso e debochando totalmente das leis escocesas, essas acusações espúrias continuaram a ser feitas por todo o verão e o outono, e muitas terras e bens que por gerações foram propriedade de pessoas locais foram tomados por estrangeiros fortemente armados.

Na primavera do ano seguinte começaram a surgir pequenos líderes escoceses por todo o sul da Escócia, levados, por frustração ou desespero, a uma autodefesa organizada de forma inconsistente ou a uma resistência agressiva. Relatos de bandos de foras da lei e rebeldes começaram a circular. Mas os ingleses não fizeram queixa formal ao rei John, já que isso chamaria atenção para o que realmente estava acontecendo no interior. Em vez disso, eles preferiram aumentar a concentração de tropas nas regiões problemáticas e lidar de forma cada vez mais dura com a população local. O próprio rei John nada soube dos relatos cada vez mais urgentes de retaliações feitos pelas pessoas da metade sul de seu reino, ou soube e escolheu permanecer surdo aos problemas dos seus súditos mais pobres.

Um bando de foras da lei em particular ganhou destaque pouco depois da Páscoa daquele ano. Ele começou discretamente, se revelando em sua própria região no final de abril, mas chamou a atenção de todos na parte sul do país na metade de junho. Histórias das atividades desse bando começaram a ser repetidas juntamente com os últimos relatos de atrocidades contra o povo, e elas pareciam oferecer uma esperança face ao desespero: sempre que ocorriam os casos mais explícitos de roubo autorizado – os perpetradores chamavam de confisco pela administração militar, mas era roubo explícito – também ocorriam casos repentinos e não reivindicados de vingança.

Homens que haviam prestado falso testemunho contra seus vizinhos eram encontrados mortos, com as línguas cortadas e enfiadas ao contrário na boca; homens que haviam tomado casas e propriedades pertencentes a outros eram encontrados enforcados nas ruínas dos imóveis roubados; e soldados que tinham participado desses roubos, espancando e açoitando homens inocentes e violando suas mulheres, encontravam justiça rápida nas trilhas e estradas que cruzavam a floresta ao redor dos lugares onde tais crimes haviam ocorrido. Com maior frequência eles eram abatidos em emboscadas e deixados a apodrecer onde caíam, mas em outros momentos, em áreas de floresta fechada onde arcos se mostravam ineficazes e a morte por lâmina ou porrete nem sempre garantida, eram capturados em marcha, reunidos sob árvores sólidas e despachados com as gargantas cortadas, com eventuais sobreviventes enforcados logo acima deles, para que ninguém ignorasse o significado do que aconteceu.

Esses foras da lei ficaram conhecidos como Verdes, porque no local de cada morte, fosse de um único homem ou de um grande grupo, um retalho de pano verde era deixado fincado com uma faca no peito de um dos cadáveres.

No final de junho havia muitos boatos de quem eram esses Verdes e de onde vinham, e vários homens jovens deixaram suas casas por todo o sul na esperança de encontrá-los e ingressar em suas fileiras. Dizia-se que os ingleses estavam aterrorizados até mesmo para ir em busca dos Verdes; não sabiam onde começar a procurar; e sequer sabiam quem estavam procurando, pois ninguém viu os rostos dos fora da lei.

Dizia-se que a liderança dos Verdes parecia ser partilhada por várias pessoas – embora ninguém pudesse afirmar isso. Mas não havia dúvida de que a frequência e o alcance das atividades do bando indicavam que havia mais de um líder envolvido, pois todo dia chegavam novos relatos de seus feitos, muitos deles descrevendo acontecimentos que supostamente se deram no mesmo dia, em horas semelhantes, mas com muitos quilômetros de distância.

Os mistérios se acumulavam, e a única coisa que podia ser dita com certeza era que nenhum dos Verdes havia sido visto sem máscara ou capuz. Suas identidades eram desconhecidas e, segundo pessoas que os haviam visto e ouvido, eles tinham grande e selvagem prazer em dizer a seus inimigos em voz alta o que os levara a se rebelar tão abertamente. Eles apontavam para seus próprios rostos encapuzados enquanto lutavam e provocavam os ingleses com desafios como: "Vamos ver você apontar este rosto para seus magistrados!"

Tomei conhecimento desse comportamento pela primeira vez em junho, por um padre viajante que parara na residência do bispo Wishart para entregar um maço de cartas a Sua Graça. Esse homem, padre Malacchi, passara algum tempo nas profundezas da floresta de Selkirk após ficar doente por comer algo estragado. Enquanto recuperava a saúde em uma pequena comunidade de moradores da floresta, ouvira muitas histórias sobre os Verdes e como eles escondiam sua identidade de todos para não serem traídos em troca de ouro inglês.

Eu levara o padre Malacchi à cozinha naquela noite após ter entregado sua encomenda ao bispo, e permaneci com ele enquanto fazia uma grande e obviamente bem-vinda refeição. Foi depois disso, enquanto conversávamos tomando uma caneca da suave cerveja da cozinha da catedral, que ele mencionou a anomalia dos foras da lei encapuzados.

Eu imediatamente soube quem eram, claro, e vi seus rostos em minha mente: o próprio Will e Ewan à frente, enquanto atrás ficavam seus cinco companheiros: Alan Crawford de Nithsdale e Robertson, o arqueiro; Long John das Facas, Big Andrew com sua besta e Shoomy, o celta. Eu não tinha dúvida de que àquela altura havia outros, mas aqueles eram os homens que eu conhecia, e não tive dificuldade de imaginar todos eles usando capuzes. Nenhum era idiota, e não ter um rosto era um grande patrimônio na Escócia naquele momento, particularmente para um criminoso público. Eu me vi sorrindo – de forma um tanto surpreendente quando o que aquilo pedia, na verdade, era desaprovação sacerdotal – enquanto pensava no grande Ewan e em como havíamos nos conhecido, imediatamente pude ouvir sua voz suave sibilante destacando as vantagens de um capuz para um homem desfigurado como ele, um homem que não desejava assustar crianças e ainda menos ser posteriormente identificado como alguém com um rosto esmagado, sem pelos e fácil de ser lembrado.

A partir daquele momento eu estava um passo à frente das muitas histórias acerca do bando conhecido como Verdes. Sabia-se que tinham sua base em algum lugar da floresta de Selkirk, e nunca opinei sobre isso, embora soubesse ser verdade. A floresta é enorme – cobre metade do país – e em minha cabeça, se Will Wallace quisesse que seu paradeiro fosse conhecido de todos, teria feito isso. O fato de que o povo ainda estava em dúvida significava que ele tinha bons motivos para ser cauteloso. O que estava bem definido era que os Verdes eram mais bem organizados e mais eficientes do que qualquer outro grupo atuante no sul da Escócia. O bando logo conquistou uma reputação assustadora de levar morte a qualquer força inglesa despreparada que se lançasse contra ele ou tentasse cruzar seu território. Quanto às forças que se lançavam sobre os Verdes, prontas para destruição e vingança militar, o faziam em vão, pois os foras da lei se espalhavam pela floresta à frente delas, assim como a névoa da manhã em meio à vegetação densa.

Em agosto todos falavam sobre os Verdes da floresta de Selkirk. A abrangência e o alcance de suas atividades também haviam aumentado muito naquela época. Os crimes contra escoceses honestos começaram a diminuir assim que ficou claro que a punição para tal comportamento era rápida, selvagem, sem misericórdia e inescapável, e foi então que os Verdes começaram a arriscar atividades militares, se dedicando a atos de guerra contra qualquer força inglesa que não pudesse justificar sua presença na Escócia como sendo necessária para os requisitos do rei da Inglaterra. Representantes, condes e barões não tinham legitimidade nesses casos: suas forças eram consideradas desnecessárias e, portanto, inimigas do bem da Escócia, e declaradas alvo justo para os insurgentes escoceses sedentos de sangue.

Antes do final do verão também se dizia que os Verdes nunca haviam maltratado nenhum escocês e que de tempos em tempos repassavam excedente de comida de comboios de suprimentos ingleses capturados para famílias cuja comida e cujos bens haviam sido confiscados pelos ingleses. A prova disso foi dada após dois ataques bem organizados dos Verdes a comboios de suprimentos ingleses na área de Dumfries, quando pequenos grupos de ataque de soldados ingleses entraram rapidamente nas aldeias vizinhas, vasculhando os prédios em busca de algo que pudesse ser levado. A vingança dos Verdes por isso também foi rápida, e grupos de ataques posteriores foram eliminados antes que pudessem alcançar seus objetivos.

Eu desenvolvi uma postura dúbia com relação a essas notícias desde que começaram a chamar minha atenção, pois sempre colocavam meu patriotismo em conflito com minha moralidade. Como padre eu sabia que o que os Verdes faziam era legalmente atroz; estavam desafiando a autoridade governamental devidamente constituída, rejeitando e desprezando abertamente a paz do rei. Contudo, como escocês, membro do povo sem voz cujas vidas estavam sendo esmagadas pelos poderosos, eu vibrava com as vitórias dos Verdes. Eles certamente estavam desafiando o poder do rei, mas o próprio rei dos escoceses não fazia nada, e na verdade o rei cujo poder desafiavam não era o deles. Os Verdes estavam resistindo ao poder ilícito de Eduardo Plantageneta, que não tinha direito, divino ou outro qualquer, a exercer seus poderes régios ou força militar dentro do reino da Escócia, a despeito da linguagem refinada dos tratados que citava em apoio às suas atividades. Naquele momento a Escócia tinha seu próprio rei. Os lordes e magnatas escoceses haviam dado ao monarca inglês autorização legal para seu comportamento durante o intervalo entre os reinados, mas isso não significava nada naquele momento. O intervalo findara havia muito, embora o rei da Escócia estivesse sendo dolorosamente lento em se firmar.

Olhando retrospectivamente com a distância de décadas, vejo que minha perspectiva dos Verdes era distorcida, natural e inevitável, pelo fato de que eu conhecia, respeitava e até mesmo amava seus líderes. Eles eram meus amigos e parentes, e minha confiança era tal que não podia pensar neles como criminosos malvados. Não importava quantas supostas evidências me fossem apresentadas para inspeção, eu as via com desconfiança e às vezes completa descrença, sabendo que haviam sido inventadas por pessoas cuja predisposição contra minha gente e minha própria raça era inquestionável.

Meu erro foi pensar que era o único consciente dessa relação.

– Aquele seu primo está forjando uma grande reputação.

Era um comentário inesperado, tendo sido feito após um longo período de silêncio, e meu peito apertou de preocupação. Claro que eu não tinha o menor indício de que marcava a mais importante conversa que teria com meu mentor, Robert Wishart, bispo de Glasgow e primaz da Escócia.

– Meu senhor? – perguntei, permitindo que a inflexão de minha voz demonstrasse minha confusão.

– Eu disse que seu primo está fazendo nome entre o povo – disse, usando a palavra latina *populi*, significando as pessoas comuns. – Devemos discutir isso, eu e você.

Era o dia 20 de março de 1295, àquela altura eu trabalhava para o bispo Wishart em Glasgow havia mais de um ano, aprendendo a lidar com cada vez mais responsabilidades à medida que minhas obrigações se tornavam mais complexas e exigentes. Estávamos em seu estúdio particular naquela manhã, na ala administrativa do prédio da catedral, e desde o alvorecer trabalhávamos na montanha de correspondência que aguardava sua atenção. Do lado de fora da janela um tordo distante cantava, seu entusiasmo fortalecido pelo pálido sol de março, e à distância eu podia ouvir os sons regulares e ritmados dos pedreiros e construtores em seu trabalho diário de ampliar os prédios da catedral. A construção estava em curso havia mais de quarenta anos, e ninguém, nem mesmo o próprio bispo, sabia dizer quando o trabalho estaria concluído. A catedral continuaria a ser construída até que fosse considerada satisfatória para a divindade.

Eu me dei conta de que estava procrastinando, evitando contato visual e esperando afastar o que estivesse passando pela cabeça de Sua Graça. Pousei minha pena e o olhei nos olhos.

– O que gostaria de discutir, meu senhor?

– Will Wallace e seus Verdes – disse, empurrando os ombros contra o encosto de carvalho trabalhado de sua cadeira com braços. – É hora de falarmos sobre isso abertamente.

Abertamente... essa era a última palavra que eu pensaria em empregar nessa questão, pois a identidade de Will como líder dos Verdes era o único segredo que eu escondia daquele homem. Fiquei imóvel por alguns instantes, depois peguei um trapo sujo de tinta e fingi limpar a ponta dos dedos.

– Por onde devemos começar, meu senhor?

– Começaremos pelo princípio, padre James. Você não achava que eu sabia, não é mesmo? – disse e vendo minha expressão de olhos arregalados, prosseguiu. – Você não achava que eu veria o sentido imediato disso. Que apenas Will Wallace podia ser o líder dos Verdes. Mas pense por um momento. Como poderia não saber, conhecendo você? Seu silêncio teria me contado, mesmo que não soubesse o tempo todo. Eu o conheço há... quanto tempo? Quase vinte anos? Dezesseis, pelo menos, e em todo esse tempo a única pessoa sobre a qual você falou, além de seus colegas aqui e na abadia, foi seu primo Will, o fora da lei protetor das florestas que ousou desafiar os ingleses. E então surge esse grupo de criminosos chamando a si mesmo de Verdes, cujo líder, é um arqueiro desconhecido, e de repente você esquece o nome e mesmo a existência de seu primo Will. Eu sou tão idiota assim, meu jovem?

Eu fiz uma careta.

– Temi que se dissesse algo, meu senhor, poderia ter de tomar uma providência.

Ele olhou para mim boquiaberto, perplexo.

– Tomar uma providência e fazer o quê?

– Não sei, meu senhor... informar seu nome às autoridades?

– Quais autoridades? E tendo feito isso, qual teria sido o resultado? Ele já é um fora da lei, destinado à forca caso seja apanhado. Saber seu nome não faria qualquer diferença para a incompetência dos ingleses. Mas você realmente pensou que eu iria revelar sua identidade?

Dei de ombros sem entusiasmo.

– Pensei que poderia considerar isso seu dever, meu senhor.

– Meu dever é para com meu rei e seu reino, para com meu monarca e meu país – disse, e a declaração foi feita em um tom que não me deixou dúvidas quanto à sinceridade do ancião. – Até este ponto os Verdes não fizeram nada que desafie ou ataque abertamente nenhum deles. Seus crimes, se de fato são crimes, foram cometidos exclusivamente contra os ingleses, cuja presença nesta terra considero uma abominação.

Eu abri a boca para responder, mas ele me cortou com um gesto breve de mão.

– Abominação, eu disse, e falei sério. E criamos isso para nós mesmos. Temos dançado com o diabo, padre James, e agora temo que tenhamos de pagar um preço alto por nossa frivolidade. Convidamos o Plantageneta a vir aqui, e ele veio. Temo que não parta com a mesma ansiedade quando pedirmos que se retire.

Ele se levantou abruptamente da cadeira e foi até a janela aberta, onde ficou olhando para o pátio abaixo, uma das mãos segurando a beirada de metal da janela, a outra pendurada pelo polegar na fivela da corda branca em sua cintura. O tordo que eu ouvira à distância já não estava cantando.

– Eu me culpo – disse ele em voz baixa, falando para o vazio à sua frente, de modo que tive de me esforçar para escutar as palavras que flutuaram por sobre seu ombro. – Ocorreu a mim que isso poderia acontecer, mas afastei o pensamento e me permiti ser enganado pela reputação do homem como o maior cavaleiro da cristandade, árbitro da justiça e confidente de reis e papas.

Ele se virou para olhar para mim e apoiou os ombros na parede ao lado da janela.

– Ele foi tudo isso um dia, e amplamente honrado por isso. Mas recentemente ele se manteve em casa, alimentando uma fome crescente de aumentar suas terras e seu poder.

Ele se sentou novamente com o cuidado que um homem envelhecido tem com seu conforto e sua aparência, arrumando as roupas cuidadosamente antes de voltar a falar.

– Ele concebeu a guerra contra os galeses, você sabe – disse, e a hesitação que se seguiu quase não pode ser notada. – Você sabia disso, espero.

Eu assenti.

– Sim, mas fez isso de forma consumada, com grande habilidade. Os galeses se entregaram a ele como ovelhas a um lobo feroz. E agora temo que planeje o mesmo destino para a Escócia.

Ouvi-lo dizer aquilo de forma tão resignada me chocou e arrancou do meu silêncio.

– Mas o rei John nunca aceitará isso.

Ele esticou as costas novamente e olhou para mim por um momento, o rosto inexpressivo. E finalmente disse:

– Algumas vezes me esqueço do quão jovem você é, pois raramente mostra sua inexperiência. Mas quando o faz, sua juventude pula em meu pescoço. Porém você está quase certo. O rei John tentará impedir. Não há dúvida. Mas o dano já feito é irreparável, e ele fracassará. Já é tarde demais para impedir isso. O rei da Inglaterra não é tolo, e usa sua coroa há muitos anos. Ele também provou ser dez vezes o homem que John Balliol é.

Ele ergueu a mão e retirou o solidéu carmim que indicava seu cargo, algo que nunca o vira fazer antes, e então ficou em silêncio, passando o tecido sedoso entre os dedos enquanto olhava para ele com olhos apertados, e de repente o solidéu carmim desapareceu dentro de seu grande punho cerrado.

– Balliol parece um rei, reconheço isso. Ele tem tudo o que é necessário: os modos, a aparência, a postura e o andar. Além disso, é afável e amigável, divertido e envolvente, com grande encanto. E também tem o ar régio de *dignitas*. Mas apesar de tudo isso é fraco. É submisso demais, complacente demais e tem necessidade demais de ser simpático. Ele carece da firmeza, da selvageria que um verdadeiro rei precisa ter, embora eventualmente use isso. Nosso rei quer que as pessoas gostem dele, e essa é uma falha fatal em qualquer líder, seja ele rei ou chefe de bandoleiros.

"Eduardo sabia de tudo isso quando fez seus seguidores escolherem John. Sabia que poderia controlá-lo, fazer com que se curvasse às suas vontades. Nunca poderia ter controlado Bruce, e acredito que apenas isso impediu Robert Bruce de ser escolhido para a coroa. Mas Balliol... Eduardo nunca teve qualquer dúvida de que poderia controlar o rei John da Escócia, e por intermédio dele, controlar o reino."

O bispo colocou as costas da mão no tampo da mesa de carvalho e abriu os dedos lentamente, permitindo que o solidéu vermelho cobrisse a palma. Ele o alisou, recolocou na cabeça e se virou para me olhar nos olhos.

– O Plantageneta é impiedoso e calculista, e agora vejo claramente que tinha planos para nós muito antes de sabermos que tinha um plano. Estávamos preocupados demais em manter a ordem entre nós mesmos... me refiro aos bispos, Fraser de St. Andrews, eu, Dunkeld e alguns outros, juntamente com os abades de Dunfermline, Dunblane, Kelso, Arbroath e Cambuskenneth, e alguns poucos magnatas menores. Buscamos evitar o choque de uma guerra civil entre os Bruce e a aliança Balliol-Comyn, e de início achamos ter tido sucesso. Mas em vez disso nos colocamos nas mãos dos ingleses.

Eu quase não consegui fazer a pergunta que estava em minha cabeça.

– Realmente acredita que as coisas estejam tão ruins, meu senhor?

Ele me olhou com olhos que pareciam quase de pena.

– Acredito, filho. E você também acreditará assim que tiver analisado todos os detalhes que acrescentei hoje. Talvez até mesmo se pergunte quão pior pode ser. Fomos traídos por aqueles a quem imploramos que nos salvassem. Nosso país agora está ocupado por uma força estrangeira. Ocupado, padre, por um exército que ninguém pode duvidar que seja hostil. Qualquer um que não consiga ver essa verdade é um tolo cego, confundido por pensamento positivo. Exércitos ingleses governam esta terra, e sua liderança não conhece limites. E por questões de política e interesse pessoal, nossos próprios ditos líderes, não a Igreja, mas a liderança civil, incluindo nosso novo rei, não fazem nada. Eles pensam ter muito a perder caso se queixem, a começar pelo confisco de suas terras e seus bens na Inglaterra. Acreditam que isso os deixaria empobrecidos. Eles não conseguem ver que isso os deixaria livres. Não conseguem ver o valor deste reino no qual vivem. Não desejam sequer considerar tal coisa. Pensam em si mesmos como ingleses e franceses vivendo no exílio aqui no norte.

– Sim – disse eu em voz baixa, sem conseguir encontrar um só ponto do qual discordar em sua efusão. – E a parte mais infeliz disso é que ignoram seu povo. Não pensam no povo escocês, e isso me diz que eles mesmos não podem se dizer escoceses.

Aquilo fez Sua Graça erguer a cabeça rapidamente.

– Realmente acredita nisso, padre James? Certamente não.

– Acreditar em que eles não são escoceses? Não, pois claramente são. Mas que sua agressão e sua negligência são destrutivas. Como posso não acreditar nisso, meu senhor? Está ao redor de nós, em todo lugar que olho, na arrogância do desprezo inglês e no sofrimento de nosso povo escocês. Não fosse assim os Verdes não existiriam. Os Verdes nasceram do desespero, são fruto do abandono, senão da agressão do povo pelos próprios líderes que o deveriam estar protegendo.

– Seu primo e seus Verdes o estão protegendo. O povo, quero dizer.

– Talvez sim – concordei, agitado demais para me dar conta de que falava com o bispo como se fosse um semelhante. – Mas eles são poucos para realmente fazer diferença. Will é apenas um homem, e além de tudo um plebeu. Seus homens são leais e corajosos, mas são todos foras da lei, e ninguém com autoridade o levará a sério.

– Nem tanto. Will Wallace tem sua própria autoridade. Os ingleses o estão levando a sério, Jamie. E o povo escocês o está levando a sério.

– Sim, mas isso não é o necessário. É preciso que outras pessoas, mais poderosas, aqui no reino, vejam o que ele está fazendo e entendam que é uma coisa necessária. Os magnatas precisam entender, e então precisam ajudá-lo a realizar.

O bispo ergueu a mão, quase esgotado.

– Eles acabarão entendendo, padre. O momento ainda não chegou – disse, olhando novamente para a janela enquanto um sino começava a ecoar do lado de fora. – É meio-dia, estou com fome e preciso esvaziar a bexiga, portanto vá e mande alguém buscar algo para comer, mas volte imediatamente.

Voltei rapidamente, mas para uma sala vazia, então terminei de redigir a carta na qual estava trabalhando quando o bispo e eu começamos a conversar, enquanto fazia isso dois irmãos leigos da cozinha levaram um lanche para nós: uma jarra de cerveja fraca e uma travessa de pão e carne fatiada fria, com raiz-forte esmagada em creme doce batido e cebolas conservadas em salmoura. Resisti à tentação de me servir até meu mentor retornar. Quando ele o fez, estava de cenho franzido.

– Perdoe-me, padre James – murmurou enquanto entrava, agitado. – Detesto ser deixado esperando, e detesto ainda mais manter os outros esperando por mim. Fui emboscado três vezes por intrometidos no caminho de volta das latrinas, e expulsei um quarto agressor com uma censura quando tentou me deter por causa de alguma reclamação de algo que ele mesmo poderia ter resolvido quando aconteceu. O que há de errado com as pessoas hoje? Aparentemente ninguém se arrisca a tomar uma decisão por conta própria sem conseguir a aprovação prévia de outro. Ah! Vejo que temos comida. Excelente. Então vamos comer.

Comemos em um silêncio de apreciação, mas assim que acabou de devorar um segundo pedaço de pão recheado de carne e raiz-forte e engoliu tudo com um grande gole de cerveja, meu mentor empurrou a travessa para longe e recostou, arrotando discretamente na manga.

– Já conversamos muitas vezes sobre seu dom e sobre como você chamou minha atenção – começou. – Mas você imagina por que me interessei tanto por seu primo Will desde a primeira vez em que o vi? Consegue adivinhar?

Empurrei minha tigela e balancei a cabeça.

– Porque ele usava um arco?

– Sim, bom homem. Foi exatamente isso. Ele usava um arco. Mas não simplesmente um arco chato. Eles são comuns. Ele tinha um arco inglês de teixo, um arco longo. Na Escócia, e com alguém tão jovem, isso era marcante, e tomei nota.

– Assim como Andrew Murray, meu senhor.

– Sim, também ele. Mas o espanto de Andrew com Will derivou da habilidade de Will com o bastão, se bem me lembro. Andrew era obcecado por aquela arma, e ela o serviu bem, verdade seja dita, mas sempre foi um arqueiro medíocre.

– Já foi arqueiro, meu senhor?

– Eu? – reagiu dando uma risada que foi um único rosnado e apontando para o canto da janela mais perto dele, onde sua velha espada comprida e bem gasta estava apoiada na parede. – Não, não fui. A velha Língua Cinzenta ali foi a única arma de que precisei quando chegou o momento de fazer o trabalho do Senhor. Por que me pergunta isso?

– Não sei, meu senhor. Talvez por ter pensado que fosse a razão para notar Will.

– Humm. Não, eu percebi seu primo simplesmente porque ele era um escocês, na Escócia, carregando um arco inglês. Isso o marcava como um tolo ou como um homem a vigiar. Alguns homens carregam uma arma como aquela unicamente na esperança de se destacar do rebanho de colegas, imaginando que a simples aparência de ser diferente indicará que são perigosos. Tais homens são tolos, pois qualquer um que olhe verá através do fingimento. Desde o início ficou óbvio que seu primo não era um desses. A própria facilidade e o respeito descontraído com que ele segurava a arma proclamava sua familiaridade com seu uso. E isso o tornava duplamente impressionante.

Eu esperei, mas ele não disse mais, então estimulei.

– Perdoe-me, meu senhor, mas duplamente impressionante em que sentido?

– Sua juventude e sua inquestionável habilidade – disse, vendo que eu ainda não o acompanhava. Prosseguiu. – Pense no que disse do tolo que carrega um arco daqueles apenas pelo efeito que causa. Sua tolice é evidente no sentido de que ele deve carecer do físico para usá-lo adequadamente. Só há uma forma de adquirir aqueles poderosos músculos de arqueiro, aquela largura de costas e ombros tão grande em seu primo e seu amigo Ewan. Eles são fruto de anos de disciplina e treinamento; horas seguidas puxando repetidamente, dia após dia, mês após mês. Seu primo tinha aqueles músculos quando coloquei os olhos nele pela primeira vez, e era apenas um garoto. Isso me disse que tinha uma disciplina admirável, ainda mais, me disse que aquele jovem Wallace, por menino que fosse, era confiante. Tinha orgulho e confiança suficientes para não se importar com o que os outros pensavam dele, e que não baixaria a cabeça para nenhum homem que não aquele que escolhesse reconhecer como merecedor. Vi tudo isso no primeiro vislumbre que tive dele, o modo como ficava de pé e o modo como a vara de seu arco sem corda pendia de um estojo no ombro. Ter e usar uma arma como aquela, e uma arma inglesa, o destacaria de seus colegas e praticamente o obrigaria a seguir sozinho em toda empreitada à qual dedicasse mente e músculos, e ele não se dedicaria a nada banal. Passou pela minha cabeça naquele momento que nosso reino sempre precisaria de homens como ele.

"E agora vou pedir que parta e o encontre para mim, que leve minha benção a ele e transmita uma mensagem, garantindo a ele meu apoio e estímulo no que está conseguindo. E me diga agora, por favor, por que está me olhando com desaprovação?"

Eu não me dei conta de que estava franzindo o cenho.

– Perdoe-me novamente, meu senhor. Estou tendo dificuldade para compreender seu ponto de vista. O que é exatamente que considera que meu primo está conseguindo?

Ele olhou para mim de modo sincero.

– Não é totalmente preciso, padre, se posso dizer. Você entendeu muito claramente o que estou dizendo, acredito. Sua dificuldade deriva da incapacidade de acreditar que seu bispo poderia ter opiniões ilegais, até mesmo pecaminosas, quanto mais verbalizá-las. Não estou certo?

– Sim, meu senhor. É verdade.

– Claro que é. Escute – disse, fazendo uma pausa, claramente pensando no que estava prestes a dizer e a seguir recostando. – Veja, sou um bispo, mas isso não me torna menos homem. Como bispo sou pastor do meu rebanho e obrigado, por meu dever dado por Deus, a proteger esse rebanho com todo meu poder. Isso significa usar minhas habilidades e minha influência para garantir que seu bem-estar esteja garantido e suas necessidades físicas tão bem atendidas quanto as espirituais. Somos ensinados que a alma é perene; o corpo é meramente temporal, portanto menos importante, suas necessidades têm menos urgência que as da alma. Tudo isso é certo e bom, e teoricamente esplêndido, mas é o ponto em que minhas próprias opiniões tendem a divergir daquelas de meus colegas; mais precisamente, daquelas de meus colegas ingleses.

"Creio que nossa capacidade de rezar, nossa própria habilidade de adorar a Deus depende muito de termos tempo e oportunidade de colocar nossas obrigações para com ele acima de tudo mais. E é quando minha voz como homem sufoca minha voz como bispo. Acredito profundamente que não podemos cumprir nossas obrigações para com Deus quando somos assolados por preocupações acerca do bem-estar de nossas famílias, quando vivemos com medo de sermos expulsos, presos ou enforcados pelos caprichos de um estranho de passagem que assume um poder de vida e morte sobre nós. Poucos homens decentes podem viver com tais ameaças e ainda conscientemente dedicar tempo e atenção a venerar Deus. Esses poucos que podem, nós chamamos de santos, e eles raramente permanecem muito tempo aqui na terra. Mas a maioria dos homens carece desse tipo de santidade. Estão preocupados demais em ser maridos, pais, amigos e vizinhos decentes.

"Essa simples descoberta, essa consciência, me distinguiu da maioria dos meus irmãos e me colocou em uma situação moral que nunca imaginara. E isso me levou a uma relutante aceitação do fato de que todas as ovelhas de meu rebanho são ovelhas escocesas, padre James. Eu nunca pensara nisso até algumas semanas atrás, mas agora sei que é verdade. Há dois meses, caso me perguntassem sobre meu rebanho, eu teria dito que todas eram iguais aos olhos de Deus, cada alma indistinguível das outras. Nunca teria passado por minha cabeça vê-las como almas escocesas ou almas inglesas. Para mim, eram todos filhos de Deus, pura e simplesmente.

"Mas minha postura mudou em relação a isso, e à força. Fui levado a ver uma nova realidade, através de olhos ingleses, até mesmo os olhos de ingleses da

Igreja, e aceitar que eles nos veem como diferentes e inferiores. E assim agora digo que todo meu rebanho é escocês. Eles são como as ovelhas de nossas encostas, musculosas e resistentes, de rostos escuros, basicamente silenciosas, e facilmente tosquiadas da pouca lã que têm. Que elas devam ser cruelmente tosquiadas e agredidas como são hoje por estrangeiros, por intrometidos ingleses, me dói mais do que consigo dizer. Mas também me enfurece, e me levou a um ponto em que nunca imaginara me encontrar. Isso me forçou a fazer uma escolha que nenhum bispo deveria ter de fazer: escolher entre ser católico e ser católico escocês, quando não deveria haver tal diferença. Mas a escolha é real. E eu a fiz. E tendo feito, agora tenho de aceitar as consequências. Uma delas é que não posso falar disso a ninguém, a não ser você. Compreende por que é assim, não é verdade?"

Eu concordei, mas ele ainda assim prosseguiu, dizendo as palavras mais para seus próprios ouvidos que para os meus, senti.

– Sim. Caso corresse a notícia de que fiz essa escolha, assumido um lado quando ninguém admite a existência de lados opostos, eu rapidamente seria afastado de minha cadeira de bispo e de minhas responsabilidades para com meu rebanho, e não posso permitir que isso aconteça. Onde estou, meu posto como intermediário mesmo que apenas em grau limitado, posso servir a meu povo e cuidar dos seus interesses enquanto me for permitido continuar sendo bispo de Glasgow. Se fosse afastado, algum bispo inglês seria colocado em meu lugar e meu povo correria um perigo muito maior do que corre agora.

Eu sabia que isso era verdade, pois por determinação papal apenas alguns anos antes, em 1291, Eduardo da Inglaterra ganhara o poder de nomear bispos da Igreja na Escócia, dessa forma tirando mais uma vantagem do intervalo entre reinados. Nem Wishart nem eu tínhamos a menor dúvida de que se ele fosse afastado seu substituto seria um inglês escolhido e nomeado, muito provavelmente, pelo bispo Antony Bek de Durham.

– Então talvez agora você possa entender em certa medida porque preciso que encontre Will Wallace para mim. Ele se tornou um dos poucos homens em que posso confiar para cuidar dos interesses da Escócia antes dos seus próprios. Há outros igualmente confiáveis, mas muito poucos, temo, e não tenho tempo de caçá-los um de cada vez. Minha esperança, devota e suplicada, é que ao chegar a hora homens como seu primo Will aqui no sul e Andrew Murray no norte sejam fortes o bastante, e claros o bastante em suas convocações, para unir outros atrás deles de formas que eu não poderia e não ousaria. Este nosso país está determinado a ir para a guerra e o massacre, padre James. Por muito tempo tememos que fosse entre Bruce e Balliol, uma guerra civil lançando irmãos sobre a garganta de irmãos, mas espero que estejamos além disso agora; ou quase.

"Os nobres ainda procrastinam, e tento entender isso. Eles são como jovens tímidas, flertando com pretendentes pomposos, não permitindo intimidade e negando compromisso na esperança de vir a entender plenamente as propostas que são feitas. Mas chegará o momento, mais cedo ou mais tarde, em que a névoa diante de seus olhos irá se dissipar e eles verão Eduardo como ele realmente é – disse, a seguir apertando os olhos. – Você tem uma pergunta?"

– O que o faz pensar, meu senhor, que esse momento virá logo?

Ele arregalou os olhos e ergueu bastante as sobrancelhas.

– Porque é preciso! Vivemos em uma época de mudança, padre James, e há mudanças acontecendo hoje, mesmo enquanto falamos, que irão reformular nosso mundo. Veja as cidades aqui, nossos burgos. O que você vê?

Eu pisquei para ele.

– Cidades, meu senhor, nada mais. Embora possa perceber em seu rosto que estou errado. O que deveria ver?

– Homens livres, padre. Mercadores com casas de contabilidade. Comerciantes com depósitos cheios de produtos, artesãos habilidosos por toda parte, pedreiros e fabricantes. Eles estão por toda parte.

– Sei que estão, meu senhor. Mas ainda não entendo do que está falando.

Ele se inclinou para frente, e havia uma intensidade nele que me deixou apreensivo.

– Pergunte a si mesmo de onde eles vêm, padre, e o que sua presença significa – disse ele voz baixa.

– Sua presença nos burgos, meu senhor? Eles moram lá. O que isso deveria significar? Perdoe-me, pois não estou acostumado a me sentir idiota, mas continuo não conseguindo acompanhar.

Ele deu um sorriso feroz, um sorriso nada episcopal.

– Sei que não acompanha. Nem o rei John, nem seus magnatas, e o rei Eduardo e todos os seus condes e barões não são mais iluminados que nenhum desses. Essas pessoas, padre James, esses mercadores, comerciantes e outros, estão chamando a si mesmo de burgueses atualmente. Burgueses! Não é um nome maravilhoso? Você talvez ache que não, mas é um nome novo. Eles não estavam aqui há cem anos; os burgueses não existiam naquela época. Nem há sessenta, nem mesmo há cinquenta anos. Mas agora toda cidade na terra tem seus burgueses, e todos eles constroem e são donos de sedes de guildas, centros de produção e alojamentos fraternais. Todos são cidadãos sólidos, estimados e prósperos, ricos demais para serem vistos ou tratados como camponeses.

"Esses agora são homens de substância, padre James. Toda uma nova espécie, um novo tipo de homem. E cuidam de seus negócios cotidianos, seus empreendimentos comerciais, como os chamam, em todas as terras da cristandade e mesmo além, lidando com todo tipo de comércio que você pode imaginar. Os nossos lidam principalmente com lã, embarcando centenas de fardos por ano para lugares como Lubeck e Amsterdã, onde ela não existe, em troca de roupas. Mas alguns enviam tijolos vitrificados para Bruxelas, e outros embarcam metais e minério de estanho, chumbo e ferro para a França e a Borgonha, e em pagamento trazem vinhos. A maioria deles se vale dos empréstimos dos banqueiros do Templo para fazer seus negócios, e pagam impostos pesados pelos direitos de manter instalações de comércio e espaços seguros nos vários portos que utilizam.

"E à medida que crescem e prosperam, suas vozes são ouvidas nos negócios de todos os burgos por toda esta terra. Eles estão exigindo e tendo cada vez mais voz em como suas cidades são governadas e mantidas, e a cada ano, à medida que sua boa influência continua a aumentar, nossos burgos estão sendo governados por seus próprios conselhos de burgo."

Ele parou, claramente esperando que eu respondesse, e quando não fiz isso ele conseguiu o improvável, franzindo o cenho e sorrindo ao mesmo tempo.

– Você não consegue ver.

Eu estava sofrendo com minha incapacidade de entender o que queria dizer, e o vi dando de ombros.

– Bem – disse em voz baixa, soando vagamente desapontado –, isso não é surpreendente, imagino. Você é a primeira pessoa com a qual tentei falar sobre o assunto, e sei que eu mesmo olhei para isso durante anos sem ver o que é de verdade.

Ele tossiu, pigarreou e recomeçou.

– Agora escute com atenção, padre James, pois estou prestes a abrir uma nova janela e lhe mostrar um mundo no qual nunca pensou e nunca conseguiu imaginar. Está prestando atenção? – perguntou. – Este nosso mundo está mudando, como disse. Está mudando visivelmente, dia após dia. Estamos testemunhando uma turbulência. Acredite em mim quando digo que os burgueses de nossas cidades, e de todas as outras da cristandade, mudarão o mundo como o conhecemos.

Confesso que estava um pouco com medo de que meu mentor estivesse perdendo as faculdades.

– O sistema não pode coexistir com esses novos burgueses, padre James, e não pode sobreviver sem eles. Portanto, deve perecer. Não hoje, e provavelmente não em nosso período de vida, mas o sistema irá perecer. Disso não tenho dúvida.

– Qual sistema, senhor meu bispo? – perguntei. Eu me sentia um idiota.

– O sistema que governa o mundo, filho. O sistema no qual vivemos e trabalhamos, aquele com o qual sobrevivemos essas centenas de anos. Sempre há um sistema governando a existência dos homens. A Igreja é um; o império romano pagão foi outro. Não temos um nome adequado para aquele que nos governa agora além de sistema de fidelidade, no qual a sociedade é determinada pelas leis de senhor e vassalo, dever e fidelidade, e a honra é definida por lealdade e serviço comum. Mas esses burgueses são um novo fenômeno, e eles existem fora da comunalidade. Não devem seu sucesso a ninguém além deles mesmos, significando que não devem fidelidade nem têm laços com ninguém além deles mesmos. Eles não têm juramento de vassalagem com os quais estejam comprometidos, pois seu compromisso é com o próprio comércio. Não podem ser obrigados a lutar por nenhum senhor ou mestre, pois são seus próprios homens, e aí está a ameaça. Pense nisso, padre: eles são seus próprios homens. Esse é um conceito desconhecido desde os dias da Roma republicana. Esses são homens sem ligações. Imagine, se puder, o que isso significa.

Eu estava consciente de que em algum ponto do lado de fora, entre as árvores que cercavam o terreno da catedral, o tordo recomeçara a cantar, em um grande crescendo de som magnífico, mas embora eu o escutasse, era como se através de uma névoa densa. Eu me ajeitei na cadeira, desconfortável.

– Parece-me, meu senhor, que se o que sugere for conhecido, esses burgueses serão eliminados da face da terra, pois os nobres não poderiam viver com essa ideia. Eles não podem encarar a possibilidade de pessoas vivendo em suas terras sem jurar fidelidade a eles.

– Ah, mas você está errado, padre James. Os nobres não podem simplesmente eliminar os burgueses, pois já dependem demais deles. Esses burgueses pagam impostos sobre os lucros de suas empresas. Embora indiretamente, os pagam aos nobres, e esses impostos correspondem a quantias enormes. Os nobres, por outro lado, não produzem nada. Meramente possuem a terra na qual outros vivem e trabalham. Isso não é novidade.

"Mas agora, com o surgimento desses burgueses, há elementos diferentes em jogo, e eles se recusam a se encaixar no *status quo* do sistema. As próprias cidades, os burgos da Escócia, Glasgow e Edimburgo, Perth e Berwick, Aberdeen e St. Andrews, e mesmo Paisley, se tornaram grandes demais e prósperas demais para serem controladas por um único homem, não importando quão poderoso esse senhor seja. Agora são propriedade de seus burgueses e cidadãos, ainda parte do reino, mas não mais parte do velho sistema. Nenhum nobre, seja ele conde ou barão, chefe ou mero dono de terras, pode impor nada além de seu desprazer aos cidadãos dos burgos da Escócia hoje. Os burgueses superaram o poder dos nobres; ainda não eliminaram, mas definitivamente superaram."

– O que isso significa? – perguntei finalmente. – O rei e seu Conselho de Guardiões ainda governam o reino.

– Significa, padre James, que mais cedo ou mais tarde, e não quero dizer amanhã ou mesmo daqui a uma década ou um século, mas inevitavelmente, as pessoas comuns da nossa terra arrancarão o controle dela da nobreza que hoje o tem na totalidade.

Tentei compreender aquele pensamento, mas era grande demais e frágil demais para que lidasse com ele no momento. Mas estabeleci a ligação entre o que o bispo acabara de dizer com o que dissera no começo.

– O senhor acredita que Will Wallace fará parte dessa grande mudança que antecipa. Por isso quer que o encontre para o senhor.

– Humm – disse a velha raposa hesitando, a seguir balançando a cabeça. – Não. Seu primo terá um papel a desempenhar no que irá acontecer. Não tenho dúvida disso, mas ele será parte do processo de mudança, não necessariamente parte da mudança em si. Não, padre, quero que o encontre porque recebi informação que devo transmitir a ele, informação vital referente ao bem-estar deste reino, e você é o único meio que tenho de levá-la a ele sem que mais alguém tome conhecimento.

Então por que toda a digressão obscura?, pensei.

– Informação. Entendo. Devo escrever, Sua Graça?

– Não. Não, é demasiadamente... sensível, delicada e perigosa para ser colocada por escrito, suspeito, e uma carta pode ser roubada e rastreada. Essa informação acabou de chegar e tenho de pensar nisso. Pretendo pensar com você como minha testemunha e caixa de ressonância, padre, de modo a que, familiarizado com ela e todas as suas implicações, você possa encontrar seu primo levando a informação na cabeça. Concordaria com isso?

– Claro, meu senhor.

– Bom. Excelente. Então escute. Eu recebi esta notícia noite passada, tendo sido despertado de meu sono no meio da noite, as horas antes das matinas. Foi trazida por um padre itinerante que conheço há anos e em quem confio completamente. Ele adivinhou sua importância e a trouxe diretamente a mim com toda a rapidez de que foi capaz a pé. Ele estava no castelo de Norham certa noite há duas semanas e entreouviu uma conversa que nunca deveria ter sido travada. Ele chegara lá tarde, após o toque de recolher, e, não conseguindo entrar no próprio castelo, se aninhara em um portão para dormir algumas horas protegido do vento.

"Eduardo Plantageneta estava ali naquela noite, assim como Bek de Durham, e eles escolheram caminhar juntos do lado de fora no meio da noite, presumivelmente para discutir questões de grande importância sem correr o risco de serem ouvidos. Felizmente para nós, não foi como as coisas se passaram, pois acabaram se afastando muito da segurança, fora das muralhas do castelo, para ter a discussão a alguns passos de meu visitante, que ficou paralisado, temendo por sua vida.

"Ele me contou que toda a conversa foi sobre bandoleiros escoceses e suas atividades criminosas na área de Selkirk; seu primo e seu pessoal. As histórias que escutamos deles aqui em Glasgow são histórias simples contadas por pessoas simples que gostam de ter alguém que as defenda mesmo que de longe, histórias moralizantes de malvados invasores ingleses que intrépidos vingadores escoceses fizeram sofrer. Mas segundo o que meu visitante escutou, a realidade é muito mais poderosa. Esses Verdes, e foi assim que o rei inglês o chamou, estão causando muito sofrimento a Eduardo com seus ataques e sua destruição, muito mais do que qualquer de nós teria imaginado. Mas é a incapacidade de Eduardo de capturá-los ou atraí-los para a batalha que o está enlouquecendo. Ele enfrenta um motim nas tropas."

Ele me cortou com um gesto de mão antes mesmo que eu começasse a reagir.

– Sei que não há nada de novo nesse boato. É exatamente esse o ponto que desejo que mostre a seu primo, portanto escute atentamente. Estamos ouvindo há anos que Eduardo está tendo problemas com seu próprio povo na Inglaterra, que seus barões estão prestes a se rebelar contra suas exigências incessantes de cada vez mais recursos e homens de combate para suas campanhas em Aquitânia, Normandia e Gasconha. Essa é uma característica da vida de Eduardo no comando de seu reino, e até agora ele conseguiu lidar com isso e cuidar de seus negócios aqui na Escócia.

"Mas esta situação é diferente. É na Escócia, e não é uma rebelião contra exigências injustas e exageradas. É uma rebelião por causa de dinheiro, moedas de ouro, prata e cobre. Os soldados ingleses na Escócia não são pagos há meses, porque três comboios de bagagem consecutivos da Inglaterra rumo ao norte carregando pagamentos e pagadores foram interceptados pelos Verdes, seu conteúdo roubado e sua escolta armada assassinada. Segundo fontes inglesas, cada um foi golpeado com força esmagadora por foras da lei da floresta. Mas agora, aparentemente, cada um dos dois últimos comboios foi acompanhado por uma escolta militar duas vezes mais poderosa que acompanhava o anterior, e ainda assim ela foi esmagada. Os serviços de informações de Eduardo estimam uma força inimiga em número superior a quinhentos no último ataque."

– Quinhentos...

– Sim, foi o que me disseram. Então, agora os ingleses estão pensando em enviar as folhas de pagamento por navio, criando um tesouro militar em Leith ou mesmo Edimburgo, desembarcando a carga do pagador lá. Mas estabelecer um tesouro inglês em solo escocês irá demorar, e envolverá alguma negociação com o rei John e os guardiões. Isso não acontece da noite para o dia.

– Não, não vejo como seria possível. Então, o que Eduardo fará nesse ínterim? Pelo que disse, ele precisará fazer algo para mudar a situação atual.

– Ele pretende. Esse foi o objetivo do encontro tão secreto entre ele e Bek. Tentará conseguir por subterfúgio o que não consegue obter pela força.

Ele hesitou um momento, então começou a dar os detalhes do plano inglês.

Na manhã seguinte, antes do alvorecer, eu deixei Glasgow e segui rumo ao sudeste, na direção de Selkirk e sua grande floresta.

Capítulo 12

Eu estiquei a perna de forma lenta e cuidadosa, achei, para aliviar uma leve cãibra na canela, mas o movimento foi suficientemente visível para assustar um pequeno rebanho de cervos na clareira à minha frente. Menos de uma batida de coração após ter me mexido, todo o rebanho estava saltando para desaparecer na vegetação densa que limitava a clareira. Eu me amaldiçoei em silêncio e olhei culpado para Shoomy, que estava deitado ao meu lado, mas ele não fez mais que apertar os lábios e franzir o cenho gentilmente, movendo a cabeça de um lado para o outro quase imperceptivelmente e esticando os dedos da mão em um aviso para ficar imóvel. Eu baixei a cabeça para a grama novamente, fechando os olhos e me esforçando para ouvir além das batidas do meu coração enquanto esperava.

Já estávamos em posição havia quatro horas, tendo chegado no meio da noite quando havia pouca chance de sermos detectados. A luz do dia surgira enquanto ficávamos confortavelmente enrolados em cobertores de lã encerados na faixa de arbustos densos que limitava a clareira, de modo que da escuridão de antes do amanhecer passamos quase imperceptivelmente para uma daquelas manhãs imprevisíveis e mágicas que algumas vezes surgem sem aviso. Em todo o tempo juntos na escuridão da noite gelada, a não ser pelas respostas abafadas à missa que celebrei à luz de tochas assim que cheguei, mal havíamos falado, não por medo de fazer barulho, mas simplesmente pela necessidade humana de pensar sem partilhar o que estávamos pensando.

Mas naquele momento nossa imobilidade tinha um objetivo. Shoomy escolhera aquele local com cuidado, considerando ser o que mais ofereceria recompensa, e estávamos esperando que alguém aparecesse, e a necessidade de silêncio e imobilidade era absoluta.

Eu não estava certo do que realmente era o primeiro som que ouvi. Era distante e indistinto demais para ser identificado, mas poucos instantes depois ele surgiu novamente, e dessa vez o reconheci como o som vibrante de ar sendo soprado pelas narinas de um cavalo. Eu sabia que os outros também deviam ter escutado, e me obriguei a não me mexer. Um longo tempo se passou, pareceu, antes que o som seguinte fosse ouvido, e foi então um baque pesado abafado de um casco batendo em solo macio, acompanhado por um sussurro enquanto o cavaleiro tentava manter o animal calmo. Outro longo silêncio se seguiu, sem que qualquer de nós ousasse respirar por medo do som ser alto demais, mas finalmente houve outro som de movimento, acompanhado do rangido inconfundível de uma sela de couro. A cortina de folhas perto de onde eu estava tremeu, depois se dividiu muito lentamente, empurrada para o lado por uma mão esticada para revelar um homem bastante inclinado sobre o pescoço de um cavalo, o queixo quase sobre sua crina e os olhos espiando entre as orelhas do animal que se retorciam.

Nada se moveu enquanto o batedor examinava tudo o que podia ver à frente e de cada lado. Usava um capacete cônico de aço, o que o obrigava a manter a cabeça muito inclinada para trás, e estava muito alerta e vigilante, sua própria vida dependendo disso. Examinou tudo minuciosamente, de modo que muito antes de seus olhos inquisidores se virarem na minha direção eu havia me encolhido o máximo possível, abraçando o chão enquanto buscava manter a cabeça e a curva das costas sob a beirada suave que me separava de sua linha de visão. Esperei ser descoberto, mas nada aconteceu, e depois o ouvi se mover novamente, o pisar suave dos cascos enquanto ele levava seu cavalo embora. Mas não ouvi ruído de galhos se movendo, então ergui minha cabeça novamente o mais lento que pude e procurei por ele. Desaparecera, evidentemente contornando a clareira por trás da cortina de folhas que marcava seus limites.

Eu o vi novamente, instantes depois, saindo como antes da cortina de arbustos, longe demais para me ver com facilidade mesmo que estivesse olhando na minha direção. Mas dessa vez ele passou pela cortina, olhando ao redor enquanto cavalgava para a clareira. Seu escudo estava pendurado nas costas e ele segurava as rédeas com facilidade na mão esquerda, com a direita agarrando o punho de uma espada de lâmina comprida em uma posição que permitia à lâmina nua repousar sobre sua coxa e tocar suavemente o joelho, leve e discretamente, mas pronta para ser usada instantaneamente ao primeiro sinal de movimento.

Livre dos arbustos, ele puxou as rédeas no limite da clareira, seus olhos vasculhavam o espaço aberto e aparentemente inofensivo. Depois fez a montaria avançar novamente, se inclinando para frente na sela e parecendo encolher ainda mais ao passar sob galhos baixos do olmo enorme que dominava a clareira. Ele não era ameaçado pelos ramos acima, pois o mais baixo deles estava mais de meio metro acima da cabeça, mas sua reação era de fuga instintiva a ameaça potencial. Lembro de ter pensado que claramente não ocorrera a ele a possibilidade de ser atacado por cima, pois em nenhum momento ergueu os olhos, e consequentemente o homem que saltou sobre ele o apanhou desprevenido, derrubando-o no chão, inconsciente. O único som que nós, espectadores, ouvimos foi o repentino baque de dois corpos se chocando e depois batendo na terra com violência, antes que o cavalo assustado sequer pudesse bufar de medo.

O atacante rolou e se ergueu rapidamente. Vi que era Alan Crawford, um dos tenentes de Will. Ele se voltou novamente para o homem derrubado do cavalo, se agachando acima dele com um punhal desembainhado na mão. Mas um instante depois se levantou e embainhou a arma, chamou outros para que avançassem, ordenando que alguns cuidassem do prisioneiro e outros se espalhassem pela floresta de onde o cavaleiro viera. Enquanto dois dos homens amordaçavam o homem derrubado e amarravam pulsos e tornozelos, Alan foi até onde eu estava agachado ao lado de Mirren e duas outras mulheres.

– Certo – disse ele em voz baixa. – Esse devia ser o batedor do nosso lado. Os outros, quatro deles, estarão logo atrás, espalhados. Eles podem ou não ter encontrado nosso pessoal, mas quando assim for, se algo der errado saberemos rapidamente. Mantenham os ouvidos atentos a ruídos dos dois lados da estrada. Daremos a eles mais um quarto de hora para chegar a nós, e caso não apareçam saberemos que já deram conta deles. Então atravessaremos a estrada e nos juntaremos a Long John e aos outros.

A principal estrada norte-sul estava à nossa direita, a pouco mais de cinquenta passos, mas escondida de nós pela floresta. Sabíamos que os batedores remanescentes estariam cavalgando dos dois lados dela, agora quatro deste lado, cinco do outro, procurando pessoas como nós, pessoas que pudessem representar uma ameaça ao comboio que escoltavam.

Nosso grupo, do qual éramos apenas um quinto, estava voltado para o sul, controlando o lado leste da estrada. Do outro lado, mais cinco grupos caçavam os batedores a oeste, preparados para matar todos, caso necessário. Do grupo de cinquenta enviado para neutralizar os dez batedores, apenas Mirren, suas duas mulheres e eu estávamos desarmados, e só estávamos ali porque era o ponto mais seguro que Will conseguira imaginar para o trabalho daquela manhã, suficientemente distante do que iria acontecer onde ele estava para garantir que Mirren não corresse riscos. Teoricamente minha tarefa era protegê-la, mas essa ideia era absurda, e eu sabia que estava ali apenas porque Will buscava alguma forma de proteger minhas sensibilidades eclesiásticas do tipo de assassinato e destruição que provavelmente eclodiria no confronto que se aproximava.

Eu cheguei ao acampamento sem aviso prévio quatro dias antes, levando notícias estranhas e instruções urgentes do bispo Wishart que Will inicialmente escutou boquiaberto. Mas aquele espanto confuso havia sido superado em instantes pela realidade da situação à frente, e a partir de então tudo acontecera, em velocidade vertiginosa, no acampamento de Will na floresta. Eduardo da Inglaterra se movera com decisão, muito mais rapidamente do que imaginara até mesmo Wishart, com suas informações privilegiadas. Como sempre, ao tomar a iniciativa Eduardo não dava oportunidade a ninguém – particularmente inimigos como Will e seu bando – de fazer qualquer coisa que não reagir ao que já colocara em movimento. Nas horas que se seguiram à minha transmissão das informações de Wishart eu acompanhei assombrado enquanto mensageiros eram enviados velozmente para convocar combatentes de toda a área sudeste do país. Um grande número de outros homens também começou a aparecer logo, obviamente convocados de perto, e pude ver que eram comandantes de diferentes postos. Não tinham insígnias, mas não havia como disfarçar o ar de confiante autoridade. Eram claramente líderes de homens que se destacavam pela própria postura. Esses homens desapareceram quase imediatamente após terem chegado, formando grupos que eram reuniões de planejamento; e à medida que essas sessões avançavam cada vez mais ordens começaram a ser enviadas, e a atividade em todo o acampamento aumentou visivelmente.

Naquele primeiro dia eu descobri que o número de seguidores de meu primo era muito maior, e sua autoridade tinha muito mais alcance do que imaginara, e aquilo também me deu a consciência de que minha própria presença ali, naquele momento, devia ser uma distração para ele, e logo poderia se tornar um aborrecimento, então busquei desaparecer simplesmente ficando fora da vista dele.

Porém, fora de vista não significava fora dos pensamentos, e quando no dia seguinte chegou a notícia de que os mensageiros de Eduardo já haviam passado pela cidade de Berwick, Will voltou suas atenções para a segurança da esposa, que estava no começo da gravidez, e de mim, seu primo mais novo preferido. Ele me conhecia melhor do que eu mesmo, sabia das forças e das fraquezas de meu caráter, portanto, sabia que a maior delas, nos dois sentidos, era minha imensa preocupação com a santidade da Igreja. Sabia que eu teria grande dificuldade em aceitar o que estava prestes a acontecer, então me protegeu disso confiando a mim o cuidado e a segurança de sua esposa e sua futura família, me obrigando a levá-las para longe do perigo.

Ao pensar nisso me vi sorrindo com a ironia do que acontecera instantes antes. Caso não tivéssemos fugido do acampamento de Will não estaríamos de modo algum perto do batedor inimigo que chegou tão perto de nós com sua lâmina desembainhada. Meu pensamento foi sufocado por um repentino tumulto nas árvores às minhas costas. Ouvi um grunhido abafado e o ruído letal de aço contra aço, seguido por um grito. Depois vieram os sons pesados de um cavalo abrindo caminho pela vegetação densa, os arbustos se abriam, permitindo o avanço de um cavaleiro em cota de malha e capacete sobre um enorme cavalo de batalha, o maior animal que já tinha visto. Vi o capacete com o visor levantado e um rosto de barba ruiva com olhos brilhantes inflamados. Depois, vi uma espada de lâmina larga descendo, seu aço reluzente sujo de sangue. Enquanto ela caía, era como se alguém pulasse sobre ela, dando um salto para cima, sem esforço, na direção da lâmina de modo a conter seu golpe. Lâmina e corpo se encontraram e pareceram se fundir, imóveis por um instante, e então, em um jorro de sangue, a espada continuou seu golpe para baixo, levando o corpo com ela e o jogando de lado, cortado e partido.

O cavaleiro então se levantou nos estribos, ignorando sua vítima e olhando ao redor. Fechou o visor com força e ergueu o cavalo sobre as patas traseiras antes de lançá-lo à frente, e me vi cara a cara com um cavaleiro investindo a uma distância de menos de quarenta passos. Ele era enorme, assim como a criatura abaixo dele, e a crista alta de seu elmo fazia com que parecesse ainda maior. O escudo e o colete do cavaleiro eram azul-claro com um leão verde, perturbadoramente familiar, gravado na frente dos dois. Eu conhecia aquele cavaleiro, vira-o em algum lugar antes, talvez até mesmo me encontrara com ele, mas aquilo desapareceu na insignificância enquanto esporeava a montaria com um chute violento e se lançava contra mim e as três mulheres encolhidas ao meu lado. Nunca passou pela minha cabeça que nos vira. Eu sabia que com a cabeça dentro do enorme elmo de aço sua visão era muito limitada. Ele podia ver apenas o que estava diretamente à sua frente, e de modo imperfeito, sua visão limitada pelas fendas no visor, e tão perto de mim e minhas três protegidas, estrondeando diretamente sobre nós, ele não passava de uma força cega e letal. Mas seu enorme cavalo de batalha, treinado para pisotear e matar qualquer atacante no caminho, era a morte encarnada.

Eu comecei a me agachar, a gritar para as mulheres saírem do caminho da criatura, mas enquanto fazia isso hesitei, chocado com o espetáculo ruidoso da aproximação do animal, então simplesmente me agachei ali, olhos arregalados de terror e incapaz de me mover, vendo a morte vir na nossa direção.

Então uma flecha acertou bem no meio da placa peitoral do cavaleiro com um límpido som violentamente metálico.

Bodkin, pensei. A *bodkin* era uma flecha de batalha com uma cabeça cilíndrica sólida terminando em ponta, e era projetada para penetrar placas de armaduras. Eu sabia que o fato de que elas raramente o faziam, na época, se devia ao fato de serem com frequência desviadas pelo novo aço, mais duro, forjado pelos ferreiros. Assim, em menos tempo do que seu impacto levara para ser registrado em minha consciência, o projétil desaparecera, girando para longe. De qualquer forma, o homem montado sentiu o impacto e foi deslocado na sela, quase derrubado pela violenta força do golpe. Ele lançou os dois braços para cima, lutando contra o impulso do projétil, e seu escudo saiu rodopiando, arrancado de sua mão. Também seu cavalo caiu sobre as patas traseiras, deslocado pela rápida mudança de peso do cavaleiro. O cavalo recuperou o equilíbrio rapidamente e se levantou sobre as quatro patas com um relincho triunfante, e exatamente no instante que parecia que o cavaleiro havia vencido e iria retomar o controle do animal, uma segunda flecha o atingiu, penetrando por uma das aberturas no visor, perfurando seu crânio, matando-o instantaneamente e arrancando-o da sela.

Eu fiquei atônito. Alguém me agarrou pelo ombro e apertou contra o chão, e fiquei grato de sentar ao lado das mulheres, as pernas trêmulas. O homem acima de mim, a mão ainda no meu ombro, era um arqueiro chamado Jinkin' Geordie, que tinha uma doença que o deixou incapaz de permanecer imóvel o mínimo que fosse sem espasmos. Enquanto eu olhava para cima, ele se retorcia, nervoso. Mas era absolutamente verdade, como eu ouvira, que sua doença não afetava sua capacidade em uma luta.

– Foi você? – perguntei, um pouco sem fôlego.

– O que fui eu?

– O cavaleiro... você o acertou?

– Sim. Posso perguntar uma coisa?

Eu estava olhando para o cavaleiro caído, e supus que o sujeito queria me perguntar alguma coisa sobre ele.

– Claro – respondi, já me perguntando o que poderia saber sobre o homem morto. – Pergunte.

Ele me deu um intenso olhar furtivo.

– Tenho ouvido as pessoas falarem sobre o que vamos fazer. Parece que vamos matar padres antes que este dia termine, e eu não sei se gosto disso.

Meu queixo caiu de choque.

– Matar padres? Pelo santo nome de Deus, Geordie, como você pode pensar em algo assim? Claro que não vamos matar padres. A simples ideia é uma abominação.

O arqueiro se torceu – realmente não havia outra palavra para descrever aquilo –, seu queixo revirando na direção do ombro direito, que teve um esgar para frente de modo a encontrá-lo, como se em harmonia.

– Sim, talvez sim, certo ou não – acrescentou. – Mas é o que as pessoas estão dizendo. Vamos matar padres este mesmo dia. Acho que eles também estão lá, os padres. Eu mesmo os vi noite passada, do alto do penhasco acima do acampamento deles. Havia meia centena. Sim, fácil. Pelo barulho que estavam fazendo, os cantos e conversas, meia centena fácil.

Eu me obriguei a sorrir para ele com uma serenidade que de repente não sentia, e muito consciente de que outros, incluindo Mirren e suas duas mulheres, estavam escutando nosso diálogo.

– Não, Geordie – disse a ele, fazendo um gesto despreocupado com a mão e me esforçando para forçar minha voz a soar relaxada e confiante. – Não há de modo algum tantos. Deve haver meia centena de homens naquele comboio inteiro, mais ou menos, mas poucos deles são padres. Nós os contamos noite passada, do alto do mesmo penhasco. São 28 clérigos no total. Dois deles são bispos, seis são padres, e o restante é de monges cistercienses. E além disso há dez batedores, cinco de cada lado da estrada, e este cavaleiro que era encarregado deles, e talvez metade dos empregados.

Ele inclinou a cabeça como um pássaro, um olho brilhando como se refletisse luz, aumentando sutilmente a semelhança com um pássaro.

– Monges cistercienses, você diz? – começou, a voz ganhando um tom conspiratório. – Eles não são franceses, esses cistercienses? Sim, são... o que monges franceses estão fazendo aqui?

Aquele Geordie era uma alma curiosa e simples, e olhei de relance na direção de Mirren, que me fitava. Ela revirou os olhos como para indicar que não receberia ajuda dela.

– Geordie, não tenho como dizer isso a você. Você sabe mais do que eu sobre eles, então fique quieto agora e me deixe. Tenho de ver o cavaleiro ali.

Eu estava a menos de dez passos do cavaleiro caído, e ninguém se moveu para se juntar a mim enquanto eu ia até lá e olhava para ele. Imagino que tenha passado pela minha cabeça a ideia de desnudar seu rosto e identificar o homem, pois ainda estava convencido de que o vira em algum lugar antes, mas muito antes de chegar a ele sabia que não iria fazer tal coisa. Ele estava morto, com o fedor de entranhas esvaziadas, e seu rosto permaneceria escondido. A flecha que o matara, viajando com velocidade e força incompreensíveis, se cravara de baixo para cima na frente de seu elmo de guerra e se alojara dentro, retorcendo o visor violentamente e o fechando, e sangue e massa cinzenta do crânio partido haviam enchido o elmo e vazavam, grossas e obscenas, pelas aberturas no metal.

Meu estômago se retorceu e eu desviei os olhos, tentando esvaziar a cabeça e resistindo à vontade de vomitar, e quando fiz isso meus olhos pousaram no homem que o cavaleiro matara. A diferença era chocante, e um tanto lamentável. O cavaleiro parecia, em grande medida, livre de sangue. Mas o homem que matara não tinha armadura, e a espada de lâmina larga do cavaleiro o abrira como um cervo abatido e espalhara seu sangue em todas as direções, sujando relva e arbustos metros ao redor do ponto onde caíra. Fui até onde ele estava, levantando a barra de meu hábito para não sujá-lo com seu sangue, então me curvei levemente para ver o rosto. Era um estranho para mim, com barba densa e mal vestido com um traje semelhante à túnica de lã grossa tecida em casa, e eu não conseguia ver nenhuma arma perto dele. Fiquei pensando no que o levara a atacar um cavaleiro montado fortemente armado e protegido, sozinho como estava, a pé e desarmado, pois me lembrava de vê-lo pulando alto na direção da espada que baixava.

De repente me vi bufando de ultraje. Will me afastara das atividades do dia, com as mulheres, de modo a preservar meus sentimentos, pois sabia que eu ficava desconfortável com tudo que soasse a desafio à Santa Madre Igreja. Mas com aquele único caso de violência estúpida e morte desnecessária uma nova compreensão do que estava acontecendo por toda parte em meu país se abateu sobre mim. Vi que aquilo a que tinha objeções – aquilo de que Will tentara me proteger – não passava de uma atrocidade, uma atrocidade cometida contra meus concidadãos por um rei estrangeiro cínico usando o nome e o privilégio da Igreja para apoiar uma execrável guerra de agressão.

Bispos e clérigos de alta posição, de fato todos os clérigos por consenso geral, não precisavam ter medo de viajar sozinhos, pois ninguém em sã consciência sonharia em roubar um padre. Mas os dois bispos ingleses cuja presença ali naquele dia haviam exigido nossa atenção estavam envolvidos em atividades que os distinguiam de seus pares, e a inocência sacerdotal não tinha nenhum papel naquilo que estavam fazendo. Eles tinham uma unidade avançada de assassinos apenas para garantir que olhos profanos não vissem o que estavam transportando. E eu choramingara e me angustiara como um garoto imaturo por temer que Will estivesse fazendo algo que pudesse lançar sobre minha cabeça a insatisfação da Igreja. Fiquei de pé ali algum tempo sentindo minha pele arrepiar com a náusea do ódio por mim mesmo, pensando no que aquela cegueira voluntária e intencional dizia de mim, depois me virei e caminhei a passos largos de volta para onde Mirren estava de pé sozinha, me olhando.

– O que aconteceu a você? – perguntou quando cheguei até ela. – Você conhecia aquele homem?

– Não. Um véu caiu dos meus olhos – respondi, sem me importar se ela me entendia ou não.

– Sim? E para onde está indo agora? Está claro que está indo para algum lugar.

Eu olhei para ela, depois para além dela onde um de nosso grupo segurava as rédeas do cavalo dela e do meu.

– Vou voltar para Will. Você ficará bem sem mim... na verdade melhor, pois ambos sabemos como eu seria inútil em uma luta.

Seus olhos se apertaram e ela me olhou com uma expressão inteiramente diferente daquela levemente debochada que normalmente reservava para mim.

– E o que fará quando encontrar Will? Ele não precisa de um padre aos seus pés, Jamie. Você não sabe que foi por isso que ele o tirou do caminho para começar?

– Sim, sei. E ficarei fora do caminho. Mas primeiro preciso dar a ele a absolvição que tenho recusado.

Ela franziu o cenho rapidamente.

– Absolvição do quê?

– Do que ele está prestes a fazer. Isso precisa ser feito e ele é a pessoa a fazê-lo, mas só agora percebi isso. Agora preciso dar a ele meu apoio e minha benção.

– Acha que ele precisa disso?

– Não me importo, Mirren, e não disse que ele precisa de algo. Eu preciso dar isso, livremente. Eu estava errado. Teimoso, idiota e míope – disse, apontando com o polegar para o cadáver encharcado de sangue caído na relva atrás de mim. – Agora vejo, meus olhos lavados pelo sangue daquele cordeiro sacrificado ali.

– Isso soa blasfemo – disse ela em voz mais baixa.

– O que está acontecendo nesta terra é blasfemo, e minha Igreja foi pervertida para tornar isso possível. Apenas agora vejo isso. Então vou tentar ajudar a mudar as coisas.

Ela assentiu, baixando a cabeça uma vez.

– Sim, bem, melhor se apressar, ou tudo terá terminado quando chegar lá. Vá e diga ao meu homem que ele está em minha mente e em meu coração. Agora corra.

Menos de meia hora depois eu saí caminhando da floresta para a luz do dia novamente, conduzindo meu cavalo, e permiti que meu olhar passeasse pela cena diante de mim, me maravilhando com o brilho intenso. A superfície irregular da escarpa rochosa sob meus pés estava coberta em alguns pontos com relva curta e impressionantemente verde, e em certos pontos listrada com bordas inclinadas de dois centímetros e meio de pedras prateadas e escamosas. O céu estava azul e sem nuvens. O sol já se erguia há quase duas horas, mas no vale abaixo a névoa ainda era grossa e sólida. Logo acima de mim, aparentemente a um pulo de onde estava, um denso cobertor plano de branco acinzentado se estendia para longe. Pareceu sólido antes, mas naquele momento eu podia ver que os galhos mais altos das árvores com brotos apareciam, a névoa que os escondera recuando suavemente e se dissipando na brisa leve. À minha frente, oitocentos metros ao sul, picos gêmeos se erguiam diretamente das árvores enevoadas a seus pés. Além deles, se estendendo como um colar de contas verdes e prateadas, outros picos cintilavam à luz do sol que ganhava força.

– A neblina não costuma durar tanto tempo – disse uma voz ao meu lado, e me virei para Will, que estava de pé com três dos seus, olhando para o tapete de névoa quando cheguei. – Mas o vento está aumentando, então logo terá ido embora.

Ele virou a cabeça ligeiramente para me olhar nos olhos.

– O que o traz de volta, e onde está Mirren?

– Ela está com Shoomy e os outros. Está bem. Eles eliminaram os batedores na estrada, então não precisa se preocupar em ser apanhado pelas costas.

– Isso é bom, mas você não respondeu a minha outra pergunta. O que o traz de volta?

– Convicção, mas não no sentido que você provavelmente pensa. Estou aqui para dizer que lamento o modo como tenho sido... teimoso, rígido e arrogante.

– Arrogante? – disse meu primo, expressando um sorriso, com incerteza no olhar. – Estou ouvindo direito? Um padre, admitindo arrogância?

Eu ignorei a provocação, me limitando a concordar.

– O que você está vendo é uma epifania. Passei por uma mudança de posição na última hora. Vi um homem morrer, e percebi como tudo aquilo é doentio. E com isso, concluí que estava errado. Desde que ele me contou sobre o que estava em sua cabeça e o que pretendia pedir a você para fazer, senti raiva e medo dos motivos do meu próprio bispo, e tenho questionado seu motim contra a Igreja. Mas agora vejo que ele está certo, esteve o tempo todo. Este ardil que está sendo empregado é pecaminoso, traindo a confiança da Igreja em benefício de um mero homem, não importando que ele seja um rei.

Will olhou para mim maliciosamente.

– Então? O que está me dizendo?

– Que estou aqui para ficar ao seu lado, como representante da Santa Igreja de Deus, em nome dos homens de boa vontade de toda parte.

Will me encarou por algum tempo, o rosto inescrutável, depois se virou para olhar para o vale.

– E esses homens de boa vontade, você acha que eles existem na Inglaterra, Jamie, no que diz respeito à Escócia?

– Sim, Will, acredito.

– Certo – disse ele então, assentindo. – Está clareando rapidamente lá embaixo. Veja como sopra!

Certamente o resto da neblina desaparecia enquanto olhávamos, sugada por uma brisa forte que não podíamos sentir, e enquanto clareava vimos a atividade abaixo de nós onde o grupo que esperávamos acampara na tarde anterior. O grupo de homens da igreja avançava relaxadamente para o norte, seus membros tranquilos em segurança como clérigos a serviço de Deus. Haviam cruzado a fronteira em Berwick três dias antes, e tínhamos recebido notícias de sua chegada horas depois. Desde então eles haviam viajado pouco mais de trinta quilômetros, começando a jornada de cada dia após celebrar a missa e tomar um desjejum substancial. Depois, em um ritmo determinado pelas vacas que haviam trazido para o leite do desjejum e pelos cavalos que puxavam a carroça estofada em que os bispos viajavam, eles abriam caminho pela larga estrada de terra batida que servia como rodovia principal da Inglaterra para a Escócia, fazendo a refeição do meio-dia em movimento e parando em acampamentos junto à estrada escolhidos por seus batedores muito antes que as sombras da tarde começassem a se esticar rumo ao crepúsculo. Então, enquanto os padres se preparavam para os serviços noturnos, seus empregados montavam um acampamento elaborado com barracas de couro espaçosas e amplas fogueiras, e a equipe da casa episcopal se ocupava preparando a refeição. Os soldados do grupo de escolta tinham um acampamento separado a pequena distância do principal.

Naquele momento, nas clareiras entre os arvoredos, podíamos ver os cavalariços conduzindo duas grandes carroças pesadas para um ponto abaixo de nós, no que seria o meio de sua linha de marcha. Os dois bispos em sua carruagem estofada seguiriam na frente, e atrás iriam as duas carroças de suprimentos abarrotadas. Atrás dessas estariam os padres e os sacerdotes, caminhando com os monges cistercienses.

– Eles estão bem – murmurou Will. – Suas graças tomarão seu santo caminho a qualquer momento. Você os reconhece?

Eu balancei a cabeça negativamente e ele voltou os olhos para o grupo distante.

– Sim, lá vão eles. E agora é nossa vez. Vamos descer para lá.

Ele se lançou sobre o cavalo e o colocou em movimento enquanto eu montava no meu e me colocava atrás dele, seguindo por uma trilha de cabras, estreita e sinuosa, até chegar à estrada. Os três homens que estavam conversando com Will quando eu cheguei seguiam a pé, descendo separadamente por um caminho mais íngreme.

Levamos apenas alguns minutos para chegar ao local que Will havia escolhido para o que pretendia fazer naquela manhã, mas o caminho que descia da escarpa era muito diferente da rota sinuosa que a comitiva dos bispos tomaria pelo fundo do vale. Meia hora se passaria antes que chegassem até nós, e nesse meio-tempo Will tinha de cuidar de algumas disposições finais.

O lugar a que chegamos, o final estreito do vale em forma de funil que tínhamos visto de cima, havia sido destruído, anos antes, por um incêndio de verão, e era então uma comprida clareira estreita se estendendo ao longo dos dois lados da estrada por uns cem metros. Tinha um mar de relva ondulante à altura da cintura e algumas árvores jovens dispersas, além de, naquela manhã específica, um exército de pelo menos cem homens, todos usando capuzes ou máscaras, e levando arcos de muitos tipos. Uma grande árvore recentemente derrubada estava ao lado da estrada na extremidade norte do caminho exposto, e galhos partidos e restos de sua queda tomavam a estrada. Ao lado dela, levada até uma depressão improvisada para serrar madeira, uma carroça de laterais altas bloqueava totalmente a passagem estreita. Estava lá desde o dia anterior, e cheia de troncos serrados até a metade. Os dois cavalos de carga que a haviam puxado pastavam preguiçosamente a relva alta ao lado da estrada, a alguma distância da área de trabalho.

Will e eu ficamos de pé lado a lado na carroça, Will se contorcendo e virando para colocar uma comprida capa sobre os ombros. Ela modificava sua aparência de forma miraculosa, pois havia sido feita exatamente para isso. Alguém, trabalhando com grande habilidade, costurara uma estrutura de galhos de salgueiro trançados no traje volumoso, de modo que quando devidamente colocado, transformava quem o usava em um corcunda grotesco. Eu o observei enquanto ele se contorcia e puxava por algum tempo até ter o traje confortavelmente colocado sobre os ombros, e embora o tivesse visto usá-lo várias vezes nos dias anteriores, fiquei novamente espantado com sua eficácia.

À nossa frente, saindo da floresta e seguindo diretamente rumo norte até onde esperávamos, a estrada da Inglaterra se estendia como a haste de uma lança. Percebi que praticamente ninguém, entre os cem homens posicionados na relva, se movia, e o clima de tensa expectativa era quase palpável. Mas finalmente um vigia apareceu na extremidade da trilha, acenando para anunciar a chegada iminente da presa. Will deu um último sinal, e todos, exceto ele e eu, se esconderam na relva à altura do quadril e sumiram de vista.

Ele e eu havíamos passado para o banco do condutor e nos sentamos, nos acomodando confortavelmente, de costas para o declive rochoso íngreme. Ficamos confortáveis, e eu abri um fardo de tecido com pão e queijo seco, que começamos a comer como se já tivéssemos trabalhado para justificar a refeição, e lá permanecemos enquanto a primeira das carroças dos bispos, levando os próprios prelados, saíam da floresta e se aproximavam de nós.

À medida que chegava mais perto e a comitiva que a acompanhava continuava a sair da floresta, Will fingiu ouvi-los chegando e se empertigou, virando e se inclinando na direção deles. Eu o acompanhei, ambos nos esforçando para parecer idiotas, sem entender, mas reverentes e ligeiramente impressionados com a riqueza da comitiva que seguia na nossa direção de forma tão inesperada.

A carroça da frente parou a cerca de dez passos de onde estávamos, e por um instante nada aconteceu. Mas então o condutor ergueu a voz, se dirigindo a nós em um escocês aceitável, embora com um pesado sotaque inglês de vogais abertas.

– Bem? Vocês vão ficar o dia inteiro sentados aí sem fazer nada? Ponham sua carroça de lado e nos deixem passar. Os soldados à nossa frente não mandaram que liberassem o caminho?

Ao meu lado, Will ergueu as sobrancelhas e seu rosto se tornou um retrato de espanto inocente.

– Não – respondeu. – Eles mandaram eu me mover, isso é verdade, e eu disse que faria, mas não falaram nada sobre vocês virem atrás deles. Esperem aí, e eu saio.

Ele se levantou rigidamente, murmurando em voz baixa e embrulhando o resto de nossa comida no pano desajeitadamente antes de colocá-lo no banco do condutor entre nós, parecendo me ignorar inteiramente.

– Fique aí – murmurou ele para que apenas eu ouvisse, depois desceu pela lateral da carroça e foi lentamente pegar os cavalos que pastavam e os levou de volta aos arreios, o tempo todo murmurando para si mesmo em uma voz que mal podia ser escutada.

Ele demorou para passar os pesados cabrestos de carga por sobre as cabeças dos animais antes de colocar a dupla em posição e começar a prender os arreios. Observei em silêncio enquanto os ocupantes da outra carroça se esforçavam para conter a impaciência. Havia três deles, sendo o de trás evidentemente um padre, e os dois da frente, bispos. Nenhum deles sequer se dignou a olhar em minha direção.

Os dois bispos eram visivelmente diferentes um do outro em tudo. Um deles era muito mais jovem que o companheiro, mais alto, com rosto redondo e com uma grande barriga. A barba que escondia seu rosto não disfarçava uma boca petulante emburrada. Ficava claro que aquele nobre da Igreja, quem quer que fosse, não pretendia ser confundido com nada inferior. Seus trajes eram imperialmente impressionantes, pesados e opulentos com texturas e cores brilhantes, e os dedos de suas grandes mãos carnudas ostentavam pesados anéis. Eu decidi, sem sequer olhar nos seus olhos ou ouvi-lo falar, que desgostava dele intensamente.

Mas desgostei ainda mais de seu companheiro, e também supus que ele ocupasse uma posição superior, no mínimo pela diferença de idade. Havia nos olhos do homem mais velho um inconfundível desprezo por quem ele considerava inferior, e estava claro que nos considerava muito inferiores. Esse homem vestia preto com arremates carmim, e embora o material de suas vestimentas provavelmente não fosse menos caro que o do mais jovem, o corte se combinava com a severidade de seu negror para sugerir uma tentativa cínica de parecer austero, e até mesmo frugal. Não usava anéis, a não ser um único rubi episcopal, e o veludo preto com arremate carmim de barrete de bispo – uma inovação recente de Roma, maior, mais pesado e grosso que o tradicional solidéu de seda vermelha, que causou muita discussão antes de ser rejeitado por nossa comunidade em Glasgow – o marcava como um homem que prestava muita atenção às correntes mutáveis da teologia e da política da Igreja. Sob o barrete, seu rosto era anguloso e desprovido de humor. Ele não tirou os olhos de Will, do momento em que ele desceu do banco do condutor até ter arreado os cavalos e se erguido para sentar novamente ao meu lado.

– Bom – disse em voz baixa enquanto se acomodava no banco. – Estão todos aí.

E de fato estavam. No tempo que levara para Will arrear os cavalos os últimos elementos da comitiva dos bispos, os monges e empregados, tiveram tempo de se reunir em torno das carroças. Will então se levantou e pegou as rédeas com uma das mãos enquanto erguia o chicote ao lado do assento, se preparando para nos tirar do caminho. Mas no momento de estalar o chicote ele hesitou e se virou novamente para os bispos.

– Então vocês são bispos, eu penso, pelas roupas. Bispos ingleses?

Ninguém se dignou a responder, mas ele não esperava uma resposta. Ele se virou um pouco e apontou para mim com o chicote.

– Este é um padre escocês. Um padre, sabe, não um monge. Um padre de verdade. Rezou a missa para nós esta manhã, antes do alvorecer. E não tínhamos nada para pagar a ele por seus serviços. Mas o alimentamos. Ele não precisa de muito mais. Ele é um padre, sabe que Deus vai cuidar dele, entendem?

Tive de me esforçar para não rir de Will se fazendo de idiota. Sua mistura de inglês e escocês simples deveria ser compreensível até por um inglês, mas os dois bispos olhavam para ele com expressões vazias, o mais jovem chocado, o mais velho desgostoso. O padre no banco de trás se inclinou para frente e falou comigo em latim, sem sequer olhar para Will.

– Faça com que seu homem se coloque de lado, padre. Suas senhorias aqui não podem ser deixadas esperando por gente como ele ou você. Rápido agora.

O tom decisivo e intolerante de sua voz libertou alguma coisa dentro de mim e me permitiu sorrir abertamente para o homem, que era alto e sem barba, ficando calvo, mas com ombros largos e aparência saudável, olhos azuis claros e uma expressão soturna e sem humor.

– Você é escocês – disse eu educadamente no mesmo idioma, permitindo que um traço de minha surpresa se manifestasse.

– Claro que sou. O que isso tem a ver com qualquer coisa? Estou aqui para servir de tradutor para suas senhorias.

– Em seu trato com os selvagens ignorantes, é o que quer dizer.

– Você é impertinente, padre.

– Não, simplesmente honesto... e impotente aqui, como você. Em primeiro lugar, este homem não é meu para que o comande. Ele cuida dele mesmo. E se suas senhorias serão mantidas esperando, duvido que possam fazer qualquer coisa acerca de serem detidos por gente como ele. Olhe para ele, padre. Este homem fala pela Escócia.

– Você passou tempo demais longe da civilização. Você perdeu a razão! – disse o padre, lançando um olhar devastador na direção de Will. Um corcunda lenhador falar pela Escócia?

– Sim – disse Will em inglês, claramente. – Caso necessário, pois parece que ninguém mais o fará.

E então, ignorando a expressão de surpresa boquiaberta que surgiu no rosto do padre, ergueu sua voz em um grito, comandando os cem que esperavam em meio à relva.

– Levantem-se, Verdes!

No espaço de duas batidas de coração o comboio na estrada foi cercado por um círculo de arqueiros de pé, e todo monge, padre e bispo no grupo era alvo de pelo menos uma flecha apontada. Os homens de Will haviam se erguido em absoluto silêncio, as armas prontas, e sua aparição provocou um coro de desânimo dos clérigos enquanto compreendiam a ameaça. Sem que recebessem uma ordem, homens por todo o grupo começaram a erguer os braços em rendição. Will os observou até que não houvesse nenhum, monge, padre ou empregado, que não estivesse com as mãos ao alto, e então disse, ainda em inglês:

– Todos fora das carroças. Agora.

Enquanto o condutor dos bispos e seu companheiro de banco desciam e se afastavam, seus passageiros se moveram para segui-los, mas Will acenou para que ficassem em seus assentos estofados.

– Não vocês três. Vocês ficam aí por enquanto.

Todo movimento cessara nas outras duas carroças, e as pessoas esperavam para ver o que aconteceria a seguir, mas Will simplesmente acenou um dedo apontado.

– O resto de vocês, fora. Movam-se!

É preciso reconhecer que o bispo mais velho foi o primeiro a recuperar a compostura. Enquanto seus empregados e dependentes começavam a descer das carroças às suas costas, ele se levantou de novo rapidamente e avançou o máximo possível no espaço restrito da condução. Depois ergueu a mão, apontando para Will.

– Ouça bem, corcunda, para não colocar em risco sua alma imortal! Como ousa molestar e roubar os servos de Deus no solene cumprimento de seu dever?

– Ousa molestar e roubar os servos de Deus no cumprimento de seu dever? – repetiu Will em um latim igualmente claro e fluente. O rosto esquelético do bispo registrou total descrença. – Não bispo, não ousaria. Mas ousar roubar vigaristas ladrões e mentirosos que usurpam o bom nome e o privilégio de Deus ilegalmente em nome do rei da Inglaterra dentro do reino da Escócia? Sim, isso eu ouso, e com prazer. Esses eu roubo e molesto em qualquer oportunidade, e agradeço a você por esta.

– Você blasfema, homem da floresta!

Will não se movera desde que a discussão tivera início, segurando as rédeas com a mão esquerda e agarrando o chicote de carroceiro frouxamente, mas naquele momento ergueu o comprido chicote e apontou para o bispo vestido de negro, e sua voz ganhou um tom frio e cortante.

– Não, homem da Igreja, não eu. Vocês são os blasfemos aqui, usando os trajes de santidade e privilégio episcopal enquanto agem como serpentes. Sua própria presença aqui é uma mentira que se transforma em blasfêmia enquanto a pratica.

Ele voltou os olhos para seus homens e indicou o prelado de preto com um gesto de cabeça.

– Vigiem-no. Vigiem todos eles. E se algum deles tentar falar novamente, tire-o e o sufoque.

Alguns de seus homens, vários deles seus tenentes, já haviam se aproximado da carroça dos bispos, e alguns ergueram os arcos totalmente esticados na direção do trio na carroça enquanto outros baixavam os seus e os apoiavam nos braços. Enquanto eles faziam isso Will sacudiu as rédeas e estalou o chicote habilmente entre as cabeças dos dois cavalos. Os animais se lançaram à frente imediatamente em seus arreios e Will os conduziu com segurança, fazendo com que dessem uma volta até os dois veículos estarem roda a roda, embora em direções opostas. O bispo mais jovem abriu a boca para falar, mas Will o cortou.

– Não ouviu o que ordenei que fosse feito a você se ousasse falar? Falei sério. Cale sua boca, inglês, e a mantenha calada.

O homem ficou paralisado, boca aberta, e não fez nenhuma outra tentativa de falar, embora seu rosto tremesse de fúria e ódio. Os olhos de Will se voltaram para o padre escocês no banco de trás.

– Você. Em nome de Deus, homem, o que está fazendo? Você não tem honra, não se respeita? Como pode participar de uma farsa como esta e ainda assim se dizer escocês, quanto mais um padre?

Ele inclinou a cabeça bastante para um lado enquanto via algo nos olhos do homem, algo que eu não vira porque estava olhando para Will.

A resposta do homem foi rápida e segura.

– Não sei do que está falando, companheiro, mas não fiz nada além do meu dever. Fui enviado por meu superior, o bispo Henry de Galloway, para encontrar suas senhorias quando chegassem a Berwick, sendo minha função ajudá-los em seu trato com quem pudessem encontrar na estrada daqui até Whithorn. Você é a primeira pessoa que encontramos desde então, e me envergonha ser escocês como você – disse, olhando ao redor para os rostos da multidão que o encarava. – É evidente que vocês são ladrões e foras da lei, os Verdes dos quais ouvi falar. Mas a maioria de vocês está mascarada e é irreconhecível, e até agora não fizeram nada de irremediável. Estão desorientados, e lamento ter testemunhado seu desatino, mas ainda podem escapar deste erro sem que sangue seja derramado.

Ele voltou os olhos para Will.

– Deixe-me pedir novamente que se coloque de lado e permita que passemos sem sermos molestados.

Eu podia ver Will mordiscando a bochecha, um sinal de que estava pensando rapidamente, e quando falou seu tom era menos acusatório.

– Você não é um covarde, padre, reconheço isso. Mas realmente não sabe o que está acontecendo aqui? Será possível? – disse, olhando para o padre escocês. – Sim, aparentemente sim. Bem, escute bem, padre. Qual seu nome? Padre o quê?

Por um momento pareceu que o padre se recusaria a responder, mas depois deu de ombros levemente.

– Constantine.

– Constantine... um nome distinto e imperial. Então escute, padre Constantine, e não me interrompa até ter ouvido tudo o que tenho a dizer. Você saberá que ouviu, porque eu o informarei. Você me entende?

O padre inclinou a cabeça e Will devolveu o gesto.

– Bom. A Escócia está infestada de soldados ingleses. Você estava consciente disso, claro. Eles multiplicam-se como pulgas, e estão causando muita dor aos escoceses. Eles não deviam estar aqui, não importa como os ingleses tentam justificar sua presença, pois temos novamente nosso próprio rei, o rei John da Escócia, de quem você certamente ouviu falar, já que é de sua própria diocese de Galloway, assim como sua mãe, Devorguilla. Bem, veja, o fato de que John agora governa a Escócia significa que Eduardo da Inglaterra não tem lugar legal aqui, a não ser como convidado, limitado pelas leis da hospitalidade. Mas Eduardo mantém um exército em nosso solo, e desafia as antigas leis de nosso país.

Will fez uma pausa, olhando diretamente nos olhos do padre antes de continuar:

– Mas Eduardo está enfrentando um motim hoje, porque seus cães mercenários não foram pagos. Até agora, por três vezes seus intendentes tentaram trazer para a Escócia dinheiro inglês para pagar as tropas, e três vezes esses comboios foram interceptados e seu conteúdo confiscado. Sei que é verdade, padre Constantine, porque fomos nós que o pegamos, recolhendo o dinheiro para as futuras necessidades da Escócia.

"Ao fazer isso buscamos ensinar uma lição ao rei inglês: que esta terra é nossa, um antigo reino seguro em seu direito legal e além do seu alcance. Seus exércitos não são bem-vindos, e não permitiremos que ele os mantenha aqui ilegalmente. Ele quer fazer as leis escocesas se adequarem a seus próprios desejos, mas homem algum, nem mesmo o rei dos escoceses, pode fazer isso. Assim, três vezes negamos a Eduardo permissão para pagar seus soldados dentro desse reino, privando-lhe dos recursos com os quais fazê-lo, sabendo que se os soldados continuarem sem receber, voltarão para a Inglaterra, de uma forma ou de outra, em busca de pagamento. E essa é nossa intenção: mandar o exército de Eduardo de volta para atormentá-lo em vez de a nós.

"Isso foi verdade nos últimos meses, e há algum tempo estamos esperando a reação seguinte de Eduardo. E aqui, este dia, nós a temos. Um novo ardil. Um esquema envolvendo logro e traição, no qual você está envolvido. Um plano pervertido e sagaz que terá grandes implicações para todos os envolvidos, porque ele trai um princípio que governou nosso mundo desde que a Palavra de Cristo chegou a estas costas."

Outra pausa se estendeu enquanto ele olhava de um rosto para o outro de seus ouvintes.

– Sempre foi verdade que homens da Igreja, sendo servos humildes de Cristo, podem viajar sem que sejam molestados por todas as terras da Britânia e outras. Apenas os loucos mais depravados roubariam um padre, pois ao fazê-lo ele seria visto como roubando e insultando o próprio Deus. Mas há honra e responsabilidade envolvidas nesse pacto, meus amigos, dos dois lados. Em troca dessa liberdade de movimento e da falta de medo com o qual viajam, todos os homens da Igreja levam um sagrado voto de honestidade em suas empreitadas. Podem transportar os bens da Igreja sem serem molestados desde que estejam cuidando dos assuntos da Igreja e unicamente no interesse da Igreja.

Will se voltou para o padre.

– Diga-me, padre Constantine, o que acha que há nessas arcas na carroça às suas costas?

O padre franziu o cenho.

– Está se referindo aos apetrechos de cozinha e suprimentos?

– Não, padre, não essas. As outras. As arcas trancadas.

O padre balançou a cabeça secamente.

– Não sei do que está falando.

Will apontou para dois pequenos grupos de homens seus que escutavam ao lado das carroças.

– Você e você. Encontrem-nas.

Vários homens subiram em cada uma das carroças de carga e durante algum tempo houve muitos puxões e empurrões enquanto a carga era descoberta e arrastada de lado. O grito de descoberta veio da segunda carroça, logo atrás daquela dos bispos, e um instante depois um dos homens se ergueu.

– Elas estão todas aqui! – gritou.

Will assentiu.

– Quantas?

– Oito. Pequenas, mas são... – disse o sujeito se curvando novamente e produzindo uma série de grunhidos e barulhos de arrasto. – Muito pesadas... todas com cadeados.

– Arrombe uma. Qualquer uma.

– Não! Em nome de Deus, eu...

Foi o bispo mais velho quem gritou, e antes que pudesse dizer mais que o nome do Senhor, Will havia soltado as rédeas e o chicote e saltado para a outra carroça. Ele segurou o bispo com uma das mãos pela túnica, o colocou de pé e o estapeou com força, lançando longe o píleo do homem. Enquanto todos os clérigos engasgavam, horrorizados, ele ergueu o bispo até centímetros de seu próprio rosto e rosnou:

– E agora coloquei mãos violentas em um dos abençoados por Deus. Bem, iremos testar a verdade disso no momento certo, bispo traiçoeiro. Mas por ora tenho muito a fazer e nenhum tempo a perder com você. Fique com ele – rosnou, e jogou o clérigo para os braços de seus homens. Eles o apanharam com um grito, e Will se virou para o outro prelado, que se encolheu na lateral da carroça, quase caindo no chão em sua pressa de escapar. Will ergueu os braços, apontando e gritando ordens em escocês.

– Coloquem-nos em fila ali. Mantenham-nos próximos e vigiem, mas não os agridam. Estes dois aqui, o gordo e o corvo preto, eu os quero de joelhos e de cabeças descobertas. Traseiros descobertos, também, se causarem algum problema. Eu voltarei a eles – disse, a seguir olhando para a carroça com as arcas. – Sully, já conseguiu abrir?

Sua resposta foi um alto golpe destruidor.

– Sim, agora está aberta. Jesus Cristo!

Will apontou para o padre Constantine.

– Você. Venha comigo. Aqui, segure minha mão.

Ele pegou a mão esticada do padre e o sustentou na passagem da carroça dos bispos para a nossa, e quando certo de que estava seguro, pegou as rédeas novamente e colocou nosso veículo junto ao flanco do seguinte na fila.

Ele sequer teve de falar, pois a visão na outra carroça não exigia de explicação. A equipe de Sully havia esmagado a tampa da pequena arca reforçada com ferro que estava na carroça na frente de outras iguais a ela, e ao fazer isso espalhara algumas das moedas que a arca continha, de modo que grandes moedas de prata e outras menores de ouro estavam espalhadas pelo piso, brilhando e cintilando à luz do sol que penetrava na clareira.

O padre chocado começou a falar, mas imediatamente conteve o impulso, os músculos do maxilar se projetando claramente. Ele virou o rosto para olhar para os dois bispos, sua expressão impenetrável. Os dois ingleses ajoelhados lado a lado na estrada olharam furiosos para ele, olhos raivosos, mas nenhum ousou dizer uma palavra. E finalmente ele se virou para mim.

– Claramente há motivos para suspeita aqui. Quanto ao que seu companheiro alega ser verdade, não posso dizer com certeza.

– Então pergunte a si mesmo por que estamos aqui, padre, e como soubemos que essas arcas estariam aqui – disse Will em um rosnado. – E avalie sua resposta com base no seguinte: eu soube, há quatro dias, que este comboio estaria vindo do sul, e me foi dito o que ele estaria transportando. Também me foi dito como surgiu o plano de enviá-lo. Meu informante foi um prelado da Igreja na Escócia, alertado por um companheiro na Inglaterra que viu a deslealdade no que estava sendo feito. Aparentemente nem todos os bispos ingleses são tão dissimulados quanto estes. Alguns entendem a diferença entre certo e errado, e entre honra e infâmia.

O padre Constantine concordou lentamente.

– Pode ser como você diz, e de fato assim parece. Mas permanece o fato de que eu não sabia nada disto nem, estou certo, o bispo Henry.

Ele olhou novamente para Will antes de se dirigir aos dois bispos ingleses em uma voz tomada por legítima preocupação.

– Meus senhores, não posso ajudá-los aqui, pois claramente está além do escopo de minhas obrigações para com os senhores, mesmo não considerando minha honra pessoal e minha lealdade para com meu rei e meu reino. Mas isso faz parte, e pretendo me colocar à mercê do rei John, embora saiba que, ao me permitir ser enganado, fui culpado de meu fracasso em ver o que acontecia sob meu nariz. Quanto aos senhores e seu caso, recomendaria clemência em quase qualquer outra circunstância, penitência e absolvição, mas não vejo arrependimento em nenhum dos senhores, e penitência sem arrependimento não tem sentido. A mim dói dizer, meus senhores, mas não há nada que possa fazer para mudar isto. Assim, devo lavar as mãos quanto aos senhores.

Ele desviou o olhar e fitou Will.

– Agora estou em suas mãos, mestre da floresta.

– Humm. Temo que minhas mãos estejam ocupadas, mas pensarei nisso. Enquanto isso, venha e sente-se aqui ao lado de nosso bom padre James.

Enquanto o padre começava a ir na minha direção, Will baixou os olhos para os bispos que, como ordenara, haviam tido seus trajes exteriores retirados. O homem maior se ajoelhara deprimido, olhando para os próprios joelhos, mas o homem mais baixo e velho estava ajoelhado empertigado, a cabeça inclinada como se escutando algo.

– Agora – disse Will, sem se dirigir a ninguém em particular – ao trabalho, pois isto é o que é, e que nenhum homem o confunda com outra coisa. Estamos lidando aqui com uma questão sórdida de comércio e dinheiro que não tem nada a ver com ofícios e deveres clericais, a não ser na deliberada violação de ambos – falou, se virando para o bispo mais velho. – Você aqui, o corvo. Se está esperando que sua escolta montada saia investindo da floresta e o resgate, está esperando em vão. O jovem de Presmuir e seus batedores perderam o interesse em sua causa há horas. Na verdade, eles perderam o interesse em tudo.

Eu vi os olhos do bispo se apertarem em um amargo desapontamento, mas minha mente estava ocupada com o nome do jovem cavaleiro, pois meu instinto estivera certo. Eu conhecera o homem. Henri de Presmuir, o cavaleiro do Leão Verde, havia sido convidado do bispo Wishart certa noite logo após minha chegada a Glasgow. Ele não estava de armadura, claro, mas eu lembrava de seu fardamento verde sobre azul, e naquele momento lembrei de que gostara daquele jovem, o achando amistoso e agradável. Não espanta, então, que eu não o tivesse reconhecido na figura assassina que investira contra mim em meio às arvores enevoadas naquela manhã.

Por mais que tentasse, não conseguia ver o menor sinal de vergonha ou arrependimento em nenhum dos dois bispos, que estavam ajoelhados no chão, olhos voltados para a figura enorme que se elevava acima deles do alto da carroça. Will ergueu os olhos na direção do grupo de monges reunido atrás deles.

– Quem é seu líder? Quem fala por vocês?

– Eu falo – respondeu alguém em uma voz grave e retumbante, e um homem alto e magro se adiantou. – Meu nome é Richard de Helensburgh.

– Helensburgh? Outro escocês?

O monge alto assentiu e Will continuou.

– Esses ingleses estão bem equipados com escoceses para ajudá-los em tudo que fazem. E vocês são cistercienses, não? Então o que fazem aqui, com estes tipos? Vocês são parte desta farsa?

O rosto do homem permaneceu inexpressivo e digno.

– Não, mestre da floresta, de modo algum. Pertencemos à comunidade da abadia da Santíssima Trindade, perto de Newcastle, e estamos viajando com suas senhorias desde que passaram pelas terras de nossa abadia, mas não fazemos parte de sua expedição. Recebemos de nosso santo padre abade a ordem de viajar com eles por sua segurança, e obedecemos às ordens. Mal falamos com qualquer um de seu grupo, nos mantendo entre nós. Nossa missão é chegar à cidade de Lanark, onde devemos recuperar e reformar um priorado de nossa ordem que incendiou há alguns anos e permaneceu abandonado desde então. Muitos de nós residiam lá na época, e depois do incêndio fomos recebidos por nossos irmãos na abadia da Trindade. Estamos lá desde então, esperando o momento adequado de retornar a nosso priorado.

– E o momento é este?

O monge baixou a cabeça.

– Assim diz nosso abade Nicodemus, e devemos obedecer a ele em todas as coisas.

– Então vocês podem ir em paz para encontrar e reconstruir seu priorado, irmão Richard, mas antes que o faça, peço a você, em nome do rei John e do reino da Escócia, que testemunhe o que está acontecendo aqui.

– Como desejar – foi a resposta em voz baixa, e Will se voltou para os homens ajoelhados.

– Quais são seus nomes?

Os dois homens o ignoraram, desafiadores.

Will se virou para o padre Constantine.

– Padre? Sabe seus nomes?

– Sim, sei. Ambos se chamam John, mas apenas um é bispo. O mais velho é John Romanus, um bispo do sul da Inglaterra. O outro é o irmão John, prior de Whithorn, em Galloway.

Will olhou para o padre, surpreso.

– Prior em Galloway? Mas ele é inglês, não? Achei que todos vocês de Galloway fossem muito unidos e possessivos.

Constantine deu de ombros.

– Somos, por natureza... unidos e discretos. Mas a verdade é que o pessoal de Eduardo conquistou o direito de nomear bispos e priores ingleses para postos escoceses há cinco anos. O papa Nicolau garantiu isso. Quanto a mim, não passo de um padre. Cumpro meus deveres, celebro missa diariamente, cuido das pessoas aos meus cuidados e mantenho meu nariz longe da política. Mas a diocese de Galloway, e com ela o priorado de Whithorn, tem sido subserviente à arquidiocese de York há mais de cem anos. É uma luta que já dura anos, com os bispos escoceses querendo manter os ingleses fora e os ingleses igualmente determinados a governar a Igreja da Escócia.

– Isso mesmo. Claro! – disse, fazendo com minha interrupção repentina que os dois homens se virassem para mim, surpresos. – John Romanus, você disse? Um bispo do sul da Inglaterra?

– Sim – respondeu o padre, me olhando com cautela, como se esperando que eu fizesse algo violento.

– Qual diocese seria essa?

– Como poderia saber? Nunca havia encontrado o homem até três dias atrás. O sul da Inglaterra foi tudo o que ele disse quando se apresentou a mim.

– E não achou isso estranho?

– Por que deveria achar estranho? A Inglaterra não tem um sul?

– O que está errado, Jamie? – interrompeu Will.

Lancei as mãos para o alto.

– Não posso acreditar que ele não saiba quem é este homem. Aparentemente temos um prisioneiro nobre. O homem é John le Romayne, lorde arcebispo de York. Ele tem primado sobre a diocese de Galloway e seu bispo, Henry, assim como sobre o priorado de Whithorn e seu companheiro lá, o prior. Como este homem, um padre de Galloway, poderia não saber quem ele é?

Constantine se virou para encarar o bispo inglês, depois se voltou raivoso para mim.

– Eu não o conheço porque sou um padre de Galloway! Um padre, nada mais. Nunca vi o homem antes. Eu o conheço de nome e reputação, sei de seu status. Mas nunca coloquei os olhos nele antes de me juntar a seu grupo na fronteira.

Will nos ignorou e se virou lentamente para o bispo ajoelhado.

– Isso é verdade? Você é o arcebispo de York? Então o que, pelo grande e sagrado nome de Deus, está fazendo aqui?

– Posso responder isso – eu disse. – Pois é claro que ele não o fará.

A cabeça de Romayne se virou para mim, uma expressão maligna no rosto. Senti meu estômago queimar de raiva, mas minha mente estava em disparada enquanto fragmentos e peças aprendidas e entreouvidas se encaixavam. Dei um passo à frente e olhei para ele, ao lado de Will.

– O arcebispo é rico, como seria de esperar – eu disse. – E isso é sua sorte, pois se não fosse a profundidade de seu bolso ele estaria agora na prisão, trancado na Torre de Londres.

Eu senti, mais que vi, Will franzir o cenho.

– O que está dizendo? Na prisão, um arcebispo?

– Sim, um arcebispo que ousou, há menos de um ano, excomungar o mais leal amigo e servo do rei Eduardo, Antony Bek, bispo de Durham – falei, deixando as palavras pairando no ar, sabendo que fariam engasgar de incredulidade todos que a ouviam. – Aparentemente o bispo Bek cometeu uma indiscrição: permitiu a prisão civil de dois padres criminosos de sua diocese em Durham. Isso foi algo sem precedentes, pois apenas a Igreja pode deter e colocar na prisão um padre. Nenhuma instituição civil tem o direito de questionar isso. E, portanto, o arcebispo, como era seu direito pela lei canônica, considerou os atos do bispo Bek ao mesmo tempo danosos e ameaçadores à validade dessa lei. Mas o próprio rei interveio a favor do bispo Bek, e o caso foi levado ao parlamento para ser julgado.

– E o parlamento julgou a favor do rei – disse Will.

– Isso. Ele decidiu que Antony Bek, ao pedir as prisões, agira em sua capacidade vice-régia como conde palatino, não como bispo de Durham. O parlamento pediu a prisão do arcebispo le Romayne por acusação de impiedade e *lèse majesté* ao desafiar o conde palatino do rei. Mas informou que em troca de uma multa de mil marcos de prata da bolsa do próprio mestre le Romayne, a pena de prisão foi suspensa e o arcebispo devolvido ao posto, embora não aos favores reais.

A multidão que observava começou a murmurar à medida que os tradutores transmitiam o que eu havia dito. Os homens se viraram uns para os outros com perguntas e comentários, e o barulho aumentou rapidamente até Will erguer a mão para detê-lo.

– Chega! – gritou ele em escocês, e a multidão ficou em silêncio. – Fiquem quietos agora. Há mais aqui do que o olho vê, e isso pode ser importante. Parem com o barulho até descobrirmos o que isso significa.

Ele olhou novamente para mim e baixou a voz.

– O que isso significa?

– Significa que o bispo deseja muito recuperar a grande simpatia do rei – disse, podendo sentir o gosto da verdade do que estava em minha mente. – Deseja o suficiente para ignorar todas as regras de conduta episcopal e prostituir a si mesmo e seu posto sagrado em troca das boas graças do rei. Poucos bispos perdoariam o que ele fez aqui, e nenhum, ouso dizer, se submeteria a isso. Este homem subornou e traiu a Igreja para conquistar os favores mortais de um rei, desfazendo o trabalho de séculos com a traição de uma confiança sagrada. Pense nisso, Will, no que está envolvido. Esta... esta traição representa um pecado medonho, insuspeito. Talvez um pecado como nunca houve igual.

Eu falava em voz baixa, apenas para os ouvidos de Will, mas sabia que o padre Constantine podia ouvir o que dizia, e naquele momento Will olhou para ele.

– Você concorda, padre?

O padre assentiu imediatamente.

– Concordo. Totalmente. Isso me assusta com seu poder de mudar as coisas para sempre... destruir a confiança na Igreja. Tenho medo de pensar no que pode acontecer agora.

– Não tenha, porque já está feito – disse Will. – Você não pode mudar isso.

Ele se voltou para a multidão que assistia e ergueu as mãos, pedindo e recebendo silêncio imediato.

– Todos vocês – disse ele em latim, olhando de um rosto para o outro e falando devagar o suficiente para que os intérpretes na multidão traduzissem o que estava dizendo. – Escutem com atenção, porque vou dizer a vocês o que tudo isto significa... esta traição que descobrimos. E não se enganem, nenhum de vocês. Isto é traição.

Ele olhou ao redor, se fixando em olhos aqui e ali na multidão que o encarava.

– O padre Constantine acabou de me dizer que teme que o que aconteceu aqui possa ter o poder de destruir a confiança dos homens na Santa Igreja, e eu acredito que fará exatamente isso, porque muito mudou hoje. E mesmo se a maioria de nós que vimos não possa entender claramente, está à vista de todos com olhos para ver.

"Estão pensando sobre o que estou falando, o que quero dizer. Vejo isso em seus rostos. Bem, eis o que quero dizer: a partir deste dia, por causa do que descobrimos aqui, nenhum sacerdote, em nenhum lugar deste reino ou de qualquer outro, pode reivindicar o direito de viajar sem ser questionado. Agora todos podem ser detidos e revistados a qualquer momento, seus bens e suprimentos inspecionados em busca de contrabando, pois neste dia este arcebispo que estão vendo à sua frente foi flagrado em um ato de deslealdade e destruiu a fé que todos os homens sempre tiveram nos sacerdotes e em sua Igreja. Ele destruiu a fé universal em que todos os sacerdotes são confiáveis por causa de sua própria posição, que é possível confiar, sem questionar, que colocarão o bem-estar de cada alma viva acima de tudo mais, e valorizar a vontade sagrada de Deus e seus desejos para a humanidade acima de todas as considerações mundanas.

"O perpetrador desse pecado, um dos membros de mais alta posição na Igreja de toda a Inglaterra, é revelado como um mentiroso e um explorador, tendo traído seu Deus, sua Igreja e seu alto posto em troca do status mundano oferecido a ele por um mero rei. Ao contrabandear ouro inglês para outro reino sob a proteção da Santa Igreja e com o único propósito de pagar e sustentar um exército invasor, este sacerdote escolheu o lucro mundano acima da perda de sua alma, usando sua posição de confiança e privilégio para abalar um reino estrangeiro pacífico e seu povo.

"Isso é política, amigos, disfarçada de santidade. Traição e depravação sob a aparência de dignidade e solenidade. Hipocrisia explícita revelada como a massa retorcida de vermes que é."

Ele então olhou diretamente para Romayne.

– John le Romayne, lorde arcebispo de York, você conquistou um espaço nos anais da infâmia. Você será até o final dos tempos o homem que destruiu a integridade da Igreja Católica. Que Deus tenha misericórdia de suas deformidades servis, embora eu duvide que Eduardo Plantageneta terá assim que souber que você custou a ele outro comboio pagador. Por ora, ouça minha determinação: por sua traição na tentativa de contrabandear ouro de Eduardo para a Escócia, confiscamos não apenas o dinheiro de Eduardo, mas também o seu. Essas suas roupas ricas irão aquecer corpos frios no inverno, embora sirvam apenas como roupa de cama simples, e as joias que adornam suas mãos comprarão comida para o povo faminto – disse, a seguir fazendo um gesto de cabeça para um de seus homens. – Prive-os de tudo. Nós os soltaremos nus como vieram ao mundo. Pode servir para lembrar a eles o que pobreza e humildade significam para a maioria das pessoas.

Ele ergueu os olhos para se dirigir ao irmão Richard e seus monges reunidos.

– Os irmãos podem partir agora, mas vão imediatamente e não percam um instante sentindo pena destes dois. Eles não sofrerão mais em nossas mãos, pois nada que possamos fazer a eles poderia prejudicá-los mais dos que os males que causaram a eles mesmos. Todos vocês sabem o que eles fizeram, e portanto sabem que não merecem piedade. Mas conversem sobre isso enquanto seguem. Contem a todos que encontrarem ao longo da estrada o que viram hoje, e garantam que todos entendam a gravidade do que foi feito – disse, de repente parando e examinando a multidão. – Irmãos, me ocorre que há aqui uma lição a ser aprendida por todos nós.

Ele olhou novamente para o arcebispo que afundara e parecia derrotado e deprimido.

– Todos viram dois bispos, quando na verdade não havia nenhum. Vocês os viram com os próprios olhos, e acreditaram. Mas um era um arcebispo, e o outro apenas um prior. Ambos elegantes e bem-vestidos, e de modo algum parecendo o que agora sabemos que de fato são. Então, a lição é não julgar pelas aparências. Mas todos fazemos isso, e modelamos nossas aparências para atender às nossas necessidades – disse, fazendo uma pausa e continuando. – Eu, por exemplo, com minha capa com capuz ajustada assim para esconder minhas costas curvadas, e meus homens ao redor de vocês, com suas máscaras para esconder os rostos. Mas será que eles irão precisar de máscaras assim que a notícia desta pequena aventura chegar a Eduardo Plantageneta? Duvido. Quando Eduardo souber disso virá sedento, querendo sangue e vingança, além de suas moedas perdidas, e a presença ou a ausência de uma máscara ou duas fará pouca diferença para quem é enforcado ou assassinado.

"Então, digo a vocês que o tempo de máscaras e capuzes chegou ao fim. Bispos, à vista de todos não são bispos, e os homens ao redor de vocês, que foram os Verdes, não serão mais mascarados. A partir deste dia eles se apresentarão como escoceses, unidos em sua posição contra a tirania e a traição da Inglaterra e de seu rei. E quanto a mim, o corcunda?"

Ele retirou lentamente a capa com capuz, tirando o capuz da cabeça e depois jogando de lado o traje pesado. Esticou as costas, flexionou os enormes ombros e ergueu sua voz em um grito, passando do latim para o escocês.

– Meu nome é William Wallace, da Escócia, e não me importo com quem sabe disso, então malditos sejam todos. Digam a eles para, ao partir, espalhar a notícia do que aconteceu aqui, a vergonha e a desgraça. Digam a eles que a Escócia tem uma voz entre as árvores da floresta de Selkirk. E digam a eles que suas vozes serão ouvidas enquanto nós em Selkirk resistirmos e lutarmos. Também digam a eles meu nome, e digam aos ingleses que caso queiram me pegar, estarei aqui esperando. Um fora da lei, sim, mas antes de tudo, um escocês, e pronto para lutar até meu último suspiro.

Em toda a minha vida eu nunca ouvira nada como o rugido produzido por aquele grupo. Ele inchou, se expandiu e mudou de forma enquanto se tornava um canto sustentado de "Wall-*ISS*! Wall-*ISS*! Wall-*ISS*!".

Capítulo 13

O ano que se seguiu foi diferente de qualquer outro que experimentei, e agora penso nele como o momento mais feliz de minha vida adulta. Lembro dele como um tempo de liberdade e grande beleza, de esperança em meio a um crescente desespero e, pelo menos para mim, uma época de libertação e realização, passada como capelão na floresta, oficiando para o povo – famílias e diversos personagens desajustados e estranhos, com frequência maravilhosos – que era atraído, por uma multidão de razões, para o homem William Wallace.

A principal dessas razões, claro, era o fato de que Will se adiantara e se declarara do modo como fizera naquele dia quando tirou do arcebispo o ouro dos intendentes ingleses. Ninguém nunca havia se apresentado corajosamente face a Igreja e Estado e se declarado representante e defensor das pessoas comuns da Escócia, e essa notícia se espalhou por toda a terra como fogo em mato seco.

A nobreza o condenou, claro, mas todos os demais ignoraram isso como não sendo importante, pois na sua visão, por causa da indiferença para com o que acontecia a seus concidadãos, a nobreza abdicara do direito de se ofender. O significativo foi que o ato de Wallace acendeu um fogo no peito de centenas de homens comuns que estavam fartos das agressões incessantes e da injustiça crônica do sistema sob o qual eram obrigados a viver. Em um desdobramento que ninguém poderia ter previsto, eles em esmagadora maioria escolheram se juntar a William Wallace em seu domínio na floresta e ficar ao lado dele como homens livres, livres de mestres e sendo responsáveis por seu próprio destino.

Foi esse surgimento de comunidades pequenas, mas vibrantes, na floresta que fez com que eu fosse nomeado para trabalhar ali como padre, atendendo às necessidades dos seguidores de Will. Eu retornara rapidamente a Glasgow e ao bispo Wishart logo após o ataque às carroças dos intendentes ingleses, levando as notícias do resultado de minha missão junto a Will, e Sua Graça escutara, com expressão impassível. Quando terminei meu relatório ele assentiu, me agradeceu e me dispensou. Se alguém tivesse me pedido depois, mesmo sob tortura, para descrever suas reações ao que contara a ele, não teria podido dizer.

Então chegou a nós a notícia, com toda a ira condenatória de um clero ultrajado, de um crime hediondo contra um bispo não identificado durante o cumprimento de seus deveres divinos. O relato falava do roubo ímpio e blasfemo de propriedade da Igreja não identificada, mas inestimável. Eu estava de volta havia duas semanas, de modo que foi evidente para o bispo e para mim que as pessoas haviam passado um tempo considerável conspirando sobre os detalhes do que realmente acontecera e do que deveria ser liberado para consumo popular. Mais uma vez o bispo Wishart escutou com expressão soturna e não fez qualquer comentário.

Duas semanas depois disso, durante a refeição comunal da noite de sexta-feira no refeitório da catedral, quando estava mergulhado em pensamentos e despudoradamente ignorando a voz tediosa do frei visitante que lia a escolha das escrituras daquela noite, fui interrompido por um secretário e convocado imediatamente à presença do bispo.

Ele estava sozinho em um canto junto à janela quando cheguei, sentado com os pés sobre um banco estofado e dando tapinhas no queixo com um rolo de texto achatado e em péssimo estado enquanto olhava para a escuridão do lado de fora dos pequenos painéis da janela em forma de diamante. Ergueu os olhos para mim e grunhiu, depois acenou para que eu pegasse outra cadeira e me juntasse a ele, e assim que estava sentado, me passou o rolo. Alguém o amassara grosseiramente, partindo o selo ao dobrá-lo para caber em bolsa ou bolso. Eu o desdobrei e imediatamente reconheci a caligrafia de Will, o que me fez sorrir.

– Isso não o faz desejar, meu senhor, que todos fossem capazes de fazer sua própria escrita? Como tudo seria muito mais claro se assim fosse.

– Sim, mas desejar isso seria desperdiçar o tempo de Deus, padre James, pois nunca será o caso. Seu primo é um dos três ou quatro homens alfabetizados que conheço fora de nossas fileiras clericais. Leia.

A missiva era breve e direta: no espaço de um mês, escrevera Will, a situação na floresta mudara imensamente. As pessoas haviam começado a se reunir lá vindas de todas as direções, atraídas pela promessa de liberdade, qualquer que seja ela, e o número aumentava todos os dias e não dava qualquer sinal de diminuir. Ele sublinhara liberdade, além de acrescentar qualquer que seja ela, não perdeu mais tempo tentando definir o que eles buscavam. Escreveu que ele e seu pessoal estavam dando conta. Havia muita comida, e se asseguravam de que as pessoas vivessem longe da estrada principal, no fundo da floresta e fora do alcance de ataques.

Will escreveu que a maior necessidade que previa era de padres. Ele tinha algumas poucas pessoas entre seus seguidores com conhecimento rudimentar das artes da cura, mas nem um só monge ou padre. Crianças já estavam nascendo, idosos morriam e jovens faziam votos de matrimônio. Disse que precisava de padres que vivessem entre seu povo e oferecessem serviços religiosos a ele.

Eu baixei a carta e olhei sem palavras para o bispo Wishart, que me fitava. Ele fizera um bico com os lábios, e os pegava e puxava com a ponta do dedo.

– Quer que eu vá.

Ele parou o que estava fazendo e se empertigou, tirando os pés do tamborete.

– Sim – disse ele. – Imediatamente. Leve Declan e Jacobus com você. Eles podem tirar vantagem da experiência. Estarão a seu cargo e responderão a você como superior.

Eu assenti, contente com a autoridade que ele me concedera. Os dois padres que mencionara eram respectivamente o mais jovem e o mais velho do capítulo da catedral, e ambos sem dúvida se beneficiariam de fugir da monotonia cotidiana do regime da catedral. Padre Declan havia sido ordenado comigo. Era dois anos mais velho, mas havia anos de diferença entre nós em experiência e temperamento, pois Declan, órfão desde o nascimento, vivera no mosteiro a vida inteira. Era um verdadeiro inocente, e seu pecado mais hediondo, eu apostaria, não seria mais sério que uma tendência a sonhar acordado. Mas precisava aprender a lidar com pessoas vivas de verdade, as ovelhas pelas quais Deus o tornara responsável como pastor, encarregado de levá-las à Salvação.

Padre Jacobus havia sido afetado durante décadas por uma enfermidade misteriosa que o impedira fisicamente de servir como um padre normal, tornando impossível a ele se misturar às pessoas e partilhar suas vidas cotidianas. E então sua doença desaparecera milagrosamente de um dia para o outro, pouco antes que eu fosse para Glasgow. A recuperação havia sido completa, de modo que ele brilhava de vigor e devoção, mas, como Declan, ficara internado muitos anos, e também chegara o momento de ir além dos limites de uma existência monástica regulada e se familiarizar novamente com o mundo abundante e extraordinário da criação de Deus.

– Quando gostaria que partíssemos, meu senhor?

– Assim que possível. Reúnam tudo o que imaginem precisar, incluindo remédios e suprimentos, e carreguem uma carroça, ou duas carroças, caso precisem, mas não diga a mim nem a nenhum dos meus o que pegou ou para onde está indo. Desse modo ninguém será capaz de trair nada, mesmo inadvertidamente. Assim que estiver pronto, venha e fale comigo. A essa altura terei escrito uma resposta a seu primo, e você poderá levá-la consigo.

– Claro, meu senhor. Quanto tempo ficaremos fora?

Ele já começara a olhar ao redor, sua atenção se voltando para a tarefa seguinte, mas então se virou novamente para mim, os olhos demonstrando surpresa. Ele grunhiu, depois respondeu em escocês:

– O tempo que for necessário. Então não se preocupem em voltar. Se precisar de você nesse ínterim, mandarei buscá-lo. Mas até então, pense na floresta de Selkirk como sua igreja.

Ele então sorriu, um pequeno esgar lateral da boca acompanhando a suavização de seus velhos olhos ferozes, e retornou ao latim.

– Sua própria catedral verde, padre James... sei que não irá abusar dela, e rezarei pelo seu sucesso e felicidade entre as belezas do mundo natural de Deus – disse, fazendo uma pausa e depois acrescentando: – Invejo isso, sabe, essa liberdade que tem agora. Se fosse muito mais jovem, agarraria a oportunidade de fazer o que estou orientando você a fazer. Ah, bem... somos o que e quem somos, e vivemos no aqui e agora, então melhor acabar com esse absurdo. Vá agora, com minha benção, e comece a fazer o que precisa.

Eu me ajoelhei rapidamente, e enquanto ele fazia o sinal da cruz sobre minha cabeça curvada, tive consciência de uma sensação de leveza no peito.

Os guardas no ponto de desvio me reconheceram quando me aproximava e permaneceram escondidos, apenas um deles saindo de seu esconderijo para acenar indicando que podíamos avançar. Era um dos sargentos de Will, como eram conhecidos, líderes de soldados escolhidos entre eles, usando um retalho colorido no ombro para indicar seu posto. Eram responsáveis por manter a disciplina entre os homens selvagens que compunham as unidades ativas de Will. Ele me cumprimentou casualmente quando segui, passando os olhos por meu cavalo de carga carregado e a carroça às minhas costas. Sabia que já havia dado o sinal para os vigilantes às suas costas de que éramos amigos. Sem aquele sinal não teríamos sobrevivido dois quilômetros além daquele posto.

A partir de onde havíamos entrado, uma trilha comprida, estreita e muito sinuosa protegia o acampamento principal de Will de ataques. Levamos uma hora de viagem, fazendo curvas e passando por pântanos de aparência sinistra que ameaçavam sugar nossas rodas para a lama, e algumas vezes nos esgueirando entre arbustos impenetráveis. Essas moitas espinhosas não eram altas, mas densas e resistentes, forçando todos que seguiam pelo caminho a se manter na trilha estreita.

Eu sabia, mesmo sem colocar os olhos em nenhum deles, que estávamos sendo vigiados o tempo todo que seguíamos à distância de uma flechada por guardas sempre vigilantes, e não tinha dúvida de que aqueles homens também nos acompanhavam desde os galhos altos das enormes árvores espalhadas que se erguiam acima da vegetação dos dois lados. Assim, seguimos em silêncio até a trilha dar em uma espaçosa campina verde que se tornava uma comprida avenida gramada levando diretamente ao conjunto de construções de troncos de aparência sólida às margens de um pequeno lago.

Desde o momento de nossa chegada ao acampamento de Will eu me senti à vontade e pronto para cuidar de qualquer coisa que fosse jogada em mim. Will saiu para nos receber quando ouviu alguém gritar meu nome, e quando me viu em meu cavalo, com outro carregado atrás e uma carroça de coisas atrás dele, seu rosto se iluminou com um enorme sorriso e ele abriu os braços, esperando para me abraçar. Eu saltei da montaria e ele me engoliu em um abraço forte, ameaçando esmagar minhas costelas enquanto me girava em círculo.

– Maldição, Jamie, você parece bem – disse, me segurando pelos ombros, e depois seu rosto ficou sério quando os olhos se moveram para ver meus dois colegas padres nos observando de sua carroça. – Juro que não há nada mais mal recebido por um anfitrião confiante do que a visão de um visitante de mãos vazias – falou, depois riu novamente e me socou no ombro. – Bem-vindo, primo. Mande seus companheiros desmontar e beber conosco. Patrick cuidará de seus cavalos e da carroça.

Ele gritou para o tal Patrick e disparou uma série de ordens, e em pouco tempo os padres Declan e Jacobus haviam sido ajudados a descer e mãos animadas estavam ocupadas cuidando dos suprimentos que havíamos levado. Eu apresentei Will a Declan e Jacobus, e ele deu as boas-vindas cordialmente, depois nos conduziu aos fundos do acampamento, onde vi mais construções do que havia em minha visita anterior.

– Aqui – disse, nos levando para dentro de uma pequena clareira agradável atrás de uma das novas construções e até uma de várias mesas com bancos. – Sentem aqui. É confortável e cheira bem, com a fumaça das cozinhas ali deixando todo mundo com fome.

– Aquelas são as cozinhas? – perguntei, sem esconder minha surpresa, pois aquelas construções tinham o dobro do tamanho das cozinhas que vira antes.

– Sim. Ouvi falar que estamos formando um exército aqui, mas vou lhe dizer, primo, se estamos, é um exército de gaivotas e alcatrazes, com a diferença de que gaivotas e alcatrazes voam para longe quando as barrigas estão cheias. Eu juro, nunca vi tantas pessoas com fome – disse, reclinando, esticando as pernas e cruzando as mãos sobre a barriga. – Mas a comida é boa e farta, graças a Deus, e ainda temos espaço para sentar e esticar as pernas. E lá está Tearlaigh. Ewan ensinou nossos cozinheiros a fazer uma cerveja razoável com o lúpulo daqui, e Tearlaigh foi seu melhor aluno. Sua cerveja é quase tão boa quanto a de Ewan. Você descobrirá que desce suave.

Um homem gigantesco vinha agitado na nossa direção carregando um balde de couro e com uma fileira de canecas de cerveja de madeira penduradas no pescoço, e nos serviu soltando canecas da corda e as enchendo com cerveja espumante.

– Então, onde está Ewan? – perguntei, tendo tomado meu primeiro gole do que era uma cerveja realmente excelente.

– Está por aí. Eu o vi há pouco – disse, se levantando e olhando ao redor, mas voltando a se sentar imediatamente. – Não deve estar longe. Nunca está.

– E Mirren, está bem?

– Sim, desabrochando como uma flor. Ela ficará feliz de vê-lo, primo.

Eu tinha minhas próprias ideias sobre isso, pois acreditava que Mirren tinha pouco tempo ou simpatia por mim, mas eu sorri e incluí meus dois companheiros na conversa.

Era bom estar fora da estrada após a longa viagem, e à medida que o sol se punha começaram a aparecer fogueiras entre as mesas espalhadas, e logo nos mudamos para sentar junto a uma delas, gostando do calor, da fumaça que subia e da luz dançando. A cerveja era excelente, e algum tempo depois eu acordei cabeceando para frente e derrubando cerveja em meu colo. Sei que os três dormimos aquela noite em uma das novas cabanas junto à cozinha, mas mal me lembro de me afastar do fogo, e quando despertei na manhã seguinte antes do alvorecer não tive ideia de onde estava.

Meus dois subordinados e eu passamos várias horas depois da missa da manhã remexendo em nossas provisões religiosas e escolhendo os itens de que precisaríamos em nossa primeira semana na nova comunidade. Entre eles estavam vestimentas litúrgicas básicas para ocasiões solenes como a consagração das novas igrejas que iríamos construir e itens de sacramento como cálices e cibórios usados na eucaristia, além de suprimentos religiosos mundanos, mas necessários, como material de escrita. Cada um de nós tinha o próprio altar de pedra consagrado, mas precisávamos de pão e vinho para a consagração na missa, e sal, óleo santo e crisma para os outros sacramentos. Sabíamos que poderíamos repor os suprimentos simplesmente retornando ao acampamento principal, mas também sabíamos que teríamos o suficiente a fazer nos dias à frente para perder tempo nos preocupando com suprimentos.

Depois Will percorreu conosco o território que seus homens controlavam, um perímetro de mais de três quilômetros de comprimento e perto de um quilômetro e meio de largura, formando uma área aproximadamente oval de terreno baixo, suave e coberto de árvores com três assentamentos primitivos cercados por um largo cinturão de floresta densa intocada. Havia construções sendo erguidas nos três assentamentos, e pessoas já viviam nas novas moradias.

Tendo deixado Declan e Jacobus para iniciar seus novos ministérios nos dois primeiros assentamentos, eu estava à mercê do que encontrasse no terceiro.

Mas qualquer medo que tivesse logo se mostrou injustificado, pois o último local era o mais bonito dos três, e me senti em paz ali no instante em que o vi. Era o mais distante do acampamento principal de Will, meia hora de caminhada, mas instalado em um lugar tranquilo e adorável, uma encosta suave com carvalhos e coberta de musgo acima de um largo córrego pedregoso. O cume rochoso acima do assentamento era dividido por uma ravina de laterais nuas onde grandes blocos de rocha, manchados de líquen e musgo, pareciam mantidos juntos por uma rede de enormes raízes de árvores cobertas de musgo. Eu podia ver as aberturas de várias cavernas lá, e imaginei que pessoas usavam esses abrigos naturais como moradia muito antes de Will Wallace e seus foras da lei aparecerem por lá.

Naquele momento as cavernas estavam sendo ocupadas por Alan Crawford de Nithsdale e uma equipe de homens formada por ele para construir abrigo para os recém-chegados. A equipe de Alan era a maior que eu vira, e seu trabalho estava bem adiantado quando chegamos. Eu contei seis construções sólidas parecidas com alojamentos militares feitos de pesados troncos recém-cortados. Quatro deles já tinham telhados grossos, e os dois remanescentes apresentavam as estruturas e estavam sendo revestidos com tábuas que logo seriam cobertas com uma fina camada de grama.

Alan se lembrou de mim e me cumprimentou cordialmente assim que desmontei.

– Prazer em revê-lo – disse a ele, apertando sua mão. – Se essa vai ser minha nova casa, e parece que sim, agradeço por prepará-la para minha chegada. Mas onde estão todos?

Alan apontou com o polegar para seus homens, que já haviam voltado ao trabalho. Somos apenas nós por hora. Os novos assentados só começarão a chegar amanhã. Por isso estamos tentando acabar essas duas últimas cabanas antes de escurecer. O primeiro grupo será apenas de homens, umas duas vintenas, e vamos colocá-los para trabalhar no minuto em que chegarem aqui. Eles vão construir mais cabanas, umas maiores, para famílias, mulheres e crianças.

– Ah. E a que hora vocês começam a trabalhar de manhã?

Ele me olhou sem entender.

– Quando acabamos de comer.

– Rezar e comer, quer dizer, não? – retruquei.

Ele sorriu.

– Sim, claro... agora que está aqui, padre James.

– Bom. A missa será ao alvorecer. Pode avisar seus homens.

Ele assentiu, ainda sorrindo, e foi embora, e eu me virei para Will.

– O quê? Você está com aquela velha expressão de Will Wallace no rosto. Em que está pensando?

Ele deu de ombros levemente.

– Nada. Estava só pensando onde você celebrará sua primeira missa. Você precisa de um altar.

– Não preciso. Não de um de verdade, não de imediato. Você sabe disso tão bem quanto eu. Qualquer superfície plana serve, qualquer tampo de mesa em qualquer lugar, desde que seja grande o bastante para sustentar o altar de pedra.

– Certo. Mas você irá precisar de uma igreja mais cedo ou mais tarde, mesmo que não passe de um telhado sobre colunas, um abrigo para manter seu pessoal seco sob tempo ruim. Então podemos construir um altar de verdade para você. Mas terá de dizer pessoalmente ao construtor de Alan do que precisa. Não deixe a cargo de Alan orientá-lo, ou irá se arrepender. Alan é um bom organizador e comandante de homens, mas não é bom com ideias abstratas. O nome do construtor é Davie Ogilvie, e é do norte como Shoomy. Você deverá cair nas graças dele, pois pode construir qualquer coisa que você quiser. Construirá uma catedral de varas se pedir.

– Ficarei bem com uma pequena capela sólida, mas agradeço pelo conselho. Mas enquanto isso, onde posso dormir esta noite? Você sabe ou se importa?

– Nem um nem outro, primo. O pessoal de Alan está dormindo nas cabanas construídas lá, mas acho que isso não atenderá às suas necessidades... nem as deles, pensando bem. Um padre deve ter um lugar onde ficar sozinho e fazer o que os padres fazem quando estão sozinhos.

Ele fez uma pausa, e então apontou para a caverna mais próxima.

– Se fosse você eu colocaria meus pertences lá. É seco, quente e está livre, com duas câmaras separadas, e Alan me disse que tem uma chaminé natural que retira a fumaça diretamente pelo teto.

– Se é tão bom, por que o próprio Alan não a usa?

Will sorriu e inclinou a cabeça.

– Porque eu mandei que a deixasse para você. Sabia que viria mais cedo ou mais tarde.

– Sua cobra dissimulada! Você pediu a Wishart que me mandasse para cá, não foi?

– Não com tantas palavras. Foi mais uma sugestão, uma palavra de encorajamento. De qualquer forma eu sabia que mandaria você. Ele precisa de você como intermediário entre nós dois, então faz sentido tê-lo comigo, onde pode fazer maior bem.

Eu balancei a cabeça fingindo desgosto e ergui meu fardo pesado.

– Então está certo, mostre essa caverna e você pode acender uma fogueira enquanto eu arrumo minhas coisas.

Desde que deixamos Glasgow eu estava pessoalmente preocupado com nossa inexperiência coletiva. Os três havíamos ficado enclausurados na atmosfera santificada da catedral, mas naquele momento, de repente, estaríamos vivendo e trabalhando com uma congregação de verdade, homens, mulheres e crianças de todas as idades e descrições que nos veriam como representantes do próprio Deus. Dependeriam de nós para seus sacramentos, sua orientação e seu bem-estar moral e espiritual, e teriam uma infinita necessidade de ajuda para se aferrar à sua crença em meio à vida cotidiana. Era uma perspectiva aterrorizante, e comecei a experiência como um garoto caindo em um poço de natação desde um galho suspenso, lembrando da exortação de Will de anos antes quando ele e eu havíamos descoberto o poço fundo no rio perto da abadia de Paisley: "Pule para dentro e nade para fora", me dissera.

Pendurei minhas vestes litúrgicas em uma alcova cavada numa das paredes de minha caverna naquela primeira noite, pensando que quando tivesse necessidade dela alguns dias teriam se passado para que as dobras desaparecessem. Um mês depois, aqueles trajes ainda estavam onde os havia pendurado. Durante todo aquele tempo eu vestira o mesmo hábito com capuz de monge, um traje único cinza-escuro até os tornozelos, inacreditavelmente esfarrapado e amarrado na cintura com uma corda. Também passara a maior parte do tempo descalço, erguendo minha própria igreja ao lado de Davie Ogilvie, o construtor. Ele era um homem extremamente forte, embora não parecesse grande, e logo desenvolvi grande respeito por suas habilidades, incluindo uma espantosa capacidade de visualizar construções complexas na cabeça e depois traduzi-las para projetos e desenhos a partir dos quais outros pudessem trabalhar.

Eu utilizei rapidamente meu suprimento de pão da comunhão, mas aquilo era fácil de repor. Pão é pão, farto na maioria das vezes. Já o vinho é algo totalmente diferente, escasso e difícil de obter na Escócia rural. Eu não começara com pouco dele, mas sabia que tinha pouca chance de renovar meu estoque com facilidade, então rapidamente reduzi o volume que usávamos na missa e descobri que diluindo aquilo pacientemente podia estender bastante meu estoque.

Na primeira semana celebrei a missa toda manhã assim que nossos novos assentados começavam a chegar, mas no final da segunda semana tive de programar uma segunda missa no domingo, e em mais algum tempo rezava a missa duas vezes por dia, todos os dias da semana. No terceiro domingo eu me vi assentindo para aqueles rostos da minha congregação que já eram familiares, e no quarto eu sabia os nomes da maioria das pessoas. Éramos 112 almas àquela altura, e nosso número superaria duzentos naquele ano. Desde o momento em que acordei em minha caverna naquele dia e fui celebrar a missa com a equipe de trabalho de Alan, nunca mais tive tempo de me preocupar com ser capaz de cumprir minhas obrigações.

Eu estava celebrando minha segunda missa nupcial com meus congregados no começo de junho quando Will entrou pisando firme na construção com teto que chamávamos de igreja, e assim que vi a postura de seus ombros e a expressão de seu rosto soube que havia algo muito errado. Estivera chovendo intermitentemente toda a manhã, e ele vestia uma pesada capa de lã, impermeabilizada com uma fina camada de cera esfregada. Encontrou um lugar nos fundos da congregação, onde ficou com a cabeça baixa enquanto eu continuava com a cerimônia. O jovem casal que eu estava casando naquele dia era uma dupla encantadora, estimada por todos, e a igreja estava tomada de simpatizantes, então tirei Will da cabeça o máximo que pude no momento e voltei minha atenção para o sacramento que conferia ao jovem casal, não querendo dar a eles nada menos que uma cerimônia da qual pudessem lembrar por toda a vida. Dei a comunhão ao grupo, incluindo Will, e depois encerrei a cerimônia levando a esposa radiante e seu esposo até os parentes, amigos e vizinhos. Fiquei no umbral de minha pobre igrejinha e vi o cortejo se afastar, com grande diversão e júbilo para a festa de casamento.

Quando Will e eu estávamos sós, me dirigi ao altar e cuidadosamente limpei e embrulhei meus preciosos cálice e cibório, depois os guardei em seu estojo de couro e os levei comigo enquanto conduzia Will até a caverna que era meu lar. Uma das mulheres que insistia em cuidar de meu conforto fizera uma grande fogueira para proteger da umidade do dia, e enquanto nos aproximávamos dela, Will jogou a capa para trás e tirou um gordo e pesado odre pendurado no ombro.

– Um de meus companheiros tirou isto de um cavaleiro que ele e seus homens detiveram deste lado da cidade de Selkirk. Dizem que é um vinho milagroso.

– Milagroso? – perguntei, tirando o odre dele e o erguendo para avaliar. – Ele terá boa utilidade, prometo a você. Eu estive pensando em mandar o padre Declan de volta a Glasgow para buscar suprimentos, porque já estamos no último dos que trouxemos conosco. Portanto, minha gratidão a quem foi responsável. Mas milagroso? O que isso deveria significar?

– Milagroso por ele e seus homens não o terem tomado eles mesmos. Mas também por terem trazido para cá por saber que você e os outros padres estão precisando... eu confesso, primo, que me espantou. Foras da lei desordeiros da floresta guardando um bom vinho para um padre? Eu teria dito que era impossível.

Eu sorri.

– Bem, tire seu chapéu e agradeça a Deus por sua iluminação, e tenha mais caridade no futuro. Gostaria de um pouco?

– Depois de tudo isso? Deus sabe que eu poderia, mas iria me sentir um ladrão, portanto, não.

Eu começara a retirar minhas vestes e então parei, olhando para ele e sorrindo para amenizar qualquer crítica em minhas palavras.

– Mas você é um ladrão, primo. Afinal, é por isso que está aqui na floresta.

– É verdade, primo padre, e não preciso ouvir isso. Mas ainda assim sou grato pela ideia da taça de vinho, e tomaria uma cerveja alegremente caso tenha alguma.

– Ali na arca, entre as cadeiras. Sirva uma para mim também.

Terminei de tirar casula e estola e pendurei os trajes cuidadosamente no nicho que reservava para eles, depois despi a comprida alva e a dobrei meticulosamente, colocando-a em sua caixa no piso do nicho. Eu tinha apenas uma e raramente a usava, pois era quase impossível de manter limpa e com boa aparência, então a reservava para ocasiões especiais como a missa nupcial daquela manhã. Eu celebrava o sacrifício em meu hábito simples de monge, acreditando que Deus pouco se importava com o modo como me vestia, desde que servisse a ele com espírito de amor e devoção.

Quando me voltei para o fogo Will servira cerveja para ambos e colocara uma caneca para mim na mesa grosseira entre as duas cadeiras que ladeavam o fogo. Eu tomei um gole grande, depois pousei a caneca antes de olhar para meu primo.

– Tudo bem, o que há de errado, Will? Você claramente está com raiva de alguma coisa. O que o traz aqui? Além de me dar o vinho, quero dizer.

– Retaliações.

Eu ouvi a palavra e entendi, mas por algum tempo ela não significou nada para mim.

– Dos ingleses – disse Will. – Eles estão punindo as pessoas pelo que fiz abril passado.

– Abril! Isso foi há meses.

– Sim, foi, mas eles estão cobrando agora. Claramente demoraram algum tempo pensando no que fazer a seguir, apenas isso. E agora estão fazendo.

– Fazendo o quê, Will? Estão vindo para cá?

– Não. Nunca ousariam, a não ser em grande número, para nos varrer daqui, e não arriscariam isso... a não ser que recebessem permissão do rei John, e não vejo isso acontecendo. Nada agradaria mais a Eduardo do que ter direito de passagem da fronteira para cá, mas há coisas demais acontecendo entre os dois reinos e seus reis no momento para permitir que nossos probleminhas ganhem tanta importância. Mas estão sendo cometidas retaliações contra nós, Jamie. Eu tinha recebido relatos, e vítimas têm chegado, com testemunhos do que tem acontecido. Fazendas e aldeias inteiras arrasadas e queimadas, as pessoas enforcadas ou assassinadas. Homens apanhados na estrada, cuidando de seus negócios, e enforcados sem julgamento. Suas mulheres violentadas, algumas vezes poupadas, outras não... e ninguém, em lugar algum, capaz de identificar os assassinos.

Ele passou as mãos sobre o rosto e soltou um gemido de cansaço e frustração.

– Quero mandar alguns deles para cá, os sobreviventes, mas não podemos dar conta deles. Não temos espaço, e estamos perto demais de qualquer inimigo que se lance contra nós. Perto o bastante para lutar contra eles, certamente, por isso estamos aqui. Mas não há segurança para ninguém além de nós mesmos, os combatentes. Acha que poderia receber alguns dos outros? Você tem espaço?

– Claro que podemos recebê-los, e conseguiremos espaço se necessário. De onde vêm essas pessoas?

– São pessoas comuns de perto daqui, da periferia da floresta.

– Que periferia?

Ele deu de ombros.

– Parte alguma, toda parte. Alguns ataques foram perto de nosso território, outros mais distantes, perto de lugares como a aldeia de Selkirk. Mas nenhum esteve ao nosso alcance para contra-atacarmos. Mas a maioria foi no sudoeste... oeste e sudoeste.

– Quão longe?

Aquilo o fez franzir o cenho.

– Quinze quilômetros? Não, mais que isso – respondeu com hesitação, pensando rapidamente. – Trinta quilômetros a leste, talvez mais.

– Trinta quilômetros a sul e sudoeste de seu acampamento principal. Terras de Bruce.

– Sim, são – disse ele, olhando para mim e assentindo. – Eles nunca teriam ousado tentar tal coisa quando o velho Bruce, o Competidor, estava vivo, que Deus tenha piedade de sua alma. O velho teria ido à guerra por causa disso. Mas agora seu filho, o lorde de Annandale, ocupa o castelo de Carlisle da Inglaterra como zelador, e seu neto, o conde de Carrick, está em Londres, se fazendo de bobo na corte de Eduardo. Então não haverá queixas da parte dos Bruce.

– E por que esses sobreviventes vieram até você?

– Por que não têm nenhum outro lugar para onde ir, por que mais?

– Você os conhece? E se a resposta para isso é sim, então como você os conhece, para que venham até você?

– Eu não os conheço. São apenas pessoas que ouviram falar de nós, que estávamos na floresta, e que vieram até nós quando perderam tudo. Não conhecia nenhum deles antes que viessem, e nenhum deles me conhecia.

– Mas se é assim, se não tinham nenhuma ligação com você, por que foram atacados?

– Vamos lá, Jamie, não me irrite. Estamos lidando com ingleses! Acha que eles precisam de motivo para serem como são? Para se comportar como se comportam? Você se esqueceu de Ellerslie e do que fizeram a nós e aos nossos?

– Não, Will, não esqueci. Mas isto é diferente...

– Como isto é diferente? Como pode ficar sentado aqui, sem saber nada do que está acontecendo, e dizer que é diferente? Diferente do quê? Vou mandar até você três garotinhos que viram seus pais serem abatidos como bezerros. Três garotinhos menores do que éramos, com traseiros mais machucados do que os nossos. Diga a eles como isso é diferente, depois veja como eles caminham, mancando de dor e vergonha, e como olham para os homens ao redor, esperando serem atacados novamente. Diferente? A única diferença que eu vejo é no tempo. Quando fizeram isso a nós, éramos crianças, fracas e desamparadas. Agora, pelo Cristo vivo, sou um homem crescido, e irei encontrar esses desgraçados ingleses com a força e o discernimento de um homem.

Minha mente se enchera da imagem daqueles dois outros garotinhos, correndo com um terror infinito dias a fio, e eu ergui as mãos para conter suas palavras.

Ele se controlou.

– O quê?

– Ouvi o que está dizendo. E entendo. Discordo, mas agora não é hora nem lugar. Mas me fale sobre a lógica por trás desses ataques. Como você pode estar certo de que têm algo a ver com o roubo em abril?

Eu o vi franzir o cenho.

– Pelo que você disse, ou pelo que acho que ouvi você dizer, nenhuma dessas... retaliações aconteceu perto do lugar do roubo de abril, certo? – perguntei, e pude ver em seus olhos que assim era, então continuei. – Mas você está convencido sem dúvida alguma de que tudo o que está acontecendo tem a ver com o que fez naquele dia.

Mais uma vez, lendo seu rosto, pude ver que estava certo.

– Mas onde está a conexão? Por que você não acredita simplesmente que esses são ataques aleatórios, como aquele que nos custou nossa casa em Ellerslie? Por que tanta certeza de que estão ligados ao roubo de abril?

Ele franziu o cenho de novo, rapidamente, depois se empertigou e me olhou nos olhos.

– Por que têm de estar. Nenhuma outra explicação faz sentido. Ademais, corresponde à natureza do animal. Eduardo Plantageneta não é um inimigo passivo. Nós criamos grande confusão com aquele ataque, absoluta confusão com que ninguém, menos ainda ele, poderia sonhar. Destruímos todos os seus planos cuidadosamente montados, os fizemos em frangalhos no exato instante em que ele devia estar pensando que havia sido brilhante. Você pode imaginar como ele deve ter ficado furioso ao tomar conhecimento? Mas o mais enfurecedor deve ter sido ele não poder dizer nada sobre isso. Como poderia se queixar do roubo de recursos ilegais, recursos que nunca deveriam ter sido trazidos à Escócia e nunca contrabandeados pela fronteira sob a proteção da Santa Igreja em circunstância alguma? Ele teria sido condenado por todos, desgraçado publicamente. Veja bem, não estou dizendo que isso em si o teria impedido. Não tenho dúvida de que estaria preparado para desafiar o mundo inteiro caso seu estratagema tivesse dado certo. Mas como seus fundos se perderam, ele não tinha esperança de conseguir nada a não ser desprezo, condenação e um julgamento duro... talvez até mesmo excomunhão.

Enquanto eu escutava as suas palavras, o alcance do que William Wallace havia feito pessoalmente ao rei da Inglaterra ficou claro para mim como nunca antes. Até o momento eu vira os acontecimentos daquele distante dia de abril apenas de um ponto de vista clerical, avaliando os danos causados ao tecido da Santa Igreja pelas ações do renegado arcebispo de York. Além do volume físico de numerário real que confiscamos – e eu não vira a imagem de sua cabeça régia em uma única moeda capturada –, não havia nenhum traço visível de Eduardo da Inglaterra presente naquele dia, e de alguma forma eu perdera de vista sua enorme influência em todo o caso. Até aquele momento, escutando Will, nunca passara pela minha cabeça que Eduardo Plantageneta, o conquistador implacável e sem remorsos do povo de Ewan em Gales, poderia estar pessoalmente buscando vingança contra meu primo por ter ousado desafiá-lo. Fiquei chocado de perceber quão cego e intencionalmente idiota eu tinha sido, vivendo no paraíso de um tolo.

– Você está certo – sussurrei, combatendo um surto de náusea. – Eduardo não poderia deixar isso impune. Ele irá matá-lo.

– Ele pode tentar, primo, mas terá de vir e me apanhar pessoalmente caso queira me ver morto... – disse, deixando a voz morrer e depois recomeçando. – Mas nesse ínterim ele está mandando notícias.

– Notícias? Não entendo o que quer dizer.

– Estou falando de matar essas pessoas simples. Não há razão para isso, além de fazer com que eu perceba. Mulheres e crianças, inocentes de qualquer crime, morrem ou são expulsas. Seu massacre não passa de um sinal. Um sinal dele para mim, de que sabe que estou aqui e quer ter uma palavra comigo. Palavra – resmungou ele. – Eu ouviria poucas palavras dele além de "morra", e ele faria alguém falar por ele antes de sujar sua língua a usando comigo. Ouvi dizer que ele é um homem selvagem. Lembra das histórias do que os turcos fizeram com peregrinos cristãos antes da Grande Cruzada?

– Não. Quero dizer, ouvi muitas histórias, mas não sei a quais você se refere.

– Estou pensando naquela que o papa Urbano contou quando ergueu a Cruz na França. Ele falou de como os muçulmanos pegavam um cristão e cortavam sua barriga, depois amarravam suas entranhas em uma estaca e giravam o homem ao redor da estaca até ele morrer, estripado. Eu nunca acreditei realmente que isso aconteceu, mas Eduardo da Inglaterra poderia fazer esse tipo de coisa. Ele é esse tipo de homem. Um inimigo terrível.

– Não permita Deus! – disse, estremecendo e me persignando. – Nenhum rei cristão nunca mataria um homem de forma tão bárbara.

Meu primo olhou para mim e deu um pequeno sorriso selvagem.

– Eduardo Plantageneta o faria se considerasse necessário. Ele acha esses ataques ao povo necessários para chamar minha atenção.

Eu olhei para minha caneca vazia.

– Você pode parar esse massacre?

– Sim. Posso cavalgar até Lanark ou até alguma outra guarnição inglesa e me entregar.

– Não, Will. Além disso. Você pode deter o massacre?

– Provavelmente não – disse, se inclinando para frente e pegando um pedaço de madeira da pilha junto da fogueira, colocando-o sobre as brasas e empurrando para o lugar com a bota. – Mas posso tornar isso perigoso para qualquer inglês tolo o bastante para pisar do lado de fora para urinar no sul da Escócia. Será necessário um exército de homens para isso, mas Eduardo Pernas Longas e seus agressores ingleses nos deram esse exército. Na última contagem tínhamos perto de novecentos homens por todo o sul, a maioria deles arqueiros e todos dispostos a se levantar ao som de uma corneta.

– Novecentos?

– Sim, de Selkirk a Teviotdale e Dumfries, chegando tão a oeste quanto Galloway. Se você tivesse me perguntado ontem se era possível mobilizar tantos homens eu teria dito não – falou, os lábios em um sorriso, mas sem nenhum humor nos olhos. – Mas agora digo que sim. Exigirá planejamento, mas podemos fazer isso. Temos de deter essa obscenidade, esse massacre gratuito. E se isso significar matá-los para impedir que nos matem, que seja. Faremos o que precisar ser feito. E faremos assim que possa ser conseguido. Inundaremos todo o sul com patrulhas, fortes patrulhas a pé, trezentos homens todos os dias, e pobre de qualquer estrangeiro com uma faca que não consiga aplacá-los com bons motivos para estar armado onde está. Estaremos declarando guerra à Inglaterra. Que fique bem claro. Não será guerra aberta, e não será uma guerra de cavalheiros, mas será guerra: sangrenta, brutal, implacável, por todo o tempo que Pernas Longas desejar.

Capítulo 14

Eu me perguntei cem vezes, ao longo dos anos que se passaram desde aquela tarde, se realmente poderia ter mudado qualquer das coisas que aconteceram depois caso tivesse me comportado diferente enquanto conversávamos junto ao fogo em minha caverna. Será que poderia ter influenciado o que aconteceu caso tivesse fincado pé e me oposto ao que Will propunha? O que ele teria feito caso eu protestasse e o admoestasse, lembrando que estava arriscando sua alma imortal? Teria desistido? Teria escolhido outro caminho de modo a atingir seu objetivo?

Sei, claro que não. Ele não teria feito nada de forma diferente, e o resultado não teria mudado. Imagino que sempre soube disso, embora tenha resistido a admitir para mim mesmo. Simplesmente por ser quem e o que era, William Wallace determinara previamente que ele e o rei Plantageneta entrariam em choque. Os antigos teriam dito que estava escrito nas estrelas. Também teriam dito que eu estava cometendo o pecado do orgulho presunçoso, de pensar que teria o poder de alterar qualquer parcela do que aconteceu. A curiosidade que eu acalentei por todos aqueles anos não passou de pensamento positivo. A verdade é que eu não passava de um humilde padre, eclipsado pelas figuras titânicas de Eduardo Plantageneta e William Wallace, ambos já considerados gigantes pela história. Quando Will me deixou naquele dia de junho, para enviar suas patrulhas para proteger as pessoas comuns, já estava decidido e não podia ser mudado. Seus planos haviam sido traçados antes de me falar sobre eles, e os preparativos já estavam em andamento.

E assim começou a luta que uma vez eu ouvi um poderoso nobre escocês chamar de "guerrinha suja de Wallace", e eu a testemunhei, impotente para mudar qualquer parcela dela, chocado com sua ferocidade, mas paradoxalmente excitado e orgulhoso de ser parte dela, mesmo que como mero observador. Quando ouvi pela primeira vez a descrição daquele nobre, anos depois, me senti ofendido, considerando um insulto, mas depois vi que era verdade. O conflito era pequeno, pelo menos nos dois primeiros anos, mais uma série de escaramuças que uma guerra em grande escala, e certamente era suja – desonrada, desesperada e destrutiva para todos os envolvidos.

Mas sempre achei estranho que a reputação de Wallace como combatente desonrado e desrespeitoso fosse fruto daquela época. Do ponto de vista daqueles que ainda seguem o código da cavalaria, seus métodos são vistos até hoje como ultrajantes e inaceitáveis, não diferentes de bandidagem e selvageria ilegal. Mas quando, em guerra, a selvageria é inaceitável como meio de chegar à vitória? Quando, afinal, o rígido código de cavalaria foi respeitado ou observado no caos da batalha, em meio a sangue e entranhas derramados e carne despedaçada? Naqueles primeiros dias de sua luta William Wallace era um homem desconhecido e desesperado lutando por aquilo em que acreditava à frente de um pequeno bando de seguidores dispostos, mas sem treinamento, que estavam mal equipados para a tarefa diante deles e, portanto, pelo menos superficialmente, eram incapazes de suportar as forças reunidas contra eles. Nunca houve qualquer possibilidade de que ele e seus fora da lei esfarrapados pudessem enfrentar em pé de igualdade o inimigo que os ameaçava. A simples ideia de tal coisa era risível; eles teriam sido massacrados instantaneamente, esmagados sob os cascos e as botas das fileiras disciplinadas que se opunham a eles.

Os homens de Wallace eram camponeses, em sua maioria fazendeiros, mas embora carecessem das armas e das armaduras que seus adversários tinham, sua suposta impotência era enganadora. Eles estavam lutando em seu terreno e conheciam todas as curvas e depressões da terra ao redor, portanto transformaram a própria terra em arma, escolhendo os locais de combate e atacando de emboscada, sendo suas ações previsíveis apenas na certeza de que seriam imprevisíveis. E assim eles lutaram, e assim eles venceram consistentemente, desafiando todas as máximas da guerra, provando ser adaptáveis, difíceis de apanhar, e em última instância invencíveis.

Ao longo das décadas de então até agora eu achei ao mesmo tempo irônico e trágico que Wallace fosse condenado como um bandido sem berço e ignóbil pelo modo como ele fez a guerra e os métodos que empregou, enquanto o próprio rei Roberto, que aperfeiçoou esses mesmos métodos nas duas décadas seguintes e os levou a extremos sem precedentes dentro e fora do campo de batalha, seja louvado universalmente como o rei herói. Mas é verdade: os métodos de Wallace chocaram seus inimigos, nem todos eles ingleses, enquanto Bruce usou exatamente os mesmos métodos e saiu vitorioso, sua reputação imaculada.

A razão, claro, é a percepção de homens invejosos e amargos. William Wallace não era um cavaleiro galardoado. Ele se tornou um depois, elevado a cavaleiro de modo a poder assumir o manto de guardião após a morte de seu amigo e companheiro de liderança Sir Andrew Murray, mas quando começou a desafiar o poder da Inglaterra, ele não era. Não importa que o irmão de seu pai, Malcolm, tivesse sido cavaleiro, ou que seu próprio irmão mais velho usasse esporas de prata. O próprio William Wallace não usava, e só isso era suficiente para diminuí-lo aos olhos dos homens menores e maldosos que se guiavam por coisas como nascimento, em vez de capacidade. Isso o deixava suscetível a seu desprezo e a acusações – embora sempre à boa distância, para que não fosse escutado – de ser um arrivista. Ele era considerado um plebeu, ignóbil por princípio e, portanto, aos olhos daqueles que se consideravam superiores, sem direito a manifestar opinião sobre qualquer coisa de interesse.

Eles estavam todos errados, claro, pois como a história demonstrou, meu primo tinha um atributo que permitia a ele se elevar acima de seus detratores e conquistar a atenção, o amor e a admiração de uma sociedade composta de muitas raças: ele era William Wallace, o único homem de sua época com a força e a capacidade, dadas por Deus, de oferecer esperança para sua terra arrasada e sofrida e instilar em seu povo uma noção de orgulho, e algo ainda maior, uma noção de unidade e nacionalidade sem precedentes.

Eu vi esse processo ter início na floresta de Selkirk com o envio das primeiras patrulhas contra os ingleses. Mas simplesmente ao escrever essas palavras estou contribuindo para a imprecisão geral que cerca toda aquela época. Falar de patrulhas enviadas contra os ingleses sugere que os ingleses estavam lá, formalmente, e que Wallace lutou contra eles. Mas na linguagem argumentativa dos advogados de Eduardo da Inglaterra, isso é claramente inverídico. Em termos legais estritos, incorporados com grande formalidade aos anais do tribunal inglês, não havia tropas inglesas *per se* no exterior, em nossa terra, naquela época. Esse termo, exterior, é fundamental, porque conota mobilidade e atividade de longo alcance. O sul da Escócia estava infestado de soldados ingleses naquele mês de junho, e era assim havia mais de um ano, mas cada um daqueles homens, pelo menos ostensivamente, tinha uma razão clara e defensável, colocada em pergaminho pelos advogados do Plantageneta, para estar ali "residente" em benefício de seu mestre real, mas não em terras no exterior.

Acrescente-se a isso o fato de que a grande maioria das famílias nobres escocesas era unida por duplos laços de fidelidade a Eduardo, ligadas a ele pelo simples fato de que tenham muitas terras e ricas propriedades na Inglaterra por sua graça e favor assim como pelas antigas leis feudais normando-francesas. E, claro, esses mesmos nobres escoceses se beneficiavam muito de ter os homens de batalha de Eduardo convenientemente à mão para ajudá-los a policiar as próprias terras, já que então não precisavam contratar e equipar seus próprios homens de armas.

E assim fica claro o que realmente acontecia nas terras escocesas ao norte da fronteira: magnatas escoceses, em troca do privilégio de usar soldados ingleses sem qualquer custo além de comida e bebida, eram induzidos a fazer vista grossa a irregularidades nas atividades de alguns desses soldados visitantes, mesmo ao custo do sofrimento de seu povo escocês. Nem todas as casas nobres escocesas estavam envolvidas, e algumas podem não ter ficado à vontade com o que estava acontecendo, mas certamente todas tinham conhecimento disso. E a alternativa – a perda de tropas auxiliares bem treinadas e uma perda de privilégios e favores reais muito prática por se recusar a cooperar e se submeter – intimidou muitas delas e superou as consciências de outras.

Assim, homens de infantaria e homens de armas a cavalo percorriam à vontade o interior fronteiriço da Escócia naquele período de 1294 e 1295, livres para agir como desejassem, fosse isso chamado de retaliação, policiamento ou coleta de aluguéis e impostos pelos senhores de terras escoceses, e nenhum magnata escocês, em lugar algum, falou em abuso de poder, agressão injustificada ou insatisfação e vingança real inglesa.

As primeiras patrulhas que enviamos naquele final de primavera foram um sucesso absoluto: imprevisto, rápido e completo. Quinhentos homens foram mandados na primeira onda, a maioria arqueiros, embora nenhum se limitasse ao arco. Eles se dispersaram a partir do acampamento principal de Will nas direções leste e sul em grupos de cinquenta, com cinco esquadrões de dez homens em cada grupo. Cem homens com destino a Galloway, o ponto mais distante de onde, a quarenta quilômetros de distância a oeste, partiram antes do alvorecer. A eles se seguiram, em intervalos de duas horas, os grupos restantes, o último seguiu rumo ao sul para as terras abertas, Annandale. Todos receberam ordens de avançar rapidamente, mas se mantendo fora de vista, e de estar no destino ao cair da noite, prontos para um ataque coordenado ao alvorecer do dia seguinte.

Eu celebrei a missa com eles antes do alvorecer no dia em que partiram e distribuí a comunhão a todos, e lembro de que não fiquei nem um pouco perturbado por estarem partindo para fazer o que iriam fazer, pois na época eu vira pessoalmente as agressões cometidas pelas pessoas que iriam deter, e minha própria raiva subjugou meu treinamento sacerdotal o suficiente para me permitir desejar a eles sucesso em seu ataque.

Naquela primeira manhã dois grupos foram localizados, trinta quilômetros de distância um do outro, cometendo atrocidades contra escoceses. Em um local eles já haviam assassinado um fazendeiro e seus dois filhos, e davam vazão à sua lascívia nas três mulheres locais quando nossa patrulha chegou; no outro haviam matado o fazendeiro e sua esposa, um casal idoso que recebera as terras do falecido

Robert Bruce como recompensa por décadas de serviços fiéis como seus empregados pessoais. Nos dois casos os agressores foram presos e enforcados na árvore de grande porte mais próxima, lado a lado e ainda vestindo suas armaduras de identificação, os cadáveres dos companheiros mortos na luta foram pendurados ao lado deles.

Em outros pontos das rotas de patrulha houve numerosos encontros com outros bandos de homens armados, nove deles com grupos de dez ou mais soldados a pé e outros seis com homens de armas a cavalo. Os grandes grupos e os grupos montados foram atacados e destruídos, animais, armas e armaduras confiscados, e os mortos dispostos e deixados aos cuidados dos sobreviventes, feridos ou não, com um alerta de que não seriam toleradas novas agressões. Grupos menores, de dez homens ou menos, se parecessem beligerantes, eram tratados de acordo. Se, por outro lado, pudessem se explicar e justificar sua presença, e conseguissem convencer os interrogadores de que diziam a verdade e não haviam violado nenhuma lei, eram autorizados a partir. Muitos deles conseguiram, e foram libertados com avisos sobre futuras punições por violar as leis do rei John da Escócia sobre invasão e agressão à população cumpridora das leis.

No total, 78 homens morreram naquele primeiro dia de junho. Nenhum deles do nosso lado. Assim, foi transmitida a notícia, em nome do rei John Balliol, de que havia uma nova presença atuante no interior fronteiriço da Escócia e ao norte dali; uma presença vingativa, dedicada à proteção das pessoas comuns.

Durante algum tempo depois disso todo o território de fronteira ficou calmo enquanto os cães de caça que haviam provocado a fúria de Will avaliavam a situação e discutiam o que fazer, pois transpirara que tinham outras preocupações maiores que a eclosão de uma guerra de fronteira, e muito mais com que se preocupar do que as ameaças de um grupo de foras da lei esfarrapados rosnando para elas desde as sombras da floresta de Selkirk. E assim, hesitantes e provavelmente temendo agravar uma situação que ainda não compreendiam totalmente, os opressores contiveram suas forças enquanto esperavam instruções de seus senhores.

A tensão aumentava havia mais de um ano entre o novo monarca escocês e seu equivalente inglês cada vez mais impaciente e dominador, que objetivamente o colocara no trono, e não via motivo para disfarçar o fato de que considerava que John da Escócia estava em dívida para com ele desde então. A pressão de um iminente confronto entre os dois monarcas deixava em suspense todos os oportunistas políticos da Escócia naquele verão de 1295, pensando para onde saltar de modo a salvaguardar a própria riqueza e bem-estar. Era óbvio que logo todas as casas nobres e todos os nobres da Escócia precisariam fazer escolhas. Qual dos dois reis venceria aquela disputa – uma batalha de vontades, mas não necessariamente uma guerra? As chances eram a favor de Eduardo, mas John era um enigma, e ninguém desejava se comprometer prematuramente com nenhum dos monarcas ou ser visto escolhendo um lado precocemente, para não perder tudo caso os dados caíssem da forma errada.

Durante todo aquele período o bispo Wishart nos manteve informados, no máximo de sua considerável capacidade, sobre o que estava acontecendo politicamente dentro de seus territórios e mesmo além deles à medida que as várias famílias, casas e personalidades dos magnatas manobravam em busca de poder e posição. Como eu sabia por experiência própria, a rede de espiões e agentes clericais do bispo se tornou cada vez maior e mais complexa, alimentada pelo feroz ardor protetor da preocupação de Wishart com o bem-estar da Igreja na Escócia, sua integridade dentro do reino escocês. Mesmo com esse apoio, Sua Graça não podia nos dar toda a informação de que precisávamos em circunstâncias tão instáveis, pois a natureza da informação de que precisávamos mais não era do tipo que podia ser discutida na companhia de padres ou estrangeiros. Homens que abordavam esses tópicos corriam um grande risco, de deslealdade ou mesmo traição, com confisco, prisão e morte pairando acima deles. Esse tipo de risco, somado a penas tão duras, prendia a língua dos homens, de modo que não surpreendia que nossas fontes secassem rapidamente à medida que aquele verão avançava.

De vez em quando na vida de todos nós chega um dia que nos seduz com seus encantos incomuns e nos desvia de onde nosso chamado bom julgamento nos alerta que deveríamos estar, mas os frutos que ele nos oferece são tão atraentes que podemos deixar nossa consciência de lado por um tempo e nos entregar a prazeres incomuns.

Na 18ª manhã de julho daquele ano eu me vi em uma situação assim. Lembro da data exata porque Ewan riu dela quando foi me visitar naquela manhã depois de assistir à minha missa antes da alvorada. Disse que era seu dia de nascimento. Tinha 43 anos de idade, e ele e o primo Alec haviam decidido comemorar a data devidamente, pela primeira vez em anos, passando o dia todo em atividades que ninguém em lugar algum pudesse considerar úteis.

A declaração foi tão diferente de tudo que já havia ouvido Ewan dizer que tive de sorrir, sabendo exatamente de onde aquilo saíra. Eu estava sem nenhuma obrigação naquela manhã, por puro acaso e pela primeira vez em semanas, e ainda me lembro da animação com que ri em resposta e disse a Ewan que ficaria feliz em ajudá-lo com sua celebração naquele dia tão bonito.

Alec, que eu conhecera algumas semanas antes e de quem gostara imediatamente, era um primo recém-descoberto, outro Scrymgeour. Mais jovem que Ewan, porém mais velho que Will, ele fora para a floresta alguns meses antes, anunciando em voz alta que procurava pelo guerreiro William Wallace para oferecer a ele sua espada e seus serviços. Havia sido levado à presença de Will, que o cumprimentara com cautelosa reserva e uma boa dose de desconfiança, pensando em como alguém de Argyll poderia legitimamente alegar ter ouvido falar de suas atividades em uma floresta tão ao sul. Mas a desconfiança durou pouco, e os dois homens haviam se tornado amigos próximos e de confiança em poucos dias. Passados anos eu vejo que era inevitável que com seu tamanho imponente, absoluta lealdade e formidáveis habilidades de combate, Alexander Scrymgeour se tornasse, em um período de tempo muito curto, um dos mais sólidos e destacados seguidores de Will.

– Qual foi a última vez em que você esticou um arco? – perguntou-me Ewan.

Eu tive de pensar, calculando rapidamente.

– Há dois anos, pelo menos. Por quê?

– Porque acho que é hora de você se acostumar de novo à disciplina. Está ficando flácido e gordo.

– Não estou! Não há gordura neste corpo, caso queira conferir – disse, depois me interrompendo. – Ademais, não tenho escolha aqui, Ewan, e você sabe disso. Sou um padre. Não posso carregar uma arma.

– Puff! Você poderia se quisesse. Seu próprio bispo Wishart não tem medo de carregar uma espada, nem de usá-la caso necessário.

– Mas Sua Graça...

– Ah, relaxe. Eu disse que é hora de você se acostumar de novo à disciplina. Não falei em matar. É o treinamento que o manterá em forma e saudável, Jamie. Venha conosco agora. Vou tentar ensinar Alec aqui a usar um bastão. É tarde demais para ele aprender a esticar um arco.

– Cuidado com a boca, primo. Eu sei esticar um arco.

Ewan respondeu sem sequer olhar para o primo, falando em voz baixa como sempre.

– Tarde demais para ter cuidado com a boca, ela está arruinada. E tarde demais para você aprender a esticar um arco; um arco de verdade, quero dizer, como o meu, um arco de teixo redondo. O outro tipo, o tipo que seu pessoal usa, mal pode arremessar uma flecha à metade da distância do meu. Você verá, primo. Você também, Jamie, venha conosco.

– Eu irei, mas já não tenho um arco. Tenho um bastão, mas para caminhar, e não é pesado o suficiente para lutar, mesmo que eu quisesse.

– Sei disso. Trouxemos dois conosco. Pode usar o meu. Aposto que você não perdeu o jeito. Temos comida e até mesmo uma garrafa de vinho, está um belo dia e não temos obrigações, então vamos, chega de desperdiçá-lo.

Três horas depois eu despertei de um cochilo com o rosto queimando ao sol que passava por uma abertura no dossel de folhas acima de mim. Havíamos encontrado um lugar agradável na margem de um riacho largo que um dia havia sido um rio maior e feito alvos do tamanho de homens com dois troncos antigos que arrastamos do leito do riacho e colocamos de pé apoiados na antiga encosta. Ewan rapidamente demonstrara como era verdade o que havia dito a Alexander, pois o grande escocês, a despeito de seus enormes músculos e da largura de seus ombros, não conseguira esticar o arco longo de Ewan até o fim. Ele tentara bravamente por quase uma hora, mas finalmente se jogara no leito do rio sem ter conseguido arremessar uma única flecha com eficácia na direção dos dois alvos.

Eu me saí pouco melhor, embora de alguma forma meus músculos parecessem ainda se lembrar do jeito de combinar a série de movimentos que produzia o puxão do arqueiro. Eu consegui lançar três flechas com alguma precisão, embora nenhuma acertasse qualquer dos alvos, mas depois meu desempenho piorou rapidamente à medida que meu corpo se rebelava contra o esforço ao qual não estava acostumado. Por mais meia hora depois disso nos desafiamos com os bastões, e eu fui aquele que se mostrou mais inútil, meus músculos havia muito desacostumados do esforço e da tensão de manejar a arma. Depois, finalmente comemos, engolindo a comida com um pouco do vinho que tínhamos levado e diluído com água pura do riacho, e cochilamos na margem relvada, sob a sombra de um enorme olmo.

Eu rolei de lado para fugir do calor direto do sol e vi Ewan sentado na beirada da margem, os pés balançando na água enquanto, de cabeça baixa, se concentrava em algo que tinha nos dedos.

– O que está fazendo?

Ele inclinou a cabeça na minha direção sem tirar os olhos do que estava segurando.

– Estou me preparando para pegar nosso jantar. Há um buraco fundo um pouco mais abaixo, e ele parece ter um esconderijo para belas trutas suculentas. Lembrei de que tinha alguns anzóis em minha bolsa, mas estavam com linhas, e agora estão todas emaranhadas, e eu estou tentando soltá-las. Se eu conseguir irei pescar. Caso contrário, jogarei o bolo inteiro no rio.

– E qual você acha que será? – perguntou Alec, que também havia se sentado e apertava os olhos para onde Ewan trabalhava meticulosamente, a língua se projetando para fora enquanto ele franzia o cenho, concentrado nos anzóis.

– Provavelmente o rio, do jeito que as coisas estão indo – grunhiu Ewan.

– Bem, continue tentando e eu vou tentar a sorte com as mãos.

Sorrindo, eu me levantei e segui Alec, curioso para ver como ele iria se sair. Eu vira muitos tentarem, mas poucos terem sucesso em pescar com as mãos, pois isso envolvia coçar a barriga de um peixe e atraí-lo até conseguir agarrá-lo e jogá-lo na margem. Não era fácil de fazer, mas também não era impossível – apenas exigia uma paciência sem fim e a capacidade de ficar deitado imóvel e mover a mão lenta e imperceptivelmente quando na água.

Desde o começo ficou claro que Alec era mestre naquilo. Em poucos minutos localizara um ponto baixo na margem do rio com um canal fundo sob ele, e logo estava nu da cintura para cima, com o braço enfiado até quase o cotovelo na água e os olhos fixos na grande truta gorda que boiava abaixo dele. A mim pareceu que em poucos minutos ele se ergueu e lançou alto no ar o peixe cintilante, que pousou na grama atrás dele, e quando eu tinha conseguido pegá-lo e matá-lo com um golpe seco na cabeça com o punho de minha faca ele estava de lado novamente, olhando para a água em busca do próximo.

Enquanto isso, Ewan havia desenrolado seus anzóis e não prestava atenção em nós enquanto arrancava punhados de terra em busca de minhocas. Fiquei olhando preguiçosamente enquanto ele apanhava uma isca gorda e a prendia cuidadosamente em um anzol amarrado a um pedaço comprido de linha torcida, a seguir a lançando na corrente suave do riacho. Ele também estava com a sorte do seu lado naquela tarde, e somando seus esforços ao de Alec terminámos com seis belas trutas, todas com aproximadamente trinta centímetros de comprimento. Fui em busca de madeira para o fogo e pedras adequadas, depois acendi e cuidei da fogueira enquanto Ewan preparava massa para pães e os colocava para assar em uma pedra chata no meio das brasas. Quando chegou o momento, Alec, que limpara os peixes e os temperara com sal e cebolas selvagens, os enfiou habilidosamente em espetos e arrumou acima do fogo.

Comemos cercados por um magnífico coro de pássaros, e nenhum de nós disse uma só palavra durante toda a refeição; estávamos apreciando muito a generosidade de Deus, saboreando cada bocado delicioso, e quando não restava mais nada além das cabeças, peles e espinhas dos peixes, Alec suspirou de prazer e jogou aquilo no fogo.

Ainda era cedo, restando seis boas horas de luz do dia em junho, e decidimos caminhar novamente, por puro prazer, então coloquei nos ombros o bastão de Ewan, deixando que ele levasse o arco no estojo comprido. Alec tinha seu próprio bastão, então caminhamos mais ou menos uma hora, raramente falando, mas desfrutando da companhia uns dos outros e da beleza do terreno que nos cercava, enquanto a trilha de cervos onde estávamos nos levava cada vez mais alto até chegarmos a um cume rochoso de onde podíamos ver a floresta se estendendo aos nossos pés.

– Vejam essa beleza – disse Alec, indicando com a cabeça para baixo à nossa direita, onde um belo cervo estava de pé em uma clareira, a cabeça erguida enquanto farejava a brisa em busca de algum sinal de perigo. Não encontrou nenhum, e observamos enquanto ele finalmente baixava a cabeça e pastava, indo atrás das plantas mais frescas até desaparecer entre as árvores ao redor. Eu estava me virando para olhar para trás quando vi Ewan ficar imóvel.

– O quê? – perguntou Alec antes que eu sequer pensasse em falar. – Está vendo alguma coisa?

– Sim, mas não sei o quê... mas é alguma coisa. Um clarão em algum lugar entre as colinas, a uns três quilômetros.

– Humm. Jamie, vê alguma coisa?

– Não, mas vi Ewan ver.

– Então certo. Entre as duas colinas. Três pares de olhos são melhores que um...

Vários minutos se passaram antes que houvesse outro movimento visível, mas eu vi imediatamente.

– Lá!

– Sim – rosnou Alec. – O que você viu?

– Era um homem, acho, mas poderiam ser dois.

– Eram dois – disse Ewan com sua voz suave. – Dois homens, um atrás do outro, vindo na nossa direção. Acredito que eles chegaram ao alto de uma pequena elevação. Uma cabeça visível por um instante, seguida pela outra. Vindo para cá agora, mas fico pensando em qual direção... – disse, pigarreando suavemente. – Não conheço o caminho que eles estão seguindo, não sei para onde leva ou se ele se divide, mas se continuar diretamente neste sentido, terá de passar lá embaixo à nossa esquerda, paralelo ao caminho pelo qual viemos. Vamos ficar aqui e esperar para olhar mais de perto, podemos descer e apanhá-los assim que chegarem à clareira onde comemos.

Ele balançou a cabeça.

– Dois homens? Sozinhos? Ou são loucos ou estão procurando os companheiros de Will.

Pouco tempo depois os dois apareceram novamente.

– Um deles veste armadura.

– Sim, e o outro não. E um está a cavalo, e o outro em uma mula.

Alec virou a cabeça para encarar o primo.

– Como pode dizer isso?

– Eu vejo as orelhas dela. Você não?

O outro homem olhou para mim e ergueu os olhos para o céu.

– Não, mas aceito sua palavra. Um cavalo e uma mula. Isso significa um cavaleiro e um empregado.

– Pode ser – disse Ewan. – Mas também pode ser que não. O homem está enrolado em uma capa pesada, de modo que sua armadura pode ser apenas uma placa peitoral, e o empregado pode ser uma mulher. Quer fazer uma aposta?

Eu estivera escutando os dois sem muita atenção, mantendo os olhos nos recém-chegados.

– Eles viraram à direita – eu disse. – Direita deles, nossa esquerda. Eu os vi, e agora desapareceram. Se quisermos estar no lugar quando chegarem lá embaixo, melhor irmos agora.

Em poucos momentos estávamos voltando a passos largos pelo caminho que havíamos tomado para subir, andando duas vezes mais rápido do que antes.

– Maldição – rosnou Alec. – Só temos um arco.

– É só do que precisamos, acredite em mim – respondeu Ewan. – Se eu tiver espaço aberto para apontar e disparar, este arco contra dois homens é mais do que precisamos.

Chegamos ao ponto em que a trilha começara a subir, e seguimos à direita a partir dali, deixando a trilha e margeando uma franja de salgueiros até retornarmos à trilha no ponto em que levava à clareira. Ewan olhou ao redor rapidamente e apontou para um conjunto de árvores a menos de vinte passos da trilha, e o seguimos enquanto ele se encaminhava para lá. A estranha dupla, quem quer que fossem eles, teria de passar pela trilha atrás de nós e seguiria para espaço aberto, nos dando uma linha de visão clara. Nenhum de nós falou enquanto entrávamos entre as árvores e assumíamos posições de onde ver a trilha sem sermos vistos, e nos acomodamos para esperar. Ewan, o único de nós com uma arma, colocou cuidadosamente a corda no arco e fincou três flechas no chão à sua frente, pontas para baixo.

Poucos minutos depois os dois cavaleiros surgiram do norte, e ao ver aquele de armadura eu me levantei.

– É Sua Graça – disse. – O bispo Wishart, disfarçado.

Eu saí do esconderijo, indo para a clareira.

Wishart chamou meu nome e colocou seu cavalo em meio galope assim que me viu, e o homem atrás dele na mula tentou segui-lo, mas sua montaria tinha vontade própria e se recusou a mudar de passo, de modo que a distância entre os dois se ampliou rapidamente.

– Quem você disse que isso é? Um bispo?

Alec soou cético, e olhei para ele, sorrindo.

– O bispo, Alec. Você está prestes a conhecer Sua Graça Robert Wishart, o formidável bispo de Glasgow. Ele é um velho ranzinza que não tem tempo para tolos ou tolices, portanto sorria, homem, pois prometo que gostará dele.

Sua Graça de Glasgow cavalgou diretamente até nós antes de puxar as rédeas e examinar cada um dos pés a cabeça enquanto nos curvávamos para demonstrar nosso respeito. Ewan e eu nos curvamos mais que Alec, que ficou olhando para ver o que faríamos antes de se comprometer, e depois se curvou rigidamente na cintura e baixou o queixo. O bispo simplesmente olhou para nós durante seu exame; não ofereceu saudação; não expressou qualquer opinião até concluir seu exame minuscioso. E finalmente rosnou.

– Inicialmente um trio improvável, embora não inteiramente inadequado para escoltar um príncipe da Santa Igreja. Você parece bem, padre James. E você, Ewan Scrymgeour, parece... você mesmo – disse, a seguir se virando levemente para olhar de novo para Alec. – Este, porém, nunca vi antes.

– Meu primo Alec, Sua Graça. Alexander Scrymgeour, vindo recentemente de Argyll para se juntar a nós.

Wishart ergueu as sobrancelhas.

– De Argyll? Então não espanta que nunca tenha visto seu rosto – disse, olhando diretamente para Alex. – E como está meu velho colega bispo Laurence? Eu já o conheci bem, embora praticamente não tenhamos nos visto nessas duas últimas décadas. Ele foi bispo de Argyll por cerca de trinta anos... mas claro que você sabe disso, tendo pertencido ao seu rebanho. Acredito que esteja com saúde?

Alec baixou a cabeça, claramente nada confortável em bater papo com um bispo.

– Nunca vi Sua Graça, meu senhor, mas sei que tem saúde; velho, como diz, e ficando frágil, mas ainda governa seu rebanho desde Lismore e o mantém em ordem.

– Sim, nesse sentido ele nunca foi forte.

O que nenhum dos homens mencionou, mas já sabíamos, era que havia pouco amor entre os dois bispos. O bispo Laurence era por nascimento um MacDougall de Argyll, e como tal suas simpatias coincidiam com as da todo-poderosa casa de Comyn, o que era em si suficiente para colocá-lo em oposição a Wishart e vários outros bispos que se alinhava com a casa de Bruce. O comentário de Wishart sobre ter conhecido bem o bispo em dado momento era uma referência ao período, vinte anos antes, em que ele entrara em um sério conflito com seu próprio capítulo da catedral sobre uma questão disciplinar e Laurence de Argyll fora um dos dois juízes escolhidos por determinação papal – sendo o outro o bispo de Dunblane – para tentar solucionar o caso. Sua Graça nunca falou da questão, e ela se tornou um daqueles segredinhos misteriosos conhecidos, mas nunca discutidos, pela comunidade da catedral.

O bispo ergueu a mão e chamou seu companheiro.

– Padre William, eu o apresento a pelo menos dois, e provavelmente três, dos maiores amigos e seguidores de William Wallace. O padre James aqui, do qual você já me ouviu falar, é outro Wallace, primo de William e seu amigo íntimo desde a infância. O sem pelos é Ewan Scrymgeour, um arqueiro, porém muito mais do que isso. Ewan foi o homem que inspirou Will Wallace e o ensinou a usar o arco longo de teixo. Assim, em muitos sentidos este homem é diretamente responsável por termos viajado para cá hoje. Sobre o terceiro homem você acabou de ouvir – disse, fazendo um gesto com a mão para nós três. – E por sua vez, permitam que lhes apresente o padre William Lamberton, recém-chegado da França e instalado esta semana como chanceler da catedral de Glasgow.

O homem na mula conduzira sua montaria para frente e sorria para nós, eu o estudei atentamente, pois conhecia muito William Lamberton de fama. Mas ele era muito mais jovem do que esperava, e avaliei que não podia ser dois ou três anos mais velho que eu, o que me surpreendeu muito, considerando o que já havia feito. Gostei do sorriso dele. Era aberto e fácil, revelando bom humor e inteligência, e seus olhos eram brilhantes e abertos. Estava sentado ereto na sela da mula, e eu o considerei alto, talvez mais alto que eu, com ombros largos e retos destacados pela túnica que vestia, o hábito cinzento simples de um monge.

Assim que os cumprimentos haviam terminado Sua Graça pediu que o levássemos diretamente a Will, e não ficou feliz quando contei que Will estaria fora pelo menos até o dia seguinte. Ele murmurou algo sobre ter cavalgado mais de dois dias para chegar ali, e eu podia ver pelo seu rosto que realmente queria gritar e se queixar, mas não havia nada que ele ou nós pudéssemos fazer sobre a falta de sorte do momento, então ele se resignou, engoliu o desapontamento e decidiu aproveitar o máximo a situação. Ele me perguntou sobre minha missão na floresta e as pequenas comunidades de que Jacobus, Declan e eu cuidávamos, e conseguiu até mesmo parecer interessado em minha resposta, mas franziu com rápida impaciência quando identificou algo em meu olhar.

– Acha divertido, padre James, que eu tenha ficado frustrado com minha incapacidade de encontrar seu primo tendo viajado tão longe para falar com ele?

Percebi em seu tom uma raiva fria que era novidade. Um alarme dentro de mim disparou e em um momento de assustadora clareza senti perigo e necessidade de grande cautela. Depois a sanidade voltou e me lembrei de que ali estava um homem que havia aprendido, com experiências duras e com frequência brutais, a confiar em poucos e a partilhar seus pensamentos apenas esporadicamente. Sabia que ali estava um homem que não tinha muitos amigos; um homem a quem a maioria das pessoas mentia, na esperança de agradá-lo e conseguir favores; e acima de tudo um homem que detestava hipocrisia e podia cheirar um mentiroso e bajulador em outro aposento.

Eu olhei diretamente nos olhos dele.

– Não, Sua Graça, não acho. Lamento profundamente sua frustração e sei que se Will tivesse consciência de sua chegada nada o teria afastado daqui. Mas eu estava sorrindo, internamente, pensei, em como conseguiu, depois de um desapontamento tão amargo e inesperado, simular interesse por mim e minhas atividades tão rapidamente, e fazê-lo de modo convincente. Achei isso admirável, e típico. Se isso o ofende, então também me arrependo.

Robert Wishart hesitou, olhando feio para mim com aqueles seus olhos ferozes, tão formidáveis sob as sobrancelhas mal-cuidadas, então fez o alto som de pigarro que ao longo dos anos eu aprendera a reconhecer como um anúncio de mudança de disposição. Um canto de sua boca se ergueu e ele virou a cabeça para olhar para Lamberton.

– Como pode ver, ele é não apenas impertinente, como chega perto do pecaminoso – rosnou para o chanceler, mas depois esticou a mão e enfiou os dedos com força, mas não cruelmente, nos músculos do meu ombro. – Isso também teria me feito sorrir, jovem, se tivesse pensado nisso, pois é uma triste perspectiva, após intermináveis dias de caminhada, pensar em muitas horas falando sobre nada mais excitante do que as desventuras de meus três padres mais inexperientes. Caminhe comigo agora.

Ele jogou as rédeas de seu cavalo para Alec, que as apanhou facilmente e respondeu com um leve movimento de cabeça.

– Aceitarei a atenção dedicada a seu relato como minha penitência por querer que seu primo estivesse esperando para me dar as boas-vindas quando chegasse.

Ele começou a caminhar, levemente curvado, as mãos cruzadas frouxamente às costas e a cabeça descoberta curvada e inclinada na minha direção para melhor ouvir o que eu iria dizer.

– Então me conte sobre suas três novas paróquias...

– Será um incômodo se eu partilhar seu fogo?

O som de sua voz me assustou por estar muito próximo e eu não ter percebido a aproximação. Sei que dei um pulo porque o padre William recuou e ergueu as mãos para me acalmar. Eu ri, ligeiramente constrangido e acenei para que se aproximasse.

– Claro que não, padre. Você me assustou, mas eu estava sonhando quando deveria prestar mais atenção.

Ele então sorriu, indo se sentar em um tronco perto de mim. Seus olhos cintilavam com humor e simpatia à luz refletida das chamas.

– Em que você deveria estar prestando atenção sentado sozinho junto a uma fogueira agradável em um acampamento protegido a esta hora da noite? Você certamente tinha outras coisas na cabeça. Prefere que as deixe com elas?

– Não, de modo algum. Ficarei contente com sua companhia – disse, olhando na direção da qual ele tinha vindo e não vendo nada se movendo. – Então Sua Graça está dormindo?

Ele deu um risinho.

– Sim, há duas boas horas, o que é uma bênção quase milagrosa. E fará bem a ele. Ele não é mais jovem e dorme pouco atualmente. Sempre há alguém perto dele, esperando, com questões que exigem sua atenção. Eu fui para cama na mesma hora que ele, mas fiquei acordado até agora. Esperava andar até ficar esgotado quando vi você aqui, olhando para o fogo.

– E assentindo.

Ele inclinou a cabeça, sem sorrir.

– Não, você não estava assentindo. Estava mergulhado em pensamentos.

– Muito perspicaz, você – disse, por um momento pensando em se estaria sendo familiar demais, considerando quem e o que ele era, o chanceler da catedral de Glasgow, mas então me lembrei de quem e o que ele realmente era: um padre jovem, ordenado não havia muito tempo e apenas ligeiramente mais velho do que eu. – Estava preocupado; estou preocupado. Você conheceu a senhora Wallace esta noite, então viu que ela está esperando uma criança. Deve dar à luz esta semana, mas esta noite, depois que lady Mirren se recolheu, vi a parteira sair de sua cabana e começar a conversar com várias das outras mulheres. Estava longe demais para ouvir o que diziam, mas todas pareciam desconfortáveis; quase com medo, pensei. Ia perguntar se algo estava acontecendo, mas quando fui na sua direção elas me viram e trocaram o que eu achei ser olhares de alerta entre elas, depois saíram rapidamente.

Lamberton estava franzindo o cenho.

– Você suspeita de que pode haver algo de errado com a senhora Wallace?

– Não, padre, não realmente. Mas tenho um respeito relutante e temeroso pelo modo como as coisas tendem a dar errado nos piores momentos, nos mais inconvenientes, e odiaria se algo impróprio acontecesse sem que Will estivesse aqui para saber.

– Sim. Entendo o que quer dizer. Mas acredite em mim, a melhor coisa que você pode fazer é deixar essas coisas a cargo de Deus. Todo seu medo e sua preocupação não influenciarão em nada quando chegar o momento da criança nascer. Eu sei, porque estive presente em um nascimento; na verdade fiz o parto, e não tive opção naquele dia que não me adaptar ao que havia sido colocado no meu caminho.

Ele viu o espanto em meus olhos, e riu alto.

– Dou minha palavra como cônego de Glasgow, padre, que é verdade – disse, erguendo as mãos como se as tivesse lavado, mas não secado. – Eu fiz o parto de uma criança com estas duas mãos, só e sem assistência. Aconteceu na França, há menos de um ano, em uma viagem de Paris a uma aldeia próxima chamada Versalhes. Estava indo visitar um mosteiro lá, seguindo em grande estilo em um coche de propriedade de mestre René St. Cyr, um joalheiro de Paris, na verdade joelheiro do rei Felipe. A esposa de mestre St. Cyr dividia o coche comigo, juntamente com sua empregada, Yvette. Madame St. Cyr estava *enceinte*, como eles dizem lá, com criança, e indo ficar com a mãe e as irmãs em Versalhes até seu confinamento terminar, no mês seguinte. Os negócios do marido o haviam obrigado a permanecer em Paris inesperadamente, e quando descobriu que eu estaria viajando a Versalhes a pé no mesmo momento, pois fica a pouco mais de 16 quilômetros de Paris, insistiu em que tomasse seu lugar na carruagem e acompanhasse sua jovem esposa até a casa da mãe.

"Esse era o objetivo quando partimos no que normalmente seria uma viagem de algumas poucas horas, mas o caminho, embora uma estrada excelente, passa por uma floresta densa, e no meio dela fomos apanhados por uma tempestade violenta e sofremos um acidente quando uma grande árvore, atingida por um raio, caiu bem em cima de nossa carruagem, esmagando duas rodas e virando o veículo de lado. O trauma do acidente provocou algo dentro da esposa do joelheiro, pois ela entrou em trabalho de parto ali mesmo, embora ainda devesse faltar um mês inteiro para isso."

– E você estava lá? – perguntei, horrorizado, tentando criar uma imagem do que devia ter acontecido.

– Lá? – disse ele, mais uma vez dando um riso parcialmente contido, balançando a cabeça com a lembrança. – Sim, padre, eu estava lá. Bem ali, pela graça de Deus, convenientemente na carruagem virada onde tudo aconteceu, e afora a própria madame St. Cyr, eu era a única pessoa consciente e capaz de ajudar no nascimento. A empregada estava inconsciente, o condutor e seu ajudante haviam sido mortos pela árvore em queda, e todo o peso do tronco da árvore estava sobre a porta e a janela da carruagem, impedindo que eu saísse. Então fiquei, e com a ajuda de Deus ajudei a fazer o parto de um menino que vive hoje em Versalhes e é chamado Guillaume, em homenagem ao padrinho, que também o batizou.

Ele sorriu para mim.

– Nenhum de nós sabe, quando ingressamos no sacerdócio, padre James, que a maior desvantagem de nossa vida sacerdotal será sermos invariável e eternamente inúteis no que diz respeito ao envolvimento nas questões das mulheres – disse, rindo novamente, se divertindo imensamente com meu desconforto de olhos arregalados. – Temo tê-lo escandalizado, mas deixe-me tranquilizá-lo em relação a uma coisa – falou, um pouco mais sóbrio. – Vejo que você foi criado como eu, na companhia de homens, monges e padres, morrendo de medo dos pecados carnais e dos artifícios de mulheres maliciosas. É verdade, não?

Eu concordei.

– Portanto, ao ouvir o que acabei de contar sua cabeça deve ter se enchido de visões dessa mesma carnalidade, estando eu entre elas em meus trajes sacerdotais. Estou certo?

Concordei novamente, incapaz de falar.

– Sim, bem, nada poderia ser mais distante da verdade, juro a você. Nem o menor traço, nem o mais leve sinal de carnalidade passou por minha cabeça; eu estava com medo demais para pensar em algo além de que tinha de salvar as vidas daquela mulher e seu filho, e também da outra mulher. Estava tão desligado do mundo que sequer sabia o que acontecia com a criança até a mulher me dar um tapa e me dizer o que tinha de fazer. E a partir daquele momento me comportei como se estivesse em um sonho. Não houve nada nem remotamente sexual ou pecaminoso no que se seguiu. O mundo dentro daquela carruagem destroçada era um caldeirão fervente de dor, medo, sangue e angústia... e a consciência aterrorizante de que um erro meu poderia custar pelo menos uma vida, e possivelmente mais. Ainda assim, em meio a todo aquele horror e medo, em vez de morte e tragédia eu vi o mistério da criação de Deus sendo encenado bem na minha frente, e recebi o recém-nascido em minhas mãos, coberto de sangue e fluidos aquosos, e uivando em protesto por ter sido jogado neste mundo cheio de pecado.

Ele ficou em silêncio, olhando para o fogo por algum tempo, mas depois se empertigou.

– Posso lhe dizer honestamente, padre James, não há nada a ganhar se preocupando com o tempo ou com as circunstâncias de um nascimento. Deus determinou que ele irá acontecer, e apenas Ele decidirá quando, onde e como acontecerá. Então, que esperança um mero homem, qualquer homem, pode ter de influenciar o que será?

Ele me viu ainda olhando para ele boquiaberto, e sorriu.

– O que estou lhe dizendo, meu amigo em Cristo, é que com as mulheres, assim como com tudo mais, você só precisa ter fé e confiar em Deus. Eu juro, padre, por mais pecaminoso que possa ser, algumas vezes acho útil pensar nas mulheres como outra espécie totalmente diferente. Elas lembram o homem em nada, e os homens nunca as entenderão. Não importa se são freiras, parentes mais próximas, esposas ou prostitutas, todas elas têm uma propensão infalível a fazer todos os homens se sentirem, parecerem e serem tão ineficientes quanto bebês chorões.

A óbvia verdade do que ele disse me deixou confuso, até ele me salvar mudando de assunto:

– Fale sobre seu primo.

– O que você quer saber?

– Tudo. Estou ansioso por saber tudo que há para saber sobre esse homem, que considero impressionante. Ouvi o bispo falar dele muitas vezes, mas sempre usando os dois nomes, o chamando de William Wallace. E conhecei outros que conheceram Wallace, mas nenhum que fale dele como você, como Will. Você, padre James, é aquele que tem estado mais próximo a ele por toda a vida, então gostaria de saber o que você sabe, como primo e como amigo.

– Bem – comecei –, ele é mais irmão que primo, para ser honesto. Desde a época de meu oitavo aniversário, pelos oito anos seguintes até Will ter 18 anos, vivemos juntos, a maior parte do tempo com Ewan, o arqueiro, e partilhamos tudo que fazíamos, diariamente. Aprendemos a usar um bastão juntos, e embora eu nunca tenha sido bom o bastante ou forte o bastante para derrotá-lo, houve uma época em que consegui resistir, pelo menos por algum tempo, até ele acabar comigo.

Eu falei sem parar por uma hora ou mais, consciente de que ele alimentou o fogo duas vezes enquanto eu o divertia com minhas lembranças preferidas de Will e da infância que partilhamos. Quando finalmente fiquei em silêncio, ele ainda estava sentado à minha frente do outro lado da fogueira, sorrindo.

– Você ama o homem. Isso é evidente. E acho isso estimulante, pois fala da humanidade dele.

– Há muito em Will que amar – respondi. – Mas sei que não faltam pessoas que discordariam de mim. Reconheço que ele pode ser selvagem, e isso é tudo que alguns veem. E quando ele é provocado, particularmente nas coisas que acredita serem certas e necessárias, pode ser duro, e mesmo violento, se perceber que a violência é necessária. Além disso, não tem qualquer amor pelos ingleses; de fato ele os odeia, por razões boas e suficientes a seus olhos e, verdade seja dita, aos olhos de outros. Mas com seus amigos e entes queridos ele é a mais gentil das criaturas.

– Você tem as mesmas razões que ele para odiar os ingleses, padre, mas não os odeia.

Sua inflexão transformou a afirmação em pergunta.

– Não, não odeio, mas também não os adoro. Mas sou padre. Oferecer a outra face é parte da minha vida. Will, por outro lado, é um guerreiro e um vingador.

– Humm... acha que ele voltará amanhã, seu primo guerreiro?

– Ele não ficará longe mais tempo do que o necessário, não com Mirren tão perto da hora. Posso lhe fazer uma pergunta agora?

– Claro. O que gostaria de saber?

– Fale-me um pouco sobre a França, sobre seu tempo lá, o que aprendeu. É exótica?

Eu sabia que dois anos após sua ordenação Lamberton havia sido escolhido por um grupo dos mais altos bispos da Escócia para cursar a universidade em Paris.

– Bem, vejamos, por onde começar? É bonita, florestas densas, e tem estradas retas inacreditavelmente longas que seguem sem uma curva por vintenas de quilômetros, unindo cidades distantes. As estradas foram todas construídas pelos romanos, claro, assim como as grandes estradas da Inglaterra. Mas os franceses têm mais delas, e melhores, porque os romanos permaneceram no território francês centenas de anos mais do que ficaram na Grã-Bretanha. Aqui na Escócia, claro, tínhamos pouco que atraísse os romanos, então embora tenhamos algumas de suas estradas, não temos as grandes.

– A França é exótica?

Ele pensou por um momento, depois balançou a cabeça decididamente.

– Não, acho, não no sentido que você pensa. Não é marcantemente estrangeira, no sentido que África e Grécia são estrangeiras, visivelmente, de forma palpável. Na verdade a França é muito como a Inglaterra, mas não tão verde e não tão úmida.

– O que aprendeu lá?

– Muito do que você esperaria. Estudei direito canônico com alguns dos melhores professores do mundo. Mas também muito que eu não antecipara. Isso foi fruto de ter sido exposto a mentes brilhantes e inquisitivas.

– Como quais?

Ele franziu os lábios e olhou para mim como se avaliando uma série de opções.

– Há um homem chamado John Duns. Eles o chamam de Duns, o escocês. Ouviu falar dele?

– Ouvi o nome: Duns Scotus é como o chamam aqui. Ele é franciscano, não? Está ganhando reputação de um pensador livre e único.

– É o mesmo homem. Ele é residente de Oxford há mais de uma década, tendo começado como um estudante muito jovem, e agora é professor de filosofia e teologia. É surpreendentemente jovem, considerando suas realizações.

Aquilo me fez sorrir, já que ecoava o que eu pensara sobre o próprio Lamberton pouco tempo antes.

– Não, sério – continuou ele. – O homem não é mais de três ou quatro anos mais velho que eu, e já reverenciado. Suas ideias são... fico tentado a usar a palavra excitantes, embora não seja normalmente aplicada na teologia ou filosofia. Ainda assim, suas opiniões são vibrantes, e algumas delas deixaram o mundo acadêmico tonto, sem escandalizar a maioria ortodoxa, um grande feito.

– Aparentemente conhece bem o homem, padre. Então você frequentou Oxford?

– Não – reagiu Lamberton, quase rindo da ideia. – Mas eu o conheço, encontrei em Paris quando foi debater com vários professores da universidade, e tive o privilégio de passar muitas horas agradáveis falando com ele durante as poucas semanas que permaneceu em Paris.

Eu tentei imaginar como teria sido se sentar na presença de um pensador realmente brilhante e original e beber suas palavras.

– Que privilégio, conhecer e conversar com tal homem – disse.

– Ele me impressionou grandemente. Mas houve outro homem que conheci lá cujas ideias de certa forma me agitaram ainda mais que as do padre Duns, talvez por eu ter sentido uma ligação entre suas ideias que ainda não havia, e talvez ainda não tenham, ocorrido a eles. Esse segundo homem não fez qualquer tentativa de formalizar suas ideias; simplesmente falou a partir de suas convicções pessoais. Mas fiquei convencido, simplesmente ao escutá-lo em uma única oportunidade, que ele vive segundo suas ideias e morreria por elas, e que sempre guiarão sua vida – disse, o canto da boca se erguendo em um pequeno sorriso. – Você também já terá ouvido seu nome.

– De Paris? Creio que não, padre. Você superestima meu conhecimento do mundo. Duvido que pudesse citar uma só pessoa em toda aquela cidade.

– Então você deve expandir a cidade para abraçar o reino. Estava falando de Filipe Capeto.

– Capeto? – reagi, piscando para ele, atônito. – Conheceu o rei Filipe da França?

– Sim. Ele foi conversar com padre Duns certa noite quando eu o visitava, e fui generosamente autorizado a permanecer com eles.

– Isso me surpreende. Por tudo o que ouvi, Filipe, o Belo, prefere se manter distante do contato humano.

– Então, meu amigo, você tem escutado pessoas que apenas repetem o que ouviram dizer. Todos os homens precisam de contato humano, e não há exceções a essa regra. Mesmo os anacoretas mais rígidos precisam se comunicar com outros homens de tempos em tempos para não correr o risco de enlouquecer. Não estou dizendo que Filipe é um companheiro caloroso, nem mesmo que é particularmente hospitaleiro, mas tem sua simpatia pessoal quando escolhe exibi-la. É um homem consciente de que tem um destino. E me disseram que os homens com um destino raramente são fáceis de lidar, exigindo grande fineza e circunspecção, até mesmo dedicação, no trato.

– O que chamou sua atenção tão rapidamente no discurso do rei da França?

Ele deu um sorriso rápido.

– Agora é tarde, já deve ser perto de meia-noite, e essa sua pergunta aparentemente simples pode levar muito tempo para responder. Está certo de que deseja ouvir minha resposta?

– Muito certo, e não estou nem um pouco cansado, portanto caso esteja preparado para pensar e falar a esta hora da noite, estou mais que pronto para escutar. Por que não consegue algum vinho para nós enquanto eu alimento o fogo?

Eu saí em busca de madeira cortada das fogueiras vizinhas, pois havíamos consumido o estoque mais perto de nós. Eu diminuí a busca reunindo toras não utilizadas de fogueiras próximas apagadas ou se apagando, e quando esvaziei os braços da quarta carga de combustível tomado e me sentei novamente, havia uma taça de vinho ligeiramente diluído esperando por mim no tronco que era meu assento. Eu o peguei, inclinei levemente na direção de padre Lamberton em uma saudação, e o bebi com gosto, achando-o muito mais palatável do que o vinho grosseiro que usávamos para a comunhão. Lamberton também bebericou o dele, depois se curvou e colocou a taça cuidadosamente aos seus pés, onde não iria virar.

– Nosso sistema está falido – disse ele.

– Qual sistema?

– Só há um.

– Refere-se ao sistema da Igreja? Mas é o sistema de Deus, portanto perfeito e infalível. Qual outro sistema existe?

– Aquele segundo o qual o mundo funciona fora da Igreja. Estou falando da cristandade; ou mais precisamente, do sistema hierárquico pelo qual toda a cristandade é governada.

– Estranho – eu disse. – O próprio bispo certa vez me descreveu assim a cristandade, como um sistema de governo vasto e complexo, funcionando em toda parte seguindo os mesmos princípios, mas entre diferentes povos.

– Sim, é, e todo ele é baseado na propriedade: terra, território, possessões; riqueza. Pense nisso: Escócia, Inglaterra, França, Noruega, Itália, Alemanha; tudo terra, e toda ela possuída e operada segundo os mesmos princípios irradiando do dono de terras central, que pode ser rei, príncipe, duque, conde ou chefe. Cada um deles, que vamos chamar de governantes, tem representantes, que chamaremos de barões, aos quais ele divide a terra que controla, em troca de seus serviços. Esses barões, por sua vez, também fragmentam sua terra entre seus vassalos em troca de fidelidade, e então os vassalos dividem suas terras com cavaleiros que os apoiarão em troca dos privilégios que recebem. Os cavaleiros, o nível inferior da escala social, empregam homens livres, servos, intermediários e despossuídos para cuidar, plantar e colher nos pequenos lotes de terra que têm sob seu controle, e recolhem aluguéis e taxas, uma parcela dos quais é repassada escala acima.

Eu concordei.

– E, surpreendentemente, quando você examina com atenção, tudo funciona. Então por que você diz que está falido?

Ele então sorriu para mim.

– Posso ver a rachadura no edifício de onde estou sentado.

Eu olhei rapidamente ao redor na clareira, mas éramos as únicas pessoas ali, e não havia nada a ver exceto as formas escuras de cabanas e barracas sob as árvores.

– Qual rachadura em qual edifício?

– Essas cabanas. O fato de que estamos sentados nesta aldeia adormecida cheia de foras da lei, que podem ser enforcados imediatamente se tiverem a infelicidade de serem apanhados. Esta é uma extremidade da rachadura, se você consegue perceber. A outra é Glasgow, ou Jedburgh, Berwick, Roxburgh, Edimburgo, Stirling.

Eu balancei a cabeça.

– Agora você realmente me confundiu.

– Eu sei, você e noventa e nove em cada cem homens com quem eu poderia falar disso. Eu sei do que estou falando porque pensei muito no assunto e discuti com homens como padre Duns e o rei Filipe da França – disse, fazendo uma careta e balançando a cabeça no que considerei tristeza. – Nosso mundo terreno está mudando rapidamente, padre. As mudanças não são visíveis a todos que olham, mas para aqueles que sabem exatamente onde olhar, os sinais são inconfundíveis. E na Escócia o lugar onde olhar é aqui, e nos burgos.

– Aqui e nos burgos – repeti, sabendo que soava obtuso, pois era exatamente como eu me sentia. – Quer dizer... aqui entre os foras da lei?

– Sim, e em outros lugares entre os burgueses, embora eu admita que os burgueses possam ser os mais importantes.

Os burgueses possam ser os mais importantes o quê? Eu nunca considerei os burgueses como sendo nada mais do que pareciam ser, as pessoas da cidade de nossa terra, os comerciantes, fabricantes e artesãos, os lojistas e negociantes que viviam nas cidades portuárias e nos centros comerciais por toda a Escócia. Mas naquele momento eu recordei da conversa misteriosa que tivera com o bispo Wishart sobre o mesmo tema um ano antes, e pude ver – embora a própria comparação me soasse perversa – que os burgueses de fato eram o outro lado da moeda dos foras da lei de Will; os dois grupos se orgulhavam muito, embora por razões extremamente diferentes, de ser autossuficientes e não dever nada a ninguém.

Eu me dei conta de que meu companheiro ficara silencioso e olhava para mim, claramente esperando que eu dissesse algo em resposta. Falei:

– Francamente, padre, acho difícil ver qualquer relação entre foras da lei e burgueses.

– E assim deve ser a esta altura. Mas a relação está aí, apenas obscurecida por ora. Pense em como o sistema funciona: a terra sendo repassada escala abaixo pelos governantes, e os serviços feudais e os frutos da colheita sendo repassados aos níveis acima para sustentá-los. Nenhum desses processos leva em conta a presença dos foras da lei ou dos burgueses. Essa é uma novidade.

– Não exatamente novo. Sempre houve foras da lei – disse.

– Concordo. Mas até recentemente eles sempre eram, sempre, marginais no sentido mais explícito, banidos para além dos limites da sociedade, afastados e condenados por todos, e consequentemente morrendo logo. Agora, porém, temos foras da lei como seu primo e seus seguidores, comunidades inteiras deles, ainda proscritos e banidos, ainda condenados à execução quando capturados, mas organizados em grupos sociais, e amplamente aclamados por seus compatriotas por causa de sua exigência sem precedentes do que chamam de liberdade, e sua determinação de levar suas vidas segundo seus próprios desejos, sem prestar vassalagem a ninguém que não o líder de sua escolha. Isso teria sido inconcebível quando você e eu éramos garotos, há poucos anos.

– E para mim permanece assim. Você realmente acredita que é o que meu primo Will está dizendo ao mundo?

Os olhos que me encaravam do outro lado da fogueira se tornaram, muito de repente, os olhos graves de um chanceler de catedral.

– Sim, padre James, acredito, porque é o que ele está dizendo. E em voz alta se você parar para escutar.

– Mas onde os burgueses se encaixam nessa sua visão, nessa falência do sistema?

Lamberton levou a mão aos pés e pegou sua taça de vinho, bebendo antes de me responder, e quando falou sua voz estava calma.

– O sistema tem centenas de anos de idade. Você concorda?

– Claro. Ele nasceu do caos surgido quando o império romano desmoronou aqui no Ocidente, há setecentos ou oitocentos anos.

– Não havia burgueses há cem anos.

Eu pisquei para ele.

– O próprio bispo me disse a mesma coisa há mais de um ano. E acho tão incompreensível agora quanto achei então, embora saiba ser verdade. Mas continuo a pensar que devia haver burgueses de algum tipo.

– Ah, eles existiam há cem anos, e viviam em burgos, mas eram simples comerciantes: pescadores, mercadores, talvez, não burgueses como os conhecemos hoje. Veja, apenas nos últimos cem anos os comerciantes e mercadores deste reino, e de todos os outros, se organizaram. Antes de se organizarem eram apenas comerciantes isolados, mercadores, como você queira chamá-los. Cada um responsável por reunir seus próprios bens comerciais e encontrar seus próprios mercados, e cada um arcava com o custo de proteger seus próprios interesses. Depois eles viram as vantagens da cooperação e começaram a formar guildas, irmandades e associações comerciais. Pouco depois disso, reunindo esforços e trabalhando juntos, começaram a prosperar. Obtiveram lucros cada vez maiores, com maior segurança e menor despesa, e assim que essa mudança começou, ela continuou, porque devia ser assim! Mas eles não se encaixam em nenhum ponto do *corpus* do sistema.

– Eu sei. Agora consigo ver. O bispo me explicou tudo, como disse. Não entendi plenamente o que ele estava falando na época, e não estou certo de ter entendido agora, mas posso aceitar que essas pessoas vivem por conta própria. Prosperam ou perecem por seus próprios esforços. E não estão presos a ninguém por causa de algum acidente de nascimento. Seus burgos também não pertencem a nenhum senhor. Eles surgiram como terras públicas, livres de empenho ou dívida para com a nobreza.

Eu me interrompi quando me dei conta de que meu companheiro estava olhando para mim parecendo um tanto perplexo.

– Vejo que entende o que estou dizendo, padre, mas é óbvio que algo o perturba no que tenho dito. Posso perguntar o que é?

Meus lábios haviam ficado dormentes e minha língua parecia de madeira em minha boca, porque me lembrara de como me sentira ao ouvir tudo aquilo na primeira oportunidade, quando antecipei caos e desastre.

– Guerra – disse em voz alta, me esforçando para pronunciar a única palavra.

– Como? – disse ele se curvando para frente e olhando para mim. – Por que diz isso?

– Como posso não dizer? O que mais há para pensar? O bispo Wishart reagiu da mesma forma quando disse o mesmo a ele, e achei então que ele estava errado. E agora acho que você está igualmente errado. Ambos dizem que ninguém ainda vê o mundo que descrevem, a rachadura no edifício, mas a mim parece claro que quando virem, isso produzirá o caos. Poucas coisas têm o poder de unir os magnatas das casas nobres em uma só força, mas isso ameaça tudo o que eles são e o que defendem. Eles se unirão para varrer os burgueses e suas cidades. E arrasarão toda a terra à procura daqueles que possam enfrentá-los.

– Absurdo, padre James. Nenhum nobre agirá contra os burgueses, pela simples razão de que os habitantes das cidades hoje geram mais riqueza com sua indústria local que todos os nobres juntos conseguem arrecadar de suas vastas propriedades. E assim a nobreza toma emprestado dos burgueses ricos e se torna ainda mais endividada com eles. Ela não pode agir contra eles, pois estaria se privando de sua principal fonte de renda. Ademais, já é tarde para que modifiquem qualquer coisa do que já descrevi. Tudo o que podem fazer agora é esperar, como todas as outras almas, pelas mudanças que certamente ocorrerão, pois o mundo da cristandade nunca voltará a ser o que já foi – disse, se levantando de repente e arrumando as pontas de sua túnica, arrumando-a de forma mais confortável antes de se sentar novamente. – O sistema sob o qual vivemos hoje irá definhar e morrer, e será substituído por outro, assim como aconteceu a Roma, a cidade supostamente eterna, e o império que ela criou.

– Sim, mas Roma era pagã e ignorante. Estamos falando aqui da cristandade, padre Lamberton. Como pode... – disse, fazendo uma pausa para buscar as palavras que expressassem meu medo e minha confusão, e me inclinei para pegar minha taça, a levando à boca apenas para descobrir que estava vazia, e então me curvando rapidamente para colocá-la junto aos pés com mais força do que pretendia. – Como pode dizer tal coisa quando mal acabou de dizer que nem uma pessoa em cem sabe o que está acontecendo?

O chanceler olhou para mim diretamente e disse:

– Menos que isso. Uma em dez mil estaria mais perto da verdade neste momento, mas ainda assim as mudanças estão acontecendo. Você é um sacerdote, padre. Preciso lembrá-lo de que nos dias em que nosso abençoado Jesus caminhava pela terra não havia vinte homens em todo o mundo que O conhecessem como o Filho de Deus? Mas Ele era, e as mudanças que Ele operou já existiam. Acredito que estamos experimentando algo similar hoje. Por Seus próprios bons motivos, meu amigo, Deus decidiu que este mundo tem de mudar. E, portanto, mudará.

– E quanto ao rei? Ele sabe sobre essas mudanças?

– Ah, o rei. O rei John, que Deus o abençoe, se ele viver, prosperar e sair vitorioso de sua luta com o rei da Inglaterra, poderá acabar absorvendo a sabedoria e a visão de futuro do rei da França nessas questões. Filipe sabe disso há anos, logo após ter assumido o trono francês. Seu reino é pequeno, mas cresce constantemente hoje em dia. E ele está falido, várias vezes, se crer em seus críticos. Não fosse pela generosidade dos templários, e sua riqueza inesgotável, o reino da França seria totalmente incapaz de funcionar.

Ele se ergueu novamente e esticou as costas, massageando o traseiro com as duas mãos.

– Você não acha esses troncos extremamente desconfortáveis? Sei que são troncos e não cadeiras, e em geral não tenho problemas com eles. Mas raramente fico sentado assim tantas horas de uma vez, e tenho muito pouco revestimento sobre os ossos... e nenhum nas nádegas, onde seria de grande valia. Eu o constrangeria caso ficasse em pé um pouco?

– Constranger a mim? De modo algum. Na verdade, caso queira caminhar e esticar as pernas eu o acompanharia. Jogamos algumas toras novas na fogueira e percorremos o perímetro do acampamento, conferindo os guardas de vigia enquanto isso. Demora cerca de uma hora para completar o circuito, e podemos conversar enquanto caminhamos. Quando voltarmos a fogueira deverá estar no auge. Vamos?

A noite se tornou perceptivelmente mais fria assim que nos afastamos da fogueira, e logo estávamos caminhando rapidamente no ar frio, os dois enrolados em nossas capas compridas.

– Você falava sobre a França – recomecei quando nos aproximávamos do limite mais próximo da linha de árvores ao redor do acampamento e do primeiro guarda em nosso roteiro. – Você diz que está crescendo. Como pode ser assim?

– Por absorção – disse, olhando para o chão à frente na escuridão. – Filipe Capeto é um homem difícil de resistir. Ele acredita que Deus quer que ele realmente consolide sob uma coroa todo o território do que um dia foi a Gália romana. Como você sabe, a França é apenas um de muitos ducados, e de modo algum o maior deles. Seus nomes são reluzentes, alguns até mais famosos que o nome da própria França: Borgonha, Aquitânia, Languedoc, Flandres, Champanhe, Anjou, Poitou, Picardia, Lorena e a rebelde Gasconha, claro, atualmente causa de tanto sofrimento para o rei Eduardo. Todos estão mergulhados em conflito hoje, e Filipe está determinado a unificar todos sob seus estandartes. Ele se vê como rei de uma grande entidade que chamou de nação-estado.

O termo não significava nada para mim, e disse isso, e durante o trecho seguinte de nossa caminhada meu companheiro apresentou as maravilhas dessa nação-estado que Filipe Capeto sonhava em governar. Visitamos mais duas sentinelas nesse tempo, mas mal tomei consciência delas, tão absorto estava no que ouvia.

Era uma visão grandiosa aquela que meu novo amigo me descrevia com palavras empolgadas, envolvendo elementos de política que a mim soavam revolucionários e impossíveis: a ideia de um Estado unificado organizado segundo princípios novos e radicais pelos quais o próprio Estado se tornaria uma entidade ativa governando a si mesmo, e as pessoas do Estado passariam a se ver como algo novo – uma nação, um só povo unido por laços de raça, idioma, governo e interesses comuns. Elas forjariam essa nação dos sonhos de Filipe, e com o tempo sua nova criação, sua nova nação-estado, determinaria o comportamento de toda a cristandade, pois a própria cristandade seria incapaz de resistir à ameaça representada pelos recursos unificados da nova nação-estado.

– É uma ideia ambiciosa – disse Lamberton. – Mas pensei muito desde a noite em que Filipe falou sobre ela a Duns e a mim, e não estou convencido de que seja tão absurda quanto pensei inicialmente. De fato, agora acho que ele pode atingir seu objetivo.

– Mas como ele pode fazer isso, qualquer parcela disso, se, como você disse, seu tesouro está falido?

Lamberton inclinou a cabeça em um indício inconfundível de que considerava minha observação passível de discussão.

– O tesouro de Eduardo da Inglaterra também está falido, mas isso não o impediu se continuar a combater seus rebeldes da Gasconha, ou conduzir uma campanha ilícita contra este reino. Monarcas travam guerras por razões muito diferentes, mas quase todos eles o fazem; incessantemente, ao que parece, e nada é mais terrivelmente caro do que mover uma guerra. Mas da mesma forma, nenhum caminho para conquista e expansão ou domínio é mais direta ou mais eficaz que aquele oferecido pela guerra. Uma guerra vitoriosa resulta em enormes riquezas, que, por sua vez, pagam os enormes custos de fazer guerra. Torna-se um ciclo interminável.

– Concordo – disse. – Mas você indicou que Filipe tinha um novo ponto de vista, não? Eu interpretei isso como significando que ele acredita poder conseguir essa fusão de todos os ducados e territórios que ninguém conseguiu desde os dias dos césares.

– Sim, foi o que quis dizer. E acredito haver vários motivos pelos quais ele pode ser vitorioso. Sendo o primeiro desses o fato de que todos os ducados partilham um idioma comum. Uma raiz linguística, quero dizer. Todos falam variações da velha língua frâncica. Nós a chamamos de francês, mas muitos deles continuam a chamá-la por seus nomes locais: angevino em Anjou, poitevin em Poitiers, occitano em Languedoc e assim por diante. Há diferenças regionais, algumas delas profundas, mas fundamentalmente a língua é o francês, e todos a falam e entendem um ao outro. O que significa que um território recém-conquistado pode ser absorvido sem grande dificuldade.

Eu me coloquei nas sombras sob um denso agrupamento de árvores, onde esperava que fossemos barrados pelo quarto e último guarda de vigia. Lamberton foi nos meus calcanhares, e em pouco tempo uma voz se ergueu à nossa frente ordenando que ficássemos onde estávamos. Eu me identifiquei rapidamente, me dirigindo ao guarda pelo nome e dizendo a ele que éramos dois padres com muito a conversar e nenhum desejo de dormir, e após uma rápida troca de saudações ele mandou que avançássemos, sem dúvida contente por ter tido a oportunidade de falar com alguém mesmo que por poucos instantes, e ainda mais contente, estava certo, por estar acordado e em seu posto quando nos aproximamos.

– Diga-me – pedi assim que ele não podia mais nos ouvir. – Há burgueses na França de Filipe?

– Pelos céus, sim; mais do que há na Escócia, e podem ser ainda mais ricos, significando que o problema de Filipe lá é ainda maior que o nosso aqui. Filipe, olhando para seu tesouro vazio e carente como sempre é e sempre foi, vê o retorno de suas terras e propriedades reais diminuir ano após ano, enquanto cada vez mais gente prospera sem ter de pagar tributo, na forma de aluguel e renda, aos que lhes seriam superiores. Mas sob o atual sistema ele não tem meios de faturar a não ser aumentando essas propriedades por quaisquer meios disponíveis, especificamente guerras e conquista. Mas as riquezas de seus burgueses devem estar fazendo com que engasgue, pois sua riqueza é exibida a seus olhos em toda vila e cidade de seu reino.

– E como ele irá mudar isso?

– Mudando o modo como as coisas são; promulgando novas leis que permitam a ele criar novos impostos de formas que nunca foram vistas antes. Ele já colocou seus advogados para trabalhar. Ele irá taxar comerciantes pelas instalações que possuem em seu reino e pela utilização das estradas em seu reino. Irá cobrar impostos deles pela utilização dos portos e armazéns de que precisam para conduzir seus empreendimentos. Tenha a certeza de que seus advogados acabarão descobrindo formas de cobrar impostos dos mercadores pelos cravos que mantêm as ferraduras no lugar. E em troca oferecerá a eles sua proteção, a proteção do Estado, contra interferência externa em suas operações. Porém muito mais importante será sua oferta de incluí-los no governo do país.

– Governo? Até que ponto?

– Até o ponto que ele achar adequado, embora isso esteja condicionado ao seu direito divino de governar. Mas ele pelo menos fala em dar voz, pela primeira vez, aos seus mercadores, seus cidadãos mercantis. E essa pode ser a maior e mais significativa mudança isolada na nova ordem que se avizinha. Como os nossos burgueses, esses homens são plebeus. Na França eles chamam a si mesmos de *bourgeois*, e isso significa exatamente a mesma coisa, moradores de burgos. Nunca tiveram voz nem influência em nada. Mas agora terão. Podem não falar tão alto ou com tanta eficácia quanto fazem aqui na Escócia, onde não há nenhum monarca por direito divino, mas os *bourgeois* franceses ainda assim serão ouvidos cada vez mais à medida que enriquecem. Filipe precisa de sua riqueza, porém, mais que isso, precisa de seu apoio. Não pode simplesmente saquear seus cofres, pois eles rapidamente se transfeririam para um lugar mais seguro onde pudessem continuar a trabalhar fora de sua influência, e isso seria fatal para todas as suas esperanças. Então, ele precisa deles ao seu lado. Deve taxá-los de uma forma que se submetam à taxação, mesmo que a contragosto, e continuem a comerciar. Não tem escolha. Será obrigado a um acordo, e esse é um novo fenômeno.

Seguimos a trilha iluminada pela lua em mais uma curva e nos vimos de volta onde havíamos começado. À nossa frente a fogueira que eu construíra antes de sairmos se reduzira a uma pilha brilhante de brasas, e fomos diretamente até ela.

– Ficamos uma hora fora? – perguntou Lamberton enquanto eu empurrava e enfiava mais combustível nas brasas, levantando uma tempestade de fagulhas e chamas com toques azuis e lilases.

– Perto disso. Quando foi a última vez em que ficou acordado até tão tarde por escolha própria?

Ele riu.

– Fora de uma vigília por toda a noite, não tenho ideia. E não consigo sequer lembrar de minha última vigília, portanto foi há muito tempo. Provavelmente lamentaremos isso amanhã.

– Acho que não. O tempo não foi desperdiçado, pelo menos não do meu ponto de vista. Discutir ideias nunca é perda de tempo. Diga-me, se puder... aparentemente perdemos de vista a importância dos foras da lei de Will no que estávamos discutindo. Onde eles se encaixam em tudo isso?

– Não se encaixam, e exatamente por isso são importantes. Sua importância aqui na Escócia ecoa a dos burgueses franceses: eles nunca antes tiveram voz, mas a partir de agora terão. Não se engane, padre James, os foras da lei que vivem aqui hoje, certamente na comunidade de Will, são historicamente diferentes dos foras da lei que um dia se esconderam da justiça nesta floresta. A maioria daquelas pessoas se colocara à margem da lei por seus próprios atos. Eles eram no mínimo criminosos, e alguns eram monstros. Mas a maioria das pessoas que vive aqui na floresta com Will é de foras da lei por opressão, não por escolha. Eles foram expulsos, arrancados de suas casas e aldeias sem terem cometido erros. São as vítimas, não os vitimizadores.

– Entendo isso. Mas como terão voz?

– Porque eles são o povo, padre James, e sua voz é nova, e assim que ela for erguida, não morrerá nunca. O povo desta terra está se fazendo ouvir como nunca antes. Os burgueses estão exigindo uma nova posição no esquema das coisas, e da mesma forma as pessoas comuns, e tendo isso começado, nada pode deter. As pessoas aqui na Escócia estão falando de si mesmas como uma comunidade; a "comunidade do reino" se tornou uma expressão comum hoje. Pela primeira vez na história se fala em toda parte da vontade do povo; o povo, padre. Todo o povo, não apenas os donos de terras, os magnatas, os condes e barões. O povo!

Ele se levantou.

– Acho que deveria dormir agora, por uma hora ou duas. Minhas pálpebras ficaram pesadas de repente. E amanhã irei conhecer seu primo Will, que, embora ainda não saiba, representa ou, acredito, logo representará, a voz do povo da Escócia. Pense nisso antes de adormecer esta noite, se conseguir dormir: William Wallace, *vox populi*, a voz de um povo.

Capítulo 15

O bispo Wishart celebrou a missa antes do alvorecer no dia seguinte, com Lamberton e eu mesmo como acompanhante, depois fizemos o desjejum e ele partiu com o cônego Lamberton para visitar meus colegas subordinados, Declan e Jacobus. Consciente de que parte do objetivo do bispo naquela manhã seria avaliar meu desempenho e minha adequação geral por intermédio da observação de meus subordinados, eu me acomodei para ler meu breviário, e ainda meditava profundamente quando chegou um mensageiro para me avisar que Will retornara e queria me ver.

Fiquei contente de ver Mirren de pé com Will à porta, brilhando de saúde e sorrindo alegremente para o marido sob o braço dele. Sua barriga estava enorme, mas não havia dúvidas sobre seu bem-estar, e fiz uma rápida prece de agradecimento por minha apreensão na noite anterior não ter tido fundamento. Will me vira assim que saí das árvores, e acenou, me chamando para acompanhá-lo enquanto se virava e entrava na cabana, ainda abraçado à esposa. Mas no momento em que pisei do lado de dentro Mirren havia desaparecido. Imaginei que ela havia se retirado para a tela de juncos pintados que separava o quarto de dormir do resto da habitação e a cumprimentei em voz alta, mas não tive resposta, então olhei para Will, erguendo uma sobrancelha.

– Ela saiu pela outra porta. Vai se encontrar com suas mulheres. Entre e sente-se.

Ele já estava sentado na grande cadeira estofada que construíra para si no canto junto ao fogareiro de pedra, e me chamou para a cadeira diante dela.

– Me disseram que Wishart está aqui – disse, enquanto me sentava. – O que ele quer, você sabe?

– Não tenho ideia. Você mesmo terá de perguntar. Mas não ficou nada contente quando descobriu que você não estava aqui, de modo que pode ser urgente.

– Quem é o outro sujeito com ele?

– Um dos cônegos da catedral, um homem chamado Lamberton. Passou os dois últimos anos na França. Voltou há pouco tempo e foi elevado a chanceler da catedral. É um jovem inteligente.

– Jovem? Qual a idade dele?

– A sua, eu diria. Não muito mais, talvez um pouco menos. Mas tem talentos superiores aos seus anos.

– Deve ter, para ser chanceler – disse franzindo o cenho. – Nunca tivemos um chanceler na abadia, não é mesmo? O que ele faz?

– Ele organiza a vida diária da catedral. É um cargo administrativo.

– Então por que está aqui?

– Está aqui para conhecer você – disse, parando de repente, olhando assombrado para a coisa que acabara de chamar minha atenção. – O que é aquilo?

Ele se virou na cadeira para ver para onde eu estava olhando.

– O que parece ser? É uma espada. Por que esse... Lamberton, é isso? Por que ele quer me conhecer? Ou também terei de perguntar isso pessoalmente?

– Terá. Ele não me contou. Não que eu tenha perguntado – respondi, ainda olhando para a espada no canto atrás dele, apoiada ao lado do comprido cilindro de couro de seu estojo de arco. – É a maior espada que já vi. De onde veio?

– É um presente, de Shoomy. Ele a comprou na oficina de ferreiro do irmão semana passada.

– O irmão de Shoomy é ferreiro? Sequer sabia que ele tinha um irmão.

Will fungou.

– Eu também não sabia, até Shoomy me trazer. Quando perguntei onde havia conseguido ele contou que estava recolhendo pó na forja do irmão Malachy. Aparentemente o irmão é conhecido, o melhor fabricante de espadas de todo o noroeste. Mas Shoomy é tão calado que tive de arrancar isso dele. Nunca diz mais que o necessário, nosso Shoomy. Na maioria das vezes isso pode ser uma benção. Mas em outros momentos pode ser um maldito aborrecimento.

Eu caminhei até a arma, estava de pé admirando a habilidade do homem que a fizera. Estava apoiada com a ponta para baixo no canto, e sua longa lâmina cintilava à luz que entrava pela janela.

– Posso segurar?

– Se quiser, mas não conseguirá brandi-la aqui dentro.

– Posso ver isso, mas não tenho intenção de brandir a coisa, primo. É enorme... ficaria contente de conseguir levantá-la.

Eu me estiquei para tocar o punho e tive de erguer a mão à altura da cabeça para isso. Do grande botão em forma de bolota de carvalho até a extremidade pontuda a arma era tão alta quanto eu, o que dava a ela quase um metro e oitenta. Eu avaliei que o punho, que era coberto de couro e amarrado com espirais do que parecia ser fio de bronze, tinha uns 45 centímetros de comprimento. A guarda esguia retorcida que se curvava para baixo, do mesmo metal cintilante da lâmina, era tão larga quanto meus ombros, mas tendo apenas a espessura de um polegar em perfil, e havia sido retorcida em toda a sua extensão para ganhar a aparência de uma corda de metal trançada, com quadrifólios decorativos em cada extremidade. Mas havia muito mais proteção para as mãos do usuário do que vira em qualquer outra espada. Tive de me aproximar para ver como havia sido feito, mas o fabricante tivera muito trabalho com a defesa de metal no alto da lâmina, que tinha um palmo de largura naquela extremidade. Ele soldara com martelo metade de um anel de aço oval de cada lado do bloco espesso, depois curvara as peças gêmeas para baixo até elas ficarem quase alinhadas com a lateral da espada dos dois lados, deixando entre anel e lâmina espaço suficiente para prender a lâmina de um adversário desatento.

Eu passei o dedo pelo acréscimo e enganchei a primeira articulação no espaço entre guarda e lâmina.

– É um belo trabalho. É afiado?

Will estava de pé ao meu lado.

– Não aqui. Essa parte é para agarrar, mas a lâmina de corte é letal. Tome cuidado se tocar na lâmina mais embaixo.

Eu suspeitei disso simplesmente pelo modo como a luz refletia nas beiradas inferiores da lâmina; tinha aquela inconfundível aparência cintilante afilada. As beiradas dos primeiros 25 centímetros da lâmina abaixo da guarda foram achatadas a martelo para oferecer agarre para luta corpo a corpo, permitindo que o espadachim usasse a arma como uma lança de penetração em vez de uma lâmina de corte. Abaixo disso, na ponta da lâmina, que era afilada e de dois gumes nos cem centímetros restantes, esporas gêmeas se projetavam das beiradas da lâmina, e embora não fossem compridas, eram grossas e fortes, se curvando na direção da ponta, tendo como objetivo conter e interromper o ímpeto do golpe violento do oponente. Eu quase não tinha experiência com espadas ou a arte cavaleiresca da esgrima, mas sabia que a arma para a qual estava olhando era magnífica segundo qualquer parâmetro e comprida e desajeitada demais para ser usada com facilidade a cavalo.

– Então o irmão de Shoomy fez essa coisa para você?

– Não, de modo algum! Como poderia? Ele nunca tinha ouvido falar de mim, assim como eu não sabia dele. Eu disse que Shoomy falou que a encontrou na forja do irmão. Ele fez o punho e a guarda, disse Shoomy, pois é o que faz melhor. Mas a lâmina propriamente dita foi feita em outro lugar, provavelmente na Germânia, para um daqueles cavaleiros teutônicos que às vezes ouvimos falar. Não sei como terminou na forja de Malachy. Aparentemente passou anos lá antes que Malachy fizesse um novo punho, botão e guarda para ela, e então descobriu que não conseguia vender. Era grande demais... maior que qualquer espada da região, e feita para um gigante. Então passou dois anos lá até Shoomy colocar os olhos nela e a trazer para mim.

– Entendo... e o que fez Shoomy pensar que você precisava de uma espada, você, o arqueiro? Ou foi apenas um capricho provocado pelo tamanho da coisa?

Meu primo sorriu para mim, mas sem muito humor. Eu podia ver isso principalmente nas rugas ao redor dos olhos; mas aquilo foi suficiente para que imaginasse o esgar malicioso dos lábios escondidos sob a barba grossa.

– Você deveria ter estado aqui há seis semanas. Não teria precisado fazer essa pergunta.

– Por quê? O que aconteceu?

– Encontramos alguns estranhos na floresta... estranhos pouco amistosos.

– Ingleses?

– Alguns, mas a maioria de escoceses. Sabemos disso porque os ouvimos gritando uns com os outros, mas até hoje não sabemos quem eram. Uns vinte deles, mais ou menos, e todos a cavalo. Eles nos viram chegando. Atacaram escondidos, com bestas. Mataram quatro de nós antes mesmo que soubéssemos que estávamos sendo vigiados.

– Vocês eram quantos, contra os vinte?

– Oito de nós até os primeiros disparos; quatro depois. Termos escapado já foi um milagre. Eles nos acertaram quando passávamos pelas margens de um pântano, cercados por arbustos de salgueiro branco. Não tínhamos espaço para fazer nada, quanto menos esticar um arco longo, e as poucas flechas que disparamos foram desviadas pela vegetação densa ao redor. Eles, por outro lado, estavam em terreno mais alto e seco, fora do pântano, sem nada atrapalhando a pontaria, e disparando pequenas setas de aço.

– Como vocês saíram?

– Corremos para o pântano, e tivemos sorte de eles decidirem não nos seguir. Eles poderiam ter nos apanhado um após o outro ali vagando pela lama enquanto tentávamos atravessar. Não sei por que não nos seguiram. Eu teria, se fosse eles. E graças a Deus que não o fizeram. Do contrário eu estaria morto.

– O que você teria feito caso estivesse com esta espada naquele dia?

Ele mostrou os dentes, o branco brilhando através da escuridão de sua barba.

– Eu poderia ter investido contra nossos atacantes e morrido tentando chegar a eles antes que me acertassem.

– Foi o que pensei. Então por que precisa de uma espada agora? Para que possa ser morto mais facilmente?

Ele sorriu novamente, mas dessa vez o sorriso foi de diversão, aquecendo seus olhos.

– Não, primo. Se um dia a usar, será como um símbolo.

– Um símbolo... então muito bem, vamos aceitar que possa ser um símbolo. Deus sabe que é suficientemente grande. Mas um símbolo do quê? Ilegalidade?

O sorriso dele não murchou.

– Não, de liderança. Mas tenha em mente que eu disse se um dia eu a usar.

– Se... há dúvida de que poderia?

– Enormes dúvidas, Jamie.

– Enorme é mais do que simplesmente grande. Posso perguntar o que causa tanta dúvida?

– Sim, pode perguntar. É causado pelo fato de que estou prestes a me tornar pai. Estou para ter um filho, Jamie, ou talvez filha. Isso não faz diferença para mim, mas qualquer um será uma responsabilidade que nunca tive antes. Uma pessoinha de olhos arregalados, viva e com sede de conhecimento, dependendo de mim para sua existência. Apenas por essa razão eu estarei me afastando de mais liderança no futuro. Se Deus me permitir, pretendo ficar aqui em segurança na floresta com minha mulher e meu filho, dando a eles e recebendo mais deles.

Eu me vi sorrindo para ele, pensando de onde saíra aquele novo Will. Em todos os anos em que o conhecia e amava, nunca vira aquela faceta, nunca sequer suspeitara de sua existência. Sempre soube que ele amava Mirren, que a amava desde a primeira vez que colocara os olhos sobre ela, mas nunca suspeitara de que poderia amá-la o bastante para se afastar voluntariamente de todo o mundo por ela.

– Acredite em mim, primo – disse a ele –, se você for feliz o bastante de conseguir fazer tal coisa, poderá me considerar abençoado de poder viajar de Glasgow para cá para dar os sacramentos a você e sua família uma vez por mês.

Uma pequena ruga surgiu entre as sobrancelhas dele.

– Mas você não acha que isso irá acontecer. Posso ouvir em sua voz... ver em seus olhos.

– Não, não disse isso, Will, mas você mesmo terá de admitir que as chances de você conseguir esse isolamento pacífico são pequenas. Seu nome agora é conhecido demais para que simplesmente desapareça, especialmente após ter anunciado seu nome e suas intenções a Sua Senhoria de York em abril. Não estou dizendo que não possa desaparecer da vista dos homens, pois é claro que pode, mas não será fácil de conseguir. Nem fácil de manter.

– A facilidade de fazer isso e as dificuldades de manter não me preocupam – disse ele lentamente. – Será feito caso eu queira que seja. Determinação de permanecer escondido é do que mais precisarei; isso e um lugar onde ninguém me encontre por acidente. Você me ajudará com isso caso eu o peça?

– Claro que sim, alegremente. E a partir deste momento eu mesmo me dedicarei a tornar isso possível. Será uma tarefa louvável.

Ele baixou a cabeça.

– Meu agradecimento, primo.

– Não me agradeça ainda. Espere até termos descoberto o modo de fazer isso funcionar. Mas enquanto isso, siga meu conselho e mantenha essa espada bem escondida. Agradeça a Shoomy por ela, mas peça sua licença para mantê-la segura até o momento em que realmente precisar. Ela chamará atenção demais caso a use abertamente, pois parece algo que um líder usaria para causar efeito. O que completa o círculo, nos levando de volta ao que falávamos quando começamos. De onde veio tudo isso, essa noção de símbolos e liderança?

– Murray – disse ele, e não soube se ele se referia a Andrew Murray ou ao lugar chamado Moray, pois ambos soavam igual quando pronunciados.

Ele então fez uma careta e enfiou os dedos em gancho na barba, coçando fundo enquanto continuava a falar.

– Tenho de tirar isto. Juro que está cheio de pulgas. Não deveria dormir com os cachorros quando estou na estrada. Mirren vai acabar comigo – disse, fazendo uma pausa e organizando as ideias, antes de dar de ombros. – De onde veio essa coisa de liderança e símbolos? Ouvi isso pela primeira vez de Andrew Murray quando o vi no norte há alguns anos, naquela missão para o bispo. Ele agora leva um machado de batalha para toda parte porque se tornou seu emblema. Ele até mesmo gravou um em seu estandarte, o que é cômico. Murray é um espadachim, como você sabe, sempre foi. E por ter treinado a vida inteira com o bastão inglês, não há ninguém na Escócia capaz de superá-lo em combate direto com uma espada na mão.

"Mas há alguns anos, quando as terras do pai foram invadidas por atacantes do nordeste distante, ele venceu uma luta difícil usando um machado contra um atacante a cavalo após ter sido derrubado do seu. Ele me disse que o machado era tudo o que tinha, pois quando foi derrubado da sela caíra sobre a espada e partira a lâmina. Quando seu adversário investiu contra ele para matá-lo, Andrew conseguiu se jogar de lado e enfiou a ponta da lâmina do machado atrás do joelho da armadura do sujeito. Ele depois não sabia dizer se realmente encaixara atrás da articulação do joelho ou acertara uma falha na cota de malha, mas sabia que havia sido sorte, um mero acidente, e me falou que nunca conseguiria aquilo de novo. Mas funcionou, pois quando o cavalo do sujeito girou, o peso de Andrew no machado encaixado arrancou o cavaleiro do lombo do animal. O sujeito caiu com força no chão e Andrew cortou seu elmo com um só golpe. Correu a notícia de que Andrew Murray não tinha igual com um machado. Ele diz que nunca mais usou um em luta, mas o leva para onde quer que vá, porque seu pessoal espera ver um. E ele cavalga abaixo de um estandarte amarelo marcado com uma lâmina de machado vermelho-sangue, como símbolo de sua *puissance*, como chamam os franceses."

– E ele achou que você também poderia querer levar um algum dia?

– Não, não foi assim tão direto.

Ele atravessou o pequeno aposento com alguns passos largos até onde havia uma jarra coberta com um pano branco ao lado de um quarteto de canecas de cerâmica. Serviu uma caneca de cerveja para cada um de nós e me deu uma, esperando que eu a erguesse em saudação que ele retribuiu antes de levar a borda da caneca aos lábios. Deu um grande gole, depois baixou a caneca e arrotou suavemente.

– Isso foi bom.

Ele estendeu a mão para tocar a guarda da grande espada, a mão ao lado da minha.

– O que Murray disse foi que todo líder, grande ou pequeno, precisa de um emblema reconhecível, um símbolo de sua liderança. O dele passou a ser um machado de combate, independentemente do que ele mesmo gostaria, e isso o levou a pensar em qual seria o meu, se um dia me tornasse um líder de homens aqui no sul – disse, dando uma batidinha com o polegar no metal da guarda, depois se afastando e retornando à sua grande cadeira. – Foi uma brincadeira, sem verdadeira importância, e estávamos apenas passando o tempo. Eu havia me esquecido totalmente disso até chegar aqui certo dia e ver essa coisa grandiosa apoiada no canto. Ocorreu a mim que o símbolo de Andrew devia ser uma espada, mas acabou sendo um machado, e eu sabia que o meu deveria ser um arco, mas que como símbolo um arco, a despeito de todo o meu amor e respeito por ele como arma, parecia algo... pouco substancial. Esguio e de aparência leve, e de modo algum poderoso ou sólido.

"Esse pensamento, por sua vez, me lembrou de algo mais que Andrew dissera naquele dia. Estivéramos falando sobre táticas de batalha e liderança, e o valor da infantaria em oposição à cavalaria, e de ambos juntos face a grupos de arqueiros. Os ingleses usam seus arqueiros galeses com grande eficácia, como você sabe, e nos últimos vinte anos, sob Eduardo, têm dado duro para ensinar a seus próprios homens as técnicas galesas. Arqueiros reunidos em massa, quando bem usados, podem arrasar o melhor exército já formado, pois os exércitos modernos não têm defesa contra eles."

Ele ficou em silêncio, e esperei que terminasse, mas ele claramente estava pensando em algo mais.

– Então? – provoquei. – Qual era a posição dele?

– Ahn? Ah, que não tínhamos nem arqueiros suficientes nem cavalaria adequada na Escócia, de modo que qualquer combate que travássemos nos anos seguintes caberia a nossos soldados de infantaria.

Ele viu a expressão em meu rosto e falou rapidamente para impedir o que eu poderia dizer.

– Temos bons arqueiros. Não nego isso. Excelentes arqueiros, e eu sou um deles. Mas de modo algum temos o suficiente deles, Jamie. Enquanto podemos empregar cem arqueiros, os ingleses podem reunir mil na metade do tempo, e podem continuar a fazer isso para cada cem que conseguirmos. O mesmo vale para cavalaria pesada, cavaleiros de armadura e as montarias para eles. Também temos muitos cavaleiros nobres, mas eles usam malha, não armaduras de placas sólidas, porque em nenhum lugar da Escócia inteira temos um único cavalo tão grande quanto aqueles que os ingleses criam e treinam para combate. Eles os chamam de *destriers*. Murray os chama de destruidores; destruidores de infantaria. Concordo com ele. Francamente, primo, não temos nada que possamos lançar contra um exército inglês com a esperança de vencer.

– E você acredita que chegará a isso, lançar homens contra eles. É o que está dizendo?

– Sim, pode ser. Poderia. Mas lançaríamos pouco no verdadeiro sentido do termo. Podemos nos ver obrigados a lutar contra eles, mas não os enfrentaremos em batalha. Isso seria loucura, uma burrice autodestrutiva. Se queremos lutar contra eles com alguma esperança de vencer, terá de ser como foras da lei e bandidos, lutando do modo como lutamos contra eles hoje, usando a própria terra contra eles, depois atingindo forte e rápido e nos retirando antes que possam contra-atacar.

– Mas não lutamos contra eles agora, Will.

– Sim, primo, nós lutamos. Não com frequência, e não em grande medida, mas sim, lutamos contra eles. Do que mais além de luta você chamaria as patrulhas que estamos mandando desde abril? E irá piorar. À medida que os ingleses se tornam mais confiantes em sua capacidade de atormentar o povo daqui, aqueles de nós que podem serão forçados a reagir a eles com frequência cada vez maior. E entenda isto: serão em sua maioria homens como nós, as pessoas comuns e os ditos fora da lei, que terão de suportar o peso disso, pois não podemos confiar na disposição dos magnatas em nos defender. Alguns ficarão ao nosso lado, pessoas como Sir William Douglas de Douglasdale, ele mesmo mais fora da lei que nós somos, e também Murray, no norte. Mas homens como esses, movidos por princípios ou por política, são poucos e isolados. Isso deixa as pessoas comuns como nós com apenas duas escolhas: podemos nos deitar como ovelhas e deixar que todos eles, ingleses e a nobreza escocesa, nos esmaguem com os pés, ou podemos lutar pelo que temos e usamos, ignorando quem tem o título legal de propriedade.

– Mas, Will, nós não temos nada. Não temos terra, não temos direitos e não temos voz.

Meu primo deu de ombros.

– Eu disse "temos" e "usamos", Jamie. Nós usamos as terras em que vivemos e não abriremos mão delas de modo submisso. E até que o próprio Deus tome o campo de nós e nos expulse, teremos nosso orgulho, nossa integridade como homens e nossa liberdade. Tudo pelo que vale a pena lutar.

– E você irá liderar seu povo, Will, sob o símbolo de uma espada? Esta espada?

Seus dentes apareceram novamente por trás da barba.

– Você não ouviu uma palavra do que eu disse sobre o que pretendo fazer daqui por diante? Eu estava falando sério, Jamie, cada palavra. Não sou o único homem na floresta de Selkirk capaz de brandir uma lâmina ou acertar uma flecha. Posso citar meia dúzia, aqui e agora mesmo, que poderia passar por mim e assumir o comando se eu fosse abatido em batalha. Apenas um homem era insubstituível, Jamie, e Ele morreu por todos nós. Quanto ao resto, os líderes comuns, reis e generais, sempre há alguém, e frequentemente alguém melhor, esperando para se adiantar e assumir o comando. Eu partirei, desaparecido na floresta, e a questão de quem me substituirá caberá a Deus decidir, mas não acredito por um só instante que Ele nos abandonará.

Ele se empertigou, a cabeça inclinada.

– Quem está aí?

A porta se abriu e um dos guardas enfiou a cabeça.

– Seu bispo voltou, Will. Está chegando a cavalo agora.

– Obrigado, Alistair. Já sairei. Diga isso ao bispo e peça que ele se acomode na cabana de reuniões – respondeu, a seguir se virando para mim. – Bem, então vamos descobrir o motivo dessa visita?

– Não eu, primo. Não fui convidado. Vá sozinho por ora. Se então eles mandarem me buscar eu irei, agora acredito que o assunto deles é com você.

Ele apertou os olhos e me fitou por algum tempo antes de assentir levemente.

– Então que seja. Você janta conosco esta noite?

Eu disse que sim, então ele anuiu novamente e olhou ao redor como se procurando preguiçosamente algo que não encontrou antes de ir rapidamente até a porta e me deixar ali sozinho.

Assim que Will partiu eu voltei até a grande espada e estiquei a mão para agarrar o punho. Ela tombou pesadamente na minha direção quando puxei, mas dei um passo rápido para trás, apertando com mais força e a erguendo corretamente, e a arma se acomodou em meu punho, e senti o belo equilíbrio da coisa. Eu a levantei mais alto, segurando com as duas mãos, e a lâmina comprida subiu sem esforço, a luz refletida que entrava pela pequena janela cintilava sobre os padrões de marca d'água na lâmina enquanto ela se movia. Decidi que devia pesar entre três quilos e três quilos e meio, com a maior parte do peso centrado no terço superior da arma para oferecer um apoio para a comprida beleza letal da lâmina. Estava tão profundamente concentrado no que fazia que o som da voz de Mirren às minhas costas fez com que desse um pulo e me virasse na direção dela em ato reflexo, ainda agarrando a espada.

Ela estava retirando o xale que cobria sua cabeça, mas o largou e levantou as mãos em horror fingido enquanto a comprida lâmina virava na direção dela, embora não chegasse nem perto.

– Pelos céus! Vai me matar, padre James?

Eu baixei a ponta para o chão imediatamente, mortificado, e comecei a gaguejar um pedido de desculpas.

– Jamie Wallace, você está ruborizando como um garotinho flagrado roubando mel. Eu o assustei, e lamento. Não sabia que estava aqui – disse ela, hesitando e depois acrescentando. – Mas já que está, quero lhe perguntar algo. Importa-se?

– Não, claro que não. Deixe-me recolocar isso no lugar – falei, me virando e recolocando a espada no canto, e enquanto o fazia a ouvi se acomodando lenta e cuidadosamente em sua cadeira. – É uma bela arma – disse por sobre o ombro, dando a ela tempo de se acomodar decorosamente.

– É para matar homens – disse com desdém. – Fico surpresa de ouvir você, entre todas as pessoas, achando algo de bom a dizer sobre ela. Todos morreremos um dia. Não consigo ver beleza alguma em uma coisa feita para tornar esse momento mais próximo.

Eu me virei para encará-la, baixando a cabeça respeitosamente.

– Perdoe-me, Mirren. Você está certa, claro. Estava admirando sua forma, a simetria e proporção, não pensando em seu propósito. Agora, o que deseja me perguntar?

Ela terminou de arrumar o xale leve sobre a cabeça, aparentemente tendo decidido permanecer com ele, depois me olhou com olhos apertados.

– O que Robert Wishart quer com meu Will?

Fui apanhado desprevenido pelo seu tom duro, e ela continuou antes que pudesse dizer alguma coisa.

– Estou perguntando a Jamie, o primo, não ao padre James, o sacerdote, e quero que se sente e converse comigo, olho no olho, Jamie Wallace. O que aquele velho conspirador quer do meu homem? E não tente me dizer que ele não quer nada, porque não acreditarei mais em você do que você mesmo acreditaria.

Eu ergui as mãos, me rendendo.

– Juro a você, Mirren, não sei. Sequer sabia que o bispo estava vindo. Nós o encontramos por acaso ontem, Ewan, Alec e eu, na floresta. Poderíamos muito bem não ter visto. Mas realmente acho que você está cometendo uma injustiça...

Minha voz morreu quando vi a expressão que surgiu nos olhos dela, e senti uma onda de sangue colorir meu rosto. Ela disse:

– Sim, você deve mesmo corar. Estava prestes a contar uma mentira que envergonharia um mentiroso, quanto mais um padre. Sabe tão bem quanto eu que Robert Wishart não faz nada, nunca, sem uma razão, e seu raciocínio é, com frequência, tão retorcido quanto o topo daquele grande bastão enrolado que ele carrega. Como é o nome?

– Báculo, o bastão pastoral.

– Sim, isso. É esplêndido, imagino, mas ninguém nunca o chamaria de puro e simples. Assim como o raciocínio dele. Tudo que aquele homem faz tem um objetivo. Verdade que ouvi dizer que tudo o que ele faz é para o bem do reino da Escócia. Sei disso, e é bom. Mas minha preocupação é que ele esteja planejando usar meu Will para algo de que não gosto, e morro de medo do que possa ser.

– Não há razão para isso, Mirren. O bispo Wishart nunca pediria a Will para fazer algo desonroso.

– Desonroso? Você é surdo, Jamie Wallace? Do que, em nome de Deus, você acha que estou falando aqui? O que honra tem a ver com qualquer coisa além da burrice de homens idiotas pisando duro como galos de briga? – reagiu ela, me olhando com olhos furiosos, como se não acreditasse que eu podia ser tão obtuso de não entendê-la, e prosseguiu em um tom que era um pouco mais alto que um sibilar sustentado. – Não estou falando desse tipo de besteira. Estou falando sobre colocar a vida do meu homem em risco, sobre mandá-lo fazer algo corajoso e idiota que pode matá-lo e me deixar aqui com um bebê recém-nascido sem ninguém para criar. Estou falando sobre meu Will, seu primo e maior amigo, morrer por causa das ideias daquele velho sobre o que é certo para a Escócia. E vou dizer uma coisa, Jamie Wallace, eu não daria um punhado de bolotas de carvalho por todo o sagrado reino da Escócia e seus bispos, se fosse uma escolha entre a vida dele e a do meu Will.

Ela parou, respirando fundo.

Eu ergui uma mão para acalmá-la, mas sem muito entusiasmo, porque realmente não sabia o que dizer a ela.

– Isso não vai acontecer, Mirren – falei, escutando a incerteza em minha própria voz. – Nunca chegaria a isso, ou perto disso.

– Perto do quê? Perto do quê, Jamie? De luta? De guerra? Do meu Will ser morto? – disse, com uma voz dura como granito, os olhos cheios de desprezo. – Diga que você não acredita realmente nessa baboseira.

– Claro que acredito nisso, Mirren. É verdade.

– Verdade? Jesus Cristo, Jamie Wallace, ouça a si mesmo! Mais gente morreu por aqui nos últimos três anos do que nos trinta anos antes disso, quando o rei Alexandre era vivo. E apenas escoceses. Quando começamos a incluir estrangeiros e soldados ingleses nisso, é melhor nem pensar.

– Mas é apenas banditismo, Mirren, não guerra. Ademais, agora o pior parece ter passado.

– Ah, é mesmo? Uau, fico feliz por você me contar isso – reagiu, e o desprezo em sua voz era de arrepiar, e mesmo sabendo que seu desprezo não era dirigido a mim, eu me encolhi por dentro. – Estou certa de que todos os mortos ficarão felizes de saber que foi banditismo que os matou, e não guerra.

– O que quer que eu faça, Mirren? O que posso fazer para ajudar? – retruquei, me obrigando a engolir minha impaciência.

Eu não sabia o que ela esperava que eu dissesse, mas ela ergueu a cabeça e arregalou os olhos. E então, para meu absoluto horror, começou a chorar, não ruidosamente ou mesmo de forma audível, mas desesperançada. Ela olhava para mim e seus olhos eram enormes, a agonia desamparada neles me perfurando enquanto as lágrimas acumulavam e corriam em profusão pelo rosto, pingando do queixo. Simplesmente ficou sentada ali, deixando que corressem.

Eu não ficara muito tempo sozinho com Mirren, mas lentamente passara a conhecê-la e aprendera a apreciar e respeitar sua força de caráter e vontade como sendo realmente extraordinárias, e ouvira o próprio Will dizer, muitas vezes, que ela era a mulher mais forte que conhecera. Vê-la reduzida a lágrimas daquela forma, portanto, foi assustador para mim. Eu sabia, claro, que sua condição, tão perto do momento do parto, era precária e esperava-se que seu comportamento se afastasse do normal, mas minha ignorância era tão patética que não sabia o que seria o normal. Então me limitei a ficar sentado ali, rezando por inspiração e ajuda.

A ajuda veio primeiro, e foi dada pela própria Mirren quando suas lágrimas secaram e ela levantou a mão como se para me benzer.

– Perdoe-me, padre James, não devia estar dizendo essas coisas a você.

Era a primeira vez que ela se dirigia a mim pelo meu título.

– Sei que você não tem culpa de nada disto – dizia ela enquanto eu me recompunha. – O velho bispo Wishart começou a se interessar pelo meu Will muito antes de você estar em posição de influenciá-lo de uma forma ou outra. Mas, Deus me perdoe, estou com medo de perder meu homem... perder o pai do meu bebê.

Eu me sentei decidido na frente dela e me inclinei na sua direção, olhando-a diretamente nos olhos.

– Escute, Mirren. Escute com atenção o que vou lhe dizer. Juro que é verdade e algo que você nunca ouviu antes. Vai me escutar? Vou lhe contar algo que Will me confessou... na verdade jurou a mim.

Vi seus olhos se arregalarem de surpresa, e soube instantaneamente que ela entendera errado.

– Não, não, não – disse, esticando a mão e a segurando pelo pulso. – Foi uma confissão pessoal entre amigos, não uma confissão sacramental me obrigando ao silêncio. Você entende a diferença?

Eu sabia que sim, mas esperei que ela assentisse, reconhecendo.

– Bom – disse, apertando seu pulso de modo tranquilizador, esperava, mas não o soltando. – Então, conversamos sobre isso, Will e eu, desde que você – disse, me interrompendo por um momento, depois prosseguindo –, desde que você começou a esperar. Na verdade, falamos sobre isso pela primeira vez logo depois dos ataques nas terras de fronteira, quando chegou a notícia de que Tam Elliott, o tecelão, tivera o tendão atrás do joelho cortado durante a luta na cidade de Selkirk. Lembra disso?

Ela assentiu, séria.

– Lembro, porque a esposa dele acabara de ter gêmeos, e isso quase a matou. Tudo isso, quero dizer; o nascimento das crianças e depois a notícia de que Tam perdera a perna.

– Sim. Bem, Will e eu falamos sobre o que devia ser feito por eles, e a conversa chegou a você e Will, e o que poderia acontecer a você se ele fosse aleijado ou, não permita Deus, morto em uma luta. Agora sei que Will tem pensado profundamente nisso desde então, e tomou uma decisão na qual, francamente, eu não teria acreditado há três meses.

Ela não perguntou, embora seus olhos se arregalassem ainda mais. Simplesmente esperou, imóvel, que eu continuasse.

– Will decidiu que seu dever, mais que isso, seu coração, está com você e seu filho, Mirren. Disse que você e seu filho, ou a filha que dará a ele, são mais valiosos e muito mais importantes que qualquer outra coisa pode ser.

Ela me perguntou em uma voz apertada:

– O que isso significa?

Tive de sorrir para ela, pela trêmula esperança em sua voz, a meia consciência de que seus medos poderiam se provar sem sentido.

– Significa que seu homem decidiu que você e o filho que carrega, e os outros que dará a ele nos anos por vir, são seu mundo e sua vida. E escolheu acreditar que mais nada, especialmente não os absurdos e as brigas da política de homens que não se dignariam a recebê-lo pessoalmente, não poderão nunca ameaçar o amor e a estima que tem por você e o que você significa para ele. Esses outros homens podem pensar em si mesmos como melhores que Will, seus superiores, seus mestres, as pobres criaturas ignorantes que são, mas você sabe e eu sei que nenhum deles se aproxima de Will em estatura, dignidade ou bondade. E o estranho é que, em algum ponto no fundo dele mesmo, Will também está começando a ver isso. Estranho, digo, porque ele é um homem modesto, humilde, com pouca ideia de como outros homens o estimam. Mas seja como for, senhora Wallace, acredito que pode secar suas lágrimas, pois Will não irá a lugar algum que a faça sofrer.

Seus olhos se acenderam novamente com algo que lembrava pânico.

– Mas ele está com o bispo agora. E se...

– O bispo Wishart não fará Will mudar de ideia, não importando o quanto tente persuadi-lo, e todos sabemos como ele pode ser persuasivo. Mas Will tomou sua decisão, e você conhece seu homem. Assim que ele se convence, nada, nem mesmo você, pode mudar isso.

Enquanto eu acabava de falar, alguém bateu na porta e Mirren respondeu imediatamente.

– Entre.

Ewan inclinou o corpo para dentro, seu rosto se iluminando de prazer ao me ver.

– Ah, aí está você. Deus abençoe esta casa, e bom dia para você, Mirren. Jamie, o bispo me mandou buscá-lo.

– Sim, já estou indo, Ewan – disse, me virando novamente para Mirren. – Tenho de ir para casa amanhã de manhã, então você e eu poderíamos falar novamente sobre isso mais tarde, talvez antes do jantar. Seria possível?

Ela então sorriu para mim, o sorriso mais aberto e amistoso que já me dera, e cruzou as mãos sobre a barriga.

– Sim, ou talvez depois de comermos. Afinal, tenho de bancar a anfitriã e entreter o bispo e seu... companheiro.

– Ele é um cônego, cônego Lamberton, chanceler da catedral de Glasgow. Gostará dele.

– Obrigada, Jamie. Você aliviou minha alma.

Eu a abençoei rapidamente e parti.

Os três rostos ao redor da menor das mesas na cabana que servia de salão de reuniões estavam todos sérios quando entrei, e os cumprimentos que trocamos não foram mais do que gestos de cabeça formais.

– Alguém morreu? – perguntei, e imediatamente lamentei minha leviandade. – Perdão, senhor meu bispo, não quis ser desrespeitoso.

Wishart olhou para mim, os olhos claramente pouco amistosos.

– Não, padre James – disse, tão baixo que eu quase tive de me esforçar para escutar. Àquela altura eu trabalhara diretamente com ele havia quase dois anos inteiros, e sabia que o bispo Wishart sussurrando com o rosto impassível era o equivalente a outros homens berrando enquanto destruíam prédios e massacravam inocentes. – Ninguém ainda morreu hoje. Mas estão sendo feitos preparativos em muitos lugares que deverão levar a uma profusão de mortes em tempos futuros. Estamos entrando em tempos difíceis na Escócia, tempos que irão testar o caráter de cada um de nós, e agora seu primo nos informou que irá se afastar de qualquer possibilidade de conflito.

Eu me encolhi, embora soubesse que não era algo sábio a fazer. Olhei na direção de Will para tentar adivinhar o que já havia dito, mas ele parecia sereno.

– Sim, bem – disse, lutando para encontrar palavras e organizar minhas ideias. – Sua esposa fará dele um pai nos próximos dias. Acontecimentos assim costumam fazer homens reavaliar suas vidas e o modo como as viveram.

– Estamos conscientes disso, padre James – informou, o gelo naquela voz baixa sendo lançado na minha direção. – Acho os motivos de Will admiráveis, e seu desejo de estar com esposa e filho não poderia ser mais louvável. Contudo, o momento de tudo isso não poderia ser mais infeliz.

– Perdoe-me, meu senhor. O momento de tudo o quê?

O bispo moveu a cabeça para olhar para mim, um esgar de aborrecimento surgindo entre suas sobrancelhas.

– Eu preciso apresentar tudo a você como em um mapa?

Eu senti meu queixo se levantando, embora soubesse que não deveria reagir.

– Temo que sim, meu senhor, pois tenho estado nesta floresta quase quatro meses, e aqui ouvimos pouco sobre o mundo exterior.

Vi Will se curvar para frente levemente, e quando o fitei vi que olhava para mim fechando um dos olhos em uma longa piscada de aprovação. Mas o bispo ficara imóvel, olhando diretamente para frente. Depois sua postura perdeu a rigidez e ele reclinou em sua cadeira.

– Perdoe-me, padre James. Tem todo direito de me censurar. Então venha, sente-se e eu o atualizarei sobre tudo o que tem acontecido na Escócia e na Inglaterra.

Ele esperou até que eu tivesse me sentado à sua frente, depois ergueu uma das mãos com os dedos esticados, preparando-se para enumerar os pontos enquanto os apresentava.

– Você deixou Glasgow e veio para cá como responsável por seu novo rebanho pouco depois da morte do velho Robert Bruce no final de abril, não foi?

– Sim, meu senhor, em 28 de abril.

– Certo. Então, em junho os homens de Will fizeram várias ações em resposta às atividades ilegais de certas... pessoas nesta área. Isso criou uma agitação na época, mas embora muito tenha sido conseguido aqui, foi visto pelos poderes da terra como uma questão local, um pequeno distúrbio que se tornava insignificante em comparação com o que se passava em outras partes. Então veio julho, e muitas questões chegaram a um ponto crítico. Os primeiros dez dias de julho do ano do Senhor de 1295 se provarão, acredito, terem sido uma época memorável.

"No terceiro dia do mês, na companhia de outros, eu coloquei meu nome e selo episcopal como testemunha de uma carta real do rei John da Escócia. Esses outros eram quatro condes: Buchan, Strathearn, Dunbar e Mar, juntamente com Patrick de Graham e John Comyn, lorde de Badenoch. Um ilustre grupo de testemunhas, segundo qualquer parâmetro. O objetivo da carta era conceder terras em Douglasdale, tomadas do rebelde Sir William Douglas, ao inglês Antony Bek, príncipe bispo de Durham e antigo representante do rei Eduardo da Inglaterra na Escócia."

Eu tinha consciência de estar de boca aberta.

– Bek? – disse finalmente. – Eles deram as terras de Douglas a Bek?

– Sim, eles deram – disse o bispo com voz seca. – Sir William Douglas foi condenado por sedição e rebelião, e todas as suas terras e seus bens foram confiscados pela Coroa. É lamentável, mas o homem atraiu esse julgamento para si mesmo com sua obstinação. Ele foi muitas vezes alertado, aconselhado a recuar, mas sempre foi um touro teimoso, decidido e desinteressado do que os outros pensavam. Ele se comportava como um rei tirano em suas próprias terras, e alguns argumentam que era seu direito, mas desafiou o verdadeiro rei em outros pontos do reino, agindo como se ele mesmo fosse a lei, e essa foi sua ruína. Seu comportamento era quase banditismo e traição, e pagou o preço por isso.

– Mas Bek, meu senhor! Que loucura é essa de dar terras escocesas para um homem cujo ódio ao reino é do conhecimento de todos...

– Pense, padre James – disse Wishart, a voz ameaçadora, mas não impaciente, me alertando para não falar mais. – O presente foi do rei John, um gesto de boa vontade para com seu primo real, o rei da Inglaterra. Você questionaria seu próprio monarca por isso?

Fechei minha boca, limitando meu protesto a franzir o cenho enquanto o bispo continuava.

– Os desejos de gente como nós quatro aqui não têm qualquer peso nessas questões, e ademais o presente a Bek foi considerado insignificante dois dias depois, em 5 de julho.

Lamberton pigarreou baixo, juntando os dedos abaixo do nariz como em prece e olhando para mim sob sobrancelhas levemente arqueadas. Eu quase podia sentir a pergunta pairando em meus lábios, e sabia que eles esperavam que a fizesse. Eu me virei ligeiramente para olhar diretamente para o bispo.

– A mim parece, meu senhor, que qualquer coisa capaz de reduzir gesto tão grotesco a insignificância deve ter sido em si um terremoto.

– Foi – respondeu Wishart. – De fato foi, embora os efeitos do que ocorreu naquele dia ainda não tenham se dado.

Maldição, pensei, ele está determinado a me fazer perguntar.

– O que aconteceu, então? Qual foi esse acontecimento de abalar a terra?

– Outra carta do rei John, mas de longe mais significativa que a concessão temporária da titularidade de algumas terras a um soberano em visita. Esta carta tem grande substância... ou tem o potencial de adquirir grande substância. Em 5 de julho Sua Graça, o rei, nomeou uma delegação de altos representantes da Igreja e de leigos do reino para viajar à França com plena autoridade para negociar uma aliança formal com a coroa francesa. Os termos da aliança, como propostos pelo rei

John, colocam os dois reinos ombro a ombro contra qualquer agressão a qualquer parte pela coroa da Inglaterra. Os delegados escolhidos são William Fraser, bispo de St. Andrews, Matthew de Crambeth, bispo de Dunkeld, Sir John de Soulis e Sir Ingram de Umfraville. Eles partiram para a França em dois dias, e já chegaram a Paris, onde atualmente negociam com o rei Filipe e seus conselheiros – disse, fazendo uma pausa antes de continuar. – Quão significativo é esse desdobramento, imagina você, em comparação com a concessão das terras de Douglas a Bek?

Eu concordei lentamente.

– Dá todo um novo significado à palavra – respondi. – E também posso entender o que quis dizer com os efeitos do terremoto não terem sido sentidos ainda. A Inglaterra tem alguma ideia do que está acontecendo?

– Ainda não. Mas terá, logo. Acontecimentos de tal magnitude não são escondidos com facilidade, especialmente em um lugar como a França, onde Filipe mantém uma corte cheia de estrangeiros e passou muitos anos em guerra contra a Inglaterra. Eduardo certamente tem muitos espiões lá salvaguardando seus interesses na guerra pela Gasconha, e não irá demorar para a notícia do que está acontecendo chegar até ele na Inglaterra. Quando isso acontecer, não tenho dúvida de que a terra começará a tremer.

– Como pensa que ele irá reagir, meu senhor?

– Ruidosamente, suspeito, mas não violentamente. Não ainda, antes de ter tempo para avaliar a situação.

– E quanto ao rei John? O que ele espera ganhar com isso?

– Tempo. Tempo e um forte aliado. A aproximação do rei francês é um trabalho que deve ocorrer paralelamente a outros desdobramentos ocorridos na mesma semana. Na verdade, no dia seguinte.

O cônego Lamberton deve ter visto minha confusão, pois baixou as mãos para o colo e se inclinou para frente para me falar diretamente.

– Os delegados à França foram nomeados formalmente em Stirling no começo da manhã de 5 de julho, padre James. Eles partiram naquele mesmo dia para St. Andrews e zarparam para a França no dia 7, enquanto no dia 6 o sétimo parlamento do rei John era instalado em Stirling. Meu senhor bispo?

Ele ergueu os olhos para Wishart, mas o bispo apenas indicou com os dedos que prosseguisse.

– Não é segredo que o rei John tem tido problemas crescentes com o rei Eduardo desde sua ascensão ao trono. O Plantageneta claramente acredita que tendo possibilitado ao rei John receber a coroa, agora tem o direito de ditar como o novo rei deveria usá-la, e deixou mais que evidente que acredita ter o direito de impor sua vontade a todo o reino da Escócia. Veja sua contínua insistência em que seja concedida a ocupação de todos os nossos castelos. Ele quer todos, para ocupar a seu bel prazer, para seus próprios objetivos. E quais poderiam ser tais propósitos que não a dominação e o esmagamento desta terra? Ele busca disfarçar tudo isso com palavras diplomáticas: que ele tem o direito de ser reconhecido como suserano da Escócia porque a maioria de nossos magnatas escoceses deve algum tipo de fidelidade a ele. O fato de que a maior parte da Escócia, se não toda ela, discorda, importa pouco para esse homem. Ele não vê impedimento em impor sua vontade régia a todos nós. Mas não iremos permitir isso. A Escócia não irá permitir.

Eu olhei de esguelha para Will, e vi que ele escutava atentamente, os olhos apertados enquanto se concentrava em cada palavra que era dita, e quando olhava ele falou.

– Como a Escócia não irá permitir isso? Quem é esse "nós" de que você fala e o que eles pretendem fazer para mudar tudo?

Dessa vez foi o bispo quem respondeu.

– Nós somos a comunidade do reino. A descrição é nova...

– Já ouvi falar nela – disse Will.

– Sim, ouviu, pois a ideia não é nova. Existe há anos, abordada por todos. Mas recentemente começou a tomar forma real, nas pessoas daqueles mais envolvidos.

– Os magnatas.

Havia um tom seco de desprezo na voz de Will, mas o bispo pareceu não perceber.

– Os magnatas, sim, mas não apenas... não estão mais sozinhos. Estes são tempos de mudança. Nos últimos anos temos visto a emergência de um acréscimo aos três principais estados do reino. Um quarto está ganhando forma. Os primeiros três continuam a existir: os bispos da Igreja, os condes do antigo reino celta e os barões do atual reino. Mas uma nova voz está se fazendo ouvir na terra: a voz dos burgueses, alguns dos quais começam a se chamar de quarto estado. Mas por enquanto, e no caso que estamos discutindo, o poder investido não mudou. O parlamento em Stirling nomeou um conselho de 12 governadores, quatro bispos, quatro condes e quatro barões, para ajudar incondicionalmente o rei John no trato com a Inglaterra, dar apoio claro e formidável à graça do rei face a agressão e ameaça.

Will murmurou algo com desgosto e Wishart inclinou a cabeça de lado, olhando para ele.

– Tem algo a acrescentar, Will?

– Sim – foi a resposta em voz baixa –, mas nada novo. Quanto tempo, acha, antes que Eduardo dê um puxão na corrente e ameace privar seus magnatas de suas terras na Inglaterra? Isso nunca antes falhou em fazer com que se ajoelhassem obedientemente, e não vejo razão para que as coisas sejam diferentes agora.

– Mas as coisas são diferentes agora. Esses homens aceitaram total responsabilidade por suas novas tarefas aos olhos do parlamento.

– E eles se dispuseram a entregar suas propriedades na Inglaterra?

Isso não teve resposta, e o silêncio se prolongou até Will falar novamente.

– Foi o que eu pensei. E por isso, meu senhor, eu não lutarei. Enquanto esses homens se valerem da riqueza de suas propriedades na Inglaterra o rei da Inglaterra os terá na mão. Diga-me, e seja sincero: por que eu, por que qualquer homem de capacidade ou valor, deveria colocar em risco e abandonar sua própria família e se apresentar para lutar por, ou com, ou ao lado desses... desses bufões presunçosos sabendo que eles provavelmente se colocariam à margem no meio do processo e acabariam dançando do outro lado, aceitando migalhas da Inglaterra e nos deixando para morrer por nosso desatino de confiar neles?

Ele olhava furioso para o bispo, desafiando-o a interrompê-lo, e quando Wishart não disse nada ele continuou.

– Magnatas! Magnatas uma ova. Vermes combina melhor com eles. Sir William Douglas pode ser um bandido, um agressor e um rebelde, mas pelo menos ninguém duvida de que lado ele está. Eu posso lidar com esse tipo de homem. Mas até que esses vermes decidam se são escoceses ou ingleses, não receberão nenhum apoio de mim ou de qualquer um como eu. E até então, malditos sejam – disse, depois baixando a voz dramaticamente e pronunciando suas palavras seguintes lenta e claramente. – Eu não irei lutar para enriquecer um magnata vira-lata sem rosto às minhas custas e correndo riscos.

Ele permitiu que isso pairasse no ar, depois recostou em sua cadeira.

– Por outro lado – continuou –, no momento em que as casas nobres escocesas abrirem mão de tudo o que têm na Inglaterra e se comprometerem em ser escoceses e cuidar de seu povo e deste reino, estarei preparado para mudar de ideia. E se isso chegar a uma guerra, cada um e todos unidos contra a cobiça de Eduardo, eu sairei rapidamente de Ettrick, com todos os foras da lei que conseguir reunir, e me juntarei à luta.

– E você está determinado a não lutar até então?

Will pousou as mãos na mesa, dedos esticados.

– Eu expliquei minha situação, meu senhor, o mais claramente que posso, mas o farei novamente. Tenho uma esposa esperando uma criança. Em poucos dias teremos um filho ou filha, o primeiro de muitos, espero e rezo por isso. Não colocarei o bem-estar de minha família em risco desnecessariamente. Caso seja uma guerra justa, devidamente liderada por comandantes confiáveis pelo bem comum, então marcharei com todos os outros. Mas não arriscarei nada, nem apoiarei de nenhum modo alguém que não se interessa por mim ou pelos meus, e não tem nada em mente a não ser seu próprio bem-estar.

Ele pareceu sugar alguma coisa presa nos dentes, depois deu de ombros.

– Um homem honesto só pode servir a um senhor, neste caso, um rei. Qualquer idiota sabe disso. E a Escócia tem um rei, coroado com todas as bênçãos de Igreja e Estado. A fidelidade de nossos ditos magnatas é clara, seu monarca é o rei John. Mas eles temem ofender Pernas Longas e perder riqueza e privilégios. Sendo claro, eles são enganosos e traiçoeiros, e pretendo me manter, e à minha família, o máximo possível afastado do fedor de sua decadência.

Ele se levantou e curvou rigidamente ao bispo Wishart e ao cônego. Depois, sem mais uma palavra, partiu, fechando a porta silenciosamente atrás de si. Ninguém falou por um bom tempo, mas então Wishart suspirou e olhou para Lamberton.

– Você sequer conseguiu falar com ele. *Mea culpa*. Eu forcei demais.

Lamberton balançou a cabeça.

– Não, meu senhor. Mestre Wallace havia passado do ponto em que alguém poderia forçá-lo muito antes de virmos até aqui. Mas não importa. Eu o procurarei mais tarde, quando tiver tido tempo de se acalmar – disse, a seguir olhando para mim e dando um sorriso malicioso. – Seu primo é um homem de opiniões firmes.

– Sim, ele é. Mas você sempre sabe exatamente onde está ao lidar com ele. É justo e equilibrado. E falará com você mais tarde, desde que você não tente fazê-lo mudar de ideia ou se sentir culpado pela decisão que tomou.

– Não tenho intenção de tentar nada disso. Só quero falar com ele sobre um amigo em comum, Sir Andrew Murray.

– Você é amigo de Andrew? Então ele irá falar com você alegremente.

O bispo pigarreou e depois se colocou de pé, tirando o breviário da bolsa.

– Acho que há pouco a ganhar permanecendo aqui... nesta sala, quero dizer. Acho que gostaria de caminhar sozinho um pouco.

Wishart se despediu de nós com um gesto de cabeça e saiu para o acampamento, pensando profundamente. Lamberton e eu trocamos olhares e depois, sem nada mais a dizer um ao outro, fomos em direções diferentes.

A partir do momento em que ouvi que o parto começara, fui lançado em um redemoinho de imaginações assustadas que duas horas antes eu não acharia que existiam dentro de mim. O próprio Will não estava muito melhor. Após ser informado de que Mirren desmaiara e fora levada para dentro dos domínios escuros das parteiras, meu primo viril e afirmativo se transformou: a cor desapareceu de seu rosto, ele pareceu encolher em altura e largura, e seus próprios movimentos, normalmente firmes e decisivos, ganharam um aspecto de incerteza e timidez. O bispo e seu chanceler ofereceram missas pelo bem-estar e a segurança da mãe e do filho, mas sua presença não tinha verdadeira relevância para nenhum do resto de nós. Pessoas como Ewan, Shoomy, Alan e Long John, rostos conhecidos e sempre presentes, eram muito mais reconfortantes e davam muito mais apoio nesses momentos do que simples clérigos poderiam.

Durante toda aquela longa noite sem lua aparentemente interminável nós esperamos, enrolados em capas em torno de uma fogueira alta enquanto mulheres sem forma e sem rosto passavam apressadas de um lado para o outro em meio às sombras, em missões que não éramos equipados para compreender. De tempos em tempos ouvíamos barulhos, alguns deles altos, mas todos abafados e sem sentido, que nos faziam remexer de desconforto com nossa própria ignorância do que estava acontecendo. Depois houve uma sucessão de gritos perturbadores que nos deixaram arrepiados, com medo de olhar um para o outro. Mas graças a Deus o último desses gritos medonhos foi acompanhado logo depois pelo choro de um recém-nascido.

Shoomy deu uma risada e um tapinha no ombro do novo pai.

– Papá – rosnou ele, e todos riram e começaram a falar ao mesmo tempo liberando a tensão. Todos, isto é, exceto Will. Ele permaneceu sentado tão tenso quanto antes, olhando para o conjunto de cabanas que abrigava as parteiras, incapaz de esquecer aqueles últimos gritos, eu tinha certeza. Fui até onde ele estava e o agarrei com força pelos ombros.

– Fique aqui – disse. – Vou até lá descobrir como ela está.

Enquanto eu me aproximava da mais próxima das cabanas das parteiras, vi um movimento nas sombras e uma das mais velhas foi na minha direção.

– Padre – disse ela, nem perguntando nem pedindo comentários.

– A senhora Wallace. Como ela está? – perguntei.

A mulher ergueu uma sobrancelha e olhou para mim, e soube exatamente no que ela estava pensando. Um padre perguntando sobre o estado da mãe de um recém-nascido era algo raro, pois no caso de uma nova vida, saudar e colher uma nova alma, o bem-estar da mãe nunca era prioridade. Se fosse preciso fazer uma escolha entre a sobrevivência da mãe e a vida do filho, a vida do filho tinha preferência.

– Ambos estão bem – disse finalmente. – Mãe e filho saudáveis e fortes. Permita que limpemos o aposento e preparemos a criança, e depois poderá trazer o pai – disse e depois desapareceu nas sombras.

Voltei para onde Will estava sentado junto ao fogo, todos os ângulos do seu corpo transmitindo rigidez e tensão. Long John e Ewan estavam de pé perto dele.

– Que Deus abençoe a todos – disse ao me aproximar. – Ele já abençoou seu filho recém-nascido e a mãe. Ambos estão bem fortes e saudáveis. Deus seja louvado.

Will havia erguido a cabeça, olhando para mim de olhos arregalados.

– Mirren?

– Disseram que está bem e ansiosa para que você conheça seu filho.

Ele se levantou lentamente, sustentando meu olhar, e estendeu a mão para me tocar. Eu senti suas mãos agarrando a frente de meu hábito, e então ele me puxou para si, sem sequer ter consciência de que me segurava.

– Ela está bem, Jamie? Está viva?

– E esperando para mostrar a você seu novo filho, primo. Venha agora, que quando chegarmos lá eles já devem estar prontos para nos receber.

Prontos estavam, e minha garganta travou de amor, prazer e gratidão a Deus em sua bondade enquanto via meu primo ser apresentado ao primogênito. Mirren estava impressionantemente, radiantemente bela, e para mim era impossível imaginá-la como a fonte daqueles gritos medonhos que nos haviam assustado tanto pouco tempo antes. Estava regiamente enrolada em peles e xales de lã de cores brilhantes, e apoiava o filho na dobra do braço, os dedos da mão livre colocados delicadamente sob o queixo dele. Enquanto Will avançava timidamente para se curvar e beijar o alto da sua cabeça, ela esticou a mão e puxou a lateral da barba com a ponta dos dedos, um gesto gentil e amoroso de afeto terno, depois do que ergueu a criança enrolada com as duas mãos. Ele pegou o pequeno fardo dela como se contivesse a mais preciosa substância em todo o mundo, o que era verdade, e o levou até diante do rosto, onde podia olhar para a criatura maravilhosa dentro dele, depois ficou enlevado por longos minutos, encantado com o que via.

Foi também naquela noite do nascimento da criança que tive a mais memorável discussão de toda a visita com o cônego Lamberton. O bispo Wishart mais uma vez se recolhera cedo, mas Will permaneceu conosco até tarde da noite, finalmente conseguindo relaxar e desfrutar, e fiquei contente de ver William Lamberton e ele calorosos um com o outro tomando um jarro de cerveja junto a uma fogueira crepitante. Os dois compararam suas experiências de encontrar e conhecer o amigo comum Andrew Murray, e fiquei surpreso de saber que Lamberton conhecera Murray em Paris. Eu não sabia que Andrew estivera em Paris, nem Will, mas Lamberton nos contou que estivera lá fazendo negócios para o pai, um homem de grande poder no norte.

Will e eu sabíamos que Sir Andrew Murray de Petty havia sido oficial de justiça no norte mais ou menos na época da morte do rei Alexandre, e que era intimamente ligado por casamento à poderosa família Comyn. Essas coisas eram de conhecimento geral, embora pouco compreendidas, no sul da Escócia, e agora que o nome de Murray é famoso, e tem sido assim por décadas, pode parecer estranho para as pessoas mais jovens que não tenha sido sempre dessa forma.

Nos dias antes que Wallace saísse de seu esconderijo na floresta a Escócia era um lugar muito diferente, e a divisão do reino em norte e sul, separados pelo Firth of Forth, era real e causava afastamento. Os ingleses chamavam o Firth of Forth de "o mar escocês", e de fato ele separava o norte da Escócia do sul da mesma forma que o mar estreito que os ingleses chamam de canal divide a França da Inglaterra. A analogia não é indevida, pois os povos ao norte e ao sul do Forth falavam línguas muito diferentes e pareciam ser até mesmo racialmente distintas, com gaélicos e pessoas de ascendência escandinava de origem viking dinamarquesa ou norueguesa compondo a maioria da população do norte, enquanto os habitantes do sul falavam principalmente inglês e uma língua comercial poliglota que estava se tornando conhecida como escocês. Entre as duas regiões havia uma enorme distância cultural e uma desconfiança mútua, mantidas suspensas fragilmente pelos esforços da Igreja.

Naquele momento, quando o cônego Lamberton tocou no nome do pai de Andrew, Andrew de Moray sênior, Will e eu começamos a questioná-lo.

– Ele é um homem famoso – disse Will. – Mas não entendo o motivo de ele ser tão famoso. Você sabe?

Lamberton recostou e riu.

– Como qualquer homem fica famoso, Will? Ele é rico, acima e além de tudo mais, rico em uma escala que pessoas como nós não conseguem imaginar – disse, bebendo de sua caneca de cerveja antes de continuar. – Ele é o lorde de Petty, que como você sabe significa pequeno, mas não há nada de pequeno em seu senhorio, pois ele é dono da maior parte das terras de Moray, que são vastas. Sua base principal, da qual ele controla o que a maioria das pessoas chamaria de seu império, é o castelo Hallhill, uma gigantesca fortaleza na margem sul de Moray Firth, mas ele também tem o senhorio de Avoch, Black Isle, que é controlado do castelo de Avoch, outra enorme fortaleza considerada impenetrável, que fica a leste de Inverness, debruçada sobre Moray Firth. Também é lorde de Boharm, governado do castelo de Gauldwell e que contém as propriedades de Arndilly e Botriphni. Ah, e também é dono de outras terras e imóveis em Alturile, Brachlie e Croy, na região de Petty. O jovem Andrew é o herdeiro de tudo isso.

Quando viu que estávamos sem palavras, deu um risinho.

– Não estão contentes de terem me perguntado isso? Conseguem imaginar como deve ser ter tanta riqueza? Não, claro que não. Eu não consigo, e sou um cônego de catedral – disse, se sentando rapidamente e colocando a mão sobre os lábios, olhando ao redor como se procurando enxeridos. – Eu disse isso? Bem, negarei se for acusado. Mas, falando sério, vocês devem ter consciência de que tanta riqueza traz com ela grande influência política. Sir Andrew serviu anos como oficial de justiça no norte e é casado com uma das Comyn de Buchan. A casa de Comyn é a família mais poderosa da sociedade escocesa, como estou certo de que sabem muito bem. Mas uma coisa é estar ligado aos Comyn. Outra bem diferente é estar ligado como Moray está. A segunda esposa de Sir Andrew, madrasta do jovem Andrew, é Euphemia Comyn, sobrinha do próprio rei John Balliol. Ela também é irmã de John Comyn, o lorde de Badenoch, um dos homens de maior influência política da Escócia. Então, aí estão as ligações de nosso amigo comum: Balliol, Buchan, Comyn e de Moray. E, claro, a Igreja. O jovem não carece de influência.

– O que quer dizer com a Igreja? Que influência ele tem nela?

– O nome de Moray é bastante conhecido na Igreja da Escócia, há anos. Houve um Andrew Moray que foi bispo de Moray no começo deste século. Foi o responsável pela transferência da sede do bispado para Elgin há cerca de sessenta anos, se minha memória não me falha. Ele construiu a catedral da cidade. Um homem estimado por seus pares em sua época, e sua memória é reverenciada hoje.

– Ouso dizer que sim – disse Will, levemente impressionado, assim como eu. – Pena que a família não tenha amigos ou parentes aqui no sul. Dessa forma poderíamos saber mais sobre eles.

Lamberton ergueu uma sobrancelha.

– Eu lhes dei essa impressão? Então devo pedir que me perdoem, ou me sirvam um pouco mais dessa excelente cerveja.

Eu enchi novamente a caneca dele, erguendo um colarinho que ele soprou antes de beber pensativamente e assentir em aprovação.

– Vejamos – pensou. – O sul. Conhecem um lugar chamado Bothwell?

– Sim, em Strathclyde – respondi. – Já estive lá. Mas é uma vila.

– Não, é a base na Escócia do irmão de Sir Andrew de Moray, Sir William Moray. Sir William é quase tão rico quanto seu irmão mais novo Andrew; na verdade ele é conhecido como *le riche* por ser muito rico. Ele tem ainda outro irmão mais moço, que também é ordenado. Padre David de Moray é pároco da igreja de Bothwell. Também é um cônego de Moray.

"Atualmente, William, *le riche*, está investindo sua fortuna na construção de um castelo lá, a ser conhecido como castelo Bothwell, debruçado sobre o rio Clyde, e à maneira dos realmente ricos ele gastou enormes quantias importando o mais recente conhecimento sobre construção científica de fortalezas de toda a cristandade. Dizem que está determinado a que seu castelo estabeleça um novo parâmetro para toda a Grã-Bretanha e para o mundo."

– Ele soa como um idiota presunçoso – murmurou Will. – Você disse que esse tal Bothwell é sua base na Escócia. Isso significa que ele tem bases em outros lugares?

– Pelos céus, sim. Possui grandes extensões de terras em Lilleford, na Inglaterra, perto de Lincoln.

– Ah, deveria saber. Outro magnata escocês dependente da generosidade de Eduardo. A ruína desta pobre terra.

– Não, acho que não, neste caso... Pelo menos, não estou certo. Mas acho que me lembro de Andrew me contando que as terras de Lilleford são propriedade de William, *le riche*, há gerações. E, claro, as terras um dia pertencerão a ele.

– Andrew? Elas serão dele?

– Sim. Sir William não tem herdeiros. Então o jovem Andrew herdará toda a riqueza do tio, juntamente com a do pai.

– Bom Deus! Perdoem-me, padres. Mas há alguém a quem Andrew não seja ligado?

– Sim, certamente. Ele não tem ligações com a casa de Bruce. Contudo, ele é ligado aos Douglas de Clydesdale. Sir William Douglas é um primo distante dele, acredito.

Will se limitou a olhar para mim e balançar a cabeça com aquilo, e não disse mais, e Lamberton passou a falar sobre o que eu começava a crer que era seu tema preferido: os burgueses da Escócia e como estavam começando a se fazer reconhecidos como tendo uma voz a ser escutada. Embora eu tivesse ouvido tudo aquilo ser explicado antes, a essência daquilo continuava a me escapar. Só posso imaginar que minha lentidão em perceber sua importância estava relacionada ao alcance em geral limitado de minha visão na época, vivendo como vivia na floresta e cuidando diariamente das necessidades de uma congregação pequena e muito local.

Will, porém, recebeu as novas ideias que Lamberton apresentava a ele em grande medida, como grama seca recebe uma fagulha. E, maravilhado com o pouco tempo que Will levou para passar de interesse educado a enorme ardor, eu de repente entendi por que meus dois companheiros estavam tão excitados com aquela nova ideia e finalmente entendi por que era tão importante, e inevitável, que o bispo Wishart, por intermédio daquele jovem vibrante, levasse essa mensagem diretamente a William Wallace.

Aos olhos de Robert Wishart, William Wallace era um líder, soubesse ele ou não. Era um comandante de rebanho, e seus pares o seguiriam naturalmente, sem serem exortados por ele ou qualquer outro. Will sempre fora sozinho e nunca temera ser diferente daqueles ao redor. Passou anos a fio dizendo que o sistema no qual vivíamos estava falido.

Enquanto eu pensava nessas exatas palavras, me senti estremecer com um arrepio, lembrando que havia sido William Lamberton, não William Wallace, que eu ouvira usar aquela expressão na noite anterior, e que os dois homens não haviam se encontrado quando Lamberton a dissera. Naquele momento eles estavam juntos, conversando sobre aquela ideia reconhecida por ambos, e soube que o próprio Deus os juntara com um objetivo. Will, de sua própria forma silenciosa e modesta, estivera vivendo em desespero político e desilusão, sem qualquer desejo de consertar o que havia quebrado no sistema que controlava as vidas dos homens. A nobreza havia sido tornada impotente pelo tempo e a mudança, não mais capaz de estimular ou inspirar o reino e seu povo, e a Igreja parecia ter sido igualmente afetada. Mas naquele momento, milagrosamente, ali estava a própria Igreja, defendendo o surgimento de uma nova ordem social, um novo Estado que era forte, viril, poderoso, as vozes e a riqueza dos burgueses dos burgos de todo o reino combinados. Não espanta que Will Wallace abraçasse a noção como um sopro de ar primaveril;

e não espanta que ele e seu novo companheiro esquecessem completamente minha presença.

Daquela noite até os dois homens da igreja partirem de volta para Glasgow três dias depois, eles conversaram sem parar sobre política e probabilidades, e em grande medida fiquei contente de deixá-los assim, feliz de ver meu primo caminhando novamente com aquele ânimo em sua postura de que eu lembrava de nossa infância.

O ano seguinte, o primeiro da vida do pequeno William, foi o mais feliz que eu conheci, pois enquanto Will e Mirren se ajustavam à nova vida, eu também fazia o mesmo na minha, e a criança se tornou quase tão parte da minha vida quanto da deles. Rapidamente comecei a amá-lo e mimá-lo como se fosse meu próprio filho, e à medida que a mãe aprendia a confiar em mim, passei a conhecer as delícias do cheiro leitoso e doce de sua pele depois de comer, e aprendi a limpar e cuidar dele nas duas extremidades, trocando suas bandagens e, em geral, me encantando com o milagre que ele era.

Também, surpreendentemente, a transição de líder de bandidos para simples morador da floresta foi muito mais fácil para Will do que todos havíamos esperado. A partir do momento do nascimento do garoto, meu primo deixou claro a seu pessoal que não mais buscaria liderar homens ou lutar. Não fez segredo do fato de que não considerava nada como sendo mais importante do que sua família, e que tudo o que desejava fazer era viver com eles, sem ser perturbado, e cuidar dela da melhor forma que pudesse. E, previsivelmente, seu pessoal aceitou seus desejos.

Retrospectivamente posso ver que a mudança foi grandemente facilitada pelo fato de que, por um período de alguns meses, de meados de julho até outubro daquele ano, praticamente não houve atividade ilegal dentro da floresta. A movimentação de tropas continuou, claro, principalmente na direção sul-norte, com os soldados ingleses continuando a avançar para o reino, mas o número dos homens que se deslocavam era grande demais, e sua composição poderosa demais para permitir qualquer tipo de interferência da parte dos foras da lei da floresta. Além disso, o que poderia ser obtido roubando comboios de bagagem de passagem era considerado pouco atraente, nem tanto pela dificuldade de obter, mas pela certeza de sofrimento posterior com um grande número de ingleses soltos na floresta para punir qualquer um que encontrassem e recuperar a propriedade roubada por todos os meios disponíveis.

Will agiu rapidamente para mudar o modo como seu papel era visto pelas pessoas ao redor. Rapidamente se estabeleceu como o guardião da floresta da comunidade próspera que crescera ao redor de seu acampamento original na floresta, e fez isso simplesmente convocando uma reunião do povo local e falando com ele seriamente sobre a necessidade de conservação e do manejo cuidadoso dos animais selvagens da floresta, para evitar prejudicar a saúde e reduzir o número dos rebanhos de cervos. Ele se tornou o zelador dos limites da floresta para o povo fora da lei, exatamente como havia sido para seu tio Malcolm em Elderslie, fazendo a contagem dos rebanhos locais e seus territórios, registrando seus padrões e o número de filhotes e os selecionando para abate sem desperdiçar. Depois escolheu seis homens, os quais haviam tido algum grau de aprendizado como guardiões de floresta ou silvicultores, para trabalhar com ele na organização de novos bosques e no cultivo de terras aráveis em áreas adequadamente isoladas da floresta.

Feito isso, nomeou três de seus antigos tenentes como comandantes conjuntos das forças locais e transferiu suas obrigações para eles publicamente. Long John das Facas, Robertson, o arqueiro, e Big Andrew Miller, o pequeno lutador musculoso com a besta sempre presente, discretamente assumiram as responsabilidades que paulatinamente haviam se tornado as de Will nos anos anteriores. A transformação estava prestes a ser atingida.

Em outubro daquele ano as relações entre Escócia e Inglaterra haviam deteriorado de forma quase definitiva. Eduardo Plantageneta não descansara um só momento em seu esforço de fazer com que os castelos escoceses passassem para sua jurisdição como senhor supremo da Escócia, e o rei John, apoiado por seu conselho composto dos condes e barões mais poderosos do reino, havia sido igualmente intransigente em sua recusa em ceder uma única fortaleza, a despeito das ameaças inglesas cada vez mais belicosas de retaliações com o objetivo de fazer valer os direitos documentados de seu rei na questão. A Eduardo e seus barões não importava nada que os estatutos "legais" brandidos por eles houvessem sido preparados por advogados ingleses seguindo instruções do rei na Inglaterra; ou que os direitos de suserania aos quais eles se referiam de forma tão pomposa fossem os direitos assumidos pelo mesmo rei inglês; ou que a aplicação de tais direitos na Escócia, reino soberano de outro monarca legalmente ungido, fosse ilegal. Esses detalhes menores não tinham relevância alguma na questão do esforço de Eduardo Pernas Longas para submeter a Escócia como havia feito com Gales poucas décadas antes. Isso ficou evidente quando setembro chegou ao fim em meio ao rufar de tambores e ao toque das trombetas dos recrutadores na Inglaterra.

Mas dessa vez Pernas Longas forçara a mão. A consciência coletiva de sua determinação levou a nobreza escocesa finalmente a se unir em apoio a seu rei em um parlamento do reino – o oitavo e último do reinado do rei John – em Edimburgo, no mês de outubro. Eles foram unânimes em sua recusa formal a abrir mão de um único castelo escocês em benefício dos ingleses.

Menos de uma semana depois os delegados que o rei John enviara à França em seu nome meses antes assinaram um tratado de aliança com Filipe IV e o reino da França. Era um tratado de apoio e assistência mútuos em todas as questões militares, comerciais e diplomáticas, concebido para unir os dois reinos em amizade e interesses mútuos. Para marcar a grandeza e o significado histórico do tratado, as partes concordaram em que o príncipe Edward Balliol, filho mais velho do rei John, desposaria a princesa Jenner de Valois, cujo pai era Charles Capeto, conde de Valois, irmão do rei Filipe IV e imperador titular de Constantinopla. O tratado precisava ser ratificado pelo parlamento escocês, e até que fosse nada estava garantido, mas ninguém duvidava de que a ratificação fosse ocorrer.

Eduardo Pernas Longas, claro, ficou furioso. E quando isso acontecia, alguém – ou algum lugar – invariavelmente sofria.

A notícia de sua fúria mal havia se espalhado quando chegaram mais notícias do sul, não confirmadas, mas pouco questionadas, já que simplesmente davam corpo às histórias que saíam da Inglaterra desde setembro. Segundo esses relatos Eduardo estava reunindo um enorme exército no norte da Inglaterra, em Newcastle, no rio Tyne. Ninguém duvidou disso, pois aquele era o ponto de encontro histórico para qualquer exército que planejava marchar rumo norte para a Escócia.

Os festejos de dezembro vieram e passaram, assim como o começo do ano novo, 1296. Aquele inverno foi frio e brutal para soldados em barracas, pois ventava, caía uma mistura de chuva e neve e era constantemente desconfortável, nunca frio o bastante para neve e temperaturas congelantes, mas nunca aquecido o suficiente para secar roupas e calçados encharcados. Mas, como os soldados que suportavam o desconforto e o gelo em suas armaduras enferrujando eram ingleses preparando-se para nos invadir, ninguém sentiu qualquer simpatia por seu sofrimento, e quem chegou a pensar nisso muito razoavelmente deve ter desejado que o tempo piorasse ainda mais.

Nesse ínterim o pequeno William era o encanto de seus pais e admiradores, incluindo seu padrinho sacerdote; seus compridos cachos negros haviam desaparecido pouco depois do nascimento, sendo substituídos por pelos mais grossos e substanciais, dessa vez tingidos de um forte castanho avermelhado que destacava seus olhos azuis profundos e faziam engasgar de prazer todas as mulheres que o viam pela primeira vez. Além disso, seu sorriso contagioso atraía todos que o viam, homens e mulheres, os seduzindo a se aproximar e brincar com ele, não prestando atenção aos detalhes cansativos do que acontecia no mundo escondido além das portas de dobradiças de ferro e sólidas tábuas de carvalho que mantinham sua família e ele seguros.

Ele estava se dedicando a estudar a locomoção, engatinhando para toda parte antes de completar seis meses de idade e explorando sem parar as maravilhas de todos os lugares onde não deveria se aventurar, de modo que certa manhã de janeiro, depois da missa matinal, eu o encontrei na entrada do estábulo, observando o gado, encantado. De alguma forma havia escapado da vigilância da mãe ou da cozinheira a cujos cuidados havia sido deixado e, vestindo apenas uma fralda, atravessara diretamente o pátio interno, que estava com uma grossa camada de lama gelada. Parei antes, pois estava fazendo algo que eu nunca vira antes. Ele se pusera de pé usando as depressões nas madeiras brutas estreitas da porta, e estava de pé sozinho, descalço, mas ignorando desconforto e balançando levemente enquanto espiava a penumbra cheia de animais do estábulo, fazendo barulhos de satisfação. Ele me viu com o canto do olho e virou para me encarar, fascinado com a própria inteligência. Mas quando comecei a me mover na sua direção, ele cambaleou de forma alarmante, lutando para manter o equilíbrio por pelo menos dois passos antes de cair de forma grandiosa em uma pilha de estrume molhado. Seus uivos de ultraje foram espetaculares. Eu o carreguei para casa com muito cuidado, tentando mantê-lo a um braço de distância para proteger meus trajes sacerdotais, mas foi uma tentativa inútil, porque estava tão escorregadio de lama e estrume que tive de segurá-lo perto para impedir que deslizasse por meus dedos.

Uma crise muito diferente aconteceu no mês seguinte, quando o bispo Wishart e o cônego Lamberton mais uma vez apareceram inesperadamente junto à nossa porta. Will foi o primeiro a vê-los chegando, e colocou de lado a flecha na qual estava colocando penas e caminhou a passos largos para o meio da clareira que nos servia como praça da aldeia. Deu um grito de boas-vindas e ficou esperando por eles, mãos nos quadris e um grande sorriso no rosto. Eu ouvira seu grito e saíra para ver o que provocara aquilo, e foi bem a tempo de ver seu rosto ganhar rugas de preocupação e mesmo alarme, combinando com a expressão nos rostos de nossos visitantes.

Ficamos em silêncio enquanto eles desmontavam com breves cumprimentos de cabeça, e depois Will acenou sem palavras e deu meia-volta para nos conduzir à sua cabana. Assim que entramos, ele fechou a porta e se apoiou nela.

– O quê? – grunhiu, olhando diretamente para Wishart. – O que aconteceu?

– Estamos em guerra contra a Inglaterra.

– Como? Estamos em guerra? Jesus Cristo, Balliol enlouqueceu? Não estamos em condições de lutar uns com os outros, quanto mais ir à guerra contra a Inglaterra! O que aconteceu?

Wishart estava balançando a cabeça.

– John teve pouco a ver com isso, Will. Foi Eduardo quem declarou guerra a nós. Ele manteve um exército reunido em Newcastle durante meses. Todos sabíamos disso, mas supusemos que estava apenas exibindo seu descontentamento, nos ameaçando. Não pensamos seriamente que iria invadir.

– Mas ele fez. O que o levou a isso?

Wishart olhou para Lamberton e indicou com a cabeça para que respondesse, e o homem mais jovem se empertigou e respirou rapidamente.

– Insatisfação com o rei John – disse em voz baixa. – John convocou uma assembleia de nobres em Dunfermline para ratificar a aliança com a França.

– Um parlamento? Então deve ter feito isso em segredo. Teríamos ouvido falar de tal coisa mesmo aqui em Selkirk.

– Não foi um parlamento – murmurou Wishart. – Foi uma assembleia, muito menos formal.

– Mas formal o bastante para envolver a nobreza e ofender Eduardo da Inglaterra o suficiente para que ele iniciasse uma guerra. O que aconteceu nessa assembleia que produziu tal reação?

Lamberton pigarreou discretamente.

– Talvez eu possa responder isso. Sua Graça está certa, esse não foi um parlamento. Aqueles que lá estiveram se referiram a ela como uma reunião da comunidade do reino. Mas a verdade é que em certos sentidos ela se provou mais notável, e talvez mais importante em termos de influência, do que um verdadeiro parlamento teria sido.

– Evidentemente, considerando o resultado – disse Will, a voz exsudando desgosto.

– Ele conseguiu o que buscava, e rapidamente. Em questão de horas o novo tratado com a França foi ratificado e a proposta de casamento entre o filho do rei John, príncipe Edward, e a princesa Jeanne de Valois da França foi aprovada com o testemunho por escrito de todos os presentes, incluindo quatro condes do reino, onze barões, quatro bispos e cinco abades. Tudo isso é bom, mas algo muito mais significativo ocorreu em Dunfermline. Essa realmente foi uma reunião da comunidade do reino. Pela primeira vez representantes oficiais dos burgos de Aberdeen, Berwick, Edimburgo, Perth, Roxburgh e Stirling foram convidados a participar, e pela primeira vez a voz dos burgueses foi oficialmente acrescentada ao registro público.

Will concordou.

– E Pernas Longas respondeu com guerra.

– Quase instantaneamente – respondeu Wishart. – Devia ter um espião lá, porque a notícia chegou a ele como se tivesse asas. Pelo que me disseram sua reação foi espetacular. Virou sua mesa e gritou a Deus para que testemunhasse que aqueles arrivistas escoceses ingratos finalmente haviam esgotado sua paciência muito desgastada. Declarou guerra a nós naquele instante e convocou seus duques e barões para a invasão.

– Humm...

Will atravessou o aposento até a cadeira mais próxima e afundou nela, olhando para o nada, e o silêncio se estendeu, quebrado apenas pelos sons de movimentos enquanto o resto de nós nos deixávamos ficar, cada um momentaneamente perdido em seus próprios pensamentos.

Will finalmente disse:

– E o que acontece agora? Para onde o meu pessoal vai? Estamos praticamente em cima da principal rota de invasão.

Wishart olhou para Lamberton.

– Padre William, você poderia responder, já que você e eu conversamos sobre isso a caminho daqui.

Lamberton assentiu, o rosto solene, depois falou diretamente a Will:

– A resposta honesta é que não sabemos. Vocês podem ficar absolutamente seguros aqui, e por vocês quero dizer suas mulheres e crianças. Estão entre um quilômetro e meio a três quilômetros de distância da estrada principal, e pode ser o suficiente para proteger seus assentamentos. Os exércitos ingleses irão se deslocar rapidamente, pelo menos pelos trechos mais densos da floresta, portanto não estarão muito tentados a se afastar da estrada principal. E é seguro dizer que os comandantes ingleses tomarão precaução contra deserções, de modo que não deixarão seu pessoal entrar na floresta por medo de perdê-lo. De maneira que a distância da estrada certamente torna sua situação bastante promissora. Mas esse também é exatamente o tipo de situação que não se pode avaliar antecipadamente.

Ele fez uma pausa antes de continuar:

– Se eu fosse você, Will, me prepararia para o pior, contando com o melhor. Eu colocaria mulheres e crianças em segurança longe destes assentamentos, em áreas isoladas que possam ser defendidas, e criaria uma linha forte, mas móvel, de arqueiros entre eles e a estrada. Assim, se os ingleses passarem sem parar, vocês poderão retornar às suas casas em questão de horas, e se alguém entrar na floresta procurando por vocês, os arqueiros poderão lidar com eles.

– Sim, isso é basicamente o que eu já havia decidido fazer. Vocês têm mais alguma informação?

Lamberton se voltou para Wishart, e o homem mais velho falou rapidamente:

– Claro que, como pode imaginar, nós nos valemos de nosso conhecimento antecipado dos preparativos de Eduardo e fizemos nossos próprios preparativos para reagir às suas ameaças.

– Nós significando os vermes, você quer dizer.

– Claro. Quem mais poderia ser? Essa nova comunidade pode falar com voz unificada, mas ainda não pode lutar com incentivo unificado. Os exércitos ainda precisam ser reunidos pelos condes que os controlam, e comandados pelos barões que sempre tiveram responsabilidade por essas coisas. Mas fico contente em poder dizer a você, Will, que nesse sentido as coisas melhoraram desde a última vez em que conversamos. Os comandantes do reino estão unidos hoje, e confiantes, assim como eu estou, em que nós, sob o estandarte do rei John, e com as bênçãos de Deus, nos sairemos mais que honradamente na luta à frente.

Will bufou, desprezando as opiniões dos magnatas.

– Isso é muito bonito, meu senhor, mas podemos vencer? Nos sairmos bem e perdermos a despeito disso não tem qualquer apelo para mim. E sei que não terá apelo para qualquer dos homens que precisam marchar em meio a chuva e lama, carregando lanças. Ademais, os ingleses dividem conosco o mesmo Deus, e eles jurarão que está do lado deles. E quanto aos Bruce?

O bispo piscou.

– O que há com eles?

– Annandale e Carrick são dois dos homens mais poderosos da Escócia. Qual a posição deles em tudo isto? Pois vou dizer francamente, se Bruce não está conosco nesta guerra, então é melhor pedir paz a Eduardo neste instante. Qual a posição deles? Simplificando, onde está o jovem pretensioso Carrick?

– O conde de Carrick... – começou o bispo, pigarreando e desviando os olhos para um canto. – Não conheço sua localização exata.

– Nem eu, meu senhor, mas estaria disposto a apostar que poderia encontrá-lo na corte do rei Eduardo, pois aquela é mais sua casa do que a Escócia. O conde, cujo título faz dele um dos mais ilustres pares deste reino, é um pretensioso, uma criança mimada que gosta de se enrolar em roupas espalhafatosas e se divertir com as mulheres de outros homens, fingindo ser um homem enquanto gasta o dinheiro de seu patrocinador como um idiota. Há muito pouco de escocês nele, pelo que ouvi dizer. Ele é jovem; o quê, 20 ou 21 anos? E me disseram que é envolvente, agradável e amigável quando quer, mas também completamente irresponsável. Eduardo o adora como a um filho predileto, e o mima terrivelmente. Ele o autoriza a abusar de tudo e de quem quiser. E quando se cansa de aceitar a rebeldia do jovem conde, convoca-o de volta ao rebanho com um estalar de dedos. Guarde minhas palavras, meu senhor. Bruce é um nome ruim para citar demonstrando solidariedade, ou qualquer coisa puramente escocesa e admirável, da parte dos magnatas.

O bispo abriu a boca para falar, mas Will o ignorou.

– As casas de Bruce e Comyn estão em confronto há longos anos, e Deus sabe que os Bruce não são grandes partidários do rei John Balliol. Certos ou errados, eles o consideram um arrivista e um fraco, colocado no trono pela Inglaterra e mantido no lugar apenas pelo poder e o apoio dos Comyn. E o jovem conde não é o único com o qual devemos nos preocupar. Seu pai é uma questão totalmente diferente. O lorde de Annandale é atualmente castelão de Carlisle, não?

Quando o bispo assentiu, Will grunhiu:

– Então muito bem. Vamos considerar o impensável. Agora que os dois reinos estão em guerra, um de nossos primeiros movimentos deve ser marchar contra Carlisle para impedir que os ingleses se aproximem de Solway Firth e neutralizar a ameaça de invasão daquela direção. Então a pergunta passa a ser: como Robert Bruce de Annandale irá se declarar? Irá apoiar seu rei ungido e abrir Carlisle a um exército escocês? Ou será fiel a seu reconhecido senhor supremo e benfeitor e defenderá o castelo de Carlisle de Eduardo contra o avanço de seu verdadeiro rei? Eu tenho minha própria opinião sobre isso, mas a sua, meu senhor bispo, é a que interessa aqui. Até que o senhor e seus conselheiros possam responder a essa única pergunta além de qualquer dúvida e sem reservas, sugeriria que seriam tolos de basear o destino deste reino em qualquer suposição relativa ao nome de Bruce. Não gosto de dizer isso, pois minha família sempre foi de homens de Bruce, e não duvido que vocês não estão contentes de me ouvir chamando sua atenção para minhas dúvidas, mas essa é a verdade como a vejo hoje.

Robert Wishart esfregou os olhos.

– Eu sei, meu amigo, eu sei. Mas pelo menos essa é uma questão que não demorará a ser resolvida, pois precisaremos colocá-la à prova mais cedo ou mais tarde, e quando o fizermos, saberemos como proceder nas duas circunstâncias. Nesse ínterim, fui assegurado de que os condes estão cuidando bem das coisas. John Comyn, conde de Buchan, está fortificando Annandale, já que o próprio Bruce está no campo inglês por hora. O sobrinho de lorde John de Soulis, Nicholas, comanda em Liddesdale, e, com os dois, o sul está bem cuidado. Sir William Douglas tem o castelo de Berwick, e Sir James Stewart é encarregado de Roxburgh Keep. Estamos bem preparados e em boas mãos.

Wallace se levantou e foi até um armário junto à parede, de onde tirou uma jarra de vinho e duas taças, sinalizando para que eu pegasse mais. Ele colocou uma taça em frente ao bispo, mas antes que pudesse servir o vinho o homem o dispensou, então ele ficou de pé ali com a jarra nas mãos, olhando para o resto de nós.

– Bem – disse finalmente –, espero que esteja certo e que as mãos nas quais estamos sejam realmente boas, pois se hesitarem ou se atrapalharem, esta nossa terra mergulhará no caos, e os gemidos do povo esmagado sob os calcanhares da Inglaterra irão assolar os próprios portões do céu.

Ele colocou a jarra cuidadosamente na mesa, intocada.

– Espero que esteja certo, e rezarei para que esteja.

– Mas você não irá lutar – disse Wishart com voz sombria, e Will se sentou e olhou para ele diretamente.

Eu podia ver que estava lutando contra seu temperamento, e me vi pensando em se o bispo tinha alguma ideia de quão perto estava de receber a benção da ira de meu primo. Mas o tempo passou e o perigo de uma explosão passou com ele, e Will ergueu a mão, quase em uma bênção.

– Na última oportunidade em que nos encontramos eu lhe disse que se um dia surgisse uma causa justa e o povo da Escócia marchasse para a guerra unido, eu me juntaria a ele. Não mudei de ideia desde então. Mas ainda não estou convencido de que a unidade de que falei é firme... por outro lado, sou muito encorajado pelo que me contou hoje sobre o poder dos burgos e dos burgueses. Esse, acredito, é um grande passo na direção do que esperávamos conseguir, pois se os burgueses podem usar a própria voz independente, então algum dia este nosso país poderá existir por conta própria como uma terra livre governada pela própria comunidade para o bem-estar de todo o povo.

William Lamberton o estudou cuidadosamente.

– O que está dizendo, Will?

– Que estou meio convencido. É o que estou dizendo, acho – disse, coçando a barba. – Estou meio convencido; a outra metade permanece em dúvida. Assim, devo, apenas parcialmente, me preparar para a guerra e lutar. Permanecerei aqui na floresta com meu povo e verei o que acontece, e se os ingleses vierem a mim em busca de dor, problemas e sofrimento, darei a eles tudo o que conseguirem suportar, e mais um pouco. Mas ainda não marcharei para a guerra.

Ele se empertigou e olhou diretamente para o bispo.

– Mostre-me um líder que mereça ser seguido e uma guerra pela qual valha morrer, e eu lutarei. Isso eu juro.

Capítulo 16

– Seus bispos estão de volta, raspando em nossa porta.

Foi assim que Alec Scrymgeour definiu cinco dias depois quando interrompeu Will e a mim para anunciar que o bispo e o cônego haviam voltado. Por "raspando em nossa porta" entendemos que ele queria dizer que estavam quase chegando, se aproximando pela trilha sinuosa do pântano desde o sul.

As sobrancelhas de Will franziram um pouco enquanto olhava para mim, mas ele não disse nada. Esperávamos que os religiosos parassem em sua viagem de volta, mas não tão cedo. Haviam partido em busca do conde de Buchan, que estaria em algum lugar a sudoeste de nós, nos territórios de Annandale, e imaginávamos que levariam pelo menos um dia inteiro, talvez o dobro ou triplo desse tempo, para encontrá-lo. Considerando que o bispo cavalgara todo o caminho desde Glasgow para se encontrar com Buchan e, portanto, devia ter questões de grande importância a discutir com o conde Comyn, Wishart e Lamberton não deveriam ser esperados aqui antes de pelo menos mais três dias.

– Talvez tenham se deparado com o conde na estrada – sugeri, e Will deu de ombros.

– Sim, e talvez o tenham perdido totalmente. Ele pode até não ter chegado ainda ao sul. Isso não me surpreenderia. O homem é um Comyn e um conde, duplamente imprevisível. Acha não ter responsabilidade para com ninguém, quanto menos para responder a alguém. Logo vamos descobrir.

Nossos visitantes chegaram menos de meia hora depois, e esperávamos por eles quando saíram da trilha para a clareira no limite sul do acampamento. Evidentemente estavam contentes em chegar – especialmente quando Will os informou de que havia vinho esperando por eles em sua casa e um cervo jovem girando no espeto em sua homenagem – e pareciam bastante alegres, sem nenhum ar de desânimo indicando uma missão fracassada. Mas o protocolo determinava que nada fosse dito até o momento certo, portanto ninguém fez qualquer pergunta ou arriscou qualquer comentário até que os rituais de hospitalidade tivessem sido observados ao redor da cova de fogueira rasa do lado de fora da cabana de Will, depois que os outros convivas foram cuidar de seus próprios negócios e os quatros fomos deixados sozinhos para conversar sem interrupção.

Lamberton começou explicando que de fato haviam encontrado Buchan na estrada, não mais de meio dia após nos deixar, para grande surpresa dos dois grupos. Soube-se que o conde havia enviado seu exército principal de centenas de homens marchando rumo sudoeste para Annandale enquanto ele levara uma pequena escolta de cavaleiros e fizera uma viagem pelo interior até o leste, para se encontrar rapidamente com James Stewart, o Alto Comissário, que ocupara e protegia o castelo de Roxburgh. Por intermédio de Stewart ele repassara despachos para Sir William Douglas em Berwick, e depois, na estrada de volta para Annandale para se juntar a seu exército, ele e seus homens se depararam com o pequeno grupo do bispo Wishart em uma bifurcação da estrada. Haviam montado acampamento perto da bifurcação para poder cuidar dos negócios.

Quando Lamberton terminou, Will se voltou para Wishart.

– E tudo foi bem? Conseguiram o que queriam?

O velho religioso cauteloso ergueu uma sobrancelha em resposta, mas Will continuou.

– Sei que queriam algo de Buchan, meu senhor. Dificilmente teria cavalgado toda a distância desde Glasgow apenas para desejar felicidades a ele. E posso perguntar o que era?

O homem mais velho suspirou, e pensei que ele parecia mais frágil do que parecera meio ano antes, quando levara Lamberton para nos visitar pela primeira vez na época do nascimento do pequeno Will. Parecia exausto e desanimado, mas enquanto essa ideia me ocorria, ele esticou os ombros e se empertigou, afastando a aparência de letargia.

– Sim, William – disse ele. – Você pode perguntar. E eu posso até responder agora, o que não teria podido fazer antes de irmos nos encontrar com John Comyn. Há planos de enviar um exército de combatentes a cavalo cruzando a fronteira para a Inglaterra ao primeiro sinal de hostilidades. Será liderado por alguns condes...

– Esse é um erro desde o princípio, meu senhor, se posso dizer. Nenhum grupo pode liderar. Isso soa bonito e nobre, mas é absurdo. Tudo o que seu grupo de nobres fará será disputar o comando uns com os outros.

– Não, de modo algum! – reagiu o bispo, a voz como um açoite. – Tenha em mente, meu filho, que a própria Igreja é um grupo assim, e lidera o mundo inteiro

– disse, fazendo uma pausa e recomeçando em um tom mais suave. – Concordo que o papa é o líder da Igreja, mas os cardeais são efetivamente os condes de Sua Santidade, e usam seus poderes efetivamente. O mesmo será neste caso. Os condes dividirão o comando, cada líder comandando seus próprios homens, como sempre foi o caso neste reino quando os condes formaram o exército feudal, convocando todo homem do reino capaz de lutar, se armar e atender à convocação. Eles atuarão separadamente, mas em uníssono, de acordo com um plano cuidadoso no qual todo conde terá um papel a desempenhar. É como nossos antepassados lutaram durante séculos.

– Sim, durante séculos... e esse é outro ponto que gostaria de levantar no momento certo – disse Will, a seguir me olhando de esguelha. – Jamie, caso eu esqueça, me lembre de puxar o assunto; como eles lutaram durante séculos.

Ele se virou novamente para Wishart, que piscava para ele, os lábios se movendo, mas Will não pareceu perturbado.

– Perdoe-me, meu senhor. Quais condes estarão envolvidos nesse ataque do outro lado da fronteira?

– À esta altura seis. Stewart de Menteith, Malise de Strathearn, Strathbogie de Atholl, Donald de Mar, Malcolm de Lennox e William de Ross. E, claro, Comyn de Buchan, recém-nomeado lorde de Annandale após o abandono de Bruce e o não atendimento do chamado às armas, será o sétimo.

– Os Comyn estão bem representados, pelo que vejo: Ross, Buchan e Mar.

– Sim, e não se esqueça de John Comyn, o Jovem, de Badenoch, filho do guardião. Cavalga com eles.

– Humm. E para onde cavalgarão, pode me dizer?

– Começarão com um ataque em três frentes a Cumberland, do sul de Jedburgh, atacando em Hexham e Corbridge. Mais a oeste, sob o comando de Buchan, atacarão o próprio Carlisle.

– Carlisle. Vocês lançarão Comyn contra Bruce. Acha que isso é sábio?

O bispo suspirou fundo e olhou para sua taça.

– Agora acho, embora não teria pensado assim antes de você me fazer a pergunta sobre as lealdades de Bruce na outra noite. Antes disso eu não teria duvidado do compromisso de Bruce com este reino. Mas então examinei sua pergunta com outros olhos, os olhos de um clérigo perspicaz e muitas vezes desaprovador, em vez de pelos olhos desejosos e iludidos de um otimista e um patriota, e o que vi me perturbou. Bruce é por Bruce. Seu compromisso nunca foi outro. E se Bruce tiver de se rebaixar a usar o poder de Eduardo para abrir caminho para o trono da Escócia para si mesmo, contra os Comyn, isso é o que Bruce fará.

Sua voz murchou, e depois ele retomou em tom mais firme:

– Nem todos os homens neste reino são como nós, Will. Nem todos partilham nossa visão, pois embora você e eu estejamos muito distantes em nossas opiniões e avaliações sobre muitas coisas, partilhamos uma visão grandiosa, uma que, acredito, foi enviada por Deus. Nós sonhamos, você, eu e outras pessoas como nós, com um mundo novo e diferente. Sonhamos com liberdade e independência como povo, um só povo unido pelo lugar que partilhamos nessa terra que é nossa mãe, um povo com o direito de se erguer livre, sem qualquer compromisso para com rei estrangeiro ou poder externo, livre para determinar e controlar nosso próprio futuro unido, nosso destino, segundo a vontade do povo.

Ele virou a cabeça ligeiramente para me incluir.

– Nós chamamos a nós mesmos de escoceses, e atualmente falamos sobre a comunidade do reino, e buscamos redefinir a nós mesmos e nosso papel em novas vidas e modos.

Um canto de sua boca se torceu como se ele fosse sorrir um pouco, mas tudo o que fez foi mover a cabeça em um pequeno gesto de lamento.

– Podemos ser todos escoceses; somos todos escoceses, pelo menos em nome, mas ainda não somos um povo. Não segundo qualquer parâmetro. Somos pessoas divididas entre nós mesmos, por idioma e raça, norte e sul, ilhas e florestas. Mas acredito que a maior de nossas divisões é entre nossos magnatas e nosso povo comum, e é a que mais temo como obstáculo à unidade.

– Como assim, meu senhor?

Eu achei que sabia a resposta, mas não consegui resistir a fazer a pergunta. Ele olhou para mim, o rosto inexpressivo.

– Porque as pessoas comuns e os magnatas são duas criaturas diferentes. As pessoas comuns desta terra, o que inclui a nós da Santa Madre Igreja, se veem como escoceses, pura e simplesmente. Os magnatas não têm essa crença e essa certeza. No mínimo a maioria deles se vê como ingleses de raiz. Mas Bruce é por Bruce, padre James. Não se engane quanto a isso. Da mesma forma, Comyn é por Comyn. E todas as outras casas nobres, incluindo todos os magnatas da terra, apoiam um ou outro. Os outros também são por eles mesmos, que isso fique claro, mas fundamentalmente as duas casas de Bruce e Comyn dividem a terra entre elas. O poder que o rei John tem sobre a coroa, sobre o próprio reino, é frágil. Se ele fracassar e cair, que Deus não permita, Bruce e Comyn dividirão a terra entre eles novamente, e até que esse equilíbrio de poder seja anulado, a Escócia tem pouca chance de conhecer paz e prosperidade, e nenhuma de um dia conhecer independência.

Ele se voltou novamente para Will.

– Assim, lançando Buchan contra Bruce, eu escolhi jogar com o destino deste reino. Hoje acredito que Bruce ficará ao lado de Eduardo Plantageneta e fechará os portões de Carlisle a nós. Caso ele o faça, duvido que consigamos desalojá-lo. Mas se ele vir seu antigo inimigo, a casa de Comyn, se lançando contra ele de suas próprias terras de Annandale, poderia ficar tentado a sair e lutar, e se fizer isso, então nossas chances de tomar Carlisle aumentam grandemente. Essa é minha esperança, e por isso pedi a John Comyn de Buchan para assumir a liderança no sudoeste – disse, se interrompendo e olhando para Will. – Você parece cético.

– Eu sou cético. Estamos falando de Robert Bruce V, o novo lorde de Annandale. Se estivéssemos lidando com seu pai, o velho Competidor, então sua esperança seria uma certeza. Aquele Robert Bruce lançaria seus homens uivando pelos portões de Carlisle como um enxame de vespas vingativas. Mas o filho é feito de outro material. Ele não é um covarde, não é o que estou dizendo. Pelo que ouvi, ele não teme uma luta, mas não lutará meramente pelo prazer de lutar. Ele não tem o temperamento inflamável do pai. Este Robert Bruce pensa antes de agir, sempre, e nunca agirá de forma temerária. Ele não sairá de Carlisle, temo.

O bispo Wishart ficou olhando para Will por um bom tempo, depois contorceu a boca em desgosto.

– E eu temo que concorde com você. Maldito seja o homem.

Eu vi que Will estava a ponto de censurar Sua Senhoria por tal desejo tão pouco episcopal, e prendi a respiração, mas a tentação evidentemente passou, e ele mudou de assunto.

– O que o Stewart fará, meu senhor? Ele pretende permanecer trancado em Roxburgh?

– Sir James fará o que for necessário. Ele já deixou o castelo nas mãos de um tenente e está indo rumo norte para se juntar ao rei John. Como maior autoridade da Coroa seu dever é reunir o exército escocês em defesa do reino. Ele está fazendo isso agora, e quando o momento chegar ele irá liderar o exército como orientado pela graça do rei.

– Então ele ainda não está comprometido.

– Ele está comprometido a agir. Por isso, agora, cavalga rumo norte sem descanso. Mas ainda não se moveu contra a Inglaterra. Quando o fizer eu mesmo cavalgarei com ele, representando a Madre Igreja. E o que você fará, William Wallace?

Will olhou para suas mãos, arrancando uma terra incrustada no lado de uma das unhas com a unha do polegar.

– Estive pensando nisso, meu senhor, e cheguei a uma decisão. Eu lhe disse que lutaria se houvesse uma guerra e se o senhor me desse um líder para seguir, mas embora a guerra esteja aí, ainda não ouvi falar de tal líder. Francamente, essa coisa dos condes atravessando as fronteiras da Inglaterra me incomoda. Isso me parece demasiadamente indefinido, com coisa demais deixada ao acaso. O exército de Eduardo está pronto em Newcastle. Ele marchará rumo ao norte a partir dali, na direção de Berwick. Por que, então, os condes estão atacando em Carlisle? O que há a ganhar lá? – disse, lançando as mãos para o alto. – Nada, exceto os interesses de Bruce e Comyn, guerreando um ao outro em benefício da Inglaterra, quando deveriam estar marchando para reforçar Berwick.

O bispo tossiu alto, depois cuspiu no fogo.

– Você pode estar certo, William, mas não podemos influenciar nada disso a partir daqui. Ademais, Berwick não quer e nem precisa de ajuda. Eles têm as mais fortes muralhas de burgo de toda a Escócia, e estão determinados que elas contenham William na fronteira.

– Talvez – rosnou Will. – Sim. Talvez, de fato. Só podemos esperar por isso. Mas não gosto do cheiro de tudo, e gostaria de ver um planejamento mais sólido, pois a necessidade de lutar é clara. Eduardo da Inglaterra declarou guerra a este reino sem causa justa, e todo homem na Escócia deve se levantar e lutar por ela.

O bispo ergueu a mão.

– Eduardo acredita que sua causa é justa, William. Não tenho dúvida disso. Ele acredita plenamente que seu status de senhor supremo da Escócia é válido e que este reino é seu feudo. Por extensão, o rei John é seu vassalo feudal e agora está claramente em rebelião aberta contra seu senhor por ter feito aliança com o inimigo de Eduardo, Filipe da França. Por isso Eduardo declarou guerra, para depor seu vassalo ímpio, John Balliol, rei da Escócia.

– Mas isso é...

– O quê? Ultrajante? Infame? Detestável?

– Sim, tudo isso.

– De fato, do nosso ponto de vista, mas não é nada disso se você acreditar como Eduardo acredita. Mas sua reivindicação é baseada na antiga lei normanda, lei que nunca foi levada ao trono ou observada na Escócia desde que Guilherme, o Bastardo, pisou na Inglaterra há 230 anos. Os juristas normandos podem pensar o contrário, mas a lei escocesa é muito mais antiga que a deles, e o reino da Escócia nunca foi normando. Essa é a falácia subjacente às reivindicações de Eduardo, e por isso seus advogados, civis e canônicos, se esforçaram tanto para revestir todos os seus atos com um véu de obscuridades aparentemente legais.

"E essa, eu sugiro, é a principal razão para o que você considera a incerteza e a falta de confiabilidade dos magnatas, particularmente os magnatas normando-escoceses, nesta questão da lealdade. Eles vivem em um estado de confusão, não porque são idiotas ou traiçoeiros, mas simplesmente porque não sabem no quê acreditar, Will. Suas histórias e tradições familiares são solidamente enraizadas no antigo sistema de feudalismo e cavalaria, no qual tudo era claramente definido e não havia espaço para dúvida. Agora meus irmãos e eu estamos dizendo a eles outra coisa, pregando a partir de um livro de novas ideias, propondo novas ideias que vão contra tudo o que eles aprenderam e estão predispostos a acreditar. Por isso eles vacilam tanto, Will."

Meu primo ficou escutando com rosto inexpressivo, o queixo apoiado nos dedos esticados.

– Eles não são homens cultos, mas também não são incompetentes. Não ignoram as leis do dever e da cavalaria, mas são iletrados e ignorantes. Acreditam em ações, não em ideias, e reagem a atos, não a palavras escritas sobre papel ou recitadas por clérigos. Essa é a verdade, Will, e não podemos mudar isso em poucas semanas ou meses. É como nosso mundo funciona. E eu acredito que os magnatas, a despeito de seu suposto poder, estão com medo do modo como seu mundo está mudando. Seu modo de vida exige estabilidade e permanência, mas mesmo as mudanças positivas de hoje, como a emergência dos burgueses, devem parecer ameaçadoras para a velha guarda. Em seu mundo, onde a mudança é maldita, tudo hoje parece estar em mutação.

Will grunhiu, e eu vi as sobrancelhas de Lamberton se erguerem enquanto as de Wishart baixavam, franzindo o cenho.

– E o que isso deveria significar? – rosnou o bispo.

– Isso significa que concordo – disse Will, os olhos desfocados. – E essa deve ser a primeira vez nesse tema. Confesso que acho difícil imaginar o conde de Buchan com medo de mudança. Mas não questiono o que disse, exceto para dizer que nem tudo em seu mundo está em mutação. Posso ver uma coisa que está perigosamente estática, e a vejo claramente.

– Sim? E o que é isso?

– Sua experiência militar. E foi o que quis dizer quando falei do modo como eles lutaram durante séculos. Nesse momento me ocorreu que eles não aprenderam nada nesse período, e não têm tempo de aprender nada novo agora. Eles têm grande confiança em suas próprias capacidades. Deus sabe, mas quão válido é isso? – começou, erguendo a mão para impedir alguém de interromper. – Eu só levanto essa questão porque tenho me preocupado com ela desde que partiram para caçar Buchan. Não gosto do que estive pensando, meu senhor bispo, mas essa questão se instalou em minha cabeça e não vai me deixar em paz enquanto eu não chegar a uma solução. Sou um protetor da floresta, um silvicultor e não um soldado. Mas ainda assim consigo ver o que há para ver e descobri que não posso ignorar isso, não importando se outros podem. E a primeira coisa que vejo são números. Os ingleses nos superam em dez para um, pelo menos. Para cada cem homens que podemos enviar em batalha, eles podem reunir mil, e se eles perderem mil homens, podem cobrir essas mil baixas, enquanto nós não podemos, e eles podem fazer isso dez vezes seguidas – disse, grunhindo novamente, apertando os maxilares. – Agora, é bom dizer que eles não passam de ingleses e qualquer escocês vale uma dúzia deles, mas isso não é exatamente crível na hora de trocar golpes. Todos sangramos o mesmo sangue vermelho e todos alimentamos a mesma terra negra.

"Mas a verdade mais simples e pura, a coisa que me assusta e domina meus pensamentos o tempo todo é que os ingleses estão em ótimas condições de batalha, e nós não. Eles são concentrados, firmes e disciplinados. Suas forças estão em boa forma e endurecidas por anos de guerra sustentada na França, na Gasconha e em Gales. Seu moral está alto, com bons motivos, enquanto nossa bazófia não tem nada que a justifique ou sustente. Os arqueiros galeses e ingleses são bem treinados e bem equipados, com centenas de milhares de flechas produzidas incessantemente por manufaturas espalhadas por toda a Inglaterra para manter os arqueiros do país armados e prontos para lutar a qualquer momento em qualquer lugar. Sua infantaria é igualmente bem equipada, e temperada por anos de lutas em dezenas de batalhas. E sua cavalaria é algo que simplesmente não podemos igualar. Carecemos dos enormes cavalos que os ingleses criam, e como nossos cavalos são menores, nossa armadura precisa ser mais leve, de modo que não temos cavaleiros que possam conter o poderio da cavalaria inglesa.

"Mas mesmo que por alguma mágica divina fôssemos capazes de eliminar todas essas diferenças, ainda estaríamos diante de um desastre, porque não lutamos, e estou falando de realmente lutar, batalhas duras em campo, por mais de trinta anos. Nenhum exército escocês foi a campo desde a luta para expulsar os noruegueses em Largs, há mais de trinta anos. E mesmo aquilo não foi uma batalha de verdade segundo qualquer parâmetro. Desde então o mais perto que nossos líderes chegaram de uma experiência formal de batalha, o mais perto em décadas, foram pequenos ataques a territórios vizinhos contra semelhantes. Isso não me enche de esperança quanto ao resultado dessa nova guerra."

– Vamos rezar para que esteja errado, Will.

– Reze o quanto quiser, meu senhor, mas preces não alterarão o fato de que somos superados de todas as formas. Reze com fervor, e faça com que seu pessoal também reze com fervor, pois iremos precisar de toda prece que eles puderem reunir. Quanto a mim, pretendo lutar, mas farei isso daqui, onde posso ser mais útil protegendo a retaguarda de nossas forças contra incursões a partir do sul. O exército inglês certamente invadirá pelas planícies de Solway, atacando Annandale e Galloway, mas haverá um avanço constante de suprimentos e reforços para o norte por Berwick e pelas estradas que cortam Coldstream e Jedburgh. Meus homens manterão essas estradas seguras e impedirão qualquer interferência a partir dessas rotas. O senhor tem minha palavra nisso.

O bispo e seu chanceler nos deixaram para retornar à catedral em Glasgow na manhã de 15 de março, o dia que os antigos chamavam de idos. Lembro-me de alertá-los para viajar com cautela naquele dia, que não havia sido auspicioso para Júlio César. Também lembro claramente que pareceu levar muito tempo para que chegassem ao final da comprida avenida e saíssem de vista. Foi a última coisa de que posso me lembrar de ter acontecido lentamente daquele dia em diante.

– Gosto daquele homem Lamberton – disse Will enquanto caminhávamos de volta para sua cabana. – Tem uma boa cabeça e um coração valente, e ama nossa terra. Eu o seguiria caso fosse um combatente.

– Ele é um combatente, primo, mas é um guerreiro de Deus. Lutará pelas coisas nas quais acredita, mas fará isso com coragem e força, e suas únicas armas serão sua mente, que é formidável, e sua vontade. Mas nunca derramará sangue, a não ser o seu próprio, em sacrifício. Ele tem as qualidades de um bispo, e não tenho nenhuma dúvida de que será algum dia.

– Caso sobreviva a esta guerra.

Eu olhei para meu primo, surpreso.

– Claro que irá sobreviver. Eduardo não faz guerra a clérigos.

– Humm. Eduardo ainda não fez guerra a clérigos. Mas parece que Eduardo está se superando onde quer que vá atualmente, e não gosta de ser contrariado. Eu não gostaria de contrariá-lo pessoalmente. E não sou um bispo.

Enquanto ele dizia isso ouvimos Mirren chamar seu nome, nos viramos e a vimos olhando para nós, seu corpo inclinado para segurar o filho no quadril enquanto acenava.

– Ela não é grande, Jamie? Olhe para ela, a postura e o orgulho. Sinceramente, tenho de agradecer a Deus por não ser um bispo... e agradecer a Ele ainda mais por não ser santo. Vamos descobrir o que ela quer.

O resto do dia nos trouxe notícias de movimentação de tropas inglesas nos limites da floresta ao sul de nós, entre as cidades de Selkirk, Wark e Coldstream, e Will convocou seus três líderes a seu acampamento para discutir o que fariam para interceptar e atormentar os ingleses. Em alguns dias os homens de Will estavam envolvidos em hostilidades, provocadas por um ataque aparentemente injustificado a uma aldeia a não mais de oito quilômetros do acampamento principal. A notícia nos foi dada por um dos aldeões, que se escondera na floresta tempo suficiente para ver a brutalidade chegar ao ponto em que mulheres e crianças estavam sendo mortas tentando fugir, abatidas por arqueiros que apostavam entre eles como cada alvo em corrida seria atingido – braço, perna, tronco ou cabeça. Eu fiquei chocado, não tanto pelo ataque em si quanto pelo abismo sem limite que senti que se abria diante de todos nós.

Will interrogou o homem durante algum tempo, buscando qualquer coisa que pudesse servir de motivo para o ataque. Mas assim que se convenceu de que era bandidagem e assassinato, puro e simples, convocou Long John e os outros e enviou um contingente de quarenta arqueiros para a aldeia com ordens de levar de volta o maior número de agressores que conseguissem encontrar. Dois prisioneiros feridos, ambos ingleses, foram levados em questão de dias; seu grupo de cinco homens, três dos quais haviam morrido em vez de se render, foram as únicas pessoas encontradas. Certamente muitos mais haviam se envolvido no ataque, mas evidentemente haviam recebido ordem de se espalhar depois da ação.

Os dois prisioneiros haviam sido interrogados antes de serem trazidos, então sabíamos quem os havia empregado. Eram truculentos e estavam com medo, e o butim que carregavam quando capturados era suficiente para não deixar dúvida na cabeça de ninguém de que eram culpados.

O caso contra eles foi apresentado por um dos nossos, Alan Crawford de Nithsdale, e o mais velho da dupla foi identificado sob juramento por Walter Armstrong, o sobrevivente que nos contara a história. Ele reconheceu o arqueiro como o homem que vira disparar duas flechas em seu primo Willie, o ferreiro da aldeia. Os dois foram julgados por um quarteto de juízes e considerados culpados, depois os juízes se reuniram para decidir a punição. A deliberação foi breve, e a decisão, unânime. Cada um dos homens teve o dedo médio da mão direita cortado com um único golpe de cinzel. Eles preservaram a vida, mas perderam o modo de ganhá-la, já que nenhum seria novamente capaz de puxar uma flecha encaixada. Os ferimentos foram cauterizados grosseiramente, e eles foram libertados.

Assim que partiram Will convocou seus líderes para uma conferência, e fez com que organizassem patrulhas, pela manhã e no começo da noite, para garantir que todo o trânsito pela floresta, em um raio de trinta quilômetros, fosse rastreado.

Mais tarde naquele dia, quando Mirren foi chamada por uma das mulheres, deixou Will e eu com o bebê por alguns minutos. Ele estava com 8 meses de idade, forte e ágil, e quase impossível de conter, mesmo para o pai. Will finalmente ergueu o garoto no ar e o estendeu para mim.

– Aí está. Agora vá ver seu santo tio Jamie.

Eu peguei a criança sob os braços, instantaneamente consciente, como sempre naquela época, do pesado corpo sólido se remexendo e da velocidade com que suas mãos iam na direção do que ele identificava como merecendo um exame. Dessa vez foi meu lábio inferior, e seus dedinhos o agarraram sem que conseguisse evitar. Eu me encolhi antecipando a dor, mas antes que ele pudesse apertar fui salvo pela entrada repentina de uma das mulheres que cuidavam do garoto. Ela o arrancou de mim, levando-o para os alojamentos das mulheres, sem dúvida para comer algo quente e delicioso.

– Achei que ele ia arrancar seu lábio inferior de uma vez – disse Will, seu sorriso crescendo. – Não sei o motivo disso, mas meu filho parece fascinado por sua boca.

– Sim, assim como eu pela sua.

– O que quer dizer com isso?

– Você vai lutar?

Toda animação sumiu de seus olhos, e ele se sentou olhando para mim, querendo que eu continuasse, mas não querendo ele mesmo responder.

Eu continuei:

– Há uma semana você disse ao bispo Wishart que não iria lutar. Desde então, mandou homens para a luta.

– Apenas em defesa de nossa própria paz.

– Talvez, mas agora você está montando patrulhas dia e noite. Não estou dizendo que elas são desnecessárias, mas fico pensando se você mudou de ideia sobre seu envolvimento nesse caso que está fervendo.

Ele continuou a me encarar, a expressão impenetrável, e depois de algum tempo comecei a pensar que não iria responder, mas então ele balançou a cabeça, um gesto de impaciência curto e seco.

– Se você está me perguntando se vou marchar para a guerra, a resposta é não, não vou. Falei sério em tudo que disse a Wishart. Então não, não vou lutar. Não sem bons motivos. Os magnatas não vão sentir minha falta, e o reino da Escócia, por mais necessitado que seja, não tem grande necessidade de William Wallace. Pelo menos não grande o suficiente para superar a necessidade que minha esposa e meus filhos têm de mim.

– Filhos? – reagi, ouvindo a surpresa em minha própria voz.

Will sorriu despudoradamente e passou para o escocês.

– Sim. Mirren está esperando novamente. As mulheres dizem que já tem três meses – disse, virando a mão e fazendo uma careta, como se me perguntasse o que mais poderia ter feito. – Eu teria esperado mais, sabe? Mas ela não queria. Disse que não era necessário esperar. Ela é forte como um cavalo, e gosta da ideia de ter dois pequeninos perto o bastante para ser companhia um para o outro. Um menino e uma menina, ela quer, e com pouca diferença, então o que eu podia dizer, ou fazer?

Ele deu de ombros e baixou a cabeça.

– De qualquer maneira, é assim, e pretendo garantir que eles passem em segurança pelo que vem pela frente. A guerra não é passatempo para um homem com filhos e uma esposa. Então o que disse ao bispo é verdade. Não tomarei parte em batalhas para um magnata, qualquer magnata, que não consegue decidir se é escocês ou não. Eu não tenho esse tipo de dúvida. Sou escocês, assim como eram meus avós, e os avós deles. Sei quem e o que sou, e sei quem é meu rei. Se ele me convocar diretamente, irei para a guerra. Por ele. Mas por mais ninguém, Jamie.

O sotaque rude do povo local desapareceu novamente sob a beleza da língua da igreja.

– Nesse meio tempo, pretendo manter minha família segura e escondida de olhos cobiçosos aqui na floresta. Se alguém tentar ameaçar a eles ou a mim, então lutarei, e esses que combater lamentarão o dia em que quiseram me encontrar. Mas só assim. Então, se os ingleses mantiverem sua presença malévola longe de mim, eu me manterei longe deles.

Senti um alívio crescer dentro de mim e ergui a mão para abençoá-lo.

– Então assim seja, primo William, e que Deus mantenha você e os seus em segurança nestes tempos.

Foi uma prece sincera, e na época tive certeza de que ia diretamente dos meus lábios para os ouvidos de Deus, que tudo escuta.

Guerra.

Apenas por colocar essas seis letras aqui, horas atrás, escrevendo cada uma delas com lentidão cada vez maior, eu me vi fascinado pela contradição entre a brevidade da palavra e seu significado esmagador, cataclísmico. É uma palavrinha comum, raramente compreendida de verdade por aqueles que a usam. Pronunciá-la em voz alta, ou mesmo gritá-la a plenos pulmões, no contexto de ir para a guerra ou estar em guerra, não desperta mais que um discreto interesse. Isso porque na maioria dos casos – graças a Deus – a guerra abstrata não tem real significado para as pessoas comuns, pacíficas, seguidoras da lei. Para aqueles infelizes o bastante para saber, é ao mesmo tempo extraordinária e inacreditável, mas a não ser que tenhamos sido pessoalmente tocados por sua insanidade e brutalidade, sua desumanidade esmagadora, permanecemos blindados na inocência da esperança e na descuidada suposição de que não pode acontecer a nós.

O povo da Escócia estava assim na primavera do ano da graça de 1296. Ouvira falar da guerra contra a Inglaterra e sabia que haviam sido colocadas em movimento questões que estavam além de seu controle, questões graves que afetariam e mudariam o modo como sua terra era governada. Ainda assim, o povo não ficou indevidamente alarmado. Toda uma geração chegara à meia-idade sem nunca ter conhecido os perigos, os riscos ou a enorme tragédia de uma guerra extensa, e os homens cuja obrigação era lutar essa nova guerra e enfrentar os ingleses foram para a tarefa com uma confiança crédula que refletia sua inocência e ignorância. Essa inocência estava prestes a ser rudemente destruída.

No dia 26 de março, sob o comando de Sir John Comyn, conde de Buchan e Alto Condestável da Escócia, o exército do rei John, liderado em conjunto por sete condes do reino, marchou rumo sul a partir de Annandale e cruzou as areias de Solway Firth na maré baixa para atacar a fortaleza inglesa de Carlisle, obrigando Robert Bruce, o castelão, a declarar sua lealdade. Bruce escolheu o lado de Eduardo Plantageneta e trancou os portões da sua cidade contra os escoceses, que incendiaram a cidade do lado de fora das muralhas do castelo. A notícia que depois chegou a nós na floresta de Selkirk foi a de que Buchan calculara errado, supondo que Carlisle cairia ao seu primeiro ataque surpresa. Em vez disso, o ataque não foi nada surpreendente, e a resistência de Bruce foi inabalável.

Mas enquanto Buchan se deslocava para Carlisle, o próprio Eduardo chegara a Newcastle, no nordeste, e avançou com seu exército principal para a cidade fronteiriça de Berwick, o burgo mais próspero da Escócia, no rio Tweed, onde exigiu entrar. Era uma exigência que deveria ter sido prevista, mas os cidadãos de Berwick cometeram um erro doloroso, fruto do excesso de confiança produzido por demasiados anos de paz. Eles superestimaram sua própria força defensiva, e subestimaram o poder e o temperamento do homem que desafiavam. Não esconderam seu desprezo pelo rei inglês e seu exército, e riram e zombaram abertamente do próprio Eduardo quando avançou a cavalo para inspecionar suas muralhas. Furioso com aquele tratamento, de um tipo nunca dispensado a ele por qualquer inimigo em toda uma vida de guerras, Eduardo lançou toda a sua força contra o burgo e passou por cima de suas louvadas defesas, derrubando-as em um só dia. Quando os burgueses e os pais da cidade pediram paz depois disso, os ignorou e ensinou à Escócia uma lição sobre a tolice de tentar deter o poder da Inglaterra. Impiedosamente determinado a se vingar do que via como um insulto à sua honra pessoal, lançou seu exército contra a população, e incendiou o burgo, massacrando 15 mil cidadãos de todas as idades e de ambos os sexos. Eduardo permitiu que a violência contra o burgo continuasse por três dias antes de chegar ao fim, unicamente porque os corpos que bloqueavam as ruas haviam começado a apodrecer e se tornar um perigo para seus próprios homens.

O saque de Berwick foi uma atrocidade deliberada com autorização real que chocou todas as pessoas na Escócia, ao norte e ao sul do Firth of Forth, de modo que eu esperava ver Will furioso quando cheguei ao seu acampamento. Mas ele estava exatamente o oposto, o único homem em todo o acampamento que não pegara em armas. Quando pedi sua opinião sobre os relatos que havíamos recebido, ele simplesmente olhou para outro lado.

– De quais relatos está falando?

– Como, os relatos sobre Berwick – disse, inseguro. – Há outros?

– Sim. Também temos relatos de Carlisle.

– Grande Deus! Eles queimaram Carlisle?

Ele balançou a cabeça secamente.

– Não. Não eles. Nós a queimamos, ou tentamos queimar. Nós colocamos fogo na periferia, e me disseram que tudo ia bem, mas então os defensores nos expulsaram, e apagaram as chamas antes que pudéssemos destruir a cidade inteira.

– Eles nos expulsaram...

– Sim, eles o fizeram, exatamente como você disse que fariam. Era Robert Bruce quem estávamos atacando, e atrás de fortes muralhas com seus próprios homens de Annandale e uma guarnição de veteranos ingleses para apoiá-los. A mera visão dos estandartes Comyn de Buchan indo sul na sua direção e saindo de suas próprias terras de Annandale teria sido suficiente para garantir que ele manteria Carlisle para sempre contra um ataque assim.

– Então o que aconteceu ao exército escocês?

Will deu de ombros.

– Eles deram as costas e foram atacar ao sul da fronteira. Pelo que ouvi, os cinco condes dividiram suas forças e partiram em busca de saque. O próprio Buchan retornou à Escócia, e imediatamente escreveu ao bispo Wishart e ao bispo Fraser de St Andrews relatando a traição de Bruce em expulsar o exército de seu rei.

– Quer dizer que eles simplesmente se dividiram e desfizeram o exército? Como podem ter sido tão irresponsáveis? Eles poderiam ter cavalgado para salvar Berwick.

– Eles não sabiam nada sobre Berwick, Jamie. Muito provavelmente sequer sabiam que Eduardo viera para o norte. Os ingleses já haviam cercado Berwick quando Buchan chegou a Galloway.

– Meu Deus do céu! Que desperdício...

Will deu de ombros.

– Talvez, mas nada de útil teria sido conseguido disparando através do norte para Berwick, mesmo que soubessem. Os próprios homens de Berwick acharam que eram invencíveis por trás de suas muralhas, de modo que mal podemos culpar os condes por pensar que poderiam ganhar algum tempo, terra e butim enquanto deixavam Berwick se defender sozinha e conter os ingleses na travessia da fronteira. Eles haviam perdido de vista, todos eles, a verdadeira selvageria e deslealdade de seu inimigo.

Eu raramente vi meu primo sorrir nos dias que se seguiram, e apenas para Mirren ou o pequeno William. Como o resto de nós na Escócia naquela época, ele via na terra pouco de que sorrir. Eu sabia que estava irritado com os limites que impusera a si mesmo, mas ele também sabia que não havia nada que pudesse ter feito para influenciar o que acontecia além da floresta. Jurara publicamente que enquanto os ingleses o deixassem em paz, ele os deixaria em paz, e durante aquela primavera e o começo do verão, ninguém foi perturbar sua tranquilidade. Os ingleses tinham questões muito mais importantes com as quais lidar em outras partes da Escócia.

Três semanas depois daquela nossa conversa, em 27 de abril, o exército de Eduardo, comandado em nome do rei por John Warenne, segundo conde de Surrey, encontrou e esmagou o exército dos magnatas escoceses em Dunbar. John Comyn, o Condestável, foi capturado e mandado para a Inglaterra como prisioneiro, juntamente com os condes de Atholl, Menteith e Ross e, para grande mortificação de Will e minha quando soubemos, Sir Andrew Murray de Petty e seu filho, Andrew Murray, o Jovem, nosso amigo muito admirado. No dia seguinte à batalha o próprio Eduardo chegou à frente de seu exército para exigir a rendição do castelo de Dunbar, que capitulou sem que um só golpe fosse desferido. Três semanas depois Eduardo chegou ao burgo de Perth, tendo passado ao lado de Stirling quando voltava em direção a terra pelo caminho rumo norte, e enquanto estava lá o rei John Balliol escreveu a ele pessoalmente pedindo paz.

Dez dias depois, em seu próprio castelo real de Kincardine, John Balliol, rei da Escócia, curvou o joelho para Eduardo Plantageneta e pediu a seu primo inglês perdão real por se rebelar contra ele. Cinco dias após isso, em Stracathro, Angus, para onde havia sido levado como prisioneiro sob escolta, Balliol, então um homem destruído, renegou formal e publicamente sua aliança com o rei Filipe IV da França. No dia seguinte, 8 de julho de 1296, sob os olhos impiedosos de seu molestador real, foi formalmente deposto do trono, a insígnia real arrancada de seu tabardo bordado a ouro, por ninguém menos que Antony Bek, príncipe bispo de Durham.

A Escócia estava novamente sem rei; o trono ficou vago e o país inteiro esperou para ver quem seria o primeiro a reivindicá-lo. Mas naquele ano de 1296 ninguém o fez, e o clima esfriou enquanto os meses se arrastavam na direção do inverno. Na verdade, Eduardo da Inglaterra não se disse nada além de suserano feudal da Escócia, e não fez qualquer menção a reivindicar o trono, mas de fato se comportou como um monarca despótico, e seu comportamento não deixou ninguém na Escócia em dúvida de como se via. Ele teve muito trabalho para subjugar o reino e humilhar e sufocar seus líderes rivais, e em sua determinação de conseguir isso, confiscou a Pedra do Destino, sobre a qual todo rei legítimo dos escoceses, incluindo o próprio rei John, havia sido coroado desde tempos imemoriais, e a embarcou para a Inglaterra, destinada a seu palácio em Westminster.

Eduardo também convocou um parlamento em Berwick, onde exigiu, e recebeu, um juramento de fidelidade por escrito de mais de dois mil titulares de terras escoceses: cavaleiros, proprietários, condes, barões, lordes, chefes e burgueses. O documento resultante, na forma de quatro enormes rolos de pergaminho contendo trinta e cinco peças, cada uma delas uma lista assinada e selada sob repressão, ficou conhecido como o Rol do Trapeiro, significando, de acordo com a quem você perguntava, o Rol das Testemunhas ou, mais popularmente, o Rol do Diabo. Mas não importava o significado, ninguém que o assinou ficou contente de ter feito isso. Mais significativamente, poucos que haviam assinado se sentiram obrigados a algo por tê-lo feito, e Eduardo não comprou lealdade ou simpatia ao obrigar homens livres escoceses a atender seus desejos arbitrários.

Acredito que foi Will quem melhor definiu quando me disse depois, algumas semanas antes de decidir eliminar a presença da Inglaterra em nossa terra:

– Eduardo Plantageneta. Você consegue acreditar na loucura e na arrogância do homem? Ele superou a fanfarronada de Júlio César, pois ele veio, ele viu, ele conquistou e então voltou para casa sem se assegurar de ter vencido. Ele poderia ter ficado aqui e enfiado as esporas dos calcanhares de suas botas em nossas gargantas enquanto estávamos caídos. Ele teria nos esmagado, matado a todos ali, enquanto ainda podia. Mas em vez disso foi para casa e deixou que nos recuperássemos, e agora vai lamentar isso.

Capítulo 17

Eduardo Plantageneta conduziu sua guerra à Escócia a partir da cidade fronteiriça de Berwick, que ordenara que fosse reconstruída como centro administrativo de sua soberania sobre a Escócia. Ocupou a cidade com burgueses ingleses, tendo criado espaço suficiente para eles com o massacre de 15 mil antigos moradores, e levou engenheiros e arquitetos ingleses para projetar novas defesas, enquanto dotava o burgo recém-fortificado de soldados ingleses. Depois criou uma filial especial do Tesouro britânico e nomeou um homem chamado Hugh Cressingham para administrá-lo como tesoureiro da Inglaterra. Cressingham, um alto funcionário real que antes disso havia sido oficial de justiça itinerante nos condados do norte da Inglaterra, se lançou ao novo posto com uma ansiedade voraz que em dois anos garantiu a ele a reputação de ser o homem mais odiado da Escócia.

Eduardo também usou os meses seguintes à batalha de Dunbar para semear seu próprio pessoal em todo o reino da Escócia, colocando funcionários de sua confiança nas posições deixadas vagas por aqueles rebeldes presos – palavras do próprio Eduardo – que haviam ousado se opor à invasão de sua terra. Então, nos últimos cinco meses daquele ano, ele e seus exércitos esmagaram a Escócia sob seus pés com cotas de malha pesadas. Confiscaram as joias da coroa e as insígnias do reino, e espoliaram o interior e sua população em toda parte que passaram. Poucos conseguiram resistir a eles. Mas entre esses poucos, William Wallace e os foras da lei da floresta de Selkirk que ele liderava estavam em primeiro lugar.

Todo exército está à mercê das linhas de suprimento, e Eduardo, consciente disso como qualquer bom general, tomou providências para enviar suprimentos ao norte da Escócia por mar, usando o porto de Leith em Firth of Forth. Contudo, a maior parte dos suprimentos que alimentavam e sustentavam as guarnições no oeste e no centro da Escócia eram despachados diretamente do novo centro administrativo de Berwick, na costa leste, porque a rota de lá para o norte da Escócia era a única viável para um grande volume de pessoal e pesados comboios de carroças vindos da Inglaterra. A única rota ocidental para o norte a partir de Carlisle através das areias do Solway Firth, por Galloway e Annandale, era pouco mais que uma trilha, no melhor dos casos em péssimas condições, dependendo de marés e do clima e vulnerável a ataques por todo o caminho para o norte a partir de Carlisle. Por essa razão todo comboio de suprimentos, todo reforço de tropas, toda comunicação importante que seguia da Inglaterra para o norte por Berwick passava pela floresta de Selkirk, pela própria estrada ou por atalhos no meio da mata, e na última metade de 1296 e na primeira metade do ano seguinte todos eles corriam o risco de ataque e saque pelos foras da lei de Selkirk.

Cressingham, que tinha jurisdição sobre tudo relativo à contabilidade na Escócia, se sentia constantemente atacado, e considerava toda ameaça de interferência como um insulto pessoal. Ele recorreu a retaliações logo após sua nomeação como tesoureiro, fazendo reféns entre a população e enforcando dezenas deles como punição por ataques à propriedade e ao pessoal do rei. Outros ele executou por decapitação pública, independentemente de idade ou sexo. Porém, quanto mais pessoas ele matava, maior a resistência e a agressão que provocava, e no final do ano, menos de três meses após sua nomeação, estava oferecendo uma recompensa para quem levasse a ele a cabeça de qualquer fora da lei da floresta, e um prêmio em ouro para aquele que levasse o assassino, William Wallace.

Um canto de "William Wallace, senhor da floresta" ficou popular naquele outono, quando algum debochado sugeriu que como senhor de seu próprio domínio na floresta, Wallace exigisse um pedágio de todos que pisassem em sua propriedade. O pedágio de um escocês era um juramento de lealdade e silêncio; para um inglês, o confisco de tudo que tinha; para clérigos ingleses, confisco de tudo que juravam não ter; e para Hugh Cressingham era tudo que carregasse o fedor de sua presença. E enquanto o bandoleiro sem rosto da floresta se transformava no Senhor da Floresta, e a fama de William Wallace se espalhava, ele ainda assim mantinha seu papel de planejador e supervisor, cumprindo sua promessa de não lutar pessoalmente.

Fiquei na floresta com ele e Mirren todo esse tempo, até setembro, quando chegou um mensageiro me convocando de volta a Glasgow, onde o bispo Wishart aparentemente precisava de mim, e durante esse tempo muitas vezes falamos dos líderes escoceses de Dunbar que estavam presos, e particularmente sobre o efeito calamitoso que a prisão de Andrew Murray, na Inglaterra, teria sobre seu povo no norte. Os magnatas haviam provado ser tão confiantes e ineficientes quanto Will temera que fossem, e ele não perdeu tempo lamentando sua ausência naquele momento. Mas o afastamento de Andrew Murray era algo totalmente diferente, pois Murray era um dos poucos líderes militares competentes em toda a Escócia. Eduardo Plantageneta era conhecido por ser caprichoso no que dizia respeito a perdoar rebelião e desobediência entre seu povo, e em geral aqueles que o conheciam admitiam que normalmente não era vingativo com seus próprios nobres. Mas no caso da Rebelião Escocesa ele estava sendo obstinado, e quando recusou o perdão real a Sir Andrew Murray de Petty, um dos lordes mais ricos e influentes da Escócia, foi um mau sinal para a probabilidade de qualquer leniência ser oferecida a seu filho rebelde e orgulhoso. Nós lamentávamos a perda de Murray, assim como sabíamos que o bispo Wishart devia estar lamentando, mas não havia nada que pudéssemos fazer para mudar as coisas.

O mensageiro que foi me buscar também levou instruções de que antes de partir eu dividisse minhas funções igualmente entre meus dois sacerdotes subordinados, padres Declan e Jacobus, que haviam florescido e amadurecido de forma maravilhosa desde que saíram dos claustros para o mundo de homens e mulheres comuns. Ambos ficaram orgulhosos de serem considerados merecedores de maior responsabilidade, e eu, por minha vez, senti confiança de deixá-los cuidando de meu rebanho, e ao mesmo tempo contente de retornar a meus deveres na catedral, embora soubesse que sentiria muita falta de meus parentes da floresta – particularmente de meu forte e decidido afilhado – nos meses seguintes.

Eu conheci Cressingham, não totalmente por acaso, pouco após meu retorno a Glasgow, quando ele se apresentou na catedral para anunciar formalmente ao clero da Escócia sua nomeação ao cargo de tesoureiro do rei Eduardo para a Escócia, e eu descobri imediatamente que o nome de Wallace já era amaldiçoado, não apenas para ele, mas para todos os ingleses que o acompanhavam na ocasião. Como bispo sênior do reino, já que Fraser de St. Andrews estava na corte do rei Filipe da França havia mais de um ano, o bispo Wishart foi anfitrião do encontro em sua sede episcopal em Glasgow. Compareceram os bispos de Dunkeld, Aberdeen, Moray e Argyll, convocados às pressas, juntamente com meia dúzia dos mais distintos abades do país, avisados de que o grupo do rei queria uma audiência com altos prelados da Escócia. O contingente inglês também incluía vários bispos e abades, sendo o principal Antony Bek, ainda representante do rei Eduardo na Escócia. Além do próprio tesoureiro e alguns de seus altos funcionários, alguns nobres de posição intermediária compunham o grupo laico inglês, liderado por certo Robert Fitz Hugh, um barão da região sul de Newcastle. Também havia dois representantes da Ordem do Templo, e achei aquilo surpreendente, já que sempre acreditei – embora sem nenhuma razão específica para isso – que os templários deviam fidelidade apenas ao papa.

Hugh Cressingham, centro das atenções na ocasião, era um homem grande – não apenas alto ou corpulento, mas ofensivo em sua grandeza, corpulento ao ponto de se tornar grotesco, e deselegante no volume dominador de sua voz. Também era alto, mais de um metro e oitenta e cinco, e o primeiro pensamento que passou por minha cabeça ao vê-lo foi que ele se vestia volumosamente. Suas roupas eram ricas, e ricamente feitas, mas tudo parecia demasiado, como se tivesse sido cortado e costurado para fazer o usuário parecer ainda maior e mais importante do que era. Seu rosto, de pele escura e áspera, era emoldurado por cabelos louros compridos, oleosos e sem brilho. Ele quase não perdeu tempo em me notar quando o cônego Lamberton me apresentou, pois estava muito mais preocupado em falar com outro membro do grupo visitante, o templário chamado Brian le Jay, portanto me ignorou após um gesto de cabeça de dispensa quando fui apresentado a ele como escrevente do bispo Wishart.

No geral o novo tesoureiro da Escócia era um homem nada interessante, com uma personalidade e uma disposição equivalentes, e embora pudesse ser nada sacerdotal e caridoso de minha parte pensar assim, supostamente um homem de Deus, não me surpreendi mais tarde de saber que ele era amplamente atacado como o homem mais odiado da Escócia, porque naquele primeiro encontro ficou claro para mim que tinha o dom de afastar todos ao seu redor – incluindo, percebi, os próprios homens que haviam sido enviados para escoltá-lo e apresentá-lo.

Sir Brian le Jay, por outro lado, parecia exatamente o que era, um alto comandante da Ordem dos Cavaleiros do Templo de Salomão. Suntuosamente vestido e equipado, ele exalava confiança, arrogância e riqueza, com um completo desinteresse por qualquer possível restrição determinada por seu voto de pobreza. Ele inclinava a cabeça de um modo elevado que revelava intolerância e falta de paciência, e a cor avermelhada de suas bochechas sugeria apreço por um bom vinho tinto. Eu o vira uma vez, cinco ou seis anos antes, na abadia de Paisley, durante seu período como preceptor do Templo na Escócia, mas desde então havia sido transferido por seus superiores para a Inglaterra, e o papel geral dos templários na Escócia havia sido reduzido a uma mera presença militar, comandada pelo outro templário no encontro daquela noite, Sir John de Sautre, mestre de cavalaria. Observando le Jay enquanto ele escutava, franzindo o cenho, algo que Cressingham dizia, ocorreu-me que se alguém me perguntasse eu teria dificuldade em decidir de qual dos dois desgostava menos.

Mas entre os cerca de 12 no grupo inglês eu finalmente encontrei um homem de quem gostei, e gostei imediatamente e sem reservas. Seu nome era William Hazelrig, outro dos novos nomeados políticos de Eduardo, tendo sido escolhido pouco antes como xerife de Lanark, com pleno controle da guarnição inglesa lá e mandato para manter a paz do rei naquela jurisdição. Eu o ouvi rir de alguma observação feita por alguém do grupo, e o calor e a espontaneidade do som me atraíram para o homem imediatamente. Ele me viu olhando, e quando nossos olhos se encontraram ele piscou. Eu assenti e sorri de volta, pensando no que ele teria encontrado para rir tão facilmente em uma conversa com o bispo de Moray, que eu considerava um pedante sem humor com as habilidades de conversa de um tronco de árvore.

Foi durante o jantar, como de hábito, que descobri mais e apreciei bastante as discussões e manobras delicadas que continuariam nos dias seguintes. Nada havia sido decidido naquele estágio e, portanto, ninguém se sentia obrigado a falar ou se comportar de algum modo específico; as pessoas estavam começando a se conhecer, e à mesa de jantar, onde o vinho corria solto, a atmosfera se tornou cada vez mais informal com o decorrer da noite, e escutei atentamente tudo que pude ouvir. O bispo Wishart me convidara a estar ali com isso em mente, e não por acaso seus melhores vinhos estavam sendo servidos.

Mathew de Crambeth, o temperamental e sincero bispo de Dunkeld, fez a pergunta que determinou o clima do encontro pelo resto daquela noite. Mestre Crambeth retornara poucos dias antes da França, onde estivera como parte do grupo enviado quase dois anos antes pelo rei John para negociar o tratado de aliança. Ao retornar recebera uma convocação definitiva de se apresentar perante o rei Eduardo e explicar sua conduta atroz ao ousar fazer uma aliança com o rei da França. Crambeth mencionara isso a Wishart naquela mesma tarde em minha presença, e disse que iria se rebaixar quando tivesse tempo para isso, mas antes de ter resolvido seus próprios negócios em Dunkeld após sua ausência de 16 meses. Naquele momento, no jantar, ele estava sentado à minha frente, perto do jovem xerife inglês, William Hazelrig, com quem eu o vira conversando a caminho do salão de jantar.

A localização das pessoas na mesa "íntima" do bispo Wishart para encontros como aquele era notória e deliberadamente informal, com o bispo acreditando que pessoas em pequenos grupos interagiam mais fácil e honestamente se pudessem se sentar onde quisessem. Portanto, protocolo e formalidade costumavam ser ignorados, e embora eu inicialmente tivesse visto algumas sobrancelhas erguidas entre os convidados ingleses, rapidamente correu entre eles que essa informalidade era uma das idiossincrasias de seu anfitrião episcopal, e eles aceitaram a convenção sem objeções.

Durante um breve intervalo na conversa geral, um daqueles momentos estranhos em que todos ficam em silêncio ao mesmo tempo como se atendendo a algum sinal invisível, o bispo Crambeth se inclinou para frente e falou por cima da mesa para o templário le Jay, que estava sentado algumas cadeiras à minha esquerda.

– Sir Brian, irmão Brian, o que está achando da vida na Inglaterra atualmente em comparação com a Escócia, quero dizer, considerando-se que você de fato é escocês de nascimento? Não o vejo desde que foi transferido para o sul, quando foi isso, há cinco anos? E, portanto, admito francamente estar curioso. O ar lá embaixo é mais benéfico para um homem como você?

Todos os olhos se voltaram para o templário de rosto escuro que teve a consideração de sorrir.

– Acho agradável lá, meu senhor bispo, e muito pouco diferente de meu antigo posto aqui, já que as obrigações permanecem as mesmas independentemente de onde são aplicadas. Para aqueles de nós das ordens sagradas, como o senhor mesmo sabe, importa menos onde vivemos que como vivemos.

– Bem dito – retrucou Crambeth suavemente. – Bem dito. Mas exatamente nessa questão, tenho uma pergunta, se não me considerar impertinente de fazê-la.

– Pergunte, meu senhor.

– Diz respeito ao seu apoio ao rei Eduardo... seu apoio e o de sua ordem, claro. Você mesmo jurou fidelidade a Eduardo quando se mudou para o sul há cinco anos, não? – perguntou, e esperou que Jay concordasse antes de prosseguir. – Então poderia me explicar como pode ser assim? Você é um cavaleiro templário, e sempre foi meu entendimento que os Cavaleiros do Templo eram proibidos de jurar fidelidade a qualquer monarca temporal. Eles devem sua fidelidade apenas ao papa. Isso mudou, então?

O sorriso de le Jay não morreu, e ele inclinou a cabeça lateralmente.

– Sim, está certo, meu senhor, como sempre... ao papa e, claro, a nosso grande mestre.

– Mas não a Eduardo da Inglaterra – disse Crambeth, erguendo a mão para impedir uma resposta. – Não tenho intenção aqui de constrangê-lo, meu amigo, nem desejo deixá-lo desconfortável de modo algum, mas há algo que claramente não compreendo.

– Devo destacar que Eduardo Plantageneta não é a ideia comum de um monarca normal, temporal – disse le Jay, ostensivamente respondendo ao bispo Crambeth, mas, pelo nível de sua voz, se dirigindo a todos. – Ele é único, distinto de todos os outros em vários sentidos, e o juramento do qual falou, meu senhor bispo, não foi feito levianamente. Eu não poderia tê-lo feito se minha obediência não tivesse sido autorizada por nosso grão mestre na época, *Sieur* Tibauld de Godin. Eu fui meramente o veículo naquela oportunidade auspiciosa. Foi a própria Ordem do Templo que estendeu o privilégio de sua fidelidade ao rei Eduardo, em reconhecimento aos seus destacados feitos e realizações em benefício da Igreja e do papa.

Consciente do efeito de suas palavras sobre aqueles para os quais essa informação era uma revelação, le Jay ficou sentado em silêncio por um momento antes de continuar.

– Eduardo foi cruzado, como príncipe, à Terra Santa, a Acre, para ser preciso, na nona cruzada. Esteve com nossa ordem e lutou ao nosso lado contra os infiéis turcos. E em sua monarquia cristã ele esposa os princípios do feudalismo, no sentido em que é determinado que toda sociedade cristã é hierárquica, se elevando por intermédio dos monarcas até o próprio papa. Eduardo Plantageneta provou sua devoção e seu compromisso com o papa tão completamente quanto nós na Ordem do Templo provamos a nossa e, portanto, nós, templários, não vemos contradição entre nossa fidelidade a este rei em particular e nossa lealdade ao papa.

– Humm – assentiu Crambeth. – Que seja. Agradeço por ter me esclarecido isso.

Ele se voltou para falar com Hazelrig novamente, mas então hesitou e se virou de novo para o templário.

– Então, e mais uma vez peço sua indulgência, eu estaria correto de dizer que embora seus deveres jurados como cavaleiro templário o proíbam de usar armas contra outro cristão, sua fidelidade jurada ao rei da Inglaterra poderia mandá-lo aqui para combater seus concidadãos escoceses em nome dele?

Um profundo silêncio se abateu sobre a mesa. Le Jay ficou sentado boquiaberto. Ele corou e depois empalideceu quase com a mesma rapidez, seus dedos curvados imóveis na divisão de sua grande barba negra. Mas finalmente recuperou a voz e falou com frieza monótona.

– Não faria tal coisa. O rei não exigiria isso de mim.

Crambeth suspirou.

– O rei, se permite que diga, Sir Brian, é um rei, e um juramento de fidelidade nunca pode ser retirado. Se os tempos e as necessidades de seu rei se tornarem suficientemente desesperadores, você poderá ser obrigado a lutar, e matar, seus cidadãos escoceses.

A voz rascante de Cressingham encheu a sala como o zurro de um asno.

– Sim, e o senhor pode muito bem ser convocado a fazer precisamente isso, senhor cavaleiro, se esse bandido Wallace continuar com seus ultrajes contra a paz do rei. A ele você pode ser conclamado a deter e levar à justiça. O homem é um fora da lei, ladrão e assassino, com seguidores que são vermes do mesmo tipo, pouco melhores que um ninho de ratos – disse o tesoureiro, se colocando de pé. – Eu já escrevi ao rei Eduardo pedindo sua permissão para eliminar essa pestilência de foras da lei que contamina esta terra ingrata e tornar as florestas novamente seguras para viajantes ingleses honestos. Escrevi com eloquência sobre a necessidade de pressa e veemência.

Em meio ao furor que se seguiu eu olhei ao longo da mesa para onde Antony Bek, o representante do rei, estava sentado furioso, seu rosto vermelho um retrato de ira e desconforto. Seu cenho franziu ainda mais, e eu podia ver o esforço que fazia para não erguer a voz e atacar todos, incluindo o idiota Cressingham, mas ele cerrou os punhos e os tirou da mesa, escondendo onde ninguém podia ver os nós dos dedos brancos.

Ao lado dele à cabeceira da mesa, o bispo Wishart estava sentado em silêncio, os olhos passando de um rosto para outro no grupo. Quando me encontraram, ele ergueu uma sobrancelha ligeiramente e eu assenti, dizendo que havia entendido o que acontecera. O nome de Will estava nos lábios de todos, e ninguém no grupo inglês tinha nada de bom a dizer sobre ele, sendo consenso que devia ser colocado sob custódia assim que possível, sua punição sendo um exemplo para os outros da tolice que era tentar desafiar o mando inglês.

Vi os olhos do xerife Hazelrig e achei que ele parecia se divertir, então me inclinei sobre a mesa e pedi sua opinião sobre a questão de Wallace e os foras da lei da floresta.

– Fumaça demais e pouco fogo – disse, dando de ombros, relaxado. – O homem é um fora da lei, além da lei e além da proteção de Igreja ou Estado. Ele de alguma forma conseguiu uma reputação e conquistou uma pequena dose de fama entre os camponeses locais. Mas é um ninguém e um criminoso comum, e alguém simplesmente tem de tomar a decisão de acabar com ele. Não se pode esperar que ele e sua ralé superem uma grande força de soldados disciplinados. E suas atividades passadas, pelo que ouvi, são de um tipo que não pode ser permitido nem perdoado. Não acho que esteja atuando em meus territórios de Lanark, mas posso estar errado. Não estou aqui há tempo suficiente para perguntar isso, mas estarei. E então, se descobrir que cometeu transgressões em minha jurisdição, tomarei providências contra ele e o destruirei sem hesitação. Se não for eu, será outro. Mais cedo ou mais tarde aborrecimentos assim são resolvidos devida e definitivamente. E legalmente – disse sorrindo, de forma simpática, pensei. – Você verá. Alguém o apanhará, logo.

– Padre.

Eu caminhava rapidamente a passos largos, enrolado em minha capa de inverno mais quente, mas algo na voz me fez parar no meio de um passo, e virei cautelosamente para olhar nas sombras abaixo das paredes à minha direita. Estava escuro e frio de doer os ossos, uma noite úmida, desalentada e gelada de novembro, e eu ia a caminho de meu quarto após uma visita tardia à enfermaria da catedral, onde um de nossos irmãos mais velhos e amados estava à morte, além de qualquer possibilidade de ajuda que nossa fraternidade médica pudesse oferecer.

– Quem está aí?

Por mais que me esforçasse, não conseguia ver ninguém na escuridão à minha frente. Sabia que havia uma fileira de quatro sorveiras-bravas na minha frente, entre a calçada na qual estava parado e a parede do prédio, mas também elas haviam sido engolidas pelo negror. Estava sozinho na escuridão, de frente para alguém, pelo menos um homem, que não podia ver e cuja voz estava tomada de tensão e preocupação, mas não sentia nenhuma ameaça pessoal. Estava prestes a repetir minha pergunta quando a resposta me alcançou.

– Sou um estranho aqui, mas não lhe desejo mal. Contudo busco sua ajuda.

– Minha ajuda para quê exatamente?

A voz vinha exatamente da minha frente, e estava perto o suficiente para que eu achasse que devia ser capaz de ver algo de quem falava, no mínimo um tom mais escuro ou claro de preto, mas não vi nada.

– Para encontrar abrigo. Proteção.

Hesitei, pensando rapidamente em como deveria proceder.

– Abrigo é fácil de providenciar, especialmente em uma noite como esta, mas proteção? Isso pode ser mais complicado. Quem é você, e por que busca proteção aqui?

A voz que respondeu soou mais forte.

– Meu nome é bastante comum, mas sou um fugitivo, um homem procurado.

– Procurado por quem?

– Pela Inglaterra.

– Pela Inglaterra? Isso soa muito grandioso. Então você ofendeu o país inteiro? Ou se refere ao rei da Inglaterra em pessoa?

– Isso. Eduardo Plantageneta, de má fama. Robert Wishart ainda é bispo daqui?

– Ele é, e tem sido há anos. Onde esteve que tem de perguntar tal coisa?

– Na Inglaterra. Preso. Pode informá-lo de que estou aqui?

– Posso. Mas não se você não tiver nome.

– Diga a ele que Andrew Murray de Petty pede uma audiência. Murray, o Jovem.

Eu então achei sentir meu coração bater forte contra meu peito.

– Andrew? – perguntei, chocado. – Você deveria estar na Inglaterra, na prisão.

– E estava. Você não me escutou? E quem é você para me conhecer pelo nome?

– Jamie Wallace. Primo de Will. Eu e você nos conhecemos em Paisley há anos.

Sim, quando Will quebrou minha cabeça e você me tirou do rio. Lembro. Muito bem então, padre James. Will me falou que você iria ser ordenado na última vez que conversamos. Achei que ainda estaria em Paisley.

A escuridão se moveu e ele avançou, empurrando um capuz para trás para desnudar a cabeça e revelar a palidez de seu rosto, e entendi por que não havia sido capaz de vê-lo antes. Assim como o homem enorme que naquele momento se movia para se colocar silenciosamente ao seu lado, ele vestia o hábito preto de um frade dominicano, uma única veste com capuz que o cobria da cabeça aos pés e o deixava invisível em uma noite como aquela. Mas o choque de ver seu rosto revelado me lembrou de que, de fato, era um fugitivo e seria melhor levar ele e seu homem para o lado de dentro e tirá-lo de vista o mais rapidamente possível.

As duas horas seguintes passaram muito rapidamente, embora o bispo Wishart tivesse ficado uma hora inteira sozinho com Andrew. Mas tive muito a fazer nesse ínterim, preparando comida quente, roupas secas e arejando roupas de cama frescas para nossos hóspedes inesperados. Quando Andrew saiu dos aposentos do bispo, e apesar de minhas próprias tarefas, eu conhecera seu companheiro de viagem, uma alma gentil cujo nome era, me disse ele, Pequeno Mungo. O próprio Mungo não parecia ver nenhuma incongruência em seu nome, mas era ainda mais alto, largo e grosso no peito que meu primo Will, e eu só havia conhecido três homens tão grandes. Não tive dúvida de que era um guerreiro, provavelmente impressionante em sua ira se provocado, e sabia que do contrário não estaria acompanhando Andrew Murray em circunstâncias tão ruins. Mas era uma alma simples, com a disposição gentil e a conduta de uma criança retardada. Gostei do modo como seus olhos se arregalaram quando contei que aquela grande catedral havia recebido o nome do santo que fora o primeiro a se instalar ali e construíra a primeira igreja ao lado de Molendinar Burn, seu próprio padroeiro, são Mungo, que os ilhéus chamavam de Centigerno. Contei que havia sido o são Mungo quem batizara aquele lugar, chamando-o de Glasgow, que significava "o querido lugar verde" na antiga língua.

O grande homem ficou sentado fascinado enquanto eu contava a história, e quando Andrew Murray se juntou a nós, ficando de pé em silêncio junto ao fogo, acariciou os cabelos do grande homem com afeto e perguntou se havia gostado da história. Pequeno Mungo assentiu, ainda de olhos arregalados com a maravilha do que ouvira, e depois foi obedientemente para cama quando Murray o despachou silenciosa e firmemente como um pai carinhoso faria com um filho.

– Vinho, Jamie Wallace – disse Murray assim que estávamos sós. – Eu lhe dou meu direito de nascença por uma taça de vinho.

– Também há um refogado – disse, sorrindo para ele. – Eu vasculhei a cozinha e alimentei a mim e ao Pequeno Mungo enquanto você estava com Sua Senhoria. Há um pote de refogado ao lado da lareira e pão fresco. Sirva-se e eu vou assaltar o estoque de vinho de comunhão.

– Não faça isso! – disse ele, e o choque na voz era real, e senti meu sorriso se tornar mais largo.

– Claro que não. Guardamos as coisas boas na despensa do bispo. Voltarei em um instante.

Mais tarde, enquanto dividíamos meia jarra de um vinho excelente, soube que ele havia ficado preso no castelo de Chester, norte de Gales, mais de 160 quilômetros da Torre de Londres onde o pai estava detido. Mas assim que as hostilidades diminuíram, a vigilância e o zelo iniciais de seus guardas se transformaram em relaxamento derivado da consciência de que sua fortaleza era a mais velha da Inglaterra, construída como quartel-general da 22ª Legião na época dos césares e desde então ocupada por várias guarnições. Ninguém nunca escapara de Chester. Aquela verdade era aceita de tal forma que Murray achou fácil planejar sua fuga.

O Pequeno Mungo havia sido o único de seus seguidores deixado com ele, e conseguira isso mostrando a seus captores ingleses que o homem grande era totalmente inofensivo e podia ser deixado sozinho o dia inteiro sem nunca fazer nada mais maldoso do que um garoto faria. E assim, quando chegou o momento de escapar, Andrew Murray e seu gigantesco companheiro saíram pelo portão principal da fortaleza como parte de um grupo de trabalho, como faziam todo dia, mas naquele surpreenderam e superaram seu guarda distraído, amarraram o sujeito e simplesmente foram embora. De Chester os dois seguiram rumo nordeste para Solway Firth, e dali rumo norte para Glasgow. Isso demorou sete dias.

– Mas eles não foram atrás de vocês? Certamente devem ter tentado apanhá-los?

Andrew tomou seu vinho, o rosto sério.

– Sim. Tentaram. Estavam em melhores condições do que nós desde o início, e sete deles nos alcançaram entre Carlisle e o Firth.

– Eles os alcançaram, mas vocês estão aqui. Como escaparam?

– Eles não nos pegaram. Eu disse que nos alcançaram. Mungo os matou. Todos eles. Faz isso de vez em quando.

Aquilo me calou por um tempo, enquanto pensava no gigante infantil que se sentara tão divertido na minha frente pouco tempo antes. Olhei com firmeza para Andrew Murray, e ele olhou com igual firmeza para sua taça, como se examinando seu reflexo no vinho.

– Mungo é duas pessoas diferentes – explicou Murray. – Uma delas é a alma inocente e gentil que você conheceu hoje. A outra é a antítese da primeira. Um guerreiro, mas um guerreiro diferente de qualquer outro que você já viu. Quando essa pessoa assume, Mungo se torna um assassino, selvagem, impiedoso e implacável.

– Com todos?

– Deus, não, não permitam os céus! Ele sabe de que lado está o tempo todo, e nunca atacaria um camarada, mas para qualquer um o encarando do lado errado, ele é a morte encarnada.

Eu fiz o sinal da cruz sobre o peito.

– Que Deus o perdoe – disse, e estiquei a mão, pegando a jarra de vinho e dividindo o que restava entre nós. – Então, o que fará agora que está de volta à Escócia?

– De volta à Escócia e fora da lei, você quer dizer. Sou um fugitivo da Paz do Rei.

– A Paz do Rei da Inglaterra.

Ele sorriu.

– Sim, mas para Eduardo não há diferença. O que farei? Lutarei contra ele até meu último suspiro. Minhas terras em Moray e outros lugares são vastas e em grande medida vazias, com muito espaço para luta. Se Eduardo da Inglaterra quiser tomá-las terá de fazer isso pessoalmente, e não ficarei de lado, observando do alto de uma montanha distante. Então, estou indo para casa o mais rápido que puder, e assim que estiver lá pretendo levantar os homens de Moray e lançar o inferno contra esses arrogantes senhores ingleses, como chamam a si mesmos. Pretendo ensinar a eles que a Escócia é nossa, que eles não têm lugar nela e nunca terão qualquer direito legítimo a ela. Quem pensam que são esses frangotes pretensiosos? E quem esse ignorante rei acredita que lhe deu o direito de vir aqui e impor sua vontade a homens livres que não precisam de sua interferência, não desejam ter sua atenção e não pretendem se deitar e permitir que ele e seus baderneiros ladrões e ignorantes passem por cima deles e de seus direitos? Juro a você, Jamie, pelo Deus vivo, que se nenhum homem na Escócia se levantar contra esse cruzado envelhecido e pretensioso de um tempo passado, eu, Andrew Murray, o desafiarei sozinho e morrerei, se preciso, com meu cuspe sujando sua barba grisalha – discursou, depois se interrompendo e rindo. – Pareço ansioso demais? Você perguntou! Mas primeiro, antes de fazer qualquer dessas coisas, tenho de conversar com Will Wallace. O bispo me diz que você pode me levar a ele.

– Sim, posso. Mas por que você precisa falar com ele?

– Não consegue adivinhar, padre James? Preciso alistá-lo para minha causa, para me ajudar a expulsar esses ingleses imbecis de meu país.

– Mas ele não pode.

Saiu de repente, e me valeu um olhar desconcertante daqueles olhos azuis.

– Ele não pode?

Eu balancei as mãos, me sentindo tolo.

– Ele não pode. Fez um juramento de não se envolver na luta...

– Até a Escócia produzir um líder em quem ele possa confiar e que possa seguir. Sim, sim, o bispo Wishart me contou – disse ele, sorrindo, e a visão de seus dentes brancos reluzentes quase fez com que me sentisse melhor com o que instintivamente soube que ele iria dizer a seguir. – Bem, isso já foi resolvido, porque a Escócia agora tem um líder em quem juro que William Wallace pode confiar, um líder nascido no campo de batalha em Dunbar, este ano, e levado à maturidade nesses últimos meses em prisões inglesas. Andrew Murray de Petty, lorde de Avoch e Moray e comandante de pelo menos cinco mil homens de luta, cada um deles dedicado a ver o traseiro do último inglês na Escócia desaparecer pela fronteira de volta à Inglaterra. Vamos beber a isso, padre James – disse, erguendo a taça e a esvaziando de um gole, antes de baixá-la e sorrir para mim novamente. – Agora, quando podemos partir para Selkirk?

Eu estava sentado na cabana de Will e Mirren, me maravilhando com a relação impressionante que existia entre os dois homens que eu mais admirava no mundo. Sempre tinha sido assim, desde que nos conhecemos quando garotos em Paisley.

Mas naquela noite, escutando a conversa fácil dos dois, estava atipicamente consciente de Mirren, sabendo, sem olhar, que me vigiava atentamente, com aquele meio-sorriso secreto, inescrutável que imaginava em seus lábios sempre que pensava nela quando não estava por perto. Naquele momento, enquanto Will e Andrew se empolgavam com algo, algum elemento de treinamento ou luta que era menos que interessante para mim, ela se levantou em silêncio e foi para a pequena pia de pedra que Will instalara junto a um forno de cozinha perto da janela. Movido por algum impulso sobre o qual sequer parei para pensar, eu a segui, e ela inclinou a cabeça para me olhar quando me aproximei.

– O quê? – perguntou. – Você parece ter alguma pergunta para mim.

Ela estava certa, mas de repente me senti desconfortável, quase constrangido pela perspicácia dela, e em vez de dizer o que pretendia, dei de ombros.

– Você gosta dele, não? – perguntei, acrescentando inutilmente: – Andrew.

Ela sorriu e começou a empilhar os pratos nos quais havíamos comido antes.

– Claro que gosto dele. Por que não deveria?

Eu dei de ombros novamente.

– Você não gostou de mim quando nos conhecemos. O que há de tão diferente nele?

Ela olhou para mim e riu baixo, e meu peito se encheu com o conhecido calor confortável do respeito e estima que sempre tivera por ela.

– Jamie Wallace – disse ela, e ouvi o afeto em sua voz. – Se eu não soubesse que você é um padre, pensaria que está com ciúmes do homem. Mas por que não deveria gostar dele? Meu homem gosta dele como a um irmão... e você também, ademais. Com dois como vocês do lado dele, como poderia ser tola o bastante de desgostar dele? – falou, inclinando a cabeça para um lado e me olhando com repentina seriedade com olhos apertados. – O que há de errado, Jamie? Você está com uma expressão estranha.

Balancei a cabeça novamente, mas ela não seria enganada tão facilmente. Chegou mais perto de mim e baixou a voz.

– Conte.

Eu me contorci e ela esticou a mão e agarrou meu queixo barbado, puxando-o de modo que tive de olhar nos seus olhos.

– Conte – repetiu.

– Acho que ele está aqui para levar Will para a guerra – falei.

– Não. Ele está aqui para tentar levar Will para a guerra. Não tenho dúvida disso, mas ele não sairá daqui contente. Will não irá. Ele me disse isso ontem à noite, pouco antes de vocês chegarem. Diz que irá brincar de general, mas não irá lutar. Jurou.

Eu me vi incapaz de olhar nos olhos dela, pois Andrew Murray estava certo: Will dissera que seguiria um líder que merecesse caso a Escócia produzisse um. Eu me virei e afastei para me juntar aos dois novamente, deixando-a com suas tarefas domésticas.

A partir de então me sentei e escutei atentamente enquanto Will Wallace e Andrew Murray construíam seus sonhos e planos para o futuro da Escócia. O Will defensor do povo sem nome e sem rosto não me surpreendia nada, pois ele passara a vida entre eles e era profundamente preocupado com seu bem-estar. Verdade que vinha de uma família de cavaleiros, mas ele mesmo não tinha formação de cavaleiro e nunca considerara qualquer possibilidade de ser elevado a cavaleiro algum dia. Mas achei impressionante que Andrew Murray apresentasse essas ideias, e ainda mais que as defendesse com tanto entusiasmo, pois seus antecedentes não tinham nada que pudesse ser descrito como ascendência comum. Ainda assim, ele parecia aceitar espontaneamente que se colocar à frente de seus concidadãos escoceses em defesa de seus interesses comuns precisava implicar em abrir mão de suas vastas propriedades inglesas e da renda gerada por elas, e descartava a perda como sendo insignificante.

Ele ficou conosco três dias, e passei cada momento que pude escutando a conversa deles. Estava fascinado com o modo como suas mentes funcionavam harmoniosamente. Cada ideia apresentada – e eles pareciam alimentar um ao outro vorazmente – gerava uma cascata de outras, assim como uma marreta de ferreiro lança centelhas de uma barra de ferro ardente. Escutei com admiração enquanto discutiam estratégia e táticas amplas, trocando termos, comparando possibilidades de ataque e manobra de modo a arrancar todas as vantagens possíveis da própria terra para combater e derrotar as forças inglesas cujas próprias formações disciplinadas poderiam ser – e seriam, se aqueles dois tivessem algo a ver com isso – detidas e prejudicadas no terreno escocês montanhoso ou pantanoso.

Escutei de boca aberta meu primo apresentar teorias políticas e correntes filosóficas que sequer sabia que ele conhecia e com as quais jamais diria que estava familiarizado; mas lá estava ele, apresentando opiniões sólidas e obviamente muito refletidas sobre livre-arbítrio e a moralidade da vingança e da reparação, citando a falta de contrição de Eduardo da Inglaterra por sua intenção deliberada de usurpar o trono da Escócia após abalar e destruir seu ocupante por direito. Acompanhei atônito enquanto demonstrava, usando uma lógica impecável, que o comportamento do rei da Inglaterra era inescrupuloso e indefensável e que, portanto, ele era moralmente inadequado para operar como um rei verdadeiramente cristão. Eu sabia de onde haviam saído aquelas ideias, pois muitas vezes as ouvira ditas por William Lamberton, que por sua vez as absorvera de John Duns durante suas visitas ao acadêmico em Paris, mas nunca suspeitara que Lamberton e Will haviam passado juntos todo o tempo que indicava a compreensão que Will tinha do tema.

Então, certa noite, escutei os dois debatendo a propriedade das técnicas de batalha de ataque e fuga defendidas por Murray em oposição ao sistema "honrado" e consolidado pelo tempo de guerra cavaleiresca defendido por Will. Essa divergência, por mais suave que tenha sido, me deu mais motivos para balançar a cabeça para as incongruências e contradições de sua aliança. Andrew, nascido na nobreza e nas estruturas e tradições da cavalaria e do feudalismo, e durante anos treinado nos costumes e nas histórias do código de cavalaria, deveria ser o defensor do *status quo* na guerra, querendo que as coisas fossem feitas como sempre haviam sido e buscando formas factíveis de colocar as forças escocesas o mais perto das inglesas em termos de paridade. Em vez disso, ele declarava que era impossível e se comprometia com a ideia de treinar seus combatentes para aproveitar toda vantagem que pudessem encontrar no terreno e na topografia do interior para enganar, superar e no fim vencer e destruir os exércitos lançados contra eles. Ele se recusava até mesmo a prestar respeito ao velho estilo "honrado" de guerra, chamando-o de suicida e imoral. Um homem obrigado a lutar, disse, devia lutar como se sua vida dependesse da vitória, porque dependia. Vencer, disse – vitória e sobrevivência –, era o único parâmetro de sucesso na guerra. Tudo mais era fracasso, já que, mesmo que não resultasse em morte, envolvia derrota e perda de liberdade, que para ele era pior que a morte.

Meu primo, por outro lado, defendia com veemência a batalha formal entre exércitos em formação como a forma mais legítima e aceita de solucionar conflitos. Ele ignorou o desprezo que Murray sentia por essa ideia, mantendo a calma enquanto o outro atacava o absurdo de enviar centenas ou mesmo milhares de homens mal treinados e equipados para morrer desnecessariamente contra formações mais poderosas quando era possível obter muito mais sucesso, a um custo muito menor, usando métodos muito mais versáteis de isolar, derrubar e então derrotar batalhões inimigos esgotados. Quando seu oponente se calou, Will simplesmente assentiu e reconheceu que o outro podia estar certo, mas do ponto de vista da realidade política ele acreditava que no final isso não era importante. Sustentou que sua principal preocupação eram a legitimidade e a aparência de propriedade. Eu pisquei ao ouvir isso, e pela primeira vez em muitas horas de discussão, interferi.

– Está falando sério, Will? A aparência de propriedade? Que relevância isso tem em relação a expulsar os ingleses da Escócia? Perdoe-me, mas isso me choca como sendo a coisa mais sem sentido que já ouvi.

Eu achei que ele iria ser grosseiro, mas então deu de ombros levemente.

– Sem sentido. Você acha que falar de propriedade é sem sentido? Não, Jamie. Deixe que lhe diga o que é sem sentido. Sem sentido é a capacidade de aceitar coisas sem pensar simplesmente porque elas são conhecidas. Sem sentido é a condição de passar pela vida sem nunca questionar certo ou errado no sentido moral e ignorar o errado simplesmente porque se tornou tão conhecido que já não temos consciência dele; ou porque, caso percebêssemos e prestássemos atenção, seríamos forçados a fazer algo para mudar. Isso é sem sentido, primo – disse, sugando algo preso nos dentes. Depois continuou: – E há outro tipo de sem sentido, talvez comparável, mas diferente. O sem sentido de ver algo acontecer e ser capaz de negar que esteja acontecendo; e não apenas isso, mas ir em frente e basear uma série de expectativas nessa negação do que você realmente vê – disse, apontando com a cabeça na direção de Andrew. – Se nosso amigo aqui me perdoar, mostrarei a você que o grupo ao qual ele pertence faz isso. Um cavaleiro não precisa ser alfabetizado ou educado, exceto nas artes da guerra. O código de cavalaria só exige aceitação das leis da cavalaria. Não faz qualquer outra exigência. Ignora a lógica em geral, e não espera julgamentos morais. Ainda assim, julgamentos são feitos o tempo todo, com base nas expectativas criadas, independentemente de lógica. Você tem alguma ideia de sobre o que estou falando?

Eu balancei a cabeça, e ele balançou a dele em resposta, os cantos da boca se voltando para baixo.

– Sim. Bem... o que estou falando é que todo agressor ignorante, retardado e idiota capaz de carregar uma espada ou brandir um porrete, seja ele cavaleiro, lanceiro ou homem de armas nos condenará como bandidos e bárbaros por não lutarmos de acordo com suas regras de combate.

Ele viu meus lábios se curvando.

– Não ria! Não há nada nem de longe divertido no que estou dizendo – reagiu, depois fazendo uma pausa e olhando de Andrew para mim e de volta para Andrew antes de continuar. – Não importa o quanto lutemos neste esforço, não importa quantos homens mobilizemos contra eles, não importa quanto tempo lutemos contra eles ou quantos deles matemos, essa gente não nos concederá legitimidade até que os enfrentemos cara a cara no campo de batalha e os derrotemos segundo as regras da cavalaria.

– Dessa forma cometendo suicídio – acrescentou Andrew. – Isso é obsceno, Will. Já superamos isso. Nenhum exército que a Escócia consiga formar estará equipado para derrotar o exército inglês em batalha. Podemos muito bem depor nossas armas e nos render a eles agora mesmo.

E assim a discussão recomeçou.

Não havia palavra militar para definir o que Will era, ou o que seus métodos eram. Naqueles dias, quando ele e Andrew Murray ergueram a espada pela primeira vez contra os ingleses, só havia uma forma aceita de guerrear, e era a forma da cavalaria, a forma pelas quais as guerras entre exércitos cristãos haviam sido travadas por centenas de anos. Havia convenções a serem observadas nelas e regras a serem seguidas, e uma batalha – qualquer batalha – provavelmente era decidida tanto por negociação e barganha entre líderes quanto pelo combate físico. Tudo isso parecia altamente civilizado e cuidadosamente estruturado para evitar mortes desnecessárias até o observador notar que as únicas pessoas que se beneficiavam dessas negociações eram os líderes de ambos os lados. O resto das pessoas envolvidas, provavelmente noventa e nove de cada cem pessoas em campo, era insignificante. Ali, por determinação de seus líderes e sob pena de punição caso se recusassem, eles deveriam morrer alegremente caso seus líderes não conseguissem chegar a uma solução satisfatória para seus problemas.

Will e Andrew mudaram tudo isso, embora fazê-lo tenha sido menos simples do que essa afirmação escrita sugere. Mas, pela primeira vez, os dois ergueram um exército de escoceses comuns liderado por homens cuja única qualificação para a liderança era sua capacidade como guerreiros e líderes. Nenhum desses novos comandantes era bem-nascido, tinha títulos ou era de algum modo privilegiado, e nenhum tinha nada que influenciasse sua conduta além de uma disposição de derrotar os invasores ingleses. Isso, por sua vez, resultou em eles terem uma consciência sem precedentes e uma preocupação com o bem-estar dos homens que os seguiam e que partilhavam seus sonhos de vitória.

Eu conheço pessoas hoje, menos de trinta anos depois, que questionariam isso em voz alta, apontando como evidência o grande número de magnatas e lordes bem-nascidos presentes na Batalha de Stirling Bridge. Mas isso foi mais tarde, e seu apoio se materializou com dolorosa lentidão durante os primeiros longos meses das atividades "rebeldes" de Wallace e Murray. Apenas quando se tornou incontestável que toda a população da Escócia se levantara em apoio aos dois líderes rebeldes, e que ninguém poderia esperar se colocar contra eles, a situação mudou e depois mudou radicalmente, com uma transferência repentina e total de apoio entre a nobreza. Mas no começo, nos meses após eu ter sentado ali e os escutado conversar, eram apenas Wallace e Murray, duas vozes ignoradas e amplamente desprezadas gritando, como João Batista, no deserto.

Os dois homens não haviam resolvido suas diferenças no momento em que Andrew Murray partiu para retornar ao norte, mas haviam chegado a um acordo. O próprio Will não apareceria como líder na luta. Seu juramento de permanecer com a família impedia isso. Mas fora isso, garantira que daria todo seu apoio, usando seu nome, sua influência e seus seguidores fora da lei para erguer o estandarte da resistência e da rebelião no sul caso Andrew Murray pedisse isso a ele nos meses à frente.

E os meses à frente foram meses movimentados, já que John de Warenne, o conde de Surrey inglês que Eduardo nomeara governador militar da Escócia, parecia determinado a pacificar o país inteiro nos seus primeiros meses no posto, enviando grandes corpos de soldados ingleses para patrulhar a terra e eliminar quaisquer sinais de rebelião antes que começasse a florescer. Com esse objetivo ele também decidiu reforçar e ampliar as guarnições inglesas em várias fortalezas por todo o território, e Lanark, a jurisdição do jovem xerife que eu conhecera em Glasgow, era um desses lugares. Sem dúvida provocado por seu superior zeloso, William Hazelrig mandou dizer que não iria tolerar banditismo de nenhum tipo em suas terras.

Capítulo 18

Mais ou menos na mesma época em que Will e Andrew Murray debatiam tão sinceramente um com o outro na floresta de Selkirk, o novo tesoureiro do rei Eduardo para a Escócia, Hugh Cressingham, começou a tornar sua presença nociva cada vez mais visível. Ele tratava a Escócia como um feudo conquistado, cobrando impostos aqui, ali e em toda parte de modo a pagar pelas guerras da Inglaterra no exterior e fomentando raiva e frustração disseminadas com sua arrogância desrespeitosa. Talvez encorajado pelos sinais explícitos de uma presença militar inglesa difundida, e reconhecendo que o comércio internacional de lã era o motor econômico que tornara a Escócia próspera ao longo dos cem anos anteriores, ele fixou impostos incapacitantes sobre coleta, processamento e exportação de lã, chegando assim perto de matar todo o setor em seu primeiro ano no cargo. Ele não achava importante estimular o comércio escocês, mas sorria de satisfação ao embarcar quantias enormes de dinheiro escocês para encher os cofres do seu mestre.

O pai de Mirren foi um dos comerciantes escoceses mais afetados por esses impostos ultrajantes, porque acabaram com seus negócios quase que da noite para o dia. Hugh Braidfoot se tornara um próspero comerciante de lã e intermediário, e um rico e respeitado burguês de Lanark, onde ficava a sede de seus negócios, mas suas operações no leste, todas elas envolvendo estoque de lã e seu transporte dos portos orientais escoceses para os países do outro lado do Mar do Norte, eram vulneráveis aos impostos punitivos de Cressingham, e Braidfoot foi se aproximando da penúria meses após a chegada do tesoureiro à Escócia. Contudo, Braidfoot não era tolo nem covarde. Decidiu combater o que considerou a loucura fiduciária do inglês, e partiu para Berwick para confrontar o tesoureiro, não fazendo segredo de seu objetivo nem de sua raiva e frustração. Seu objetivo era apresentar seu caso a Cressingham pessoalmente e pedir algum tipo de solução razoável, algum acordo que permitisse a ele permanecer nos negócios e continuar a gerar faturamento passível de impostos pelos anos seguintes.

Mas, segundo Cressingham e sua equipe, mestre Braidfoot nunca chegou a Berwick, e uma intensa busca na cidade e seu entorno não localizou ninguém que o tivesse visto entrando na cidade, embora muitas testemunhas em outros locais afirmassem que esse era seu destino e jurassem tê-lo ouvido dizer que tinha negócios importantes com Cressingham. Hugh Braidfoot desapareceu sem deixar vestígios nessa viagem, sem nunca mais ser visto ou ouvido, e todos os seus bens foram confiscados pela administração inglesa pelo não pagamento de impostos.

A notícia dessa perversidade acabou sendo levada a nós em Glasgow por um monge da abadia de Jedburgh enviado especificamente para informar o bispo Wishart da morte do comerciante e da enorme controvérsia que provocara em Berwick e vizinhanças. Ele chegou com a notícia em meados de março, quando Braidfoot já estava desaparecido havia mais de um mês. O bispo, sem saber se a notícia teria penetrado na floresta de Selkirk, me despachou imediatamente para levar a notícia a Will e Mirren. Eu cavalguei duro para estar lá antes que meus amigos recebessem a notícia de outra fonte, mas quanto cheguei ela havia seguido à frente de mim.

Will percebeu imediatamente que eu estava desapontado por ter chegado tarde demais, e tentou me consolar, mas eu não podia me acalmar até ver Mirren, para avaliar com os próprios olhos o quanto o acontecimento cobrara dela, e oferecer o consolo e conforto que pudesse como antigo capelão dela e seu pessoal. Sabia que ela amava profundamente o pai, e estaria muito necessitada de apoio e simpatia, pois ele merecera seu amor por toda a vida, sempre a encorajando em tudo o que fazia.

No final, foi Mirren quem acabou me consolando em minha infelicidade por ter chegado tão tarde, se oferecendo para rezar comigo antes mesmo que eu desse a sugestão, e no geral me deixando mais relaxado quanto à sua paz interior.

A poucos meses do fim da gravidez, ela estava certa de que dessa vez carregava uma filha, descrevendo a criança para mim como uma coisinha doce que funcionaria como uma força de contenção natural sobre seu filho agitado e inquieto, que ela preparava para colocar na cama enquanto conversávamos. Ela já havia escolhido o nome da criança, me disse, tendo sonhado com ela como jovem feita, bonita, elegante e segura. Sua filha se chamaria Eleanor, em homenagem à heroína de Mirren, havia muito morta, mas reverenciada, duquesa da Aquitânia, e Mirren já estava decidida. Eleanor Wallace seria uma mulher tão forte quanto aquela em cuja homenagem seria batizada. Eu a escutei falar sobre como seria a criança, e vi a rapidez com que deixara de lado sua própria perda, e meu coração se encheu de orgulho e afeto por ela. Will realmente havia escolhido uma pérola inestimável, como as escrituras descreviam.

Ela disse que nesse ínterim estava se preparando para ir para casa, visitar a mãe em Lamington, mas várias questões envolvendo Will tinham de ser resolvidas antes, portanto ainda não conseguira marcar o dia da partida.

Eu sabia que a mãe de Mirren nunca se recuperara da doença devastadora que a atacara no ano em que ela e Will se conheceram. Por muito tempo todos pensaram que iria morrer, mas Miriam Braidfoot surpreendeu a todos com sua tenacidade. Isso havia sido em 1289, e nos oito anos seguintes a mãe de Mirren ficara confinada à sua casa e, a maior parte do tempo, ao leito. Mas vivera bastante feliz, sustentada pelo amor do marido e dos amigos que a cercavam. Mas naquele momento, com o desaparecimento e provável morte do marido, ninguém sabia dizer o que aconteceria com a velha dama, e Mirren estava sempre desconfortável por não poder correr para o lado da cama da mãe.

Intrigado com o que ela dissera sobre Will ter "questões" a resolver, eu estava prestes a perguntar o que estava se passando, mas fomos interrompidos pela chegada de várias mulheres que tinham ido pegar Mirren, e em pouco tempo me vi sozinho na pequena cabana que escurecia. Avivei o fogo e então saí para a penumbra gelada de março para procurar Will.

Mais tarde naquela noite, sentado ao lado de Will no jantar, acompanhei enquanto a multidão zumbia ao redor dele como abelhas em torno de uma rainha desalojada, sem me dar oportunidade de perguntar sobre as questões que ocupavam minha mente. Perturbado, vi a pressão das pessoas sugar dele todo vestígio de atenção e consciência, e a experiência me deixou zonzo. Cada vez que o via me dava conta de que meu primo mudara em relação à vez anterior, a cada momento se tornando mais uma figura pública, um líder e um comandante de homens, embora, pelo menos para mim, parecesse não fazer qualquer esforço de conquistar ninguém.

Fui para cama naquela noite comparando minhas lembranças do tímido e reservado, mas serenamente confiante Will Wallace com quem eu havia crescido e o Will Wallace que vira naquela noite, uma enorme figura confiante com gravidade e autoridade, dando conselhos e estímulo às pessoas, algumas das quais eu sabia que ele nunca vira antes. E de todas as coisas que perturbavam minha consciência, a mais ilógica parecia ser aquela que não deveria ter me surpreendido nada: aquela nova dimensão de respeito e deferência que o cercava não surgira até Will fazer seu juramento de proteger sua família e evitar arriscar a vida em lutas sem sentido em um quadro de interesses escondidos e desvantagens insuperáveis. Ao evitar a violência e buscar isolamento meu primo assumira um manto que ele nunca pensara em ou quisera vestir, e assim se tornara uma nova espécie de defensor aos olhos das pessoas comuns.

Eu não vi sinal de Will quando fui procurar por ele após o desjejum na manhã seguinte, mas sabia que estava por perto, e acabei por encontrá-lo trabalhando na serraria na floresta além do limite sul do acampamento. Estava nu, a não ser por um pano nos quadris, e suando com o esforço de serrar uma comprida tábua grossa de uma enorme tora de carvalho colocada acima dele no poço de corte. A serragem que caía cobrira seu corpo, grudando na pele encharcada de suor, dando a ele a aparência de um grande urso louro, e com os enormes músculos de costas, ombros e peito inchados do trabalho pesado, ele parecia realmente gigantesco. Ele me viu chegando e deve ter lido em meu rosto o que estava pensando, pois deu uma enorme gargalhada e saiu do poço, acenando para que o seguisse enquanto corria até o riacho próximo que os homens adequadamente haviam batizado de Córrego da Serragem. Havia uma queda d'água a pouca distância rio acima, uma cachoeira de uns três metros de altura com um grande poço de natação cavado no leito de cascalho abaixo dela, e ele se jogou da margem, encolhendo as pernas e gritando de puro prazer, e quando a água se acalmou a superfície do poço se transformou em uma turbulência dourada com a serragem que saiu do seu corpo. Ele subiu à tona rapidamente, balançou a cabeça com violência, depois a mergulhou novamente, esfregando o couro cabeludo com as duas mãos antes de se esticar e jogar os cabelos compridos para longe dos olhos.

–Ah! – rugiu ele. – Assim está melhor. Estique a mão.

Eu estiquei e o ajudei a subir para a margem, e enquanto ele se secava grosseiramente eu me acomodei em um terreno coberto de musgo com as costas apoiadas em uma árvore. Era uma bela manhã de final de verão, e o sol mal havia se erguido acima do horizonte. Quando estava seco ele amarrou a toalha na cintura, depois bateu no peito nu com as palmas das mãos.

– Roupas – disse ele. – Eu as deixei acima do poço, longe da serragem. Quando estiver decentemente vestido você e eu estaremos prontos para uma bebida.

Ele hesitou, a cabeça inclinada.

– Pelo menos eu estarei pronto. Você está com aquela... expressão devota no rosto, primo, aquele olhar sacerdotal.

– Você está com frio?

– Não, de modo algum. Mas estou quase nu, então quero me vestir.

– E poderá, em um momento, mas neste instante quero falar com você sem ser interrompido, e prometo que não direi a ninguém que você estava quase nu enquanto conversávamos.

Em resposta ele sorriu e se jogou ao meu lado na margem, depois me desequilibrou com um empurrão com o braço esticado.

– Então fale, mas antes me diga: você estará falando como o padre James ou como meu primo Jamie?

– Não posso ser os dois ao mesmo tempo?

– Não sei. Pode? – disse, e esperou por um momento, como se querendo uma resposta, depois deu um pequeno sorriso. – Não importa. Vá em frente. Tem minha atenção.

Eu gastei algum tempo ajeitando meu hábito.

– Sua esposa me diz que você não pode levá-la para consolar a mãe até várias questões terem sido resolvidas. Fico pensando que questões podem ser mais importantes que a perda de um pai amado. E não importa quais sejam, quão importantes podem ser, Will, para você permitir que o prendam aqui quando está claro que Mirren quer ir para casa cuidar da mãe sofrida, partilhar sua própria dor pelo pai?

Ele ficou olhando impassível para mim, nenhum sinal de deboche nos olhos, mas não fez qualquer tentativa de falar.

– Você não tem uma resposta? É uma pergunta simples. O que o está prendendo aqui quando é tão importante, para sua esposa e sua família, que você viaje a Lamington?

Ele continuou não me respondendo, e de repente me vi impaciente.

– E por que você iria querer ficar aqui em um momento como este, Will? Para dar conselhos a seus seguidores, como fez noite passada durante o jantar? Você não acha que sua esposa merece uma parcela igual ou mesmo maior de sua preocupação do que estranhos?

– Não é simples assim.

– Não, é simples assim, Will. É simples. Não há nada complexo nisso. Você deveria estar levando Mirren para casa neste instante, para ficar com a mãe em seu momento de privação. Não consigo ver como algo pode ser mais importante que isso.

– Certo! – disse, e sua voz foi cortante. – Eu o escutei. Mas só porque você não consegue ver algo, padre, não significa que não esteja lá. Você acha que estou fazendo isso levianamente, sem motivo? Eu não posso sair daqui agora. Logo, talvez, espero. Mas não agora.

– Por que não? – insisti.

– Porque estamos em crise.

– Uma crise grave, imagino, embora não haja de outro tipo. Crise com o quê?

Ele olhou para mim, o maxilar em uma expressão belicosa.

– Com o preço oferecido por minha cabeça e a recompensa por qualquer dos meus homens apanhado, vivo ou morto.

Senti como se algo houvesse se contorcido depois esticado em minhas entranhas.

– Isso é novidade. Não o preço oferecido sobre sua cabeça, todos sabemos disso, mas esse prêmio é novidade. Não ouvimos nada sobre isso.

Ele ergueu as sobrancelhas em deboche.

– Você quer dizer em Glasgow, na catedral? Como poderia ouvir? É uma questão local, decidida e aplicada localmente.

– Quem ofereceu esse prêmio?

– Um homem chamado Hazelrig. O novo agente da lei de Eduardo. Seu título é o de xerife de Lanark.

– Sir William Hazelrig? Não pode ser. Eu o conheci. Ele me impressionou como sendo um sujeito agradável. A não ser, claro, que ele me disse como o mataria rapidamente caso você cruzasse seu caminho. Mas afora isso, achei que você gostaria dele.

Meu primo estava olhando para mim, as sobrancelhas erguidas o suficiente para enrugar sua testa.

– Você conheceu esse homem?

– Sim. Eu o conheci em Glasgow, na casa do bispo. Estava com Cressingham quando foi se apresentar aos bispos escoceses logo após sua nomeação.

– E você gostou dele. Também gostou de Cressingham?

– Desgostei intensamente dele. O homem me lembrou um carniceiro. Mas gostei de Hazelrig. Eu o achei divertido e muito agradável.

– Fico contente de saber disso, primo, porque seu conhecido agradável e divertido enforcou dois dos meus homens sem julgamento, e dez mais que não eram meus homens, mas foram acusados de ser. Sem argumentos, sem oportunidade de negar ou dizer qualquer coisa em sua defesa. Simplesmente acusação e execução, pura e simples, limpa e seca, e inconfundivelmente inglesa. Ah, sim, ele é um sujeito agradável – disse, erguendo uma das mãos e inclinando a cabeça ao mesmo tempo, como se fosse falar "O que mais posso dizer?". Mas ficou um bom tempo quieto antes de voltar a falar. – O xerife Hazelrig transformou em seu objetivo máximo acabar comigo. Quadruplicou o preço pela minha cabeça há cerca de um mês na esperança de estimular alguém a me trair, e logo depois ofereceu uma recompensa de um marco de prata para cada fora da lei de Selkirk levado à justiça ou para a Paz do Rei Eduardo. Isso significa vivo ou morto. É uma sentença de morte contra qualquer homem acusado de ser um de nós, Jamie, independentemente de ser ou não. A acusação é suficiente para causar a morte, porque não há necessidade de levar o homem vivo. Qualquer fora da lei morto claramente foi levado à justiça, e certamente não perturbará a Paz do Rei no futuro – disse, e quando viu meus olhos se estreitarem, assentiu. – Sim, é injusto, ninguém discute isso. Mas uma injustiça patrocinada e encorajada pelo alto xerife do rei da Inglaterra em Lanark, então quem irá se opor a isso?

E balancei a cabeça, não tanto de incredulidade, mas porque de alguma forma esperava que a verdade pudesse ser negada.

– Mas... o que você fez para que ele quadruplicasse o preço por sua cabeça?

– E desse uma sentença de morte contra todos os meus seguidores ao mesmo tempo? Bem, o que você acha que eu fiz? Sei que você acredita que fiz algo, porque ouvi isso claramente em sua voz quando fez a pergunta. Não fiz nada, Jamie. Absolutamente nada.

– Você deve ter chamado a atenção dele de alguma forma, talvez sem se dar conta disso.

– Nada, Jamie. Eu não disse nem fiz nada. E tome cuidado com o que vai dizer agora, porque sua descrença está começando a me irritar. Escute bem. Estamos inativos há vários meses, sem cometer roubos ou fazer ataques desde que os ingleses se contiveram em novembro. Não fiz nada para atrair a atenção do xerife, nem nenhum dos meus homens. Ele simplesmente decidiu fazer de nós um exemplo, provavelmente estimulado por aquela lesma gorda do Cressingham, ou possivelmente por seu próprio superior, de Warenne de Surrey.

– Entendo. E o que vai acontecer agora?

Ele respirou fundo e olhou para as árvores distantes.

– Estamos com patrulhas poderosas. Estão se movendo rápida e constantemente, vigiando com cuidado, porque não sabemos onde os soldados de Hazelrig atacarão a seguir. O povo do local está morrendo de medo de ser levado e enforcado, então mantemos nosso pessoal espalhado e em movimento, sempre em contato uns com os outros e pronto para atacar ao primeiro sinal de hostilidade.

– Vocês estão prontos para lutar.

– Claro que estamos prontos para lutar. Você faria diferente?

– Você irá lutar? E quanto ao seu juramento?

– Quanto a ele? Meu juramento não foi quebrado, e não tenho intenção de lutar. Mas não posso deixar meu pessoal, Jamie.

– Sim, e ademais seria loucura ir a Lamington com o xerife de Lanark de olho em você.

– Bah! Loucura nada. Ele não me identificaria se fosse até lá e falasse pessoalmente com ele. Essa parte não é um problema. Simplesmente preciso ficar aqui por ora, com meu pessoal. Concordo com você que o lugar de Mirren é com a mãe. Não discuto isso, e me sinto tão culpado quanto um pecador por causa disso. Mas não posso levá-la, e até agora não encontrei ninguém que pudesse, pelo menos não sem o risco de chamar atenção. Mas agora tenho o homem certo. Você pode escoltá-la até a casa da mãe em sua viagem de volta para Glasgow. Ela ficará segura com você, e mandarei uma escolta. Um pequeno grupo. Homens em quem confio. Quatro ou cinco.

– Quatro ou cinco homens e uma mulher com criança?

– Sim, e um padre. Qual o problema com isso?

– Padres não viajam com homens fortemente armados, Will, a não ser que sejam homens de armas em libré. E o mesmo se aplica a mulheres grávidas com crianças pequenas. Ademais, duvido que Mirren vá sem você.

– Ela precisa ir. Não tem escolha. Precisa ficar com a mãe, e eu também preciso que ela esteja lá. Preciso saber que está em segurança fora da floresta até que esse absurdo com Hazelrig tenha terminado. Você cuida disso para mim, Jamie?

Eu me apoiei na árvore.

– Imagino que sim. Aparentemente há uma necessidade aqui, de um modo ou outro, mas sim, eu a levarei em segurança até a mãe, se ela concordar em ir.

– Bom homem. E quanto à escolta, pode estar certo de que escolherei com cuidado. Eles serão discretos. Ninguém nunca saberá que estão com vocês, a não ser que corram perigo. Mas nunca ficarão longe, onde quer que estejam.

Ele se levantou e cresceu acima de mim, depois esticou a mão e me levantou sem esforço antes de me arrastar para um enorme abraço.

Éramos um pequeno grupo discreto quando nossas duas carroças saíram da floresta de Selkirk na direção de Lanark e Glasgow, nosso silêncio se devendo principalmente à tensão da separação de Will e Mirren e, claro, o jovem Willie. Era uma separação que ninguém desejava, mas as circunstâncias conspiraram para torná-la necessária.

Logo estávamos fora da floresta em grande medida sem trilhas, na estrada para Lanark. O banco do condutor da primeira e maior de nossas duas carroças era ocupado por Alan Crawford de Nithsdale, que seria o motorista sênior e cozinheiro, responsável pelos mil e um detalhes diários da nossa viagem. Ao lado dele estava Ewan Scrymgeour, que passara a considerar Mirren sua própria filha. Big Andrew, a besta guardada em segurança fora de vista atrás dele, e parecendo um garotinho no banco do condutor da segunda carroça, serviria como assistente de Alan. Também estava conosco padre Jacobus, o mais velho dos dois padres demasiadamente enclausurados que eu levara comigo ao ir viver na floresta. Ele ficara visivelmente mais jovem, mais vibrante, como resultado da vida com o povo da floresta, alimentado e muito fortalecido por cuidar de suas necessidades cotidianas e florescendo com o prazer disso. Robertson, o arqueiro, e cinco de seus melhores homens estavam espalhados à frente de nós, fora de vista, mas nos protegendo de interferência pela frente e dos dois lados.

O constrangimento inicial do silêncio depois da separação passou mais rápida e facilmente do que eu esperara, sem dúvida alguma por causa da determinação de Mirren de aproveitar ao máximo a situação, de modo que ao final do primeiro dia de viagem o clima no grupo era mais leve e relaxado. Também foi um dia curto, pois saímos da estrada para uma área protegida bem antes do sol começar a se pôr. O clima de março era coerente – desagradavelmente ruim, frio e úmido –, e o sol parecia se pôr cada dia mais cedo, em vez de mais tarde.

Nossa fogueira de cozinhar era pequena e quase totalmente escondida em um buraco amplo e cavado fundo, e Alan preparou uma refeição impressionante de cabra cozida, com vegetais e carne que levara, servida com feijões brancos grandes secos refogados em um molho deliciosamente salgado que deixou minha boca formigando. Mas não ficamos mais de uma hora sentados ao redor do fogo depois do jantar, pois mesmo sabendo que Robertson e seus arqueiros estavam nos protegendo, também sabíamos que estávamos em uma região desconhecida e a luz de nossa fogueira podia ser vista por quilômetros. Quando eu estava prestes a me retirar para minhas preces noturnas um dos homens de Robertson saiu das sombras ao redor carregando um par de belas lebres, estripadas e amarradas pelas patas traseiras, que deu a Alan antes de deslizar novamente para a escuridão. Eu soube o que iríamos jantar na noite seguinte.

Percorremos uma distância melhor no segundo dia, tendo levantado antes do amanhecer e ido para estrada ao nascer do dia, bem protegidos contra o vento cortante, e às três horas da tarde havíamos viajado mais de trinta quilômetros em um ritmo bom e constante, evitando a cidadezinha de Peebles com um desvio de alguns quilômetros para o sul. O pessoal de Robertson já havia encontrado o lugar do nosso acampamento seguinte, cerca de oito quilômetros à frente, e um deles esperava por nós ao lado da estrada e nos guiou para a floresta, onde encontramos as ruínas sem teto de uma casa fora isso sólida e surpreendentemente espaçosa. Montamos nossas barracas do lado de dentro das paredes e dormimos bem naquela noite, protegidos do vento que assoviava do lado de fora. Pela minha avaliação, estávamos a 24 quilômetros de Lanark.

Na manhã do terceiro dia acordamos com uma chuva torrencial que já havia inundado as áreas baixas ao redor de nós e não dava sinal de diminuir. Ewan e Alan, como comandantes conjuntos de nosso pequeno grupo, saíram da proteção das paredes para o cinza do dia que relutava em nascer para avaliar a sabedoria de desmontar acampamento. Voltaram momentos depois para consultar a mim e Mirren sobre se desejávamos ou não enfrentar o tempo e continuar imediatamente na direção de Lamington, pois eles mesmos estavam em dúvida.

Olhei para Mirren, preparado para apoiar sua decisão, mas naquela ocasião Mirren, normalmente tão direta e decidida, não conseguiu chegar a uma conclusão sobre o que desejava fazer. Partir de imediato significava que chegaríamos a Lamington e sua mãe mais rapidamente, mas isso não era certo considerando-se um clima tão incomum, pois segundo Ewan e Alan o terreno era um pântano encharcado, e as carroças poderiam ser difíceis de conduzir em superfícies íngremes e enlameadas. A alternativa, de esperar para ver, podia significar perder tempo de início, mas quando o clima finalmente mudasse e chuva e vento diminuíssem, o caminho estaria mais firme sob os pés e as condições certamente seriam mais secas e quentes sob as coberturas de couro das carroças. Eu podia ver que secura e calor para ela e seu filho pequeno era a perspectiva mais atraente aos olhos de Mirren, mas também podia ver que, exatamente por ser tão justificável pessoalmente, ela relutava em tomar essa decisão sozinha. Então, quando deu de ombros e se virou para mim, eu sorri e escolhi esperar fora da tempestade.

Ao longo dos anos pensei mil vezes se teria mudado algo fazendo uma escolha diferente naquela manhã, mas sempre minha fé na sabedoria onisciente de Deus me convence – embora nunca por muito tempo e nunca completamente – que Sua vontade foi feita como Ele desejava.

Passamos a maior parte da manhã no acampamento, e na última hora o vento e a chuva diminuíram gradualmente e finalmente pararam. Já havíamos começado a desmontar acampamento, e sentíamos enorme dificuldade em desmontar e guardar nossas barracas de couro, pois o peso triplicara com o volume de água que tinham absorvido. Quando finalmente havíamos carregado as carroças e nos preparávamos para pegar a estrada novamente, as nuvens se abriam e clareavam, e a luz brilhante do sol penetrava pelas aberturas aqui e ali em raios brilhantes espetaculares.

Ninguém falou muito enquanto começávamos a viagem, mas à medida que os quilômetros ficavam para trás e o calor do sol secava nossas roupas molhadas, algum bom-humor retornou e logo havia uma conversa constante entre as duas carroças. Em dado momento eu me ajeitei no banco do condutor ao lado de Big Andrew para responder a uma brincadeira de Ewan na outra carroça, e de repente me vi tomado por uma cãibra violentamente dolorosa no pé esquerdo. Minha perna inteira foi tomada, e me contorci tão violentamente de dor que perdi o equilíbrio e caí de lado, mal conseguindo agarrar a lateral do banco a tempo e impedir minha queda de cabeça no chão. Ewan, na outra carroça, me viu ter um espasmo e cair de lado, e por alguns momentos chocados pensou que eu havia sido derrubado por uma flecha.

Mas o alarme que se seguiu durou pouco e logo se transformou em riso quando ficou claro que eu simplesmente tivera cãibras. Alan murmurou algo sobre padres passarem tempo demais de joelhos e de costas, e ficou pensando em voz alta por que deveria ser estranho que seus músculos se queixassem da inatividade se retorcendo em cãibras. Lembro-me de sentir bastante envergonhado enquanto massageava minha perna, depois desci e caminhei ao lado das carroças, mancando nos primeiros minutos, mas logo caminhando facilmente. Eu me senti eufórico por um curto tempo depois disso, querendo correr em minha exuberância, apenas para festejar ser quem era, estar vivo e livre, pelo menos por um curto tempo, das responsabilidades de minha vida de padre.

Caminhando à frente em passos largos, estava uns bons noventa metros adiante das carroças quando cheguei ao alto de uma pequena colina, pouco mais que uma elevação na estrada. Enquanto a superava, vi um dos arqueiros de Robertson correndo pela estrada na minha direção. Não fiquei alarmado, pois os arqueiros nunca estavam totalmente fora de nossa vista, mas havia algo no modo como ele vinha que me fez parar, olhar ao redor e depois para a estrada atrás dele. Ele se movia rapidamente, mas de modo furtivo, ficando perto dos arbustos que ladeavam a estrada enquanto se aproximava. Ele me viu olhando e ergueu a mão em cumprimento, mas não diminuiu o passo.

Quando chegou até mim parou e se curvou com as mãos nos joelhos, tentando recuperar o fôlego.

– Ingleses, padre Jamie – disse, ofegante. – Robertson me mandou avisar vocês. Diz que não há motivo para preocupação, mas achou que gostariam de saber que estão lá embaixo, na encruzilhada no fundo da estrada. Não dá para ver daqui, mas é onde estão. Há um cavaleiro no comando, no maior cavalo que você já viu, mas não conseguimos reconhecer sua crista de cores, e ele tem uma dupla de homens de armas montados, além de uns dez arqueiros. Estão fazendo alguma coisa, mas não sabemos o quê. Procurando alguém ou talvez simplesmente esperando para ver quem passa. Mas Robertson suspeita que irão pará-los e perguntar o que estão fazendo simplesmente por serem ingleses.

Eu agradeci a ele, que se virou e desapareceu na mata densa ao lado da estrada. Aquilo não era inesperado, havíamos nos preparado para isso e conhecíamos nossa história. Andei de volta até as carroças que se aproximavam.

– O quê? – perguntou Alan quando subi para o degrau da carroça ao lado dele. Mirren estava sentada junto, entre ele e Ewan, e os três olhavam para mim ansiosos. Sorri para Mirren e apontei vagamente para a direção para onde íamos.

– Um dos arqueiros acabou de me avisar que há ingleses à frente de nós, em uma encruzilhada na base da próxima colina. Um cavaleiro, disse, com dois homens de armas a cavalo e uma dezena de arqueiros.

– Sim, conheço o lugar. Ele disse o que estão fazendo?

– Não. Não sabia. Mas ele e Robertson acham que estão preparando algo. Nada a ver conosco, já que ninguém sabia que viríamos por aqui. Contudo, acha que irão nos barrar.

– Claro que irão nos barrar. Desde que decidiram se apossar da Escócia eles barram tudo. Um cavaleiro, você disse?

– Sim, totalmente armado e provavelmente inglês, pois ninguém reconheceu suas cores – respondi, olhando para Mirren. – Então se lembrem, fiquem calmos e não digam nada diferente do que combinamos. A parte mais difícil será fingir que não sabíamos que eles estavam lá, então não fiquem procurando. Se eles suspeitarem que sabíamos que estavam ali, também começarão a suspeitar de outras coisas, como de que modo sabíamos? Quem nos alertou? E por quê?

Ela assentiu para mim, o rosto calmo e sereno, e eu sorri de volta antes de descer e seguir para a outra carroça e me sentar ao lado de Big Andrew e padre Jacobus.

Eles estavam bem escondidos, pois não vimos nenhum sinal deles enquanto descíamos a colina, embora soubéssemos que estavam nos vigiando. Chegamos à base da descida, e a estrada ficou plana bem na entrada de uma clareira cercando o cruzamento das duas estradas que se encontravam ali. A clareira estava cheia de mudas de bétula à altura do ombro, nascidas após um incêndio que arrasara a área alguns anos antes, e do ponto de vista do banco do condutor, acima das mudas, eu podia ver claramente em todas as direções sobre a área queimada até o ponto em que a floresta recomeçava, sem mover minha cabeça de modo evidente. Nada se movia em nenhum lugar que eu via, mas então vi com o canto do olho os ramos baixos de uma grande árvore no limite de floresta serem empurrados para o lado e três homens montados saírem, cavalgando diretamente para nós.

Não havia dúvida sobre qual dos três era o líder, pois sua aparência dizia tudo. Vestia armadura completa, o que estabelecia sua identidade de modo inquestionável como sendo inglesa. Nenhum cavaleiro escocês poderia ter uma armadura tão cara, quanto mais um cavalo grande e forte o suficiente para suportar seu peso quando vestido de tal maneira. Cavalo e armadura eram enfática e desafiadoramente normando-ingleses, ostentando a riqueza, o poderio e a arrogância de seu dono. As cores e a libré eram desconhecidas por mim, o escudo, a casaca do cavaleiro e a manta de seu cavalo similarmente divididas em vermelho e prata, com barras diagonais alternadas nos quartos superior direito e inferior esquerdo e três cisnes vermelhos e um campo prata nos outros. A crista do enorme elmo prateado do cavaleiro também era um pássaro vermelho – imaginei que um cisne –, ladeado dos dois lados por espirais em vermelho e prata. O homem era uma bela e intimidadora imagem trotando na nossa direção, e paramos para esperar sua chegada.

Ele parou bem na nossa frente, bloqueando a estrada enquanto erguia o visor do elmo para nos ver o mais claramente possível. Seu rosto era difícil de perceber pela abertura sombreada, mas vi um nariz de veias vermelhas acima de um bigode ruivo denso, depois sua voz rascante nos alcançou.

– Quem são vocês e o que fazem? Nada de bom, aposto. Digam seus nomes e o que fazem e me deem uma boa razão para não levar todos sob custódia.

Eu me levantei, e quando ele virou seu olhar raivoso na minha direção me obriguei a sorrir e falei a ele em meu melhor inglês, estando convencido de que, como a maioria do seu tipo, dificilmente seria alfabetizado, no melhor dos casos, sem nenhum conhecimento de latim, que desprezaria como sendo uma tolice religiosa.

– Posso oferecer uma excelente razão, senhor cavaleiro. Estamos cuidando dos negócios da Santa Igreja. Sou padre James, integrante da equipe de secretários de lorde Robert Wishart, bispo de Glasgow e prelado sênior do reino da Escócia. Meu companheiro aqui, padre Jacobus, esteve comigo em uma missão no sul em nome de Sua Senhoria, e agora retornamos a Glasgow para concluí-la – disse, a seguir indicando Ewan na outra carroça. – O homem careca ali é o tio do bispo, Ewan Scrymgeour, irmão da mãe de Sua Senhoria, e a jovem com ele sua filha Margaret, de luto por seu marido, recentemente morto por bandidos perto da fronteira com a Inglaterra. Nós a estamos levando para ficar com a mãe até o nascimento do filho. Os outros são todos empregados de mestre Scrymgeour. Tenho cartas de salvo-conduto do bispo, caso queira ler.

Aquilo era pura bravata de minha parte, e sabia o risco que corria, pois os únicos documentos em meu poder eram dois breves conjuntos de anotações dadas a mim pelo bispo Wishart antes que deixasse Glasgow. Mas podia sentir truculência e hostilidade explícita naquele inglês de aparência colérica, então decidi tentar eliminar suas suspeitas apostando pesadamente em ele ser analfabeto, sabendo que se estivesse errado, todos poderíamos morrer ali.

O sujeito olhou para mim furioso por um momento de dentro da caverna de seu elmo, as sobrancelhas pesadas desenhando uma linha grossa contínua, depois grunhiu e estendeu uma mão decisiva.

– Mostre.

Meu estômago contraiu em um espasmo, mas sustentei minha compostura e enfiei a mão na bolsa para pegar os dois pedaços de pergaminho dobrados. Eu os passei, fechados, ao cavaleiro.

– Posso perguntar seu nome, senhor?

O cavaleiro havia retirado uma das luvas e a segurava sob o cotovelo enquanto se esforçava para desdobrar e abrir a primeira carta. Ele grunhiu um som interrogativo, depois rosnou:

– Redvers. Sir Lionel Redvers de Suffolk. Agora vejamos...

Tendo finalmente desdobrado o pergaminho, ele o ergueu e examinou atentamente, e senti a tensão diminuir. Se soubesse ler já teria visto que o que segurava não era um salvo-conduto, mas uma relação de instruções rápidas sobre o que deveria fazer em vários estágios de minha viagem desde Glasgow. Mas ele não disse nada, e ficou olhando para o pergaminho como se decorando seu conteúdo. Finalmente se empertigou – algo que não era fácil vestindo armadura completa –, dobrou novamente a carta e a devolveu a mim.

– Que seja – rosnou. – Mas ainda não podem partir. Estamos esperando um grupo de marcha, e até que chegue ninguém pode ir além deste ponto. Para onde estão indo agora? Nunca chegarão a Glasgow antes do anoitecer.

– Não, senhor. Pretendíamos parar na estalagem da cidade de Lanark.

Alguém gritou à distância atrás dele, e o inglês virou o cavalo para olhar.

– Estão vindo – disse, para ninguém em particular, depois olhou para mim novamente. – Fiquem aqui até termos partido, depois poderão nos seguir. Lanark fica a menos de cinco quilômetros daqui.

Ele se virou, fechando o visor com um golpe de mão, depois esporeou o cavalo e avançou, seguido por seus dois companheiros. Eu me virei para Ewan e o vi olhando para mim, uma expressão estranha no rosto.

– Tio do bispo, você disse?

– Sim. Na hora pareceu uma descrição adequada, e funcionou. Nenhum cavaleiro inglês, não importa o quanto deteste os escoceses, irá se arriscar a ofender seriamente um alto religioso; especialmente interferindo com sua família.

– Você correu um risco.

Eu sorri para ele, me sentindo muito melhor.

– Não tão grande quanto o risco que corri ao mostrar a ele aquele salvo-conduto do bispo – disse, depois explicando como apostara que o homem era analfabeto e vaidoso demais para admitir isso.

Ninguém falou, e Ewan olhou firme para mim.

– Rezo para que no futuro não seja tão rápido na hora de apostar minha vida – disse, depois dando de ombros levemente. – Não tenho medo de perdê-la, mas me consolo muito com a crença, por mais tola que você possa querer fazê-la parecer, de que o destino dela está em minhas próprias mãos.

– Ainda assim funcionou, e fomos recompensados. Agora podemos seguir os ingleses até Lanark sem sermos importunados novamente.

– E faríamos isso, se não devêssemos virar à esquerda na encruzilhada. Lamington fica um quilômetro e meio naquela direção.

– Ah! Eu não sabia disso. Sabia que era perto de Lanark, mas nunca estive lá. Então é naquele sentido?

– Sim, é. Escute, você não disse que deveria haver uma dezena de arqueiros com aqueles três? Vê algum sinal deles?

Sorri para ele.

– Não mais que de Robertson e seus homens. Arqueiros são difíceis de ver, Ewan. Esqueceu?

Ele me lançou o olhar de puro desgosto, depois parou, a cabeça inclinada.

– Bem, quem quer que sejam essas pessoas, estão vindo agora.

Estávamos a menos de trinta passos do ponto em que as duas estradas se cruzavam, e pelo que Redvers dissera, era claro que a coluna pela qual esperavam passaria bem na nossa frente. Nós avançamos lentamente até estarmos bem ao lado do ponto por onde a coluna passaria, e enquanto nos movíamos o barulho do grupo que se aproximava pela esquerda se tornou cada vez mais alto até as linhas da frente poderem ser vistas. Eram todos soldados de infantaria, uniformizados com camisas de cota de malha, elmos de aço simples e coletes de couro com um pequeno brasão no peito esquerdo mostrando um cisne vermelho sobre campo branco, e todos caminhavam lembrando uma marcha. Vieram na nossa direção em fila de quatro pela estrada, e fizemos silêncio enquanto se aproximavam.

Durante toda minha vida eu, de tempos em tempos, fui perturbado por sonhos aterrorizantes que nunca partilhei com ninguém, não sei se por vergonha ou medo. Em todos eles sou ameaçado ou perseguido por alguém ou algo determinado a me matar. Os detalhes desses sonhos nunca são claros quando finalmente acordo, mas a sensação esmagadora de destruição e terror que eles suscitam permanece comigo por muito tempo. Em todos eles meu perseguidor é sempre perfeito e implacável, mas sempre sou prejudicado por uma incapacidade de correr rápido o bastante, gritar alto o bastante para pedir socorro ou me esconder com agilidade suficiente. Nos momentos posteriores ao surgimento das primeiras filas daquela coluna inglesa eu, de alguma forma, mergulhei naquele sonho mesmo estando acordado. Aconteceu com uma rapidez perturbadora; simplesmente me vi testemunhando uma situação que crescia como leite em uma panela quente demais e transbordava, sem que pudesse controlar.

Estava observando os soldados se aproximarem preguiçosamente, ouvindo o barulho arrastado de seus pés e ocasionais estalidos de armas quando vi o cavaleiro inglês, Redvers, se aproximar novamente, cavalgando a trote na retaguarda da coluna em marcha. Enquanto me virava para olhar para ele diretamente, percebi que quatro dos homens em marcha carregavam alguma espécie de maca, escorregando e deslizando e tendo dificuldade em um ponto em que a estrada ainda estava enlameada e empoçada da tempestade da manhã. Estavam a menos de trinta passos de mim quando um deles perdeu equilíbrio na lama grossa e quase soltou a vara da maca, e na verdade foi seu grito de susto abafado, um xingamento, que chamou minha atenção. Mas não fui o único a ter a atenção despertada, e foi quando tudo ao meu redor pareceu acelerar rapidamente, me deixando perplexo demais para fazer algo que não acompanhar o que acontecia.

Eu ouvi a voz de Mirren gritar "Mãe!", e vi com o canto do olho ela se lançar do banco da carroça na direção dos soldados. O pequeno Willie se sacudia no xale preso às costas dela, seu habitual local de descanso durante o dia, enquanto ela erguia a saia acima dos joelhos com uma das mãos e acenava freneticamente com a outra. Ainda estava piscando e pensando no que estaria fazendo quando ouvi o cavaleiro inglês gritar "Peguem aquela mulher! Segurem-na!", e então ele esporeou seu cavalo na direção dela, reduzindo a distância mais rapidamente do que eu conseguia me ajustar ao que estava vendo.

Mirren não prestou atenção nele enquanto disparava na direção da maca, e ela e o enorme cavalo de batalha se chocaram exatamente na minha frente com um som que me deixou chocado. O animal a acertou com o alto da pata e a lançou no ar, mãe e filho rodopiando como um pião desajeitado até que ela caísse no chão, e só então eu havia me recuperado o suficiente para me mover. Gritei algo, tarde demais para alertar ou protestar, e comecei a correr até onde ela e o bebê estavam caídos em uma confusão de roupas de mulher, e enquanto corria vi sangue escorrer do nariz e da boca. O pequeno Willie gritava, os olhos apertados e a boca escancarada, embora eu mal conseguisse ouvi-lo em meio aos outros ruídos. Homens gritavam por toda parte, mas não prestei nenhuma atenção neles. Eu me joguei de joelhos no chão ao lado de Mirren, e enquanto me curvava para proteger ela e o garoto, alguém me chutou na cabeça.

Só sei que fui chutado porque me disseram depois, pois o golpe quebrou meu maxilar e me deixou sem sentidos. Também fui chutado em outros lugares, completa e metodicamente, pois quando recobrei a consciência estava cheio de hematomas e com vários ossos quebrados. Devia ter sido morto, suponho, mas minhas roupas de padre podem ter salvado minha vida.

Ewan e Andrew conseguiram escapar. Sendo arqueiros, ambos sabiam que precisavam colocar distância entre eles e o inimigo, de modo que assim que Ewan viu o que estava acontecendo – e ele viu muito antes que eu –, pegou o estojo de arco e a aljava, chamou Andrew, saltou da carroça e correu, usando a massa do veículo para protegê-lo das flechas inglesas.

Mas não houve flechas inglesas, pois Robertson e seus cinco homens já haviam emboscado e matado os dez arqueiros que Redvers levara com ele, de modo que assim que os dois atiradores haviam conseguido distância suficiente para disparar, voltaram-se para o inimigo e começaram a matar ingleses. O cavaleiro Redvers tentou mandar seus homens de infantaria contra eles, mas a menos de cem passos as flechas de Ewan e as setas da besta de Andrew atravessavam suas cotas de malha inferiores, então eles recuaram, não tendo estômago para um ataque frontal por terreno aberto contra atiradores de elite que estavam recebendo o reforço de outros enquanto Robertson e seus homens saíam correndo da floresta e se juntavam à luta. Apenas o próprio Redvers e seus dois homens de armas a cavalo tinham armaduras fortes o bastante para enfrentar o fogo escocês, e em uma tentativa de se aproximar deles, ficou claro que apenas Redvers era imune às flechas escocesas. Ewan, com seu arco longo de teixo, derrubou os dois homens de armas com *bodkins* de perfurar armadura, e um tiro direto na placa peitoral de Redvers de uma distância de vinte passos, mesmo com o projétil resvalando, quase derrubou o cavaleiro, que perdeu a espada enquanto lutava para se manter na sela e depois deu meia-volta e se afastou para se juntar aos seus homens.

Momentos depois a retaguarda da coluna de Redvers investiu para resgatar seu lorde e mestre. Estavam armados de bestas, uma dúzia deles, e aparentemente haviam ficado bem para trás da coluna, entediados e distraídos por não ter nada a fazer desde o começo da marcha. Ewan disse que poderiam ter sido eficazes quando finalmente chegaram se Redvers soubesse como usá-los, mas estavam em desvantagem desde o início, com Ewan e três dos homens de Robertson armados com arcos longos de teixo os acossando com disparos precisos de longa distância antes que conseguissem chegar perto o suficiente para se organizar em qualquer tipo de formação útil. Quatro dos 12 foram abatidos no primeiro confronto, e os oito seguintes ficaram suficientemente abalados pela inesperada precisão dos disparos dos escoceses para começar a recuar imediatamente. Claramente, nenhum desejava morrer ao lado de seus quatro primeiros camaradas. Eles se esconderam atrás das carroças que Ewan e Andrew haviam abandonado. Então ficaram em vantagem sobre o grupo de Ewan, que não podia avançar sem correr riscos.

Era uma situação em que nenhum dos dois lados tinha esperança de fazer progressos, e em muito pouco tempo os ingleses se reorganizaram, estabeleceram formações defensivas e se aprontaram para partir, observados pelos oito arqueiros escoceses que os haviam superado apesar da desvantagem de cinco para um.

Mas mesmo na derrota os ingleses venceram, pois Ewan viu dois deles pegarem Mirren onde ela estava caída ao meu lado e jogá-la sem cerimônia sobre o lombo de um cavalo pertencente a um dos companheiros mortos de Redvers. Ele poderia tê-los matado de onde estava, mas simplesmente teriam sido substituídos por outros, e ele tinha medo de acertar Mirren, o garoto ou a mim inadvertidamente. Ademais, como me contou mais tarde, só tinha mais duas flechas em sua aljava.

Eles a carregaram juntamente com o filho na maior de nossas duas carroças, levando-a até a maca e rapidamente passando a mãe de Mirren para ela. Sempre de olho nos escoceses distantes, esmagaram as rodas da carroça menor e mataram a parelha de cavalos. Depois foram embora, tomando a estrada para Lanark e deixando seus mortos para trás, embora ninguém tivesse dúvida de que retornariam com força em uma hora para enterrar os seus e enforcar qualquer escocês burro o bastante para estar ao alcance.

Durante tudo isso eu fiquei inconsciente na encruzilhada, sangrando pelos ouvidos.

Capítulo 19

Soubemos depois que na discussão sobre o desaparecimento de Hugh Braidfoot alguém em Lanark deixara escapar que o homem desaparecido era o mesmo Braidfoot cuja filha Mirren se casara com o fora da lei William Wallace. A história logo chegou aos ouvidos do xerife, William Hazelrig.

Hazelrig havia sido especialmente mal sucedido em eliminar qualquer dos foras da lei escoceses locais, ou mesmo interferir em suas atividades ilegais, que consistiam principalmente de caça ilegal de cervos, e como não conseguira detê-los – pois eles insistiam em um direito inventado a se recusar a morrer de fome –, temia que as pessoas rissem dele, então se agarrou a essa nova informação como uma forma de salvar seu nome. Antecipara que naquele momento de dificuldade a filha devotada poderia ter a tentação de voltar e visitar a mãe doente, e a ele parecia provável que poderia ser acompanhada nessa visita pelo marido fora da lei. Então, enviara Sir Lionel Redvers para levar a mãe sob custódia.

O que Hazelrig esperava conseguir com isso não ficou claro para mim na época, e mesmo agora, décadas depois, ainda me faz balançar a cabeça de descrença. Caso tivesse escolhido manter a casa Braidfoot sob uma vigilância discreta, teria facilmente apanhado Mirren quando chegasse, e mesmo que Will não estivesse junto, poderia assim ser capaz de atraí-lo para fora da floresta em missão de resgate. Mas em vez disso prendendo a inocente Miriam Braidfoot o xerife estava claramente alertando Will e sua esposa para manter grande distância de Lanark caso dessem valor à liberdade. Se a pequena expedição de Sir Lionel Redvers tivesse passado por aquela encruzilhada um quarto de hora antes, poderíamos nunca ter encontrado com eles, e muito poderia ter sido diferente. Teríamos virado na direção de Lamington e descoberto que lady Miriam havia sido levada, então retornaríamos a Will na floresta para começar investigações por intermédio do bispo Wishart. Mas o destino decidiu apoiar os esforços de Hazelrig.

Assim que os ingleses partiram Ewan correu até onde eu estava caído, esperando me encontrar gravemente ferido por causa do sangue que podia ver na lateral da cabeça, mas descobriu que estava apenas inconsciente, com pulso forte e respirando com facilidade. Ele me deixou o mais confortável possível e colocou Andrew e padre Jacobus tomando conta de mim enquanto ele e os outros seis arqueiros corriam atrás da força de Redvers em retirada, para alcançá-la antes que o inimigo tivesse tempo de fazer mais alguma coisa com Mirren e sua mãe. Muito mais tarde me diria que perdera a custódia da Mirren, mas estava preparado para morrer antes de perder totalmente seu paradeiro.

Quando Ewan retornou eu recuperara a consciência, embora mal pudesse me mexer por causa da dor em minhas costelas quebradas. Doía até mesmo respirar levemente. Além disso, a dor em minha cabeça era um tambor pulsando, e minha visão não voltara ao normal, de modo que eu continuava a ver em dobro o que estivesse à minha frente. Mas apesar de tudo isso estava plenamente *compos mentis*, e fiquei contente de ver Ewan surgir à luz de nossa fogueira naquela noite. Seria o último prazer que teria em meses, e desapareceu no instante em que vi a expressão no rosto dele.

Estava deitado de costas perto do fogo, e nos primeiros momentos ele me ignorou, conversando em voz baixa com Andrew, e o tom de sua voz me disse que achava que ainda estava inconsciente. Quando finalmente perguntou se minha condição havia melhorado, o homenzinho apontou para mim com a cabeça.

– Veja você mesmo. Está acordado há mais de uma hora. Mas não consegue falar e não consegue se mexer. O maxilar está quebrado, junto com várias outras coisas. Nada grave demais, mas não vai correr durante um mês ou dois.

Um instante depois Ewan estava ajoelhado junto a mim.

– Como está? Consegue levantar?

– Não.

Fiquei tão chocado quanto ele de ouvir minha voz sair em um sussurro entrecortado leve, mas era o primeiro som que produzia desde ser ferido, e não podia acreditar em quanta dor e esforço haviam sido necessários para pronunciar aquela única palavra. Tentei trincar os dentes, e lamentei imediatamente. Depois, quando minha pulsação havia reduzido novamente e achava que podia me controlar, me obriguei a falar suavemente, sussurrando, quase exalando as palavras enquanto perguntava:

– O que está errado?

Soou, quase inaudível, como *Oê stá ado?*

Ele estivera olhando para mim preocupado, mas naquele momento debochou.

– O que está errado com o quê? Seu rosto? Botas pesadas fizeram um belo trabalho em você. Estou surpreso que consiga abrir os olhos, quanto mais sussurrar.

Eu fechei os olhos e a dor começou a se dissipar, mas me obriguei a olhar para ele novamente, vendo a agonia nele, e falei:

– Onde está Mirren?

Eu vi o pânico nascer e aumentar em seus olhos enquanto ele se esforçava para colocar em palavras o que nunca deveria precisar ser dito. Mas finalmente encontrou voz e durante a meia hora seguinte fiquei deitado escutando, chocado, o que tinha a dizer.

– Tudo foi um inferno, Jamie – começou. – No espaço de uma hora, tudo deu errado... fomos atrás dos ingleses para ficar de olho no que eles fariam com Mirren, mas em um quarto de hora um dos arqueiros de Robertson encontrou o corpo do pequeno Willie caído ao lado da estrada. Foi por acaso que encontrou; saíra da estrada para a vegetação com todo mundo quando o homem da frente dera a notícia de que alguém vinha, e quase ajoelhou no garotinho antes de ver. Não havia ferimentos no corpo. Nada mostrando o que o havia matado. Apenas estava morto, e alguém o jogara fora, nos arbustos...

Senti meu coração ameaçando explodir, mas não consegui me mover ou emitir um som. Mas Ewan estava longe de terminar.

– Isso foi o começo – continuou Ewan. – Mas depois que começou, não parou. Sequer tive tempo de enterrar a pobre criança com medo de perder o rastro de Mirren, então o deixamos ali até podermos voltar. Quando chegamos a Lanark deixei Robertson e seus homens esperando por mim na floresta e fui à cidade ver o que conseguia descobrir sobre as mulheres. Fui até a companhia de arqueiros anexa à guarnição e falei com o encarregado. Era seguro. Nenhum dos arqueiros da guarnição teria estado na estrada naquele dia.

"Ele era galês, e eu disse quem era e que servira nas campanhas de Eduardo na Inglaterra e na França antes que Eduardo se tornasse rei. Seu nome era Gareth Owen, e nos demos bem. Paguei uma bebida para ele em uma taberna mais tarde, depois consegui informações sobre o xerife e aquele cavaleiro chamado Redvers. Perguntei o que havia acontecido às prisioneiras levadas naquele dia."

Houve um rugido em meus ouvidos, e minha cabeça continuava tomada por imagens da bonita criança risonha que havia sido o primogênito de Will, mas ainda conseguia ouvir Ewan falando, e depois, quando a dor e o vazio em minha alma haviam diminuído um pouco, não tive dificuldade em lembrar o que me dissera.

Owens olhara para ele de modo estranho quando perguntou sobre as mulheres, e para aplacar o sujeito Ewan dera um risinho obsceno e dissera que vira quando fora trazida. Disse que algo no olhar da mais moça o fizera pensar que era uma coisinha atraente, mesmo grávida, como estava. Ela despertara sua curiosidade, além de seu desejo, e queria saber se ficaria muito tempo detida ou se perderia tempo ficando na cidade esperando vê-la quando fosse solta.

Owens ficou olhando para Ewan por um bom tempo, como se tentando decidir se acreditava ou não no que ele dissera, mas então se virou na cadeira e chamou um homem sentado algumas mesas atrás dele.

– Sente-se – disse, quando o recém-chegado apareceu à mesa. – Este homem é Ewan Scrymgeour, um de nós, embora meio escocês, e durante anos arqueiro com Eduardo quando ainda era príncipe. Ewan, este é Dyllan. É do sul de Gales e nunca usou um arco na vida, e graças a Deus por isso. A única coisa para a qual este aqui serve para segurar é um molho de chaves, mas isso ele segura bem, não é mesmo, garoto? Dyllan é o carcereiro-chefe aqui, então é com ele que você precisa conversar.

Ewan cumprimentou Dyllan com a cabeça, que era alto e magro como um cadáver, com olhos fundos acima de pesadas olheiras pretas.

– Tome uma cerveja conosco, Dyllan. Ewan tem algumas perguntas para você, e falar dá sede.

Ele acenou para chamar uma das empregadas da taberna, pedindo mais cerveja, e quando se voltou viu Dyllan olhando para o rosto de Ewan.

– O que aconteceu a você?

Ewan fungou.

– Bastão de guerra. Uma maça. Em Lewes, contra de Montfort e os barões. Eu era garoto, os ossos ainda macios. Disseram que tive sorte.

– Jesus – disse o carcereiro em uma voz sussurrada, mas então ficou em silêncio enquanto a cerveja fresca era levada para mesa, e quando a mulher que servia partiu, ele ergueu sua caneca e um cumprimento silencioso e tomou um grande gole, arrotou de prazer e recostou.

– O que quer saber? – perguntou. – Gareth não é homem de perder o tempo de outro, e se diz que você é bom, você é bom para mim, então pergunte.

Ewan hesitou, buscando a melhor forma de formular a pergunta, mas antes que pudesse falar, Gareth se adiantou:

– Hoje foram trazidas duas mulheres para sua área. Ewan diz que uma delas era jovem e atraente. O que pode nos dizer sobre ela?

Dyllan olhou para Ewan de modo estranho.

– Você a acha atraente estando daquele tamanho e pronta para parir a qualquer momento?

Ewan se obrigou a sorrir.

– Não, mas quando ela parir ficará bem logo, e pronta novamente. Quem é ela, você sabe?

O carcereiro balançou a cabeça.

– Não sei. Sou só o carcereiro. Eles não me contam essas coisas. Meu trabalho é manter eles trancados. Não preciso saber quem são. Mas sei que essa que você está perguntando é maluca. Está louca e fora de si, isso sim. A outra era a mãe dela.

– Era?

Mais tarde Ewan me contou como havia sido difícil para ele impedir que sua expressão o traísse.

– Quer dizer que está morta?

– Sim. Estava morta quando a trouxeram. Mas não descobrimos até que tentamos levantá-la da carroça em que estava. Já estava ficando fria.

– Então não espanta que a filha esteja louca de dor.

O carcereiro deu de ombros.

– Sim, talvez. Mas não é só isso. Estou dizendo, gostei de sair daquele lugar no final do meu turno. Foi o pior dia que tive lá, e já tive alguns ruins.

– Ah – disse Ewan. – Então não vamos falar disso. Eu só queria saber quando ela vai sair.

– Quando ela vai o quê?

Gareth falou novamente:

– Ewan quer saber se deve ficar aqui alguns dias esperando para encontrar com ela quando sair, ou se é melhor seguir seu caminho e esquecer.

– Ah... – disse Dyllan, balançando a cabeça lenta e gravemente. – Não. Melhor seguir em frente, amigo. Aquela não vai sair. E mesmo que saísse, não teria utilidade para você. Ela estava gritando sobre um bebê, um pequeno que se perdeu. Não vi nenhuma criança ali, mas ela estava gritando como louca, gritando o nome dele e uivando, se jogando de um lado para outro. E então descobriu que a outra mulher estava morta, o que a deixou pior. Ficou realmente louca, e se jogou em cima do grande Simon, tentando arrancar os olhos dele com as unhas. Foi a coisa errada a fazer. O grande Simon não é muito inteligente, e tem um péssimo temperamento. Ele a acertou na cabeça com o molho de chaves, depois a chutou na barriga quando caiu. Só chutou uma vez, mas foi o suficiente. Ele a trancou, mas ela começou a vomitar e sangrar pelo lugar todo.

Ewan grunhiu. Disse que precisou de toda sua força para não esticar a mão e enforcar o carcereiro, mas sabia que tinha de permanecer calmo.

– O que aconteceu então?

– Bem, ela estava tendo o filho. Só o que pudemos fazer foi assistir até terminar.

Ele se obrigou a fazer uma careta.

– Ela teve o bebê?

– Sim, mas estava morto quando saiu – disse o carcereiro, balançando a cabeça no que poderia ser um lamento, depois pegou a cerveja e tomou outro grande gole. – Jesus, nunca vi tanto sangue.

Ewan trincou os dentes com força, e perguntou em voz baixa:

– E a mulher? Sobreviveu?

– Ah, sim. Pelo menos estava viva quando saí. Eu joguei para ela o cobertor que estava na maca da velha, mas ela não se moveu no chão, então eu a cobri e saí dali.

– No chão. Você a deixou lá...

– Sim.

– E o que aconteceu ao bebê?

– Estava morto.

– Eu sei que estava morto, Dyllan. Perguntei o que aconteceu a ele.

Dyllan baixou os olhos para a caneca de cerveja e depois disse em uma voz bem baixa:

– Simon deu aos porcos, com o resto da bagunça.

Ewan respirou fundo e levantou da mesa, segurando o polegar esquerdo com o punho direito para não dispará-lo.

– Bem, então não faz sentido esperar por ela – disse ele calmamente. – Duvido que volte a parecer tão boa quanto hoje.

Ele se obrigou a assentir para o carcereiro, depois olhou para Gareth Owens.

– Então vou embora. Quem sabe nossos caminhos se cruzem novamente – disse, enfiando a mão na bolsa e pegando uma moeda de prata, que colocou na mesa. – As bebidas são por minha conta até isto terminar. Obrigado por seu tempo e sua gentileza.

Gareth baixou os olhos para a moeda de prata, depois deu um grande sorriso.

– Vamos beber à sua saúde, arqueiro, e você será bem-vindo a qualquer momento.

Quando Ewan terminou seu rosto estava riscado pelas trilhas de onde as lágrimas haviam cavado sulcos na terra e na poeira da estrada grudadas em suas bochechas fundas, e eu estava morrendo de dor dos soluços que me sacudiram e aos quais fui impotente para resistir. Não consegui encontrar uma única palavra que servisse a qualquer propósito que não quebrar o silêncio entre nós. Não me lembro de quanto tempo permanecemos ali, mergulhados em nossa dor, mas depois me pareceu ter sido um longo tempo. Mas Ewan finalmente ergueu a cabeça e olhou para mim, esfregando os olhos furiosamente com a manga de sua túnica grosseira.

Ele se curvou sobre mim, levando o ouvido à minha boca e tomando um cuidado extremo para não me tocar de modo algum.

– Fale comigo. Você consegue se eu ficar assim?

– Não sei – disse num chiado, incapaz de mover o maxilar. – Vou tentar.

– O que fazemos agora, Jamie?

Eu não disse nada, e ele acrescentou:

– Temos de fazer algo. Não podemos não fazer nada. Mas o que fazemos? Temos de contar a Will, e como faremos isso? Isso vai matá-lo.

– Não.

Eu mal consegui dizer a palavrinha, e Ewan se inclinou novamente para colocar o ouvido perto dos meus lábios. Respirei lentamente, depois tentei de novo, ouvindo minhas próprias palavras prejudicadas por minha incapacidade de mover o maxilar quebrado.

– Não. Não vai morrer.

Isso saiu como *ão ai moê*, mas Ewan se afastou, olhou para mim e soube que tinha entendido. Respirei várias vezes para me acalmar antes de tentar de novo, articulando cada palavra o mais lenta e claramente que podia.

– Você vai ter de contar a ele, Ewan. Eu não posso. Não posso falar.

Ele assentiu, depois perguntou:

– O que fazemos com você agora? Não posso levar você de volta nesse estado. Morreria na estrada. Você pode morrer de qualquer forma se não comer nada.

– Yakobus – sussurrei. – Há monges em Lanark. Yakobus me levará para lá... manhã. E eles me levam para Glasgow.

Ewan se preparou para levantar, mas sibilei para ele:

– Não!

– O quê? – perguntou, se curvando novamente até meus lábios.

– Não pode... voltar sem saber... voltar a Lanark, sobre Mirren... não pode dizer a Will que ele perdeu os filhos e não saber como a esposa está. Você tem de voltar e garantir que ela... ela esteja bem.

– Jesus, Jamie, como ela pode estar bem? Ela perdeu os filhos e a mãe.

– Mas não sua vida... não sua vida, por Deus. Descubra, Ewan.

Dessa vez ele balançou a cabeça de forma decidida.

– Tudo bem. Faremos. Vamos fazer uma maca para você esta noite com os restos da carroça, depois partiremos de manhã cedo e levaremos você conosco. Somos oito, sem contar Jacobus, então podemos nos revezar carregando em equipes de quatro. São menos de cinco quilômetros. Deixaremos você com os monges e voltaremos a Lanark. Quando souber como Mirren está, irei contar a Will. Enquanto isso você será levado a Glasgow, assim que puder viajar, e colocará seu amigo Wishart fazendo algo para libertar Mirren. Deve haver algo que possa fazer, do contrário de que adianta ser um bispo?

E assim foi. Orientados por Ewan, vários dos arqueiros de Robertson passaram algum tempo naquela noite fazendo uma estrutura para me carregar a partir de duas tábuas da carroça arruinada. Com peças transversais feitas com raios das rodas e a coisa toda amarrada com pedaços cortados dos arreios, ficou deselegante, mas leve e adequado ao propósito.

Mal dormi naquela noite, incapaz de encontrar conforto ou alívio das dores nas costelas e na cabeça, mas na manhã seguinte, amarrado imóvel em minha nova cama, adormeci na estrada antes de ter sido carregado por um quilômetro, e dormi como um morto, sem ser perturbado por paradas ou trocas de carregadores, até que me despertassem no humilde mosteiro do lado de fora das muralhas de Lanark. Ewan estava curvado acima de mim, parecendo muito sério e me dizendo algo que parecia importante, mas minha cabeça girava e a dor era insuportável, então devo ter desmaiado novamente. Lembro-me de acordar algum tempo depois e descobrir um monge envelhecido levando uma taça a meus lábios e me obrigando a beber um refogado de cheiro ruim, e depois não me lembro de nada por vários dias até acordar e encontrar padre Jacobus sentado ao meu lado, olhando atentamente para meu rosto.

Assustado de ver o rosto dele tão perto do meu, pisquei para acordar e tentei me levantar, mas não foi uma coisa sábia, já que esquecera minhas costelas machucadas e quase desmaiei novamente pela dor de tentar me mover contra aquilo que me prendia.

Quando me recuperei de meu quase desfalecimento e consegui recobrar o fôlego, descobri, com um horror repentino, que estava absolutamente mudo, incapaz de sequer abrir a boca.

Jacobus se inclinou na minha direção.

– Você não pode falar – disse ele. – Seu maxilar está amarrado. Nunca vi nada como isso. Você consegue me ouvir? Pisque caso consiga.

Eu pisquei ansioso, e ele ergueu uma das mãos.

– Você realmente está aqui desta vez?

Ele interpretou minha confusão corretamente, pois assentiu rapidamente e ergueu a mão.

– Achei que estava aqui ontem. E no dia anterior, e antes desse. Mas não estava, porque não conseguia se lembrar de ter me visto aqui quando eu voltava na vez seguinte. Ontem eu teria jurado que estava aqui por inteiro. Lembra de que estive aqui ontem? Caso lembre, pisque uma vez. Caso contrário, pisque duas vezes.

Eu pisquei duas vezes e ele franziu o cenho, depois enfiou a mão abaixo do escapulário e tirou uma carta dobrada, segurando-a para que pudesse ler meu próprio nome escrito na frente dela.

– Reconhece isso? – perguntou.

Eu pisquei duas vezes, com exagerada lentidão, e ele suspirou e se inclinou mais para frente, falando mais para si mesmo que para mim.

– Então devo tentar novamente. Você parece estar totalmente desperto, alerta e consciente de mim, mas pensei a mesma coisa antes, e aqui está você, sem qualquer lembrança disso.

Ele suspirou novamente.

– Padre James Wallace. Reconhece esse nome?

Eu pisquei uma vez.

– É seu nome?

Piscada.

– Sabe onde está?

Aquilo me deteve, pois não sabia como responder. Eu achava que sabia onde estava, em um pequeno mosteiro perto de Lanark, mas de repente não tive certeza. Jacobus estava olhando para mim e deve ter adivinhado no que estava pensando, pois prosseguiu.

– Lembra-se de falar dos monges de Lanark?

Eu pisquei, e ele assentiu.

– Bem, é onde você está, há cinco dias, e esteve aos cuidados do irmão Dominic de Ormiston. O irmão Dominic passou a vida como cavaleiro hospitalário. Foi aleijado no começo do cerco de Acre e é um dos poucos sobreviventes daquela catástrofe. Foi mandado de volta à Inglaterra, mas sua família é escocesa, então veio para Lanark e se tornou hospitalário dos irmãos daqui, usando suas habilidades médicas e cirúrgicas para o bem da comunidade. Foi ele quem prendeu seu corpo e fechou sua boca para garantir que a fratura no osso do maxilar cure de forma certa, e ele tem tratado você com remédios da Terra Santa, remédios que ele chama de opiáceos, para mantê-lo livre da dor. Infelizmente, esses mesmos remédios fazem com que você se esqueça de tudo o que acontece. Mas Dominic acredita que é melhor você ficar levemente confuso e livre de dor do que totalmente atento e em agonia constante. Então ele dá os opiáceos a você no leite com mel que é a única comida que você pode consumir. De fato, ele diz que enquanto estiver confinado à cama e incapaz de se mover, leite com mel é tudo de que seu corpo precisa. Graças a Deus sua capacidade de sugar não foi prejudicada, pois caso contrário você certamente morreria de fome.

Ele fez uma pausa, parecendo perplexo, depois perguntou:

– Alguma coisa do que estou dizendo soa familiar? Eu já contei isso tudo a você três vezes.

Olhei diretamente para ele e pisquei duas vezes. Não, nada disso é familiar. Ele balançou a cabeça, incrédulo e confuso, e desviou os olhos.

– O irmão Dominic diz que irá demorar meses para que seus ferimentos curem, e pelo menos semanas antes que possa viajar para Glasgow. Disse que se tudo der certo, você poderá se sentar em um mês, mas estará fraco e terá de reaprender a caminhar e comer comida sólida, como se fosse um bebê. E isso me lembra do que mais tenho de lhe perguntar. Lembre-se, uma piscada para sim, duas para não.

Piscada.

– Sabe quem eu sou?

Piscada.

– Conhece um homem chamado Ewan Scrymgeour?

Piscada.

– Ele é seu amigo?

Piscada.

– Lembra-se de ter mandado Ewan Scrymgeour recolher informações?

Piscada.

– Consegue se lembrar para onde o enviou?

Piscada.

– Foi Lanark?

Piscada.

– Lembra o que você o instruiu a descobrir?

Piscada.

– Sim... bem, isso é bom. Porque Ewan não está aqui agora. Ele voltou há três dias, mas você estava doente demais para falar com ele, entrando e saindo da consciência, e ele não tinha tempo de esperar que acordasse realmente. Disse que era mais importante que alcançasse Will na floresta antes de mais alguém. Então ditou uma mensagem para mim para que você lesse quando estivesse suficientemente bem, e a deixou aos meus cuidados. Como não pode se mover, quer que leia a carta para você?

Piscada.

– Muito bem, então. Devo dizer que as palavras são de Ewan, exatamente como as disse. Ele explicou muito claramente que queria que eu transcrevesse suas palavras literalmente. Isso foi difícil, pois estava falando na vulgata, e toda a minha formação foi no latim formal da Igreja. Ainda assim, acredito ter conseguido capturar suas palavras.

O padre mais velho se empertigou no assento e desdobrou cuidadosamente a única folha de pergaminho que estava segurando. Então se afastou, segurando-a a um braço de distância e inclinada na direção da pequena janela que era a única fonte de luz do aposento, e quando ficou satisfeito de que podia ver suficientemente bem, tossiu para limpar a garganta.

– Consegue me ouvir?

Ele parou, como se esperando uma resposta, depois voltou rapidamente até minha cama e olhou para mim com uma expressão contrita que em outras circunstâncias teria me feito rir.

– Perdoe-me, padre James. Esqueci que não consegue falar. Conseguiu me ouvir claramente?

Eu pisquei uma vez e ele se afastou novamente até a janela, pigarreando nervosamente pela segunda vez antes de começar a ler.

Começou, em tom declamatório:

Jamie, eles me dizem que você vive e provavelmente sairá desta sem danos permanentes. Fico contente com isso. Lamento não poder permanecer aqui esperando por você, e sei que já sabe disso. Meu lugar é em Selkirk, com Will, já que você não pode estar lá, e fico nauseado ao pensar no que tenho de contar. Estou enjoado de tudo, Jamie; enjoado até a alma com a pequenez e a crueldade de homens que deviam ser melhores do que são; enjoado da cobiça e da ambição de homens que são chamados de nobres, mas desgraçam a própria palavra masculinidade.

Voltei a Lanark, como mandou, sabendo que você estava certo e que eu precisava retornar. Gareth Owens não estava lá quando cheguei, mas alguns de seus homens me reconheceram da noite anterior, e me deram as boas-vindas. Perguntei a eles sobre Mirren, mas nenhum soube me dizer nada. Eram arqueiros, e nenhum estivera lá quando encontramos Redvers, então a maioria não sabia nada do que havia acontecido. Depois disso fui procurar o carcereiro, aquele chamado Dyllan, mas estava de folga e fora a Lanark para o mercado.

Pouco depois me vi na pocilga, procurando na lama sinais que pudesse encontrar de um bebê morto, embora soubesse que estava louco só de olhar. Os porcos estavam grunhindo e rolando na sujeira, e quis pegar meu arco e matar cada um deles. Mas eles estavam apenas sendo porcos, fazendo o que Deus queria que porcos fizessem. Eram os homens que deram tal comida a eles que mereciam morrer pelo que haviam feito.

Gareth chegou no final daquela tarde, e estivera bebendo, então o enchi com mais cerveja e voltei à história de Mirren, dizendo que não conseguira parar de pensar nela perdendo o bebê. Eu o chamei de moleque. Vi que ele estava olhando estranho para mim, mas não havia raiva nele. Então ele me serviu mais cerveja e colocou um braço sobre meus ombros. Me contou que horas mais tarde, após eu ter partido, ele ainda se lembrava da minha expressão quando perguntei a Dyllan sobre deixá-la deitada no chão no meio de todo aquele sangue, e se sentiu envergonhado. Ele e Dyllan estavam muito bêbados àquela altura, disse, tendo usado todo o xelim que eu deixara, mas isso só aumentou a vergonha que sentia, então convenceu Dyllan a voltar para a cela e dar uma olhada nela, e a encontraram morta em um canto da cela, no meio de uma grande poça de sangue.

O animal chamado Simon, o carcereiro de plantão que a derrubara e chutara, ficou com raiva quando Dyllan cobrou uma explicação. Disse que a piranha havia enlouquecido, gritando e uivando por uma criança que tinha perdido, gritando o nome dele, Willie, e se jogando contra a porta da cela, tentando derrubá-la. Finalmente perdera a paciência com o barulho e voltara à cela, onde a derrubou novamente, depois do que ela obviamente aprendeu a lição, já que não fez mais nenhum ruído.

Então aí está, essa é a mensagem que vou transmitir a Will. Sua família acabou, eliminada por capricho exatamente do tipo de homem que ele se recusa a seguir ou reconhecer. Seu filho está morto, com menos de um ano e meio. Seu segundo filho está morto, assassinado antes de nascer, seu sexo desconhecido, seu corpo dado aos porcos. A mãe de sua esposa está morta, pelo crime de ter dado sua filha a Will Wallace. E agora também sua esposa está morta, assassinada por um monstro estúpido e preguiçoso.

Que o monstro esteja morto não muda nada e não dá satisfação, mas eu mesmo cortei sua cabeça e a dei aos porcos naquela noite antes de deixar o castelo de Lanark.

Tenho de dizer que Gareth Owens me surpreendeu. No dia seguinte ouvi dizer que ele havia levado um relato do acontecido ao xerife de manhã: duas mulheres presas e depois agredidas e assassinadas nas celas do xerife sem qualquer supervisão oficial entre elas serem admitidas e a queixa de Gareth. Redvers foi preso imediatamente, mas nada acontecerá. A lei inglesa determina que nenhum cavaleiro inglês pode ser acusado de um crime por ninguém com menos que sangue de cavaleiro. Hazelrig poderia acusá-lo de desleixo e irresponsabilidade, mas não teria nada a ganhar fazendo isso, e as acusações, se consideradas frívolas, poderiam voltar para assombrá-lo algum dia.

Esse é o tipo de incidente contra o qual o povo da Escócia está lutando, esse disseminado desrespeito às vidas, à liberdade e aos direitos de qualquer um que não tenha nascido em berço nobre. Esse é o tipo de excesso que alimenta a revolta, e Will Wallace terá muito a dizer sobre isso assim que sua dor se transformar em necessidade de vingança. E quando isso acontecer, não gostaria de estar na pele de Hazelrig.

Vou dizer adieu*, e espero que voltemos a nos encontrar algum dia, Jamie. Melhore logo e volte para Glasgow e Wishart, embora tema que estas notícias já sejam do conhecimento do bispo antes que você chegue a ele. Fique bem.*

Passei mais um mês e meio inválido, embora estivesse melhorando visivelmente após três semanas, a despeito de uma drástica perda de peso e tônus muscular causada por uma dieta de líquidos e total falta de exercícios. No final da quinta semana as ataduras ao redor de minha caixa torácica estavam menos apertadas e eu já não precisava ser amarrado enquanto dormia, portanto podia respirar mais fundo, embora isso ainda me causasse dores, e a ideia de rir ou tossir me dava arrepios. Fui autorizado a deixar meu leito na sétima semana, mas demorei quatro dias inteiros para reunir forças para dar cinquenta passos. Mas depois disso fiquei um pouco mais forte a cada dia, e o irmão Benedict logo retirou os cabos de ferro do meu maxilar. Dois dias depois disso consegui voltar a comer normalmente.

Uma semana depois estava de volta em Glasgow, tendo feito a viagem de carroça e acompanhado do padre Jacobus. O bispo Wishart nos deu as boas-vindas e encontramos toda a comunidade da catedral excitada com as notícias de rebelião armada no norte e no sul.

Apenas então, após um intervalo de três meses inteiros, soube o que acontecera durante minha recuperação.

Wishart recebera a notícia da prisão de Miriam Braidfoot do padre da paróquia, que ficara ultrajado com a prisão e o confinamento de uma de suas paroquianas mais devotas e influentes. Quando depois soube de sua posterior morte sob custódia, iniciou um inquérito diocesano oficial, no curso do qual os investigadores descobriram que a filha da senhora Braidfoot, Mirren, ou Marian, de alguma forma conseguira ser morta no que foi oficialmente descrito como uma infelicidade exatamente na mesma prisão e no mesmo dia de sua mãe. Sir Lionel Redvers, que havia sido o responsável pelas prisões das mulheres, foi intimado pelo capítulo da catedral, mas riu da intimação e se recusou a comparecer à audiência. Uma semana depois foi emboscado e assassinado certa noite na periferia de Lanark. Estava acompanhado de 12 soldados a cavalo, que morreram com ele, suas armas sem vestígios de sangue e os corpos crivados de flechas disparadas a pouca distância. O próprio Redvers havia sido arrancado do cavalo e decapitado. Seu corpo não tinha outros ferimentos. A cabeça nunca foi encontrada.

As flechas, claro, indicavam claramente que os foras da lei da floresta de Selkirk eram os responsáveis, e William Hazelrig reuniu todas as suas forças para um ataque prévio na floresta, ordenando que se reunissem em uma determinada manhã perto da aldeia de Lamington, e aparentemente não vendo nenhuma ironia nessa escolha de local. Entre as forças que se reuniram estava uma dezena de arqueiros veteranos que nenhum dos outros conhecia. Os novatos haviam acabado de chegar de Gales, disseram, enviados para o Norte como parte de uma nova leva de arqueiros galeses recrutados para a guerra na Escócia.

A expedição do xerife chegou à periferia da floresta e vasculhou a área diligentemente por três dias, sem encontrar nada nem ninguém, mas na última noite, no turno intermediário, o momento mais escuro da noite, as sentinelas externas morreram em silêncio, enquanto os arqueiros recém-chegados deixavam os arcos de lado e usavam punhais e silêncio para surpreender e matar os guardas de plantão dentro do acampamento. O homem protegendo a entrada da barraca do xerife provavelmente não viu nem ouviu a flecha que o matou e o jogou de costas dentro da barraca, e antes que o xerife Hazelrig soubesse o que estava acontecendo, foi desacordado com um porrete e sequestrado. Uma vez fora do acampamento, os arqueiros se reuniram a outros que haviam se aproximado na escuridão e passado a hora anterior eliminando os guardas avançados e preparando flechas de fogo mergulhadas em breu. Quando o sinal foi dado, uma tempestade de projéteis em chamas varreu o acampamento inglês, incendiando barracas e acordando os homens, e o massacre que se seguiu foi impiedoso. Poucos integrantes da expedição punitiva do xerife inglês escaparam com vida.

William Hazelrig, xerife do rei Eduardo em Lanark, foi encontrado morto no dia seguinte. Suas mãos haviam sido decepadas, e a garganta cortada, e um rolo de pergaminho estava preso em seu peito com um punhal cravado fundo. Ele dizia simplesmente:

> *In Memoriam*
> Marian Wallace
> *Requiescat in pace*

A notícia da vingança de Wallace provocou ondas de choque por todo o sul da Escócia, e por duas semanas nenhuma força inglesa de qualquer tipo se deslocou para parte alguma, muito menos para a floresta de Selkirk.

No final dessa segunda semana o próprio Robert Wishart estava na floresta de Selkirk com Will. Andrew Murray havia rebelado toda a Escócia ao norte do Forth, e os ingleses de lá estavam desorganizados. Wishart lembrou a Will com veemência que Murray também era de uma família de cavaleiros, mas que sua opinião sobre os magnatas e suas lealdades divididas, autocentradas e sempre flutuantes era exatamente a mesma de Will. O exército de Murray era um exército de pessoas comuns, o povo escocês que dava o sólido apoio subjacente à comunidade do reino. Wishart disse que chegara a hora de Will se juntar a Murray, unir suas forças às do homem do norte e marchar com seu povo do sul para unificar toda a Escócia sob sua liderança conjunta. Eles se conheciam. Eles se admiravam e respeitavam. E eram amigos, partilhando um ódio a tudo o que impedia a Escócia de ser o que podia ser, uma terra forte e livre.

Wishart era um eloquente persuasor, algo que eu sabia bem. Também era um bispo e um lorde da Igreja que não devia fomentar rebelião. Mas acima de tudo, Robert Wishart era um patriota que acreditava do fundo do coração que a Escócia tinha um destino que só poderia ser atingido caso se livrasse da ocupação inglesa, claro, mas também das lealdades e obrigações inglesas demonstradas por seus lordes mais poderosos em sua tenaz insistência em fidelidades feudais que haviam perdido qualquer relevância. Hoje acredito que o bispo Wishart era um homem nascido antes do seu tempo nesse sentido, um homem de grande visão que previu a morte inevitável do sistema feudal que um dia governou toda a cristandade, mas desmoronou nos últimos duzentos anos.

Minha maior crença em relação a Robert Wishart é que por intermédio de seu patriotismo e seu entusiasmo, sua manipulação e sua disposição férrea, teimosa, resoluta, ele produziu o fim do primo que eu conhecera e amara. Talvez esteja sendo duro demais, crítico demais, mas é no que acredito hoje. Quando Robert Wishart partiu para retornar a Glasgow naquela oportunidade, ele deixou para trás um homem diferente do William Wallace que eu conhecera.

O homem que o seguiu para fora da floresta pouco depois, saindo como um inglês escreveu, como um urso de seu esconderijo na floresta, era o William Wallace que todos conhecem hoje, a nêmese furiosa, gigantesca e impiedosa de Eduardo Plantageneta que toda a Inglaterra, juntamente com grande parte da Escócia, lamentaria ter acordado. O arqueiro risonho que eu conhecera desaparecera para sempre, eliminado na destruição de sua amada Mirren e seus filhos. O vingador implacável que saiu da floresta de Selkirk finalmente deixara de lado seu comprido arco de teixo e empunhara a enorme espada que seu amigo Shoomy dera a ele em dias anteriores, melhores. Portanto, achei estranho que a enorme espada, bela e letal, e mais alta que um homem comum, usurpasse de forma tão absoluta o lugar que durante tanto tempo na vida de Will foi ocupado pelo seu grande arco de teixo, mas como ele mesmo apontara depois, o arco carecia do imediatismo da lâmina segurada com a mão, e a espada que ele brandiu com seus enormes músculos de arqueiro permitia a ele sorrir mais de perto, cara a cara com cada inimigo que encontrava.

Como Will Wallace, ele prometera à sua esposa não lutar contra a Inglaterra e cuidar da segurança de sua família antes e acima de tudo. Mas ele acreditava ter falhado com ela, perdendo-a por seu próprio descuido e a despeito de saber dos perigos de chegar perto dos ingleses. Então jurou que não iria falhar para com sua lembrança, e sua vingança seria sem precedentes e sem igual; e não iria descansar antes que toda a Escócia estivesse livre do fedor da ocupação inglesa. E assim ele marchou para encontrar seu destino, e todo o povo da Escócia acorreu para segui-lo até Stirling Bridge.

Ele nunca voltou a pronunciar o nome de Mirren.

Agradecimentos

Há um restaurante de frutos do mar impressionantemente maravilhoso chamado Keracher's em Perth, Escócia, e sempre que penso em minha última viagem para lá em setembro de 2008 o faço com reverência à excelente cozinha – não há nada melhor que culinária escocesa de qualidade – e com gratidão pela hospitalidade demonstrada para comigo por seus proprietários, Peter e Pam Keracher, e sua família. Passei algumas noites deliciosas lá em um contentamento saciado nas últimas semanas de minha estadia em Perth, descendo a estrada do palácio de Scone, pensando na vida de Sir William Wallace e no livro ainda sem forma que eu iria escrever, e imaginando o que poderia descobrir para dizer sobre ele que fosse tão fresco e diferente quanto a comida extraordinária que estava apreciando.

Quando o épico *Coração valente* foi lançado em 1995, historiadores e acadêmicos escoceses sérios estavam ignorando William Wallace ostensivamente havia quase um século, porque, é de se compreender, haviam passado a acreditar ser impossível estabelecer a diferença entre o homem e o mito que crescera ao redor dele em quase sete séculos. Nacionalismo emergente e pensamento positivo romântico haviam se combinado ao longo desse tempo para transformá-lo em uma quimera, uma entidade com existência própria, mas que não era nem humana nem sobrenatural. Com *Coração valente* houve um renascimento da avaliação acadêmica de Sir William Wallace.

O professor Edward J. (Ted) Cowan é professor aposentado, ex-professor de história escocesa da Universidade de Glasgow, e há duas décadas tive o prazer de trabalhar com ele algumas vezes quando era professor de história e catedrático de estudos escoceses na Universidade de Guelph, Ontário. Naquela época fizemos algumas apresentações conjuntas (acredito que a descrição mais precisa seria diversões) sobre a história da influência escocesa no Canadá – Ted oferecia as realidades acadêmicas, históricas, cativando as multidões boquiabertas de uma forma que raramente vi igual, e eu ilustrava suas invocações com canções e poemas apropriados para facilitar a compreensão de suas várias observações. Era muito divertido e funcionava impressionantemente bem, de modo que o nome de Ted foi o primeiro que me ocorreu quando comecei a pensar em uma viagem de pesquisa à Escócia no outono de 2008.

Durante uma rápida visita naquele ano, quando o encontrei no Campus Crichton da Universidade de Glasgow, em Dumfries, Ted me presenteou com uma arca do tesouro de estímulo na forma de uma antologia chamada *The Wallace Book*, organizada por ele e publicada em 2007 por John Donald, um selo da Birlinn Ltd., de Edimburgo. É uma coletânea de 12 ensaios de importantes historiadores e críticos da Escócia e da Inglaterra, e a obra é descrita na capa como estudando "o que se sabe da carreira [de Wallace] a partir de fontes contemporâneas, a maioria das quais, de forma incomum para um herói nacional, foi criada por seus inimigos".

Eu me perdi naqueles ensaios, pragmáticos e cínicos, porque enquanto os lia me vi nadando em uma onda de ideias impressionantemente frescas que me arrastaram para novos planos de especulação e conjectura, que são comida e bebida para um romancista histórico. Assim, tenho uma enorme dívida para com uma série de pessoas muito brilhantes, todas as quais me deixaram babando durante meses com novas possibilidades, mas nenhuma delas pode ser responsabilizada por minhas interpretações equivocadas, talvez ofensivas, do que escreveram. Por todos esses estímulos a novas interpretações, sou grato a Fiona Watson, pesquisadora de história da Universidade de Dundee, por seu trabalho incisivo *Sir William Wallace: What We Do – And Don't – Know*; Michael Prestwich, professor de história medieval da Universidade de Durham, por seu ponto de vista inglês sobre a Batalha de Stirling Bridge; A.A.M. Duncan, professor emérito de história escocesa, Universidade de Glasgow, por seus *insights* biográficos em *William, Son of Alan Wallace*; Elspeth King, diretora da Smith Art Gallery and Museum, Stirling, por suas observações sobre a cultura material de William Wallace; Alexander Broadie, professor de lógica e retórica da Universidade de Glasgow, por suas ideias fascinantes sobre John Duns Scotus e a ideia de independência; Alexander Grant, professor assistente de história medieval da Universidade de Lancaster, por seu ensaio *Braveheartd and Coronets: Images of William Wallace and the Scottish Nobility*; e, claro, ao próprio professor Cowan, por seu ponto de vista sobre Wallace em *The Choice of the Estates*.

Esses ensaios, e os voos de imaginação que eles permitiram, foram episódios deliciosos na preparação do novo livro, mas também devo reconhecimento e agradecimento a várias outras fontes de compreensão fundamental e avaliação geral da história e das complexidades da Escócia na época sobre a qual eu estava escrevendo. Ted Cowan aparece novamente aqui, com um livro chamado *For Freedom Alone*, que examina as origens da espantosa Declaração de Arbroath de 1320 e as ideias que levaram a ela. O livro de G.W.S. Barrow, *Robert Bruce and the Community of the Realm of Scotland*, também foi inestimável para mim, assim como o amplo estudo de Peter Traquair das guerras de independência escocesas, *Freedom's Sword*. Como o homem disse em *1066 and All That*, "História é aquilo de que você consegue se lembrar". Por mais que não pareça sério, ainda assim é verdade, e descobri que todas as fontes acima são ao mesmo tempo memoráveis e prazerosas.

Há, porém, mais uma fonte de uma vida inteira de prazer e inspiração à qual tenho de agradecer. Há algum literato escocês em alguma parte que não tenha sido tocado e influenciado em algum momento pelos escritos de Nigel Tranter? É uma das maiores tristezas de minha vida nunca ter tido a oportunidade de conhecer o homem e agradecer a ele pelas inúmeras horas de prazer que tive com seus textos. Lembro de que quando li pela primeira vez seu romance *The Wallace*, há muitos anos, fiquei espantado com a força de sua voz, e realmente acredito que tenha sido um fator importante em minha decisão de chamar este livro de *A história de William Wallace*.

1ª edição	*agosto 2012*
impressão	*Sermograf*
papel de miolo	*Lux Cream 70g/m²*
papel de capa	*Cartão Supremo 250g/m²*
tipografia	*Minion Pro*